# 痛切的自覺

## 明末清初杜诗学考论

张家壮 著

凤凰出版社

图书在版编目（CIP）数据

痛切的自觉 : 明末清初杜诗学考论 / 张家壮著. --
南京 : 凤凰出版社, 2019.12
ISBN 978-7-5506-3080-2

Ⅰ. ①痛… Ⅱ. ①张… Ⅲ. ①杜诗—诗歌研究 Ⅳ.
①I207.227.423

中国版本图书馆CIP数据核字(2019)第296567号

| | |
|---|---|
| 书　　名 | 痛切的自觉——明末清初杜诗学考论 |
| 著　　者 | 张家壮 |
| 责任编辑 | 孟　清 |
| 装帧设计 | 徐　慧 |
| 出版发行 | 凤凰出版社(原江苏古籍出版社)<br>发行部电话025-83223462 |
| 出版社地址 | 南京市中央路165号,邮编:210009 |
| 出版社网址 | http://www.fhcbs.com |
| 照　　排 | 南京凯建文化发展有限公司 |
| 印　　刷 | 江苏苏中印刷有限公司<br>泰州市经济开发区鲍徐镇,邮编:225315 |
| 开　　本 | 718×1005毫米　1/16 |
| 印　　张 | 25.25 |
| 字　　数 | 411千字 |
| 版　　次 | 2019年12月第1版　2019年12月第1次印刷 |
| 标准书号 | ISBN 978-7-5506-3080-2 |
| 定　　价 | 168.00元 |

(本书凡印装错误可向承印厂调换,电话:0523-82099008)

# 杜工部像

乙未上巳為周弱社兄製 長谿李永新沐手

吾觀少陵詩為與元氣侔力能排兵斡九地壯顏毅色不可求浩蕩八極中生物豈不稠醜妍巨細千萬殊竟莫見以何雕鎪惜哉命之窮顛倒不見收青衫老更斥餓走半九州瘦妻僵前子仆後攘攘盜賊森戈矛吟哦當此時不廢朝廷憂常願天子聖大臣各伊周寧令吾廬獨破受凍死不忍四海赤子寒颼颼傷屯悼屈止一身嗟時之人我所羞所以見公畫再拜涕泗流惟公之心古亦少願起公死從之游

王荊公杜甫畫像

張家壯恭錄

# 目　录

# 序

林继中

杜诗堪称是汉民族的“痛感神经”，在民族危难时，你不能不感到他的存在。所以处于南北宋之交的李纲会说：

> 子美之诗凡千四百三十余篇，其忠义气节，羁旅艰难，悲愤无聊，一见于诗。……平时读之，未见其工，迨亲更兵火丧乱之后，诵其诗如出乎其时，犁然有当于人心，然后知其语之妙也。(《重校正杜子美集序》)

正是由于杜甫善于将当时“一国之心”、一时代普遍之情以诗意为“密码”储藏在文本中，一旦情境相似，便能破卷而出穿透时空激发后来的读者心弦之振荡。南宋如是，明末清初亦如是。然而后者比前者表现更为深沉痛切，原因就在“自觉”二字。家壮君在这一点上体现出他的悟性，在本书《引言》中，他引梁任公的话并分析道：

> 梁启超曾说：“本来一姓兴亡，在历史上算不得什么一回大事，但这却和从前有点不同。新朝是‘非我族类’的满洲，而且来得太过突兀，太过侥幸。……这种刺激，唤起国民极痛切的自觉，而自觉的率先表现实在是学者社会。”杜诗学在明末清初的再度兴起，很大程度上缘于这一代士人的“痛切的自

> 觉”——既“自觉”地发现自己与数百年前“诗圣”的精神感应:从社会意识、民族感情直至个人的悲剧感受,从而也“自觉”地加入到杜诗诠释的队伍中来——这也算得上是他们遭受厄运后的共同的学术选择之一种吧!

由此悟入,家壮君更进一层揭示出这种自觉的特殊性:

> 凡此种种,都让我们深切地感受到这一代注家在时代震荡、历史巨变中通过注杜多方反省“当下”的拳拳用心。而这种反省,在某种意义上不乏自我批判的性质。正是这等空前的使命感、社会责任感,还有清醒的历史感与现实感,使明末清初的杜诗学对于明末清初那一段历史如此地贴近,因而杜注也就近乎成为注家与时代关系的表达式。

他将这种注家与杜诗关系的自觉性概括为“注家精神对象化”。这无疑是一个新视角,循是以求,他通过列表通盘考察该时期杜诗注家占籍(包括散佚的杜集注家),深入地揭示了杜诗学与江南党社运动之关系;而其“事历简编”则通过时间连续性描画出事态的进展,二者互相发明,实证、动态、整体地论证了他的论点,表现了家壮君不俗的学力。至于中篇的个案研究,内容充实丰富,诸如《杜臆》“以意逆志”,《杜诗解》“代圣贤立言”,《读杜心解》“折衷去取”“重结构分析”等,皆言之成理,读者一读自明。

还想提请注意的是:家壮君拓宽其研究的文化视野,对一些不为前人所重视的东西,大胆加以发明。如对明清之际文人学士大量书写杜诗的独特现象,乃精择插图,为之深入剖析,阐明杜诗“代言”的功能,是另类的“注杜”,甚有创意,亦可见其素养与胆识。

说到胆识,也流露出我的一点担忧。“正宗”的杜诗学能接纳“杜诗书写”为研究对象吗?研究它有什么“现实意义”?此类质疑颇具杀伤力。然则,《老子》二十一章曰:“道之为物,惟恍惟惚。惚兮恍兮,其中有象。恍兮惚兮,其中有物。窈兮冥兮,其中有精。”不做深入探究如何判定深藏于众多可能性中的事物之虚实真伪与意义?现成的例子是:王维由于董其昌诸公的倡扬,揭示其抟虚成实、诗画互济之特点,其于中国画之影响,已广为人知,至今甚至有学者认为中国画只是庄学的“独生子”。然而同样明显的事实是:中国画最重气韵生动与骨法用笔,讲究以书法线条入画,说到底就是讲究作者的内在气质即人格之流露。而人品、艺品的一致,正体现了儒学“陶冶性情”“修身养性”“助人伦,成教化”的文艺观,也是一直以来传统审美价值取向之主流。就此而言,书画未必是庄学之“独生子”。而作为人品与艺品一致的典范,还有比杜甫更合适的人选吗?杜诗书写在明清之际成为一种文化现象,与杜诗注之兴盛同时,值得一探究竟。当然,杜诗与注家、书艺及其书写者之间的种种关系极其微妙复杂,且触及充满矛盾的人性(如变节的钱谦益与王铎咸爱杜诗),岂可轻易言之。然则,知难而上本是学者的命运,岂容趋避之!家壮君其勉旃。

2019年7月13日于面壁斋

# 图版目录

# 引图弁言

1. 本书用图以杜诗书画作品为主，另有杜集书影数帧，间或也引入学者尺牍、书册等。

2. 杜诗书画、学者尺牍之部，本书力图一概采择明末清初（1628—1735年间）的作品，它们或出于本书所讨论的明末清初杜诗学者之手，或为其时书画家所作；前者以人系，后者多依题系，附于文中相应的位置，有时隶以疏解，有时则缀以其人论杜之言，俾读者于赏读之余，庶几可与文中所论相互参观。偶有明末清初之外如宋元时期、清初以后之杜诗学者，其书杜、论杜手泽，也于论及其人时有所引入。

3. 明末清初士人的钟情杜诗既见于此际注杜、解杜之风潮上，也映现于当时书杜、写杜（诗意图）之空前规模中[1]。此类图像记录，虽不比文字之直接叙述，但其同属可资读解的材料则无庸置疑——潜隐于杜诗书影、画境中者，既有其时士人的"心声"，亦涵容着其人于特定历史情境中的生存方式乃至人生选择。正缘于此，本书乃百计搜讨明末清初杜诗学者以至书画家所作之杜诗书画而思为嵌入其中，盖欲藉此打开某些被忽略的视域，从而呈现明末清初杜诗接受的另一种景象，犹有进者，或可丰富、立体化人们于此一时段杜诗学史之了解。

4. 明人祝允明于《跋欧阳修付书局帖》中曰："慕其人而不见则思见其书，慕其书而不见则思闻其言，同时世者亦然也，况后学于昔贤钜公，相望千载，音仪已绝目矣。徒得其言而诵之，犹参侍几杖，乃获其手笔而瞻玩之，宁不大慰乎？"[2]本书所以不惮花哨之讥，决计引图而入，也在于此。

**附识：**书名"痛切的自觉"五字，集自明末清初书法家傅山书帖《致戴枫仲》《草书千字文》与《丹枫阁记》。

① 明末清初书杜之风潮可于本书所附《历代杜诗书法辑目》中得见一斑。

② 见何炎泉编辑《毫端万象：祝允明书法特展》，台北"故宫博物院"，2013年，第99页。

# 引　言

这是一个古老的传说：当追日的巨人夸父因饥渴而轰然倒地的一瞬，他尽最后的力，抛出手中的杖。那桃木杖划空而坠，深深地植入黄土地——长出一片桃林，为子孙解饥渴。

当我们的诗人杜甫历尽磨难，于一叶扁舟伏枕托孤之际，他油然记起了遥远的传说："持危觅邓林。"邓林，那世世代代觅觅寻寻的桃树林啊！可潦倒的天才却没意识到他手中的桃竹杖也早已划空而过，化作文化史上另一片邓林——那星空般熠熠闪烁的一千四百多首杜诗，哺育着一代又一代华夏子孙！[①]

① 林继中注评《杜诗选评·前言》，三秦出版社，2004年，第1页。

## 一

如果说有哪一位诗人，基于深厚的历史原因，他走向了底层、写尽了苦痛，他的作品也因之拥有了持续凛然的生气（陆游《游锦屏山谒少陵祠堂》有句云："古来磨灭知几人，此老至今元不死。……文章垂世自一事，忠义凛凛令人思。"[②]）成为一种恒久性的精神存在，从而施与中国文化以难以估量的影响，这就是杜甫。杜甫的一千四百多首诗，令人强烈地感受到其中所蕴蓄凝塑着的民族魂魄的深——那种沉雄勃郁的忧患感和诗中时时跳荡着的血诚之心。正是这来自民族灵魂深处的感应与召唤，使杜甫在后人眼里，具有了绵亘不移的精神诱力，"成为中国有史以来第一个大

② 钱仲联《剑南诗稿校注》卷三，上海古籍出版社，1985年，第249页。

诗人,四千年文化中最庄严、最瑰丽、最永久的一道光彩”[①]。人们徜徉于杜诗的世界,对之进行不懈的解读与探究……

关于杜诗的阅读体验,李纲与文天祥的讲述最可深味。李纲《重校正杜子美集序》云:

> 子美之诗凡千四百三十余篇,其忠义气节,羁旅艰难,悲愤无聊,一见于诗。句法理致,老而益精。平时读之,未见其工。迨亲更兵火丧乱之后,诵其诗如出乎其时,犁然有当于人心,然后知其语之妙也。[②]

文天祥《集杜诗·自序》曰:

> 余坐幽燕狱中,无所为,诵杜诗稍习。诸所感兴,因其五言,集为绝句。久之,得二百首。凡吾意所欲言者,子美先为代言之。日玩之不置,但觉为吾诗,忘其为子美诗也。乃知子美非能自为诗。诗句自是人情性中语,烦子美道耳。子美于吾隔数百年,而其言语为吾用,非情性同哉![③]

“诵其诗如出乎其时,犁然有当于人心”“但觉为吾诗,忘其为子美诗”,这是怎样的一种契合感啊!契合感之生成,“无他,时为之也”[④]。这是身处民族危难中的士人们才能有的理解与体味,诚所谓“阅世乃知其恨”“亲涉是境方会”[⑤]。杜甫所以被历代士人深刻地敬仰与关注,历史情境的相似性因素,显然是不可忽视的。凭借在灾难性的民族、个人命运中累积起来的惨痛经验而获得了打开杜诗世界的钥匙,因之,他们的读杜诗,更多地带有一种对自身的深层反顾——对他们而言,杜诗是有着共同生命经验、共同生命情感的世界。

以是,每当罹患乱离,人们都会不约而同地以超乎平日的真诚

① 闻一多《杜甫》,见《唐诗杂论》,上海古籍出版社,1998年,第135页。

② 王瑞明点校《李纲全集》卷一三八,岳麓书社,2004年,第1320页。

③ 熊飞、漆身起、黄顺强校点《文天祥全集》卷十六,江西人民出版社,1987年,第621页。

④ 黄宗羲《陈苇庵年伯诗序》,沈善洪主编《黄宗羲全集》第十册《南雷诗文集》(上),浙江古籍出版社,2005年,第48页。

⑤ 刘须溪批杜语,转自谢思炜《杜诗解释史概述》一文,原载《文学遗产》1991年第3期。后见谢氏著《唐宋诗学论集》,商务印书馆,2003年,第87页。

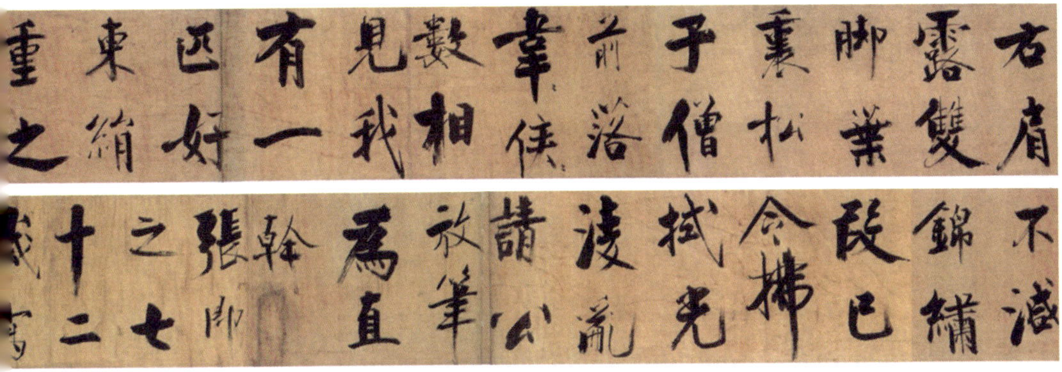

【图1】张即之(1186—1263)《楷书双松图歌卷》(局部),1257年,纵33.8cm,横1196cm,故宫博物院藏。

明人王世贞《弇州山人题跋》卷六"张即之书杜诗"条云:"张温甫书如苏家木假山,秃节挺秀,槎牙四出,此卷更勃郁有生气。其所托旨于杜歌四章,盖愤羯胡之滔天,冀恢复之有日,然未久而黍离继之,良可慨也。"王氏所说,并非臆测,宋人自己早有类似的记载,如胡寅《跋陈谏议书杜少陵哀江头诗》便是(参看本书下篇所引)。张即之所书杜歌四章,惜今未见,故仅附上图。王氏《题跋》"老柏行"条又曰:"张温甫虽以世胄起家,然其痛中原之板荡,忧宗国之黍离,往往于翰墨发之,故特好书《孔明老柏行》,而所谓'根若青铜''霜皮溜雨'者,老笔槎牙,亦自相类。"杜诗的性情胸襟,当此之际,正是书杜者的性情胸襟,而张即之书的槎牙峭拔,其风貌也如杜甫笔下的老柏一般,遒比铜石、神气顿宕。据载,张即之书杜甫《古柏行》多本,今无一得见,倒是稍早的任询所书,尚有搨本可观,见图2。

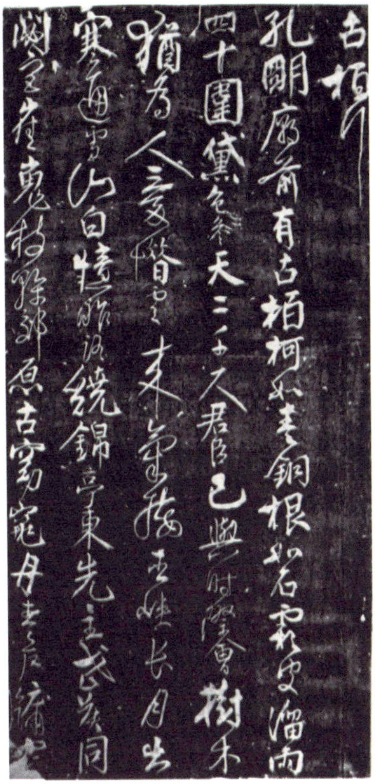

【图2】任询(1133—1204)《行书杜甫古柏行》(局部),1160年,搨本,纵115cm,横118cm,北京破禅室藏。

任询号南麓先生,金朝人,其书《古柏行》是何寄意,不敢妄臆。值得一提的是,同为金朝人的赵秉文(1159—1232)《题南麓书后》尝藉杜诗以评任氏书,曰:"'岱岳夫如何,齐鲁青未了。''夫如何'三字几不成语,然非三字无以成下句有数百里之气象……此前人论诗也。论书亦然,学南麓者当以是参之。"赵氏又有《仿老杜无家》诗云:"弟妹他乡隔,无家问死生。兵戈尘共暗,江汉月偏清。落日黄牛峡,秋风白帝城。中原消息断,何处是秦京。"(分别见《滏水集》卷二十、卷五)由任、赵身上,或可略窥生活于外族统御之地的汉人承接杜诗情态之一斑。

回归到杜甫和他的那一部“诗史”中来。【图1】【图2】

## 二

不消说，明末清初士人的萦怀杜甫、热衷杜诗也是如此。

于皇（杜濬）诗师法少陵，身际沧桑，与杜陵遭天宝之乱略同。故其音沉痛悲壮，读之令人酸楚。——［清］陈田《明诗纪事》辛签卷一五[①]【图3】

①《续修四库全书》第1712册，上海古籍出版社，1995年，第154页。

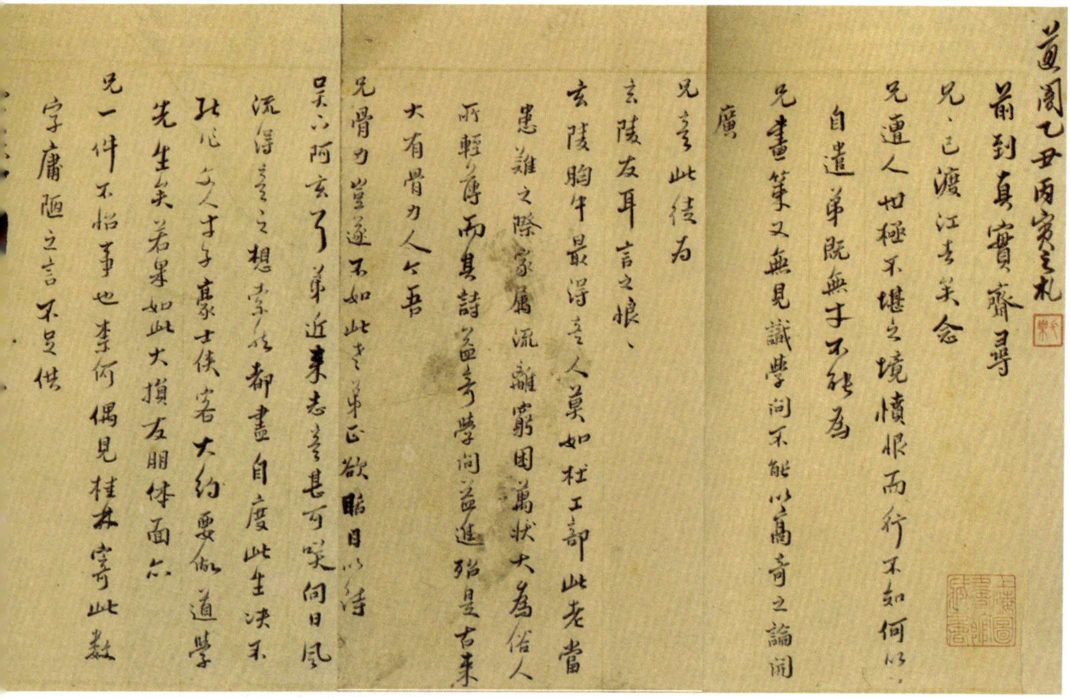

【图3】江浩（？—1649）手札，上海图书馆藏。

江浩，字道闇，钱塘人。少有异质，读书为文，好奇伟倜傥之言。京师陷，为位于庭，北面稽首而哭。南都陷，兵且及杭，往谒潞王，画守御计，不用。往黄山祝发为僧，更名智宏，字梦破。居山中四年卒。（据《上海图书馆藏明代尺牍》人物小传所载）此札手泽如新，读来好似带露折花，就中云：“玄陵胸中最得意人莫如杜工部，此老当患难之际，家属流离，穷困万状，大为俗人所轻薄，而其诗益奇，学问益进，殆是古来大有骨力人。”视老杜为“胸中最得意人”，乃江氏对身罹患难之友人的会心体认，又何尝不是江氏的自我刻绘与自我表见！而于皇杜濬之历历耿耿，也正与这里的江浩、玄陵是一揆的。

> 张盖，字覆舆，吾永之东桥人，介士也。然其初以狂著，少负制举，名非所好，好诗。……甲申后忽自摧折，以次当贡太学，不受。自脱诸生籍，闭门独坐，读杜诗，岁常五六过。诗亦精进，得少陵神韵。——申涵光《张覆舆诗引》[①]【图4】

诸如此类的例子，论者所见多矣，不必一一具引[②]。梁启超曾说："本来一姓兴亡，在历史上算不得什么一回大事，但这却和从前有点不同。新朝是'非我族类'的满洲，而且来得太过突兀，太过侥幸。……这种刺激，唤起国民极痛切的自觉，而自觉的率先表现实在是学者社会。"[③]杜诗学在明末清初的再度兴起，很大程度上缘于这一代士人的"痛切的自觉"——既"自觉"地发现自己与数百年前"诗圣"的精神感应：从社会意识、民族感情直至个人的悲剧感受，从而也"自觉"地加入到杜诗诠释的队伍中来——这也算得上是他们遭受厄运后的共同的学术选择之一种吧！

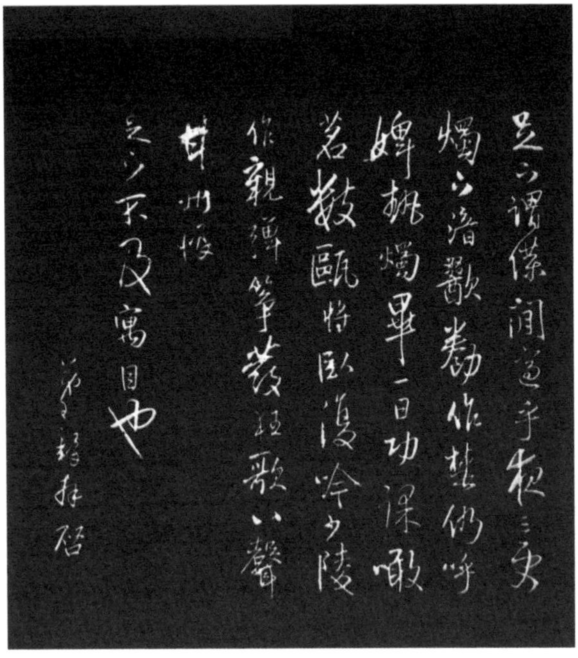

【图4】王铎(1592—1652)手札，出自吴修编《昭代名人尺牍》(光绪戊申集古斋石印本)。

闭门读杜者，还有王铎。由书风观察，此札当为王铎晚年手笔。文献记录显示，其时"吟少陵作"在王铎是一种几近于日常的行为，入清后尤多寄意于老杜。

① 引自孙微《清代杜诗学史》，齐鲁书社，2004年，第63页。

② 亦可参看吴淑玲《清初杜诗批评的新变》，载《杜甫研究学刊》2005年第4期。

③ 梁启超《中国近三百年学术史》，天津古籍出版社，2003年，第14—15页。1922年梁启超在清华大学作题为《情圣杜甫》的讲演，就中有云："初唐是黎明时代，盛唐正是成熟时代。……到了天宝之乱，黄金忽变为黑灰。时事变迁之剧，未有其比。当时蕴蓄深厚的文学界，受了这种刺激，益发波澜壮阔。杜工部正是这个时代的骄儿。"(《杜甫研究论文集·一辑》，中华书局，1962年，第2页)也是看到了"非我族类"的"这种刺激"对文学产生的深刻影响。

无庸置疑,怀着痛切自觉的“学者社会”是杜诗意蕴的最佳诠释者,惟有他们才最有条件传达那份共有的生命经验与生命情感,体贴入微地来阐发一部杜诗,特别是发掘杜诗中伦理、人格的内涵——这一在特殊时期里倍受关切的意义层面。我们尤感兴趣的是,人情伦理、政治信念,包括君臣关系诸多一时间殊为敏感的话题,也都纷纷借着阐发杜诗的当口隐约曲折地传达出来。无论是王嗣奭《杜臆》的“因诗悟道”说,还是钱谦益关于《洗兵马》诸诗“凿开鸿蒙,手洗日月”的笺释,或是金圣叹《杜诗解》“今日经书满腹者,君臣之际,往往难言,始信先生此诗,不可不读”(《吾宗》)的感慨……凡此种种,都让我们深切地感受到这一代注家在时代震荡、历史巨变中通过注杜多方反省“当下”的拳拳用心。而这种反省,在某种意义上不乏自我批判的性质。正是这等空前的使命感、社会责任感,还有清醒的历史感与现实感,使明末清初的杜诗学对于明末清初那一段历史如此地贴近,因而杜注也就近乎成为注家与时代关系的表达式。此外,以历史巨变为普遍背景,在沉重艰难的生活情境下,杜注中还融合着注家较为个人的,也更为细腻的人生体验。在被清廷拘执的抗清志士李长祥、与大明王朝一同步入衰暮而又“不知倦”的“八十老人”王嗣奭、亲历明末之急征暴敛及清初之催征督科的张羽——各色人等关于杜诗的著述里,我们总能读出不少属于他们自己的“读杜心得”来,郁郁不平者有之,深厚苍凉者有之。体现于不同杜注乃至同一杜注不同篇章中的这种种不同的况味,正是注家精神对象化的一种表现。诠释过程中,最让注家感到惬意的,也许就在诠释者与被诠释者的某种契合吧,这契合能引领注家走向作品的深处,使之既准确地把握了作品,也借着对作品的诠释向读者很好地阐发了自己。

尽管并非所有明末清初的杜注与读杜行为都能在如上义项中获得解释,也并非所有出现在这个时期中的杜注都无一例外地直接由惨痛历史巨变所激成,随着“明末清初”这个大时段由“明末清初”之“初”向“明末清初”之“中”、之“后”推移，杜注必然或多或少地呈显其阶段性的差异：在那些逐日平息了由“易代”所带来的压抑、悲慨心绪的注家们那里，新的生活情境给了他们别的种种同样影响其注杜的人生体验。我们在后起注家或为“仰答主眷”[①]，或因举业无望，甚或只为课儿而注杜的选择里，也确乎看到了他们的别种精神欲求——尽管如此，融贯在后起杜注中的诸多问题也还仍然得由“易代”中寻求答案。从仇兆鳌的袒朱（朱鹤龄）斥钱（钱谦益）、浦起龙之斥“虞山（钱谦益）轻薄人”的言论以及他们在杜诗笺释中极力维护杜甫“惓怀君父”的一面里，我们在在感到，尽管“易代”作为史实早已经过去，但它作为一个事件的影响却远没有消歇，它像是这个时代的一种症候，让新政权的统治者时时警惕着，从而加强其对于意识形态的监控，从而也无可避免地影响着杜诗学的诸多表现。

诠释的是千百年前古人的作品，但我们却从中读出“当代”意味来——明末清初杜诗学者诠释杜诗所体现出的“深”与“切”，往往不在注家隔离时势的悬解上，而在注家深味人生事故的见识上。明末清初杜诗学者的精神走向在诠释杜诗时的上述渗透，不由得让人想起法国史学家兼文艺批评家丹纳在其《英国文学史》的序言中曾说过的那句名言：

> 如果一部文学作品内容丰富，并且人们知道如何去解释它，那么我们在这部作品里所找到的，会是一种人的心理，时常也就是一个时代的心理，有时更是一个种族的心理。[②]

明末清初杜诗学所展现出来的不正是这样一种极耐人寻味的文学—文化现象吗？细想一下，在整个杜诗学的历史流程中，再没有一个时期像明末清初这样融汇着如许丰富的时代元素，似乎也再没有一个时期像明末清初这样发人深思、诱人探索。

① 汪灏《知本堂读杜·自序》，转引自周采泉《杜集书录》，上海古籍出版社，1986年，第211页。

② 转引自伍蠡甫、蒋孔阳等主编《西方文论选》下卷，上海译文出版社，1979年，第241页。

选择明末清初杜诗学作为研究对象,正是基于如上所说的丰富性与诱惑力。不过,对杜诗学本身的探索,我们要做的,并不是去寻找隐含于其中的所谓“人的心理”“时代的心理”“种族的心理”,而是循此终端反溯回去,即以对杜诗学所寄寓的时代背景、历史条件以及注家的个体生活经验及其中所体现出来的种种“心理”的考察为线索,寻绎其作用于杜诗学的种种进路,由此呈现明末清初一百多年间杜诗学发展的大致脉络。

## 三

施特劳斯在《如何着手研究中世纪哲学?》一文中说道:

> 谁都承认,如果非得研究中世纪哲学不可,便不得不做到尽可能确切和明智。尽可能确切是指,任何细节,无论多么微不足道,都不能认为不值得花大力气仔细考察;尽可能明智是指,在具体研究所有细节时,必须始终铭记整体,须臾不可见木不见林。[①]

如果我们的理解不错的话,施氏是在告诉我们,整体研究应当拥有细节支持,而对作为支持整体的各细节的研究又必须具备一种整体视野。这话很可以拿来作为我们研究明末清初杜诗学的一把标杆。探询明末清初杜诗学的整体进程,必须建基于对杜集具体(而非笼统)的研究,并在此基础上厘清各个杜集之间纵横交错的异同关系,从而勾勒出这个阶段杜诗学发展的历史脉络。这样一来,就要求每个个案在被我们作为“细节”研究之后有可供提取的“整体”意义,而要做到这一点,即“在具体研究所有细节时,必须始终铭记整体”。我们认为,所谓“始终铭记整体”,不应该只是一种意识,还要有可操作性,也就是说应该有一以贯之的观照模式,亦即在某个

① 见刘小枫、陈少明主编《经典与解释的张力》,上海三联书店,2003年,第299页。

视角支配下的研究方式。因为所谓“整体”，亦不过是一个相对而言的概念，不同的观照模式会产生不同的整体。如果对此没有一个清醒的认识，想要在前人研究的基础上推进将是困难的。

## 四

本书对研究对象采取的观照方式，前文中已经提出：“以对杜诗学所寄寓的时代背景、历史条件以及注家的个体生活经验及其中所体现出来的种种‘心理’的考察为线索，寻绎其作用于杜诗学的种种进路，由此呈现明末清初一百多年间杜诗学发展的大致脉络”，亦即希望通过传统的“知人论世”的观照方式贴近明末清初杜诗学的历史空间。

这个时候，自然不能忘了明末清初杜诗学的“学术”之维。很多时候，广阔的时代背景、复杂的历史条件正是聚焦于“学术思潮”而影响于杜诗学的，同时注家个人的生活经验与心理体验也往往会影响他个人的学术追求从而体现在杜诗注中，而明末清初又恰值学术从理学到朴学转型的关键时刻[①]。因此，在具体写作过程中，我们将在“知人论世”的基础上进一步以“学术思潮”以及此思潮下个人的学术趣尚为主线展开，研究范围据此来圈定，内容结构也据此来划分。

先说研究范围。

“明末清初”的概念，很多人在使用着，可它起于何时，终于何处，则有一定的弹性，用者往往根据论题需要以确立此一特殊历史阶段的上、下限。本书既以“学术思潮”作为“知人论世”模式中的主线来探寻杜诗辑注的文化义涵，则此上、下限自当以学术变迁为参照加以酌定。

梁启超在解释自己所作《中国近三百年学术史》“为什么题目不叫做清代学术”时说道：

① 众所周知，明王朝的崩溃、满洲的入主中原带给学者社会的不只是心理上的激烈震荡，更引发其思想上的痛苦反思。“当时的学人将明亡归因于道德沦丧、伦理秩序崩溃，并认为它是由空洞浅薄的理学思辨引发的”，他们确信“只有反省前代学术的失败，才能为哲学和精神的复兴，以及有效解决现实问题找到出路”。参看［美］艾尔曼《从理学到朴学——中华帝国晚期思想与社会变化面面观》，江苏人民出版社，1995年，第36页。

因为晚明的二十多年,已经开清学的先河……[1]

这可以作为我们研究的上限。而龚自珍《与江子屏笺》曰:

国初之学,与乾隆初年以来之学不同。[2]

王国维《沈乙庵先生七十寿序》亦曰:

我朝三百年间,学术三变:国初一变也,乾、嘉一变也,道、咸以降一变也。[3]

按龚、王二氏之说,则“国初之学”当终于雍正朝。我们据如上三家的意见,将本书研究的时间范围定在自崇祯元年(1628)至雍正末年(1735)百余年间。

在研究的具体对象上,本书以产生于上定时间范围内的杜集为主。这不仅因为在明末清初杜诗学中,数量众多的杜诗注本、评本是当之无愧的主角,而且还因为各种杜集中都包含了极为丰富的注杜实践、注杜论述。所以从精神实质上说,明末清初的杜集足以代表明末清初的杜诗学。当然,以杜集为中心,属于我们人为划分出来的“正式成员”,这并不意味着对杜集之外的杜诗学资料的彻底排斥,恰恰相反,欲显“圜中”,先须广摄四旁,杜集以外的文献仍当尽可能摄入视线之内,以备需要的时候用作参证。另外,有必要一说的是,在本论题所取的研究对象中,完全属于“明末”而未踏入“清初”的杜集其实不多,之所以仍以“明末清初”而不径用“清初”为题,更多的是为了取其“气候”,一种“山雨欲来风满楼”的时代“气候”。

再说内容结构。

本书分上中下三篇。

① 梁启超《中国近三百年学术史》,第1页。

② 王佩诤校《龚自珍全集》,上海古籍出版社,1975年,第347页。

③《王国维文集》,北京燕山出版社,1997年,第475页。

上篇从明末清初杜诗学者的占籍考索入手，揭示作为注杜主体的杜诗学者在特定历史阶段“借助个人或地域的联系，哲学或文学上的默契，共同的师承关系等中介聚合起来”所表现出的群体特征，进而探察这一“群体”其活动方式、共同的学术追求是如何施于杜诗学以具体的影响，从而引发杜诗学风貌的改变的。另外，为配合讨论，特制“明末清初杜诗辑注简表”“明末清初杜诗学者事历简编”附于文后，这样可使一些问题有直观的对照，庶可互相发明。

在中篇中，我们着眼于杜诗学的历史流变，从明末清初杜诗学者大量的注杜论述与实践中，归纳出最能体现该时期杜诗辑注进程的三个发展阶段，即：力图走出“刘辰翁时代”的明末清初的杜诗评解，回向宋代、对宋注既辟之又效之的清初经典杜诗注，以及“后起之秀”所掀起的杜诗注解新高峰。这三个阶段，是明末清初杜诗学者从三条路径对宋元以来的杜诗学进行的反省和转换：第一阶段多为杜诗评解本，从方法上都还算是刘辰翁式的评说法，保留着刘式评点的形式面貌，或将评注置于原诗之后，或干脆不录原诗，而且还在具体的评解实践中颇多地依违于刘评，总念念不忘以“刘”形己，但由于都有了明末或清初一段史事的激成，因此又都能转化原来空疏之“以意逆志”，使“以意逆志”再次与“知人论世”结合，从而以评说救评说，走向健实；第二阶段是以钱谦益《钱注杜诗》与朱鹤龄《杜工部诗集辑注》为中心的经典杜诗注，由于经典本位批评意识崛起，他们将眼光投向了以经典方式为之的宋人之注，对他们注杜中的种种谬误表示不满，并以自己精详、分明的考据对旧注进行澄清，注杜也由此从元、明评解重新回到了经典注疏的路向上来；第三阶段的杜注大抵为梁启超所谓的“后起之秀”所作，走的是一条综合的道路，不但注、解并举，使“事类意义，两者兼尽”，而且对历代的注杜成果“博取而会其归，折衷而去其隙”，成就了集大成式的杜诗注解，将杜诗注解推上一个新的高度，但同时也埋下了“注杜之风杀矣”（洪业语）的根苗。这三个阶段，从注杜理念到注杜方式上考察，都呈现出了一些较为显豁的差异，但在明末清初杜诗学的整体进程中，又自有其一脉相承之处，即使在同一个注本中，也能够同时拥有一些其他注本的特征。为免于空谈泛论，我们在每个阶段中选择了两个有代表性的重要杜集，它们分别是王嗣奭《杜臆》、金圣叹《杜诗解》、钱谦益《钱注杜诗》、朱鹤龄《杜工部诗集辑注》、仇兆鳌《杜诗详注》、浦起龙《读杜心解》。这六种杜集，在明末清初杜集中是最普遍为人所知也最多为读杜者所使用的。为了明确这六种杜集在明末清初杜诗学历史进程中的角色地位，本文对每一种杜集的渊源、背景、具体注杜表现都进行了较为深入的分析。六种杜集虽然是分别讨论，但它们之间本身即多彼此渗透，故合起来庶几已能呈现明末清初杜诗学的发展轮廓。

下篇则由“注”杜、“解”杜转向“书”杜这样一种艺术的抒情方式，探析其时士人别样的杜诗情结。通过对各类书杜者书杜样态的分析，探询杜诗接受史中的一个特殊支脉是怎样在一些特定的历史情境中展开，他们的托“杜”以怨有着怎样的历史特征，进而藉此反观杜诗在其影响进程中的作用与功能，把握其中易为人忽略然而同样耐人寻味的那一部分文化蕴涵。

上中下三篇在篇幅上不求均衡，或长或短，各适其宜。

俞平伯《重印〈人间词话〉序》有云：“作文艺批评，一在能体会，二在能超脱。必须身居局中，局中人知甘苦，又须身处局外，局外人有公论。”[①]是否“入乎其内”，又“出乎其外”，是我们衡量杜注的一杆标尺，而“入乎其内”且“出乎其外”的通脱，也将是本书为之努力的一个美好理想。

① 转引自叶嘉莹《王国维及其文学批评》，河北教育出版社，1997年，第2页。

# 上　篇
# 明末清初杜诗学者整体考察

## 第一章　地域观照：明末清初杜诗学者之占籍

通过籍历来考察一代乃至一地文风之状况，前辈学者多有之[1]。本文也拟效此法，考明末清初杜诗学者之占籍以概见此际杜诗学者之地域分布问题，藉此来作为探究明末清初杜诗学具体展开与走向的出发点。兹将所考胪列如下：

①如：唐圭璋《两宋词人占籍考》，见《宋词四考》，江苏古籍出版社，1985年；陈尚君《唐诗人占籍考》，见《唐代文学丛考》，中国社会科学出版社，1997年。

### 一　直隶（12人）

#### 1.1　顺天府

［昌平］：陈浩

#### 1.2　大名府

［长垣］：王维坤；［东明］：袁佑

### 1.3 顺德府

［顺德］:罗国器

### 1.4 广平府

［磁州］:张溍;［永年］:申涵光;［广平］:王宗

### 1.5 天津府

［天津］:王玉麟、胡捷

### 1.6 冀州直隶州

［南宫］:郑宏庆

### 1.7 赵州直隶州

［柏乡］:魏柏祥、魏荔彤

## 二 奉天(1人)

### 2.1 奉天府

［奉天］:卢震

## 三 江苏(52人)

### 3.1 江宁府

［江宁］:龚缨;［上元］:姚孙枝

### 3.2 淮安府

［山阳］:杜首昌;［盐城］:沈汉、宋曹【图5】

### 3.3 扬州府

［宝应］:汤启祚

### 3.4 通州直隶州

［通州(俗称:南通州)］:陶开虞

### 3.5 苏州府

［长洲］:薛益、汪琬、何焯、韩治、徐树丕、王家瓒;［昆山］:顾炎武、顾宏;［常熟］:钱谦益、王载、陆钺、钱陆灿、严虞惇;［吴江］:朱鹤龄、顾施桢、张世炜、沈闾

### 3.6 松江府

［华亭］：卢元昌、黄之隽、王鹤江；［上海］：朱瀚；［青浦］：周篆

### 3.7 太仓直隶州

［太仓］：毛张健；［嘉定］：李燧、杨世清

### 3.8 常州府

［武进］：杨大鲲、邵长蘅、吴见思；

［无锡］：顾宸、俞玚、浦起龙；

［阳湖］：蒋金式；［晋陵］：吴冯栻

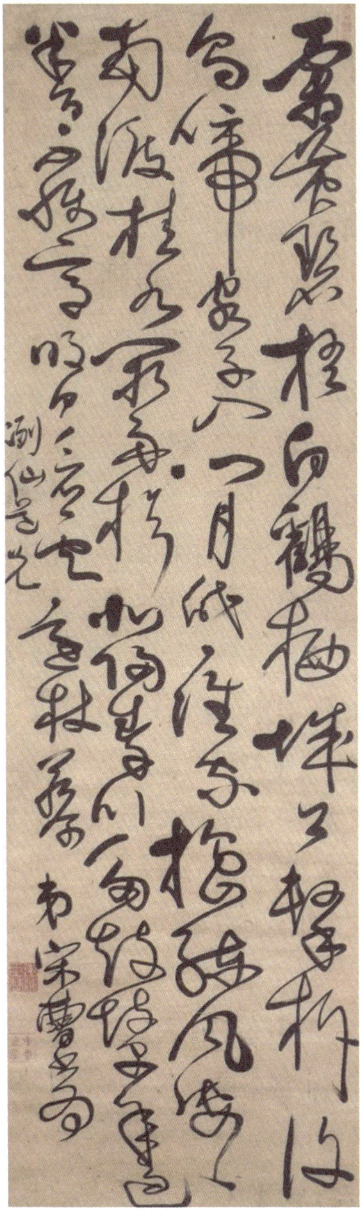

【图5】宋曹（1620—1701）《行草杜甫暮归诗轴》，纵175.5cm，横50.5cm，纽约苏富比2012年9月13日拍卖会“中国古代书画专场”拍品。

宋曹字彬臣，一字邠臣，号射陵，江苏盐城人，明崇祯时官中书，入清后隐居不仕，著有《杜诗解》《书法约言》等。据称，宋曹以杜甫诗风自诩，作书亦热衷于杜诗。

### 3.9 镇江府

[金坛]:王澍;[溧阳]:马世俊、魏麟徵;[丹阳]:姜志珏、姜文灿;[镇江]:秦汝霖、杨淮

### 3.10 吴县

[吴县]:金圣叹、缪曰芑、潘柽章、潘耒、蒋楛

## 四 安徽(18人)

### 4.1 安庆府

[桐城]:陈式、方文、左国材、方正孺、马霳

### 4.2 徽州府

[歙县]:洪仲(洪舫)、黄生、吴瞻泰、郑旼、汪济民、闵奕仕、郑光时;[休宁]:汪灏、查弘道

### 4.3 池州府

[贵池]:刘廷銮

### 4.4 太平府

[姑孰(当涂)]:陈醇儒;[芜湖]:萧云从

郑同甸(所属辖县未详)

## 五 山西(4人)

### 5.1 太原府

[太原]:阎若璩(寄居山阳);[阳曲]:傅山【图6】;[祁县]:戴廷栻

### 5.2 泽州府

[泽州]:陈廷敬

## 六 山东(11人)

### 6.1 济南府

[德州]:卢世㴶;[历城]:叶承宗;[济南]:张笃行;[新城]:王士禄、王士祯;[章丘]:袁之升

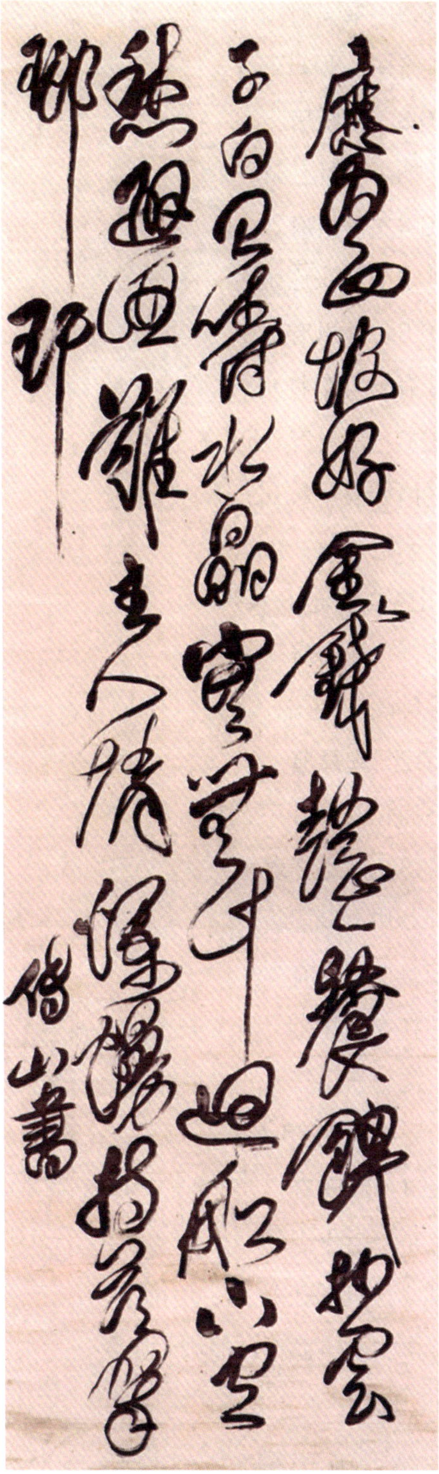

【图6】傅山（1607—1684）《草书杜甫与鄠县源大少府宴渼陂诗轴》，绫本，纵169cm，横51.5cm，山西博物院藏。

傅山为人之骨鲠、节行之高洁，在明清之际的士人中堪称代表，许多学者如顾炎武、阎若璩、朱彝尊、潘耒均曾慕名造访。作为其时杰出的书法家，傅山寄身书翰，磊磊风骨也每于挥毫泼墨间发露无遗。

傅山书杜今存者至少不下三十种，可见其人对杜诗之爱重。在《与戴枫仲》一札中，傅氏尝云："杜诗越看越轻弄手眼不得，不同他小集，不经多多少少人评论者，若急图成书，恐遗后悔，慎重为是。非颠倒数十百过不可，是以迟迟耳。曾妄以一时见解加之者，数日后又觉失言，往往如此，且从容何如？"（《霜红龛集·书札》）此札或是傅氏针对自己手批杜诗而发，又像有所嘱于撰《杜遇》的戴廷栻，于此不难想见其时杜诗学者读杜释杜之审慎与矜重。

### 6.2 泰安府

［平阴］:程自迩

### 6.3 兖州府

［曲阜］:孔传铎

### 6.4 曹州府

［定陶］:张彦士

### 6.5 登州府

［海阳］:李赞元

### 6.6 青州府

［诸城］:丁耀亢

## 七 河南(5人)

### 7.1 开封府

［鄢陵］:刘佑

### 7.2 归德府

［商丘］:贾开宗、宋荦

### 7.3 许州直隶州

［颍川］:刘志圻

### 7.4 河南府

［新安］:张羽

## 八 陕西(3人)

### 8.1 西安府

［富平］:李因笃

### 8.2 同州府

［华阴］:王弘撰;［蒲城］:屈复

## 九　浙江(46人)

### 9.1　杭州府

[海宁]:陆嘉淑、吴农祥、陈之壎、查慎行、陈讦、陈克敳、朱昇、管凤苞、陈世佶、羊光琤、张为仪、管汝锡;[仁和]:沈元沧

### 9.2　嘉兴府

[秀水]:朱彝尊【图7】、张雍敬、沈起、褚菊书;[平湖]:胡庆豫、卢生甫、赵沺;[桐乡]:张栢;[崇德(康熙元年改名"石门")]:吕留良

### 9.3　湖州府

[吴兴]:唐元竑;[归安]:吴景旭、沈三秀、沈炳巽;[南浔]:温睿临;[长兴]:王贻谷;[苕东]:张涵;[乌程]:沈世德;[德清]:徐禄宜

### 9.4　宁波府

[鄞县]:杨德周、王嗣奭、汪枢、仇兆鳌、范廷谋、李邺嗣、林时对、范光文;[慈溪]:李文炜、姜宸英【图8】、应时

### 9.5　绍兴府

[余姚]:黄宗羲;[山阴]:吴兴祚(入汉军正红旗);[萧山]:张远;[上虞]:倪会宣

## 十　江西(3人)

### 10.1　南昌府

[新建]:杨廷英

### 10.2　建昌府

[南丰]:刘霦

### 10.3　抚州府

[宜黄]:黄士光

## 十一　湖北(5人)

### 11.1　汉阳府

[汉阳]:龚书宸;[孝感]:彭大寿

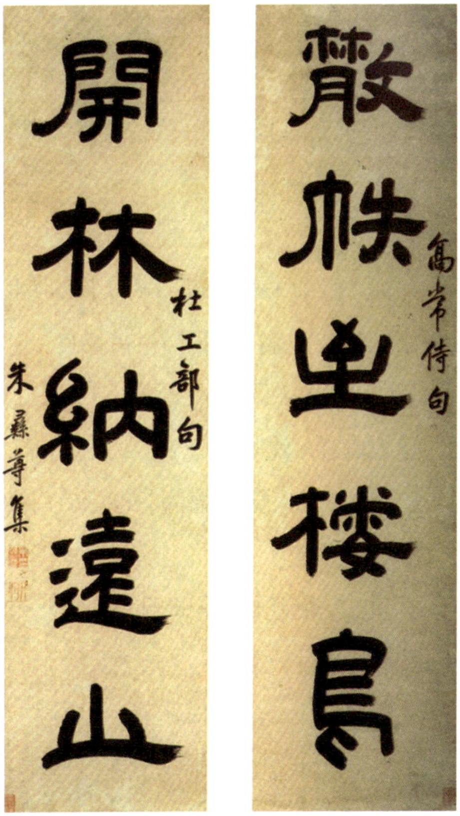


【图7】朱彝尊(1629—1709)《隶书集高适杜甫句联》,纸本,纵104.9cm,横27cm,台北"故宫博物院"藏。

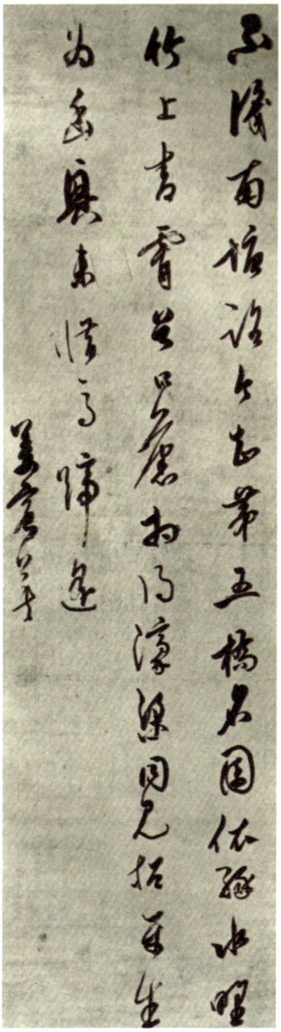

【图8】姜宸英(1628—1699)《行草杜甫陪郑广文游何将军山林十首其一诗轴》,纵162cm,横47.5cm,成都杜甫草堂博物馆藏。

朱彝尊尝言:"学诗者以唐人为径,此遵道而得周行者也。唐之有杜甫,其犹九达之逵乎!"(《曝书亭集·王学士西征草序》)朱氏批点杜诗之外,还好集杜,《曝书亭集》中可见其集句诗六首,就中纯集杜句者即有《吴江顾处士扁舟过访留所画山水图并新诗见赠集杜句酬之》《寿姚太学集杜》《晋祠唐太宗碑亭题壁集杜》《冬夜同诸子集杜尚书斋中分韵得波字》四首,另《集句题王女史画莲》一首开篇亦为杜句。此外,据《朱彝尊年谱》所载,朱氏还曾为钱谦益文集后题集杜诗一首。当然,虽曾参与密谋反清且一再以诗文抒写明亡之痛而终于还是在康熙诏举博学鸿词之际应了荐的朱彝尊,其集杜之旨趣、况味自与文文山大是不同。值得玩味的是,由年谱观察,1678年朱彝尊应博学鸿词试得官以后,便少再集杜,偶然乎?必然乎?

这里以及图15所附两件朱氏集唐人诗句的书作中都有杜句。

姜氏《湛园札记》卷四尝记郑虔谪台州司户时,为台人所嫌,虔作诗自叹云"著作无功千里窜,形骸违俗一州嫌"。但为"一州嫌"的郑虔,杜甫却颇善之,曾为之作《醉时歌》,曰"道出羲皇",曰"德尊一代",致后人(如清人施补华)乃谓其"标榜失实"。

#### 11.2 黄州府

[黄冈]:奚禄诒、杜濬

#### 11.3 德安府

[云梦]:杨治衢

### 十二 湖南(5人)

#### 12.1 长沙府

[湘潭]:曾用璜;[善化]:李文炤、李芳华

#### 12.2 宝庆府

[邵阳]:周思仁、车万育

### 十三 四川(1人)

#### 13.1 资州直隶州

[井研]:李长祥(寄居武进)

### 十四 福建(9人)

#### 14.1 福州府

[侯官]:陈学夔

#### 14.2 建宁府

[建宁]:游艺;[建安]:郑方坤

#### 14.3 邵武府

[光泽]:陈光绪

#### 14.4 汀州府

[宁化]:伊予先

#### 14.5 泉州府

[同安]:阮文锡;[晋江]:蔡璇远、富琰;[永春]:郭应元

## 十五　广东(2人)

### 15.1　广州府

［番禺］：屈大均、汪后来

## 十六　广西(1人)

### 16.1　桂林府

［全州］：蒋肇

## 十七　贵州(1人)

### 17.1　安顺府

梅璋

## 十八　汉军(1人)

### 18.1　［镶黄旗］：高其倬

**说明：**

一、本文确定杜诗学者籍历，除参据《明史》《清史稿》《清史列传》等史书的记载外，主要利用了《明清江苏文人年表》(张慧剑编著，上海古籍出版社，1986年)、《杜集书录》(周采泉著，上海古籍出版社，1986年)、《清代人物生卒年表》(江庆柏编著，人民文学出版社，2005年)、《清代杜诗学文献考》(孙微著，凤凰出版社，2007年)的成果。各家有所抵牾处，则为斟酌以从善者。为省篇幅，上引诸书均不再一一另注。

二、本文以《清史稿·地理志》所载各省州府之先后次第编排，各省州府之下加以属县列目。

三、本文所收以崇祯元年(1628)至雍正末年(1735)间曾从事辑杜、注杜、选杜、论杜并有或曾有著作行世者为限(按：未尝专为杜集著书者，如与其他诗人合选、合批或诗话中谈及杜甫的著作，概不阑入。本文涉及与前代杜诗学者比较时，亦大抵以此为准进行取舍）。鉴于部分学者生卒年、著作之行世状况未能确知，且因笔者学识所限，去取间主观失当之处在所难免，然由此亦已不难概见一时一地杜学之情状矣！

由上可知，活跃于明末清初的杜诗学者有百十家之多（实际当不止此数），且涌现出了王嗣奭、钱谦益、朱鹤龄、仇兆鳌、浦起龙等杜诗辑注史上的大家以及一大批的名注。当然，其中也有平庸之辈，如陈廷敬、毛张健、纪容舒之流所著，或是“无一发明”，或是“去杜愈远”，抑或是节抄他本窃据为自己所有[①]。像这样一批注家的出现，则并非取其注本本身的价值，而毋宁将之作为这一时期的文化现象，它们更多只是提供一种文化氛围：这是百十年间注家蜂起的一个佐证。依据上文杜诗学者占籍统计所示，我们尤其注意到，在总数一百八十人中，江苏、浙江、安徽分居前三位，计达一百一十六人，而其余十数个地区仅六十四人，其中尚有少数人（如阎若璩、李长祥）一度寄居于江浙，阎若璩长期寄居江苏山阳[②]，又如李长祥与杨大鲲撰《杜诗编年》时正寄居武进[③]。可见，这一时期的杜诗学著作大多出于江南[④]学者之手。不过，这并非自古已然，而是明末清初以来才有的现象。晚唐五代之辑杜诗者，为数极少，且多不知其人[⑤]，固勿多言。考自苏舜钦以来搜辑整理杜诗者的占籍，其分布显得颇为分散。其间虽然经历了宋室播迁，文化中心随之南移，但表现在杜诗学领域，仍未见有一方独盛的迹象。拣选重要者言之，王洙为太原人，王琪为华阳人，黄伯思为邵武人，蔡兴宗为东莱人，赵彦材为蜀人，鲁訔为海盐人，郭知达为成都人，曾噩为闽县人，黄希、黄鹤为宜黄人，蔡梦弼为建安人，刘辰翁为庐陵人。显然，这里并无明显的地域偏向，自然江南一带在杜诗辑注上也没有什么格外的特征。到了元明两代，有案可稽的杜诗学者虽亦不乏其人，其中籍贯隶属于江南一带的也有日趋增多之势，但这三百多

① 周采泉《杜集书录》，第364、366、378页。

② 刘师培《南北学派不同论》，见《清儒得失论——刘师培论学杂稿》，中国人民大学出版社，2004年，第245页。

③ 见《杜集书录》，第171页。

④ 关于“江南”，陈正祥《中国文化地理》的相关讨论可参，生活·读书·新知三联书店，1983年，第11页。

⑤ 关于宋以前杜诗的流传情况，可参看陈尚君《杜诗早期流传考》一文，见陈氏著《唐代文学丛考》。

年时间里的杜诗学著作，却没有多少声光，而此时影响最巨、在整个杜诗学史上尚有一席之地的《杜律虞注》，无论是其托名作者虞集（临川人），抑或是其真正的作者张性（金溪人）[①]，他们的籍贯又均不在江南。由此可知元明两代大部分时间里，江南一地在杜诗学史上仍未能自树一格。然自明末杨德周、王嗣奭等人开始，非但绝大部分杜诗学著作来自江南学者（前文所述），且具有影响力的杜集，如《杜臆》（王嗣奭）、《钱注杜诗》（钱谦益）、《杜工部诗集辑注》（朱鹤龄）、《杜诗阐》（卢元昌）、《杜诗说》（黄生）、《杜诗详注》（仇兆鳌）……亦莫不如是。文化地理学家陈正祥曾说道："具有代表性人物籍贯分布的改变，是文化中心迁移的最好证明。"[②]以此观照杜诗学史，那么，具有代表性的杜诗学者籍贯的趋向集中，则正标示了杜诗研究一方重镇的确立。

① 《杜律虞注》的作者问题，周采泉先生曾做过详细辩证，见《杜集书录》，第665—667页。

② 《中国文化地理》，第22页。

**附：**

# 明末清初杜诗辑注简表

## （一）见存部

| 作者 | 占籍 | 生卒年 | 杜集书名 | 著（刊）年 | 著（刊）年记年出处 | 附：其他主要著述 |
|---|---|---|---|---|---|---|
| 杨德周 | 鄞县 | 1579—1648 | 《杜诗类注》 | 明刻本（刻年不详） | 周采泉《杜集书录》 | 《澹圃芋纪》《輿识随笔》《金华杂识》《铜马编》，补徐𤊹所编《闽南唐雅》 |
| 卢世㴶 | 德州 | 1588—1653 | 《杜诗胥钞》《读杜私言》 | 分别于崇祯四年（1631）、七年（1634）刻 | 《杜集书录》 | 《春寒闲记》 |
| 唐元竑 | 吴兴 | 1590—1647 | 《杜诗攟》 | | | |
| 薛　益 | 长洲 | 未详 | 《杜工部七言律诗分类集注》 | 崇祯刻本 | 《杜集书录》 | |
| 王嗣奭 | 鄞县 | ？—1648 | 《杜臆》 | 崇祯十七年（顺治元年，1644）始，顺治二年（1645）竣 | 《杜臆原始》 | 《管天笔记外编》 |
| 汪　枢 | 鄞县 | 未详 | 《爱吟轩注杜工部集》 | 康熙间爱吟轩稿本 | 孙微《清代杜诗学文献考》 | |
| 钱谦益 | 常熟 | 1582—1664 | 《钱注杜诗》 | 崇祯六年（1633）撰成《读杜小笺》，次年成《读杜二笺》，顺治十八年（1661）前后增益《小笺》《二笺》为全本《杜工部集笺注》，康熙六年（1667）刊行 | 《钱注杜诗》季振宜序，《清代杜诗学文献考》 | 《牧斋初学集》《牧斋有学集》《投笔集》《绛云楼书目》《偈记会钞》《列朝诗集》 |
| 贾开宗 | 商丘 | 1595—1661 | 《秋兴八首偶论》 | 清初刻《遡园全集》本 | 《杜集书录》 | 《遡园集》 |

续表

| 作者 | 占籍 | 生卒年 | 杜集书名 | 著(刊)年 | 著(刊)年记年出处 | 附:其他主要著述 |
|---|---|---|---|---|---|---|
| 丁耀亢 | 诸城 | 1599—1669 | 《批李杜全集》 | 书成于顺治十年(1653)前后 | 自跋 | 《丁野鹤诗钞》《出劫纪略》《天史》《增删卜易》《家政须知》《宋诗英华》《续金瓶梅》 |
| 张笃行 | 济南 | 未详 | 《杜律注例》 | 顺治十六年(1659)家刻 | 著者《题词》 | 《九石居遗稿》《一弦琴谱》 |
| 朱鹤龄 | 吴江 | 1606—1683 | 《杜工部集辑注》 | 始于明末变革之际,成于康熙九年(1670) | 《清代杜诗学文献考》 | 《尚书埤传》《禹贡长笺》《诗经通义》《读左日钞》《李义山诗注》《愚庵小集》 |
| 傅　山 | 阳曲 | 1607—1683 | 《傅青主手批杜诗》《杜诗摘句》 | | | 《荀子注》《淮南子注》《霜红龛集》《管子批》 |
| 陈醇儒 | 姑孰 | 未详 | 《书巢笺注杜工部七言律诗》 | 康熙元年(1662)刻 | 《清代杜诗学文献考》 | |
| 顾　宸 | 无锡 | 1607—1674 | 《辟疆园杜诗注解》 | 顺治十八年(1661)成书,康熙二年(1663)刻 | 《清代杜诗学文献考》 | 《宋文选》《元文选》《明文选》 |
| 金圣叹 | 吴县 | 1608—1661 | 《唱经堂杜诗解》 | 约撰于顺治十六(1659)、十七(1660)年间,未竟 | 《辛丑纪闻》 | 《沉吟楼借杜诗》《第五才子书》《第六才子书》《唐才子书》 |
| 黄宗羲 | 余姚 | 1610—1695 | 《批点杜诗》 | | | 《二程学案》《明儒学案》《易学象数论》《深衣考》《孟子师说》《今水经》《四明山志》《历代甲子考》《剡源文钞》《南雷文定》《明文海》《姚江逸诗》《明文授读》《金石要例》 |
| 杜　濬 | 黄冈 | 1611—1687 | 《七家批钱注杜诗》其一 | | | 《变雅堂集》 |
| 吴景旭 | 归安 | 1611—1695 | 《杜陵谱系》(《历代诗话》己集) | | | 《历代诗话》 |
| 李长祥 | 井研 | 1612—1679 | 《杜诗编年》(与杨大鲲合著) | 顺治末康熙初刻 | 《杜集书录》 | 《易经参伍错综图》《天问阁集》 |
| 杨大鲲 | 武进 | 未详 | 《杜诗编年》(与李长祥合著) | 顺治末康熙初刻 | 《杜集书录》 | |
| 洪　仲(洪舫) | 歙县 | 未详 | 《苦竹轩杜诗评律》(《杜诗评律》) | 顺治年间刊二卷本,康熙八年(1669)刻 | 《杜集书录》及其引李一氓《击楫题跋》 | 《苦竹轩诗》《唐诗二字解》 |
| 严虞惇 | 常熟 | 未详 | 《杜诗钞》 | 约康熙初年写本 | 《杜集书录》 | 《读诗质疑》《虞太仆集》 |
| 钱陆灿 | 常熟 | 1612—1697 | 《批点杜诗》 | | | 《调运斋诗文随刻》 |

续表

| 作者 | 占籍 | 生卒年 | 杜集书名 | 著(刊)年 | 著(刊)年记年出处 | 附:其他主要著述 |
|---|---|---|---|---|---|---|
| 陈　式 | 桐城 | 1613—? | 《问斋杜意》 | 始撰于康熙三年,成于康熙六年,康熙二十一年(1682)刻成(侧怀堂) | 《杜集书录》 | |
| 顾炎武 | 昆山 | 1613—1682 | 《杜子美诗注》 | 《日知录》样本刻成于康熙十一年(1672) | 《杜集书录》 | 《左传杜解补正》《九经误字》《音论》《诗本音》《易音》《唐韵正》《古音表》《韵补正》《顾氏谱系考》《历代帝王宅京记》《天下郡国利病书》《昌平山水记》《山东考古录》《京东考古录》《谲觚》《求古录》《金石文字记》《石经考》《日知录》《菰中随笔》《救文格论》 |
| 卢元昌 | 华亭 | 1616—1693后 | 《杜诗阐》 | 康熙四年(1665)始,康熙二十一年(1682)竣 | 卢元昌自序 | 《明纪本末》《左传分国纂略》《唐宋八大家文选》《稀余留稿》 |
| 陆嘉淑 | 海宁 | 1620—1689 | 《评点杜诗》 | | | 《辛斋遗稿》 |
| 王弘撰 | 华阴 | 1620—1697后 | 《七家批钱注杜诗》其一 | | | 《周易筮述》《正学隅见述》《十七帖述》《山志》 |
| 吴见思 | 武进 | 1621—1680 | 《杜诗论文》 | 康熙十一年(1672)成 | 《四库全书总目提要》 | 《〈史记〉论文》 |
| 张　溍 | 磁州 | 1621—1678 | 《读书堂杜工部诗集注解》《文集注解》 | 顺治六年(1649)始,康熙十二年(1673)竣,康熙三十七年(1698)刊刻 | 《四库全书总目提要》《杜集书录》 | 《读书堂集》《澹宁集》,曾批《左传》《史记》《庄子》《离骚》、前后《汉书》 |
| 黄　生 | 歙县 | 1622—1696 | 《杜诗说》 | 康熙二十三年(1684)一木堂刻 | 《杜集书录》 | 《字诂》《义府》《叶书》 |
| 汪　琬 | 长洲 | 1624—1690 | 《批杜工部集》 | | | 《诗问》《拟明史列传》《说铃》《尧峰文钞》《钝翁前后类稿》《姑苏杨柳枝词》 |
| 王士禄 | 新城 | 1626—1671 | 《批点杜诗》 | | | 《读史蒙拾》《焦山古鼎考》《司勋五种集》《然脂集例》《炊闻词》 |
| 吴兴祚 | 山阴 | 1627—1693 | 《杜少陵诗选》 | | | 《宋元诗声律选》《史迁句解》《粤东舆图》 |
| 卢　震 | 奉天 | 1628—1704 | 《杜诗略说》 | 书作于康熙八年(1669)至十二年(1673),刊于康熙三十六年(1697)至四十二年(1703)间 | 孙微《清代杜诗学史》 | 《抚偏檄草》《抚偏疏草》《说安堂集》 |

续表

| 作者 | 占籍 | 生卒年 | 杜集书名 | 著(刊)年 | 著(刊)年记年出处 | 附:其他主要著述 |
|---|---|---|---|---|---|---|
| 吕留良 | 崇德 | 1629—1683 | 《批杜工部分体全集》 | | | 《四书语录》《四书讲义》《吕子评语》《晚村文集》 |
| 朱彝尊 | 秀水 | 1629—1709 | 《朱竹垞先生杜诗评本》 | 康熙四年(1665)成 | 朱彝尊卷首原跋 | 《经义考》《古文尚书辨》《孔子弟子门人考》《孟子弟子门人考》《曝书亭宋元人集目》《日下旧闻》《竹垞文类》《明诗综》《洛如诗钞》《词综》 |
| 游　艺 | 建宁 | 未详 | 《李杜诗选》 | 乾隆间刻 | 《杜集书录》 | 《天经或问》前后集、《诗法入门》 |
| 车万育 | 邵阳 | 1632—1705 | 《怀园集杜诗》 | 康熙二十八年(1689)刻本 | 《清代杜诗学文献考》 | 《声律启蒙》《读馀集》《怀园集》《萤照堂法书》 |
| 吴农祥 | 钱塘 | 1632—1708 | 《批杜诗》 | | | 《西湖水利考》《吴庆柏集》《流铅集》 |
| 张　远 | 萧山 | 1632—? | 《杜诗会粹》 | 康熙十四年(1675)始,康熙四十四年(1705)竣并刻成 | 《杜集书录》 | 《诗经析疑》《易经本义发明》《诗韵存古》《北曲司南》《昭明文选会笺》《李太白诗笺》 |
| 王士禛 | 新城 | 1634—1711 | 《带经堂评杜》《渔洋评杜诗话》《渔洋评杜摘记》《点定杜工部诗集》 | | | 《古欢录》《蜀道驿程记》《南来志》《北归志》《秦蜀驿程后记》《浯溪考》《长白山录》《广州游览小志》《国朝谥法考》《居易录》《香祖笔记》《古夫于亭杂录》《分甘余话》《陇蜀馀闻》《皇华纪闻》《精华录》《华泉集选》《精华录训纂》《渔洋诗集》《渔洋文略》《蚕尾集》《南海集》《雍益集》《二家诗选》《唐贤三昧集》《唐人万首绝句选》《古诗选》《十种唐诗选》《载书图诗》《渔洋诗话》《五代诗话》 |
| 宋　荦 | 商丘 | 1634—1713 | 《杜工部诗抄》 | 康熙年间钞本 | 《清代杜诗学文献考》 | 《沧浪小志》《漫堂墨品》《怪石赞》《筠廊偶笔》《绵津山人诗集》《江左十五子诗选》《漫堂说诗》《西陂类稿》 |
| 汤启祚 | 宝应 | 1635—1710 | 《杜诗笺》 | 康熙四十八年(1710)前 | 《清代杜诗学文献考》 | 《春秋不传》《删剩文稿》《删剩诗稿》 |

续表

| 作者 | 占籍 | 生卒年 | 杜集书名 | 著(刊)年 | 著(刊)年记年出处 | 附:其他主要著述 |
|---|---|---|---|---|---|---|
| 阎若璩 | 太原 | 1636—1704 | 《七家批钱注杜诗》其一 | | | 《古文尚书疏证》《毛朱诗说》《四书释地》《丧服翼注》《孟子生卒年月考》《孔庙从祀末议》《潜秋札记》 |
| 邵长蘅 | 武进 | 1637—1704 | 《批杜诗阐》 | | | 《古今韵略》《删补施注苏诗》《青门簏稿》《二家诗钞》 |
| 陈廷敬 | 泽州 | 1639—1712 | 《杜诗律笺》《午亭杜律诗话》 | 康熙时刻,康熙间《午亭文编》载录本 | 《杜集书录》 | 《午亭史评》《午亭文编》 |
| 仇兆鳌 | 鄞县 | 1640—1714 | 《杜诗详注》 | 康熙二十八年(1689)始,康熙三十二年(1693)成书进表,以后又不断有增订,芸生堂康熙五十二年(1713)刻 | 《补注自识》 | 《悟真篇集注》《参同契集注》,预修《一统志》《四书说约》 |
| 周　篆 | 青浦 | 1642—1706 | 《杜工部诗集集解》 | 康熙二十三年(1684)始,康熙三十四年(1695)成 | 《周草亭年谱》 | 《蜀汉书》《草亭文集》 |
| 俞　玚 | 无锡 | 1644—1697 | 《乐句》<br>《杜诗律》 | 康熙五年(1665)刊<br>道光十六年(1836)刊 | 《杜集书录》 | 《旅农诗略》 |
| 顾施桢 | 吴江 | 未详 | 《杜工部七言律诗疏解》 | 康熙二十五年(1686)刻 | 自序 | |
| 朱　瀚 | 上海 | 未详 | 《杜诗解意七言律》(与李燧合著) | 康熙十四年(1675)刻本 | | 《中庸悬谈》《周易玩词》 |
| 李　燧 | 嘉定 | 未详 | 《杜诗解意七言律》(与朱瀚合著) | 康熙十四年(1675)刻本 | | 《陶庄诗草》 |
| 陈之壎 | 海宁 | 未详 | 《杜诗陈注》(《杜工部七言律诗注》) | 康熙二十二年(1683)刻 | 《杜集书录》引沈序 | 《朴庵诗集》 |
| 潘　耒 | 吴江 | 1646—1708 | 《七家批钱注杜诗》其一 | | | 《类音》《遂初堂诗集》《文集》《别集》 |
| 陈　訏 | 海宁 | 1650—1732 | 《读杜随笔》 | 雍正十年(1732)家刻本 | 《杜集书录》 | 《勾股引蒙》《勾股述》《时用集》《宋十五家诗选》 |

续表

| 作者 | 占籍 | 生卒年 | 杜集书名 | 著(刊)年 | 著(刊)年记年出处 | 附:其他主要著述 |
|---|---|---|---|---|---|---|
| 查慎行 | 海宁 | 1650—1727 | 《初白庵诗评》 | | | 《周易玩辞集解》《易说》《补注东坡编年诗》《敬业堂集》 |
| 张世炜 | 吴江 | 1653—1724 | 《读杜管窥》 | 康熙二十三年(1684)刊本 | 《杜集书录》 | 《秀野堂全集》 |
| 汪文柏 | 桐乡 | 1653后—? | 《杜韩诗句集韵》 | 书成于康熙三十五年 | 《清代杜诗学文献考》 | 《柯庭余习》《柯庭文薮》《柯庭乐府》 |
| 龚书宸 | 汉阳 | 未详 | 《赏音阁杜诗问津》 | | | |
| 应　时 | 慈溪 | 未详 | 《李杜诗纬》 | 康熙十七年(1678)刊 | 《清代杜诗学文献考》 | |
| 李文炜 | 慈溪 | 1653? —1725后 | 《杜律通解》 | 康熙五十一年(1712)成书,雍正三年(1725)刻 | 李基和序 | |
| 吴瞻泰 | 歙县 | 1657—1735 | 《杜诗提要》 | 书成于康熙三十五年之前 | 吴瞻泰《评杜诗略例》 | 《陶诗汇注》《紫阳书院志附讲义》 |
| 汪　灏 | 休宁 | 1658—? | 《知本堂读杜》(《树人堂读杜》) | 康熙四十三年(1704)刻 | 《杜集书录》 | 《倚云阁诗集》《知本堂集》《随銮纪恩》 |
| 范廷谋 | 鄞县 | 1659—1728 | 《杜诗直解》 | 雍正六年(1728)年成书,同年刻 | 《杜集书录》 | |
| 何　焯 | 长洲 | 1661—1722 | 《杜工部集》(载《义门读书记》) | | | 《义门读书记》《庚子消夏记校正》《分类字锦》《义门题跋》《义门先生集》 |
| 张　羽 | 新安 | 未详 | 《杜还》 | 康熙间刻本 | | |
| 吴冯栻 | 晋陵 | 未详 | 《青城说杜》 | 康熙年间刻本 | | 《自勖录》 |
| 查弘道 | 休宁 | 未详 | 《杜律笺注》 | 康熙间刻 | | 《东山诗钞》 |
| 闵奕仕 | 歙县 | 未详 | 《李杜诗选》 | 康熙二十年(1681)写本 | 《清代杜诗学文献考》 | |
| 蒋金式 | 阳湖 | ? —1722 | 《批注杜诗辑注》 | | | |
| 孔传铎 | 曲阜 | ? —1735 | 《红萼轩杜诗汇二种》 | 书约成于雍正初年 | 《清代杜诗学文献考》 | 《申椒》《盟鸥》 |
| 王　澍 | 金坛 | 1668—1743 | 《杜诗五古选录》 | | | 《禹贡谱》《大学本文》《大学困学录》《大学古本》《中庸本文》《中庸困学录》《淳化秘阁法帖考正》《竹云题跋》《集程朱格物法》《集朱子读书法》 |
| 陈光绪 | 光泽 | 未详 | 《杜文贞诗集》 | 雍正二年(1724)手抄本 | 《清代杜诗学文献考》 | |

续表

| 作者 | 占籍 | 生卒年 | 杜集书名 | 著(刊)年 | 著(刊)年记年出处 | 附:其他主要著述 |
|---|---|---|---|---|---|---|
| 浦起龙 | 无锡 | 1679—1762 | 《读杜心解》 | 康熙六十年年(1721)始,雍正三年(1725)竣 | 《读杜心解·发凡》,《四当斋书目》 | 《史通通释》《古文眉诠》《酿蜜集》《不是集》 |
| 沈炳巽 | 归安 | 未详 | 《杜诗集解》 | | | |
| 张为仪 | 海宁 | 未详 | 《读杜随笔》 | | | 《寓庸堂集》 |
| 张雝敬 | 秀水 | 未详 | 《杜诗评点》附《杜诗遗珠》 | | | 《春秋义》《春秋平》《春秋长历》 |
| 毛张健 | 太仓 | 未详 | 《杜诗谱释》 | 康熙四十九年(1710)刻 | 《杜集书录》 | 《丹黄余论》《唐体肤诠》 |
| 奚禄诒 | 黄冈 | 未详 | 《批点杜工部集》 | | | 《知津集》 |
| 韩　洽 | 长洲 | 未详 | 《批杜工部集》 | | | 《明诗存》《寄庵诗存》 |
| 姚孙枝 | 上元 | 未详 | 《批杜五律》 | | | |
| 酸尼瓜尔嘉·额尔登谔 | 满洲 | 未详 | 《一草堂说诗》 | | | 《废村诗稿》 |

## （二）散佚的杜集

| 作者 | 占籍 | 生卒年 | 所注书名 | 附:其他主要著述 |
|---|---|---|---|---|
| 王　载 | 常熟 | 未详 | 《杜诗笺注》 | 《明列朝诗》 |
| 陆　钺 | 常熟 | 1587—1654后 | 《杜诗注证谬》 | 《钟嵘诗品注释》《穿山志》 |
| 萧云从 | 芜湖 | 1596—1673 | 《杜律细》 | 《易存》《补绘离骚全图》《梅花堂遗稿》 |
| 魏柏祥 | 柏乡 | 未详 | 《李杜苏诗选》 | 《四书日录》《读史絮言》 |
| 郑同甸 | 太平 | 未详 | 《评杜诗》 | |
| 叶承宗 | 历城 | 1602—1648 | 《少陵诗选》 | 《泺函集》《记珠》 |
| 郑　旼 | 歙县 | 1607—? | 《杜诗笺注》 | |
| 马世俊 | 溧阳 | 1609—1666 | 《李杜诗汇注》 | 《马太史匡庵前集》《马太史匡庵集》 |
| 方　文 | 桐城 | 1612—1669 | 《杜诗举隅》《批杜诗》 | 《嵞山集》 |
| 彭大寿 | 孝感 | 1612—1691 | 《杜诗益》 | 《鲁冈或问》 |
| 沈　起 | 秀水 | 1617—1687 | 《测杜少陵诗》 | 《学园集》 |
| 戴廷栻 | 祁县 | 1618—1691 | 《杜遇》 | 《晋四人诗》《半可集》 |
| 傅　山 | 阳曲 | 1607—1683 | 《杜遇余论》 | |
| 申涵光 | 直隶永年 | 1619—1677 | 《说杜》 | 《聪山集》《荆园小语》 |
| 宋　曹 | 盐城 | 1620—1701 | 《杜诗解》 | |
| 吴见思 | 武进 | 1621—1680 | 《杜诗论事》 | |
| 李邺嗣 | 鄞县 | 1622—1680 | 《杜工部诗选》 | 《汉语》《南朝续世说》《杲堂文钞诗钞》 |
| 林时对 | 鄞县 | 1623—1713 | 《纂杜诗略》 | 《留补堂集》《荷锸丛谈》 |

续表

| 作者 | 占籍 | 生卒年 | 所注书名 | 附:其他主要著述 |
|---|---|---|---|---|
| 李赞元 | 海阳 | 1624—1678 | 《杜诗解》 | 《山门吟·悔斋诗集·又新集·怡老篇·集外录》《滴翠园集》 |
| 潘柽章 | 吴县 | 1626—1663 | 《杜诗博议》 | 《国史考异》《明史记》 |
| 蒋楛 | 吴县 | 1628—? | 《杜诗绪论》 | 《天涯诗钞》《读史》《诗余钞》 |
| 杜首昌 | 山阳 | 1628—? | 《杜陵诗选》 | |
| 姜宸英 | 慈溪 | 1628—1699 | 《杜诗笺》 | 《拟明史传》《湛园题跋》《湛园札记》《湛园集》《湛园未定稿》《江防总论》 |
| 屈大均 | 番禺 | 1630—1696 | 《李杜诗选》 | 《先圣庙林记》《广东新语》《屈翁山诗集》《道援堂集》 |
| 沈　汉 | 盐城 | 1630—? | 《杜律五言集》《杜律校评》 | 《听秋阁诗集》《卧园文集》 |
| 李因笃 | 富平 | 1631—1692 | 《杜律评语》 | 《广韵正》《古今韵考》《汉诗音注》《汉诗评》《受祺堂诗集》 |
| 王维坤 | 大名长垣 | 1633—? | 《杜诗臆评》 | 《搜弃集》《渐细斋集》 |
| 袁　佑 | 直隶东明 | 1634—1699 | 《杜诗注驳》 | 《诗礼疑义》《霁轩诗钞》 |
| 魏麟徵 | 溧阳 | 1644—1713 | 《杜诗评注》 | 《西湖和苏诗》《濂洛风雅诗》 |
| 胡庆豫 | 平湖 | 1649—? | 《杜诗集注》 | 《东坪集》 |
| 陈克鬯 | 海宁 | 1656—1732 | 《杜诗注》 | 《家居集》《云怡子古文》 |
| 伊予先 | 宁化 | 1659—1731 | 《杜诗参》 | |
| 沈元沧 | 仁和 | 1666—1733 | 《杜诗补注汇》 | 《礼记类编》《灌畦集》《滋兰堂诗集》 |
| 屈　复 | 蒲城 | 1668(1670)—1739 | 《杜工部诗评》 | 《弱水集》《楚辞新注》 |
| 龚　缨 | 江宁 | 未详 | 《读杜志忘》 | 《周易象义》 |
| 卢生甫 | 平湖 | 1667—? | 《杜诗说》 | 《东湖乘》 |
| 黄之隽 | 华亭 | 1668—1748 | 《钞杜诗》 | 《香屑集》《庑堂集》 |
| 曾用璜 | 湘潭 | 1670—? | 《杜诗分体》 | |
| 李文炤 | 善化 | 1672—1735 | 《杜诗选》 | 《周易本义拾遗》《周礼集传》《春秋集传》《太极解拾遗》《通书解拾遗》《西铭解拾遗》《近思录集解》 |
| 陈　浩 | 昌平 | 未详 | 《杜诗读本》 | 《生香书屋诗集》 |
| 杨廷英 | 新建 | 未详 | 《杜诗注》 | 《诗集》 |
| 高其倬 | 汉军镶黄旗 | 1676—1738 | 《杜诗笺记》 | 《味和堂诗集》《蕴真轩诗草》《高文良公全集》 |
| 汪后来 | 番禺 | 1678—1747后 | 《杜诗注》 | 《王右丞诗笺》 |
| 蒋　肇 | 全州(广西) | 1680—? | 《杜诗集解》 | |
| 缪曰芑 | 吴县 | 1684—1756 | 《杜诗心解》 | (刊《李太白集》) |
| 郑方坤 | 建安 | 1693—? | 《注杜诗》《杜诗宣和谱》 | 《经稗》《国朝名家诗钞小传》《五代诗话》《蔗尾诗集》《全闽诗话》 |
| 李芳华 | 善化(湖南) | 1693—? | 《杜诗选注》 | 《纲鉴集义》 |
| 黄大宗 | 山阳 | 未详 | 《杜诗分韵》(与王士禄合著) | |
| 刘廷銮 | 贵池 | 未详 | 《杜诗话》 | 《五石瓠》 |

续表

| 作者 | 占籍 | 生卒年 | 所注书名 | 附:其他主要著述 |
|---|---|---|---|---|
| 陶开虞 | 南通州 | 未详 | 《说杜》 | |
| 王玉麟 | 天津 | 未详 | 《杜诗笺注》 | |
| 左国材 | 桐城 | 未详 | 《杜诗解颐》 | 《易学》《诗学》 |
| 范光文 | 鄞县 | 未详 | 《李杜诗钞》 | |
| 倪会宣 | 上虞 | 未详 | 《杜诗独断》 | 《恒园集》 |
| 王　宗 | 广平 | 未详 | 《杜诗笺释》 | 《左传一得》《敦好堂诗稿》《江南课俊稿》 |
| 黄士光 | 宜黄 | 未详 | 《李杜诗选》 | 《字义辨正录》《青松阁文集》 |
| 张彦士 | 定陶 | 未详 | 《杜诗旁训》 | 《读史鳌疑》《孝经注解》《忠经注解》《小学汇解》 |
| 姜志珏 | 丹阳 | 未详 | 《杜诗纂注》 | |
| 朱　昇 | 海宁 | 未详 | 《杜诗注》 | 《蜀中草》 |
| 刘　佑 | 鄢陵 | 未详 | 《杜诗录最》 | 《学益堂诗稿》《学益堂文稿》 |
| 阮旻锡 | 同安 | 未详 | 《杜诗三评》 | |
| 蔡璇允 | 晋江 | 未详 | 《分类杜诗选》 | |
| 沈三秀 | 归安 | 未详 | 《杜诗详解》 | |
| 魏荔彤 | 柏乡 | 未详 | 《批杜诗》 | 《金匮要略方论本义》《大易通解》《怀舫集》 |
| 王　樟 | 宝应 | 未详 | 李杜诗选 | 《文选揭要》 |
| 陈学夔 | 侯官 | 未详 | 《杜诗注解》 | |
| 刘　霦 | 南丰 | 未详 | 《杜诗解》 | |
| 张　桓 | 桐乡 | 未详 | 《杜诗择注》 | |
| 温睿临 | 南浔 | 未详 | 《评选少陵集》 | 《南疆绎史》 |
| 姜文灿 | 丹阳 | 未详 | 《杜诗集注》 | 《诗经正解》 |
| 徐禄宜 | 德清 | 未详 | 《杜诗偶识》 | 《存辩录》 |
| 管凤苞 | 海宁 | 未详 | 《杜诗纂注》 | |
| 郑宏庆 | 南宫 | 未详 | 《少陵诗注》 | |
| 陈世佶 | 海宁 | 未详 | 《杜诗集注》 | 《通志堂经解纂》《种书田稿》 |
| 郭应元 | 永春 | 未详 | 《杜诗选》 | 《蓼洲诗文集》 |
| 褚菊书 | 嘉兴 | 未详 | 《读杜臆解》 | 《易象数臆解》 |
| 王鹤江 | 松江 | 未详 | 《读杜心知》 | 《学庸撮要》 |
| 梅　璕 | 安顺 | 未详 | 《杜诗集注》 | |
| 杨志衢 | 云梦(湖北) | 未详 | 《杜诗汇笺》 | |
| 赵　沺 | 平湖 | 未详 | 《读杜慎言》 | |
| 郑光时 | 歙县 | 未详 | 《杜诗心解》 | 《嘘云稿》 |
| 顾　宏 | 昆山 | 未详 | 《杜诗注解》 | |
| 杨世清 | 嘉定 | 未详 | 《杜诗筏喻》 | |
| 王家瓒 | 长洲 | 未详 | 《杜诗疏议》 | |
| 秦汝霖 | 镇江 | 未详 | 《杜律注》 | 《五经音韵》《四书音释》 |
| 胡　捷 | 天津 | 未详 | 《少陵诗话纂》 | |

续表

| 作者 | 占籍 | 生卒年 | 所注书名 | 附:其他主要著述 |
| --- | --- | --- | --- | --- |
| 杨　淮 | 丹徒 | 未详 | 《李杜集旁注》 | 《读易一隅》《史论集评》 |
| 羊光琤 | 海宁 | 未详 | 《杜诗恒言解义》 | |
| 富　琰 | 晋江 | 未详 | 《杜诗全集注解》 | |
| 沈世德 | 乌程 | 未详 | 《杜诗注订伪》 | 《左史韩柳文印》 |
| 王贻谷 | 长兴 | 未详 | 《杜诗注》 | |
| 方正孺 | 桐城 | 未详 | 《杜诗浅说》 | |
| 马　霳 | 桐城 | 未详 | 《杜诗考证》 | |
| 张　涵 | 苕东 | 未详 | 《杜律近思》 | |
| 刘志圻 | 颍川 | 未详 | 《陶杜诗集注》 | |
| 汪济民 | 歙县 | 未详 | 《杜诗订注》 | |
| 罗国器 | 顺大 | 未详 | 《李杜诗解》 | |
| 管汝锡 | 海宁 | 未详 | 《杜诗评注》 | |
| 程自迩 | 平阴 | 未详 | 《草堂诗话》 | |
| 周思仁 | 邵阳 | 未详 | 《杜诗编年》 | 《万善光资》《欲海探源》 |
| 袁之升 | 章丘 | 未详 | 《纤批杜诗》 | |
| 沈　訚 | 吴江 | 未详 | 《杜诗笺注》 | |

**说明:**本表主要参据《四库全书总目》《四库未收书辑刊目录》《明史》《清史稿》《杜集书录》《清代杜诗学文献考》等编辑而成。

# 第二章　明末清初杜诗学者的群体特质

杜诗辑注的重心在明清之际落到江南，确是杜诗学史发展的一大关节。江南一地乃“近代人文渊薮”“舆论的发纵指示所在”[①]，更是学术的首善之区，因而能够集聚来自各地的学者，同时向外辐射其在学术上的活力与光芒。不过，上文枚举江南出身的杜诗学名家，仅能说明江南学者在明末清初杜诗学界扮演着学界精英的事实，却不足以解释此一事实发生的因缘，也未提供江南学者与其他地域学者之间关系的线索。所以在深入讨论解释明末清初杜诗学界的整体现象之前，不妨先就其赖以形成、发展的学术群体及其整体特质做一番探询。下面的讨论将会结合我们所辑录的《明末清初杜诗学者事历简编》(以下简称《简编》)[②]加以展开。

众所周知，党社运动乃是明清之际一极为煊赫的历史现象，而江南又为社事最为活跃的地方。由《简编》可见，在顺治十七年(1660)正月清廷严禁集会结社以前，身当其时的杜诗学者中不少正身预此际的种种社事团体中，藉由下表我们便可略窥其中情形：

| 杜诗学者姓名 | 社　籍 | 资料来源 |
|---|---|---|
| 钱谦益 | 东林、复社 | 《东林朋党录》《复社纪略》 |
| 顾炎武 | 复社、惊隐诗社 | 《复社纪略》 |
| 黄宗羲 | 复社、国门广业社、孤山读书社 | 《复社姓氏传略》《黄宗羲年谱》 |
| 萧云从 | 复社 | 《复社姓氏传略》 |
| 方　文 | 复社、求社 | 《复社姓氏传略》 |
| 徐树丕 | 复社 | 《复社姓氏传略》 |

① 梁启超《中国近三百年学术史》，第17页。

② 我们的重点在辑入此际杜诗学者们交往的记录，以及他们所从事或身历的政治、文化、学术等方面的活动，进一步呈显他们往来互动、错综交织的关系。这其中自然更包括关乎杜甫、杜诗的那些事——也的确要有这样目标明确的追索，那些与杜诗学有关的痕迹，那些在注疏之外的杜诗活动才得以不断被发现，从而汇集于一处。若非特别注明，下文有关杜诗学者的各类史事记录，均请参看本《简编》，文中不再一一另注。

续表

| 杜诗学者姓名 | 社　籍 | 资料来源 |
|---|---|---|
| 汪　灏 | 复社 | 《复社姓氏传略》 |
| 贾开宗 | 复社、雪园续社 | 《复社姓氏传略》《明末清初文人结社研究》 |
| 卢元昌 | 几社、赠言社(几社分支) | 《杜集书录》《明清江苏文人年表》 |
| 潘柽章 | 惊隐诗社 | 《明清江苏文人年表》 |
| 朱鹤龄 | 惊隐诗社 | 《明清江苏文人年表》 |
| 李邺嗣 | 南湖九子社、鹪林六子社 | 《明末清初文人结社研究》 |
| 林时对 | 南湖五子社 | 《明末清初文人结社研究》 |
| 杜　濬 | 北郭诗会 | 《明末清初文人结社研究》 |
| 钱陆灿 | 听社 | 《明清江苏文人年表》 |
| 顾　宸 | 听社、十郡大社 | 《明清江苏文人年表》《朱彝尊年谱》 |
| 屈大均 | 西园诗社、雅约社、后兰亭会 | 《屈大均年谱》《明末清初文人结社研究》《朱彝尊年谱》 |
| 王士禄 | 晓社 | 《王渔洋事迹征略》 |
| 汪　琬 | 慎交社、十郡大社 | 《王渔洋事迹征略》《汪尧峰先生年谱》 |
| 朱彝尊 | 十郡大社、后兰亭会 | 《朱彝尊年谱》 |
| 周　篆 | 讲学会 | 《草亭先生年谱》 |

综合上表所考，共得相关杜诗学者二十一人，除贾开宗、杜濬、屈大均、王士禄外，籍历均在江南，其中东林、复社(含几社)成员九人，其余则多为清初遗民社团(或是有遗民参与其中之社团)的成员[①]。实际的人数自然还在这之上。这是一个广泛涉入社会的群体，诚如梁启超在《近代学风之地理的分布》中所云：

> 当晚明心学末流猖披之时，而东林学派，兴于其间……以省身克己砥厉名节为教，而最留意于当世之务。……其后继者曰复社……要不失为历史上有价值之讲学团体。江左学术之光芒，滥觞此时矣。[②]

“省身克己砥厉名节”，是党社中人的群体自觉，尤其在易代之后，更是他们中不少成为遗民的人的一大生存主题，杜诗学者中如

① 国门广业社由复社同志与东林诸公所集，见谢国桢《明清之际党社运动考》，上海书店出版社，2004年，第125页；惊隐诗社(一名逃社)、求社，社员均为明遗民，见钱仲联主编《清诗纪事·明遗民卷》，江苏古籍出版社，1987年，第777页；南湖九子社、南湖五子社、鹪林六子社为甬上遗民诗社，雪园续社、北郭诗会、西园诗社、慎交社、十郡大社等则为多有遗民参与其中的社团。具体参见何宗美《明末清初文人结社研究》第五章《清初明遗民及遗民结社》，南开大学出版社，2003年，第285—351页。

② 梁启超《饮冰室合集》，中华书局，1989年，第五册，第61页。

屈大均，即以国变逃于禅，人皆作辫，其人独髡，并以永历钱怀之肘肱，自示不忘所长之君父；徐树丕避居龙池山，自号活埋庵道人；萧云从则以画笔为史，作《西台恸哭图》，抒写亡国之痛，等等。而以之为教，则不惟是自砥，还体现于他们对友人乃至生徒的劝与规。这一点，那些遗民中特为坚执的人物表现最是突出，像是颇以此为职志似的。如黄宗羲之敦促钱谦益往金华游说马进宝倒戈，此后又寄诗方以智以相勉；顾炎武则一而再再而三寄书寄诗讽劝潘耒不应如不辨清浊以博取新朝富贵的时俗文人，当及早辞官还乡，处钝守拙；此外，杜濬也曾致书阻止孙枝蔚应博学鸿儒试，劝其思痛忍痒。诸如此类的记录，翻检《简编》，触眼多是。自励与励人，规人与被规，无不彰显了处身期间的杜诗学者们崇高的道德责任感与严肃的道义之交。崇杜之风，每由此等抗节不仕者率先开启，可谓良有以也[①]。顺治七年（1650），潘柽章与友人结惊隐诗社，顾炎武、朱鹤龄等人加入，杜甫即该社奉祀的诗人之一[②]；康熙五年（1666），屈大均、李因笃同谒杜子美祠；康熙十二年（1673），申涵光刻杜甫画像；康熙十七年（1678），傅山不应博学鸿词荐，在北京崇文门外圆教寺读杜诗；康熙十八年（1679），屈大均客游陪京，杜濬见屈氏所怀三十一年"永历通宝"钱，取杜甫"留得一钱看"句赋诗以赠——"在山泉水清，出山泉水浊"，在清浊、出处意义严重的年代里[③]，谒杜、刻杜、读杜，自然，连同其时的注杜、释杜、选杜，杜诗学者间这种种不无刻意的行止里，不消说都充满了强烈的象征意味。

当然，明末清初社团对杜诗学影响更其深刻也更其具体的，是在社（会）作为一"有价值之讲学团体"对学术、诗文包括伦理道德的切劘之风中。

从东林党人结社讲学，"以清议格天下"，到复社订盟兴复古学、"排击珰孽"，再到作为复社旁支的几社，乃至后来由清初遗民所举的一系列社事，明清易代之际士人的思想、学术确乎一直致力

① 今人胡传志谈入金宋人文学时便指出了其时文学的这一层关节。参看胡著《宋金文学的交融与演进》，北京大学出版社，2013年，第23页。

② 叶继武《九月寒斋同逃社诸子祭陶元亮、杜子美两先生》，诗见叶振宗辑录《吴江叶氏诗录》，转引自谢国祯《明末清初的学风》，上海书店出版社，2004年，第175页。宋末方回的组诗《诗思》中有一联曰："万古陶兼杜，谁堪配飨之。"元章祖程《注白石樵唱》云："陶渊明以义熙为心，杜子美以天宝兴感，为得诗人忠爱遗意。"见胡可先《杜甫诗学引论》，安徽大学出版社，2003年，第182页。

③ 杜甫《佳人》篇中这一名句，在易代之际每被提及，绝非偶然。参看赵园《易堂寻踪——关于明清之际一个士人群体的叙述》，江西教育出版社，2001年，第83页。

于走一条与现实社会相结合、与政治权威相抗争的独立发展道路。上表所列杜诗学者也多是该时期社局中特立挺出者,他们奔走国难、身预明末清初政局斗争中[①],当明统既绝,更转藉文化事业以反清,“务使学问与社会之关系增加密度”“对于晚明之帖括派、清谈派施一大针砭”[②],像顾炎武倡“六经之旨,当世之务”,视治经为正途,黄宗羲注解历书,徐树丕纂《中兴纲目》,其所代表和引领的正是“经世致用”的时代学术思潮。时危世乱之际,与社团相依相成的讲学自然也被赋予了非同常时的功能,即一些论者所指出的,“士人将其使命、职能自觉,将其文化与道义自信,寄寓在这一行为中”[③],如顺治六年(1649),黄宗羲抗清失势,便日日与南明礼部尚书吴钟峦正襟讲学,正是这“使命”与“职能自觉”的有力证明。时至今日,由这记录像是仍能感知其人披肝沥胆式的道德情怀。他们的“讲”,不拘形式不拘所在,“不必书院,不惟师弟、侪辈、同道间的讨论,亦称‘讲学’;未必即与多士讲,或许只是三五同志者相互讲”[④],如顺治十八年(1661)屈大均、朱彝尊在徐嘉炎南州草堂的说诗论赋;康熙二年(1663)黄宗羲、吕留良的相约聚友讲习;阎若璩到太原访傅山,共论《左传》。可以想象,“讲”在其时的高度日常化。而他们之所讲论,又无非史书治乱、故文歌词。讲史也好,论诗也罢,往往是把他们自己、把他们的时代也讲入其中的。明白这一点也就能理解,何以黄宗羲以遗民之身却愿意参与官方主持的故明国史的撰写,姜宸英也以一介布衣预于其中,而潘柽章则因参与私修明史罹难。可见“史”之一维在明遗各色人等中的重要意义,那正是通常所谓借修史来建构其人关于故国之记忆的。此外,我们由屈大均、朱彝尊在讲诗论赋之际语及甲申来死事诸公亦可知,他们所讲的主题看起来是故文歌词,其实在也都意在当代。缘乎此,向有儒家六经之喻、“诗史”之称,饱含“经世”内涵的杜诗之常在他们“讲”中,正是时势所必然的事:康熙四年(1665),客居扬州的方文与孙枝蔚等人集王宾家,为诸人说杜诗;康熙三十

① 顺治二年(1645),顾炎武与归庄在里共襄守城战。同年,黄宗羲也率黄竹浦子弟兵从朱以海抗清,方文则从杨文骢行军苏州。此外,李邺嗣、林时对、丁耀亢、屈大均、朱彝尊也都参加过抗清斗争。参见张慧剑《明清江苏文人年表》,上海古籍出版社,1986年。

② 梁启超《清代学术概论》,上海古籍出版社,1998年,第12页。

③ 赵园《制度·言论·心态——〈明清之际士大夫研究〉续编》,北京大学出版社2006年,第216页。

④ 同上注,第217页。

四年(1695),武进唐恽辰、董大伦等人作浣花会,纪念杜甫;康熙三十七年(1698),仇兆鳌南下广东会友,在韶州与左岘、潘耒共同商榷杜诗。[①]

这当然仅仅是该时期此类史实中的一隅。从上文论及的顾炎武、潘柽章、朱鹤龄、屈大均、李因笃、杜濬等明末清初士人各种关乎杜甫的活动中,从他们频繁地用杜韵赋诗、集杜句酬赠的行为里(见《简编》),我们完全有理由认为,杜甫其人其诗正是该时期文人社团集会、友人互访时常常讨论的话题,而这类集会互访中讲学的行为模式也尤其凭着其中宗匠大儒的感召力将"讲"的作用蔓延开去,从而使更多的士人潜受其化,共同致力于读杜、研杜,由此日渐形成一个相互间广泛交流、斐然可观的杜诗学群体。美国学者艾尔曼曾对清代的江南学界作过如下一段清晰简明的描述:

> 这些学者借助个人或地域的联系、哲学或文学上的默契、共同的师承关系等中介聚合起来,形成特殊团体。[②]

我们讨论的杜诗学群体便正是这样一种社会存在。这其中,或有共同的师承关系,如王嗣奭、黄宗羲之师事刘宗周,陈订、仇兆鳌之师事黄宗羲,周篆、潘耒之师事顾炎武【图9】;或为同里友善,如杨德周与王嗣奭与林时对、查慎行与陈订;或有家族渊源,如潘柽章与潘耒之为兄弟,查慎行与沈元沧之为翁婿,陈订为陈之壎之族孙,陈世佶又为陈订之子。除了这些较为特殊的关系外,更为广泛的是他们因"同声相应、同气相求"而建立起来的交游,翻翻《清史稿》《国朝耆献类征》以及清人大量的笔记资料,此类记载触眼可见,他们之间的互动与相辅相成可谓无处不在,无时不有。限于篇幅,这一群体间广泛而复杂的交游网络不能在这里一一缕述,即便如此,他们作为一个互相援结的学术群体的面貌却也不难想见了。他们之间在杜诗学上互为影响的就有不少,最显著如钱谦益

① 《尚友堂年谱》,转见孙微《清代杜诗学史》,第76页。

② 《从理学到朴学——中华帝国晚期思想与社会变化面面观》,江苏人民出版社,1995年,第9页。

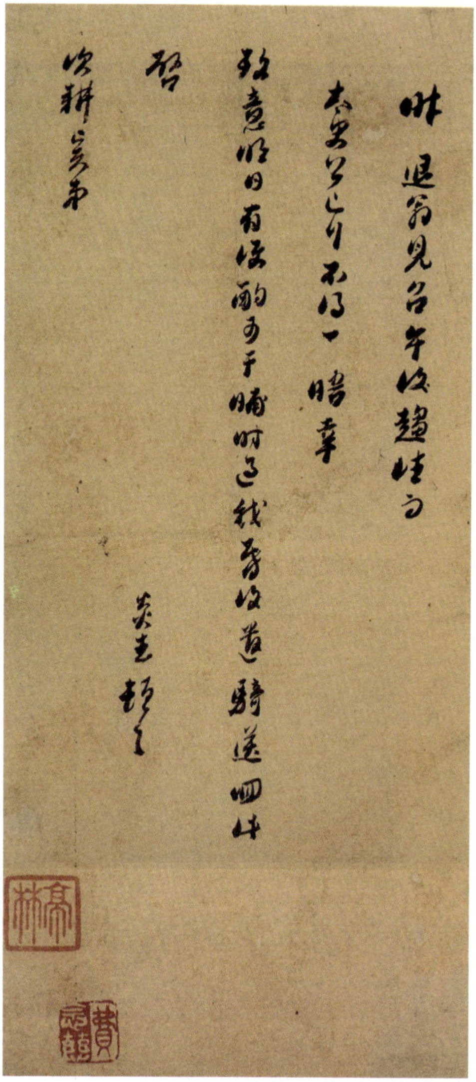

【图 9】顾炎武(1613—1682)致潘耒手札,何创时书法艺术基金会藏。

顾氏有《赠邬处士继思》诗,诗有句曰:“去去复栖栖,河东王伯齐。年年寻杜甫,一过浣花溪。”(《亭林诗文集》卷二)读杜、论杜、书杜外,还有“寻杜”的,而且还“年年”,其人深情真是可感可念!岂不闻老杜早有所咏“清诗近道要,识子用心苦。寻我草径微,褰裳踏寒雨”(《贻阮隐居昉》),他给阮昉的这几句,也像是为千百年后的“寻杜”者而写。

应卢世㴶之请作杜诗笺,朱鹤龄馆于钱谦益家塾从事杜诗辑注,后者由此还引发杜诗学史上一段著名的注杜公案。其他如洪仲与黄生之共读杜诗,潘耒、蒋楛、俞玚、徐树丕之参校朱鹤龄《杜工部诗集辑注》,顾宸之校阅张远《杜诗会粹》,吴兴祚之序吴见思《杜诗论文》,阎若璩、宋荦之序张溍《读书堂杜工部诗集注解》,等等,不一而足。也就是说,明末清初的杜诗学者间确乎已经结成了一个互通声气、彼此对话的学术网络。在这个网络谱系中处于顶端的学者(钱谦益、顾炎武、黄宗羲、朱鹤龄等,顾、黄、朱三人与李颙并称"清初四大布衣")大抵来自梁启超所谓"历史上有价值之讲学团体",而且也都是该时期学术史上领袖群伦的人物。可以说,明末清初杜诗学同样滥觞于他们,并以他们为中枢发射着光芒！而围绕着他们的一大群中下层知识分子,在明末清初杜诗学的传播中起了相当大的作用。这些人不管在数量或品质上,也都不容忽视。尽管杜诗学在不少学者的学术视野里并不占据主体地位①,他们往往更多的是研治经史、舆地、音韵等儒家传统之学②。正是从他们这样的学术架构里,我们得以观察到,明末清初以来诸多以经史之学为重的儒者同时又以极大热情从事着杜诗研究的风潮。可见,儒者(而非一般纯粹的文士)是明末清初杜诗学队伍的源头活水。更重要的是,由此我们认识了当时的杜诗学界不仅是一个大师矗立山头的群体,儒者注杜不但促成了杜诗学者总数的量变,而且其活动方式、共同的学术追求更酿成了杜诗学界风貌的质变。我们必须牢牢掌握住这一重要事实,然后才能认识到杜诗学的发展与其时经、史乃至子学的发展潮流是同时进行的,杜诗辑注之学同在明末清初的学术传统之内,在整体学风的影响下推进。

上文一直强调的都是明末清初杜诗学者的群体特性,在他们频繁的集会、游历、问学、访书中,似有一股浩然俊伟之气周流其间,他们凭借共同的学术志向,向着一种崇高人格集结汇聚。很难想象,如果没有他们相互间的切磨砥砺,彼此点燃,明末清初的杜诗学还能像我们今天所见到的那样波澜壮阔。但倘若仅由这一方面观察那一时期的杜诗学者,又难免流于片面甚至穿凿,未能把握这"群"性以外的诸多的各别差异。遗民中之顽强者各有其表达顽强的方式不说,即如崇祯初年既与顾炎武、黄宗羲、萧云从等同为复社中人而甫一入清便埋尘的钱谦益;复社立社次年方生,其始颇自坚,亦曾参与密谋反清事宜,且一再以诗文凭吊抗节之士、抒写明亡之痛,而终于还是

① 即以朱鹤龄为例,最为今日学界所熟稔与推重的就是《杜工部诗集辑注》,但在当时他并不欲以此自见。他一生著书,以经学自重,于《诗》《春秋》尤费苦心(参见张舜徽《清人文集别录》,华中师范大学出版社,2004年,第6页)。当然,不想以注杜自见并不意味着他们的杜注是率而为之之作,动辄耗费十数年甚至数十年时间于杜诗注疏者,在在皆是。

② 参看第一章所附"明末清初杜诗辑注简表"。

在康熙诏举博学鸿词之际应了荐的朱彝尊;生于顺治初年,其后师事顾炎武却并不以师之反复劝导为意仍坚持仕清的潘耒,如此种种,细论起来,亦可谓异态纷呈。而读杜、注杜作为其时士人发皇心曲的普遍路径,自然在共性之外还有人各不同的意蕴与内涵。也正是由于这些有着具体而微的分别的杜诗学者,他们之入“群”有先后,“群”的成员在更迭,“群”的特性便也在时间流转中悄然变化着,其施予杜诗学的影响自然也相应地呈现出一定的阶段性特色。即以“演进”论,明末清初杜诗学本就当在变化中来加以描述。

**附：**

# 明末清初杜诗学者事历简编

**1613　万历四十一年**

昆山顾炎武生。（张慧剑《明清江苏文人年表》）

**1618　万历四十六年**

常熟钱谦益借钱允治书逾年不还，又不爱惜他人书，为钱允治于跋文中致诟责。（《明清江苏文人年表》）

**1619　万历四十七年**

山东丁耀亢此际走江南，游于董其昌门。（《明清江苏文人年表》）

**1620　万历四十八年**

盐城宋曹生。（《明清江苏文人年表》）

**1628　崇祯元年**

方文、方以智冒雨泛舟枞川。枞川为白瑜先生隐所。（任道斌《方以智年谱》）

钱谦益获朝廷起用，任礼部右侍郎兼翰林院侍读学士；又由“枚卜”陷入“阁讼”，待罪受惩；尝作《春秋五论》。（方良《钱谦益年谱》）

**1629　崇祯二年**

方文与方以智相依游学南京。（《方以智年谱》）

钱谦益题《竹林七贤画卷》，作《岳忠武王画像记》。（《钱谦益年谱》）

顾炎武入复社。（《明清江苏文人年表》）

安徽萧云从、方以智、方文等先后入复社。(《明清江苏文人年表》)

长洲徐树丕入复社。(《明清江苏文人年表》)

浙江黄宗羲至松江,与陈继儒会来仪堂,并会张鼐。(《明清江苏文人年表》)

朱彝尊生。(张宗友《朱彝尊年谱》)

**1630 崇祯三年**

黄宗羲旅南京,与诸文士集于凤凰台,以诗酒唱和。时何乔远招之入诗社。(徐定宝《黄宗羲年谱》)

屈大均生。(邬庆时《屈大均年谱》)

**1631 崇祯四年**

卢世㴶《杜诗胥钞》刻成。(《明清江苏文人年表》)

方文离家远游,方以智有诗送行。(《方以智年谱》)

方文由钱龙惕带领往访钱谦益。(《钱谦益年谱》)

钱谦益于曝书日跋宋版《左传》;又跋颜鲁公《自书诰身》。(《钱谦益年谱》)

李因笃生。(吴怀清《天生先生年谱》)

**1632 崇祯五年**

钱陆灿为生计出为人师。(《钱谦益年谱》)

**1633 崇祯六年**

昆山归庄始交顾炎武。(《明清江苏文人年表》)

黄宗羲在杭州孤山读书社。(黄炳垕《黄宗羲年谱》)

是年春,复社合诸文社,于苏州虎丘举行大会,张溥推为盟主,盛况空前。(徐定宝《黄宗羲年谱》)

钱谦益作《春秋匡解序》;腊日作《读杜小笺序》。(《钱谦益年谱》)

**1634 崇祯七年**

黄宗羲至太仓访张溥,闻某家有藏书,与溥提灯往观。(徐定宝

《黄宗羲年谱》)

常熟钱陆灿读书于曹庄。(《钱谦益年谱》)

钱陆灿等在常州结大云社。(《明清江苏文人年表》)

湖广杜濬自黄冈侨寓金陵。(《明清江苏文人年表》)

王士祯生。(蒋寅《王渔洋事迹征略》)

宋荦生。(宋荦《漫堂年谱》)

**1635　崇祯八年**

钱谦益作《石义士哀辞》。(《钱谦益年谱》)

**1636　崇祯九年**

钱谦益、瞿式耜被控里居不法。(《明清江苏文人年表》)

钱谦益作《读卢德水所辑龙川二书后题》。(《钱谦益年谱》)

黄宗羲抵长洲访文震孟,又至常熟访钱谦益。(徐定宝《黄宗羲年谱》)

傅山始与戴廷栻交。(侯文正《傅山传》附《傅山年谱》)

安徽萧云从寓南京,应试。(顾平《中国名画家全集·萧云从》)

安徽方文等人集南京结社。(《明清江苏文人年表》)

阎若璩生。(张穆《阎若璩年谱》)

**1637　崇祯十年**

钱谦益得刘宗周来书,慰其丁丑之被逮。(《钱谦益年谱》)

钱谦益作《交河壮士行》《西方莲社小引》。《小引》云:“丁丑初夏,余被急征,抵新城,去上人所居不一舍,有感于杜子美宿大云寺赞公房之事,申旦不寐,枕上成四诗。……咏子美‘沃野尘沙’之句,与其徒伫立久之,徘徊怏悒而去。”(《钱谦益年谱》)

傅山登游西山,作《喻都赋》一篇,讽天子抗清,勿听南迁之议。(《傅山书法全集·傅山年谱》)

常熟钱陆灿、无锡顾宸等人在无锡结听社。(《明清江苏文人年表》)

湖广杜濬在南京,浙江茅元仪以濬与方以智、郑元勋为三君,投以《三君咏》。(《明清江苏文人年表》)

杜濬与方以智等集于钟山,击鼓吹笙,对酒当歌,诗兴大发。(《方以智年谱》)

武进邵长蘅生。(《王渔洋事迹征略》)

**1638　崇祯十一年**

声讨阮大铖之《留都防乱公揭》于南京公布,复社诸生以黄宗羲、沈寿民等为首,方文、顾宸、黄淳耀等一百四十人列名。(徐定宝《黄宗羲年谱》)

黄宗羲注《西台恸哭记》《冬青引》。(徐定宝《黄宗羲年谱》)

萧云从入复社。(《中国名画家全集·萧云从》)

**1639　崇祯十二年**

顾炎武开始编著《肇域志》。(《明清江苏文人年表》)

钱谦益作《新刻十三经注疏序》。(《钱谦益年谱》)

黄宗羲执贽刘宗周门下,捍卫师说。(徐定宝《黄宗羲年谱》)

黄宗羲有《东浙文统》之选。(徐定宝《黄宗羲年谱》)

黄宗羲等人在南京复举国门广业社。(徐定宝《黄宗羲年谱》)

黄宗羲以侯方域耽酒色,告张自烈,谓不言终为损友。(徐定宝《黄宗羲年谱》)

澄社领袖郁起麟、钱咸渡江会黄宗羲约在是年。(徐定宝《黄宗羲年谱》)

汪琬从徐燉读书二株园。(《明清江苏文人年表》)

**1640　崇祯十三年**

顾炎武以顾绛名纳银修县学。(《明清江苏文人年表》)

安徽方文等在南京举求社,旋复入浙。(《明清江苏文人年表》)

泽州陈廷敬生。(《王渔洋事迹征略》)

**1641　崇祯十四年**

吴县金人瑞批《水浒传》,在序言中诋农民起义。(《明清江苏文

人年表》)

黄宗羲客南京,曾鲸时来会。(《明清江苏文人年表》)

黄宗羲于黄氏千顷堂翻阅所藏图书殆尽,又在朝天宫读道藏,摘出有关山川地理的资料,自录成帙。(《明清江苏文人年表》)

黄淳耀辞官返乡。(《钱谦益年谱》)

**1642　崇祯十五年**

傅山编《西汉书姓名韵》《东汉书姓名韵》成。(《傅山书法全集·傅山年谱》)

丁耀亢以清军南下,避难海州清风岛,旋还。(《明清江苏文人年表》)

华亭卢元昌、彭宾等在里别立赠言社。(《明清江苏文人年表》)

浙江吴农祥随父乔寓金陵。(《明清江苏文人年表》)

萧云从再至南京应试。(《明清江苏文人年表》)

湖广杜濬在苏州,参与虎丘集会。(《明清江苏文人年表》)

杜濬游京师试北闱,有《北征漫笔》及《秋胡行》诸作。(汪士沦《杜茶村先生年谱》)

周篆生。(周廉《草亭先生年谱》)

**1643　崇祯十六年**

顾炎武始纂《音学五书》。(《明清江苏文人年表》)

瞿式耜刻钱谦益所著《初学集》一百一十卷。(《明清江苏文人年表》)

钱谦益作《记月泉吟社》《跋前后汉书》。(《钱谦益年谱》)

黄宗羲之绍兴,寓刘宗周家。(徐定宝《黄宗羲年谱》)

李自成陷西安,僭伪号,逼诸生出试,李因笃遂弃衣冠屏举子业,一意经学,旁通左、国、史、汉暨唐宋诸大家,专力古文辞,尤好为诗歌。(《天生先生年谱》)

**1644　崇祯十七年　顺治元年**

顾炎武奉母徙居常熟,识陈梅。(《明清江苏文人年表》)

吴江朱鹤龄读书金陵瓦官寺,网罗诸说,纂《禹贡长笺》。(《明清江苏文人年表》)

丁耀亢至淮安,参与拒清军事。(《明清江苏文人年表》)

黄宗羲闻京师失守,从刘宗周至杭,寓吴山海会寺,与章正宸等为招募义旅计。时诸硕庵选文于武林,念天下将乱,与黄宗羲痛饮相勉。(徐定宝《黄宗羲年谱》)

福王监国之诏至,黄宗羲遂至南中,上书阙下。时阮大铖以定策功骤起,思修报复,遂广揭中人姓名,造《蝗蝻录》,以东林为蝗,复社为蝻,欲一网杀之。首纠刘宗周及黄宗羲等,沈寿民等亡命。(黄炳垕《黄宗羲年谱》)

甲申之变,黄宗羲师友之殉者有范景文、倪元璐等。(徐定宝《黄宗羲年谱》)

钱谦益到南京,谒选者麇集而至;黄淳耀独不往。(《钱谦益年谱》)

钱谦益有《甲申元日》《甲申端阳感怀十四首》等作。(《钱谦益年谱》)

傅山出家为道士。(《傅山书法全集·傅山年谱》)

傅山作《无家赋》《甲申守岁》诗。(《傅山书法全集·傅山年谱》)

屈大均与同里诸子为西园诗社。(《屈大均年谱》)

浙江吴农祥作《纪事》《述事》诗,书此际金陵朝事。(《明清江苏文人年表》)

北直申涵光父殉国难。(申涵煜《申凫盟先生年谱略》)

申涵光以避农民起义军南走苏州,复至南京。(《明清江苏文人年表》)

**1645 顺治二年**

顾炎武作《京阙篇》《金陵杂诗》,写四月间在南京所见。(《明清江苏文人年表》)

顾炎武、归庄在里共襄守城战,城破,炎武还常熟语濂泾。(《明

清江苏文人年表》)

钱谦益组织部众在南京迎降清军,并代设策召降江南各地,旋被遣北行。(《钱谦益年谱》)

王士禄始出就有司试,试文峭古,多先秦语。秋省试下第,与诸名士结晓社。(《王渔洋事迹征略》)

丁耀亢以清兵破扬州,史可法殉国,刘泽清降等事,弃职由海州还山东诸城。(《王渔洋事迹征略》)

清兵进入杭州,刘宗周在绍兴绝食。黄宗羲徒步二百里探望正绝食之刘宗周,复徒步而返。(徐定宝《黄宗羲年谱》)

黄宗羲率黄竹浦子弟兵声援孙嘉绩、熊汝霖部起兵抗清。(徐定宝《黄宗羲年谱》)

安徽萧云从自高淳到南京,纂屈原《楚辞》,作《离骚图》一、《九歌图》九、《天问图》五十四、《远游图》五,陕西李楷为撰序。(《中国名画家全集·萧云从》)

长洲徐树丕避居龙池山一云寺,自号活埋庵道人。(《明清江苏文人年表》)

安徽方文从杨文骢行军苏州,事败,走避吴江。(《明清江苏文人年表》)

北直申涵光走松江访夏允彝、陈子龙,乞为其父作志传。(《明清江苏文人年表》)

申涵光闻清军南下,遽北归,作《金陵早发》诗。(《明清江苏文人年表》)

屈大均从陈邦彦受《周易》《毛诗》。(《屈大均年谱》)

**1646　顺治三年**

顾炎武谋入闽不成,作《延平使者至》《赋得老鹤万里心用心字》诸诗示意。(周可真《顾炎武年谱》)(按杜诗《遣兴》有"蛰龙三冬卧,老鹤万里心"句。)

钱谦益受清职后自北京引疾归,辑《列朝诗集》。(《钱谦益年谱》)

钱谦益在山东德州与柳如是会合,于卢世漼杜亭作文赋诗。(《钱谦益年谱》)

吴江朱鹤龄客常熟,与钱谦益合笺杜甫诗,议不合,辞去,自著《杜工部诗集辑注》二十三卷版行。(《明清江苏文人年表》)

黄宗羲无所归,而迹捕之檄累下。奉太夫人一徙于中村,书为山兵夺去不少,再徙居化安山。(徐定宝《黄宗羲年谱》)

广州破陷,屈大均奉父命不仕,有捐躯报国之志。人皆作辫,屈氏独髡。(《屈大均年谱》)

潘耒生(《王渔洋事迹征略》)

### 1647 顺治四年

顾炎武作《淄川行》,记山东义军缚杀降清巨奸孙之獬事。(《明清江苏文人年表》)

黄宗羲避居山中,进行天文历算研究,且成诸书。《黄氏家录》《黄氏攟残集》成于是年。(徐定宝《黄宗羲年谱》)

钱谦益以牵连黄毓祺案被捕解南京。(《明清江苏文人年表》)

湖广杜濬在南京,就目所见事作《初闻灯船鼓吹歌》。(《明清江苏文人年表》)

屈大均参与反清义军。陈邦彦罹难,屈氏作哀辞一篇吊之,比于宋玉之《招魂》。(《屈大均年谱》)

### 1648 顺治五年

顾炎武括申包胥乞师、高渐离击筑、班定远投笔等六事为诗六章。(《明清江苏文人年表》)

李因笃是年诗有《秋兴八首》。(《天生先生年谱》)

安徽萧云从作《太平山水诗图》成。(《明清江苏文人年表》)

湖广杜濬与如皋冒襄会扬州,冒襄请濬为定其朴巢诗文选。(《明清江苏文人年表》)

### 1649 顺治六年

顾炎武至苏州,一登灵岩,作《春半》诗,概述洪州起义失败

事。(《明清江苏文人年表》)

顾炎武作《赋得秋鹰》诗一首(注者徐嘉解题曰:“杜甫《醉歌行》:天马长鸣待驾驭,秋鹰整翮当云霄。”(《顾炎武年谱》)

黄宗羲赴海上行在,晋左佥都御史,再晋左副都御史。(徐定宝《黄宗羲年谱》)

清兵围健跳,黄宗羲置靴刀待命,荡湖泊阮进救之得免。(徐定宝《黄宗羲年谱》)

黄宗羲失兵权,乃日与礼部尚书吴钟峦正襟讲学,暇则注解《授时历》《泰西历》《回回历》三部历书。(徐定宝《黄宗羲年谱》)

申涵光决意脱诸生籍为入山计,亲友百计阻之,遂中止。(《申凫盟先生年谱略》)

傅山作《汾二子传》,赞友人薛宗周、王如金抗清死难义举。(《傅山传》附《傅山年谱》)

傅山为侄所抄《高士传》题辞。(《傅山传》附《傅山年谱》)

钱谦益从南京放回,辑《列朝诗集》成。(《明清江苏文人年表》)

长洲汪琬、吴兆骞等人结慎交社。(《王渔洋事迹征略》)

萧云从自跋所作《青山高隐图》,以不得“击楫抒奇”自愧。(《中国名画家全集·萧云从》)

屈大均以永历钱一枚,系以黄囊,怀之肘肱,自示不忘所长之君父。(《屈大均年谱》)

**1650　顺治七年**

顾炎武以避仇故,走金坛、镇江、嘉兴等地,作《流转》诗。(《明清江苏文人年表》)

黄宗羲到常熟,欲因钱谦益以招婺中镇将马进宝,由是遍读绛云楼所藏书,辑《老柳集》,录诗自此年起。(徐定宝《黄宗羲年谱》)

钱谦益因黄宗羲所促,往金华游说马进宝倒戈。(徐定宝《黄宗羲年谱》)

傅山寓祁县访戴廷栻,题诗于丹枫阁壁,怆怀往事。(《傅山传》

附《傅山年谱》)

傅山三读细批《新五代史》,与戴廷栻成岁寒之友。(《傅山书法全集·傅山年谱》)

屈大均以国变逃于禅,托迹为僧,以所居为死庵,作《死庵铭》。(《屈大均年谱》)

吴江潘柽章等人结惊隐诗社。(《明清江苏文人年表》)

朱鹤龄、王锡阐、顾炎武等入惊隐诗社。(《明清江苏文人年表》)

太仓吴伟业、昆山徐乾学、无锡顾宸等会浙江毛奇龄、朱彝尊等在嘉兴举十郡大社。(《朱彝尊年谱》)

十郡大社举,宛平金铉寻盟,汪琬在盟中。(赵经达《汪尧峰先生年谱》)

朱彝尊与友人同作咏燕诗,以写明亡之感。(《朱彝尊年谱》)

查慎行生。(陈敬璋《查慎行年谱》)

陈讦生。(徐定宝《黄宗羲年谱》)

## 1651 顺治八年

顾炎武变姓名走南京。(《明清江苏文人年表》)

清兵破舟山,黄宗羲友人张肯堂、吴钟峦、朱养时等皆殉节。其重要诗篇《乱礁洋》《卧病旬日未已间书所忆》诸作大约作于此际。(徐定宝《黄宗羲年谱》)

潘柽章此际作长诗《吴农叹》。(《明清江苏文人年表》)

吴江饥民结对沿村索食,潘柽章用陶潜诗意作《赠乞食诸君》诗。(《明清江苏文人年表》)

陕西王弘撰客金陵,访复社旧人,得方文、白梦鼎。(《明清江苏文人年表》)

## 1652 顺治九年

常熟毛晋刻钱谦益所辑《列朝诗集》八十一卷。(《明清江苏文人年表》)

钱谦益作《列朝诗集序》。(《钱谦益年谱》)

黄宗羲著《律吕新义》。(徐定宝《黄宗羲年谱》)

施闰章奉使粤西,过梧州访方以智,同趋冰井觅元结《漫泉铭》故迹,咏诗怀古。(《方以智年谱》)

施闰章与方以智同游庐山;方文上庐山访方以智,同宿九夜。(《方以智年谱》)

长洲徐树丕纂《中兴纲目》。(《明清江苏文人年表》)

吴江顾樵等人集潘柽章处度端午,纪念屈原,各作《投诗赠汨罗》诗。(《明清江苏文人年表》)

**1653　顺治十年**

顾炎武三至南京上朱元璋墓,作《孝陵图》。(《明清江苏文人年表》)

黄宗羲《留书》成,论古今历史"治乱之故"。(徐定宝《黄宗羲年谱》)

傅山撰《明李御史传》。(《傅山书法全集·傅山年谱》)

朱彝尊逢姜埰于吴下,有诗赞其孤臣之节。(《朱彝尊年谱》)

朱彝尊作集杜诗《长安卖卜行赠吴三集杜句》赠吴统持。(《朱彝尊年谱》)

江南九郡文社五百余人集聚苏州虎丘,魁首吴伟业,顾宸与会并作《上巳虎丘燕集和吴太史梅村韵》,中有句云:"词客尽谈天宝事,良辰重记永和年。"汪琬与焉。(《钱谦益年谱》《汪尧峰先生年谱》)

萧云从据宋末谢翱《登西台恸哭》一文作《西台恸哭图》,抒写亡国之痛。(《中国名画家全集·萧云从》)

卢世㴶卒。(《钱谦益年谱》)

**1654　顺治十一年**

吴江潘柽章、吴炎、王锡阐等合著《明史记》。(《明清江苏文人年表》)

吴江潘柽章、吴炎各著《今乐府》,评述有明一代史事。(《明清

江苏文人年表》)

顾炎武等人以家藏史料书籍资潘柽章。(《明清江苏文人年表》)

归庄、朱鹤龄等集苏州。(《明清江苏文人年表》)

傅山被控与南方抗清组织有连,下太原狱,受刑不少屈,绝粒九日,几死。(《傅山传》附《傅山年谱》)

傅山书《明夷感之诗》。(《傅山书法全集·傅山年谱》)

黄宗羲是年以前所作所为自称为“游侠”,自此发愿游遍名山。(徐定宝《黄宗羲年谱》)

朱彝尊有《得谭七表兄吉璁西陵书集杜》《俞汝言移居八首集杜》诗。(《朱彝尊年谱》)

朱彝尊结交抗清志士魏耕,密谋反清事宜。(《朱彝尊年谱》)

汪琬编成《毓德堂诗钞》,侯研德为之序。(《汪尧峰先生年谱》)

**1655　顺治十二年**

傅山于狱中书小楷《千字文》与戴廷栻。(《傅山书法全集·傅山年谱》)

傅山以上元纪映钟、龚鼎孳等营救,得出狱,以未死而羞涩。(《傅山传》附《傅山年谱》)

长洲汪琬在北京应清会试,与王士禄同榜中进士。(《王渔洋事迹征略》)

朱彝尊凭吊殉节名士王毓蓍(刘宗周弟子),赞其临危自裁之节;又晋谒岳飞墓、表忠观,彰其保全东南之功。(《朱彝尊年谱》)

钱谦益请朱鹤龄任教家塾。(《钱谦益年谱》)

钱谦益作《吴江朱氏杜诗辑注序》。(《钱谦益年谱》)

萧云从于芜湖识丹亭结识宋荦。(《中国名画家全集·萧云从》)

宋荦作江南之游,与杜濬等会于秦淮,赋诗纪事;又会萧云从于芜湖。(《漫堂年谱》)

浙江吕留良到苏州,编刊时文选本发卖。(《明清江苏文人年表》)

吴江潘柽章在嘉兴会顾文亨，见所著《经世参》《经世声音臆解》。(《明清江苏文人年表》)

## 1656　顺治十三年

顾炎武遇潘柽章于南京，有《赠潘节士柽章》诗一首。(《顾炎武年谱》)

甬上万斯同等组织文业之会，所论无非史书治乱、故文歌辞。(徐定宝《黄宗羲年谱》)

戴廷栻请刻傅山诗，傅山不许，曰："我非诗人，自知甚审。"(《傅山传》附《傅山年谱》)

傅山与子傅眉、傅仁夜谈古今王霸事，括成近体三章。(《傅山书法全集·傅山年谱》)

傅山至淮安府白马湖，访望社领袖阎修龄与其子阎若璩。(《傅山书法全集·傅山年谱》)

戴廷栻初订傅山《霜红龛诗略》。(《傅山书法全集·傅山年谱》)

钱谦益与朱鹤龄屏居田舍，归庄往访。(《钱谦益年谱》)

顾炎武作《蒋山佣都督吴公死事略》。(《明清江苏文人年表》)

华亭金是瀛在邑中高会堂见钱谦益，投以"汉宫一闭千官散，无复尚书旧履声"诗，谦益失色避去。(《明清江苏文人年表》)

施闰章赴山东提学使任抵济南，示王士祯《游越草》，王有诗赠之。(《王渔洋事迹征略》)

宋荦刻《嘉禾堂诗集》。(《漫堂年谱》)

朱鹤龄等人助顾有孝辑《唐诗英华》。(《明清江苏文人年表》)

丁耀亢著《出劫纪略》。(《明清江苏文人年表》)

金人瑞批《西厢记》。(《明清江苏文人年表》)

朱彝尊到苏州，经南京西行入粤。(《明清江苏文人年表》)

## 1657　顺治十四年

钱陆灿应清乡试，中举。(《钱谦益年谱》)

吴江潘柽章以诗寿毛晋，欲毛晋为刻所辑《明史记》。(《明清江

苏文人年表》)

王士禄在莱州作《题杜集》诗,略云:"故人纷旌麾,一老飒飘寓。扁舟乱衡湘,苍茫向迟暮。"用以寄意。(《王渔洋事迹征略》)

朱彝尊在广州,有诗赠屈大均,相约作罗浮之游。(《朱彝尊年谱》)

朱彝尊在东官,屈大均过宿。(《朱彝尊年谱》)

屈大均与龚鼎孳等共辑德清(憨山)《梦游全集》。(《屈大均年谱》)

**1658 顺治十五年**

顾炎武游泰山后到邹平,与山东马骕定交,同访碑郊外。(《明清江苏文人年表》)

顾炎武访济南徐夜,有《济南》诗一首,诗中有句云:"绝代诗题传子美,近朝文士数于鳞。愁来独忆辛忠敏,老泪无端痛古人。"(黄节注云:"子美虽生乱世,而亲见收京;亭林则身经亡国,视稼轩为惨。")(《顾炎武年谱》)

顾炎武作《酬归祚明戴笠王礽潘柽章四子韭溪草堂联句见怀二十韵》诗一首。(《顾炎武年谱》)

黄宗羲过上虞吊倪元璐。(徐定宝《黄宗羲年谱》)

黄宗羲《弘光实录钞》成书。(徐定宝《黄宗羲年谱》)

钱谦益作《书旧藏宋雕两汉书后》。(《钱谦益年谱》)

王士祯有书问候申涵光,告以进士及第。(《王渔洋事迹征略》)

王士祯与汪琬、程可则等于六月十五日夜坐双松下赏月赋诗。(《王渔洋事迹征略》)

王士祯与汪琬、邹祗谟、李念慈同过许珌寓论诗。(《王渔洋事迹征略》)

王士祯于七月十三日作《立秋日用杜韵》诗一首。(《王渔洋事迹征略》)

方文南归，王士祯为题《姬人抱鸳图》。（《王渔洋事迹征略》）

汪琬与从弟论师道，推顾炎武、李因笃经学修明。（《汪尧峰先生年谱》）

山阳阎修龄就医镇江，晤吴县金圣叹，论不合，人瑞怫然去。（《阎若璩年谱》）

华亭卢元昌刻所编唐宋八大家集选。（《明清江苏文人年表》）

朱彝尊自粤北还，雨中度大庾岭，谒张九龄祠。（《朱彝尊年谱》）

朱彝尊抵家，集粤行之诗及与曹溶唱和诗为《南车草》一卷，流传都下，王士祯嗟异之。（《朱彝尊年谱》）

吴江顾樵扁舟访朱彝尊，留山水图并赠新诗，朱彝尊集杜句酬之（《吴江顾处士樵扁舟过访留所画山水图并新诗见赠集杜句酬之》）。（《朱彝尊年谱》）

朱彝尊以欧阳修《五代史》过简，有志注之。作注之法，仿裴松之注《三国志》。（《朱彝尊年谱》）

屈大均抵京师，求威宗烈皇帝死社稷所在，伏拜哭失声；旋走济南，谒孔林，识王士祯。（《屈大均年谱》）

湖广杜濬为李渔所著《十二楼》加评。（《明清江苏文人年表》）

## 1659　顺治十六年

顾炎武出山海关，复还至昌黎，著《营平二州史事》六卷。（《明清江苏文人年表》）

归庄作《寄怀顾宁人》诗二首，中有句曰："宫阙山河千古壮，可怜不是旧京华。"（《顾炎武年谱》）

黄宗羲有《山居杂咏》诗，于饥寒交迫中仍保有顽强坚忍之战斗精神。（徐定宝《黄宗羲年谱》）

钱谦益有《金陵秋兴八首次草堂韵》，《后秋兴八首》之二、三、四、五、六等作。（《钱谦益年谱》）

钱谦益作《题吴门吟社雅集小引》。（《钱谦益年谱》）

钱陆灿会试下第。(《钱谦益年谱》)

朱鹤龄刻所著《李义山诗注》三卷,补注一卷。(《明清江苏文人年表》)

丁耀亢经吴越赴广东惠安知县任。(《明清江苏文人年表》)

傅山此际南游,在南京作诗表示对南方军事的怀念,又作《朝沐篇》,隐写张煌言舟师入江事。(《傅山传》附《傅山年谱》)

王士祯抵京师,常与汪琬、陈廷敬唱和。汪琬对王士祯许陈廷敬为异才。(《王渔洋事迹征略》)

屈大均访朱彝尊。(《朱彝尊年谱》)

屈大均在金陵从事抗清活动,朱彝尊有诗寄之。(《朱彝尊年谱》)

朱彝尊有《杂诗》四首,纪郑成功、张煌言进攻南京而功败垂成之事。(《朱彝尊年谱》)

青浦周篆在松江,约吴江王锡阐等共结讲学会,与顾炎武等定交。(《草亭先生年谱》)

屈大均识杜濬,杜濬有《复屈翁山书》。(《屈大均年谱》)

屈大均访钱谦益于吴门,钱氏颇称之并为作。《罗浮种上人诗集序》。(《屈大均年谱》)

屈大均与方文等诸遗民集璜之南陔草堂,为威宗烈皇帝设苹藻之荐。(《屈大均年谱》)

屈大均约在此际撰《皇明四朝成仁录》。(《屈大均年谱》)

苏北河决,海溢成灾,盐城又雨不止,一日流尸五十七,宋曹作《道旁白骨叹》《道旁小儿叹》《前异灾行》《苦雨叹》等诗反映灾情。(《明清江苏文人年表》)

吴县金昌序金人瑞所著《杜诗解》。(《明清江苏文人年表》)

武进邵长蘅作《守城行》等诗,写清军对江南民的虐杀。(《明清江苏文人年表》)

安徽方文到吴江,与吴江周安、顾有孝会。(《明清江苏文人年表》)

湖广杜濬客太仓，阻兵事不得归，日至王时敏家着象棋，为时敏诸子所轻侮。(《明清江苏文人年表》)

**1660　顺治十七年**

是年正月，清严禁集会结社，忌用“同盟同社”等字样。(徐定宝《黄宗羲年谱》)

黄宗羲过访吕留良，吕作《赠余姚黄太冲》诗。(徐定宝《黄宗羲年谱》)

黄宗羲著有《匡庐行脚诗》及《匡庐游录》。(徐定宝《黄宗羲年谱》)

吕留良与黄宗炎等友人因家贫，共商卖艺以谋生，劝友人各出所能，凭劳作过活；后又欲广《卖艺文》以位黄宗羲；复作《反卖艺文》，以卖艺之弊而与梨州兄弟等约不复卖艺。(徐定宝《黄宗羲年谱》)

黄宗羲从庐山寄诗方以智相勉。(《方以智年谱》)

钱谦益有《后秋兴》之七、八、九诸诗作。(《钱谦益年谱》)

申涵光辞辟举孝行，上书中有云“光先人殉国，时议当从死，腆颜苟活，惭负天地”等句。(《申凫盟先生年谱略》)

潘柽章以所刻《国史考异》寄顾炎武淮安。(《明清江苏文人年表》)

丁耀亢罢职北还，旅杭州，与李渔等人同泛湖。(《明清江苏文人年表》)

金人瑞为金雍说唐诗七言律体，雍笔受，次为八卷。(《明清江苏文人年表》)

金人瑞序无锡嵇永仁葭秋堂诗。(《明清江苏文人年表》)

宋曹、徐增序嵇永仁葭秋堂诗。(《明清江苏文人年表》)

汪琬等人在北京送山东王士祯南行。(《明清江苏文人年表》)

山东宋琬官绍兴，吴江叶燮、广东屈大均、浙江朱彝尊等纷纷至绍兴与琬会。(《明清江苏文人年表》)

山东王士祯任清扬州府推官,到任,以结纳江南士流为事。(《明清江苏文人年表》)

朱彝尊里居,同杜濬、屈大均等赏梅放鹤洲,分韵赋诗。(《朱彝尊年谱》《屈大均年谱》)

朱彝尊送杜濬还楚。(《朱彝尊年谱》)

朱彝尊集杜以寿姚澣。(《寿姚太学澣集杜》《朱彝尊年谱》)

屈大均自白下再度过访朱彝尊,相期作山阴之游。(《朱彝尊年谱》)

朱彝尊与屈大均会与杭州酒楼,题壁而还。(《朱彝尊年谱》)

朱彝尊同友人至蕺山访刘宗周遗书。(《朱彝尊年谱》)

朱彝尊访屈大均于寓山祁氏园亭。(《朱彝尊年谱》)

屈大均到南京,作《秣陵》《钟山》诗写悲慨。(《明清江苏文人年表》)

阎若璩得江西张自烈留书,论治学大要。(《明清江苏文人年表》)

**1661　顺治十八年**

顾炎武到吴江访潘柽章后入浙,复还居山东,辑《山东考古录》。(《明清江苏文人年表》)

顾炎武遇施闰章于西湖。(《顾炎武年谱》)

顾炎武自杭返苏,途中再访潘柽章于江村。(《顾炎武年谱》)

顾炎武至武林,有东渡钱塘拜谒黄宗羲之意。(徐定宝《黄宗羲年谱》)

钱谦益作《后秋兴》之十、十一。(《钱谦益年谱》)

钱谦益完成《笺注杜工部集》。(《钱谦益年谱》)

钱谦益有武林之游,于道得王士祯长笺。钱复书中有云:"杜诗非易注之书,注杜非小可之事,生平雅不敢以注杜自任。今人知注杜者鲜矣,可叹也!"(《王渔洋事迹征略》)

申涵光春贡入国学。(《申凫盟先生年谱略》)

无锡顾宸辑《宋文选》三十卷。(《明清江苏文人年表》)

吕留良到常熟访钱谦益,钱谦益为作《字说》。(《明清江苏文人年表》)

山东王士祯游苏州渔洋山,以渔洋山人别号自标榜,辑《入吴集》。(《明清江苏文人年表》)

梁溪顾宸在扬州访王士祯,王盛称其祖上著述之富,以《入吴集》属序之。(《王渔洋事迹征略》)

山东丁耀亢过扬州,王士祯邀之饮,为其题《陶公归来图》《归鹤图》,耀亢赋五首作答,比王为何逊。(《王渔洋事迹征略》)

王士祯有事于金陵,馆布衣丁胤家,在丁翁邀笛步水阁见钱谦益题沈颢秋柳绝句,援笔和之。(《王渔洋事迹征略》)

钱谦益甥归吴,王士祯托其呈书,并附诗集求序。钱初未应承,后经丁胤为言,乃为撰《渔阳诗集序》,有"与君代兴"之语;钱谦益又赠王士祯五古一首书扇,诗中有句云"献吉才雄骜,学杜餔醨糟""呜呼杜与韩,万古垂斗杓。《北征》《南山》诗,泰华争岧峣。流传到于今,不得免惔嘲""昌黎笑穷儿,少陵诃汝曹。嗟我老无力,掩耳任叫呶"等句。(《王渔洋事迹征略》)

汪琬罢刑部员外郎归苏州故里,道经扬州,王士祯赠所豢十鹤之二与之,并媵以诗。汪固辞,经冒辟疆劝而纳之,为作《载鹤记》。汪琬启程,有诗别王士祯,王有诗送行。(《王渔洋事迹征略》)

王士祯赴淮阴,过淮安甓社湖,舟中作《岁暮怀人绝句》六十首,丙夜而毕,纸尽,以案牍尾纸书之。杜濬见之,曰"使君才藻如许,当是天人。"(《王渔洋事迹征略》)

朱彝尊在山阴,与屈大均等为后兰亭会,邦人与者一十九人。(《朱彝尊年谱》)

朱彝尊至杭州,钱谦益、施闰章等先后来游。在杭之日,朱彝尊数与施闰章等出游。(《朱彝尊年谱》)

朱彝尊游于忠肃公(于谦)祠,感怀抗击北兵事。(《朱彝尊年谱》)

朱彝尊返乡,偕屈大均访徐嘉炎于南州草堂(徐嘉炎《屈翁山诗集序》:“忆自辛丑岁,翁山始至禾,偕竹垞同年访余南州草堂,论诗说赋,语及甲申来死事诸公,烛花红泪,与目睫交映。”)。(《朱彝尊年谱》)

朱彝尊送屈大均还罗浮。(《朱彝尊年谱》)

## 1662 康熙元年

顾炎武自山东入都,除古北口后复还游恒山,止山西平阳,作《天下郡国利病书序》。(《明清江苏文人年表》)

黄宗羲草创《明夷待访录》数章。(徐定宝《黄宗羲年谱》)

钱谦益致函林古度,邀其与方文访常熟;作《后秋兴》之十二、《书广宋遗民录后》《草堂诗笺元本序》《朱长孺笺注李义山诗序》。(《钱谦益年谱》)

钱谦益作《复遵王书》,有云:“居恒妄想,愿得一明眼人为我代下注脚,发皇心曲,以俟百世。今不意近得之于足下。”(《钱谦益年谱》)

傅山作《河涨》一诗,叹大雨弥月连绵,汾水泛涨,漂没稻田无数。(《傅山传》附《傅山年谱》)

戴廷栻刻《晋四人诗》将成。(《傅山书法全集·傅山年谱》)

傅山作《调饥七章》。(《傅山书法全集·傅山年谱》)

朱彝尊在杭州,赋《西陵感旧》诗,感伤抗清同志魏耕、钱缵曾等。二人死难,牵连者众。(《朱彝尊年谱》)

施闰章、方以智重逢于清江。施闰章作《浮山吟》送方以智赴青原山。(《方以智年谱》)

汪琬仕清为北城兵马司指挥。(《明清江苏文人年表》)

王士祯致书汪琬,告以《阮亭诗选》将刻成,请作序。(《王渔洋事迹征略》)

王士禄迁吏部考功司主事，至是益自底厉，风操清峻，门径萧然，终无所造请，人亦无敢干以私。(《王渔洋事迹征略》)

申涵光寓书汪琬，问王士禄近况，汪报书曰："吏部萧散简远，不失故武，真吾党第一流也。"(《王渔洋事迹征略》)

王士祯《渔洋山人诗集》十七卷竣，前列顾宸、汪琬、施闰章、杜濬、王士禄等所作序。(《王渔洋事迹征略》)

方文过广陵，与王士祯相见。(《王渔洋事迹征略》)

王士祯寄诗钱谦益，并请钱谦益为叔父《陇首集》撰序。(《王渔洋事迹征略》)

宋荦除湖广黄州府通判，得送行诗一帙，汪琬为之序。(《漫堂年谱》)

屈大均中秋日与同人集西郊草堂，为述崇祯皇帝御琴事，座中罢酒。(《屈大均年谱》)

安徽黄生刻所选《唐诗摘钞》四卷。(《明清江苏文人年表》)

宋曹编次所作诗为《会秋堂诗稿》。(《明清江苏文人年表》)

长洲何焯生。(《明清江苏文人年表》)

浙江姜宸英旅扬州，交太仓崔华。(《明清江苏文人年表》)

## 1663　康熙二年

顾炎武、山阳阎若璩先后到太原访傅山，若璩与山共论《左传》，旁及古人命名用意。(《阎若璩年谱》)

顾炎武作《赠傅处士山》《又酬傅处士次韵》。(《顾炎武年谱》)

顾炎武游五台山，作《五台山记》，复入陕，在华阴访王弘撰。(《明清江苏文人年表》)

顾炎武遇李因笃于代州，遂订交，作《酬李处士因笃》。(《顾炎武年谱》《天生先生年谱》)

顾炎武至汾州，遇申涵光，有《雨中送申公子涵光》。(《顾炎武年谱》)

顾炎武游富平，馆李因笃家。(《顾炎武年谱》)

李因笃有《次杜韵》诗一首。(《天生先生年谱》)

黄宗羲与吴之振共选《宋诗钞》。(徐定宝《黄宗羲年谱》)

黄宗羲、吕留良等有唱酬诗集《水生草堂唱和诗集》;随吕留良移居东庄,约秋聚友讲习;又与吕留良等看宋石门画《辋川图》,共商归隐事。(徐定宝《黄宗羲年谱》)

黄宗羲成《明夷待访录》,万斯选又将《留书》稿本中未写入《明夷待访录》的部分附于其后。(徐定宝《黄宗羲年谱》)

阎若璩过松庄访傅山,论学相问答。(《傅山传》附《傅山年谱》)

申涵光游太原访傅山,言于方伯王显祚为傅山买宅;又访戴廷栻,欲购傅山字画,戴赠以傅山父子画册。(《傅山书法全集·傅山年谱》)

傅山寄书代州,与李因笃订交。(《傅山书法全集·傅山年谱》)

钱谦益作《东涧诗集》下,中有戏拟老杜《客至》之作;又有《后秋兴》之十三。(《钱谦益年谱》)

无锡顾宸所著《辟疆园杜诗注解》十七卷刊行。(《明清江苏文人年表》)

吴江潘耒从徐枋学。(《明清江苏文人年表》)

吴江潘柽章牵连庄氏史案被杀,年三十八。(《明清江苏文人年表》)

顾炎武闻潘柽章、吴炎罹湖史狱难,遥祭于旅舍,作《书吴潘二子事》文、《汾州祭吴炎潘柽章二节士》诗。(《顾炎武年谱》)

朱彝尊因庄廷鑨《明史》案发,家中藏书尽毁(凡涉明季事者,争相焚弃)。(《朱彝尊年谱》)

朱彝尊在永嘉,游江心寺文丞相祠,有诗抒异代同悲之感。(《朱彝尊年谱》)

朱彝尊返乡,至杭州,有《西陵后感旧》诗,感怀《明史》案事。(《朱彝尊年谱》)

顾炎武寄诗潘耒。(《顾炎武年谱》)

安徽方文走青州依周亮工。(《明清江苏文人年表》)

方文往常熟访钱谦益,有诗赠之。(《钱谦益年谱》)

钱谦益作《方生行送方尔止还金陵》诗、《送方尔止序》。(《钱谦益年谱》)

方文言钱谦益近撰《吾炙集》收王士祯诗,因寄诗王士祯,有“如何百代抡风雅,也许怜才到阿蒙”之句。(《王渔洋事迹征略》)

广陵有贵客家宴,方文、王士祯与焉。伶人呈剧目,首坐者点《万年欢》,方文大呼曰:“不可! 岂有使祖宗立于堂下,而我辈坐观者乎?”主人重违客意,方文奋袖而起,曰:“吾宁先去,留此一线于天地间!”王士祯拊几曰:“壮哉,遗民也!”(《王渔洋事迹征略》)

王士祯有《至日怀申凫盟兼寄张覆舆》诗怀河北诗人申涵光、张盖。(《王渔洋事迹征略》)

湖广杜濬客淮。(《明清江苏文人年表》)

## 1664 康熙三年

黄宗羲、吕留良、吴之振等同至常熟,访钱谦益;适钱氏病危,钱乃以身后墓志铭郑重相托。(徐定宝《黄宗羲年谱》)

黄宗羲《今水经》成书。(徐定宝《黄宗羲年谱》)

施闰章讲学青原山净居寺,大会吴楚闽粤士儒。方以智发释儒一家之论。(《方以智年谱》)

李因笃至太原,与傅山等人饮于崇善寺,作诗十首。(《傅山书法全集·傅山年谱》)

傅山作《左传与礼》杂记。(《傅山书法全集·傅山年谱》)

钱陆灿辑得元好问佚诗,录入所批《元遗山集》。(《明清江苏文人年表》)

王士祯在扬州任,访杜濬,清言竟日。(《王渔洋事迹征略》)

杜濬为孙默所汇刻《三家诗余》序,《三家诗余》首汇王士祯《衍

波词》。(《王渔洋事迹征略》)

朱彝尊抵扬州,往访王士祯,不遇。(《朱彝尊年谱》)

朱彝尊于北上舟中,挥汗读《春秋意林》。(《朱彝尊年谱》)

朱彝尊离都向西北,经直隶昌平州、宣化府,折向西南。沿途有《苦寒行》《伤歌行》等诗,感怀史事,备记辛苦。(《朱彝尊年谱》)

朱彝尊抵大同,为曹氏门人周之恒所绘《倦圃图》题诗(《题〈倦圃图〉限杜少陵过何将军山林韵十首》),并作记。(《朱彝尊年谱》)

朱彝尊致信李良年,纵论历代文章得失,追溯文章本源,指出作文之法,期以“稽之六经以正其源,考之史以正其事,本之性命之理,俾不惑于百家二氏之说以正其学”。(《朱彝尊年谱》)

汪琬病足请假,尽发所藏六经三史详读而细绎,又与陈廷敬等切劘为诗歌古文。(《汪尧峰先生年谱》)

周篆注《庄子》。(《草亭先生年谱》)

王士祯到南京,安徽方文导游牛首、栖霞诸山。(《明清江苏文人年表》)

钱谦益卒,年八十三。(《钱谦益年谱》)

**1665 康熙四年**

顾炎武到曲阜,访颜光敏,示以《诗本音》初稿。(《明清江苏文人年表》)

黄宗羲连类而哭,作《八哀诗》,吕留良有跋。(徐定宝《黄宗羲年谱》)

傅山带病游关中登华岳;秋到频阳访李因笃,九月归,过祁县见戴廷栻。(《傅山传》附《傅山年谱》)

施闰章与方以智、毛奇龄等游青又庵,刻石记名,尽兴而归。(任道斌《方以智年谱》)

朱鹤龄刻所著《诗经通义》十二卷。(《明清江苏文人年表》)

丁耀亢以纂秽书《续金瓶梅》，被指控下狱。（《明清江苏文人年表》）

安徽方文客扬州，与孙枝蔚等集王宾家，为诸人说杜诗。（《明清江苏文人年表》）

王士祯与方文同游诸名胜，期间二人或论诗至深夜方罢，或观摩唐宋碑刻、题名，盘桓数日乃别。方文归成《摄山纪游六十韵》。（《王渔洋事迹征略》）

方文应王士祯之邀游扬州。（《王渔洋事迹征略》）

王士祯调京职，此年离扬州北还。（《明清江苏文人年表》）

杜濬跋冒辟疆倩画工所作王士祯诗意图《秋听图》。（《王渔洋事迹征略》）

陈维崧自阳羡寄词王士禄，有"名士为官休亦好，弟须荷蓧兄携杖"之句，王爱之，乞萧云从为作图，自赋诗寄王士祯云："他年与尔期方外，无著天亲本弟兄。"（《王渔洋事迹征略》）

朱彝尊过代州李晋王墓，访碑考史。（《朱彝尊年谱》）

朱彝尊至太原，跋《尹宙碑》，该碑系曹溶审定，后归傅山。（《朱彝尊年谱》）

朱彝尊与傅山等同观汉步兵校尉衡方碑。（《朱彝尊年谱》）

朱彝尊游晋祠，集杜题唐太宗碑亭壁。李因笃激赏之，遗书定交。（《朱彝尊年谱》）

朱彝尊有《宋烈女行》《明妃曲》等诗，并辑《吉金贞石志》《粉墨春秋》《风庭扫叶录》等书。（《朱彝尊年谱》）

方文以己生年为壬子，绘陶潜、杜甫、白居易三人高坐于上，而己偻拜于下之像为四壬子图。（《明清江苏文人年表》）

屈大均自南京入陕。（《明清江苏文人年表》）

## 1666　康熙五年

黄宗羲委托姜西辙父子刻刘宗周遗书，内署吕留良之名；又得刘宗周《学言》，再委托姜氏刻印传世。（徐定宝《黄宗羲年谱》）

吕留良出三千银子委托黄宗羲代购澹生堂藏书。(徐定宝《黄宗羲年谱》)

黄宗羲至海昌,同陆嘉淑访陈确;又偕陆嘉淑访朱朝瑛,剧谈彻夜。(徐定宝《黄宗羲年谱》)

吕留良弃诸生,归隐南阳,传播朱学。(徐定宝《黄宗羲年谱》)

朱彝尊访顾炎武于太原东郊,遂定交。(《朱彝尊年谱》)

屈大均至长安,李因笃与定交。(《天生先生年谱》)

顾炎武访李因笃于道署。(《天生先生年谱》)

顾炎武受陈上年资助刊刻《广韵》于山阳。傅山得一册,兹后将杜诗句按韵字书于《广韵》书中。(尹协理《新编傅山年谱》)

朱彝尊拓朔方节度使李光进碑,以赠顾炎武。(《朱彝尊年谱》)

朱彝尊在太原县东北黄陵村,发晋义成节度使史匡衡墓,录其碑文。(《朱彝尊年谱》)

朱彝尊过代州,逢屈大均、李因笃。(《朱彝尊年谱》)

朱彝尊集杜题钱谦益集后,赞钱氏为“海内文章伯,周南太史公”。(《朱彝尊年谱》)

朱彝尊为顾炎武所营书院分书题柱:“入则孝,出则弟,守先王之道,以待后学;诵其诗,读其书,友天下之士,尚论古人。”时顾炎武与李因笃、屈大均等于雁门之北垦荒,并营书院。(《朱彝尊年谱》)

屈大均于泾阳遇王弘撰,王邀为太华之游,拜泾阳死节王公徵祠。(《屈大均年谱》)

屈大均、王弘撰、李因笃会于西安。(《屈大均年谱》)

屈大均与李因笃同寻未央宫旧址,过杜子美祠、荐福寺等处,屈大均作《杜曲谒杜子美先生祠》。(《屈大均年谱》)

顾炎武、屈大均游太原,访傅山。(《屈大均年谱》)

屈大均送李因笃、顾炎武往塞外垦耕,至雁门关别。(《屈大均年谱》)

季振宜至常熟，于钱曾处见钱谦益所著《杜工部集笺注》稿本。(《明清江苏文人年表》)

潘耒以被仇家告讦为潘柽章弟，此年变名吴琦，匿居灵岩山中，与归庄会。(《明清江苏文人年表》)

丁耀亢出狱，逢王士祯兄弟，有诗相赠。(《王渔洋事迹征略》)

王士禄再游扬州，与杜濬等人游燕于平山堂、红桥，刻《红桥唱和集》。(《王渔洋事迹征略》)

姜宸英寓苏州，读书缪彤园中。(《明清江苏文人年表》)

安徽萧云从为冒襄写石补小像。(《明清江苏文人年表》)

方文等在镇江集会。(《明清江苏文人年表》)

## 1667　康熙六年

黄宗羲在宁波，讲授蕺山之学，策论会改称证人之会，后改称五经讲会。(徐定宝《黄宗羲年谱》)

黄宗羲辑《理学录》一书。(徐定宝《黄宗羲年谱》)

傅山在祁县，为戴廷栻父作传，并与李因笃、顾炎武共书戴父墓铭。(《傅山书法全集·傅山年谱》)

顾炎武客兖州府推官署中，取旧所辑《古今集论》五十卷删定为《近儒名论甲集》。(《明清江苏文人年表》)

顾炎武到淮安，寓王略家，山阳张弨为校订刊行《音学五书》。(《明清江苏文人年表》)

钱曾助季振宜校定钱谦益所著《杜工部集笺注》，附《诸家诗话》一卷刊行。(《明清江苏文人年表》)

朱彝尊在大同府境，发唐朱邪府君墓铭。(《朱彝尊年谱》)

朱彝尊自晋入燕，屈大均有诗词送别。(《朱彝尊年谱》)

朱彝尊有书报汪琬，引为知己。(《朱彝尊年谱》)

朱彝尊初会王士祯，“交深于把臂之前，情洽于布衣之好”，稍后，为王士祯诗集作序。(《朱彝尊年谱》)

朱彝尊寓书顾炎武，叙相交始末，论“零”“令”等字音读。(《朱

彝尊年谱》)

汪琬与王士祯等为文社。(《汪尧峰先生年谱》)

李因笃居雁门,益发愤读六经及关闽诸大儒书,所著诗文益高古精邃。(《天生先生年谱》)

常熟钱陆灿、上元张怡等人集南京万竹庵,共修府志。(《明清江苏文人年表》)

湖广顾景星在江西,以诗送武进邵长蘅东还。(《明清江苏文人年表》)

顾景星作诗怀杜濬。(《明清江苏文人年表》)

安徽萧云从在金陵重会胡正言。(《明清江苏文人年表》)

北直申涵光所著《说杜》在苏州刊行。(《明清江苏文人年表》)

陆嘉淑遣三女归查嗣琏(慎行)。(王简可《陆辛斋先生年谱拟稿》)

**1668 康熙七年**

黄宗羲始选编《明文案》。(徐定宝《黄宗羲年谱》)

黄宗羲至绍兴郡城,仍与同门会讲于证人书院,有《证人会语》;甬上诸门士闻风请梨洲主鄞城讲席。(徐定宝《黄宗羲年谱》)

顾炎武为莱州黄培诗狱所牵及,到济南就审。顾炎武作详札,详辩诗狱所牵各点,事旋解,朱彝尊、李因笃与有力焉。(《朱彝尊年谱》)

李因笃由山西返里得顾炎武济南狱中书求救,复冒暑入都。(《天生先生年谱》)

顾炎武与阎尔梅在北京会,乃游大名、邯郸。(《明清江苏文人年表》)

广东屈大均旅北京,将过代州南还,汪琬作序送行。(《明清江苏文人年表》)

申涵光婉辞谢却魏裔介荐朝廷访求隐逸之征。(《申凫盟先生

年谱略》)

汪琬偕诸友宴集,送董玉虬御史赴陇右,用杜子美《秦州杂诗》韵各赋诗二首。(《汪尧峰先生年谱》)

湖广顾景星与华亭卢元昌等人会。(《明清江苏文人年表》)

周篆迁居吴江。(《明清江苏文人年表》)

金坛王澍生。(《明清江苏文人年表》)

吴县吴时德作诗,辑徐树丕、屈大均、龚贤等人和作为《同声集》一卷。(《明清江苏文人年表》)

华亭黄之隽生。(黄之隽《冬录》)

**1669　康熙八年**

李因笃由霍州经灵石抵保定与顾炎武会。(《天生先生年谱》)

顾炎武寓山东平原,吴江潘耒来受学。(《明清江苏文人年表》)

陕西王弘撰携所得武平郭氏旧藏《西岳华山庙碑》拓本入京。(《明清江苏文人年表》)

黄宗羲寓越城证人书院。(徐定宝《黄宗羲年谱》)

朱彝尊序屈大均《九歌草堂诗集》,伤故交之零落,赞屈氏之志向。(《朱彝尊年谱》)

朱彝尊在济南,与友人谈《春秋权衡》《春秋意林》事。(《朱彝尊年谱》)

傅山作《草书读宋南渡后诸史传轴》(又名《李纲杂记立轴》)。(《傅山书法全集·傅山年谱》)

屈大均有《奉题方尔止(文)戊申年正月初四日恭谒孝陵感怀诗后》《秣陵感怀》等诗。(《屈大均年谱》)

卢元昌自定《半林诗集》。(《明清江苏文人年表》)

周篆作骚体文《九谣》。(《明清江苏文人年表》)

周篆去函问道顾炎武,顾答以务本。(《顾炎武年谱》)

方文著《嵞山集》总二十一卷刊行。(《明清江苏文人年表》)

方文死,年五十八。(《明清江苏文人年表》)

丁耀亢死,年七十一。(《明清江苏文人年表》)

### 1670 康熙九年

黄宗羲作《寓吴山》诗有"朝廷议论归名士,前辈风流在读书"句,以寄士人议政以削弱专制制度之理想。(徐定宝《黄宗羲年谱》)

黄宗羲有诗《赠仇沧柱》。(徐定宝《黄宗羲年谱》)

朱彝尊在济南,有诗寄怀李因笃。(《朱彝尊年谱》)

朱彝尊与汪琬会于京师。(《朱彝尊年谱》)

顾炎武、朱彝尊、申涵光等在北京孙承泽研山斋,观《李龙眠九歌图》,详定所藏古碑刻。(《顾炎武年谱》《朱彝尊年谱》)

朱彝尊有诗酬潘耒,潘氏曾过访而不遇。(《朱彝尊年谱》)

朱彝尊同顾炎武等人观孙承泽所藏《郑固碑》并跋之。(《朱彝尊年谱》)

朱彝尊与潘耒等集孙承泽宅,观其所藏吴季子剑,联句以咏,作跋以纪。(《朱彝尊年谱》)

朱彝尊在孙承泽宅同申涵光等观《汉戚伯著碑》。(《朱彝尊年谱》)

汪琬北上至清江浦,王士祯访之。(《汪尧峰先生年谱》)

顾炎武刻所著《日知录》八卷本,并寄请太仓陆世仪批正。(《明清江苏文人年表》)

山阳杜首昌在北京。(《明清江苏文人年表》)

宋曹、尤侗与常熟丘园在吴门会。(《明清江苏文人年表》)

陕西王弘撰南游,一至金华、兰溪。(《明清江苏文人年表》)

杜濬客扬州,作《扬州草》《扬州雪》《扬州炭》《扬州春》《扬州客》五诗,反映其地浮华不实,多数人生计艰难的一些情况。(《明清江苏文人年表》)

### 1671 康熙十年

顾炎武拒不应史职荐,此年至山西交城与华亭陆庆臻、上海蔡湘会。(《明清江苏文人年表》)

顾炎武抵太原，遇傅山。傅山为顾炎武诊脉，以为尚可得子，劝置妾。(《顾炎武年谱》)

朱鹤龄刻所著《愚庵小集》十五卷。(《明清江苏文人年表》)

吴江潘耒游太原，与傅山、戴廷栻、阎尔梅集崇善寺。(《傅山传》附《傅山年谱》)

吕留良、吴之振合选《宋诗钞》一百零六卷，此年刊行。(《明清江苏文人年表》)

朱彝尊同潘耒等游西山。(《朱彝尊年谱》)

朱彝尊自京南行，王士禛有诗送别。(《朱彝尊年谱》)

朱彝尊在扬州，得焦山周鼎铭文，编成诗文集《竹垞文类》。(《朱彝尊年谱》)

吴江张世炜为太湖七十二峰中的冲山作《冲山记》。(《明清江苏文人年表》)

**1672　康熙十一年**

顾炎武在太原晤山阳阎若璩，示以所著《日知录》，阎若璩为补正四十一则。(《阎若璩年谱》)

阎若璩再访傅山于松庄，傅与论《左传》。(《阎若璩年谱》)

朱鹤龄作《刈稻行》反映江南农民之艰难。(《明清江苏文人年表》)

邵长蘅作《沈君行》，追记1645年安徽沈寿尧在宣城抗清败死事。(《明清江苏文人年表》)

邵长蘅游庐山，作青玉峡、黄岩等六记。(《明清江苏文人年表》)

宋曹、金坛潘高、于梅等与冒襄会如皋。(《明清江苏文人年表》)

武进吴见思刻所编《杜诗论文》五十六卷。(《明清江苏文人年表》)

杜濬客松江，为其笃守封建道德的老仆作墓志。(《明清江苏文人年表》)

杜濬至泰州，作《杜来阁记》。(《明清江苏文人年表》)

朱彝尊在京师,为孙承泽序《五经翼》,倡博稽之学。(《朱彝尊年谱》)

朱彝尊《江湖载酒集》编成,绮笔风流广获赞誉。(《朱彝尊年谱》)

**1673 康熙十二年**

季振宜据钱谦益旧录稿辑成《唐诗》七百十七卷。(《明清江苏文人年表》)

傅山游山东,登泰山谒孔林,孙莲苏侍行。(《傅山传》附《傅山年谱》)

戴廷栻为傅山作《石道人别传》。(《傅山书法全集·傅山年谱》)

朱鹤龄刻所辑《尚书埤传》十七卷。(《明清江苏文人年表》)

黄宗羲到宁波天一阁观书,录目归。(《明清江苏文人年表》)

阎若璩尝作《移寓》诗,诗中写及京山李本宁所构亭。阎氏欲以杜甫语易名其亭曰"论松"。(《阎若璩年谱》)

汪琬力学勤苦十倍于前,著书务疏经义,旁及先儒诸说,著《古今五服考异》八卷。(《汪尧峰先生年谱》)

宋曹再至吴门,复与丘园会于尤侗家。(《明清江苏文人年表》)

安徽萧云从被官府拘置采石矶太白楼作壁画,以七日力绘四大名山成,得释。(《明清江苏文人年表》)

申涵光刻杜甫画像。(《申凫盟先生年谱略》)

杜濬客无锡碧山庄,得见尤侗所撰《清平调》杂剧,为撰题词。(《明清江苏文人年表》)

萧云从死高淳婿家,年七十八。(《明清江苏文人年表》)

**1674 康熙十三年**

顾炎武跋大名出土郑崔合祔志拓本,考论《会真记》故实。(《明清江苏文人年表》)

黄宗羲奉老母避兵于海滨第四门。(徐定宝《黄宗羲年谱》)

黄宗羲考证唐陆龟蒙、皮日休的四明山唱和诗,作《四明山九

题考》。(徐定宝《黄宗羲年谱》)

李因笃是年有《表弟朱长源过草堂集杜句赠之》诗。(《天生先生年谱》)

顾炎武撰《春秋权衡序》,赞刘敞为善学《春秋》者,又撰《春秋意林序》,叙求是书始末。(《朱彝尊年谱》)

傅山至祁县,访戴廷栻,探奇登丹枫阁。(《傅山书法全集·傅山年谱》)

汪琬刻所著《钝翁前后类稿》。(《汪尧峰先生年谱》)

姜宸英自北京道汝宁抵扬州,辑《选诗类钞》成。(《明清江苏文人年表》)

无锡顾宸死,年六十八。(《明清江苏文人年表》)

## 1675 康熙十四年

顾炎武自山东历河南抵山西之祁县,住戴廷栻家。(《傅山传》附《傅山年谱》)

黄宗羲《明文案》撰编完成,《象数论》撰成。(徐定宝《黄宗羲年谱》)

傅山作《子贡事》杂记。(《傅山书法全集·傅山年谱》)

朱彝尊归里,往桐乡访汪森,商略《词综》编纂事宜。(《朱彝尊年谱》)

朱彝尊撰《汉开母庙石阙铭跋》。(《朱彝尊年谱》)

## 1676 康熙十五年

顾炎武自山东至北京,寓徐乾学家,书告潘耒,以所见“蝇营蚁附之流骇人心目”为恨,戒耒自定出处。(《明清江苏文人年表》)

顾炎武作《与黄太冲书》曰:“百王之弊,可以复起,而三代之盛可以徐还也。”并以所著《日知录》寄请浙江黄宗羲评阅。(《顾炎武年谱》、徐定宝《黄宗羲年谱》)

黄宗羲讲学海昌。(徐定宝《黄宗羲年谱》)

黄宗羲有《九日同仇沧柱陈子棨子文查复重范文园出北门沿

惜字庵至范文倩东篱》等诗。(徐定宝《黄宗羲年谱》)

朱彝尊至吴访汪琬不值。(《朱彝尊年谱》)

朱彝尊应王士祯之请,为其亡妻张氏撰传,中述二人交情甚洽,屡相过从论诗。(《朱彝尊年谱》)

黄宗羲著《明儒学案》六十二卷。(《明清江苏文人年表》)

汪琬《钝翁前后类稿》六十二卷刻成。(《汪尧峰先生年谱》)

吴江张世炜作《圩水曲》,反映此七年中吴中水灾凡三见。(《明清江苏文人年表》)

通州陶开虞以贡生到北京就试。(《明清江苏文人年表》)

## 1677 康熙十六年

黄宗羲仍讲学海昌。(徐定宝《黄宗羲年谱》)

顾炎武、王弘撰同客北京,至昌平2谒明陵后同赴陕。顾有《二月十日有事于先皇帝攒宫》诗一首及《谒攒宫文》。(《顾炎武年谱》)

顾炎武入陕,主王弘撰家。有《雨中至华下宿王山史家》诗一首。(《顾炎武年谱》)

李因笃迎顾炎武于富平李颙家。顾有《过李子德》诗四首。(《顾炎武年谱》)

顾炎武重访王弘撰于华阴,为作《华阴王氏宗祠记》。(《顾炎武年谱》)

朱彝尊南下金陵前,过别王士祯,属其为《竹垞文类》二十六卷本撰序。(《朱彝尊年谱》)

朱彝尊以《江湖载酒集》寄查慎行。(《朱彝尊年谱》)

朱彝尊应王士祯请,为其伯兄王士禄遗集撰序,为其叔父王与胤撰墓表。(《朱彝尊年谱》)

王士祯选刻《长安十子诗略》,宋荦在选。(《漫堂年谱》)

申涵光卒,年五十九,其弟申涵煜谓:“享年与少陵同庚,人或疑为其后身云。”(《申凫盟先生年谱略》)

## 1678　康熙十七年

康熙诏举博学鸿词，顾炎武、吕留良、宋曹等人辞不应清博学鸿儒荐。（《明清江苏文人年表》）

顾炎武作《井中心史歌》，自太原入陕，以陈芳绩背弃祖训，热衷干禄事，作《与潘次耕札》，戒未自保出处，表示将守节到底，并期待“河清之日”。（《顾炎武年谱》）

顾炎武致书李因笃，为其赴京陈情筹划，并作《与李湘北学士书》《与梁大司农书》，为李因笃陈情。（《顾炎武年谱》）

傅山作《书神宗（万历皇帝）御书后》，仍自称“臣”。（《傅山书法全集·傅山年谱》）

给事中李宗孔等以傅山荐博学鸿词之选。傅山辞不就，忽病重，作《病急待死》诗。（《傅山书法全集·傅山年谱》）

阳曲县知县亲备驴车，力劝傅山赴京应征。傅山不得已上路。道称股病，肩舆入都。行前尝与阳曲知县诗一首、长笺一帖，称衰老不复能把握。至京师崇文门外，复称疾荒寺，拒不入城；公卿履满其门，傅山坚卧不起。（《傅山书法全集·傅山年谱》）

李因笃、阎若璩日与傅山游处；戴廷栻不远千里入京视傅山病。（《傅山书法全集·傅山年谱》）

傅山在京就《易经》请教王弘撰，并请王弘撰为其手卷题一引首；王弘撰亦求傅山作真草书法数纸。（《傅山书法全集·傅山年谱》）

傅山在崇文门外圆教寺读杜诗，作《枯木堂读杜诗》一首。（《傅山书法全集·傅山年谱》）

邵长蘅编次《青门簏稿》十六卷。（《明清江苏文人年表》）

朱彝尊至苏州访朱鹤龄。（《朱彝尊年谱》）

朱彝尊、李因笃等应博学鸿儒荐抵京。（《朱彝尊年谱》）

朱彝尊于家书中道在京情状，于举荐诸人中最为赫然。（《朱彝

尊年谱》)

朱彝尊与宋荦等人夜集。(《朱彝尊年谱》)

朱彝尊在京师僧舍,陈维崧偕里人蒋景祁来访。蒋氏读先生所携《乐府补题》钞本,赏激不已,后为锓板以传。朱彝尊于序中赞宋遗民气节。(《朱彝尊年谱》)

宋荦出都,博学鸿词诸公以诗文相送,朱彝尊为题曰"使虔录别"。(《漫堂年谱》)

屈大均撰《广东新语》二十八卷成。(《屈大均年谱》)

山阳阎若璩至北京,图应鸿博试。(《明清江苏文人年表》)

杜濬发书阻孙枝蔚应鸿博,劝孙枝蔚思痛忍痒。(《明清江苏文人年表》)

**1679 康熙十八年**

陕西王弘撰不应清博学鸿儒试,自京西还,作《北行日札》。(《明清江苏文人年表》)

顾炎武一至陕西延安,复还居华阴王弘撰家。(《明清江苏文人年表》)

顾炎武寄书施闰章,称"古之所谓理学,经学也""今之所谓理学,禅学也"。又作《与施愚山》,复陈嗣母节烈,求入史传。(《顾炎武年谱》)

朱彝尊应曹广端之招,同李因笃、陆嘉淑、潘耒等赴宴。(《朱彝尊年谱》)

殿试博学鸿词,魏象枢以傅山老病上闻,诏免试放还。(《傅山书法全集·傅山年谱》)

殿试博学鸿词,李因笃名列一等第七,命纂修明史。(《天生先生年谱》)

顾炎武作《寄次耕时被荐在燕中》诗一首,讽劝潘耒不应如不辨清浊以博取新朝富贵之时俗文人,劝其及早辞官归养。(《顾炎武年谱》)

顾炎武作《次耕书来言时贵有求观余所著书者答示》诗。(《顾炎武年谱》)

顾炎武作《与次耕书》,就修纂《明史》而提出了"当以邸报为主"的意见。(《顾炎武年谱》)

顾炎武作《寄次耕》诗三首,规劝潘耒还乡。(《顾炎武年谱》)

顾炎武作《留书与山史(王弘撰)》。(《顾炎武年谱》)

顾炎武作《与李子德书》。(《顾炎武年谱》)

顾炎武至黎城,作《与次耕书》,书中嘱潘耒:"自今以往,当思中材而涉末流之戒,处钝守拙。……务令声名渐减,物缘渐疏,庶几免于今之世矣。"(《顾炎武年谱》)

顾炎武作《答子德书》《与李子德》,致书李因笃,并请李因笃助其讨回为戴廷栻子所窃金钱。(《顾炎武年谱》)

黄宗羲拒应清博学鸿儒试。(《明清江苏文人年表》)

黄宗羲作《天一阁藏书记》。(《明清江苏文人年表》)

汪琬、潘耒、朱彝尊、施闰章【图10】等人在北京应博学鸿儒试得官,与修《明史》。(《明清江苏文人年表》)

明史馆当事诸人采朱彝尊等建议,仿司马光修《通鉴》法,命各先纂长编。(《明清江苏文人年表》)

吴农祥、阎若璩在北京应博学鸿儒试落选。(《明清江苏文人年表》)

阎若璩作札记自称"潜丘老人",或问其年方四十四,何得称老。阎氏引杜甫四十岁所作诗句"昭代将垂白,途穷乃叫阍"以为己证。(《阎若璩年谱》)

朱彝尊同阎若璩游西山,并马剧谈,讨论《尚书》源流,称阎氏"其言狂且醇"。(《朱彝尊年谱》)

朱彝尊同姜宸英、陈维崧、纳兰性德等游西山,逢施闰章,题名西峰。(《朱彝尊年谱》)

朱彝尊、李因笃、潘耒、严绳孙,俱以布衣中选,合称"四大布

衣”。(《朱彝尊年谱》)

朱彝尊致信友人,借钞经史诸书,备修《明史》。(《朱彝尊年谱》)

朱彝尊、施闰章、汪琬、李因笃、潘耒等为翰林院检讨,邵长蘅有长诗贺朱彝尊。(《朱彝尊年谱》)

朱彝尊与姜宸英等饮于纳兰性德渌水亭。(《朱彝尊年谱》)

朱彝尊为姜宸英题画。(《朱彝尊年谱》)

朱彝尊、潘耒等赴慕国璿宴。(《朱彝尊年谱》)

屈大均客游陪京,当暑,解衣裾。杜濬见其怀之三十一年永历通宝钱,取杜甫“留得一钱看”之句赋诗赠之,屈氏亦赋长篇《一钱行》以答。(《屈大均年谱》)

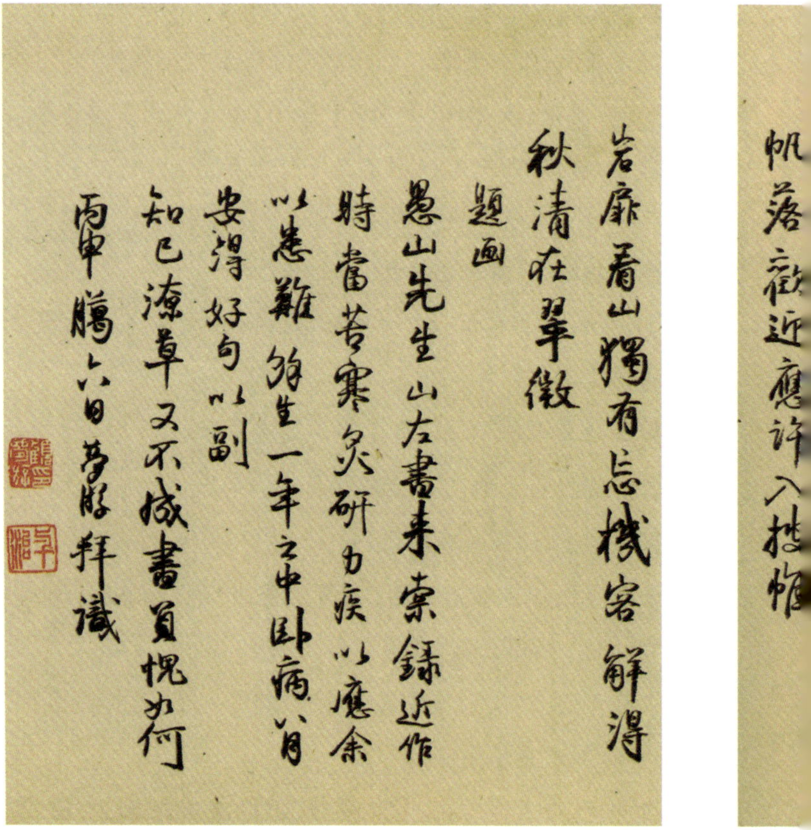

【图 10】顾梦游(1599—1660)《行书自书诗卷》(局部),1656 年,纸本,纵 28.5cm,横 530.5cm,故宫博物院藏。

顾梦游,字与治,吴江人,崇祯十五年贡生,入清后,以遗民终老。此《诗卷》系顾氏应施闰章(号愚山)之嘱而书。顾氏于“患难余生”所得来的诗句中不乏颇得杜诗风概者。

**1680　康熙十九年**

顾炎武致书杨瑀，告以《日知录》已在改定，自信必传。（《明清江苏文人年表》）

吴江朱鹤龄以所著《尚书埤传》寄顾炎武，顾炎武作《朱处士鹤龄寄尚书埤传》诗一首。（《顾炎武年谱》）

顾炎武作《与李子德书》。（《顾炎武年谱》）

黄宗羲自定《南雷文案》。（徐定宝《黄宗羲年谱》）

傅山作《荷竹图》寄王士祯，王士祯答诗一首。（《傅山书法全集·傅山年谱》）

朱彝尊在京师，同潘耒等集李柟斋观《梅花图》。（《朱彝尊年谱》）

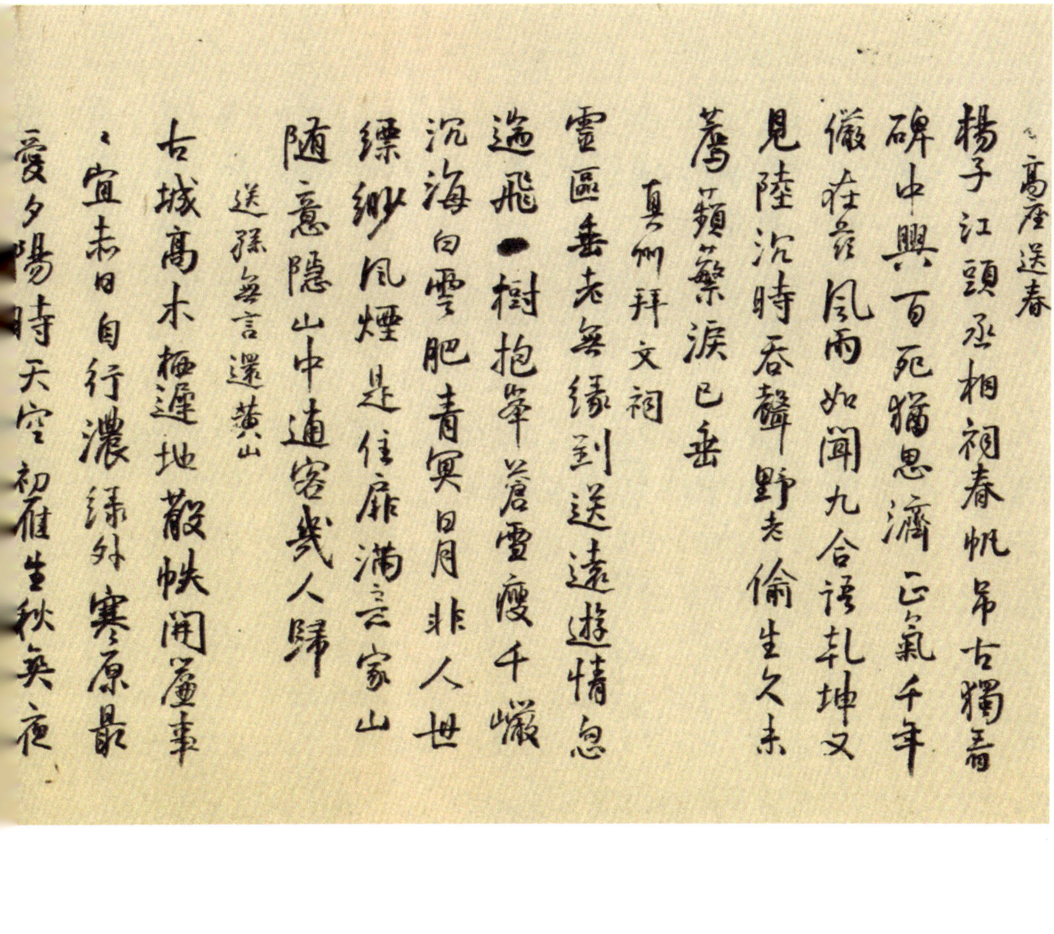

朱彝尊在史馆修史。康熙准徐元文所奏,延黄宗羲、姜宸英等到馆修史。(《朱彝尊年谱》)

阎若璩与汪琬交,汪著《五服考异》成,阎氏纠其谬数条,汪意不怿。(《阎若璩年谱》《汪尧峰先生年谱》)

朱鹤龄著《读左日抄》十二卷,得顾炎武自北方来书商榷,复著《补抄》二卷。(《明清江苏文人年表》)

汪琬在明史馆撰稿百七十五篇。(《明清江苏文人年表》)

吴江潘耒在明史馆撰食货志。(《明清江苏文人年表》)

吴江叶燮此际著《汪文摘谬》一卷,专纠长洲汪琬所作文字的误失。(《明清江苏文人年表》)

吴江张世炜作《庚申大水歌》。(《明清江苏文人年表》)

华亭卢元昌游武林还。(《明清江苏文人年表》)

浙江查慎行作《麻阳运船行》,记入乾道中所见服役丁壮的苦楚。(《明清江苏文人年表》)

周篆客长沙,作《悼屈》《诤贾》。(《明清江苏文人年表》)

屈大均客太仓。(《明清江苏文人年表》)

**1681　康熙二十年**

海昌徐功燮为其祖忠襄公求铭于黄宗羲,黄氏遂在此铭中纵论明季群臣沉浮。(徐定宝《黄宗羲年谱》)

傅山录杜甫杂诗七首:《漫成二首》其一、《舟前小鹅儿》《月夜》《送裴二虬作尉永嘉》《雨晴》《初月》《路逢襄阳杨少府入城戏呈杨员外绾》。(《傅山书法全集》)

朱彝尊致信昆田,告以病后窘况,并令其搜集《明史》资料。(《朱彝尊年谱》)

朱彝尊在江宁,同郑簠等讨论、正定天发神谶碑文。(《朱彝尊年谱》)

朱彝尊在吴下,曹溶寓书命跋所藏宋拓钟鼎款识。(《朱彝尊年谱》)

朱彝尊藉书估钞本考定明万历刊本《尊前集》之编定年月。

(《朱彝尊年谱》)

朱彝尊购得宋椠《经史法语》四册。(《朱彝尊年谱》)

陕西王弘撰离陕南游,在南京与张怡、钱陆灿会,陆灿作诗纪事。(《明清江苏文人年表》)

汪琬免史馆职南还。(《明清江苏文人年表》)

武进吴见思死,年六十。(《明清江苏文人年表》)

## 1682　康熙二十一年

如皋贲琮作《有所思》三章,歌赞坚持民族气节的顾炎武、傅山等人,以诗寄讽潘耒。(《明清江苏文人年表》)

傅山在平定作《迎春花》诗,以"坚贞有恒,命寒情热"自喻。(《傅山传》附《傅山年谱》)

黄宗羲《南雷续文案》付梓。(徐定宝《黄宗羲年谱》)

王弘撰客如皋,所著《山志》六卷,此年有成稿。(《明清江苏文人年表》)

浙江查慎行自贵州东还,从黄宗羲学,自是深得体要功夫,博极子史,约归一致。(陈敬璋《查他山先生年谱》)

卢元昌刻所著《杜诗阐》三十三卷。(《明清江苏文人年表》)

姜宸英、朱彝尊等人集纳兰性德家作灯夕会。(《朱彝尊年谱》)

潘耒分校礼闱卷,三布衣先后均有得士之目。(《朱彝尊年谱》)

朱彝尊、施闰章、潘耒等应沈荃之招会饮。(《朱彝尊年谱》)

朱彝尊《竹垞文类》二十五卷刻成。(《朱彝尊年谱》)

京师结诗社,朱彝尊同梁佩兰、方中德主坛坫,风雅称盛。(《朱彝尊年谱》)

吴江张世炜著《临安杂诗》一卷。(《明清江苏文人年表》)

山阳阎若璩客福州。(《明清江苏文人年表》)

顾炎武病逝于山西曲沃之宜园,年七十,有绝笔诗《酬李子德二十四韵》。(《顾炎武年谱》)

陕西王弘撰客海州,得阎若璩书告顾炎武死讯,南行至淮安。

(《明清江苏文人年表》)

**1683 康熙二十二年**

黄宗羲到昆山访徐乾学,读传是楼藏书,寻录所需资料。(《明清江苏文人年表》)

黄宗羲为修县志事偕百家至杭州并游西湖。(徐定宝《黄宗羲年谱》)

山阳阎若璩在北京,以治地理学与浙江胡渭定交。(《明清江苏文人年表》)

王士祯、陈廷敬等应友人之邀集于京城祝氏园亭,为文酒之会。(《王渔洋事迹征略》)

朱彝尊为王士祯题画册。(《王渔洋事迹征略》)

钱谦益、汪琬、王士祯三家诗收入顾茂伦、吴兆骞所选绝句选。(《王渔洋事迹征略》)

王士祯与来访友人谈申涵光遗事,感而赋诗。(《王渔洋事迹征略》)

王士祯撰《五七言古诗选》。书初辑成,颜光敏抄杜甫、苏轼等四家歌行,日讽诵之。(《王渔洋事迹征略》)

李因笃有《刘使君敬庵馈樱桃柬谢次杜韵》诗。(《天生先生年谱》)

汪琬年六十,王士祯、邵长蘅等有诗寿之。(《汪尧峰先生年谱》)

杜濬将自己模仿杜甫《同谷七歌》所作七言古组诗辑合成卷,命为《杜陵七歌》。(《清代杜诗学文献考》)

朱彝尊充《一统志》纂修官。(《朱彝尊年谱》)

朱彝尊与陈廷敬同作《夜明木赋》。(《朱彝尊年谱》)

王士祯向朱彝尊处借吴曾《能改斋漫录》,并题其后。是岁,朱颇与王借书往还。自王氏池北书库钞得《太平寰宇记》,王氏复借有《蜀鉴》。(《朱彝尊年谱》)

朱彝尊受赐法酒、官羊等。恭纪以诗,称"主恩重"。时人评朱彝尊"珥笔禁近,受眷最隆",乃"非常之遇"。(《朱彝尊年谱》)

朱彝尊临《曹全碑》,推崇汉隶,力思复古。(《朱彝尊年谱》)

宋曹在南京参纂《江南通志》。(《明清江苏文人年表》)

查慎行作诗述浙江此年农事。(《明清江苏文人年表》)

查慎行游吴门。(《明清江苏文人年表》)

吕留良死,年五十五。(《明清江苏文人年表》)

施闰章死,年六十六。(《王渔洋事迹征略》)

朱鹤龄死,年七十八。(《明清江苏文人年表》)

徐树丕死,年八十三。(《明清江苏文人年表》)

## 1684　康熙二十三年

李因笃作《春怀》八首,第一首怀傅山。(《傅山书法全集·傅山年谱》)

王士祯招邵长蘅等宴,用杜句"夜阑更秉烛"分韵赋诗。(《王渔洋事迹征略》)

王士祯致书姜宸英,告以编成《五言古诗选》《感旧集》,请为撰序。(《王渔洋事迹征略》)

王弘撰致书王士祯,谢王照拂其从子。(《王渔洋事迹征略》)

王士祯奉命离京祭告南海,朱彝尊、姜宸英、查慎行等祖饯彰义门外。(《王渔洋事迹征略》)

朱彝尊为辑《瀛洲道古录》,以楷书手王纶自随,录四方经进书,遭弹劾降级。以其事涉风雅,时人称为"美贬"。其时八股出身之翰林颇忌鸿博诸儒,至以"野翰林"目之。潘耒亦遭落职。(《朱彝尊年谱》)

朱彝尊同陆嘉淑、查慎行兄弟寓斋小集。(《朱彝尊年谱》)

查慎行以所作一百四十余阕词就正朱彝尊。(《朱彝尊年谱》)

朱彝尊送张远之桂林。(《朱彝尊年谱》)

朱彝尊、陆嘉淑、查慎行等雨过刘中柱兼隐斋,观石鼓文拓本。(《朱彝尊年谱》)

朱彝尊有诗寄宋荦,有求援意。(《朱彝尊年谱》)

傅山作《草书晋公千古一快四条屏》,中有"'坚坐看君倾'(杜句)五字,尝拟赠之"云云。(《傅山书法全集》)

周篆始著《杜诗集说》。(《草亭先生年谱》)

屈大均至端州为吴兴祚祝寿。(《屈大均年谱》)

常熟钱陆灿自金陵还锡,跋所藏宋椠《周易本义》。(《明清江苏文人年表》)

姜宸英在京,为朱彝尊删定所著《腾笑集》。(《明清江苏文人年表》)

傅山卒,年七十八。(《明清江苏文人年表》)

**1685 康熙二十四年**

汪琬编次所著《明史列传》二十四卷合《钝翁续稿》为五十六卷刊行。(《明清江苏文人年表》)

查慎行有诗为外舅陆嘉淑贺寿。(《陆辛斋先生年谱拟稿》)

王士祯过吉水县,有诗寄陈廷敬。(《王渔洋事迹征略》)

王士祯在肇庆府高要县,与屈大均、吴兴祚晤。(《王渔洋事迹征略》)

王士祯过采石,登太白楼眺望,观萧云从壁画,有诗。(《王渔洋事迹征略》)

王士祯为查慎行撰诗序。(《王渔洋事迹征略》)

朱彝尊作《桂林府石刻元祐党籍跋》。(《朱彝尊年谱》)

朱彝尊、姜宸英应纳兰性德之邀宴于纳兰性德之渌水亭。(《朱彝尊年谱》)

查慎行有诗赠朱彝尊,道朱氏藏书万卷。(《朱彝尊年谱》)

朱彝尊、姜宸英、陆嘉淑、查慎行等会集长椿寺,联句成诗。(《朱彝尊年谱》)

朱彝尊向徐乾学借得传是楼藏书《太平寰宇记》,以补前年抄自王士祯者。(《朱彝尊年谱》)

吴兴祚、屈大均、王士祯等饮于端州石室岩。(《屈大均年谱》)

## 1686　康熙二十五年

钱陆灿所辑《文苑精华律赋选》四卷刊行。(《明清江苏文人年表》)

邵长蘅客杭州。(《明清江苏文人年表》)

卢元昌作《砚记》。(《明清江苏文人年表》)

李因笃有《蔚萝桂萼大兄……命赋水心亭诗仿老杜狂歌行……》诗。(《天生先生年谱》)

朱彝尊手订《焦螟集》八卷成。(《朱彝尊年谱》)

朱彝尊诗赋合集《腾笑集》七卷编成,姜宸英曾为删定之。朱氏又请查慎行为作序。(《朱彝尊年谱》)

朱彝尊、姜宸英、陆嘉淑、查慎行等看花于乔莱一峰草堂。(《朱彝尊年谱》)

朱彝尊题徐釚居处曰"居易轩",其处即王士祯旧寓得树堂。(《朱彝尊年谱》)

朱彝尊应潘耒之请,为其父撰墓志铭。(《朱彝尊年谱》)

朱彝尊始辑《经义考》。(《朱彝尊年谱》)

屈大均刻《翁山文外》十六卷,张远等人有题辞。(《屈大均年谱》)

查慎行在北京,馆明珠家。(《明清江苏文人年表》)

何焯客淮安,得宋王应麟《困学纪闻》,作研究。(《明清江苏文人年表》)

杜首昌旅杭州,与毛奇龄、洪升会,同泛湖。(《明清江苏文人年表》)

## 1687　康熙二十六年

王颛庵刊《子刘子文集》,黄宗羲尽取家藏底稿与原本逐一校勘,若有改动,必以手迹为据。(徐定宝《黄宗羲年谱》)

王士祯取唐人选唐诗加以删定,又益以五代韦庄《又玄集》、宋姚铉《唐文粹》,合为《唐选十集》刊行。(《王渔洋事迹征略》)

朱彝尊、陆嘉淑等至一峰草堂看花。(《朱彝尊年谱》)

朱彝尊携昆田访宋荦,和其西陂杂咏。(《朱彝尊年谱》)

朱彝尊、陆嘉淑、查慎行集古藤书屋话别。(《朱彝尊年谱》)

朱彝尊《日下旧闻》四十二卷编成,由徐乾学捐赀开始刊刻,姜宸英等撰序。(《朱彝尊年谱》)

姜宸英等来会于朱彝尊古藤书屋,分韵赋诗,颇道南人北居之苦。(《朱彝尊年谱》)

王士祯致信朱彝尊,求朱氏八分书,并借《摭言》足本。(《朱彝尊年谱》)

阎若璩著《尚书古文疏证》第四卷成,别录四本,一本寄屈大均藏于罗浮,一本寄王弘撰藏于华山。(《屈大均年谱》)

常熟严虞惇入京,馆徐乾学家,助纂《明史》。(《明清江苏文人年表》)

宋曹客泰州,交孔尚任。(《明清江苏文人年表》)

吴江顾施桢刻所著《昭明文选六臣汇注疏解》。(《明清江苏文人年表》)

何焯交方苞。(《明清江苏文人年表》)

江都卓尔堪、僧人石涛、湖广杜濬、山东孔尚任等在扬州共会春江社。(《明清江苏文人年表》)

杜濬自扬州归南京死,年七十七。(《杜茶村先生年谱》)

**1688 康熙二十七年**

吴江俞玚等与顾嗣立等集阊门。(《明清江苏文人年表》)

黄宗羲《南雷文定》定稿。(徐定宝《黄宗羲年谱》)

王士祯撰《唐贤三昧集》,姜宸英序之。(《王渔洋事迹征略》)

陆嘉淑抱恙,查慎行扶持南归,舟中多暇,二人以诗送日。(《陆辛斋先生年谱拟稿》)

山阳阎若璩此际见赵执信,指述王士祯不通地理,所辑《唐贤三昧集》多讹舛。(《明清江苏文人年表》)

朱彝尊送杨雍建还里。查慎行侍其外舅陆嘉淑回乡养病,附

杨氏之舟以行。(《朱彝尊年谱》)

朱彝尊携《唐摭言》足本十五卷示王士祯,并以近著《日下旧闻》三十卷属序。(《王渔洋事迹征略》《朱彝尊年谱》)

朱彝尊同姜宸英访王士祯。(《朱彝尊年谱》)

朱彝尊、姜宸英等屡集于古藤书屋分韵赋诗。(《朱彝尊年谱》)

朱彝尊有书付宋荦,附以手订之《焦螟集》八卷;为王士祯撰《池北书库记》。(《朱彝尊年谱》)

吴江潘耒经赣入粤,作《韶州至清远道中杂诗》及《游罗浮记》。(《明清江苏文人年表》)

## 1689　康熙二十八年

黄宗羲应邀会讲于姚江书院。(徐定宝《黄宗羲年谱》)

绍兴府守李铎以乡饮大宾请黄宗羲,黄氏以书婉辞之。书中对当年康熙诏谕入史馆之请颇具感激之情。(徐定宝《黄宗羲年谱》)

卢元昌作长诗《虫灾行》,其所著《左传分国纂略》刊行。(《明清江苏文人年表》)

朱彝尊应陈廷敬招,同王士祯、姜宸英等登黑窖厂联句赋诗。(《朱彝尊年谱》)

朱彝尊、姜宸英、张远、查慎行等集于槐树斜街联句。(《朱彝尊年谱》)

黄宗羲八十寿辰。朱彝尊应黄百家之请,撰《黄征君寿序》,对出仕清廷颇有愧意。(《朱彝尊年谱》)

王士祯入都借书,朱彝尊为告《春秋纂言》消息。(《朱彝尊年谱》)

朱彝尊邀严虞惇、查慎行等游西郊白云观。(《朱彝尊年谱》)

朱彝尊应姜宸英之请,为其父姜晋珪撰墓志铭。时徐乾学告归,请姜氏同行,助修《一统志》。(《朱彝尊年谱》)

邵长蘅立康节先生祠落成,朱彝尊为撰记。(《朱彝尊年谱》)

徐乾学主撰《资治通鉴后编》,阎若璩等参与其中。(《阎若璩年谱》)

屈大均有《小除夕宴集张紫阁观察署中同用杜少陵秋兴第五首韵》。(《屈大均年谱》)

何焯批校金元好问《唐诗鼓吹》十卷。(《明清江苏文人年表》)

潘耒游泰山还,在江阴与曹禾、徐煳等人会。(《明清江苏文人年表》)

姜宸英作家藏唐石《兰亭叙》跋,述明人以《清明上河图》致祸原委。(《明清江苏文人年表》)

陕西王弘撰居南京乌龙潭,会孔尚任。(《明清江苏文人年表》)

王士祯过朱彝尊寓斋,见元马祖常《石田文集》,借阅旬日,跋而归之。(《王渔洋事迹征略》)

陆嘉淑卒,年七十。(《陆辛斋先生年谱拟稿》)

**1690　康熙二十九年**

邵长蘅在南昌晤八大山人,此际作《八大山人传》。(《明清江苏文人年表》)

姜宸英辑《江防总论拟稿》《海防总论拟稿》。(《明清江苏文人年表》)

安徽钱澄之在昆山与姜宸英会,为序所著《湛园未定稿》。(《明清江苏文人年表》)

李因笃有《燕子来北堂作次杜韵》诗。(《天生先生年谱》)

朱彝尊送姜宸英赴包山书局,与修《一统志》。(《朱彝尊年谱》)

朱彝尊与陆陇其会于仇兆鳌寓所,见元板黄鹤《杜诗注》,因言明人著书之弊。(《朱彝尊年谱》)

王士祯向朱彝尊借《兰亭博议》。二人年来往过频繁,常相借钞。(《朱彝尊年谱》)

释智朴入京与朱彝尊谈修《盘山志》事,因访王士祯不得,托朱彝尊转致。(《朱彝尊年谱》)

山阳阎若璩、浙江姜宸英、查慎行等聚居东洞庭山，助徐乾学纂《大清一统志》。(《阎若璩年谱》)

王士禛撰《五代诗话》。(《王渔洋事迹征略》)

王士禛于故书肆买得元傅与砺《诗法源流》附《杜诗格律》一帙，断为伪托，于笔记考论之。(《王渔洋事迹征略》)

王士禛、陈廷敬等人应梁清标邀集于梁氏蕉林书屋，观黄大痴《九峰雪霁图》、赵松雪《真草千字文》、北宋人《洛阳耆英会图》。(《王渔洋事迹征略》)

宋荦以《豫章祠纪》寄王士禛。(《王渔洋事迹征略》)

汪琬卒，年六十七。(《汪尧峰先生年谱》)

## 1691　康熙三十年

黄宗羲至新安，以八十二岁高龄游黄山，撰有《黄山续志序》。(徐定宝《黄宗羲年谱》)

王士禛与陈廷敬同在闱中，陈廷敬为会试主考官，王士禛、李光地副之。(《王渔洋事迹征略》)

朱彝尊过王士禛邸舍，言近著《经义存亡考》一书以郑樵《通志·经籍志》为骨干而附益之。(《王渔洋事迹征略》《朱彝尊年谱》)

王士禛请朱彝尊为《十种唐诗选》作序，因与论选本范围。(《王渔洋事迹征略》《朱彝尊年谱》)

王士禛以历年所积笔记编成《池北偶谈》二十六卷。(《王渔洋事迹征略》)

李因笃有《寿明府……古体用杜工部题衡山文宣王庙学堂韵呈明府》《钮明府葺思齐楼予为赋古体……用工部江陵节度新楼成同严侍御作并后首元韵二首》等诗。(《天生先生年谱》)

宋荦序张泰来撰《江西诗社宗派图录》。(《王渔洋事迹征略》)

朱彝尊与王士禛为释智朴校定增补《盘山志》。(《朱彝尊年谱》)

朱彝尊集唐诗为毛九苞寿。(《朱彝尊年谱》)

周篆家居,作《草亭诗说》一卷。(《草亭先生年谱》)

邵长蘅编次《青门旅稿》。(《明清江苏文人年表》)

潘耒作《游天台记》《游雁荡山记》。(《明清江苏文人年表》)

山阳杜首昌旅闽,与徐𤊹会。(《明清江苏文人年表》)

**1692　康熙三十一年**

朱彝尊罢官,友人常过从相慰。(《朱彝尊年谱》)

朱彝尊归里后,查慎行等友人来访,作诗有句曰:"饱经世故初心在,毕竟交情老辈真。"(《朱彝尊年谱》)

姜宸英访朱彝尊,朱氏出示所购宋拓《兰亭》。(《朱彝尊年谱》)

朱彝尊以《研北杂志》寄王士祯。(《朱彝尊年谱》)

王士祯观朱彝尊所辑宋人小集四十余种,一一评次,著之笔记。(《王渔洋事迹征略》)

宋荦寄薛尚功《古钟鼎彝器款识》、陶宗仪《书史会要》、张泰来《江西诗派图录》与王士祯。(《王渔洋事迹征略》)

李因笃卒,年六十二。(《天生先生年谱》)

**1693　康熙三十二年**

黄宗羲自昆山徐乾学家借明人集三百余部归,扩《明文案》为《明文海》。(《明清江苏文人年表》)

山阳阎若璩到杭州,晤毛奇龄,奇龄介与姚际恒会。(《明清江苏文人年表》)

王士祯为邵长蘅《青门簏稿》作序。(《王渔洋事迹征略》)

朱彝尊同屈大均过五羊观。(《朱彝尊年谱》)

朱彝尊北游苏州,同邵长蘅、宋荦等联句咏秦吉了。(《朱彝尊年谱》)

王士祯为朱彝尊题雪景小照与《小长芦图》。(《朱彝尊年谱》)

宋荦为亡友汪琬作《尧峰文钞序》。(《漫堂年谱》)

浙江吴之振客苏州,与邵长蘅会。(《明清江苏文人年表》)

吴江俞玚助顾嗣立辑订《元诗选》。(《明清江苏文人年表》)

通州陶开虞用各种字体书诗成卷，范国禄为作题词。(《明清江苏文人年表》)

## 1694　康熙三十三年

昆山徐乾学举行遂园禊饮，张声势，江南士大夫钱陆灿、秦松龄等闻召齐集，乾学辑《遂园禊饮集》。(《明清江苏文人年表》)

王士禛录门人所寄《昭陵六马图赞》之辨证著于笔记。(《王渔洋事迹征略》)

王士禛与王原祁论画理，义与诗文相通。就中尝以李义山学杜子美诗为譬论刘松年、仇英之画。(《王渔洋事迹征略》)

王士禛从弟以于慈仁寺所购姜宸英旧藏索靖《月仪》章草散页二章，举以归姜，姜赋诗申谢并呈王士禛。(《王渔洋事迹征略》)

宋荦以新刻诗集寄王士禛，请施评点。其中《论画绝句二十六首》，王士禛、朱彝尊、邵长蘅皆有评。王士禛以近世画家专尚南宗乐秀润惮雄奇为非，以为史中迁、固，文中韩、柳，诗中甫、愈皆为北宗，论画推北宗乃足破聋瞽。(《王渔洋事迹征略》)

宋荦为梅庚题王士禛吟卷。(《王渔洋事迹征略》)

宋荦选侯方域、魏禧、汪琬三家文钞刻成，邵长蘅、许汝霖有序。(《漫堂年谱》)

朱彝尊从宋荦处借观江西旧钞本《五代会要》，取与此前抄自曹溶者相校。(《朱彝尊年谱》)

朱彝尊嘱查慎行为《小长芦图》题诗。(《朱彝尊年谱》)

安徽黄生客扬州，此年还歙，年七十三。(《明清江苏文人年表》)

俞玚死，年五十一。(《明清江苏文人年表》)

## 1695　康熙三十四年

潘耒刻顾炎武遗著《日知录》三十二卷。(《明清江苏文人年表》)

王士禛编自作诗文为《蚕尾集》，寄宋荦苏州，请为刻之并撰序。(《王渔洋事迹征略》)

宋荦以新刻竣《国朝谥法考》及《蚕尾集》前二卷托将入京之顾

嗣立寄王士祯。(《王渔洋事迹征略》)

朱彝尊有《论画》组诗二十六首以和宋荦。(《朱彝尊年谱》)

周篆作闽游。本年著成《杜诗集说》,作《杜诗集说序》,复考定二史杜甫传。(《草亭先生年谱》)

邵长蘅此际作《阎典史传》。(《明清江苏文人年表》)

姜宸英、查慎行等在北京会兴胜寺观杏。(《明清江苏文人年表》)

查慎行自京游汴还,道吴门。(《明清江苏文人年表》)

黄宗羲死,年八十六,王士祯著其事迹于笔记。(《王渔洋事迹征略》)

武进唐恽宸、胡香昊、陈炼、董大伦等作浣花会,纪念杜甫。(《明清江苏文人年表》)

### 1696 康熙三十五年

王士祯在祁县,访老友戴廷栻。戴馈以欧阳修《泷冈阡表》拓本与傅山画兰石一轴。(《王渔洋事迹征略》)

王士祯在西安,此行曾循杜陵东行,入杜甫祠、过韦曲抵曲江、北登乐游原;渡沣水、渭水,抵咸阳县,经汉武帝茂陵;次兴平县,抵马嵬,过杨贵妃墓;食武功县,抵凤翔府境扶风县,等等;后又在成都,于端午节,应成都知府等官员之邀集浣花草堂,拜杜甫石像;又渡锦江,谒武侯祠……游历极广。(《王渔洋事迹征略》)

宋荦为王士祯刻《蚕尾集》成,序之。(《漫堂年谱》《王渔洋事迹征略》)

王士祯在开封得宋荦新刊《二家诗抄》,并获示宋荦近著《沧浪小志》。(《王渔洋事迹征略》)

宋荦致书王士祯,告以诸集刊刻情况,并云:"《蜀道》后集想又成帙矣。蜀中山水自是奇绝,少陵至今千余年,乃得先生两番品题,何所遭之幸耶?"(《王渔洋事迹征略》)

宋荦延邵长蘅等刊补《施注苏诗》,于东坡生辰日,率诸生致

祭。(《王渔洋事迹征略》)

朱彝尊序徐乾学《读礼通考》。(《朱彝尊年谱》)

朱彝尊至昆山,重经龙舟道人刘过墓,藉南宋偏安史事,抒发明亡之痛。(《朱彝尊年谱》)

朱彝尊结曝书亭于荷花南池。(《朱彝尊年谱》)

吴江张世炜刻所著《秀野山房初集》。(《明清江苏文人年表》)

陕西王弘撰春客淮南。(《明清江苏文人年表》)

屈大均卒,年六十七。(《屈大均年谱》)

**1697　康熙三十六年**

潘耒等人在里中作人日会。(《明清江苏文人年表》)

山阳阎若璩客苏州,于汪份处见明归有光批《史记》手稿,录其例意五十三则归。(《明清江苏文人年表》)

阎若璩游金陵,道经扬州,向张潮借观《唐贤三昧集》《十种唐诗选》《国朝谥法考》等书。(《王渔洋事迹征略》)

阎若璩作《赠曹子清四朗四律》,其二有句"亭名志孝思,最赏杜陵诗"以谓杜濬。(《阎若璩年谱》)

宋荦以邵长蘅所刊《二家诗选》赠杜诏。(《王渔洋事迹征略》)

潘耒访朱彝尊,阅曝书亭所藏书。(《朱彝尊年谱》)

查慎行得树楼成,朱彝尊以八分书题其落成岁月。(《朱彝尊年谱》)

朱彝尊有《乍浦》诗回顾抗倭史实,诗中有句曰"我口默不言,我心有余痛"。(《朱彝尊年谱》)

朱彝尊致信查慎行,以同选宋元明诗相约。(《朱彝尊年谱》)

**1698　康熙三十七年**

钱陆灿编次钱谦益《列朝诗集小传》,付诵芬堂刊行。(《明清江苏文人年表》)

朱彝尊、查慎行同入闽。(《明清江苏文人年表》)

周篆自福建还吴江。(《明清江苏文人年表》)

仇兆鳌南下广东会友,在韶州与左岘、潘耒共同商榷杜诗。(孙

微《清代杜诗学史》)

山阳阎若璩著《困学纪闻笺》。(《阎若璩年谱》)

阎若璩有《弘济寺僧言杜二丈于皇浅土未葬感赋》一首。(《阎若璩年谱》)

王士祯致书邵长蘅,告以集序撰就。(《王渔洋事迹征略》)

王士祯获观施愚山旧藏赵松雪画《杜子美戴笠图》,有明刘崧、解缙题诗。(《王渔洋事迹征略》)

潘耒以宋刊本《陈后山集》任渊注二十卷及自刻顾炎武《日知录》三十二卷贻王士祯。(《王渔洋事迹征略》)

宋荦撰《漫堂诗话》成,跋中有"与老友邵青门(长蘅)晨夕扬扢"之句。(《王渔洋事迹征略》)

朱彝尊同查慎行南下杭州,于府学观宋高宗御书石经残石。(《朱彝尊年谱》)

朱彝尊偕查慎行自杭州南游,欲之福建建阳,刻所著经籍诗文于麻沙村。(《朱彝尊年谱》)

朱彝尊题王时敏《溪山胜趣图》。(《朱彝尊年谱》)

钱陆灿死,年八十七。(《明清江苏文人年表》)

## 1699　康熙三十八年

朱彝尊寄所著《经义存亡考》十六卷与王士祯。(《王渔洋事迹征略》)

朱彝尊为宋荦鹊华秋色堂书额。(《朱彝尊年谱》)

朱彝尊题昆田书陶靖节文,自称"茕独叟"。(《朱彝尊年谱》)

朱彝尊致信阎若璩,讨论《古文尚书》之真伪。(《朱彝尊年谱》)

潘耒自湘潭至衡阳,作《游南岳记》。(《明清江苏文人年表》)

姜宸英主北闱试,以场中发生舞弊案下狱,本年羁狱中死,年七十二。(《明清江苏文人年表》)

## 1700　康熙三十九年

苏州举行宋苏轼诞日纪念式,邵长蘅与会,作《东坡先生生日

唱和诗序》。(《明清江苏文人年表》)

宋荦寄所刻施注《苏文忠公诗集》四十三卷与王士祯。(《王渔洋事迹征略》)

宋荦于广陵率吴中诸名士祭苏轼。(《王渔洋事迹征略》)

张远中进士。(《王渔洋事迹征略》)

王士祯有书与朱彝尊,赞朱氏所著《经籍考》乃千秋大业,不朽盛事。(《王渔洋事迹征略》)

王士祯取杜甫"细雨荷锄立,江猿吟翠屏"句,属门人禹之鼎为绘《荷锄图》小照,门人朱载震、缪沅、宫鸿历为题诗。(《王渔洋事迹征略》)

查慎行为王士祯题《倚杖图》。(《王渔洋事迹征略》)

朱彝尊有诗酬宋荦,谢其以新雕之《施注苏诗》见贻。(《朱彝尊年谱》)

## 1701 康熙四十年

王士祯招查慎行等饮于带经堂,以新校刻《陇首集》示之。(《王渔洋事迹征略》)

王士祯接宋荦书,告购得王安石《唐百家诗选》。(《王渔洋事迹征略》)

朱彝尊客宋荦处。(《朱彝尊年谱》)

朱彝尊与潘耒等游师子林,联句成诗。(《朱彝尊年谱》)

朱彝尊载书往访查慎行。(《朱彝尊年谱》)

潘耒自开封往游嵩山,作《游中岳记》。(《明清江苏文人年表》)

宋曹死,年八十二。(《明清江苏文人年表》)

## 1702 康熙四十一年

查慎行著《苏诗补注》五十卷成,复作北游。(《查他山先生年谱》)

查慎行为王士祯题《荷锄图》《蚕尾山图》。(《王渔洋事迹征略》)

王士祯阅祝允明《罪知录》,不满其狂悖,对其扬李抑杜尤为疾恶。(《王渔洋事迹征略》)

朱彝尊自浙抵苏,与宋荦会,有诗唱和。(《王渔洋事迹征略》)

宋荦有题吴荆山《吹剑集》诗寄王士祯。(《王渔洋事迹征略》)

朱彝尊同毛奇龄、阎若璩等数次讨论经学,议题以《尚书》古文真伪为主。(《朱彝尊年谱》)

朱彝尊同盘山僧智朴、宋荦聚于沧浪亭,赋诗怀王士祯,高简为之图;复与宋荦处观宋世彩堂刻本《河东先生集》。(《朱彝尊年谱》)

朱彝尊在宋荦小沧浪亭韦庵,应邀题恽寿平、王武合作《松花石果图》。(《朱彝尊年谱》)

朱彝尊同宋荦于小沧浪送张远等公车北上。(《朱彝尊年谱》)

朱彝尊致信陈廷敬,告以《经义考》刊刻及《明诗综》开雕等事。(《朱彝尊年谱》)

朱彝尊致信王士祯,邀序《经义考》,赠以《明诗综》样本,托张大受转致。(《朱彝尊年谱》)

朱彝尊有《杂诗》二十首,吟咏史事,批评时弊,讨论学术,重视交谊。(《朱彝尊年谱》)

吴江沈始树持集谒朱彝尊,相与讨论有明一代人品事迹。(《朱彝尊年谱》)

王弘撰卒,年八十一,长子宜甫求志铭于王士祯。(《王渔洋事迹征略》)

**1703　康熙四十二年**

王士祯得宋荦书,云购得王安石《唐百家诗选》完帙,方刻之吴门。因随笔论宋人选唐诗之概。(《王渔洋事迹征略》)

宋荦得赐御笔书扇二柄,王士祯为跋之。(《王渔洋事迹征略》)

宋荦选刻《江左十五子诗选》,书成自序,寄王士祯。(《漫堂年谱》《王渔洋事迹征略》)

王士祯致书宋荦,促询借朱彝尊《吴越备史》《唐摭言》事。(《王渔洋事迹征略》)

朱彝尊两接王士祯论明诗书，有书答谢，自陈选《明诗综》之旨，寄公所借《唐摭言》《吴越备史》《玉壶清话》三书。(《王渔洋事迹征略》《朱彝尊年谱》)

朱彝尊与查慎行撰《征今诗综启》。(《朱彝尊年谱》)

查慎行著《陪猎笔记》凡三卷。(《查他山先生年谱》)

**1704　康熙四十三年**

王士祯为陈廷敬题《午亭图留别》。(《王渔洋事迹征略》)

王士祯编成《香祖笔记》。(《王渔洋事迹征略》)

朱彝尊有《斋中读书十二首》，抒发学术见解。(《朱彝尊年谱》)

朱彝尊在宋荦处得睹文天祥砚，摹藏并跋之。(《朱彝尊年谱》)

查慎行奉旨分辑《佩文韵府》。(《查他山先生年谱》)

邵长蘅死，年六十八。(《明清江苏文人年表》)

阎若璩死，年六十九。(《阎若璩年谱》)

**1705　康熙四十四年**

王士祯撰集康熙三十九、四十两年笔记，属宋荦校订作序。(《王渔洋事迹征略》)

宋荦与陈廷敬启事西苑，同宿郊馆，有诗唱和兼寄王士祯。(《王渔洋事迹征略》)

汪灏、张逸少等四人为纂修官，受命开馆广续《群芳谱》。(《王渔洋事迹征略》)

朱彝尊以八分书苏轼赋于钱舜举《鮎鼠图》，以归宋荦。(《朱彝尊年谱》)

朱彝尊致信查嗣瑮，以杜诗为例，示以校《全唐诗》之法。(《朱彝尊年谱》)

朱彝尊应曹寅之邀，赴扬州，寓诗局中，以宋本《鉴戒录》借与诗局，补缀《全唐诗》之遗漏。(《朱彝尊年谱》)

朱彝尊应陈廷敬之请，序其《河上集》。(《朱彝尊年谱》)

朱彝尊为宋荦所修《商丘宋氏家乘》撰序。(《朱彝尊年谱》)

何焯跋何煌所得《文心雕龙》足本。(《明清江苏文人年表》)

**1706 康熙四十五年**

朱彝尊春日读《左传》,作诗赞左氏之功。(《朱彝尊年谱》)

周篆自淮阴还吴江,此年纂《蜀汉书》八十卷成。(《草亭先生年谱》)

玄烨恶何焯好讥刺,发上谕责以文义荒疏,不准授职。(《明清江苏文人年表》)

周篆卒,年六十五。(《草亭先生年谱》)

**1707 康熙四十六年**

《全唐诗》告成,康熙帝为撰序。(《王渔洋事迹征略》)

《全唐诗》告成进呈,朱彝尊在;后朱彝尊与马思赞等约,搜其补编,号曰《补天石》。(《朱彝尊年谱》)

朱彝尊、查慎行等集于张士俊水周林,俱留再宿。(《朱彝尊年谱》)

朱彝尊在杭州,与马思赞、查嗣瑮等于查慎行吴山寓楼为樱笋之会。(《朱彝尊年谱》)

朱彝尊在曹寅使院,论《复社姓氏记》出处。(《朱彝尊年谱》)

朱彝尊同查慎行等共观汉武梁祠碑拓本并题其后。(《朱彝尊年谱》)

康熙南巡,黄之隽集唐诗九十首欲献,未果。(《冬录》)

**1708 康熙四十七年**

王士祯以目昏,唯能视大字本书,遂读旧版《万首唐人绝句》,选其尤者九百余首。(《王渔洋事迹征略》)

王士祯编次康熙四十五年后笔记,成《古夫于亭杂录》六卷,自序之。(《王渔洋事迹征略》)

朱彝尊在吴江潘耒处观唐人《崇仁寺陀罗尼石幢记》;以钞本《疑狱集》奉寄王士祯。(《朱彝尊年谱》)

朱彝尊选定《洛如诗钞》六卷并序之。是书为同里陆奎勋等所

倡洛如诗社之同人作品。(《朱彝尊年谱》)

朱彝尊跋姜宸英手书帖子。(《朱彝尊年谱》)

华亭黄之隽夜登海盐云岫山,观海日,作《游鹰窠顶记》。(《明清江苏文人年表》)

潘耒死,年六十三。(《明清江苏文人年表》)

**1709　康熙四十八年**

王士祯得新刻《佩文斋广群芳谱》,正著《分甘余话》,遂录御制序文于卷首。(《王渔洋事迹征略》)

朱彝尊《曝书亭集》发雕,每日删补校勘甚勤。(《朱彝尊年谱》)

朱彝尊得陈廷敬寄怀长律,称其中“入职居人后,投林在鸟先”等句,堪称诗史。(《朱彝尊年谱》)

查慎行奉旨赴武英书局纂《佩文韵府》。(《查他山先生年谱》)

朱彝尊辞世,年八十一。(《朱彝尊年谱》)

**1710　康熙四十九年**

严虞惇著《思庵闲笔》。(《明清江苏文人年表》)

宋荦致书王士祯,言得宋椠《文选》、杜牧书《张好好诗》真迹,有宣和御玺题字。(《王渔洋事迹征略》)

何焯从毛扆借宋本校《李贺歌诗编》一过。(《明清江苏文人年表》)

**1711　康熙五十年**

陈廷敬有题梅花诗寄王士祯、宋荦。(《王渔洋事迹征略》)

华亭黄之隽复随陈元龙幕游桂林。(《明清江苏文人年表》)

王士祯死,年七十八。(《王渔洋事迹征略》)

**1712　康熙五十一年**

浙江查慎行、长洲顾嗣立在北京樵沙道院作集会。(《明清江苏文人年表》)

金坛王澍在北京,间日入狱视方苞论学。(《明清江苏文人年表》)

**1713　康熙五十二年**

严虞惇死,年六十四。(《明清江苏文人年表》)

**1714　康熙五十三年**

朱彝尊《曝书亭集》刊竣,查慎行为作序。(《朱彝尊年谱·身后》)

王澍在北京庙市逻得王羲之《黄庭内景经》墨迹。(《明清江苏文人年表》)

**1715　康熙五十四年**

何焯被控毁谤下狱,玄烨检查其诗文无违戾语,命释出仍在武英殿供职。(《明清江苏文人年表》)

**1716　康熙五十五年**

王澍供职翰林院,书《洛神赋》,作考证文。(《明清江苏文人年表》)

华亭黄之隽所著《郁轮袍》《梦扬州》《饮中仙》《蓝桥驿》等四种,有陈元龙在桂林刻成。(《明清江苏文人年表》)

**1717　康熙五十六年**

吴县缪曰芑据临川晏氏本校刊《李太白文集》三十卷成。(《明清江苏文人年表》)

**1718　康熙五十七年**

武进蒋金式在安庆任教职。(《明清江苏文人年表》)

安徽方苞、金坛王澍等人同游丰台观芍药,苞作记。(《明清江苏文人年表》)

**1720　康熙五十九年**

查慎行《江西通志》成,又辑《庐山志》《鹅湖书院志》。(《查他山先生年谱》)

**1722　康熙六十一年**

黄之隽钞杜诗帖成。(《唐堂集》)

王澍以工书法,被命主管五经篆文馆。(《明清江苏文人年表》)

武进蒋金式死。(《明清江苏文人年表》)

顾嗣立死,年五十八。(《明清江苏文人年表》)

长洲何焯死,年六十二。(《明清江苏文人年表》)

**1724　雍正二年**

查慎行《周易玩辞集解》成。(《查他山先生年谱》)

**1725　雍正三年**

朱彝尊葬于百花庄,查慎行等送行,陈廷敬为撰墓志铭。(《朱彝尊年谱》)

金匮浦起龙刻所著《读杜心解》二十四卷。(《明清江苏文人年表》)

无锡华玉淳此际致书浦起龙,驳论《读杜心解》。(《明清江苏文人年表》)

王澍委京曹职南还。(《明清江苏文人年表》)

**1726　雍正四年**

王澍、蒋衡在无锡会,共论书法,衡撮取大意作《书法论》。(《明清江苏文人年表》)

黄之隽还北京,参与《明史》续纂工作,撰传记十五篇。(《明清江苏文人年表》)

**1727　雍正五年**

查慎行死,年七十八。(《明清江苏文人年表》)

**1728　雍正六年**

王澍著《淳化秘阁法帖考正》,在无锡访惠山寺李阳冰篆书石床。(《明清江苏文人年表》)

**1731　雍正九年**

华亭黄之隽受聘至南京,修纂《江南通志》,此际著《江南古今地名考略》。(《明清江苏文人年表》)

**1736　乾隆元年**

无锡顾栋高、华亭黄之隽、长洲沈德潜等应博学鸿词试落选。(《明清江苏文人年表》)

**1739　乾隆四年**

金坛王澍死,年七十二。(《明清江苏文人年表》)

**1748　乾隆十三年**

黄之隽死,年八十一。(《明清江苏文人年表》)

**1756　乾隆二十一年**

吴县缪曰芑死,年七十三。(《明清江苏文人年表》)

**1770　乾隆三十五年**

太仓毛张健所著《杜诗谱释》二卷刊行。(《明清江苏文人年表》)

**1833　道光十三年**

常州吴冯栻所著《青城说杜》刊行。(《明清江苏文人年表》)

**说明:**

1. 本编主要参据古今学者所编撰之相关杜诗学者个人年谱以及张慧剑先生《明清江苏文人年表》采择汇集而成。

2. 本编各条采自同书者,只在首条标注著者与书名,其他各条仅标书名,著者姓名则承前而省;遇书名相同而著者不同者,则著者姓名不予省略。

3. 为了更好地见出明末清初杜诗学者的活动及生卒状况,本表在起止年份要稍宽于我们在"引言"中圈定的时间(1628—1735)范围。

# 中　篇
# 明末清初杜诗学的历史演进
## ——以几种重要的杜集为讨论中心

## 第一章　明末清初的杜诗评解

### 第一节　绪说——"醉翁"的救赎：走出刘辰翁的时代

如果从彭镜溪集注《须溪批点选注杜工部集》、高崇兰编集刘辰翁评点《集千家注批点杜工部诗集》的刊刻算起[①]，刘辰翁(1232—1297)评点杜诗作为一种范式[②]，在元代初期便已开始了它在杜诗学界领军的历史，此后彭镜溪本、高崇兰本(尤其是高崇兰本)在长达三百余年的时间中翻刻竞出[③]，就像钱谦益说的那样，"元人及近时之宗刘辰翁，皆奉为律令，莫敢异议"[④]。刘辰翁的评点所以能被元、明两代的杜诗学者持久地信奉和关注，那种"净其繁芜，可以使读者得于神"[⑤]的读诗理念与束书不观、以自我之"本心"为主的反智识主义思潮的遇合因素，显然是不可忽视的。元、

① 彭本刻于元贞元年(1295)，高本刊刻在元大德七年(1303)，参看《杜集书录》第94、101页。

② [清]永瑢等撰《四库全书总目》卷一四九《集千家注杜诗二十卷》："宋荦谓杜诗评点，自刘辰翁始。"中华书局，1995年，第1281页。

③ 参看：《杜集书录》，第94—114页；张静《刘辰翁杜诗批点本的三种形态》，《杜甫研究学刊》2004年第1期。

④《钱注杜诗·略例》，中华书局，1958年，第16页。

⑤ 刘将孙《集千家注批点杜工部诗集序》，引自《杜集书录》，第111页。

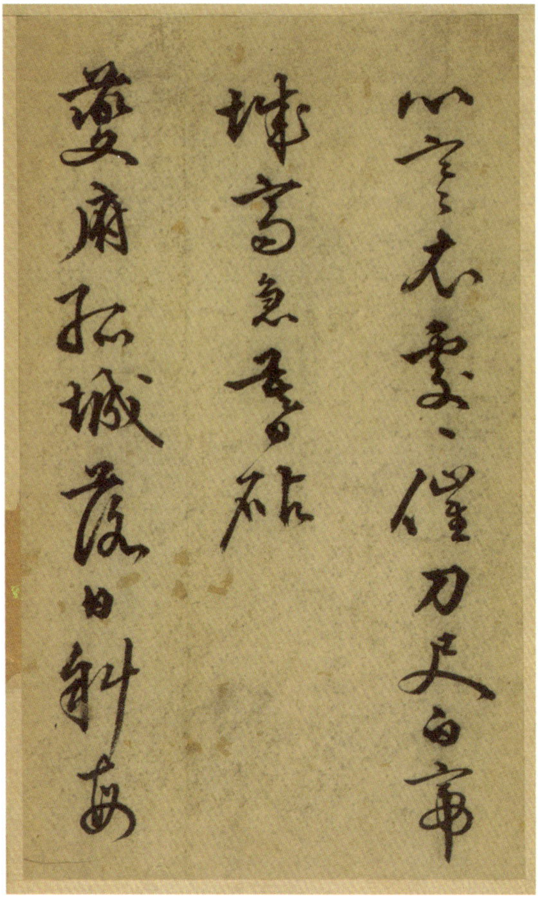

【图11】李东阳(1447—1516)《杜甫秋兴八首册页》(局部),尺寸、藏地不详。

李东阳《怀麓堂诗话》有云:“文章如精金美玉,经百炼历万选而后见……如李太白《远别离》《蜀道难》,杜子美《秋兴》《诸将》《咏怀古迹》《新婚别》《兵车行》,终日诵之不厌也。”

明人对刘辰翁的看好,实是对他评点中带有的那种“灵悟自赏”的深度认可。如李东阳【图11】《怀麓堂诗话》云:“(刘会孟)自杜子美至王摩诘、李长吉诸家,皆有评,言简意切,别是一机轴,诸人评诗者皆不及。”[①]又杨慎《丹铅总录》曰:“庐陵刘辰翁讳孟,……士林服其鉴赏之精博。”[②]但随着智识主义与崇实之风在晚明日渐兴起的时候,刘氏评点也日渐走向没落。今人周采泉即道:

> 辰翁评杜,开选隽解律、析奇评赏之风,在元、明两代,影响颇大,故彭本、高本翻刻不绝。但每经翻刻,刘评陆续被删汰,明季各评本,刘评已残存无几。至钱《笺》问世,风气又是

① 李庆立校释《怀麓堂诗话校释》,人民文学出版社,2009年,第92页。

① 王大淳《丹铅总录笺证》卷十九,浙江古籍出版社,2013年,第820页。

一变，清代注家，务实学，尚考证，此种空泛之评语，不着边际之论调，已不为读杜者所重视矣。[①]

刘氏评点的这段际遇人所习知，无须再赘言。但刘评在元、明时期各杜集中是如何被使用又是如何陆续被删汰的，似乎还没有人做过相应的考察。当然，限于题旨，全面考察刘评的兴衰是本文力所不能及的。本文关心的是，属于我们论题范围之内的"明季各评本"，它们如何从刘辰翁的余波里走出来，由此将杜诗评解引入一个崭新的天地？

在"明季各评本"中，刘评尽管已经只是"残存"，但这一类杜诗研究之作所取的"评"的方式本身即源于刘辰翁。周采泉《杜集书录》针对刘式评点曾说："前人注杜分别疏于句下，意取览者之便，至刘辰翁悉以评注于全诗之后，此为创例。"[②]所谓"创例"，其落到实处即是在宋人裒搜整理、集注编年之外，另启评点一派。我们认为，"明季各评本"甚至清初的一些杜诗评本仍是刘辰翁的余波，因为他们还保留着刘式评点的形式面貌，或将评注置于原诗之后，或干脆不录原诗，并且还在具体的评解实践中颇多地依违于刘评，总念念不忘以"刘"形己。如唐元竑《杜诗攟》所评杜诗四卷，引述刘评凡二十六次，王嗣奭《杜臆》引述刘评凡六十余次[③]。如王嗣奭《杜臆原始》曰：

善读古人诗者，昔称须溪，今推竟陵。至于评杜而多不中窾，何况其他？然其中窾者已收入《臆》。[④]

又唐元竑《杜诗攟》卷二评《王侍御携酒草堂诗》亦云：

须溪于公诗可谓能细读者，奈何不参观前后而重谬其旨也。[⑤]

① 《杜集书录》，第114页。

② 《杜集书录》，第513页。

③ 此据龙玉兰《试论刘辰翁的杜诗评点》所统计的数据，载《杜甫研究学刊》1991年第4期。

④ 见《杜臆》，中华书局，1963年，第2页。

⑤ 《杜诗攟》，《景印文渊阁四库全书》集部第1070册，台湾"商务印书馆"，1983年，第30页。

王嗣奭、唐元竑的话尽管是对刘辰翁提出批评,但我们仍不难体会出其中有推许的意味。王、唐二氏能留心将刘评之“中窾者”吸纳到自己的评解中,此一事实本身即可表明明季各评本的渊源所在。只不过,在他们看来,即令是像刘辰翁这样的“善读诗”的人读杜,也不免“多不中窾”,或是“重谬其旨”,就像宋濂所批评的那样,“如醉翁寱语,不甚可晓”[①],因此必须以新的评解矫正刘氏以及其支脉(如竟陵)的诸多谬评。在上面统计的唐、王二家所引述的刘评中,属于驳正刘氏之说的,《杜诗攟》有二十二条,《杜臆》也有四十余条之多,而批驳钟惺、谭元春等人的地方亦所在多有,即令是对刘辰翁“不屑一顾”的钱谦益也不得不在他的《读杜小笺》中屡屡提出专门的驳正[②]。这些都表明,刘辰翁的影响在明末并未遽然消歇,而时人正多方努力着把对杜诗的评解从他的荫庇下解救出来。

刘辰翁所开示的“选隽解律”之风,其对元、明时期的读杜者的影响首先在“选”上,也就是以读选本、作评选取代了对一部杜诗的整体把握。因此,明末清初杜诗学者对刘式评点的疏救,首先也就表现在对“选隽”风气的扭转上。唐元竑《杜诗攟》卷一有云:

> 今人多看选本,不读全集,其用意微婉处何缘具知乎?[③]

《杜诗攟》虽然没有对全部杜诗一一评解,但那却是唐氏读千家注“逐首札记”所得[④],而王嗣奭《杜臆》则已然是逐章作解了,至如后来金圣叹作《杜诗解》,其本意也在就全集作解,却因了哭庙案的牵连没能完篇。一时之间,读杜诗者莫不提出要通观全集,而之所以要弃“评选”而综贯全集,则在于刘式评点的“因小失大”,这当中包含着对“评选”者“不参观前后而重谬其旨”(前引唐元竑语)的着意反拨。钱谦益曰:

> 辰翁之评杜也,不识杜之大家数,所谓铺陈终始,排比声

① 《杜诗举隅序》,见宋濂《文宪集》卷五,《景印文渊阁四库全书》第1223册,第382页。

② 《读杜小笺》引述刘辰翁六次,均加驳斥,见钱曾笺注、钱仲联标校《牧斋初学集》卷一〇六至一一〇,上海古籍出版社,1985年,第2155、2156、2161、2175、2186、2201页。

③ 《景印文渊阁四库全书》集部第1070册,第21页。

④ 参见《杜诗攟》提要。

韵者，而点缀其尖新俊冷，单词只字，以为得杜骨髓，此所谓一知半解也。[①]

继而黄生亦云：

至其为评，不能深悉公之生平，不能综观公之全集，且不融会一诗之大旨，是故评其细而遗其大，评其一字一句而失其全篇，则公之真精神，汩没于俗评者实多。[②]

又仇兆鳌曰：

蔡梦弼注本，删去伪注，最为洁净。但参入刘须溪评语，不玩上下文神理，而摘取一字一句，恣意标新，往往涉于纤诡，宋潜溪讥其如醉翁呓语，良不诬也。……全无精实见解。[③]

以上数家所论，无不集矢于刘评的细碎、"纤诡"，而这些均由"不识杜之大家数""不能深悉公之生平，不能综观公之全集，且不融会一诗之大旨""不玩上下文神理"所致，其直接的弊害在"汩没"了"公之真精神"，对俗评的真正不满端在于此。我们由此看到，明末清初杜诗学者对诗人"真精神"的呼唤，而这正是由评点转而"综观全集"的深层动因所在。

在如上各家对刘式评点的批评中，我们同时还看到了包含于其中的阅读方式的变革，即由原来的注重单词只字转向对杜诗整体含蕴的掘发。这一点上，上引黄生对评者提出的"不能深悉公之生平"的批评，意义可谓重大。对作品以外的诗人生平及其与社会的关系等一系列问题的疏于询查可谓是元、明以来以"自索心臆"自据的评点派的通病所在。明末清初杜诗学者重新对身处"穷年"的诗人之生平投注心力，不啻是对同样处"穷"的自身的深层反

① 《读杜寄卢小笺·自识》，《牧斋初学集》卷一〇六，第2153页。

② 徐定祥点校《杜诗说·杜诗概说》，黄山书社，1994年，第4页。

③ 仇兆鳌注《杜诗详注·杜诗凡例》，中华书局，1979年，第24页。

顾。与老杜身世之通、同,常常成为这时候笺释杜诗者引人瞩目或是赖以自恃之处。明张拱几《杨次庄先生注杜水晶盐序》云:

> 次庄位不逮拾遗,院不列待制,知有房次律而不敢救,能为《大礼》《西岳》诸赋而不得献,其穷愁殆甚于少陵。不知百世而下,读次庄与注次庄之诗者,其持论又当如何也?[1]

① 引自《杜集书录》,第144页。

在这里,"穷"正是张拱几推扬的杨德周与杜工部的"合"之所在(如韩愈《送董邵南序》中董生与燕赵感慨悲歌之士的"必有合也"一样),是杨德周足堪为"子美功臣"的潜在资源。而杨德周的友人且与杨德周"颠末"绝相类[2]的王嗣奭对"穷"而读杜的收获更有切身的描述:

② 见全祖望《续甬上耆旧诗集》卷十六,国粹学报馆,国粹丛书本。

> 余谓古来诗人无如少陵,余旧序似得其概,而因诗悟道,则近始得之,要亦穷之所炼也。……余笺杜后,又取昌黎全集细绎之,变幻百出,不可步趋;向虽读之,殊草草也。因叹少陵之诗与昌黎之文,自汉以还,并只千古,更无与对,盖昌黎亦因文误□古也。然昌黎与穷鬼狎,述其言曰:"吾立子名,百世不磨。"又云:"唯乖于时,乃与天通。"昌黎得穷鬼之助如此。乃少陵狎穷鬼以终身,较韩更甚,诗安得不工,而人宁容易识也?[3]

③《杜臆·杜臆原始》,第2页。

在王嗣奭看来,要"识"得因"穷"而出的杜诗是不容易的,他自己的"悟",便得益于他也同样地"穷"。为此,他才能破天荒地重新明确意识到在"诵其诗"时"论其世"的重大意义——这一在元、明大部分时期已为人淡忘的读诗法。也正因为在说诗环节里恢复了"论其世"的步骤,再加上他们自己本身的身心磨难,都成了挽救奉行了三百余年的空疏论调的最佳良方,使之有了精实的依托,从而根本上改变杜诗评点"仿佛世说,做尽羽扇纶巾之态,其实百无一当"[4]的醉翁式呓语的状态,真正地开始走出刘辰翁的时代。

④ 陈式《问斋杜意》语,引自《杜集书录》,第513页。

## 第二节　王嗣奭《杜臆》

· 小引
· “以意逆志”法在《杜臆》以前明人杜集中的表现
· 《杜臆》的“以意逆志”
· “因诗悟道”

### 小　引

在晚明，甚至终有明一朝，王嗣奭（1566—1648）[①]的《杜臆》【图12】都是最堪留意的一部杜注，这在今天已渐成学者之共识。但正是这位“博通文史，尤嗜杜少陵诗”的一代通儒[②]，其笺杜之作在三百多年来的历史中竟一直处于似显似诲的境遇。《杜臆》在王氏生前及死后皆未曾刊行，亦未见公私藏家的目录中有著录[③]，很长一段时间对于这部成就卓然的著作，大多透过仇兆鳌的《杜诗详注》去了解，仇氏以同乡后辈之便，在另一位同乡林必达处获观《杜臆》抄本，并于《杜诗详注》中摭拾其精义[④]，但人们容易获见的《杜诗详注》刻本与《杜臆》原稿已“颇有异同”[⑤]，《杜臆》的庐山面目犹在缥缈间，难窥其真。《杜臆》在1962年由中华书局上海编辑所影印出版，嗣后一年又将此书加以整理标点，重新排印。这样一来，读者才有机会一睹《杜臆》全貌以探知王嗣奭的杜诗视界[⑥]。

由王嗣奭《杜诗笺选旧序》《杜臆原始》所谈及其本人笺杜的历程，可以得知，《杜臆》的完成并非一日之功，从四十三岁开始遍阅杜诗，年六十余有意作《杜诗笺选》，到八十岁完成《杜臆》，其间几四十年矣！杜诗岂是流目泛观便能窥见作者深意者，王嗣奭撰《杜

① 关于王嗣奭的生平，可参看《万历庚子同年录》《浙江通志》《鄞县通志》（均见《杜臆》附录二，第402—403页）；另顾廷龙先生《影印本〈杜臆〉前言》（同上，第391—401页）、刘开扬先生《〈杜臆〉前言》（同上）、柴德赓先生《关于〈杜臆〉的作者王嗣奭》（见《杜甫研究论文集》三辑，第305—310页），本文除非需要，不再另述。

② 见清人胡文学编《甬上耆旧诗》卷二十七“涪州王右仲先生嗣奭”条，其中又云：“先生……于圣学深为有得，神庙末年，士大夫称博学未有过先生者。”《景印文渊阁四库全书》第1474册，第549页。

③ 《杜臆》的未曾刊行，似乎与学术思潮有一定关系。王汎森《明代心学家的社会角色》一文云：“思潮与书籍的刊行流布虽不必然有‘银丁扣’般一对一的关系，但是其影响是异常明显的，在某一个思潮之下，某一类书便大量刊行，而与此思潮不相干的书也就沉没得无影无踪，在清代考证学最盛的时代，明代中晚期一些原先没有声光的著作是不太出现的，细考出版史便知。”（见王氏著《晚明清初思想十论》，复旦大学出版社，

2004年,第2—3页注2)王氏从学刘蕺山,今天的研究虽然已经证明蕺山之学与纯粹空谈心性者不同,但仍属王学体系则是无疑的。他的另一弟子恽仲升文集罕见亦可略推见王氏命运,《杜臆》虽为文学批评之作,且不乏新学之精神,但亦或不免遭池鱼之殃。当然,这种可能性不能夸大,姑为情测之说,并没有确凿的事实根据,仅备参考。

④《杜诗详注·附编·诸家咏杜》,第2295页。

⑤《影印本〈杜臆〉前言》,《杜臆》第396—398页。据顾先生该文所考证,《杜诗详注》钞本所引与《杜臆》比较接近,而刻本则改动较大。

⑥ 顾廷龙《影印本〈杜臆〉前言》说:"这样一部好书,过去竟没有流传,真是学术界的憾事。"《杜臆》,第394页。

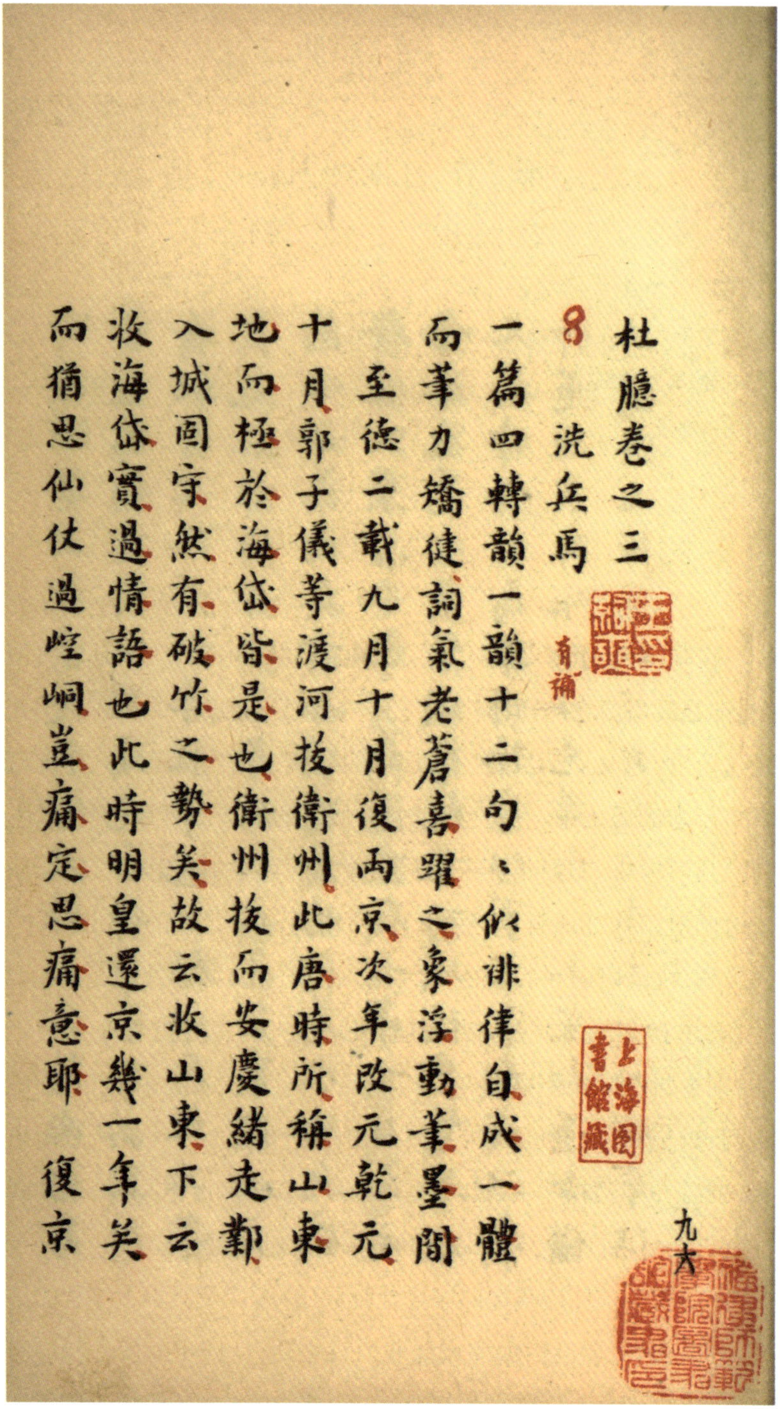
杜臆卷之三
8 洗兵馬
一篇四轉韻一韻十二句、似排律自成一體
而筆力矯健詞氣老蒼喜躍之象浮動筆墨間
至德二載九月十月復兩京次年改元乾元
十月郭子儀等渡河拔衛州此唐時所稱山東
地而極於海岱皆是也衛州拔而安慶緒走鄴
入城固守然有破竹之勢矣故云收山東下云
收海岱實過情語也此時明皇還京幾一年矣
而猶思仙仗過崆峒豈痛定思痛意耶　復京


【图12】王嗣奭(1566—1648)《杜臆》,中华书局(1962年)影印上海图书馆藏稿本,福建师范大学图书馆藏。

臆》，诚可谓“竭一生心想，老而后出之”也！我们尤其注意到“老而后出”的《杜臆》对“以意逆志”法的运用。只消将《杜臆》与其前代的杜注并读，就会发现《杜臆》最突出的特征正在它选择了“以意逆志”法。（脱去前人“尸祝老杜，字摹句剽”陋习的过程，正是《杜臆》自树风格的过程。）现今为数不多论及《杜臆》的文章里，亦鲜有不及此者[①]。然而，人们或只点出事实，有进一步探讨者亦不免陷于孤立（前者如洪业及吴淑玲文，后者如刘开扬《〈杜臆〉前言》），既忽略了《杜臆》之前明人杜诗诠释的方法与理论背景，也就失去了其赖以延续并可供参照的诠释传统，从而因缺乏历史性的观照而显得过于随意。有鉴于此，讨论《杜臆》在明末清初杜诗学史中的地位及其对“以意逆志”法的推动，首要追问王嗣奭如何承续了前人的诠释传统，又是如何对之进行转化的？转化的原因是什么？同时，《杜臆》作为本论题——考察整个明末清初杜诗注——的一个出发点，厘清上述疑问，对确保我们始终以动态的“史”的视野把握该时期杜诗学的进程而言，也是不容或缺的。

① 如洪业《再说杜甫》云：“明末清初王嗣奭右仲读杜善以意逆志。”（见《洪业论学集》，中华书局，1981年，第432页，原载《清华学报》第十卷第二期［1974年7月］）；吴淑玲《清初杜诗批评的新变》谓：“元明杜诗研究转入低潮，成就不大，值得提及的只是明代对杜律的关注和《杜臆》对‘以意逆志’解诗方法的发展。”

## “以意逆志”法在《杜臆》以前明人杜集中的表现

明代自嘉靖以后崇尚杜诗，开启此际注杜之风者或说为正德进士张孚敬[②]，其选注之作《杜律训解·再识》中有这样一段话：

② 参看《杜集书录》，第319页。

> 夫生于千百载之下，而欲得作者之志于千百载之上，不亦难哉。唯孟轲氏有曰：“以意逆志，是为得之。”愚觉旧释过赘，遂大削之，能者观焉，则又不如尽削也。[③]

③ 转引自《杜集书录》，第307—308页。

张氏提出用“以意逆志”法的同时对杜诗“旧释”进行了大量的删削，这证明横亘在作者与读者之间的时间悬隔并非倚赖注释即可弥缝，靠的是“以意逆志”。这里，透出了一种贵于“心得”的读诗心

态。此种心态,宋人已多有之,真德秀《跋余干陈君集杜诗》云:

尹和靖论读书法,必欲耳顺心得,如诵己言。陈君之于杜诗,可谓耳顺心得矣。[1]

俞成《校正草堂诗笺跋》云:

读诗者苟以意逆志,当自有定见,不可徇他人之说,类皆如此。[2]

又魏了翁《侯氏少陵诗注序》:

读是诗者,滞于笺释而不知所以自求之,自得之,则鲁直耻之,予亦耻之。[3]

从以上种种,不难获知张孚敬用心所自。但俞成、魏了翁二氏还提醒我们关注一点,即他们讲"心得"并不排斥解、注等笺释文字,俞氏和魏氏的序、跋都是为杜诗笺、注之书而作,虽然他们最后都更强调读诗重在"自得之",但在序、跋的前半部分都对笺、注表示了相当的赞赏,也是不争的事实[4],而曾噩《九家集注杜诗序》里更云"读者未能猝解,是故不可无注也"[5]。宋人对诗注的态度可谓明矣。降及明代,情形却颇为不同。张孚敬不但有削注之实,更进一步表示若是"能者"读诗,注可尽削。据此看来,张氏不仅是开了明人注杜之风,同时也导引了明人编次杜诗偏嗜白文的先河。对此,陈如纶序其所编《杜律》(嘉靖十四年刻)时有更为淋漓尽致的发挥:

杜虽思闲而绪密,语迩而旨函,所以言旨者唯此理耳。以意逆志,以我观理,则人己同题,古今一揆,随其所见,各有得

① 《西山文集》卷三六,《景印文渊阁四库全书》第1174册,第566—567页。

② 《古逸丛书》之二十三,遵义黎氏校刊《覆麻沙本杜工部草堂诗笺》卷末跋一。

③ 《鹤山集》卷五五,《景印文渊阁四库全书》第1172册,第622页。

④ 如俞成《校正草堂诗笺跋》云:"其始考异,其次辨音,又其次讲明作诗之义……警悟后学多矣。"魏了翁《侯氏少陵诗注序》亦云:"阅其书,盖出乎诸家笺释之后,而兼善并能。"

⑤ 《杜诗引得》本(上册),上海古籍出版社,1985年,第1页。

矣，讵资注。乃因《杜律》虞、赵本钞得五言二百四十章，七言一百五十章，厥注皆削焉。于乎！天下之学弊于注诂，岂唯杜哉！岂唯杜哉！[1]

这里，陈如纶更加彻底地否定了前人旧注，还将注诂之弊，推扩到“天下之学”的广度，几于否定天下一切注疏的价值。摒弃注诂、好尚白文并非陈氏一人之举，张岱《四书遇序》叙自己读书之法即“只读白文，不问训诂”[2]，王夫之《夕堂永日绪论外编》也有同样的记载：

良知之说充塞天下，人以读书穷理为戒；故隆庆戊辰会试，《知之为知之不知为不知》文，以不用《集注》，繇此而求之一转。取士教不先而率不谨，人士皆束书不观，无可见长……此嘉靖乙丑以前，虽不雅驯者，亦不至是。[3]

隆庆戊辰会试之不用《集注》之例，与王嗣奭《管天笔记外编》所揭示“今之举子业与前代不同……今为文不详传注”[4]，如出一辙，正是最好注脚。可见违驳传注，束书不观，是一时风气所趋。而此风“作俑于阳明”（《管天笔记外编》第646页）。盖自南宋以来，如何看待读书、读不读书的选择问题就已在朱熹与陆九渊之间产生歧见，此即思想史上所谓智识主义与反智识主义的冲突，“下逮明代，王阳明学说的出现把儒学内部反智识主义的倾向推拓尽致”[5]，所以于读书穷理之说多持怀疑的态度。伴随着王学的兴起，社会上还掀起了一股反抗传统的新思潮，李贽“童心说”之提出便在于撤除传统的蔽障，唤醒心灵，以自我之“本心”为主，一抒胸臆。袁中道《吏部验封司郎中中郎先生形状》中的一段记载让我们充分见识了李贽学说在当时所激起的波澜，其言曰：

先生（袁中郎）既见龙湖，始知一向掇拾陈言，株守俗见，

① 转引自《杜集书录》，第306页。

② 徐柏容等编《张岱散文选集》，百花文艺出版社，1997年，第275页。

③ 王夫之《夕堂永日绪论外编》，见戴鸿森笺注《姜斋诗话笺注·附录》，人民文学出版社，1981年，第214—215页；杨慎亦云“先辈读书博且精，不似后生之束书不观，游谈无根也”，见王仲镛《升庵诗话笺证·附录一》，上海古籍出版社，1987年，第527—528页。

④《管天笔记外编》，《杜臆》附，《续修四库全书》第1307册，第646页。以下所引《管天笔记外编》均据此本，只随文标页数，不再另注。

⑤ 余英时《从宋明儒学的发展论清代思想史》，见余氏《中国思想传统的现代诠释》，江苏人民出版社，1998年，第174—187页。

死于古人语下,一段精光,不得披露。至是……能转古人,不为古转。发为语言,一一从胸襟流出。[①]

此等世风、学风影响所及,无怪乎明代杜诗辑注之学要式微,虽然不至于连杜诗也束之高阁,但不再究心于前人旧注已是势所不免了,明代杜诗白文本独多[②],原因即在此。此一关系似乎为研究杜诗学者所轻忽,今略为疏释之。

当然,更值得玩味的是白文杜集背违旧注往往拈出"以意逆志"法作为其理论支持这一现象,只须回过头去重新审读一下张孚敬、陈如纶二人之说,我们不难觉出此一特征。尤其是后者,明确表示其据以删削旧注的正是孟子人心相通的心理基础("人己同题,古今一揆……讵资注"),他将"以意逆志"与"以我观理"并提,则"以我观理"即"以意逆志",据此可知,当时"以意逆志"说对于杜诗学者最具吸引力之处,便在此说中"意"提供给说诗者容纳其主体意识的空间,至于所"逆"之"志"为何,也就可以"随其所见,各有得矣"。李齐芳辑《杜工部分类诗》(万历二年写刻)自序在这个问题上也有极其相似的看法:

且但存本义,不载群解,又可撤障耳目,自索之于心臆之中。虽不能千载悉符,而镌研揆度,畅然于心者必多也。[③]

舒度叙李齐芳此书也说注释尽去,可使"学者玩索无拟测之苦,统会无瀚浩之烦"[④]。可见,他们惟恐对旧注的泛观博览,会带来拟测瀚浩、支离破碎之弊,从而成为解读杜诗的闻见之障,所谓"自索于心臆之中",颇有"求之书籍弗得,则求之吾心可也"[⑤]的意思在,是对说诗者"本心"的一种肯定。又傅振商《杜诗分类》(万历四十一年刻)自序亦曰:

① 《珂雪斋集》卷一八,上海古籍出版社,1989年,第756页。

② 据笔者检阅,此际白文本杜诗尚有张潜《杜少陵集》、许宗鲁《杜工部诗》、李齐芳《杜工部分类诗》、傅振商《杜诗分类》、王寅《杜工部诗选》等。

③ 转引自《杜集书录》,第133页。

④ 转引自《杜集书录》,第134页。

⑤ 陈献章语,转引自余英时《中国思想传统的现代诠释》,第179页。

> 每厌注解本属蠡测，妄作射覆，割裂穿凿，种种错出，是少陵以为诠性情之言，而诸家反以为逞臆妄发之的也。……因尽剔去，使少陵本来面目如旧。庶读者不从注脚盘旋，细为讽译，直寻本旨，从真性情间觅少陵。性情之薪火不灭，少陵固旦暮遇之也耶！[1]

这里，“直寻本旨”、从“真性情间觅少陵”“旦暮遇之”，与李齐芳所谓“索之于心臆之中”一样，从方法论的角度而言都在“以意逆志”法的范围内。“直寻”原是钟嵘用以形容诗人直书所见、不贵用事的创作方法，到傅振商手上，“直寻”则成了他逆诗人之志的方法。江盈科《雪涛诗评》曰：

> 少陵秦州以后诗，突兀宏肆，迥异昔作。非有意换格，蜀中山水，自是挺特奇崛，独能象景传神，使人读之，山川历落，居然在眼。所谓春蚕结茧，随物肖形，乃为真诗人，真手笔也。[2]

“居然在眼”乃是一种亲历般的感受。

至此我们可知，无论陈如纶之“随其所见，各有得矣”、李齐芳之“自索之于心臆之中”，抑或傅振商之“直寻”以及他们削尽前人注诂的行为，凡此种种，莫不在强调读诗者自身的主导意识，他们批评前人的诗注“妄作射覆，割裂穿凿”云云也就是针对前人（主要是宋人）注杜拘执地通过物象寻求杜诗的寄托意义以及牵合史传来穿凿比附诗意的现象而发[3]，是对前人这种以“物象类型”与“以史证诗”落实“以意逆志”说诗法所引起的过度诠释的一次反拨，也正是明代杜诗学者在承续宋人“以意逆志”法传统时所逗露出的“以意逆志”法发展的新动向。但由于他们缺乏与杜甫相似的历史条件，更没有杜甫体验生命的艰难历程，于是所谓“随其所见”而“逆”得的诗人之“志”，是否接近杜甫诗心，则大可怀疑。尤其是上

① 转引自《杜集书录》，第138页。

② 《杜诗详注》卷八引，第685页。

③ 参看张伯伟《以意逆志论》，见张氏《中国古代文学批评方法研究》，中华书局，2002年，第63—70页。

述白文本杜集,在王学反智识主义倾向以及时代新思潮的鼓荡下,将衍生于宋人的讲“心得”的读诗观念推演至于极致,以致未留下任何杜诗笺释的记录,在他们读诗过程中,究竟有“得”否,就更不得而知了。这种“不立文字”的做法,难免有“以平庸为高、以浅率为真”的嫌疑,甚至未必不是束书不观者为自己寻求的冠冕堂皇的托词,从说诗实践的层面而言,“以意逆志”法不免成了一句空言。

### 《杜臆》的“以意逆志”

分析了“以意逆志”法在明人杜集中的大致表现之后,我们现在可以进一步讨论王嗣奭对这一表现的接续性反应了。

在《杜臆》里,王嗣奭不止一次指出前人注杜、评杜之失,其中最突出的是因“过求而反失之”:

> 因必有来历之语,而读公诗者必求往事以实之,反致牵强无味。(卷五《江亭送眉州辛别驾升之得芜字》)[①]

> 昔人谓公诗无一字无来历,故多有援引不当而意反晦者。(卷六《赤霄行》)【图13】

皆主要就宋人注杜而言。杜诗“无一字无来处”说由宋人孙莘老首倡而黄山谷【图14】推进,据任渊《山谷诗集注·古诗二首上苏子瞻》注,山谷“屡拈此语”,多有借此“以自表现”的意思,与其将杜甫由“诗史”引向“诗圣”一样,皆有“强杜从我”“请杜就范”的嫌疑[②],这种“别有用心”的提法,却被此后的笺注家奉为圭臬,几成为一种绝无异议的信仰,于是才有字相犯便要妄引,如释《对雪》“有待至昏鸦”句而引何逊“城阴度堑黑,昏鸦接翅归”为证,王直方讥曰:“余疑昏鸦亦常语,何必引逊句?”[③]诚所谓“谬引旁似”[④]也。这意味着

① 《杜臆》,中华书局1963年版。下文引《杜臆》笺语均用此本,只标卷数,不再另注。
② 参林继中《文化建构文学史纲(魏晋—北宋)》“内观照的‘山谷模式’”一节。北京大学出版社,2005年,第270—292页。
③ 阮阅《诗话总龟》前集卷八“评论门”引《王直方诗话》,人民文学出版社,1987年,第86页。
④ 赵次公自序语,林继中辑校《杜诗赵次公先后解辑校》卷首,上海古籍出版社,1994年,第1页。

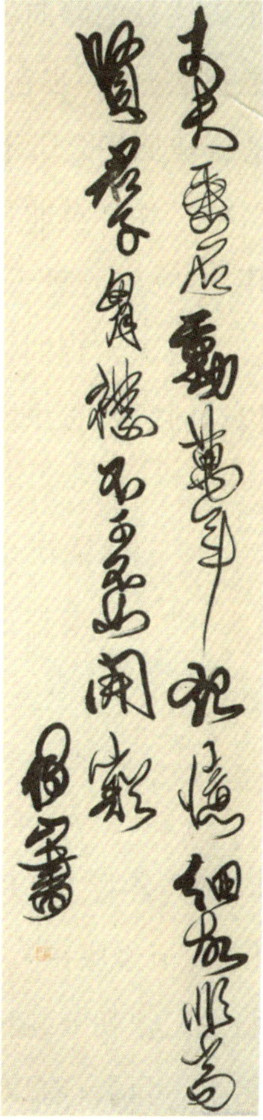

【图 13】傅山(1607—1684)《杜甫赤霄行诗句轴》,绢本,纵193cm,横47cm,山西博物院藏。

此轴书杜句"丈夫垂名动万年,记忆细故非高贤"后,又自识道"君子胸襟不可不如(此)开豁",这让我们想到傅山曾说过的"杜诗不可测之才人,振古一老,亦不得但以诗读"(《霜红龛集·咳唾珠玉》),再反观图3江浩赞杜甫为"古来大有骨力人",可见一时论杜声调。尽管从人品器识、人格光芒的角度评议老杜,宋初以来便不乏其人,但在患难时世的背景下,在伦理难题凸显、道德压力超乎平世的特殊时期,其人之着意于发扬杜甫的人格价值,就自有其超乎平世的意义,而且也更难能可贵。自宋以来便在孕育的杜甫"诗圣"称号,由此际的王嗣奭最终呼出,岂非良有以也!

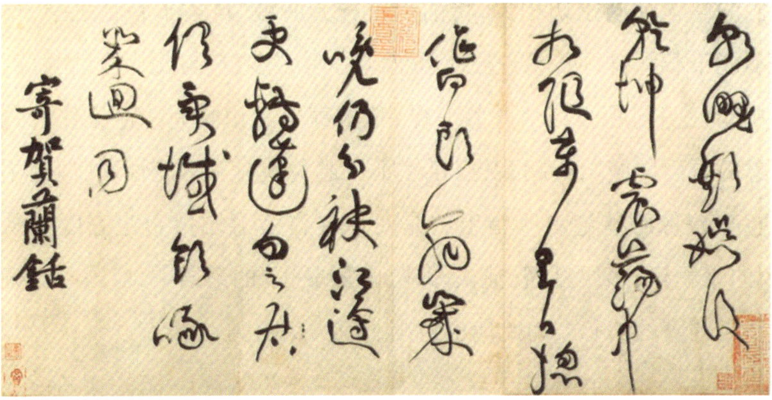

【图 14】黄庭坚(1045—1105)《草书杜甫寄贺兰铦诗页》,纸本,纵34.7cm,横69.6cm,故宫博物院藏。

石闾居士评《寄贺兰铦》诗云:"此诗通身一气流走,却又结构紧严,无空滑之弊,所以为佳。"(《藏云山房杜律详解》)移以衡诸黄山谷此书,亦无一句不切当。此诗此书,可称合璧!

宋人注杜的路向,乃应着前人已经开出的一定程度上业已符号化的提法,进一步在前人诗文史籍等文献中以一种“役心掇索”之苦心证成回护之。不仅“无一字无来处”说为然,“一饭未尝忘君”说、“诗史”说亦莫非如是,从上文提到的宋人落实“以意逆志”法所使用的“物象类型”说及“以史证诗”法即可明此。

与宋人有别,王嗣奭对杜诗的笺释取的是一种体验式路向①。以“杜臆”名书,即透露了个中消息,《杜臆原始》曰:

> 草成而命名曰《臆》,臆者,意也。“以意逆志”,孟子读诗法也。诵其诗,论其世,而逆以意,向来积疑,多所批豁,前人谬迷,多所驳正,恨不起少陵于九京而问之,际其涯乎? 测其底乎? 无也。(卷首)

以“臆”名书,明以前无之,考《明史·艺文志》,以“臆”名书者有王守仁的《五经臆说》、丁奉《经传臆言》、王世懋《经子臆解》、李槃《中庸臆说》、曾朝节《臆言》,都为解释儒学经典的著作,王嗣奭以“杜臆”名书,可谓良有以也②,也正见出王嗣奭从自心出发解读杜诗与时代的整体动向密切相关,将前引李齐芳所说“自索于心臆之中,虽不能千载悉符,而镌研揆度,畅然于心者必多也”与此一段话并读,尤能说明问题。和李齐芳一样,王嗣奭也意识到完全逆见作者之志的难度,“臆”,行胸臆也,自然不可避免地具有推测性质,但并不意味着像有些论者所指出的是对恢复作者意图持否定态度③,从“向来积疑,多所批豁,前人谬迷,多所驳正”的话语中,应该不难确认王嗣奭的信心。为此他也付出了巨大的努力:

> 盖精之所注,行住坐卧,无非是物,夜搜枯肠作真人想,朝拈枯管作蝇头书,八十老人不知倦也。(卷首)

① “体验”之作为一种解释方法提出,已见于谢思炜《杜诗解释史概述》一文,笔者阅读此文后受教甚多。但本文与谢先生的归结仍有不少差别。谢先生主要从体验方法的推测性质及其所暴露的问题方面立论,本文则希望借“体验”这一概念所能包容的内涵阐明王嗣奭笺释杜诗的特色。

② 杜诗被视为经典,宋代已然,王嗣奭不过是从自身出发,加以体认耳。然向以明人解释儒家经典好以“臆”名书,则笔者眼下尚无过硬的理由,如下的解释或许可以表明我们这里的讨论并非无稽之谈:以“臆”名书既显示了解经者对经典的审慎与持重之心,“臆”字,毕竟包含主观想象与揣测,同时也是解经者对自我“本心”的自信。

③ 参本页注①,谢文认为王嗣奭对“臆”的阐释“着重强调的是解释的推测性质,并包含了对恢复作者意图的否定回答”,本文对此略有怀疑,有强调,但非“着重”,更不意味着是一种否定回答。

真可谓呕心沥血！苦心犹在其次，最值得一说的是他提出“作真人想”一端，此即司马迁《史记》一再说的“想见其为人”的意思，又让我们想起钱锺书先生《管锥编》中的一段话：“史家追叙真人实事，每须遥体人情，悬想事势，设身局中，潜心腔内，忖之度之，以揣以摩，庶几入情合理”[1]，岂独史家须“遥体人情，悬想事势”，王嗣奭提出“作真人想”不也表明他正赖此以接近杜甫吗？所谓“由迹入神求实得真”[2]“作真人想”的关键就在此。王嗣奭当然知道这一点，从他笺释《留别公安大易沙门》一诗中即可见出：

> 刘须溪嫌“拟心神”三字为拙，不免皮相，读诗要此三字，所谓以意逆志者。（卷十）

只有拟得诗人的“心神”，“作真人想”才不会是一句空话。用“拟心神”来解释“以意逆志”，尤其明显地表现了王嗣奭在杜诗笺释中落实“以意逆志”法不同于前人的路向。这种路向与宋人的差异已如前述，就与同时代人相比而言，差异也是显豁的。虽然，无论陈如纶“随其所见，各有得矣”、傅振商“直寻”，还是王嗣奭“拟心神”，其出发点皆由自心起，但前者们也仅止于此，仍以自心为归结，对恢复作者之“志”取一种“即心”的、当下就是的态度，而王嗣奭“拟心神”“作真人想”所取的却是一种推心置腹、易位而思的方式，这倒是与李齐芳“镌研揆度”的做法较为接近，但李齐芳毋宁是一种朴素的自觉，并不曾像王嗣奭这样有明确的意识与方向，还有井然有序的步骤：“诵其诗，论其世，而逆以意。”（前引）“论其世”的环节在陈如纶、傅振商辈的“以意逆志”法中已经被略去，而这一“努力去复制作者的本来创作之时”的环节，正是王嗣奭“拟心神”的入路所在，他笺《蒹葭》《苦竹》二诗云：

> 公罢拾遗，黜为华掾，州守不能善遇之，余于《苦热》诗已

① 《管锥编》第一册，中华书局，1979年，第166页。

② 继中师语，见《文化建构文学史纲（魏晋—北宋）》，第245页。

窥一斑矣。此诗与《苦竹》诗又将弃官时所作也。谓向官近侍,已被罢斥,如蒹葭摧折,不能自守矣,秋风又吹我若何哉?(卷三)

此诗发己绝去之意,又代苦竹而言。我虽在幽冥之中,勉强扶持,犹砥岁寒之节……唯有超然远去,与幽人为侣,全吾晚节,此吾结根之所也……读此二诗,于去就之际,何等斟酌?……盖二诗自有先后,而钟、谭入选,又倒其次序,评语皆隔靴搔痒,所以颂其诗当论其世也。(卷三)

《蒹葭》《苦竹》是杜甫客寓秦州时所作的两首咏物诗,展现了诗人此时沉沦不遇的感伤与苦守避世的高节。像这样以比兴见长的咏物之作,要判别其创作的次序,殊非易事。王嗣奭独能从考察杜甫该阶段的人生历程出发把握其内心世界的发展变化,从而断定"二诗自有先后",诚可谓是探微索隐矣!钟惺、谭元春之所以是隔靴搔痒,在他看来,正因不能"论其世"的缘故。上面的笺释复有一点值得注意,即第一人称"我"的使用。像这样直接以"我"代替诗人切入诠释的例子,《杜臆》中还可见到不少[①],如《十七夜对月》【图15】一首,笺曰:

以仍圆之月,对独老之身,能无怆然!乃卷帘则照,倚杖则随,月亦未尝不怜我。独念光明注射,潜虬亦动,宿鸟犹翻;而清切露华,霑于橘柚,茅斋中人怀归之思,能不与虬俱动,与鸟俱翻乎?(卷九)

似乎已不必再赘言提醒人们注意其中笺释者与诗人主客交融的情形,这些都显然合于其"作真人想"之说。当然,仅据笺释语言的风格来判定笺释者介入的程度是武断的,也是肤浅的。但是,如果从

① 如卷一《骢马行》、卷四《奉酬李都督表丈早春作》、卷八《偶题》、卷十《宿凿石浦》《别张十三建封湖南观察使韦之晋辟参谋》等皆是。前人杜注中亦出现此字,从郭知达《九家集注杜诗》,黄希、黄鹤《补千家集注杜工部诗史》来看,前人杜注中出现"我"字的情形大致有如下三种:其一,所引用的前人诗文中带"我"字,如《九家集注杜诗》卷一注《奉赠韦左丞丈二十二韵》中"每于百僚上,猥诵佳句新"句,注云"孙兴公作《天台赋》成,以示范荣期,每至佳句,辄云:'应是我辈语。'"这种情况最为普遍;其二,因杜诗中有"我"字,故解释中也出现"我"字,如《九家注》卷十六注《送顾八分文学适洪吉州》中"文翰飞省寺,视我扬马间"一句,注曰"视我如扬雄、司马相如";其三,在出现"我"字前提示诗人之名,如《补千家集注杜工部诗史》注《奉赠韦左丞丈二十二韵》中"残杯与冷炙,到处潜悲辛"句,曰"甫既贫贱,糊口京师,贵游薄之,惟待我以残杯与冷炙,深使人暗地抱辛酸也",此种情形已经很少见。以上三种情况中的"我",都与王嗣奭的不同。与王嗣奭同时的唐元竑,其《杜诗攟》中则不见"我"字。

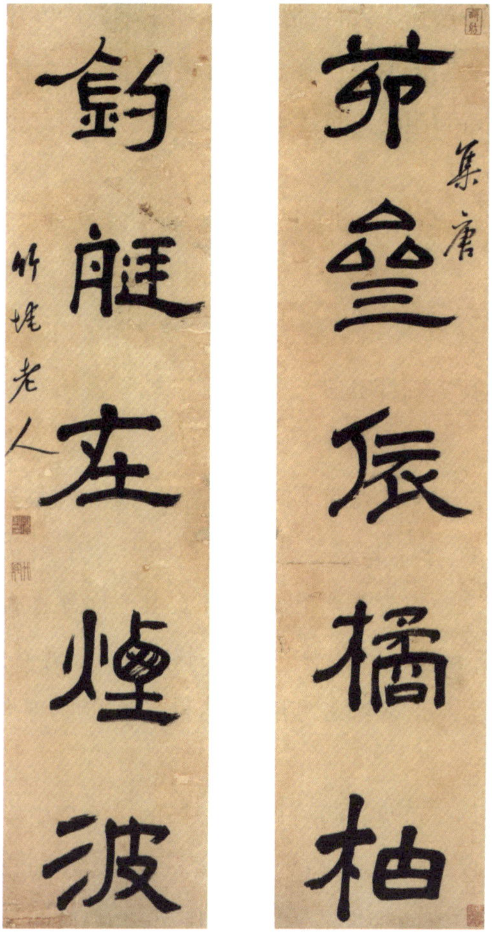

【图15】朱彝尊（1629—1709）《隶书集杜甫赵嘏句联》，纸本，纵123.5cm，横29cm，贵州省博物馆藏。

王嗣奭“逆志”以“论世”为入路的角度看，并同时注意到他自身的处境，我们对这个问题的认识或许就不会停留在上面的层次了。

在一些日常生活上，王嗣奭就对杜甫怀有一种个人的亲近感：

> 起来四十字，真景实情。老夫归田来十年不入郡城矣，读之会心，却服此老写得出。“冬菁饭之半”，实历始知，非腐儒能道。（卷九《暇日小园散病将种秋菜督勤耕牛兼书触目》）

> 老人饭喜软熟，余身历始知。（卷九《茅屋检校收稻二首》其二）

虽然无关宏旨,但无不表明王嗣奭的笺注杜诗与其自身处境、心境之间的联系。像这样王嗣奭自觉极为惬心的读解,常常得益于杜诗和明代史实发生碰撞之际,《别唐十五诫因寄礼部贾侍郎》笺云:

> “萧条四海内”六句,读之痛心,亦乱世真景,实历始知。(卷六)

其笺《遣怀》曰:

> 此诗因时事伤怀,而强为排遣……语意谓身已黜陟不相关,但悲兵戈之扰,而不悲其身之穷也。身已贫贱不能移,所虑者衮职有阙,而不虑其身之辱也……忠爱结自衷曲,景物取之目前,触景伤心,情生景会,沉着痛快,列之《三百》而无愧者。余潜思累日,始得其解;而时事伤心,不觉堕泪。(卷三)

可见,正是过去所经历的一系列史实助成了他与杜诗的沟通,这等诗与其说是“读之痛心”,倒不如说是怀着痛心而读之,其主体情感的深度介入,正如他在《春日江村五首》其五的笺语中说的:“公之妙在直将古人融作自己,而借以自发其意”(卷六),所谓“不悲其身之穷”“不虑其身之辱”云云,不就是王嗣奭的夫子自道吗?对王嗣奭笺杜风格的形成至关重要,在以“以意逆志”法说诗的历史流程中相对其前人而言足称新异的,正是这种借重个人的经历与体验以契入诗心的诠释路向。这一层,待我们分析了王嗣奭“因诗悟道”后,将更加充分地得到印证。

### “因诗悟道”

王嗣奭的“因诗悟道”说是他晚年撰《杜臆》时着意突出的一个

命题。《杜臆》出版时，刘开扬先生在《前言》中对王氏此说提出了批评，虽不无道理，但出于那个特定的历史年代，今天看来，显然责之过苛。在此，我们并不欲全面检讨其得失，只想解释王嗣奭怎样提出“因诗悟道”的命题，这对他笺释杜诗又会有怎样的影响。

王嗣奭对杜诗的读解，前后颇相异趣，只须将其《杜诗笺选旧序》与《杜臆原始》合观，我们将清晰地看到王嗣奭对杜诗关注重心的移变。《杜诗笺选旧序》云：

> 盖诗者抒写性情之物也。性情万变，诗亦如之……沿自六朝，风云月露巧相取媚，以诗为诗，非以我为诗，而性情之道远矣……少陵……于境无所不入，于情无所不出；而情境相传，于才无所不伸，而于法又无所不合。当其搦管，境到、情到、兴到、力到；而由后读之，境真、情真、神骨真而皮毛亦真。至于境逢险绝，情触缤纷……然一言以蔽之曰：以我为诗，得性情之真而已。（卷首）

这段文字里，“情”“性情”“真”等字眼频频出现，很显然，王嗣奭这时所持的是以“性情之真”为中心的文学观念——这是一个在明中叶以来反对儒家礼教规范，求“本心”重“性灵”的时代新思潮的鼓荡下风靡一时的文学观。如果说在陈如纶“所以言旨者唯此理耳，以意逆志，以我观理”（前引）中是以“理”代“志”，尚体现着宋代理学影响以来的解释方向——主要偏重于作品的道德意义，突出天理、伦理之“志”的话，那么在傅振商《杜诗分类序》里，宋人意义上的“志”已为“性情”所取代，“诗的本体是‘性情’，或干脆就是‘情’……与这种激进的观念相比较，‘诗本于志’之说不免显得黯然失色”[①]。由此亦可见出，此时“以意逆志”，毋宁只是一种纯粹的说诗法，人们对其中“志”的内涵的特定性已不复考虑了。《杜诗笺选》没有完成，此序收入《杜臆》后，王嗣奭在序后补题了一段话：

① 参看郭英德、谢思炜等著《中国古典文学研究史》，中华书局，1995年，第420页。

> 此序虚器矣,而赞颂语颇称,故存之。然未尝及其闻道也。噫!晨钟发省,此道机耶!自笑尔时称老杜真知己,犹未也。(卷首)

在这里,我们尤其注意到,王嗣奭之所以“自笑尔时犹未为老杜真知己”,端在于尔时“未尝及其闻道”。“夫文犹器也,必欲济其用”[①],而所谓“虚器”,王嗣奭之意,除了表示《杜诗笺选》一书的夭折外,亦暗示了此序尚未涉及杜诗经世致用的一面。

王嗣奭的这种转变,事实上包涵着易代之际复杂的历史变迁的背景,其中包括王朝的更迭,学术思潮的演化以及士人生态与心态的改变。让我们从检讨王嗣奭个人的一段学术史入手试为析之。

从《万历庚子同年录》《浙江通志》等资料中可以得知,王嗣奭早年或牵于举业,或辗转各地为官,一部杜诗且无暇细读,于问学之事更是茫如。[②]直到七十岁才得机会从学于刘宗周门下,全祖望《续甬上耆旧诗集·思庙遗绅之二》云:

> (王嗣奭)后不善事上官,得遣置会稽,年七十矣,犹执贽于蕺山刘忠正公之门。喜曰:“吾以罪失官,却以罪得学,可谓失鱼而得熊掌者也。”时陶时梁亦讲学,先生与之往复,不深许之,独折节于蕺山,叹曰:“若知学统有在,惜不早罢官。”……予读先生论学诸书,豪芒不绝,深有得于蕺山之传,固不当以诗人名,即以诗人言,亦璺璺忠孝之音也。[③]

《鄞县通志》所载略与此同。毫无疑问,从学刘宗周【图16】于王氏影响甚大,我们从《刘蕺山集》、黄宗羲《明儒学案》中记载的王、刘二人论学问答即可概见一斑,诚所谓“于圣学深为有得”者。我们知道,蕺山之学乃是针对明末“束书不观,游谈无根”且非“名教之

① 李复《答人论文书》,转引自蒋述卓等编著《宋代文艺理论集成》,中国社会科学出版社,2000年,第445页。

② 钱穆云:梨洲早年从学蕺山,自谓:“其时志在举业,不能有得,聊备门人之一数。”见钱氏《中国近三百年学术史》,商务印书馆,1997年,第24页。我们由此也可以想见其时王嗣奭的情形。

③《续甬上耆旧诗集》卷四十四,国粹学报馆,国粹丛书本。

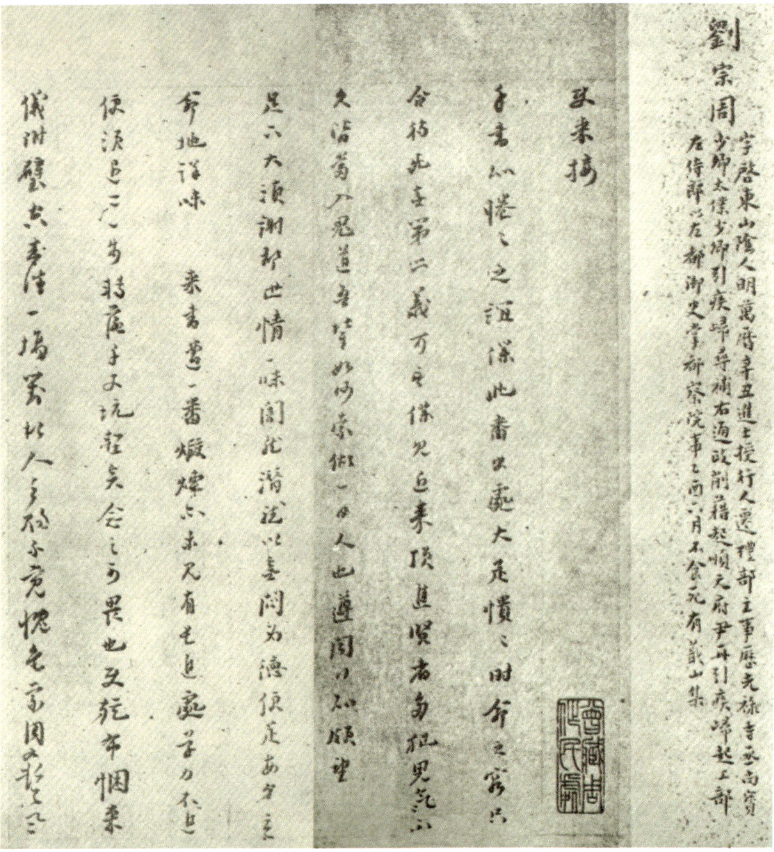

【图16】刘宗周（1578—1645）《使来帖》，尺寸、藏地不详。

《使来帖》云："仆此番出处大是愦愦，时命之穷，只合待死，无第二义可言。……遵闻行知，颇望足下大须谢却世情，一味暗然潜龙，以无闷为德，便是安身立命地。……学力不进便须退，退一步转落千丈坑堑矣，念之可畏也。"此札具体作年不详，但"时命之穷"云云，即令不是鼎革之后，也已是其晚年"山雨欲来"之际，字里行间正可见其人于衰世中自我砥砺以及为矫正士风、学风所作的努力。王嗣奭人生后期摆落世事、潜心学问，国变后处变的坚执与自励，都在在可见刘宗周的风范，全谢山谓其"深有得于蕺山之传"，信然。

所能羁络"的王学末流而起的反动，梁启超在《中国近三百年学术史》中也指出："明清嬗代之际，王门下唯蕺山一派独盛，学风已渐趋健实。"[①]趋向健实的学风得以盛行，正体现了此际学术思潮的整体走向，"深有得于蕺山之传"王嗣奭在这一整体走向的导引下，对明末空疏学风的批判更是不遗余力，甚至直斥王学末流为"盗儒"：

① 梁启超《中国近三百年学术史》，第44页。

……嗣后有罗近溪、颜山农、何心隐、李卓吾则盗儒也。阳明薄宋儒而欲胜之,其流最益于招盗。罗、颜、何、李皆起于王学盛行之时,宗王学者见其解释绳缚,通脱可喜,异于朱学,辄为奖借,此辈依为窟穴,得肆其奸,不知学道者一出于朱便入于跖,间不容发,故孟子有反经之论也。(《管天笔记外编》第664页)

小品论李卓吾云:……此际着不得一言,只好心悟,亦非圣人所敢言所忍言。今日士风猖狂实开于此。全不读四书本经,而李氏《藏书》《焚书》人挟一册,以为奇货,坏人心伤风化,天下之祸未知所终也。余亦深恨秃厮之害道,尝有言辟之。(《管天笔记外编》第665页)

从王学体系内部廓清李贽等王学末流弊病的根由所在,痛斥李贽学说只好"心悟",从而抉发其导致士风走向"猖狂""坏人心伤风化"的深重弊害。提出"孟子反经"一事,标示着王嗣奭试图通过对晚明异端思潮的反拨,从而恢复传统儒学的心愿。下面的一番言论更加充分地展显了"反经"这一心迹:

儒者之论……存之足以扶世教而遏民邪,近以迂腐厌之,而李卓吾以道学先生为姗笑之具,无识者又从旁和之。余谓儒皆谈道,而所谈之道皆高曾之规矩也。士之用,万变而不得离道……今人姗笑道学……驱一世而为无道之天下,宜其机变纷起,而日趋于乱也。少陵《行次昭陵》诗云:"文物多师古,朝廷半老儒。"杜以"半老儒"状太平景象,吾有味乎其言。(《管天笔记外编》第647页)

这里,王嗣奭认为正是世人对"儒者之论",对"道"的厌弃导致了天下“机变纷起，而日趋于乱”。可见，时代的震荡，历史的剧变，已经让王嗣奭在深切的反思中觉醒，在对贞观致治的升平气象的憧憬之后、在对眼前离经叛道的动荡世态的失望中，显示了王嗣奭对国家命运的深切关怀，从中我们看到了身处易代之际的士人们是如何在对现实的深刻反思中倡扬经世致用之学的，看到了儒家以天下为己任之传统的深刻影响。

正是基于上述回归儒学传统的思想动向及其关切现实的人生情怀，此时王嗣奭的学术活动（包括文学批评）便始终以道德伦理为中心，《管天笔记外编》谈选文的准则云：

> 吾乡杨太宰守阯序乃兄文懿公文，述其遗命曰：“吾文宜精选，凡有关道德伦理，稍工则取之；若止为一人议论者，非极工不取；其溢美过情者，虽工亦去之。”此可为选文之法。（第635页）

虽然谈的是选文，但却可以见出王嗣奭对文学基本功能的认识。具体到他对杜诗的笺注，这样的认识，与其着意突出杜诗的“闻道”颇相牵涉，已是不言自明了。

不过，王嗣奭对自己何以能“因诗悟道”还另有说法，这就涉及王嗣奭在易代之际的生存环境及其心态对其笺注杜诗的影响问题。

《杜臆原始》云：

> 偶翁王子嗣奭著《杜臆》十卷，始于崇祯甲申九月之望，竣于乙酉端二日，年已八十矣。然不八十恶乎得此也。……余谓古来诗人无如少陵，余旧序似得其概，而因诗悟道，则近始得之，要亦穷之所炼也。（卷首）

前文已经谈到王嗣奭撰《杜臆》有近四十年的酝酿,顾廷龙先生认为王氏有一批再批的本子作为基础,不无道理。但我们更关心的是何以王氏要选择在天崩地解、破国亡家的甲申九月——崇祯自缢于煤山后的六个月[①],一个带给士人炙心灼肤般惨酷与沉痛的时期——开始着手写《杜臆》,并在《杜臆原始》首句即将此起始时间特予表出?此中寄托的著述动机,不能不察。诚如赵园在讨论遗民学术时所注意到的那样,即使不能说遗民学人为学的环境、心境处处都浸润着他们的学术,但"他们的某些取向、方式,却的确要由此获得解释"[②]。

① 崇祯死于公历1644年4月25日,参看美国学者魏斐德《洪业——清朝开国史》"崇祯皇帝的末日"一节。江苏人民出版社,1998年,第187—193页。

②《明清之际士大夫研究》,第403页。

我们没有王嗣奭关于著述动机直截了当的说明,甲申改步后他的一些言行或许可以作为线索。全祖望《续甬上耆旧诗集·思庙遗绅之二》记云:

> (王嗣奭)丙戌年八十矣。有司迫遣登舟朝见贝勒,先生至慈水,乘潮逃去,信宿而返。曰:今人不幸至此,但有祈死而已,予则反祈不死,或犹见中兴之日。其倔强如此。时方注杜诗毕,曰:吾以此为薇,可长饿也。[③]

③《续甬上耆旧诗集》卷四十四,国粹学报馆,国粹丛书本。

这里,王嗣奭作为一个遗民的心迹豁露无余。想想八百多年前由长安逃往凤翔的杜甫,"乘潮逃去"的王嗣奭定然生起了"萧条异代不同时"的感叹与"敢期子美是前身"的自我期许。由此一段记录,不难回顾两年前王嗣奭始撰《杜臆》时的心想。在王嗣奭,笺注杜诗,不啻为他于明亡之惨痛现实中坚持抵抗清廷的另一种斗争方式,犹如选择食薇的伯夷、叔齐,也就是选择了气节(自励晚节),并"因此一'濡忍'而别有了一种悲壮意味"。也正是在现实处境的感发下,使他沉涵杜诗数十年而积久的能量得以释放,其对杜诗的体认也由此得到升华,此即其所云"因诗悟道""穷之所炼也"。因之,我们说,王嗣奭的"因诗悟道",尤其是他在个人体验基础之上的一种认定。置身风雨飘摇的年代,个人的“穷”往往由时世之“乱”所致,因此“穷”作为一种个人的生命情态,其后却是广阔而深厚的历史情境,生当此际的“悟”,正自国家沦亡、个人死生的患难中得之,王嗣奭因此也得以一种切身的感受体悟到“穷”对杜甫的作用,其笺《谒文公上方》诗云:

> 王侯与蚁同尽,不过袭《庄》《列》语;“愿闻第一义”,亦禅门常谈。东坡以此四句卜其得道,此窥公之浅者。余读公诗,见道语不一而足,而公亦不自知也,非以学佛得之。平生饥饿穷愁,无所不有,天若有意锻炼之;而动心忍性,天机自露,如铁以百炼而成钢,所存者铁之筋也,千年不磨矣。(卷五)

与苏轼从老、释语中体认杜甫“见道”的取向完全不同,王嗣奭选择的是儒家经典《孟子》中的语系来阐明杜甫“见道”的根源,其意大有将杜甫归置于堪担天下大任的圣贤之列,此中实亦包含着王嗣奭特定的思想倾向,从中透出的是一种乱离之际处“穷”的士人担当使命的历史责任感。正是因此,读杜而阐发杜诗之“闻道”,则成了晚年王嗣奭撰《杜臆》的重要主题,他的笺释处处都足以证实这一点。《杜臆》开篇《游龙门奉先寺》一诗,王嗣奭曰:

> 读此诗景趣泠然,不用禅语而得禅理,故妙。……先从招提游,已觉耳目清净;而更宿其境,加以夜景清寂,形神收敛,故当晨钟初觉,遂发深省。正与孟子夜气之说同一机括,此其暗与道合者也。……余谓老杜闻道,此其入道之机倪也。(卷一)

此解不啻为王氏所留之伏笔,其后面的笺释每每与此相呼应,《萤火》一首笺曰:

> 此诗作于飘零之后，心平气和绝无尤怨，温柔敦厚之意自在。前后数作皆然。余以此公为闻道，非谀也。（卷三）

又《太子张舍人遗织成褥段》云：

> 于是与客坐粗席，茹藜羹而甘之，此真圣贤心事；圣贤非安贫，安其心也。余尝谓公闻道，非谀也。（卷六）

这里的“心平气和绝无尤怨”“安其心”，与孟子的“夜气”之说盖同一指涉，是王嗣奭在《屏迹二首》中所说的“心迹双清，吾道所由存也”（卷四）。“夜气”之说出自《孟子·告子上》[1]，说的是对善性仁心的保有与养护问题，以此，王嗣奭着意揭示了诗人固有的忠恕、仁义之心，是为诗人之天性，以此为出发点，“由是而之焉之谓道”（韩愈《原道》），“而之焉之”正是杜甫今后慢慢要走上的人生与诗歌之路。《前出塞九首》后，王嗣奭笺云：

> 《出塞》九首，是公借以自抒其所蕴。读其诗而思亲之孝，敌忾之勇，恤士之仁，制胜之略，不尚武，不矜功，不讳穷，豪杰圣贤兼而有之。勿以诗人目之也。（卷三）

从中，王嗣奭感受到的不是从军之愁苦，而是诗人忠孝仁爱的家国情怀，是以诗语“系唐室安危”（卷三《洗兵马》笺语）的“圣贤心事”（卷三《前出塞九首》其九笺语）。在《湘江宴饯裴二端公赴道州》诗后，王嗣奭更道：

> 此论乃孔、孟所以鄙薄管仲者，秦、汉以来，唯董仲舒曾一发之，而又见于公。余是以谓公闻道，非谀也。（卷十）

① 《孟子·告子上》云：“梏之反覆，则其夜气不足以存，夜气不足以存则其违禽兽不远矣。”引自金良年撰《孟子译注》，上海古籍出版社，1995年，第240页。

王嗣奭以杜甫直接接续孔、孟、董仲舒后，的否，姑且不论。重要的是，他认为杜甫是具有圣贤学问者，因此亦每每强调“勿以诗人目之”，这不正是对杜甫儒家“诗圣”风范的具体诠释与认同吗？尤当一说的是，杜甫的“致君尧舜，再淳风俗”之论、自比稷契之举，自来多为人所疑，《新唐书》谓杜甫“好论天下大事，高而不切”[①]，连盛赞杜甫“一饭未尝忘君”的苏轼也以为“子美自比稷与契，人未必许也……此自是稷契辈人口中语也”[②]而王嗣奭则认为杜甫引稷、契为同道并非夸饰之辞，相反，他在多个地方指出，“谓公志大才疏”的“皮相者”（卷五《有感五首》笺语）对杜甫最大的误解，莫过于将“稷契”视作高不可及而为老杜之一“口给语”：

> 读此诗，君臣、父子、夫妇之情谊蔼然，真《三百》之耳孙也。人多疑自许稷契之语，不知稷契元无他奇，只是己溺己饥之念而已。（卷一《自京赴奉先县咏怀》）

“己溺己饥”出于《孟子·离娄下》，曰：“禹思天下有溺者，由己溺之也；稷思天下有饥者，由己饥之也，是以如是其急也。”[③]此即朱熹所谓“圣人之心无所偏倚，随感而应”也。以是，“己溺己饥之念”无非民胞物与，推己及人的情怀。《管天笔记外编》曰：

> 杜少陵自许稷契，人未必信。今读其诗，当奔走流离、衣食且不给，而于国家理乱安危之故、用人行政之得失、生民之利病、军机之胜负、地势之险要、夷虏之向背，无不见之于诗，陈之详确，出之恳挚，非平日留心世务，何以有此？杜之诗，往往与国史相表里，故人以诗史称之，岂足以尽少陵哉！（第618页）【图17】

所谓“出之恳挚”，王嗣奭突出的是杜甫“览一国之意以为己心”，通过

① ［宋］欧阳修、宋祁撰《新唐书》卷二〇一，中华书局，1975年，第5738页。

②《评子美诗》，见孔凡礼点校《苏轼文集》卷六七，中华书局，1986年，第2104页。

③ 金良年撰《孟子译注》，第185页。

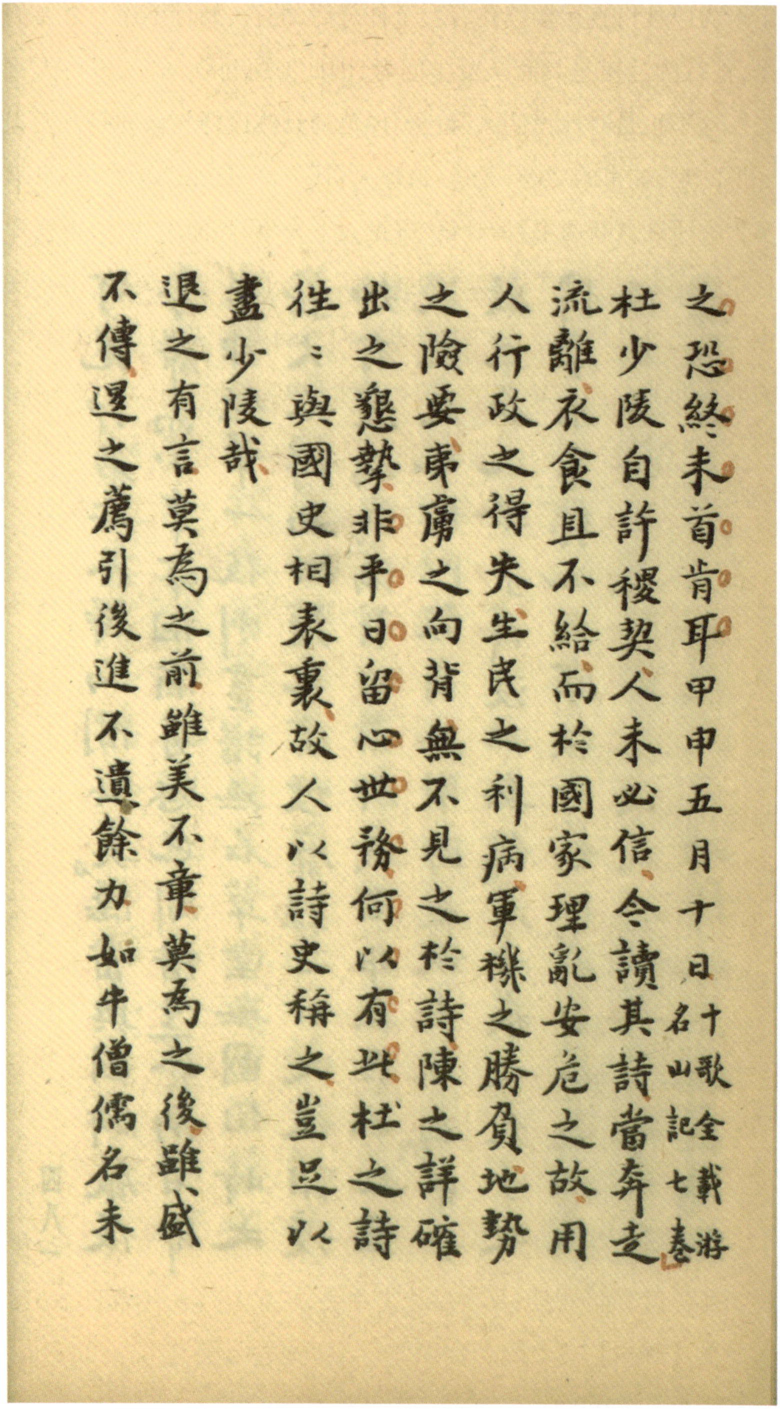
之恐終未首肯耳甲申五月十日十歌全載游名山記七卷
杜少陵自許稷契人未必信今讀其詩當奔走流離衣食且不給而於國家理亂安危之故用人行政之得失生民之利病軍機之勝負地勢之險要東虜之向背無不見之於詩陳之詳確出之懇摯非平日留心世務何以有此杜之詩往往與國史相表裏故人以詩史稱之豈足以盡少陵哉
退之有言莫為之前雖美不章莫為之後雖盛不傳退之薦引後進不遺餘力如牛僧儒名未

【图 17】王嗣奭《管天笔记外编》,附于中华书局 1962 年影印上海图书馆藏稿本《杜臆》后,福建师范大学图书馆藏。

“道已一人之心”而呈现其无所不在、无所不有的历史责任感。至此我们可知，王嗣奭采取“以意逆志”法对杜诗的笺释主要是以儒家知识论为根底的，抉发杜诗的济世之情与人格伦理意义，是对宋人“以意逆志”法贵于从作品中寻求其“道”、追寻作品道德意义的回归。

值得注意的是，《杜臆》虽以倡扬“闻道”、阐发杜诗的道德伦理意义为主题，但这并不意味着王嗣奭对以往看重的以性情为诗的观念的否定。相反，王嗣奭之所以还将《杜诗笺选旧序》纳入《杜臆》，就在其“赞颂语颇称”。这里的赞颂语，一言以蔽之，即“以我为诗，得性情之真”。这种观点，《杜臆》中仍反复提及：

诗歌须出自性情……才是作自家诗。（卷一《苏端薛复筵简薛华醉歌》）

无限曲折，无限悲愤，俱发本怀，所以为性情之诗也。（卷九《又上后园山脚》）

足见“性情”实为王嗣奭衡量杜诗的另一重要标准，不止于此，王嗣奭还指出了性情与悟道的关系，《管天笔记外编·文学》中的一则记载云：

朱子尝戒人作诗，而朱不废诗，诗未尝不工，诗即学也。白沙亦然，阳明亦然，即靖节亦然。盖发自性情而非矜奇斗巧，故无妨于学也。亦有诗人原非道学而偶得隽语，默与道会而不自知，其所至者，其性情不俗也。（第640页）

这则资料至少可以让我们获知以下两点：一、有真性情者作诗并不妨碍其闻道；二、因“性情不俗”“原非道学”者亦往往能“默与道会”，可见真性情堪为悟“道”之阶。联系“诗即学”一语看，王嗣奭所谓不俗的性情，大抵上即指一种以学为根基的合乎儒家礼教规范的心性之情。由此亦可知,王嗣奭的文学观具有较强的辩证性,同时也表明他试图由性情通往悟道之路。

殊不知,王嗣奭的这一努力正暗合了“以意逆志”的原始情境。我们知道,孟子提出“以意逆志”,此“志”有其严格限定,要言之,曰真,曰正。由真到正,其会通合一的途径有两条:

> 一是诗人之心的内敛净化,使其心“真”到纯粹之境。……另一是诗人之心的外扩涵容,使其“个人心”成为“人类心”的代表。这时,诗人所吟所咏的“志”就不止是一己之穷通,而是大众的哀乐。这样的作品,就不仅是有个性的,而且是有社会性的。“个性”与“社会性”的结合,就是“真”与“正”的融通。[①]

①《中国古代文学批评方法研究》,第18—19页。

“真”“正”融通之“心”,必是一颗载“道”之“心”,其“志”也必然是合“道”之“志”。准此以绳古往今来的诗人,未有比杜甫更为适切者,而王嗣奭的重视道统,秉承圣人之学,也是对“以意逆志”法哲学基础的一次恢复[②],因诗悟道后的王嗣奭自觉选择“以意逆志”法来解读杜诗也就理所当然了。如果说明中叶以来激烈的反传统思潮,使得“以意逆志”法一度黯然失色,那么他们重“性情”,强调诗人之“真”的风尚却恰恰又脐带式延续了“以意逆志”法的潜在生命。王嗣奭从原先的重“性情”走向“悟道”,整好实现了所逆之“志”由“真”向“正”会通融合。

② 参看《中国古代文学批评方法研究》,第54页。

在《宿凿石浦》一诗中,王嗣奭笺曰:

> 岂知有忧患后有斯文,斯文乃忧患之余,独不观圣哲以忧患而“垂象系”乎?公之自负如此,乃知其穷而有以自乐也。向使终身富贵,安有一部《杜诗》悬于日月乎?(卷十)

我们也想说,向使王嗣奭终身富贵,安有一部《杜臆》悬于日月乎?

## 第三节　金圣叹《杜诗解》

· 小引
· “分解”说遭遇的困境
· “代圣贤立言”与“自我作论”
· 感性审美与理性分解
· 结语

### 小　引

《杜诗解》【图 18】由于“哭庙案”的牵累，成了金圣叹（1608—1661）的一部未竟稿[①]。然而，这部在猝然之间未及收束的残稿，却成为有清一代别开风格之书，在杜诗学史上导引了一种新的诠释方向，这个新方向便是金圣叹所谓“分解”。“分解”说一出，便备受时人的注意。其中固然有谓之为“截然不可假借”“眼光照彻”[②]的赞誉者，然而反对、疑惑的声音更是此起彼伏。在《葭秋堂诗序》里，金圣叹不无愤懑地说道：“我辈一开口而疑谤百兴，或云‘立异’，或云‘欺人’。即如弟《疏解》一书，实推原三百篇两句为一联，四句为一截之体，伧父动云‘割裂’，真坐不读书尔。”[③]此外，他与同学往来手札中，先后凡数十通论及唐诗分解一事，屡屡辨之不已：或以弓之来体、往体为喻（《与吴稽苍灏》），或以大雨时行为喻（《与王斲山瀚》），或譬如鬃合（《与家叔苦水丽》）[④]，不一而足。何以要如此大费周章呢？下文先从学术路向的角度对“分解”说的历史境遇生成之原因加以分析。只有在探明此原因之后，我们才可能真正把握《杜诗解》与当时注书传统之间复杂而微妙的关系。

① 关于金圣叹的生平，可参看严云受《金圣叹事迹系年》，载《文史》第二十九辑，中华书局，1988 年，第 323—339 页。无名氏所撰《辛丑纪闻》记曰：“亥、子间，（金圣叹）方从事于杜诗，未卒业而难作，天下惜之。”（钟来因整理《杜诗解·附录》，上海古籍出版社，1984 年，第 292 页）另据钟来因《初评金圣叹的〈杜诗解〉》（《杜甫研究学刊》1982 年第 1 期）所统计，《杜诗解》四卷，存杜诗 155 题共 205 首，只占现存杜诗百分之十四。）

② 徐增《而庵诗话》，中华书局上海编辑所编辑《清诗话》，中华书局，1963 年，第 432 页。

③《葭秋堂诗序》，见《杜诗解·附录》，第 294 页。

④ 金雍编《圣叹尺牍》，《金圣叹选批唐诗》，浙江古籍出版社，1985 年，第 499、503、504 页。

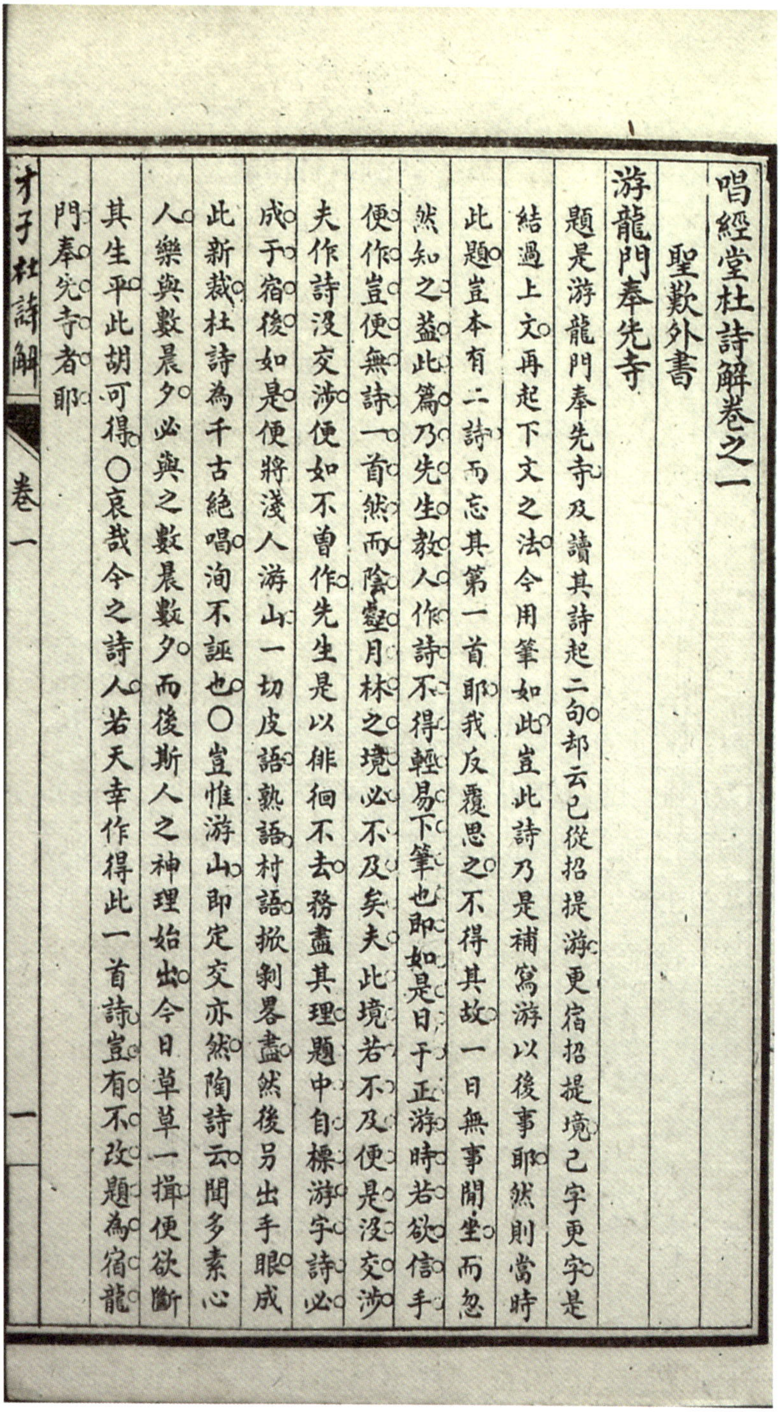

唱經堂杜詩解卷之一

聖歎外書

游龍門奉先寺

題是游龍門奉先寺及讀其詩起二句卻云已從招提游更宿招提境已字更字是結過上文再起下文之法令用筆如此豈此詩乃是補寫游以後事耶然則當時此題豈本有二詩而忘其第一首耶我反覆思之不得其故一日無事閒坐而忽然知之蓋此篇乃先生教人作詩不得輕易下筆也卽如是日于正游時若欲信手便作豈便無詩一首然而陰壑月林之境必不及矣夫此境若不及便是沒交涉夫作詩沒交涉便如不曾作先生是以徘徊不去務盡其理題中自標游字詩必成于宿後如是便將淺人游山一切皮語熟語村語撥剝畧盡然後另出手眼成此新裁杜詩為千古絕唱洵不誣也○豈惟游山卽定交亦然陶詩云聞多素心人樂與數晨夕必與之數晨數夕而後斯人之神理始出今日草草一揖便欲斷其生平此胡可得○哀哉今之詩人若天幸作得此一首詩豈有不改題為宿龍門奉先寺者耶

才子杜詩解　卷一　一

【图18】金圣叹(1608—1661)《唱经堂杜诗解》,民国八年上海震华书局石印本,南京图书馆藏。

## “分解”说遭遇的困境

有论者认为,《杜诗解》“当为圣叹读杜时信笔漫批,原无著作之意”[①]。有无“著作”之意,姑置不论,“信笔漫批”,确乎是金圣叹批解杜诗的真实情状,金昌《叙第四才子书》即云:

> 每于亲友家素所往还酒食游戏者,辄置一部,以便批阅。风晨月夕,醉中醒里,朱墨纵横,不数年所批殆已过半。[②]

金圣叹子金雍亦云:

> 先生居常在家之书,其头上尾后纸有空白之处,每多信笔题记……又寒家壁间柱上,有浮贴纸条,或竟实署柱壁。[③]

真可谓是忽此忽彼、随处成篇。这种洒脱、侈放的才子批诗法所显示的才华自然十分耀眼,但其缺陷却也显而易见:金圣叹在缺乏版本依据的情形下,屡屡更换了杜诗的用字。毫无疑问这延续了他此前批《水浒传》《西厢记》的风格,诚如他自己所说“是一副手眼读得”[④]。为便于进一步讨论,兹选取宋注、清注杜诗中之典要者七种[⑤]与《杜诗解》互为比勘,并将《杜诗解》用字与诸本相异处一一条列于下:

**卷一**

1.《龙门》:生涯定几回,“定”,各本作“尽”。

2.《寄高三十五书记》:主将奴才子,“奴”,各本作“收”。

3.《晚出左掖》【图19】:宫云出殿低,“出”,各本作“去”。

4.《酬孟云卿》:极乐伤头白,“极乐”,各本作“乐极”。

① 《杜集书录》,第478页。其实,金圣叹并非“无著作之意”,其《绝命词》云:“鼠肝虫臂久萧疏,只惜胸前几本书。且喜唐诗略分解,《庄》《骚》、马、杜待何如?”(《沉吟楼诗选》,见《金圣叹文集》,巴蜀书社,2003年版,第63页)显然是对自己未竟事业的叹惋。今人的研究也已指出,综观金圣叹一生的文学批评,就其批评主旨、批评途径和理论形态看,实际上形成了两组序列,“六才子书”是一组序列,“六才子书”以外是一个序列,而金氏批评观点的确立、批评体式和思维方法的成型主要存在于第一序列中,它们乃是金圣叹精心结撰之作(详谭帆《金圣叹与中国戏曲批评》,华东师范大学出版社,1992年,第13—15页)。

② 钟来因整理《杜诗解》,第1页。

③ 《圣叹尺牍》,《金圣叹选批唐诗》,第497页。又今人陈登原《金圣叹传》云:“考其批书之法,固非专致力于某一书,俟是竣而移力他书。盖亦同时进行,忽此忽彼。”(商务印书馆,1935年,第55页)也指出了金圣叹批书的即兴性。

④ 在金圣叹在第六才子书《西厢记》“读法”中曰:“圣叹本有才子书六部,《西厢》乃是其一,然其实六部书,圣叹只是用一副手眼读得。”《水浒》《西厢》评点中擅改原文的现象,已经

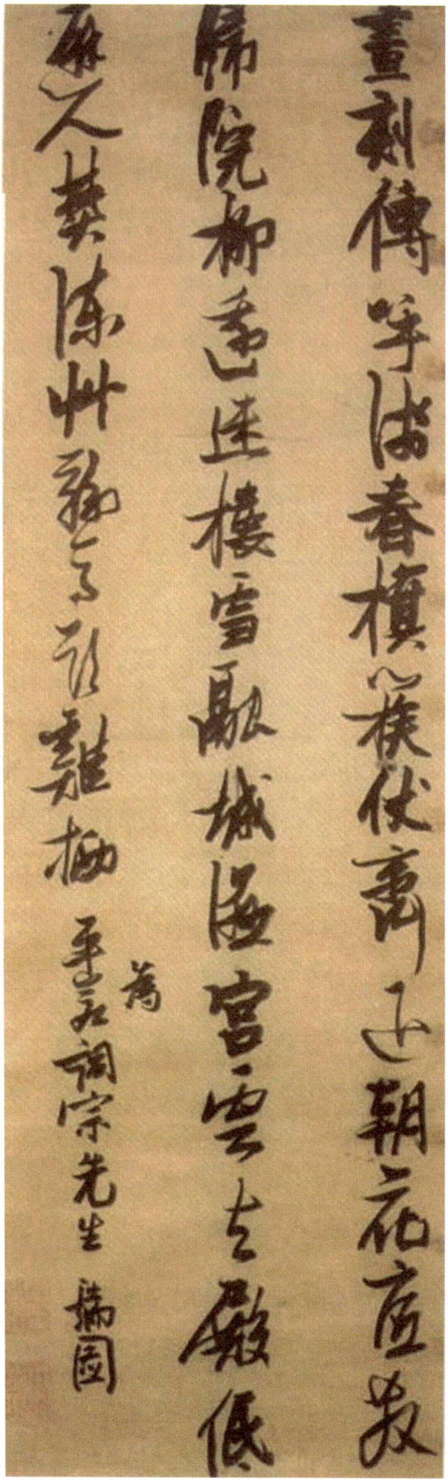

【图19】张瑞图（1570—1641）《草书杜甫晚出左掖诗轴》，尺寸、藏地不详。

张瑞图《〈白毫庵集〉引》有云："若夫写怀之兽郁，感人之浅深，则与得之之难易固无涉也。杜少陵自述性僻耽佳句、语不惊人死不休，若得之甚苦者。繇今读之，少陵之自写其为少陵，与读少陵诗若见少陵者，岂必尽出于创获惊人之语哉！"可见张氏于杜诗重其感发的力量，有《除夕行用杜工部起句辛酉在河间公署作》，曰："今夕何夕岁云徂，客子无以为欢娱。酒酣击剑轰喧呼，我忽不乐何为乎？自胡之反持干戈，燕蓟论兵岁月多。春光不度黄花戍，炮火已逼白狼河。一年又过一年易，又向明年问消息。夜半酒阑看吴钩，唾壶无声转凄恻。"（《白毫庵集·杂篇》）亦有一股抑塞磊落之气与老杜遥相呼应。由张瑞图存世书作看，就中书杜者甚多。

是学人们共知的常识。七十年代初，美国学者王靖宇在其专著《金圣叹的生平及其文学批评》中，就已经对此做过细致的分析（谈蓓芳译，上海古籍出版社，2004年，第47—55页、83—88页），但由于王氏并未将《杜诗解》文本予以比对，便断然以为"金圣叹从未在《杜诗解》中故意改动其所评解的文本"（第55页）。时隔二十余年后，作者在《简介美国的金圣叹研究》一文中又一次重申此意（见章培恒等主编《中国文学评点研究论集》，第358页），而据笔者目力所及国内其他讨论《杜诗解》的文章中，对此也并没有加以检讨。

⑤ 它们分别是：《杜诗赵次公先后解辑校》；[宋]郭知达《九家集注杜诗》，洪业《杜诗引得》本，上海古籍出版社，1985年；[宋]蔡梦弼《杜工部草堂诗笺》，遵义黎氏校勘本，《古逸丛书》之二十三；[清]钱谦益《钱注杜诗》；[清]朱鹤龄《杜工部诗集辑注》，康熙金陵叶永茹刻本；[清]仇兆鳌注《杜诗详注》；[清]浦起龙著，王志庚点校《读杜心解》，中华书局，1961年。应该加以说明的是，本文中出校的《杜诗解》与以上诸注用字互异处，均可在金圣叹批文中得到确认，未经确认者均未出校，也就是说文中出校各条，业已排除由于刻工或印刷产生的讹字。

## 卷二

1.《北征》：菊垂今时花，“时”，各本作“秋”。

雨露之所润，“润”，各本作“濡”。

我行已水涯，“涯”，各本作“滨”。

那无囊中钱，“钱”，各本作“帛”。

2.《曲江对酒》：“花外江头坐不归”，“花”，各本作“苑”[①]。

3.《酬高使君》：此诗题各本于“高使君”后皆有“相赠”二字；

三车许载书，“许”，各本作“肯”。

4.《王十五司马弟出郭相访兼遗营草堂赀》：忧我营茅屋，“屋”，各本作“栋”。

5.《魏十四侍御就敝庐相别》：别惜到文场，“别惜”，各本作“惜别”。

6.《严中丞枉驾见过》：地分南北任浮萍，“浮”，各本或作“孤”，或作“流”。

7.《越王楼歌》：楼下长江百尺清，“尺”，各本作“丈”；

转见千秋高古情，“高”，各本作“万”。

8.《冬狩行》：此诗略去“草中狐兔尽何益”至“得不哀痛陈再蒙”数句。

9.《送路十六侍御入朝》：此题中“十六”，各本皆作“六”。

## 卷三

1.《丹青引赠曹将军霸》：只今漂泊干戈际，“只”，各本作“即”。

2.《云安九日郑十八携酒陪诸公宴》：轻香犹暂随，“犹”，各本作“酒”。

3.《遣闷戏呈路十九曹长》：晚岁渐于诗律细，“岁”，各本作“节”。

① 此诗《杜工部草堂诗笺》题作《曲江值雨》。

4.《咏怀古迹五首》【图20】其三:翠华想像空山外,“外”,各本作“里”。

5.《黄鱼》:泥沙养涎沫,“养”,各本作“卷”。

**卷四**

1.《奉送蜀州柏二别驾将中丞命赴江陵起居为上述太夫人因示从弟行军司马位》:知予斑鬓总如银,“予”,各本作“吾”。

2.《不离西阁二首》其一:失学从儿懒,“儿懒”,各本作“愚子”。

3.《崔评事弟许相迎不到应虑老夫见泥于怯出比愆佳期走笔戏简》:细雨何辜白帝城,“辜”,各本作“孤”。

4.《槐叶冷淘》:君王纳晚凉,“晚凉”,各本作“凉晚”。

5.《又呈吴郎》:更思戎马泪沾巾,“更”,各本作“正”。

6.《三绝句》:杀人更肯留妻子,“杀”,各本作“食”或作“令”。

7.《宾至》:竟日淹留佳客话,“话”,各本作“坐”。[1]

上举各例中,有对文本进行删节的(如《冬狩行》),更多的则是改易了原诗用字。有些改动颇使人匪夷所思,如《寄高三十五书记》“主将收才子”一句,本谓哥舒翰得高适作幕中书记事,金圣叹作“奴才子”,解曰“叹其虽得一官,不过为主将所奴隶耳”[2],几近于无稽;又“六”而作“十六”(《送路十六侍御入朝》),也是缺乏依据的。正如顾炎武所指出“此皆不考古而肆意之说”,是一种源自明人以私见“改窜古书”的陋习[3]。当然,金圣叹的改动更多的并未引起多大歧义,也未必尽是金圣叹有意窜改所致[4],无论当时情状如何,我们至少可以毫无疑义地认为金圣叹批解杜诗对杜诗文本的准确性是疏忽的,这在一个日渐讲究“欲读书必先精校,校之未精而遽读,恐读亦多误”[5]的时代,定然让那些考据家们难以接受了。后来,全祖望

① 此诗《杜工部草堂诗笺》、仇注亦题为《宾至》,而赵注、九家注、钱注、朱注、浦解均作《有客》。另我们在比勘中多处发现《杜诗解》用字与《杜工部草堂诗笺》相同,而多与其余诸本异:卷三《历历》“无端贼盗起”句,“贼盗”从草堂本,其余各本作“盗贼”;《社日二首》题从草堂本,其余各本作《社日两篇》;《鹦鹉》“红嘴谩多知”句,“谩”从草堂本,其余各本作“漫”;《又呈吴郎》“更思戎马泪沾巾”句,“沾”,草堂本虽与其他各本同作“盈”,但草堂本还于“盈”字下注云“一作‘沾’”,此正为《杜诗解》用字所本,以此观之,则金圣叹批杜诗,很可能主要是以蔡梦弼《杜工部草堂诗笺》本为底本的,当然,我们尚缺乏更为坚强的佐证,此姑备一说耳。

② 钟来因整理《杜诗解》,第54页,凡下文金圣叹杜诗笺语引自《杜诗解》者只标明卷数,不再另注。

③ 顾炎武《改书》曰:“万历间,人多好改窜古书。人心之邪,风气之变,自此而始。”见[清]黄汝成集释,栾保群、吕宗力校点《日知录集释》卷一八,上海古籍出版社,2006年,第1076页。

④ 由前引已知金圣叹批解杜诗是“每于亲友家素所往还酒食

【图 20】石涛(1642—约 1707)《杜甫诗意八开图册·暮年诗赋动江关》，纸本设色，纵 18cm，横 10.5cm，广东省博物馆藏。

游戏者，辄置一部，以便批阅”，如此，需要的本子既多，则其所用底本中有可能有些存在“校勘不精”(这正是明人刻书的特点)的问题。

⑤ 王鸣盛《十七史商榷·序》，中国书店，1987年，第2页。

讥斥金圣叹“小才耳,学无根柢”[①],就更加可想而知了。

《杜诗解》与传统书注方式的疏离还表现在金圣叹对“解”的别立义例上。“解”的名目,从其渊源上说,自汉以来的释经之书便有,与“传”“笺”一样,可通谓之“注”,且往往“注解”并称[②]。就杜诗诠释之作而言,“解”字的出现,似以宋人赵次公《新定杜工部古近体诗先后并解》为首例。明、清时期的杜集书名冠以“解”字者,大都如王弼序谢省《杜诗长古注解》所云“实用文公注《三百篇》法,先训诂而后章旨”,依然没有逸出传统经注的注疏范畴,如明人张孚敬《杜律训解》,邵傅即认为“考证详实,而注义略陈”[③]。此外黄光昇《杜律注解》、邵傅《杜律集解》,直至清人周篆《杜工部诗集集解》、顾宸《辟疆园杜诗注解》,类皆如此。而“解”在金圣叹却是一个欲“注”外别行、并有着独特意义的观念,圣叹尺牍《与徐子能》一札曰:

> 昨道树有手札,微讽弟注书应如刘孝标。昔李北海以其尊人诲善所注《文选》,未免释事忘义,乃更别自作注,一一附事见义。……今弟亦不敢诋刘之释事忘义,亦不敢谓己之附事见义,总之弟意只欲与唐律诗分解。[④]

王道树劝金圣叹“注书应如刘孝标”的话,正可推见金圣叹与传统的注书模式之间的冲突在当时的必然存在。仍用他自己的话说,即是“鄙意既在分解,便不及将心别注”[⑤]“谓弟与唐人分解则可,谓弟与唐人注诗,实非也”[⑥]。从上引两个“亦不敢”看,也不难得知“事”(用典、故实)——这一传统注书模式中最要紧的因素,似已不再是金圣叹“解”诗所用心的地方。兹举金氏所批《奉酬李都督表丈早春作》与仇注作一比照,庶可见其一斑。杜甫此诗有“红入桃花嫩,青归柳叶新”一句,仇兆鳌曰:

> “柳青桃复红”,起于谢尚,袭用便成常语。梁简文诗云:

① 全祖望《鲒埼亭集》卷二八《刘继庄传》,朱铸禹汇校集注《全祖望集汇校集注》,上海古籍出版社,2000年,第528页。

② 《后汉书·杨伦传》:“扶风杜林传《古文尚书》,林同郡贾逵为之作训,马融作传,郑玄注解,由是《古文尚书》遂显于世。”([南朝·宋]范晔撰,[唐]李贤等注《后汉书》卷七九,中华书局,1965年,第2566页)《晋书·礼志》:“《丧服》本文省略,必待注解事义乃彰。”([唐]房玄龄等撰《晋书》卷一九,中华书局1974年,第582页)这样的例子还很多,实不能枚举。

③ 见《杜集书录》,第308页。

④ 《圣叹尺牍》,《金圣叹选批唐诗》,第498页。

⑤ 《与嵇匡侯永仁》,《金圣叹选批唐诗》,第530页。

⑥ 《答王道树学伊》,《金圣叹选批唐诗》,第497—498页。

"水照柳初碧,烟含桃半红。"乃借烟水以形其红碧。杜云:"红入桃花嫩,青归柳叶新。"用归入二字写出景色之鲜嫩。皆是化腐为新之法。[1]

仇氏揭示诗句的来龙去脉,使人得以见出杜诗熔铸化新之功,金圣叹解但云:

全首只一"悲"字。连"红入桃花""青归柳叶"俱作悲字用,不作早春佳字用。(卷二)

可见金圣叹用"解"一词确乎是有意要转换阐释的焦点。[2]

那么"分解"说的基础是什么?它在当日的反应又如何呢?日本学者青木正儿曾引陈释智匠《古今乐录》中"伧歌北朝的歌谣以一句为一解,中国南朝的歌谣以一章为一解。古曰章,今曰解"为证而将"分解"一事上溯至汉魏晋时的乐府。自分章这一形式上说,正是。不过,也正如青木氏所指出的,那时所谓"解",是指乐曲的一章而言,而且凡是分解的,大抵每一解皆反复歌唱同一乐曲[3],"解"即只是一种反复的形式。金圣叹的"分解"说与此显然不同。在《赠李白》一诗批文中,金圣叹有云:

唐人诗多以四句为一解,故虽律诗,亦必作二解。若长篇,则或至作数十解。……如此篇……分作三解,文字便有起、有转、有承、有结。(卷一)

又《答徐翼云学龙》中,金圣叹说:

承问唐律诗之律字,此为法律之律,非音律之律也。自唐以前,初无此称。特是唐人既欲以诗取士,因而又出新意,创

① 仇兆鳌注《杜诗详注》卷九,第785页。

② 叶征洛《金圣叹〈杜诗解〉评介》还举了不少由于金圣叹对杜诗所涉及史事、用典不加稽考而造成的缺失的诗例,可资参证(见《杜甫研究学刊》1989年第3期)。但也有论者认为金圣叹《杜诗解》是将注释与评点相结合的(见张伯伟《中国古代文学批评方法研究》,第564页),即金氏实际仍未能完全抛却注释,客观情况当是如此。但金圣叹在主体认识上却是有意要将"解"与"注"分开,当亦属实。

③ [日]青木正儿著,陈淑女译《清代文学评论史》台湾开明书店,1969年,第38页。

为一体:二起二承二转二合,勒定八句,名曰律诗。……此政如明兴之以书义取士也。……创为一体:一破一承一开四比。……夫唐人之有律诗之云,则犹明人之有制义之云也。[1]

如上两条材料正可表明金圣叹采用分解说源自他对唐人律诗与明人制义之间关系的认识,他还说:"诗与文虽是两样体,却是一样法。一样法者,起承转合也。除起承转合,更无文法。除起承转合,亦更无诗法也。"[2]此点学者已屡屡论及,无须再赘述。值得注意的是,视"律"为"法律之律"而不是"音律之律",正见出金圣叹对于律诗之结构——"法"的格外注重,而类似的论说在明人杨士奇《杜律虞注序》、孙矿叙《杜律》亦有之。杨士奇《杜律虞注序》云:"律诗非古也,而盛于后世。古诗《三百篇》皆出乎情,而和平微婉,可歌可咏,以感发人心,何有所谓法律哉!"孙矿叙《杜律》曰:"笼统处是性情,细处便是律。刑家丽事,出入之严格,每在字句。"[3]可知这是时人的共识。再者,以起、承、转、合来阐述律诗之法,在元代杨载、范德机的诗话中就已出现,明以降,持此说者更不可一二数[4]。也就是说,以起承转合为法说诗,由来有年,也不是金圣叹的创见。其《答王道树学伊》一札曰:

分解本是唐律诗中一定平常之理,何足哓哓多说?特无奈比来不说既久,骤说便反见怪。故弟不避丑拙,试欲尽出唐人诸诗,与之逐首分之。[5]

从"不说既久,骤说便反见怪"一语看,适见这种分解的说诗方式在明末清初的反响。今人蒋寅的研究也已表明,起承转合之说出现伊始便遭到质疑,清初诗论家更普遍持批判的态度,清代中叶以后这种说诗的论调就渐渐消失了[6]。而金圣叹却以此为定式,"欲尽出唐人诸诗,与之逐首分之"。由此可见,自整个诗学历史动向观

① 《圣叹尺牍》,《金圣叹选批唐诗》,第500—501页。

② 《示顾祖颂孙闻韩宝旭魏云》,《金圣叹选批唐诗》,第511页。

③ 《杜集书录》,第279、326页。

④ 有关起承转合说在诗学中的展开,青木正儿《清代文学评论史》(第41页)、蒋寅《古典诗学的现代阐释》(中华书局,2003年,第111—117页)均已论及,尤其是后者论之尤详,足资参考。

⑤ 《答王道树学伊》,《圣叹尺牍》,《金圣叹选批唐诗》,第497—498页。

⑥ 《古典诗学的现代阐释》,第111—117页。

之，金圣叹的做法正是在起承转合之说行将消解的时期又将之推向了极致。顾炎武曾说过“八股行而古学弃”[1]的话，《杜诗解》以起承转合为法的分解方式与传统书注的疏离，从某种意义上说，正是弃“古学”的表现。归庄【图21】《诛邪鬼》有云：

苏州有金圣叹者……以小说、传奇跻之于经、史、子、集，固已失伦；乃其感人心、坏风俗、乱学术，其罪不可胜诛矣！[2]

① 顾炎武《书传会选》，《日知录集释》，第1045页。

② 《归庄集》，上海古籍出版社，1984年，第499页。

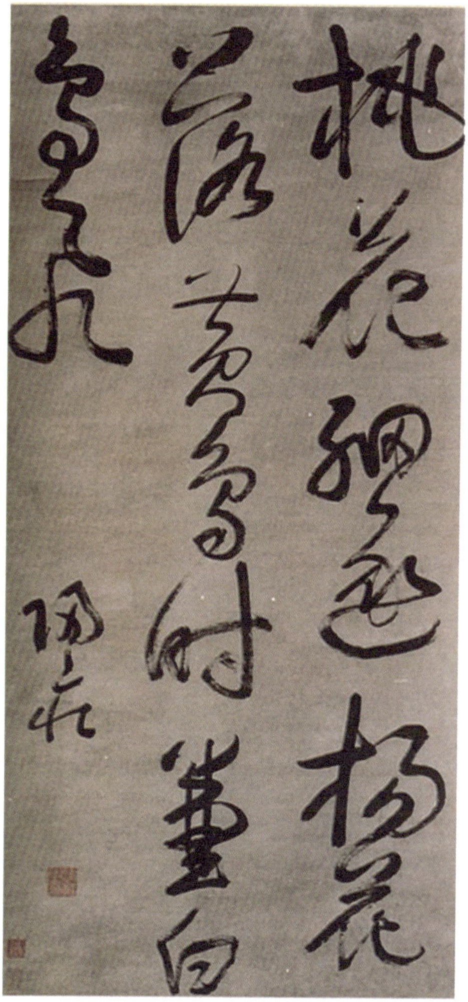

【图21】归庄（1613—1673）《杜甫曲江对酒诗句轴》，纸本，纵117cm，横55cm，常熟博物馆藏。

归庄《吴余常诗稿序》有云：“诗家前称七子，后称杜陵，后世无其伦比。使七子不当建安之多难，杜陵不遭天宝以后之乱，盗贼群起，攘窃割据，宗社巅陨，民生涂炭，即有慨于中，未必其能寄托深远，感动人心，使读者流连不已如此也。”（《归庄集》卷三）个中之意也惟个中之人才能体贴入微、刻画真切！

归庄也是以一个正统学者的眼光审视着金圣叹及其文学批评的。抬起通俗文学与经典文学并观,乃是"失伦""乱学术",反之,金圣叹以批通俗文学之法批经典文学,不也是如此吗?南邨《摅怀斋诗话》道:

> 圣叹批书,独具只眼……特所选之《唐才子诗》,则未免非大雅之道。[①]

①《清诗纪事·顺治朝卷》,第2329页。

"非大雅之道"云云,正印证了我们上面的观点。

根据以上的考辨,我们大致可以断定金圣叹的诗歌分解在当日除了要经受日渐盛行的考据学风的质疑外,尚有来自诗学理论内部走向的冲击。无论是在"以考据面目施之人瑞"[②]的考据学者那里,抑或是在攻之甚烈的诗学家那里,金圣叹的分解说都颇有逆历史潮流而动的趋势。但我们由此绝不应该只看到金圣叹对"经史根柢之学"的轻忽及其以批才子书的手法批杜诗所带来的局限,从而忽视其中蕴含着的突破的契机以及深层里酝酿着、积累着的变动——那些关乎审美态度、文学观念等一系列问题的变动。兹请就此试作讨论。

② 邓之诚《清诗纪事初编》卷三,中华书局,1965年,第338页。

### "代圣贤立言"与"自我作论"

让我们从一个具体的例子说起。且看金圣叹如下一首杜诗之解:

> 奉送蜀州柏二别驾将中丞命赴江陵起居卫尚书太夫人因示从弟行军司马位
>
> 题极似因送柏二将命起居,乘便寄书与从弟,不知却是特为寄书从弟,故带叙出寄书人来。何以知之?看它如此长题,字字做到,独有头上"奉送"二字,八句中细细寻检,全然不见

提起，而后知其用意，在此不在彼也。至其制题，似反于柏二最详，裁诗又似以前一解专叙柏二事者。此则先生用异样奇法，撰作异样奇文，凡所欲说向从弟者，悉不于弟边说，而悉于柏二边说。文家谓之“提花暗色”方法，不可不知。

**中丞问俗画熊频，爱弟传书彩鹢新。迁转五州防御使，起居八座太夫人。**

一解。极似专叙柏家事。言中丞新转夔州、峡州、忠州、归州、万州防御使，而遣弟别驾起居卫伯玉尚书母邓国太夫人。称为“八座”者，唐以二仆射令为八座。今卫即是尚书，已是八座之一也。“起居”，言既是中丞起居，礼应中丞亲往；乃今转遣爱弟者，中丞巡方事烦，不得轻离重地耳。……一解四句，看他将题之前半无数头脑，无不收尽，已称异事。却不知乃是先生“提花暗色”方法，句句字字都要刺入从弟司马心中，其实并与柏家事了不相干。相他四句中间，凡暗藏两番苦语：一番言我今老矣，如卫家太夫人，已至烦人起居。我岂独以贫贱之故，便不足辱汝等起居耶？一番言柏氏兄弟一处，兄有所事，弟即代劳，彼岂身为中丞富贵，则弟兄承奉，而我只以贫贱之气逼人，故汝远避之耶？先将己之已老，弟之不来，欲吐难吐之二语，轻轻反提在彼。入下解即不须琐聒，而已痛不可言矣！

**楚宫腊送荆门水，白帝云偷碧海春。报与惠连诗不惜，知吾斑鬓总如银。**

水（腊？）送字，写腊去之疾。“云偷”字，写春来之疾。腊去春来，少年谓是乐事，不知老人于此，真酸彻肝脾。两句须看“腊”对“云”，“水”对“春”之妙。不知者，谓巧作参差，殊不知“腊”是正在而送去，“春”是未来而偷出。然则定须如是而成句也。下言为我传语从弟：本应裁诗相寄，而今不及有诗者，非是我惜此一诗，只为我今愈益老矣。昔尔见时，我虽二毛犹斑鬓,今则一总如银,又大非前日之比。彼卫太夫人,想亦只为如是,故中丞遣弟往候起居。而我则独是客居,全无音耗,并惠连“池堂”之梦,亦不见通,又安得有好怀抱作诗寄尔也哉?(卷四)

这段批解能较好帮助我们看清金圣叹分解杜诗的具体展开。从形式上看,它由以下二部分构成:一解题,二前后解;从内容上看,它处处体现着金圣叹对“法”的注重:制题法,字法,句法,乃至起承转合的篇法。此为金圣叹杜诗分解之通式,亦正鲁迅先生所言“将布局行文硬拖到八股的作法上”[1]。说是“硬拖”,虽不免责之太苛,但以八股的作法解诗,又确有执今范古并因繁琐细密而反致诗歌变得破碎的嫌疑。这些方面所论已多,无须再赘言。不过,细绎金氏这段批文,除却他对制题、字法、句法的解析外,其中“暗藏两番苦语”“为我传语从弟”两处犹如杜甫独白一般的心理语言的演绎可谓之“代圣贤立言”。

① 鲁迅《南腔北调集》,人民文学出版社,1978年,第133页。

八股文“代圣立言”的特征古今论者已多,以今人钱锺书的论述为言简意赅,他说:

八股古称“代言”,盖揣摹古人口吻,设身处地,发为文章;以俳优之道,抉圣贤之心……窃谓欲揣摩孔孟情事,须从明清两代佳八股文求之,真能栩栩欲活。[2]

② 钱锺书《谈艺录》附说四,中华书局,1984年,第32页。

据此可知,由于八股文大都以“四书”为题,故作文者往往化其身为孔孟,拟其口吻,藉以抉发圣人之心、阐发儒家经典之论,此即所谓“代圣贤立言”。则明清文人揣摩他人口吻的功夫已于八股文写作的过程中获得充分锤锻,“栩栩欲活”云云,更表明其上乘者已然臻于化境。今天,我们虽然无从获知金圣叹八股文作得如何,但由前面的论述可知,他以八股制义之法说诗却是完全自觉的,而且杜甫

【图22】王铎《杜甫秋兴卷》引首，1646年，纸本，广州美术馆藏。

写尽"怀乡恋阙之情，慨往伤今之意""雄浑丰丽，沉着痛快"（张綖语）且有"神光离合之妙"（翁方纲语）的《秋兴八首》，爱书者之多，杜诗中无出其右。赵孟頫、鲜于枢、祝允明、李东阳、陈淳、徐渭、董其昌、张瑞图、王铎、傅山……一众书家笔走龙蛇、淋漓兴会于杜诗的这一大制作，不也是杜诗接受史上的洋洋大观吗？

在他眼里是与孔、孟一样的圣贤，他于《秋兴八首》【图22】【图23】题下批云：

> 大抵圣贤立言有体，起有起法，承有承法，转合有转合之法。[1]（卷三）

则其批解杜诗，不正是"代圣贤立言"吗？从《奉送蜀州柏二别驾……》"暗藏两番苦语""为我传语从弟"两段批文中，我们已经可以深刻领受金圣叹诠释此诗时那来自八股"代言"体式渗透的风致。与此同时，我们还注意到金圣叹批文中第一人称"我"的使用。以"我"代表诗人切入诠释的现象，是我们在讨论《杜臆》时就已经提到的，俟此似乎有条件略加说明。众所周知，八股时文的写作在明清时期，乃是士人知识分子的群体行为，则它阐发儒家经义、代圣人语气的通例势必与它起承转合的结构形式一样渗入此期杜诗诠释的活动中。当然，"代圣贤立言"并非八股文内部滋生出来的特征，而是在儒学由汉儒章句注疏之学向宋明义理之学转变的历史趋势作用下自然发展的结果。而杜诗诠释向来就具有经学阐释的性质，因此也有与经学阐释颇为相似的历程，在经历了

① 正因金圣叹以杜甫为圣贤，故他对杜甫之"立言有体"格外关注，于《登兖州城楼》《送翰林张司马南海勒碑》题下笺语均一再提及。

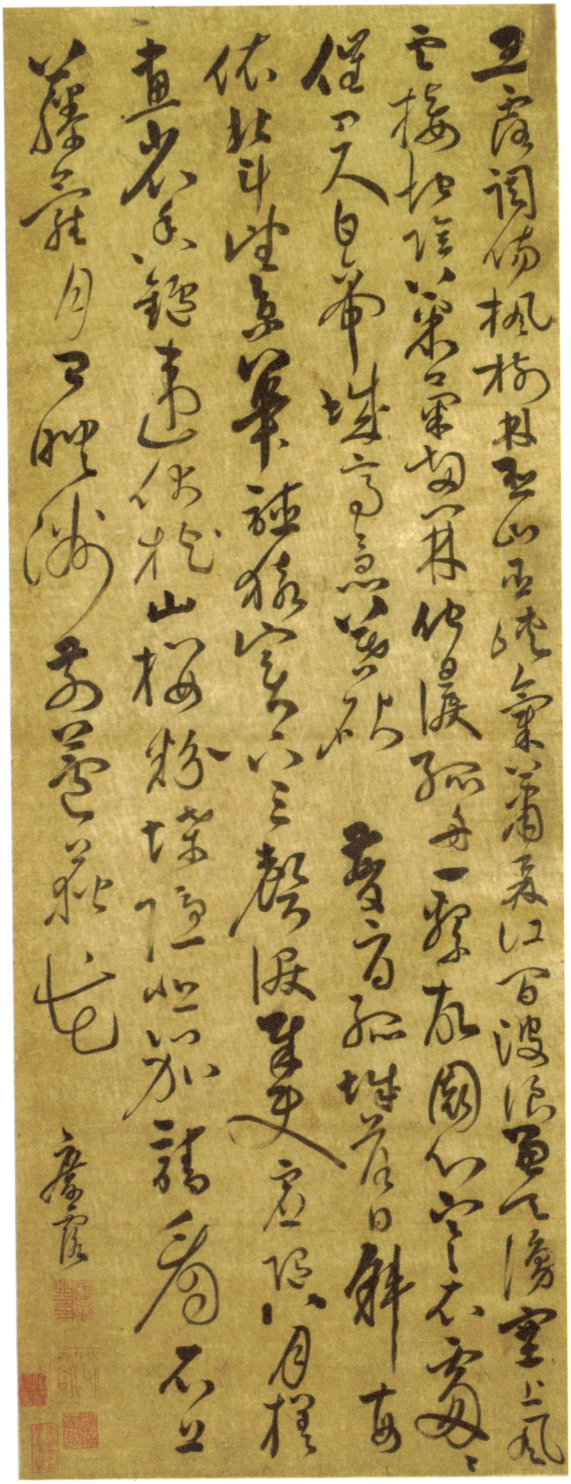

【图 23】邝露(1604—1650)《杜甫秋兴诗轴》,纸本,纵 93cm,横 36cm,何创时书法艺术基金会藏。

邝露,广东南海人,南明唐王时任中书舍人,永历帝时出使广州,清兵入粤,邝露与诸将戮力死守,凡十余月,城陷,不食,抱琴而死,人称"粤之灵均"(温汝能《粤东诗海》)。在那个动荡严酷的年代,士人对民族节概的坚韧持守,对人格伟力的不倦追求,确有其感奋人心之处。惟其如此,其人的书杜乃更有一种日月同光之感!

元、明时期的式微后，于明末清初，即由原来宋人之重注疏而渐渐走向体证式的诠解之路。由此也提醒我们，“代圣立言”方式的契入杜诗诠释是在一个比八股时文更为广阔的时代学术背景依托下发生的。这也就是为什么有些学者（如王嗣奭）虽并未采取时文法解析杜诗，却仍以“作真人想”的体验路径走进杜甫。自此“我”作为杜甫的化身，便时常成为活跃在明末以来杜诗诠释中的一个精神实体，稍后黄生、浦起龙等人为杜诗作注亦莫不如是。

如果说，“代圣贤立言”是金圣叹分解杜诗在精神内质方面的本源，那么，他批文中“我”字的大量出现便是金圣叹分解杜诗在语言风格方面所具有的特色，试看如下几例，庶几可明其余：

《对雨书怀走邀许主簿》【图24】：·

> 一“愧”字下得甚妙。脱少不慎，而略被染污，则尔愧见我，我亦愧见尔也。许主簿何人，动先生如此爱惜，我甚思之。（卷一）

《江村》：

> 问：江村如是，即令人如何去来？答：我有何人去来？自去自来，只有梁上之燕耳！问：若无去来，然则与何人亲近？答：我与何人亲近？相亲相近，独此水中之鸥耳！（卷二）

此类例子尚多，不能悉举。在这里，第一人称的使用是诠释主体与诠释对象之间关系互置的体现，是实现由诠释者之心理向诗人之心理转换的一种形式。但不可否认的是，它究竟只是一种语言形式，并不意味着金圣叹已经走进了杜甫的心灵世界。那么，金圣叹是如何实现自己与杜诗之间的精神共融以确保自己“代圣贤立言”不致落空的呢？金圣叹在《早起》一诗“春来常早起”句下，批曰：

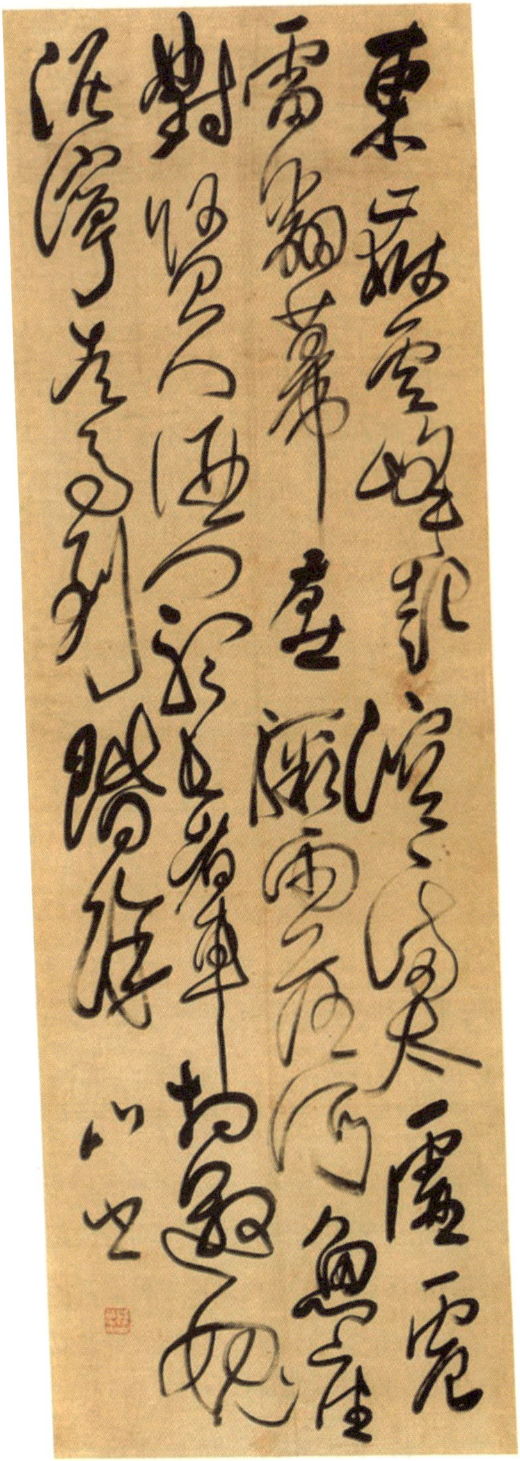

【图 24】傅山《草书杜甫对雨书怀走邀许十一簿公诗》，绢本，纵 154cm，横 51.6cm，天津博物馆藏。

此句……不可不细心体贴。读书尚论古人，须将自己眼光，直射千百年上，与当日古人捉笔一刹那顷精神融成水乳，方能有得。不然，真如嚼蜡矣。勿以吟咏小道忽之。(卷二)

此所谓"与当日古人捉笔一刹那顷精神融成水乳"，实即强调诠释活动中诠释者须得入于诗人当日创作时特定的时代氛围与心理情境中，以心游其中的体贴去洞悉诗人创作时隐微复杂的心理。看他于《登楼》题下曰：

先生多难之时，身适在蜀，徘徊吊古，欲图祸乱削平，无日不以诸葛忠武为念。其见之吟咏者，殆不一而足。盖先生之自待者，忠武也。"日暮聊为《梁父吟》"，言我今老矣，徒栖迟日暮，无所见长，虽负希世之材，而国无容贤之臣，追想隆中抱膝之吟，其寄托一何深远也，不觉于登楼发之。(卷二)

与此可见，金圣叹正是本乎孟子"知人论世""尚友古人"(《蜀相》批文中有此语，第96页)的观点和"以意逆志"的方法诠释杜诗，而"细心体贴""吟咏"则是他实现"尚论古人"的具体路径。

"细心体贴""吟咏"(多称"涵咏")的读诗方法倡扬于朱熹，而这也是宋人常有的论调，南宋姚勉在《诗意序》中曾引张载"置心平易始知《诗》"一语，并接着加以发挥道："夫惟置心平易，则可以逆志矣。"这种虚心涵咏的读诗方法对后人的影响既深且远，并使经典的诠释得以摆脱繁琐章句注疏的束缚，从而将孟子的"以意逆志"说和禅宗的"心解"传统结合起来，力求通过微妙复杂的心灵体验，使读者的思境融入作者的思境[1]。毫无疑问，金圣叹的"细心体贴"与"吟咏"法沿袭了朱熹以来的读诗传统，但这一传统所固有的"切己"性[2]，在金圣叹的杜诗读解中却往往涅变为"为己"。仍以《早起》一诗为例，其解题云：

① 参看周裕锴《中国古代阐释学研究》，上海人民出版社，2003年，第217—218页。

② 陆九渊曰"沉涵熟复，切己致思"；朱熹曰"虚心涵咏，切己省察"，见周裕锴《中国古代阐释学研究》，第217—218页。

> 即我当时,自谓挺拔,立登要路,一样闻鸡起舞。无奈许身太愚,为计太拙,直欲返俗唐、虞,次躬稷、契,老大无成。……夜中千思万算,左计不成,右计不就,耿耿不寐。及到晓来,仰视屋梁,欲起无味,反复沉沉睡去,致令早起绝少。夫高眠者,小人之所甘,而君子之所悲也。……自叹二十年来,昏昏醉梦,未知何时得早起也!(卷二)

所谓"他人有心,予忖度之",此解对杜工部灵魂的披露不可谓不深,但其最终却着落于"于我心有戚戚焉",实有借度人之心以见"我"心的嫌疑,又如其批《黄鱼》时曰:

> 为儿时,自负大才,不胜侘傺。恰似自古迄今,只我一人是大才,只我一人独沉屈者。后来颇颇见有此事,始悟古来淹杀豪杰万万千千,知有何限?青史所纪,磊磊百十得时肆志人,若取来与淹杀者比较,乌知谁强谁弱?嗟哉痛乎!此先生《黄鱼》诗所以始之以"日见"二字,哭杀天下才子也!(卷四)

为说明诗人所以用"日见"二字开头,金圣叹竟以自己乃至天下才子一生的创痛为注脚,入乎题内,出乎题外,尤其使人有"借杯浇臆"、自我写真的感觉。如果说以上二例中"为己"的特征尚只是一种嫌疑、只是我们读者的观感的话,那么下面的例子则无疑是其明白的宣言。《水槛遣心二首》止一首:

> 昔所本无何必有,今所适有何必无?先生句不必如此解,然此解人胸中固不可无也。且端木"切磋"之诗,亦断章取义久矣。(卷一)

《瀼西寒望》：

> “含”者谓仁，“切”者谓智（按：杜甫此诗有“水色含群动，朝光切太虚”句），先生未必如此作，吾不可不如此读。（卷四）

金圣叹明确提出了“断章取义”这一古老的用诗法为他解释的“为己”性张本，很显然，这与“圣贤意所本有，我不得减之使无，圣贤意所本无，我不得增之使有”[1]的阐释宗旨已经渐行渐远。又：

> 无量劫来，生死相续，无量贤愚，俱为妄想骗过。如汉高纵观秦皇帝，喟然叹曰：“大丈夫当如此矣！”岂非一肚皮妄想？及后置酒未央，玉卮上寿，却道“季与仲所就孰多”？此时心满意足，不过当日妄想圆成。陈涉辍耕之垄，曰：“富贵无相忘。”此时妄想，与汉高无别，到后为王沉沉，不过妄想略现。阮嗣宗登广武，观刘、项战处曰：“遂使竖子成名！”亦是此一副肚肠，一副眼泪。后来身不遇时，托于沉冥以至于死，不过妄想消灭。或为帝王，或为草窃，或为酒徒，事或殊途，想同一辙。因忆为儿嬉戏时，老人见之，漫无文理，不知其心中无量经营，无边筹画，并非卒然徒然之事也。（卷二）

金圣叹将《自萧八明府实处觅桃栽》《凭何十一少府邕觅桤木数百栽》《凭韦少府班觅松树子栽》《又于韦处乞大邑瓷碗》《早起》四绝一律合为一篇，在此五首诗诗题下生发出如上“一首好文章”[2]来，当然也是借题发挥，但其作为“美文”给予人的审美震撼似乎已经超离了其作为诠释文字的存在意义而显得更加隽永，而这样具有独立文本意义的阐释在此前其他杜诗学者中着实难得一见。

最后，需要说明的是，从以回归作者原意为归旨的“代圣贤立言”到“自我作论”，看似针锋相对、分道扬镳，实际上只是金圣叹以

① 刘大櫆语，引自钱基博《中国文学史》，中华书局，1993年，第985页。

② 周作人《谈金圣叹》，《苦竹杂记》，东方出版社，1994年，第17页。

直觉体验与感悟的“心解”路径下同“病”别发的表现罢了。

## 感性审美与理性分解

金圣叹读杜诗重于对作品的直觉体验与感悟,又斤斤于起承转合等结构技巧的细节分析。他同时以此两种方式解读杜诗,二者间会不会形成冲突?究竟何者居于统摄之地位?要看清金圣叹杜诗分解的真正走向,则不能不对其文学观念先有所理会。《与家伯长文昌》曰:

> 诗非异物,只是人人心头舌尖所万不获已,必欲说出之一句说话耳。[1]

在文学理论史上,金圣叹通常被视为李贽和袁氏兄弟精神上的一个继承者,是后期表现理论的主要代表[2]。上面的例子早为人们所熟知,它清晰地反映了金圣叹的表现诗观——一种几乎将诗等同于感情的诗观,在《与许青屿之渐》《与顾掌丸》等书札中,金圣叹一再重申着自己的这一意见。然而,这只是金圣叹文学观念的一个方面,上引《与家伯长文昌》那句话之后,金圣叹接着说道:

> 儒者则又特以生平烂读之万卷,因而与之裁之成章,润之成文者也。夫诗之有章有文也,此固儒者之所矜为独能也。若其原本,不过只是人人心头舌尖万不获已而必欲说出之一句说话,则固非儒者之所得矜为独能也。[3]

这段话是说:人们所能看到的“诗”,既是情感的自然流露,又无不经过儒者“裁之成章,润之成文”。所以诗就不只是人自然之“心声”,同时还须得体现儒者的至诚与学识:

① 《圣叹尺牍》,《金圣叹选批唐诗》,第501页。

② 参看刘若愚《中国文学理论》,江苏教育出版社,2006年,第122页。

③ 《圣叹尺牍》,《金圣叹选批唐诗》,第501—502页。

> 独有唐律诗是一片心地，一段学问。[1]

这里所谓“心地”“学问”，是指诗人的道德品格与知性能力，合起来讲即诗人的“胸襟”[2]。在《望岳》一诗批解中金圣叹道：“从来大境界，非大胸襟未易领略。”（卷一）此一论断虽局就《望岳》一诗，但若推扩言之，其中实隐含着金圣叹对诗品与人品关系的认识，诗人只有具备了“胸襟”才得以其心性、学识观照自然，观照社会，诗歌也只有在具备“胸襟”的基础上方能遇境即就，涵容万有。“胸襟”在诗歌创作中的意义，清初叶燮的阐述尤为明晰，兹录以为参证之资：

> 诗之基，其人之胸襟也。有胸襟，然后能载其性情、智慧、聪明、才辨以出，随遇发生，随生即盛。千古诗人推杜甫。其诗随所遇之人之境之事之物，无处不发其思君王、忧祸乱、悲时日、念友朋、吊古人、怀远道，凡欢愉、幽愁、离合、今昔之感，一一触类而起，因遇得题，因题达情，因情敷句，皆因甫有其胸襟以为基。[3]

金圣叹的论断当然没有叶燮这么明晰，但综观他对一部杜诗的读解，莫不体现出对杜甫诗中充盈着的儒者情怀与学养的极力推崇：

> 所谓半夜忽然摸着鼻孔，其发省乃真正学人本事。（卷一《游龙门奉先寺》）
>
> 读先生全集，处处见其忠孝友爱之盛心。（卷一《与李十二白同寻范十隐居》）
>
> 及读其诗……叹先生一肚皮禹、稷，非雕虫小儿之所知也。（卷三《春日江村五首》题下）

可贵的是，金圣叹继而探析了诗人的道德情感对其创作心理的渗

① 《与许升年》，《圣叹尺牍》，《金圣叹选批唐诗》，第509页。

② 以道德品格与知性能力为“胸襟”，见刘若愚《中国文学理论》，第125页。

③ 叶燮《原诗》内篇下，人民文学出版社，1979年，第17页。

透,也就是说,金圣叹最终关注的其实并非诗人的道德情感本身,而是它的诗化问题,且看他于《北征》“拜辞诣阙下,怵惕久未出。虽乏谏诤姿,恐君有遗失”句下之解:

> 上云不被诏不敢归,此云被诏已,犹不肯归。不只见其笔势之曲,且服其笔力之大。然总是一片极厚心地中流出来,若无此一片极厚心地,亦生不出如此大力曲势。(卷二)

“笔势之曲”“笔力之大”源于诗人心地之厚,金圣叹注意到的是诗人的情感力量与诗歌的表达效果之间的关系。他试图将道德意识纳入审美意识的范畴,不断向读者暗示着有“善”才能有“美”,倒也因此透露出他对于儒家诗教的真正关心[①],金圣叹以审美意识观照道德意识,由此走向了对于杜甫诗歌的艺术发现,所以,金圣叹的杜诗批解总是洋溢着一股发现杜甫创作中的“异样妙笔”(《哀王孙》批语,又《羌村三首》其三“先生妙笔,全在无字处如此”;《漫兴九首》其五“从来少此妙笔”)的高度热情,而他对杜诗“妙笔”的发现其实正是对杜甫如何将心头舌尖那“必欲说出之一句说话”“裁之成章,润之成文”(见前引)的回溯。看《王十五司马弟出郭相访兼遗营草堂赀》题下,金圣叹批曰:

> 先生诗有二句作一句读者……有一句作三句读者……世间读杜诗者,不知如何读去。如此诗(笔者按指“他乡惟表弟,还往莫辞遥”句)“他乡”二字读断,“惟表弟还往”五字连读,“莫辞遥”三字另读。细玩自见其句法变化之妙。(卷二)

此处对句法的分解,诚如朱自清先生所说“不管说的怎么破碎,他的方法也是分析的”[②],但要格外注意的是,这里的“分析”并非套用外在已有的句法格式,而是在“细玩”亦即“细心体贴”中展开,是一

① 金圣叹于《狂歌行赠四兄》一诗解曰:“一肚皮诗礼,方可作巢、许……一解写尽礼法外人最爱礼法,遂为嵇、阮诸公吐气。”(第156—157页)正复如此。我们阅读金圣叹的《杜诗解》时,总感金圣叹其人异端性的一面被世人过分强调了,而其所具有的一个儒者的温厚气质却被怠慢了。

② 朱自清《诗多义举例》,《朱自清说诗》,上海古籍出版社,1998年,第179页。

种依赖直觉进行然而又以理性语言加以组织的分析。据此可知，金圣叹的杜诗分解并非机械地牵合八股时文之法，而是在一种宁心静气从容玩味的状态中展开，正如他在《与顾掌丸》中所云：

> 分解不是武断古人文字，务宜虚心平气，仰观俯察，待之以敬，行之以忠。设使有一丝毫不入于古人之心田者，矢死不可以搀入也。[1]

"虚心平气"一语，可原原本本见于朱熹的说诗言论中[2]，与上文所见"细心体贴""置心平易"云云，正是同一回事。进而言之，金圣叹在此正以"细心体贴"的"吟咏"法探析杜甫如何说出那"必欲说出之一句说话"的。从中不难看出，金圣叹阐释的已不单是诗人的创作意旨（心头想说的），连同诗人在字法、句法乃至章法上的构思（舌尖如何说）也应包括在内，从而在传统"涵咏"说专注于诗人创作意图的基础上，向前迈了一步。此一特征，在金圣叹为《闻官军收河南河北》一诗后四句所作的批解中，有更为明晰的表现：

> 临老得见太平，即一日亦是快乐。我纵不善歌，当为曼声长歌；纵不得饮酒，当为长夜泥饮。皆所以洗涤向来之郁勃也。"好还乡""好"字，见此时不归，更待何时？趁此春天，一齐归去。此二句说归。合二句见说着归时，妻子皆飞得起要归，一似不待束装即上路为快者。"即"是即刻，"便"是便易。巴峡在重庆，巫峡在夔府。"穿"字，见甚轻松，有空即过去也。巫峡顺流而下，遂至襄阳，此是一水之地，故用"下"字。洛阳已是陆路，故用"向"字。此写闻过即欲还乡，神理如见，为一解。此等诗，字字化境，在杜律中，为最上乘也。（卷四）

这真是"入于古人之心田"的"妙批"。金圣叹之所谓"化境"，是其

① 《圣叹尺牍》，《金圣叹选批唐诗》，第505页。

② 朱熹《答吕子约》曰"只以博学力行为事，而未尝虚心平气熟玩圣贤之言，以求至理之所在"，见朱杰人、严佐之、刘永翔主编《朱子全书·晦庵先生朱文公文集》卷四七，上海古籍出版社，2002年，第2193页。

文章“三境”说(圣境、神境、化境)中最上一境,即“心之所不至手亦不至焉者”“夫文章至于心手皆不至,则是其纸上无字、无句、无局、无思者也”[1]。由此可见金圣叹对该诗体现出的一任胸臆、高度自然之美的极度推崇,“无字、无句、无局、无思”,是如沈德潜评此诗所说“一气流注,不见字法句法之迹”[2]。但饶有兴味的是,金圣叹仍透过诗句把摸诗人用字之高妙,通过对作品语言条分缕析的解读,引导读者体会诗人作诗即事会心、随心运笔的内在理路。这说明,在金圣叹看来,“古人之心田”非但可“入”亦且可“说”。当他说到诗人“神理如见”的时候,便是确信自己已经会得了诗人之苦心,且自己的阐释也一样“神理如见”。

上面这段批文中,我们注意到金圣叹使用了“神理”一词。在对此作进一步说明之前,让我们先引述一段金圣叹解释“分解”之“解”的话。他释“解”字之来源,曰:

> “解”之为字,出《庄子·养生主》篇所谓“解牛”者也。彼唐律诗者,有间也;而弟之分之者,无厚也。以弟之“无厚”,入唐律诗之“有间”,犹牛之謋然其已解也。[3]

金圣叹既从《庄子·养生主》中为“解”字寻源,则且先看看“解”在《庄子》中的原始意味为何。熟读《庄子》者皆知庖丁解牛“所好者道也,进乎技矣”“以神遇而不以目视”,释德清对此的解释是:庖丁“非专于技,盖先学乎道,以悟物有自然天理之妙,故施用之于技耳”[4]。可见,庖丁乃以“神”遇物,悟得“天理”,再将此“理”分而析之,此即后人“解牛而刃理”[5]之谓。金圣叹在《第五才子书水浒传》序三曾标榜曰:

> 吾独欲略其形迹,伸其神理者……浏然以清,湛然以明,轩然以轻,濯然以新,彼岂非《庄子》《史记》之流哉![6]

① 《贯华堂第五才子书水浒传·序一》,曹方人、周锡山标点《金圣叹全集》(一),江苏古籍出版社,1985年,第5页。

② 沈德潜《唐诗别裁集》,中华书局,1975年,第190页。

③ 《与徐子能增》,《圣叹尺牍》,《金圣叹选批唐诗》,第498页。

④ 引自高步瀛《先秦文举要》,中华书局,1991年,第122页。

⑤ 明人潘应诏序李齐芳《杜工部分类诗》语,见《杜集书录》,第133页。

⑥ 《贯华堂第五才子书水浒传·序三》,《金圣叹全集》(一),第11页。

此与庖丁解牛之精神可谓如出一辙。从“略其形迹”一语看，“神理”是“离形得似”（司空图《诗品·形容》），即不拘泥于作品的内容情节，而是在玩味中细绎作品的结构规律从而深切把握作者的心理逻辑，所谓以“无厚”入“有间”，这样才不至于“将作者之意思尽没，不知心苦，实负良工”[①]。我们以此反观上引《王十五司马弟出郭相访兼遗营草堂赀》《闻官军收河南河北》二诗的分解，情形正复如此。因此在杜诗批文中，金圣叹一再说到：

> 看诗全要在笔尖头上，追出当时神理来。（《与李十二白同寻范十隐居》）
>
> 一解二十字，写尽归客神理。（《羌村三首》其一）
>
> 子猷称竹为君，少陵又称桤为子，千古绝对，写尽当时神理。（《凭何十一少府邕觅桤木数百栽》）

连同上引《闻官军收河南河北》一例，很明确“神理”成了金圣叹读解杜诗的重要主题。金圣叹正是对构成诗歌的句法、字法作了精微深入的分析以领会作者结撰之苦心的，他虽然为此担负着“割裂”“立异”（见本文“小引”）的骂名，但这种形式分解所确立的文本分析观念，不仅雄辩地驳斥了“冬烘先生辈辈相传诗妙处正在可解不可解之间一语”[②]，同时以文本内在结构分析代替传统注疏的诠诗方式，还积极地证明了微妙的形式技巧对于诗人“神理”的表现同样意味深长。也就是说，形式批评的自觉，对于金圣叹的文本阅读并没有损害，事实毋宁说正相反，意识到“形式”之为“有意味的形式”[③]，使他开始以审美的态度来对待杜诗，由此真正走上了文学审美的道路。

值得注意的是，在通往文学审美之路上，金圣叹还以“理”“事”“情”作为其审美观照的具体对象：

① 《贯华堂第五才子书水浒传·楔子》，《金圣叹全集》（一），第28页。

② 《与任升之》，《圣叹尺牍》，《金圣叹选批唐诗》，第504页。

③ 克莱夫·贝尔著，周金环、马钟元译，《艺术》，中国文艺联合出版公司，1984年，第6页。

此篇乃先生教人作诗不得轻易下笔也！即如是日于正游时若欲信手便作,岂便无诗一首？然而“阴壑”“月林”之境必不及矣！夫此境若不及,便是没交涉。夫作诗没交涉,便如不曾作。先生是以徘徊不去,务尽其理。(《游龙门奉先寺》,卷一)

此二句,虽复写景,然人生世上,受尽艰苦之累,晚岁始肯休歇,无数冷暖自知之事,十四字已摄无不尽矣。(《题张氏隐居二首》,卷一)【图25】【图26】

“剧”之为言尽情极致,真使人不堪闷杀也。(《遣闷戏呈路十九曹长》别批,卷三)

“迎杂树”,花骄极矣!“出平池”,龙喜之至也。只十字,写尽一时情事。(《宿昔》,卷三)

只是偶然咏物小题,偏尽情尽理,有次有第,将许多采叶、付厨、买面、和汁、入鼎、加糁,色色拈来,事事点去,琐琐俗务,的的大雅。(《槐叶冷淘》,卷四)

前解写落花,落花要哭。此解写舟中看落花者,落花一发要哭。真尽情尽事之笔也。(《风雨看舟前落花戏为新句》,卷四)

今人叶朗在其《中国美学史大纲》中曾指出,南宋唯物主义思想家叶适在同理学和心学的斗争中,就已提出用“情”和“理”来规定客观的“物”,到了清初,叶燮承叶适的思想在美学领域内提出著名的理事情说,即唯物主义的艺术本源论[①]。叶燮(1627—1703)道:

自开辟以来,天地之大,古今之变,万汇之赜,日星河岳,赋物象形,兵刑礼乐,饮食男女,于以发为文章,形为诗赋,其道万千。余得以三语蔽之:曰理、曰事、曰情,不出乎此而已。然则,诗文一道岂有定法哉！先揆乎其理;揆之于理而不谬,则理得。次征诸事;征之于事而不悖,则事得。终絜诸

① 叶朗《中国美学史大纲》,上海人民出版社,1985年,第496页。

【图25】王时敏(1592—1680)《杜甫诗意图册·雪涧寒林》,1665年,纸本设色,纵39cm,横25.5cm,故宫博物院藏。

王时敏,字逊之,号烟客,江苏太仓人。王氏虽出高门,但却不乐仕途,崇祯十三年(1640)辞官归隐,潜心习画。鼎革后隐居西田别墅,唯以绘事及奖掖画坛后进为职志。王氏的疏淡,使其读杜则多"但以诗读"(前引傅山有"不得但以诗读"之说),属意于杜诗形式上之"体弘众妙"、意匠经营之"高出万层",作画则是"拈景联佳句点染成图"以期副于作者"意惬飞动之致"(参下图尾跋),因而与同时项圣谟之以画为史殊异(参图40附释)。不过,他的《杜甫诗意图册》十二帧有十一帧所绘杜诗均为杜甫避难流寓时所作,其拈出景联佳句,或秋意满纸,或孤寒冷峭,都无非老成之境,无不苍凉悲慨(参观后文所附王氏诸图),则闲远淡宕的西庐老人深心亦实有所托不待言矣!

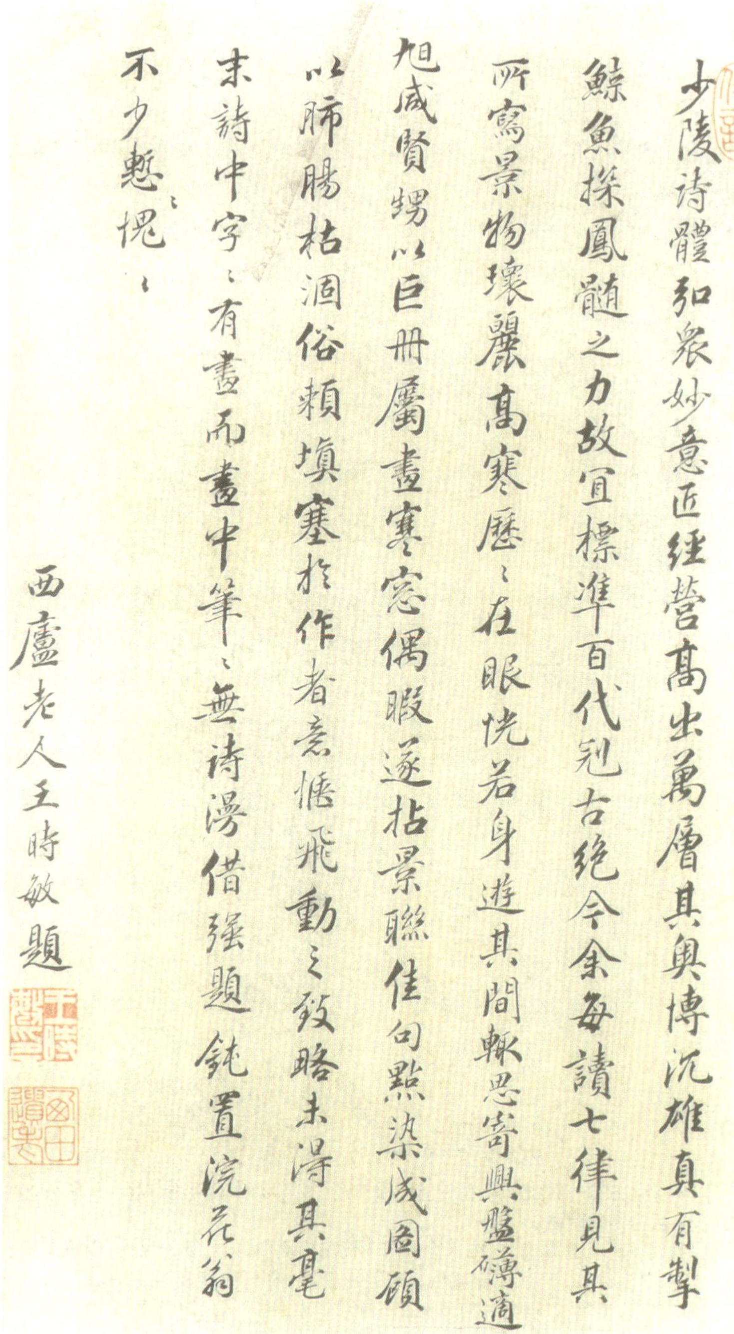


【图 26】王时敏（1592—1680）《杜甫诗意图册·尾跋》，1665 年，纸本，纵 39cm，横 25.5cm，故宫博物院藏。

> 情;絜之于情而可通,则情得。三者得而不可易,则自然之法立。故法者,当乎理,确乎事,酌乎情,为三者之平准,而无所自为法也。[①]

要言之,叶燮以“理”“事”“情”三者涵盖诗歌所反映的自然现象与社会现实,它们成了制约诗文万千之法的根本。与叶燮相比,金圣叹显然更早就注意到“理”“事”“情”的这一特征[②],在他的言论中,我们虽然看不到像叶燮这样具体完备、体系自足的描述,“理”“事”“情”三者也极少在一首诗的披解中同时出现[③],但从以上的例子中可知,他在恢复诗人创作“神理”的时候,往往通过对杜诗诗法的一番回溯后,最终将之归结到“理”“事”“情”的范畴中,这与叶燮可谓不谋而合。沈珩在《原诗叙》中曰:“自古宗工宿将所以称诗之说……未尝有创辟其识,综贯成一家言,出以砭其迷,开其悟。”[④]以此衡量金圣叹之理论,其于“综贯成一家言”的境地自然还有所未逭,若论“创辟其识”、砭迷开悟,金氏实有以当之,可与叶燮相得益彰也。在此,我们尤其注意到金圣叹冠于“理”“事”“情”前那一“尽”字(通观《杜诗解》,此类例子还有很多,远不止上引之数),它表明,在金圣叹看来,“理”“事”“情”乃是一种客观存在,诗歌创作的要义就在于精确真实地反映此“理”“事”“情”。职是之故,他认为王勃《滕王阁诗》之所以远逊杜甫《越王楼歌》,端在王勃“尽力发挥之所未尽”(卷二《越王楼歌》)。可见,金圣叹之读杜诗乃一一以尽理、尽事、尽情的准则衡之,由此实现他对杜诗的艺术本源的探寻,换言之,金圣叹主张诗歌当随理、事、情而自然成文,这些亦适可以与他在《第五才子书水浒传·序三》中所倡导之“澄怀格物”以“尽人之性”的主张相互发明[⑤]。理会到此,我们发现,其实这些正是他所主张的诗“莫不从至诚恻怛流出”“纯是一片心地”(《与许人华定赍》)的表现文学观念的具体实施,也正因为此,杜诗的道德情感才能顺理成章地被他统一在诗歌的审

① 叶燮《原诗》“内篇”下,第20—21页。

② 叶燮于康熙丙寅(1686年)九月向友人林云铭出示《原诗》,沈珩也在此年为之作《原诗叙》,另据《清史列传》卷十七《叶燮传》所记,叶燮晚年寓居吴县之横山,“以吴中称诗多猎范、陆之皮毛而遗其实,遂著《原诗》内外篇,力破其非”。(第83—86页)综合以上数条观之,《原诗》大致在1686年,亦即叶燮六十岁时成书,而其时金圣叹辞世已二十余年了。

③ 唯一一例是金圣叹于《秋兴八首》题下所批“故曰皇有气而无理,帝有理而无情,王有情而无事”,据钟来因注释,此语当出自《圣叹内书·杂华林》篇中(见《杜诗解》,第177—178页),似乎在将艺术审美提升到哲学高度加以把握,此点与叶燮亦颇相似。

④ 叶燮《原诗》“内篇”下,第85页。

⑤《金圣叹全集》(一),第10页。

美探究中。

## 结　语

当金圣叹申明自己对杜诗只“解”不“注”的时候,其实他已经走上了一条依赖感性直觉体认诗歌的道路,无论是“代圣贤立言”,还是“自我作论”,都是他以“吟咏”“体贴”之法“入于古人之心田”的体现。尽管这种读诗方式古已有之,经朱熹倡扬后更是普遍流行,但由于金圣叹力图将“先生”(杜甫)既绣出之鸳鸯以金针度人(参见卷三《韦讽录事宅观曹将军画马图引》批文),如是,他又以一种分析的方法探讨诗中完全直观领会的东西,以理性化的语言向读者展示杜诗的语言结构形式,从而将理性分解融入感性阅读中。这既弥合了“吟咏”读诗法与他重技巧、法度的诗歌分解之间的扞格难通之处,同时也给传统的“涵咏”说注入了新的内容。

所以我们说,金圣叹读解杜诗有两种方式相互参照、发明着,每一种后面都隐藏着另一种:感性阅读使理性分解免于堕入机械牵合的泥淖,而理性分解则使感性阅读呈现合理的逻辑。但若从阐释方法历史演变的角度予以衡量,金圣叹的这两种方式却不宜等量齐观,因为,理性的形式分解毕竟是金圣叹提供的更具创新意义的命题,更多地包含着金圣叹个人所追求的说诗旨趣,显示出一种才能,或者说一种艺术的可能性:对于杜诗审美地把握的可能性。正是这种可能性使他的诗歌阐释通向了文学阅读最本质的共同性主题。最后,我们断章取义地用李泽厚的一句话来形容金圣叹的分解:“审美是积淀着理性的感性”[①]。

① 李泽厚《中国古代思想史论》,天津社会科学院出版社,2004年,第294页。

# 第二章　清初杜诗注的经典模式

## 第一节　绪说——回向宋代:既辟之又效之

杜诗原不过唐人诗歌传统的一部分,但在北宋邹浩的表彰之言中已经开始明确享有“儒家仰之,几不减六经”的称誉,此后类似的封号接踵而至,张戒推为“圣贤法言”,敖陶孙推为“周公制作”,杨诚斋推为“诗中之圣”。[①]杜诗“经典”(本文特指)意义的确立是宋型文化选择与建构的结果,有关这方面的研究可称详备[②],因此没有必要就其形成过程再做一次全方位的考察,在此,我们只比较简略地抽出一些相关层面,以经典化趋势下杜诗的研究路径为视角对宋代杜诗辑注的内涵作一番检讨,目的并不在于对宋代杜诗学本身作出什么新的解释,只是通过把握杜诗辑注史的开端,为我们理解清初杜诗笺注提供一个向度。

洪业《杜诗引得·序》云:

> 窃谓宋人之于杜诗,所尚在辑校集注。[③]

洪氏当年的一得之见,今日已成为杜诗学史上的常识,但何以就偏于“辑校集注”,却少有人细加追究。从宋人对杜诗汇集、整理的过程中,我们得以观察到:虽然王琪刊布王洙本《杜工部集》二十卷,

① 可参看莫砺锋《杜甫评传》(南京大学出版社,1993年,第8页)以及张忠纲《杜甫诗话六种校注》(齐鲁书社,2002年,第265页)所论列宋人的评杜言论。

② 可参看下面三种著作:一、林继中《文化建构文学史纲(中唐——北宋)》中《整合客体于主体的新图式》一章,三秦出版社,1994年;二、许总《杜诗学发微》中《论宋学对杜诗的曲解和误解》一文,南京出版社,1989年;三、张高评《杜集刊行与宋诗宗风——兼论印本文化与宋诗特色》,2004年上海“中国中世文学国际学术研讨会论文”。

③《杜诗引得》,上海古籍出版社,1985年,第40页。

为杜诗文本的固定化迈出了至关重要的一步,但就像李纲在《重校正杜子美集序》中所说的那样,杜集仍存在"古律异卷,编次失序,不足以考公之出处及少壮老成之作……加以传写谬误,浸失旧文,'烏'三转而'舄'者,不可胜数"[①]等一系列的问题。与此同时,伴随着黄山谷老杜作诗"无一字无来处"[②]说的逐渐深入人心,虽然为杜诗诠释的可能展开营造了一个更为广阔的空间,但由此却增加了文本笺释的复杂性,因而衍成注家在笺释时"抟合成句之出处,役心向彼掇索"[③]为杜诗苦寻"出处"的风气,并最终激成了多种杜诗伪注的出现[④],其伪撰前人诗文以为杜诗出处(汪应辰称之为"无一语有来处"[⑤])的做法,又给杜诗的诠释活动带来了许多新的不确定因素。这诸多问题反复困扰着宋代的杜诗学者,针对文本的完善程度和注释的可靠性,他们进行了一轮又一轮的修复与重建。

如此看来,这"所尚"的后面,实有其不得已的地方,而这"不得已",又很大程度上来源于宋人由"史"入"圣"整合杜诗的意图。继中师论宋人整合杜诗的过程时说道:

> 在杜诗的整合过程中,杜诗整体的重建是同向、同时进行的,是世俗地主知识化运动中杜甫由"史"入"圣"的物质前提。[⑥]

如果我们的理解大致不错的话,这正是对儒学复兴趋势下杜诗整合运动中杜集整理同构性的一种强调。也就是说,杜诗文本整理与重建的过程即是对杜甫"诗圣"地位、杜诗经典性不断确认与强化的过程。正因为这样,关注宋人对杜集整理性质的自我认定以及他们所采取的诠释方式便显得颇具意义。吴若校刊杜诗作《后记》时尝云:

> 一集之微,更岁历十余君子始就。呜呼,儒业之难兴如此![⑦]

① 《李纲全集》卷一三八,第1320页。

② 《与洪驹父书》,《豫章黄先生文集》第十九,《四部丛刊》本。

③ 《姜斋诗话笺注》卷二,第44页。

④ 关于杜诗伪注及其成因的论述,参看莫砺锋《杜诗"伪苏注"研究》,载《文学遗产》1999年第1期。

⑤ 见汪氏《书少陵诗集正异》,《杜集书录》,第27页。

⑥ 《文化建构文学史纲(魏晋—北宋)》,第253页。

⑦ 《杜工部集后记》,《钱注杜诗·附录》,第34—35页。

吴若的感叹之言无意间明明白白地向我们透露出他们对杜集整理的价值认定——“儒业”，这也证明继中师“同向、同时”之论断的确不虚。当然，比价值认定更具体而微的是杜诗诠释融入的理念与采取的方式。俞成《校正草堂诗笺跋》云：

> 昔陶隐居注《本草》，尝言不可有误，况注经乎！今君之注是诗也，片言只字，每每推详，决无差误。[1]

这是把注经“不可有误”的理念搬进杜诗笺释中来了。回视前头我们对杜诗整理过程所作的粗略考察便可明白，宋人何以甘心在杜集上前赴后继地投注心血，倾全力于辑校集注一途。“辑”与“校”为的是恢复文本，此一望可知，不必赘言；而“集注”的产生也是为了注释的可靠性，这一层可从郭知达《刻九家集注序》中见出，《序》云：

> 杜少陵诗世号“诗史”，自笺注杂出，是非异同，多所抵牾。至有好事者，掇其章句，穿凿附会，设为事实，托名东坡，刊镂以行。欺世售伪，有识之士，所为深叹！因辑善本……凡九家，属二三士友，各随是非而取之。如假托名氏，撰造事实，皆删削不载。[2]

正是基于对杜诗经典意义的一种信仰与审慎回护的态度。于是，校定、重编、补遗、增注、补注、传注、集注、正谬、音义、刊误……，举凡儒家用以施于经典文本的诠释体式无不为宋代的杜诗学者们所承接。尤其值得注意的是，像“博议”（杜田《杜诗博议》）、“辨证”（洪兴祖《杜诗辨证》）、“发微”（杜旃《杜诗发微》）这类罕为诗文整理所使用的笺释模式也出现在杜诗诠释中[3]，它们众星拱月般地构筑起杜诗诠释的璀璨天空。具体到诠释内容上则专以考辨注疏、训诂诠释为主，蔡梦弼《草堂诗笺跋》谓：

① 《古逸丛书》之二十三，遵义黎氏校刊《覆麻沙本杜工部草堂诗笺》卷末跋一。

② 《杜诗引得》第1页。

③ “依托五经以立义”（王逸《楚辞章句序》，《景印文渊阁四库全书》第1062册）的屈骚、“行圣人之道，授圣人之言”（柳开《昌黎集后序》，《全宋文》第三册，巴蜀书社，1989年，第651页）的韩文（有时包含柳宗元文），它们的诠释也出现类似的情形。如洪兴祖有《楚辞考异》《韩文辨证》，朱熹有《楚辞辩证》《韩文考异》（其实朱熹也拟作《杜诗考异》）等。

每于逐句本文之下,先正其字之异同,次审其音之反切,方作诗之义以释之,复引经子史传记以证其用事之所从出。[①]

鲁訔《编次杜工部诗序》亦云:

余因旧集略加编次,古诗近体,一其后先,摘诸家之善,有考于当时事实及地理岁月,与古语之的然者,聊注其下。若其意律,乃诗之"六经",神会意得,随人所到,不敢易而言之。[②]

蔡、鲁二氏自明体例之言差不多涵括了宋人杜诗诠释所涉及的各个层面,这里头融贯着儒家通过对典籍的整理和诠证以见其义理的精神宗旨,就像清人王鸣盛所总结的那样,"经以明道,而求道者不必空执义理以求之也。但当正文字,辨音读,释训诂,通传注,则义理自现,道在其中矣"[③]可见,宋人注杜完全循着经典注疏的路向展开[④]。相比而言,作为"诸子之流"[⑤]的其他诗人,虽然也有被整理、诠释的,但远没有注杜来得系统和深入,尤其是缺乏像注杜那样在对杜诗敬信的心理之下去诠释并反过来又加强杜诗权威的双向性。

值得注意的是,宋人杜诗诠释的这些方法中映现出的是浓重的汉代经学路径的影子,而与他们说经侈言义理的路数不甚吻合。虽然在宋代读杜诗的人里也已经有讲自求、自得而不愿滞于笺释者,但那只是更多地影响了元明人的读杜方式(参看论《杜臆》一节)。入元之后,"元人别开生面,一转而为批选"[⑥]。这"一转",除了缘于辑校集注的造极之外,更重要的是杜诗的"经典"意义遭遇冷落给杜诗的经学研究路径带来了根源性的冲击,杜诗重又仅仅作为诗歌传统的一部分进入时人的研究视野。由是以鉴赏为主的选隽解律之风大起,影响所及既深且远,含括了有明的大部分时间。总之,就杜诗经典注疏的诠释方式而言,元、明两代算是走入

① 《杜工部草堂诗笺》,遵义黎氏校刊本,《古逸丛书》之二十三。

② 《杜工部草堂诗笺》。

③ 《十七史商榷·序》,中国书店,1987年,第1页。

④ 拙文《论宋代杜诗辑注的"经典"特色》(《华中学术》第九辑,华中师范大学出版社,2014年)对此有更详细的讨论。

⑤ 陈善在《扪虱新话》下集卷一中亦云"老杜诗当是诗中六经,他人诗乃诸子之流也",见华文轩《古典文学研究资料汇编·杜甫卷》上编,中华书局,1964年,第334页。

⑥ 《杜诗引得·序》,第40页。

了一个极为衰惫的时期。

如同是对两宋时期的一种回应，在经历元、明三百多年时间的一度冷落之后，在民族危亡、文化板荡的威胁重又盘踞人们心理的明末清初，杜诗的“经世”内涵再度得到彰显，久违了的经典注疏的方式也呈现出再次的繁荣。有了像顾炎武《杜子美诗注》、钱谦益《钱注杜诗》、朱鹤龄《杜工部诗集辑注》这样一些引领着这个时期杜诗学走向的力作。

而此之前，胡震亨已露先机。在上一章里，我们曾经说到，由于刘辰翁评点的流行，由高崇兰编集的刘辰翁《集千家注批点杜工部诗集》成了元、明以来翻刻最为频繁的杜集。以元、明人刻书的疏舛，此本的不可信是必然的。明万历之后，胡震亨即已云：

> 元大德中，庐陵高楚芳者，刘辰翁门下士，则直据黄氏，并其次尽易之，居然不疑，今行世本是也。初原叔编年，第约略诗中语，求其时以为次，非真有确然可据之岁月。中间牵合虽多，而阙疑之意尚存。自概定于黄鹤，紊改于高氏，高又附辰翁批评以行，于是耳食者奉若杜陵手撰，次序颠倒，不复知原本为何矣。[①]

胡震亨的这番话表示了他对当时流行于世的高本的不满。在他看来高本是加增愈多，失真愈远，因此在撰《杜诗通》时他就断然弃之而“仍依古本，分体为编”，且“一切牵强之说，概从芟去”[②]。胡震亨是一个以注诗为“实学”的人[③]，他的回向“古本”，正是杜诗学“复古返经”恢复“经典”研究方式的一个信号。也因此他在《杜诗通》中的考定之说，能为崇尚“实学”的清代注家如钱谦益等所取。不过，由于彼时“评点杜诗，流风未艾”，《杜诗通》中仍然是以评诗为主，“诗句之下，辄引刘辰翁、王世贞、胡应麟、钟惺、谭元春诸人评

① 胡震亨《唐音癸签》卷三二，古典文学出版社，1957年，第277页。

② 参见《杜诗通·自识》，见《杜集书录》，第140页。

③《唐音癸签》卷三十二云：“唐诗不可注也。诗至唐，与选诗大异，说眼前景，用易见事，一注诗味索然，反为蛇足耳。有两种不可不注，如老杜用意深婉者，须发明……今杜诗注既如彼……始知实学之难，即注释一家，亦未可轻议也。”（第280页）在晚明的文化情境下，胡氏以诗歌笺注为“实学”，是值得深味的。

① 参见《杜诗引得·序》,第46页。

语……至于注解,则寥寥无几"[①]。也就是说,经典注疏的方式并未在胡震亨的《杜诗通》里得到完整意义上的实施。

到了钱谦益,情形有了实质性的变化。

钱谦益在"注杜诗略例"中首先也是就当时行世的宋人杜集在编次上的问题发难:

> 吕汲公大防作杜诗年谱,以谓次第其出处之岁月,略见其为文之时,得以考其辞力,少而锐,壮而肆,老而严者如此。汲公之意善矣,亦约略言之耳。后之为年谱者,纪年系事,互相排缵。梁权道、黄鹤、鲁訔之徒,用以编次后先,年经月纬,若亲与子美游从,而籍记其笔札者,其无可援据,则穿凿其诗之片言只字,而曲为之说,其亦近于愚矣。今据吴若本,识其大略。某卷为天宝未乱作,某卷为居秦州、居成都、居夔州作。其紊乱失次者,略为诠订。而诸家曲说,一切削去。

继而历数宋人注杜的八大错缪:

> 注家错缪,不可悉数,略举数端,以资隅反:一曰伪托古人……一曰伪造故事……一曰傅会前史……一曰伪撰人名……一曰改窜古书……一曰颠倒事实……一曰强释文义……一曰错乱地理……[②]

② 《钱注杜诗》卷首,第14—16页。

钱氏对宋注的激烈批判,颇让我们觉得清初杜诗辑注的出发点很像梁启超论断清学时所说的那样,在对于传统的一种反动[③]。他们针对宋人所编次的杜集展开了一系列的复原的努力:

③ 梁启超曾云:"清学之出发点,在对于宋明理学的一大反动。"见《清代学术概论》,第7页。

> 杜集之传于世者,惟吴若本最为近古,他本不及也。题下及行间细字,诸本所谓公自注者多在焉。而别注亦错出其

间。余稍以意为区别，其类于自者，用朱字，别注则用白字，从本草之例。若其字句异同，则一以吴本为主，间用他本参伍焉。

——钱谦益《注杜诗略例》[1]

集中讹字最多。朱子欲如韩文作考异而未果。今编搜宋刻诸本及文粹英华对勘，夹注本文之下以备参考，至如年谱之疏妄、注家之伪乱，详辩诗注中……

千家本公自注语，向疑后人附益，考之多王原叔、王彦辅诸家注耳，未可尽信，今取类于公自注者，以原注二字系之，旧本所无俱削去，其旧云自注而千家本不载者特标数则。

——朱鹤龄《辑注杜工部集凡例》[2]

钱、朱也是通过回到杜诗的早期文献，以详密的考证与辨析来重新发掘杜诗本身的精确含义的。仇兆鳌即云：

近人注杜……钱（谦益）于《唐书》年月、释典道藏、参考精详。朱（鹤龄）于经史典故及地理职官，考据分明。其删汰猥杂，皆有廓清之功。[3]

《唐书》年月、释典道藏、经史典故、地理职官云云，实与宋人注杜有相近的旨趣。由此看来，在对宋人之注"反动"中，透露出的却是清初杜诗辑注对宋注的认真反顾，即清初的杜诗辑注重又恢复了宋人对杜诗中所涉及的"故事""前史""人名""古书""地理"的那股兴趣。只不过，现存的宋人之注里错误丛出，需要通过精严的考据，以更为准确的解释来取代它们。美国学者艾尔曼在探究清初传统经典考证和研究之复苏时曾说道："经典本位批评意识的崛起，反映出对传统学术的不满，以及对之加以重新改造、澄清的愿

①《钱注杜诗》卷首，第17页。

② 朱鹤龄《杜工部诗集辑注》，《四库禁毁书丛刊补编》第81册，北京出版社，2005年，第20页。

③《杜诗详注·凡例》，中华书局，1979年，第24页。

望。”[①]钱笺、朱注等清初注杜者之以“参考精详”“考据分明”对旧注进行删汰和廓清，表明注杜重新回到了经典注疏的路向上来，正是艾氏所说的经典本位批评意识崛起的表现，符合清初学术界告别“游腹空谈”，提倡“尊经复古”，回向以考据为中心的汉学研究路径的整体动向。

上文我们已经提及，宋人注杜并没有像他们在理学上的追求一样，表现为侈谈义理，而是有着浓重的汉代经学路径的投影。明白了这一点，我们才能明白，何以在提倡走汉学崇实路径的时期，注杜却颇以宋注为起点。不妨这么说，杜诗注的“汉学”方式就寓于宋注里面，连同弊端也显得相似：宋人注杜之尊信“无一字无来处”，伪王（洙）注、伪苏（轼）注等造伪之作的出现，不正如刘师培批评汉代经学时所说的，“汉代诸儒惑于神秘之说，轻信而寡疑，又谲诈之徒往往造作伪经以自售其说”[②]吗？由此可见，他们虽然猛烈地批评宋人的杜注，但又必须凭借宋人的成果进行新的整顿。与刘辰翁评杜之不但遭到他们的挞伐亦且陆续被删汰至残存无几不同，清初杜诗学者在对待宋注上是“辟之而又用之”，二者之间的紧张对立只是表现在某些具体的解释上，而与注杜的基本范式无关。这种“辟之而又用之”的现象，让我们从杜诗辑注之学分别处于高峰的两个时期间，看出了一些相关、相似的地方，至少是一些可供比较的基础。

① 参看《从理学到朴学——中华帝国晚期思想与社会变化面面观》，江苏人民出版社，1995年，第43页。

② 《汉宋学术异同论》，《清儒得失论：刘师培论学杂稿》，第213页。

# 第二节　钱谦益《钱注杜诗》与朱鹤龄《杜工部诗集辑注》

- 诘难与否定之后的整合
- 钱笺、朱注所用的据校文献
- 钱笺、朱注引述的前人之注
- 小结

## 诘难与否定之后的整合

关于钱谦益、朱鹤龄在注杜一事上的错综关系以及两家杜诗注的异同，“人们已经说过了千言万语”[1]，在这里，我们只想就钱笺【图27】、朱注【图28】对前人注杜成果的使用展开讨论，在注杜传统的前后异同与承转之间，找寻认清清初杜诗辑注之学的适当路径。

在清初流传的杜集中，最早的文本，当属钱谦益所用的吴若本，此即钱氏自己所谓：“吴若本最为近古，他本不及也。”（见上节所引）。就连一度怀疑吴若本系钱谦益伪造的洪业在自己的怀疑未得到证实前亦不得不说：“夫北宋末季黄伯思校勘之本既已不传，观樊、吴序跋，则吴本当称首擘，似无疑义。”[2]“近古”之旧本的好处，在于能够较好地避免文本流传过程中错讹的积累，为古籍的校勘提供了可靠的原始文本。[3]正如吴若自己说：“子美诗如五谷六牲，人皆知味，而鲜不为异馔所移者。故世之出异意，为异说，以乱杜诗之真者甚多。此本虽未必皆得其真，然求不为异者也。”[4]因此，如有人获得吴若本，即“以为无恨焉”[5]。所以，钱谦益明确宣称自己笺注杜工部集是“一以吴本为主”（见前引），就在于吴若本比其他传世的杜集更接近杜诗的原貌。

① 可参看的主要著述有：陈寅恪《柳如是别传》第五章《复明运动》，上海古籍出版社，1980年；洪业《杜诗引得序》，见《杜诗引得》；简恩定《清初杜诗学研究》第四章《钱谦益与朱鹤龄注杜之争的原因与评估》，台湾文史哲出版社，1986年；莫砺锋《古典诗学的文化观照》之《朱鹤龄杜诗辑注平议》，中华书局，2005年。

② 《杜诗引得·序》，第57页。

③ 参看刘真伦《韩愈集宋元传本研究》，中国社会科学出版社，2004年，第177页。

④ 吴若《杜工部集后记》，引自《钱注杜诗·附录》，第35页。

⑤ 吴若《杜工部集后记》，引自《钱注杜诗·附录》，第35页。

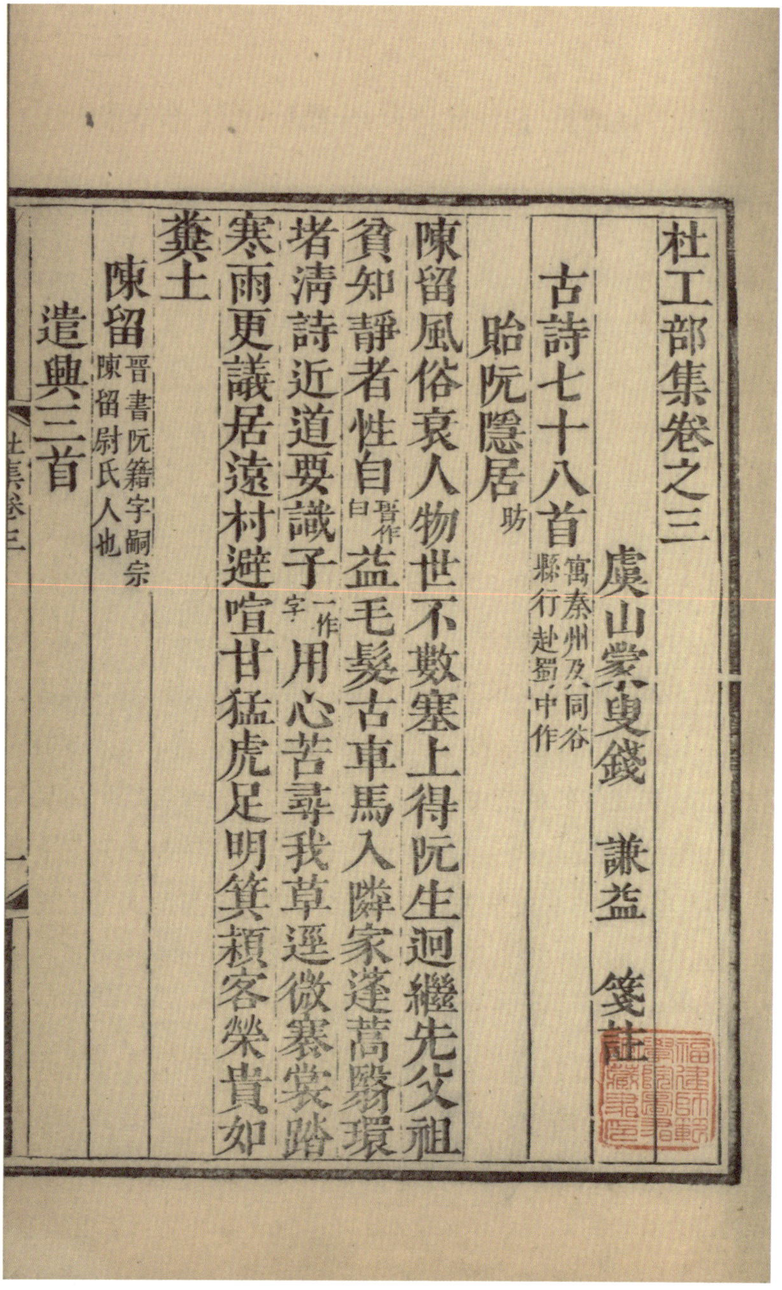


【图27】钱谦益（1582—1664）笺注《杜工部集》，康熙六年静思堂刊本，福建师范大学图书馆藏。

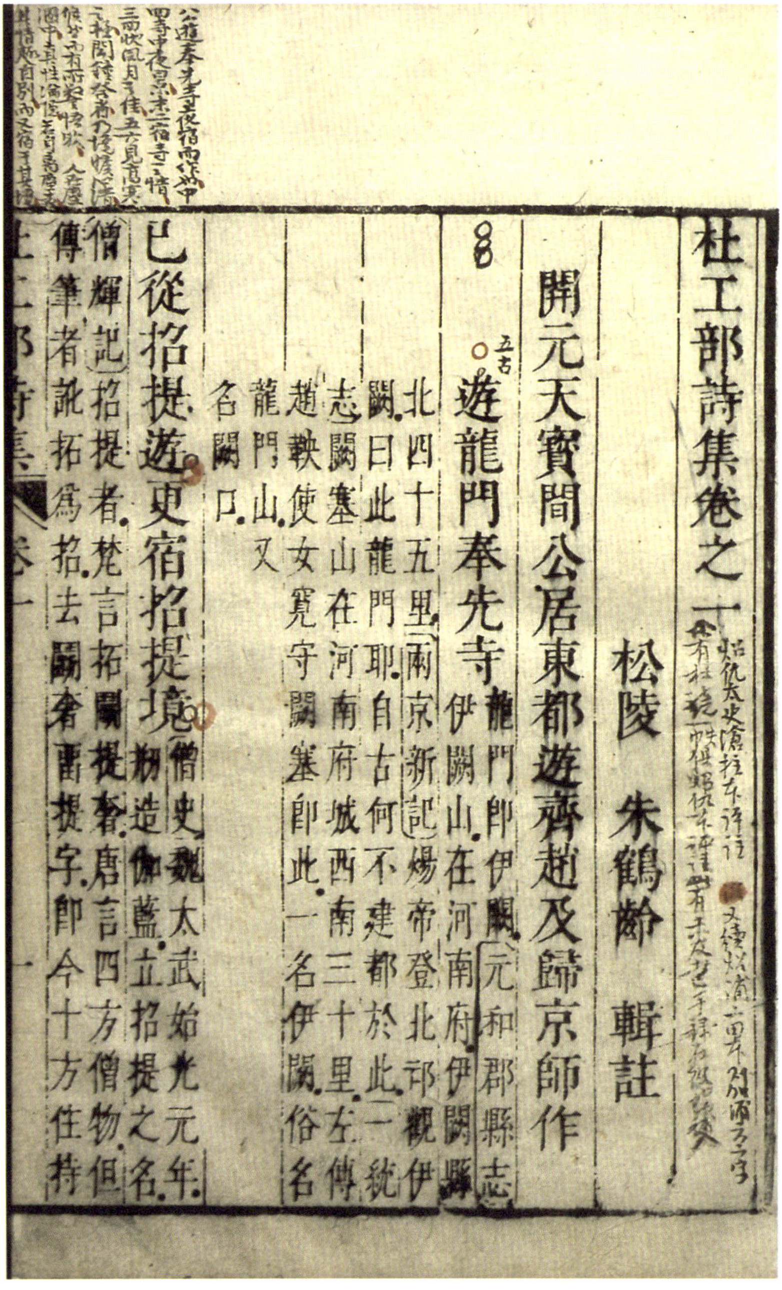

【图 28】朱鹤龄（1606—1683）辑注《杜工部诗集》，康熙叶永茹万卷楼刻本，南京图书馆藏。

与钱笺不同,朱鹤龄《辑注杜工部集》是以蔡梦弼《草堂诗笺》为底本。不过,其间略有曲折。朱氏《辑注杜工部集》“自识”云:

> 愚素好读杜,得蔡梦弼草堂本点校之,会梓群书,参伍众说,名为《辑注》。乙未馆先生家塾,出以就正,先生见而许可,遂检所笺吴若本及九家注,命之合钞。益广搜罗,详加考覈。朝夕质疑,寸牋指授,丹铅点定,手泽如新。卒业请序,箧藏而已。壬寅复馆先生家,更录呈求益。先生谓所见颇有不同,不若两行其书。时虞山方刻杜笺,愚亦欲以《辑注》问世,书既分行,仍用草堂原本。①

① 《杜工部诗集辑注》,《四库禁毁书丛刊补编》第81册,北京出版社,2005年,第3页。

由此可见,朱鹤龄注杜之始即以草堂本为底本,馆钱氏家塾与钱氏合注杜诗时,或曾听从钱氏的建议以吴若本合钞两家所注,只是后来两人交恶,最终“两行其书”,所以朱氏才又“仍用草堂原本”。朱鹤龄之弃吴若本而用草堂本是有他自己的考虑的,其《辑注杜工部集凡例》首条即曰:

> 杜诗编次,诸本互异。惟《草堂会笺》觉有伦理。盖古律体制,间有难分,时事先后,无容倒置,不若从此本为稍便也。②

② 《杜工部诗集辑注》,第20页。

所谓“古律体制,间有难分”,有可能就是针对钱笺所使用的吴若本而发。朱氏“锐意为子美功臣,必按据时事,句栉字比,以明覈其得失”③,按“时事后先”编次的草堂本就自然成了他的首选。

③ 沈寿民《杜工部诗集辑注后序》,转引自《杜集书录》,第167页。

无论是用吴若本还是用草堂本,钱谦益与朱鹤龄的选择中都体现了一个共同的倾向,那就是舍弃当时因翻刻过多,卷次及题名都十分凌乱而又极为流行的千家注。草堂本在时间上虽不及吴若本之“近古”,但其鉴别之精仅次于以分体编次的郭知达《九家注》,

诚如俞成《校正草堂诗笺跋》所推许的，“片言只字，每每推详，决无差误”[1]。计东《朱氏杜诗辑注序》中云：“杜诗千家注最为纰缪。宋本之善者有二焉，分体则吴若本，今虞山先生所笺者是也；编年则蔡梦弼本，吾邑朱氏长孺所辑注者是也。”[2]据此我们即可看出作为清代杜诗学首庸的钱、朱两家在面对时本、俗本泛滥、错讹丛杂的杜诗学现状时，他们是如何通过对底本的审慎选择为重新整顿杜诗学提供最佳的文本支持的。接下来，我们将就钱笺、朱注对前人注杜成果的使用状况展开检讨。

①《杜工部草堂诗笺》，遵义黎氏校刊本，《古逸丛书》之二十三。

② 见《杜工部诗集辑注》，第3页。

### 钱笺、朱注所用的据校文献

先从文本校勘说起。兹将出现于钱笺、朱注中用以出校杜诗文本用字异同的文献胪列如下：

钱谦益《笺注杜工部集》

白氏长庆集、卞本（卞圜本）、陈本、陈浩然本、陈川本（川本）、草堂本、蔡本、蔡兴宗正异（考异）、蔡君谟、晁、樊本、范德机、方舆胜览、律髓、高丽本、顾（顾陶本）、海录、黄鹤、黄鲁直校本（鲁直）、晋本、荆本、刊、鲁、坡、时本、俗本（流俗本）、宋（宋景文）、邵刊（按指：邵氏闻见录）、苏润公本、吴本（吴若本）、吴曾漫录、王原叔、文苑英华、文粹、西溪丛语、雍录、赵、赵鸿、晦庵

**朱鹤龄《辑注杜工部集》**

鲍、卞本（卞圜集）、陈本、陈浩然本、川本、草堂本、蔡本、蔡兴宗正异、蔡君谟、晁本、雍录、杜田、东观余论、范德机、樊、方舆胜览、顾陶本、海录、庚溪诗说、郭知达本（郭）、黄鹤（补注）、胡仔（苕溪渔隐）、胡俨、今本、晋、荆（王、荆公）、刊、海盐

刘氏校本(刘本)、鲁直(黄本鲁)、鲁訔、漫叟诗话、欧公(欧阳公)、千家本、容斋、师本、师尹本、邵氏闻见录、俗本(流俗本)、苏子瞻、苏润公本、山谷、文粹、吴若本(吴)、王原叔本、吴曾、困学纪闻、西溪丛语、英华、乐府(按:指郭茂倩乐府诗集)、赵次公、赵、赵鸿、朱文公语录

在上列钱笺39种、朱注51种据校文献中,两家相同的有35种,比例是很高的。之所以会这样,主要原因大概有二:

一则两家所选底本——吴若本与草堂本——之间本来即颇有渊源,这一点可以从吴若、蔡梦弼各自关于"校雠之例"的说明文字中看出。吴若《杜工部集后记》云:

凡称"樊"者,樊晁(引者按:"晁"当作"晃")《小集》也;称"晋"者,开运二年官书也;称"荆"者,介甫《四选》也;称"宋"者,宋景文也;称"陈"者,陈无已也;称"刊"及"一作"者,黄鲁直、晁以道诸本也。[1]

① 《钱注杜诗·附录》,第35页。

蔡梦弼《草堂诗笺跋》亦云:

凡校雠之例,题曰"樊"者,唐润州刺史樊晃《小集》本也;题曰"晋"者,晋开运二年官书本也;曰"欧"者,欧阳永叔本也;曰"宋"者,宋子京本也;"王"者,乃介甫也;"苏"者,乃子瞻也;"陈"者,乃无已也;"黄"者,乃鲁直也。刊云一作某字者,系王原叔、张文潜、蔡君谟、晁以道及唐之顾陶本也。[2]

② 《杜工部草堂诗笺》,《古逸丛书》之二十三,遵义黎氏校勘本。

通过比较吴、蔡二氏的校雠之例可见,尽管蔡跋更为详悉,但就表达方式及其绍介各本之顺序看,蔡梦弼的"校雠之例"显然是参合吴若本而来,清代扬州吴氏《测海楼旧本书目》记录胡贞越的一段

话中也说:"傅卿序所列各本,与吴若《杜工部集后记》语相合。吴《记》作于绍兴三年六月,傅卿或取资于此,而讳所自来欤?"[1]这两则校勘说明中所提到的各种版本,几乎都可以在上面所列钱笺、朱注的据校文献中寻得(惟蔡跋所及"张文潜"(张耒),钱笺、朱注中都无)。也就是说,钱笺、朱注中所谓某本某本云云,有不少系由所选底本直接转承而来。虽然钱、朱二人都声称要遍搜宋刻以参伍之,但正如朱鹤龄在其《辑注杜工部集凡例》中所说:"宋人注杜诗多不传,惟赵次公、黄鹤、蔡梦弼三家得阅其全……吕东莱、洪兴祖、杜田、师尹、薛梦符、薛苍舒辈所见无多,仅存大略。"[2]因此,实际上可供他们参伍的宋刻杜集并不多,这则"凡例"中,朱鹤龄所以会误以薛梦符、薛苍舒为两人,正是未见原书所致。而钱谦益即便"资其门人之力",也只是找到《九家注》本、《草堂诗笺》本、陈浩然本来参校[3],其他则主要是一些当时常见的唐宋时期的一些总集(《文苑英华》《唐文粹》《瀛奎律髓》《乐府诗集》)、类书(《方舆胜览》)、别集(《白氏长庆集》)、诗话(《庚溪诗话》《漫叟诗话》)、笔记(《能改斋漫录》《西溪丛语》《困学纪闻》)等资料。

再则,由于钱、朱两人之间的特殊关系,朱鹤龄在注杜一事上曾一度可以自由使用钱谦益的所有文献资料,故而出现于钱笺中的据校文献几乎也都在朱注中出现。而在据校文献中朱注比钱笺多出来的部分,如郭知达本、《容斋随笔》《漫叟诗话》、胡仔(《苕溪渔隐丛话》)等,在钱笺所引述的注释文献中均有,朱注有一些即直接吸收了钱笺中的注释成果。如《野望》诗"西山白雪三城戍"句之"城"字下,朱注出校云:"《困学纪闻》作'奇',非。"(卷八)钱笺此句则作"西山白雪三奇戍",并于"奇"字下出校云:"一作'城',一作'年'。"虽然在本字下钱笺未提及《困学纪闻》,但却于诗后"三奇"条注中云:"《困学纪闻》:'《唐·地理志》:彭州导江县有三奇戍。《韦皋传》:遣大将陈增等出三奇,《西南备边录》所谓三奇营也。当从旧本作三奇为是。'按:西山三城,界于吐蕃,为蜀边要害,屡见杜

① 引自《杜集书录》,第71页。

② 《杜工部诗集辑注》,第20页。

③ 钱氏资其门人之力搜书一说,见洪业《杜诗引得·序》,第57页。

诗,正不必作三奇,此穿凿之过耳。"(卷十二)在这里,钱笺不但引述了《困学纪闻》的意见,而且还提出自己的看法对之加以驳斥。朱注在出校中较少对校文作出直接判断,而他对《困学纪闻》用"奇"字的否定,当是得益于钱笺的辨证。又如朱注于《赠卫八处士》"惊呼热中肠"句之"惊"字下出校云:"胡俨云:一作'呜'。"(卷五)钱笺《赠卫八处士》"惊呼"条注云:"近时胡俨曰:常于内阁见子美亲书《赠卫八处士》诗,字甚怪伟。'惊呼热中肠'作'呜呼热中肠'。"(卷一)然钱笺似只作为一掌故留存,所以并未在"惊"字下出校。朱注出校的这一条显然由钱笺注释中得之。

具体考察钱笺、朱注各自所用的据校文献,除了他们二人都有用到的时本(朱注称"今本")、俗本(又称"流俗本")[1]以及朱注偶然所用的海盐刘氏校本(又称"刘本")[2]、胡俨的校勘成果外,其余各家均为唐、宋时期的校勘成果。实际上,所谓今本、时本或俗本的校勘成果,亦当有不少源于宋人。如朱注卷六《寄岳州贾司马六丈巴州严八使君两阁老五十韵》"宫莎软胜绵"句"莎"字下出校云:"俗本作'花',非。"同条钱笺出校则云:"刊作'花'。"按吴若本校雠之例,称"刊作"者,盖指黄鲁直、晁以道诸人之本也。可见,朱注"俗本"云云,即令此俗本为时人之本,其成果亦自宋人中来。莫砺锋先生说:"从整体上看,清代的杜诗注本在校勘上大多是综合宋人之校勘成果,然后作出取舍,很少有独特的发明……"[3]这确是不易之论。钱笺、朱注的表现正复如此。但在综合、取舍的时候,对于一些历来颇多争议之处,他们往往能够作出更为细致有力的辨析。如《游龙门奉先寺》"天阙象纬逼"一句之"阙"字,钱笺云:

一作"阔",荆作"阅",蔡兴宗考异作"闚"。

① 所谓"俗本"或"流俗本",大抵是流行于民间的一类本子,由于指称不明,具体为哪些本子,尚有待考察,但绝非一种之专称。何以见得呢?钱笺《旅夜书怀》注"星垂平野阔"之"星垂"云:"'星垂',俗本多作'星随'。"(见《钱注杜诗》卷一四,第471页)"多作"云云,可证所指俗本非只有一种。按:钱笺以时本、俗本出校者仅3条,而朱注为多,今本3条,俗本有14条。

② 按:此本即明万历时人刘世教的《杜工部诗分体全集》,据明李维桢合刻《李杜分体全集序》所说,该本校雠审谛,"几无纤微憾"。参见《杜集书录》,第136页。

③《宋人校勘杜诗的成就及影响》,《古典诗学的文化观照》,第220—221页。

又云：

蔡绦《西清诗话》：黄鲁直校本云：王荆公改"天阙"作"天阅"，对"云卧"为亲切。余读韦述《东都记》，龙门号双阙，以与大内对峙，若天阙焉。此述龙门诗也，用"阙"字何疑。程大昌《演繁露》：王介甫改"阙"为"阅"，非也。《水经注·谷水》曰：汉官典职曰：偃师去洛西四十五里，望朱雀阙其上，郁然与天连，是明峻极矣。《白虎通》曰：今阊阖门外，夹建双阙，以应天宿。

笺曰：韦应物《龙门游眺》诗云：凿山导伊流，中断若天阙。又云：南山郁相对。此杜诗注脚也。宋人妄改，削之何疑。杨用修又据《章表臣诗话》，定为"天闚"，引据支离，悉所不取。（卷一）

朱注亦作了详细辨正：

《庚溪诗话》按韦述《东都记》，龙门号双阙，以与大内对峙，若天阙然，此诗"天阙"指龙门也。王荆公谓对属不切，改为"天阅"。蔡兴宗《正异》谓世传古本作"天闚"，引《庄子》"以管闚天"为证。皆臆说。杨慎曰：古字"窥"作"闚"，"天闚""云卧"乃倒字法耳，闚天则星辰垂地，卧云则空翠湿衣，见山寺高寒殊于人境也。按用修之说盖主兴宗，然《丹阳记》载王茂弘指牛头山两峰为天阙，见《文选注》。《禹疏》：伊水北流，两山相对，望之若阙。又见《水经注》。皆确据也，况此本古体诗，何必拘拘偶对耶？（卷一）

钱笺、朱注对宋以来注家关于"天阙象纬逼"一句是用"阙"还是用"闚"乃至是用"阅"进行了述评，并提出一些新的理由对之加以裁决。虽然在钱笺、朱注中，对杜诗用字作如此详细辨析的例子并不算多，但取前人之成果重新加以审视、明辨的做法，正是钱笺、朱注在文本校勘之外的文本笺注中的重要一端。

### 钱笺、朱注引述的前人之注

那么，现在就让我们来看看钱笺、朱注在笺、注中引述前人注杜成果的状况。兹仍先将所引各家开列如下：

钱谦益《笺注杜工部集》

鲍钦止、程大昌（雍录、演繁露）、程嘉燧、蔡梦弼、蔡绦西清诗话、杜田补注（杜田补遗）、杜修可、范蜀公、范元实诗眼、方舆胜览、方回、郭知达、黄希、黄鹤（黄鹤年谱）、黄鲁直校本（山谷）、胡仔（苕溪渔隐）、汉皋诗话、滹南遗老诗话、洪兴祖、胡俨、困学纪闻、吕汲公诗谱、吕东莱注、刘会孟（辰翁）、陆放翁（陆务观、陆游集、陆游笔记、陆务观高斋记）、冷斋诗话、鲁訔、漫叟诗话、潘淳诗话（潘子真诗话）、容斋随笔（三笔）、师古、诗说隽永、东坡外集、苏黄门、三山老人、沈括（存中）、邵宝、石林（石林诗话）、吴本（吴若本）、吴曾漫录、吴子良、王直方、王彦辅（得臣）、文苑英华辨证、伪苏注、薛梦符、西溪丛语、鲜于注、夏竦、杨用修（杨慎）、俞舜钦、赵次公（赵叟）、赵子栎、赵鸿、赵滂、张璁、周益公诗话、朱仲晦（晦庵）

朱鹤龄《辑注杜工部集》

鲍钦止、蔡梦弼、蔡绦西清诗话、蔡兴宗、蔡宽夫诗话、沧浪诗话、程大昌（雍录）、杜诗博议、杜田正谬（补遗）、董斯张、东坡志林、东坡诗话、复斋漫录、范元实、方舆胜览、庚溪诗说、黄鹤（补注）、黄希、黄淳耀、胡震亨、胡仔、鹤林玉露、后村诗话、楼钥、刘辰翁(须溪)、陆放翁(陆游笔记、陆游入蜀记)、梁权道、鲁直(黄本、山谷诗话、山谷别集)、漫叟诗话、梦溪笔谈、潘淳(潘子真)、潘鸿、千家本、钱笺、洪迈(容斋随笔、续笔、三笔)、师古、唐汝询、文章正宗、吴若本(吴)、吴曾漫录、温公诗话、王应麟、王彦辅麈史、王楙、薛苍舒(梦符)、西溪丛语、夏竦、英华辨证、杨慎(杨用修)、于桌、郑善夫、赵次公(赵叟)、赵子栎谱、赵滂、竹坡诗话、钟惺、曾巩、张綖、张璁

从上面所罗列的文献即可看出,无论是钱笺还是朱注都引述了不少前人评杜、注杜的成果,钱笺计59家,朱注计57家。所引述各家仍以宋代为主,钱笺有50家、朱注也有44家。当然,与他们在文本校勘上的表现一样,以上于钱笺、朱注所见各类杜诗文献,也并非都自原书采录引述,而是有不少属于转录所得。钱笺如黄山谷注、杜田注、蔡兴宗注、杜修可注等,多据《九家集注》本、《分门集注杜工部诗》而引[1],朱注亦大抵如此。值得一说的是,钱笺、朱注并没有将眼光局限于注本,同时还能吸收那些保存在宋人文集、诗话、笔记中释杜、评杜成果。莫砺锋先生在《宋人杜诗注释的特点与成就》曾说道:"那些保存在宋人文集、诗话、笔记中的释杜、评杜之语,往往是有感而发,有见方书,所以更为简洁,更为精警。虽然它们没有以注释的形式出现,但是大量地为后代的注本所采用,其最后的归宿仍是杜诗注释。"[2]钱笺、朱注正是这"后代的注本"中率先大量发掘、采用宋人注本之外释杜、评杜成果的笺注之作。而对宋人文集、诗话、笔记中释杜、评杜之语的发掘使用,也为钱笺、朱注的后出转精提供了丰富的资源,如《奉赠严八阁老》"扈圣登黄阁,明公独妙年。……客礼容疏放,官曹可接联",钱笺云:"《困学纪闻》:给事中属门下省,开元曰'黄门省',故曰'黄阁'。左拾遗亦东省之属,故曰'官曹可接联'。近世用此诗为宰辅事,误矣。"(卷十)钱笺正是采用了王应麟《困学纪闻》的成果以驳正"近世"之误的。

① 参看郝润华《〈钱注杜诗〉与诗史互证方法》,黄山书社,2000年,第160—163页。

② 《古典诗学的文化观照》,第227页。

又如《石砚》"公含起草姿,不远明光殿",朱注利用程大昌、王楙的辨析分清了杜诗中"明光殿"之异于"明光宫"(卷十二)。诸如此类,尚有不少[①]。

对于宋以后的注杜成果,钱笺、朱注亦时有所采。周采泉先生曾就钱笺下过一个论断,云:"宋代注家自以赵、蔡、黄三家最为著名,钱氏尚多加指摘,刘辰翁以次,当然更不屑一顾,所以全书无一引元明人语。"[②]此实为颟顸不察之说。钱笺卷九《陪郑广文游何将军山林十首》其三【图29】、卷十二《秋尽》就分别正面引了赵滂、邵宝一条。事实上是,钱笺中涉及元、明人处多为驳斥语,如引述刘会孟4条、杨用修8条全为钱氏所否定。在这方面,朱鹤龄的态度要显得通达许多。对于宋以后的注杜成果,但凡觉得可用,无论是专门的杜注,还是诗话或笔记,朱氏也都愿意采纳,从刘辰翁、杨慎、胡震亨、赵滂、董斯张、黄淳耀、唐汝询、郑善夫、钟惺、张綖、张璁,直到时人潘柽章,可谓旁征博引[③]。当然,鉴于钱、朱之间的一段因缘,朱氏引得最多的还是钱笺,通一部朱注引述钱笺达267次,钱笺之善者,朱注采录可谓多矣!

## 小　结

文行至此,我们可以看出,以钱笺、朱注为代表的清初杜诗注正是从杜注传统资源的挖潜入手,他们在校勘、注释中的进步,或是从前注的疏舛里参悟而出,或是凭借前注之成果向前推进。因此,清初的杜诗注不但很好地保留了旧注的精华,总结了前人的成就,而且以更为缜密的精神拨正了旧注中的讹夺之处,解决了杜诗学史上诸多疑问。在经历了元、明一段退却的时期之后,清初的杜诗学者在前人已有的矿床上作了更为细致的开掘,使杜诗笺注愈为精密。梁启超在《清代学术概论·自序》中尝云:"有清二百余年之学术,实取前此二千余年之学术,倒卷而缫演之,如剥春笋,愈剥

① 根据莫砺锋先生的考察,钱笺、朱注中还有一些使用宋人之成果却"隐而不宣"者。其中究竟,参看《宋人杜诗注释的特点与成就》(见《古典诗学的文化观照》)一文,这里所举的例子也多由该文中转来。

② 《杜集书录》,第154页。

③ 关于这一点,亦可参看蔡锦芳《朱鹤龄〈辑注杜工部集〉研究》,见蔡著《杜诗版本及作品研究》,上海大学出版社,2007年,第103—104页。

而愈近里；如啖甘蔗，愈啖而愈有味。”[①]清初的杜诗学岂不是和梁氏所言如出一辙吗？

①《清代学术概论》，第2页。

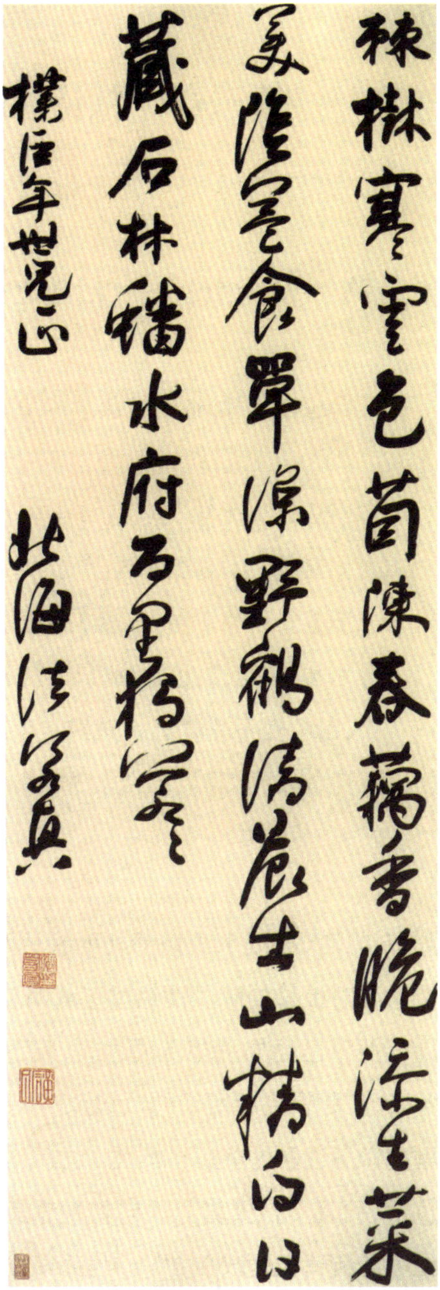

【图29】法若真（1613—1696）《杜甫陪郑广文游何将军山林之七诗轴》，绫本，纵131cm，横45cm，天津博物馆藏。

法若真，字汉儒，号黄石，亦号黄山，山东胶州人。顺治三年（1646）进士，官安徽布政使；康熙十八年（1679）举博学鸿词，家居未就试，后定居黄山。法氏作有《春日遣怀三首》，其一云：“堂上皆头白，言归未有期。卧看逸少草，贫读浣溪诗。乱后山川险，天晴鸿雁迷。更愁御苑柳，不耐春风吹。”（《黄山诗留》卷一）“浣溪诗”，即指的杜诗，在“言归未有期”的法若真心里或特指老杜乱离流寓之作。成都西郊的浣花溪，[1]因杜甫的卜居乃成千古圣地，是诗圣漂泊干戈、坎壈缠身的象征之所，引后人念之不已，所谓“茅屋秋风斗破除，萧骚浑似浣溪居”（宋人沈与求句，见《龟溪集·秋日闲居》），“年年寻杜甫，一过浣花溪”（顾炎武句，见图9引），还有这里的“贫读浣溪诗”，都是。据张谦宜（1650—1733）所传法若真生平，谓其“中年以后，伤心饮血，历试于风涛颠簸之余，则约束杜陵以壮其悲”（见《黄山诗留》卷首《传》），正有同声而应、同气而求的意味！

〔1〕成都西郊的浣花溪，很多时候就称浣溪，如［宋］姚勉《辛居安水阁记》：“市桥柳细、江路梅香，即少陵之浣溪也。”（《雪坡集》卷三四）又［明］吴宽《樵乐存稿序》：“若辋川之有王右丞，香山之有白太傅，浣溪之有杜子美，樊川之有杜牧之……”（《家藏集》卷四二）诸如此类的记载还多，因此，这里的“浣溪诗”即老杜之诗应无疑议。

# 第三章　杜诗注解的新高峰

## 第一节　绪说——“后起之秀”:新形势下的推进

梁启超在《中国近三百年学术史》里说:

> 从顺治元年到康熙二十年约三四十年间,完全是前明遗老支配学界。他们所努力者,对于王学实行革命(内中也有对于王学加以修正者)。他们所要建设的新学派方面颇多,而目的总在“经世致用”。他们元气极旺盛,像用大刀阔斧打开局面,但条理不免疏阔。康熙二十年以后,形势渐渐变了。遗老大师,凋谢略尽。后起之秀,多半在新朝生长,对于新朝的仇恨,自然减轻。[1]

如果借梁氏此说来观照清初的杜诗学史,我们亦可由此归纳出杜诗学与时推移的阶段性经过。“前明遗老”支配的杜诗学界,我们在前面两章已经作了相应的考察,眼下我们要讨论的这一部分杜诗学者,正是梁启超所谓的“后起之秀”。当“易代之际的故国之思问题的敏感性和冲突感已淡化”[2]之后,对于新朝,他们不惟是减轻了仇恨,而且多积极努力地向新朝靠拢,注杜在他们,隐然间已成为注家向新朝表达诚心之举。仇兆鳌《进杜少陵集详注表》云:

① 梁启超《中国近三百年学术史》,第18页。

② 严迪昌《清诗史》,浙江古籍出版社,2002年,第53页。

> 臣于退食余闲，从事少陵诗注。……伏惟少陵诗集，实堪论世知人。可以见杜甫一生爱国忠君之志，可以见唐朝一代育才造士之功，可以见天宝、开元盛而忽衰之故，可以见乾元、大历乱而复治之机。兼四始六义以相参，知古风近体为皆合。愚蒙一得，冒达九重。倘邀清燕之鉴观，以当风采之陈献，庶前修生色，而新简垂光矣。[1]

又汪灏《知本堂读杜·自序》云：

> 灏以书生，献赋行在所，蒙召试宫廷，屡试称旨，因得与科名，备史馆，兢兢勤职，业曰读书，以仰答主眷。私衷窃欲于世所共尊众好之书之诗，以次渐读，而读杜为之先。[2]

以上这些颇有"献媚"之嫌的言辞里，很难不让人觉得注杜乃是他们"奉迎固宠""藉为进身之阶"[3]的举动，尤其是汪灏，既以康熙御题的"知本堂"名其书，且在具体操作中"杜诗字画，悉照《钦定全唐诗》暨宁波仇少宰进呈定本"[4]，逢迎之意，可谓明矣！

与此同时，一些对新朝同样怀着热望然而境遇却与仇、汪辈迥然有别的士子也开始他们的杜诗研究。卢元昌《杜诗阐·自序》曰：

> 顾优于赀者攻商贾，优于遇者攻仕宦，余病未能也。……自被放辍举子业，鸡林之请谢，自分非场屋中人矣，碌碌于此奚为者？于乙巳（康熙四年）秋病间遂从事于少陵诗集云。……盖自乙巳至壬戌（康熙二十一年）凡十八年矣。何朝夕何寒暑不手是编，今日之得授梓也，亦曰吾生之忧患多矣，藉是以忘其所苦，而得其所乐焉云尔。[5]

卢元昌生于万历四十四年（1616），为有明诸生、几社名士，但从事

① 《杜诗详注》，第2352页。

② 转引自周采泉《杜集书录》，第211页。

③ 《杜集书录》，第308页。

④ 《杜集书录》，第213页。

⑤ 《续修四库全书》第1308册，上海古籍出版社，1995年，第325页。

杜注却是在新朝科举竞争中体味了挫折感后的发愤之所为。像这样经由场屋之败转而注杜的并不止卢元昌一人,浦起龙《读杜心解》的撰述也缘于此(详见下文论《读杜心解》一节)。这一类杜诗学者,他们的注杜在缘起上与仇兆鳌、汪灏看似不同,甚至可以说是相反,但这正如花开两朵,虽是各表一枝,其根源却在一处。因此,注杜在他们虽然是失意无奈之举,然一旦得到皇帝的垂顾,则仍让他们雀跃不已。浦起龙《不是集·上云贵制军尹大人》曰:

> 前所著《读杜心解》……不期上达宸聪,《御选唐宋诗醇》竟叨采录,萤光爝火得依日月末光,自顾何人际此隆遇?[①]

对浦起龙而言,这正不妨说是歪打正着。

此处所论,正关涉到不同阶段不同"代"的学者从事杜注的原因。我们前面说过王嗣奭是以杜诗为首阳山之"薇",笺注杜诗则为作者于易代之际砥砺气节之举,而朱鹤龄当变革时,亦"惟手录杜诗过日,每兴感灵武回辕之举,故为之笺解,遂至终帙"[②],即令是晚节有亏的钱谦益,他的笺注杜诗也仍然含着一种对明朝的故国之思[③]。与这些"前明遗老"相比,我们不难见出,眼下所说的"后起之秀"们绝没有了他们前辈的那份沉重——一种在局势沉沦中寻求情感慰藉的无奈,他们感应到的已非原来的丧乱而是日益巩固的新兴政权的强力召唤。因此,注杜在他们,虽然也属时势激荡下的行为,但已由原来的与新政权的"离"转为"合",由对杜诗"哀板荡,痛仳离"的深切共鸣转而在解杜中过分维护杜甫忠君爱国的一面,甚而为此不惜曲解杜诗,如仇兆鳌《杜诗详注》即被指"尊杜太过",横亘"惓怀君父"一念而曲解原作[④],又如浦起龙解《北征》一诗,竟认为陈玄礼"为亲军主帅,纵凶锋于上前,无人臣礼"而想隐去"桓桓陈将军,仗剑奋忠烈。微尔人尽非,于今国犹活"四句[⑤]。莫砺锋先生说:"从'钱注'到'仇注',再到'浦注',如果我们仔细体

① 《不是集》,燕京大学图书馆铅印本,中华民国二十五年。

② 朱鹤龄《愚庵小集》附录《传家质言》,上海古籍出版社,1979年,第769页。

③ 参看郝润华《〈钱注杜诗〉与诗史互证方法》,黄山书社,2000年,第44—45页。

④ 参看《杜集书录》,第205页。廖仲安先生《杜诗学(下)——杜诗学发展的几个时期》亦云:"他这本书是奉献给皇帝的,所以在注释中就处处强调杜甫'立言忠厚,可以垂教万世'。遇到杜诗悲愤、狂率之处,往往有意识地削弱杜诗的思想锋芒。"见《首都师范大学学报》1994年第6期。

⑤ 《读杜心解》,中华书局,1962年,第43页。

会其中有关封建道德的阐释，再仔细分析，就可以看出清朝对思想统治越来越严酷的一个过程。”[①]这里提到的现象，若从注家的角度观之，正表明注家业已不自觉地衍为新政权思想统治的吹鼓手。

有趣的是，当此之际，注杜在方式方法上也开始有意效仿官方所尊崇的朱子的著述[②]。仇兆鳌《杜诗详注·杜诗凡例》“杜诗分章”条云：

> 古诗先有诗而后有题，朱子作《集传》，每篇各标诗柄，乃酌小序而为之。杜诗先有题而后有诗，即不须再标诗柄矣。唯一题而并列三五首，或多至一二十首者，每首各括大旨，又有题属托物寓言，亦须提明本意，仿《集传》例也。[③]

又“杜诗分段”条：

> 《诗经》古注，分章分句。朱子《集传》亦踵其例。……兹集于长篇既分段落，而结尾则总括各段句数，以见制格之整严，仿《诗传》某章章几句例也。[④]

明白宣称仿朱子之作也。但这并非仇氏一家之特色，长篇分段，无论前面的卢元昌《杜诗阐》还是后来的浦起龙《读杜心解》均是如此。以《茅屋为秋风所破歌》为例，卢氏分为四个段落[⑤]，与仇氏所分[⑥]略有不同，而浦起龙则直接“依仇本截”[⑦]。仿朱子《诗传》来注杜还有其他的表现，如浦起龙又云：

> 忽古，忽近，忽五言，忽七言，初学观诗每苦之。今统分六卷……而每卷篇数不均，则窃取《诗传》之例，各就卷内析之，使楮叶停匀。[⑧]

① 莫砺锋《杜甫诗歌讲演录》，广西师范大学出版社，2007年，第133页。

② 关于程朱理学之为官方青睐，可参看陈居渊《清代朴学与中国文学》第一章的相关论述，百花洲文艺出版社，2000年，第5—6页。

③《杜诗详注》，第22页。

④《杜诗详注》，第22页。又《详注》卷之一《临邑舍弟书至苦雨黄河泛溢堤防之患簿领所忧因寄此诗用宽其意》亦云：“今依朱子《诗传》例，凡长篇之作，皆分勒章句，使眉目易省也。”（第26页）

⑤《杜诗阐》，《续修四库全书》第1308册，第543页。

⑥ 参《杜诗详注》，第831—833页。

⑦《读杜心解》，第269页。

⑧《读杜心解·发凡》卷首，第8页。

当然,更值得注意的是,这一类杜注往往都是"事类意义,两者兼尽"之作[1],仇注自言是"内注解意""外注引古"[2],浦起龙也有"注者其事辞,解者其神吻"[3]之分。而他们释"意"的方式也颇源于朱子说《诗》之法,仇兆鳌于《杜诗凡例》"内注解意"条下云:

> 欧公说诗,于本文只添一二字,而语意豁然。朱子注诗,得其遗意,兹于圈内小注,先提总纲,次释句义,语不欲繁,意不使略,取醒目也。[4]

今人蒋寅认为:"这实际就是增字串联原文、使原本跳跃的语意连贯通达的串讲方法,朱子《诗集传》通篇皆是。"随后举例:"如《郑风·山有扶苏》首章:'山有扶苏,隰有荷华。不见子都,乃见狂且。'朱子云:'淫女戏其所以私者曰:山则有扶苏矣,隰有荷华矣。今乃不见子都,而见此狂人,何哉?'即其例也。"[5]其实,这种"增字串联原文"之法,《杜诗阐》用得最多,如《舟前小鹅儿》,诗曰:"鹅儿黄似酒,对酒爱新鹅。引颈嗔船逼,无行乱眼多。翅开遭宿雨,力小困沧波。客散层城暮,狐狸奈若何?"卢元昌释云:

> 官池鹅儿色黄似酒,汉中之酒有名鹅黄者,吾对鹅忆酒,对酒转爱鹅也。舟前见之,颇怪其引颈而嗔船之逼,又怪其无行而乱眼者多。有时翅开,遭雨思晒,无如力小,困波终没。少焉,舟回客散,此城西北角,岂无狐狸?日暮遭之,亦无奈哉。[6]

而仇注则主要是"先提总纲,次释句义",如《即事》一首,诗曰:"闻道花门破,和亲事确非。人怜汉公主,生得渡河归。秋思抛云髻,腰支胜宝衣。群凶犹索战,回首意多违。"仇云:

① 鲁超《杜诗阐序》,《续修四库全书》第1308册,第323—324页。
② 《杜诗详注·杜诗凡例》,第22—23页。
③ 《读杜心解·发凡》,第5页。
④ 《杜诗详注》,第22页。
⑤ 见《〈杜诗详注〉与古典诗歌注释学之得失》,《杜甫研究学刊》1995年第2期。
⑥ 《杜诗阐》卷十五,《续修四库全书》第1308册,第506页。

> 此诗讽时事也。“和亲事确非”，谓一事而三失具焉。初与回纥结婚，本欲借兵以平北寇，孰知滏水溃军，花门同破，此一失也。且可汗既死，公主剺面而归，抛髻剩衣，忍耻含羞之状见矣，此二失也。是时思明济河索战，而回纥之好已绝，与和亲本意始终违悖，此三失也。公诗云：“圣心颇虚伫，时议气欲夺。”老成谋国之言，真如烛照而数计矣。[1]

浦起龙的做法与仇兆鳌差近似之，浦云：“解之为道，先篇义，次节义，次语义。”[2]这实际上也还是朱子《诗传》的方法。

解诗方式的通同，使之遭遇到的责难也极为相似，《四库全书总目》批《杜诗阐》曰：“其注如《四书》讲章，其评亦如‘时文’批语，说诗不当如是，说杜诗尤不当如是也。”[3]同卷批《读杜心解》曰：“诠释之中，每参以评语，近于点论时文。”[4]这些与惠栋批仇兆鳌“以高头说约之法解诗”[5]，实为同一声口。

以下，我们将分别讨论仇兆鳌的《杜诗详注》与浦起龙的《读杜心解》。

①《杜诗详注》卷七，第604页。

②《读杜心解·发凡》，第7页。

③《四库全书总目》卷一七四，中华书局，1965年，第1533页。

④《四库全书总目》卷一七四，第1534页。

⑤ 惠氏跋周篆《杜工部诗集集解》，《杜集书录》，第209页。

## 第二节 仇兆鳌《杜诗详注》



### 小 引

钱笺、朱注之后,清初杜诗之学随即如火如荼、波澜壮阔地开展起来,吴见思《杜诗论文》、卢元昌《杜诗阐》、黄生《杜诗说》、张溍《读书堂杜工部诗集注解》、张远《杜诗会粹》……诸多杜集在此际相继问世。"亦足见生际盛时,好古攻诗者之众也"[①]——仇兆鳌当此极盛难继的时候,积二十余年之力而有《杜诗详注》【图30】之作[②]。

《杜诗详注》(下文简称《详注》),顾名思义,要在一"详"。《进〈杜少陵集详注〉表》云:

> 后之解杜诸家,非不各据心力,意本浅也,而凿之使深,事本近也,而推之使远。引征古典,但溯流而忘源;采摭稗官,犹得此而遗彼。从前注解,不下百家;近日疏笺,亦将十种。或分类,或编年,今昔互有同异;于分章,于解句,纷纭尚少指归。[③]

有鉴于此,仇氏《详注》"一考诗题岁月,一解诗中意义,一注典故渊

① 《杜诗详注·杜诗凡例》,第25页。

② 《杜诗详注》卷二三,仇氏记云:"注杜始于己巳岁(1689),迨乙亥(1695年)还乡,数经考订。癸未(1703)春日,刊本告竣,甲申(1704)冬,仍上金台,复得数家新注,如前辈吴志伊、阎百史、年友张石虹、同乡张迩可,各有发明。辛卯(1711),致政南归,舟次辑成,聊补前书之疏略,时年七十有四矣。"(第2097页)

③ 《杜诗详注》卷末附,第2352页。

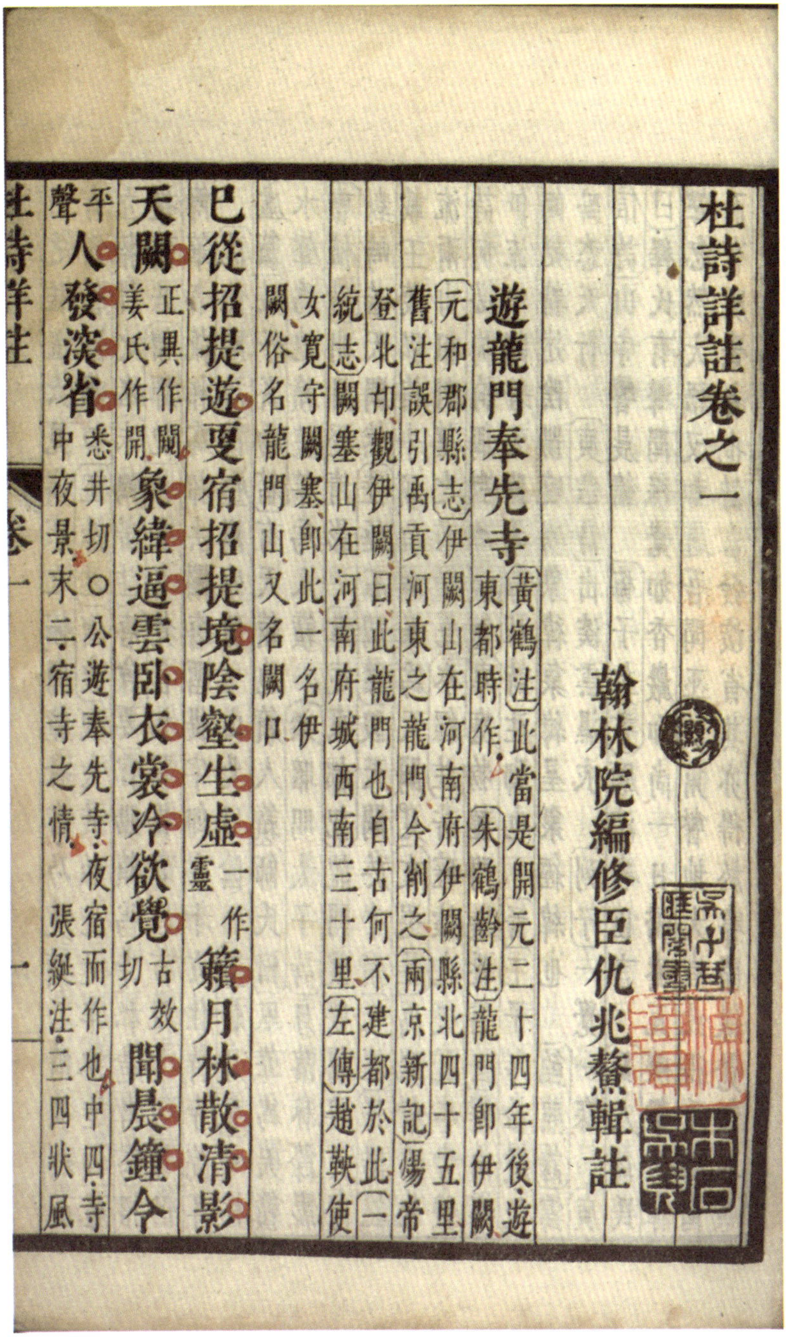


【图30】仇兆鳌（1638—1717）辑注《杜诗详注》，康熙三十二年武林三余堂刊本，福建师范大学图书馆藏。

源,一正从来谬说,一采诸家名论"[①]。这一内容构成可谓在在体现了《详注》之"详"。具体而言,即每首诗先作解题,考订系年、本事、题义,赠答诗则考证交游、官职等;长诗据诗意划分段落,于各段下提内容之要,并勾勒出行文的脉络;短诗则不分段,而于诗后阐述之;然后再将征引的典故出处一一胪列,末了辑录诸家评论或考证资料,间下按断[②]。其中最足称"详"亦且最为人所乐称的大概即是"采诸家名论"一项了。书中参阅了大量前人与时贤的著述,"从前注解,不下百家;近日疏笺,亦将十种"无不阑入,以集解的形式汇集了历代注杜、评杜的成果。莫砺锋先生说:"在它以前关于杜诗的意见,仇兆鳌认为是有价值的那些注释和评论,全都收到这本书里面去了,所以称之为'详'。"[③]《详注》当时亦以此而著名。仇氏同乡张远赞曰:

> 沧海鲜遗珠,纤毫必见珍。[④]

稍后边连宝亦评云:

> 仇氏《详注》,虽所取太博,时或短于抉择,然不可谓非集大成之书也。[⑤]

自《详注》面世以来,对它的正、负面评价往往都集中在它的"援据繁富"[⑥]亦即它的"详"与"博"上,如前引边连宝的意见里就同时兼具正反两面的评价,而今人的研究也颇多围绕《详注》在旁征博引中存在的问题展开,纷纷为之补苴罅漏[⑦]。毫无疑问,纠谬、补遗、补正可以继续增益《详注》之"详",但说到底这些都已经与作为历史遗存的《详注》本身无关。况且,今人眼中的所谓"谬"与"遗",是否全部都属于仇氏"识见未达"而造成,还是它们中的一些原本就为仇氏主观所排拒?提出如此疑问,并不是真要对今人所纠之谬、所

① 仇兆鳌自撰《沧柱公年谱》康熙二十八年条,此据吴淑玲《仇兆鳌博学理念下的杜诗批评》(载《青海师范大学学报》2007年第1期)所引。

② 此据蒋寅《〈杜诗详注〉与古典诗歌注释学之得失》一文所概括转录而得。

③《杜甫诗歌讲演录》,第126页。

④《读〈杜诗详注〉》,《杜诗详注·杜诗详注附编》,第2315页。

⑤ 韩成武等点校《杜律启蒙·凡例》,齐鲁书社,2005年,第1页。

⑥《四库全书总目》卷一四九,第1282页。

⑦ 这类文章主要有:吴汝煜、谢荣福《杜诗仇注献疑》,《草堂》1987年第1期;谭芝萍《仇注杜诗质疑举隅》,《杜甫研究学刊》1991年第1期;蒋诚《对两首杜诗仇注的意见》,《杜甫研究学刊》1992年第1期;王群丽《〈杜诗详注〉疑误举隅》,《杜甫研究学刊》2005年第3期。另谭芝萍还有专著《仇注杜诗引文补正》,西南师范大学出版社,1995年。

补之遗一一进行溯源分类，这既非本文力所能及，而且真要这么做的话，不但耗时费力，也未必就能有一目了然的答案。但由这一假定的疑问，却引发了我们如下进一步的追问：面对“不下百家”的“从前注解”和“亦将十种”的“近日疏笺”，仇兆鳌有没有一个相对稳定的取舍标准？《详注》的“集大成”除了通常所谓的“援据繁富”外，究竟还意味着什么？这些又为杜诗的诠释带来了什么样的变化？

基于以上思考，我们把研究的旨趣定在仇氏注杜的思想根底、其注杜方法之来源与其采择前人注杜成果之间关系的考察上面，这样一来，学界已经讨论较多的仇兆鳌注杜的成就与缺失问题，便可暂时搁置一边了。

## 进呈本与“集大成”

关于仇兆鳌的思想系统，近有吴淑玲教授作了一些专门的梳理，勾勒出了仇氏以正统儒家观念为主导兼具道家养生意识的思想构成，并指出仇兆鳌浙东学人的身份。[①]我们注意到，在《仇兆鳌思想概说》一文里，作者根据仇兆鳌自订年谱（按即《尚友堂年谱》，又名《沧柱公年谱》）揭示出了关于仇氏的一些颇值得玩味的事实，兹转录如下：

一、仇兆鳌二十四岁时获得《程朱语类》一书，“朝夕参玩，理境渐明”。三十二岁时在古小学书院谒见黄宗羲，几年间与黄氏来往密切，主要接受了黄宗羲所信奉的蕺山（刘宗周）学说。后来在京都，与大学士李光地、陈廷敬、张玉书等有交往，又回归理学，以程朱学派为宗。

二、没有任何怨言地参加科举考试。

三、仇兆鳌在康熙四十二年（1704）时，借康熙南巡之机向康熙皇帝表达了自己“鬓发已白，寸心犹赤”的忠心。

四、仇兆鳌晚年获得康熙恩遇后，他就把这种恩遇当成一种荣

① 参看吴淑玲的系列文章：1.《仇兆鳌思想概说》，《保定师范专科学校学报》2005年第1期；2.《仇兆鳌与浙东学派之关系》，《河北大学学报》2005年第1期；3.《浙东学人仇兆鳌著述钩沉》，《保定学院学报》2008年第1期。

耀,一点一滴均写入年谱,而不及其余。

这也让我们想起周采泉先生曾提到的一个现象:“仇兆鳌为梨洲弟子,而仇氏注杜,不唯于师说一无引及,即进呈本凡例中,亦不云黄氏曾批杜。”对此周氏认为:“意者黄氏所批以评诗为主,而仇氏重在考证,故未采录耳。”[①]未必然。联系上列仇氏的表现,为清廷所畏忌、“身遭国家之变,期于速朽”(全祖望《梨洲先生神道碑文》语)的黄宗羲与清廷的“离”恐怕才是仇氏不取师说的深层原因。

把分散于前贤文中的这些有关仇兆鳌的事迹集中起来看,颇有助于我们认清仇氏的思想动态。从上列种种事件中,不难看出仇兆鳌之“趋时必果,乘机无怯”(《文心雕龙·通变》语)。而仇氏之撰《详注》以及《详注》所取的路径似乎也都可由此获得相应的解释。

现在,让我们从仇兆鳌所“趋”之“时”接着往下说。

这是一个气象恢弘的时代,梁启超曾这样描述这个时代的统治者:

> 康熙帝是比较有自由思想的人。……是阔达大度的人,不独政治上常采宽仁之义,对于学问,亦有宏纳众流气象。[②]

“对于学问,亦有宏纳众流气象”的“右文之主”亦欲在“盛世”里成就他煊赫辉煌的“文治”:这里有张玉书、陈廷敬等三十多位学者奉敕编撰的中国古代最大的字典《康熙字典》,也有中国现存规模最大并在域外拥有“康熙百科全书”之称的大型类书《古今图书集成》(此书成于雍正朝),还有《佩文韵府》《律历渊源》《全金诗》《全唐诗》等等诸多大型图书也在此际相继推出。

《详注》的“集大成”亦在此风会中,尽管它在时间上还要略早于上列诸书的编纂。作为翰林院的编修官,仇兆鳌时常奉命校阅、整理经史文献,如康熙二十七年(1688),仇氏即奉命校阅《资治通鉴朱子纲目》,并有《纲鉴会纂全编》之撰[③]。有此经历,仇兆鳌对于

① 参见《杜集书录》,第519页。

② 梁启超《中国近三百年学术史》,第22页。

③ 关于仇兆鳌的著述状况,可参看吴淑玲《浙东学人仇兆鳌的著述钩沉》。

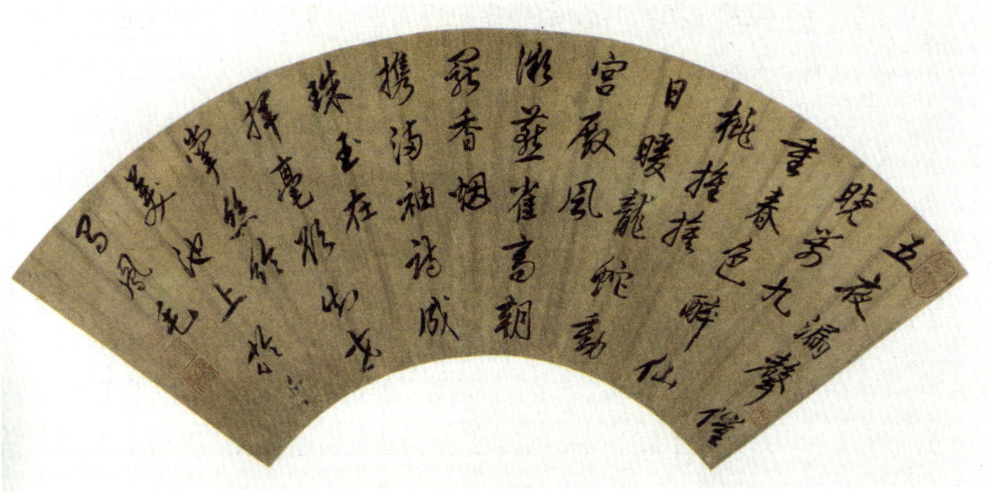

【图31】爱新觉罗·玄烨（康熙，1654—1722）《行草杜甫奉和贾至舍人早朝大明宫诗扇页》，纸本，纵18.8cm，横56.6cm，天一阁藏。

由康熙"亲标甲乙"的《御选唐诗》，选诗以"温柔敦厚为宗""其忧思感愤、倩丽纤巧之作，虽工不录"（《御选唐诗序》），故其中朝宴颂圣、山林游览之作尤多。所录杜甫七律，首选即《奉和贾至舍人早朝大明宫》一诗。同样有意味的是，这位"圣祖仁皇帝"偶然游意杜诗于翰墨间，亦不忘书此和声以鸣其盛。

一代帝王在学术上的偏嗜自能了然于胸。《详注》之走"集大成"的路子，也算得是为实现康熙【图31】"宏纳众流"的雄心尽一份为人臣者之力。此一点，我们也可从其《进〈杜少陵集详注〉表》中见出。《表》曰：

> 兹者，恭遇皇帝陛下，聪明天纵，学问海涵。诠释五经四书，允矣开来而继往；发挥《通鉴纲目》，洵哉静圣而动王。典训心传，创垂万年谟烈；古文手辑，网罗历代英华。宸翰勒之岱宗，快睹翔鸾翥凤；诗章光于孔壁，式瞻复旦卿云。幸际昌时，躬逢盛事，徒忝清班之末，未窥中秘诸书。……蒙谕献文，只惭末学。……谨以所注诗赋二十四卷，并连谱叙传文，缮写完编，装潢成帙。臣无任瞻天仰圣，激切屏营之至。谨奉表随进以闻。[1]

①《杜诗详注》，第2352页。

虽然是场面上的话,但字里行间也流露出对一代圣主堪可夸耀之文治的崇仰之情。《详注》尽管是仇氏"退食余闲"所为,但当其着笔之际,心中拟想的第一读者必是皇帝(本章"绪说"里提到《详注》的"惓怀君父"与"尊杜太过"正可为证)。这样一来也就与"遵命"之作差不多了。周作人《中国新文学的源流》尝引鲁迅的一句话:"由革命文学到遵命文学。"[①]借用这一妙说,从过去王嗣奭、顾炎武、朱鹤龄到今天的仇兆鳌,注杜似乎也在走着这样一条路。我们看仇氏引陈廷敬凡十三次,一例称"泽州陈冢宰廷敬",使用官称,这在《详注》中似乎是特例,而且全为正面引述,没有一句批评的话。他对于在朝大官员的这种维护,不也很可以说明一些问题吗?从客观效果上说,仇兆鳌也确乎由《详注》而得到统治者的青睐,获得了升迁[②]。

从这里我们可以看出,注杜虽然是仇兆鳌的个人行为,但鉴于其特殊的身份、位置,《详注》终归属于"庙堂"的代言之作,"集大成"不仅是《详注》表现出来的客观效果,而且也是仇氏"瞻天仰圣"而作《详注》的初衷[③]。

## 《杜诗详注》与《诗集传》

仇兆鳌采取"集大成"方式注杜的背景既明,兹请进一步讨论仇氏注杜方法之渊源与表现,并进而尝试勾通它们与"集大成"方式之间的某种内在关联。

《详注·原序》曰:

> 论他人诗,可较诸词句之工拙,独至杜诗,不当以词句求之。盖其为诗也,有诗之实焉,有诗之本焉。孟子之论诗曰:"颂其诗,读其书,不知其人,可乎?是以论其世也。"诗有关于世运,非作诗之实乎。孔子之论诗曰:"温柔敦厚,诗之教也。"

① 周作人《中国新文学能源流》,华东师范大学出版社,1995年,第50页。

② 参看莫砺锋《杜甫诗歌讲演录》,第126页。

③ 这里只是就仇氏何以会采取"集大成"的形式的主观愿望略作探询,也就集大成的《详注》为什么是由仇氏来完成提供一些解释。不可否认,《详注》得以"集大成"还有客观条件上"水到渠成"的一面,蒋寅曾在《〈杜诗详注〉与古典诗歌注释学之得失》一文开篇处就此做过提纲挈领的概述,兹引作参考:"杜诗自宋代王洙编集传世,注释评选之家蜂起。宋人尚学矜博,广引书证用例,为杜诗注解初奠基础。明代上承宋风,治杜者良多,著作亦颇夥。虽研讨未深,然涉及面甚广,并趋于专体研究。降及有清,学术空气严肃,经清初大儒朱鹤龄、钱谦益等惨淡经营,杜诗注释研究已达很高水平,也积累了雄厚的资料基础。在这种条件下,康熙年间出现的仇兆鳌的巨著《杜诗详注》就成了集大成的著作。"

又曰:“可以兴观群怨,迩事父而远事君。”诗有关于性情伦纪,非作诗之本乎。故宋人之论诗者,称杜为诗史,谓得其诗可以论世知人也。明人之论诗者,推杜为诗圣,谓其立言忠厚,可以垂教万世也。使舍是二者而谈杜,如稹、愈所云,究亦无异于词人矣。……读其诗者,一一以此求之,则知悲欢愉戚,纵笔所至,无在非至情激发,可兴可观,可群可怨。岂必辗转附会,而后谓之每饭不忘君哉。若其比物托类,尤非泛然。如宫桃秦树,则悽怆于金粟堆前也。风花松柏,则感伤于邛山路上也。他如杜鹃之怜南内,萤火之刺中官,野苋之讽小人,苦竹之美君子,即一鸟兽草木之微,动皆切于忠孝大义,非他人之争工字句者,所可同日语矣。是故,注杜者必反覆沉潜,求其归宿所在,又从而句栉字比之,庶几得作者苦心于千百年之上,恍然如身历其世,面接其人,而慨乎有余悲,悄乎有余思也。臣于是集,矻矻穷年,先挈领提纲,以疏其脉络,复广搜博征,以讨其典故。汰旧注之楦酿丛脞,辩新说之穿凿支离。夫亦据孔孟之论诗者以解杜,而非敢凭臆见为揣测也。[1]

① 《杜诗详注》,第1页。

仇氏此序里,主要有两层意思:一在说明杜甫之诗有“关于世运”“关于性情伦纪”的超乎文学方面的丰富内涵,不当以“词句之工拙”较之;一在交代自己如何展开对杜诗的注解。

将杜甫从一般诗人中抬出,着意开掘其“立言忠厚,可以垂教万世”的人格伦理内涵,这是宋人在儒学复兴思潮下早有的举措,同样也是明末清初这一特定历史阶段中人们读杜诗的主流倾向(参看本书“引言”部分),这本无须多说。但需格外注意的是,宋人解杜时因过求而穿凿附会的弊病,已经遭到了明末清初学者的痛诋,如钱谦益即于《钱注杜诗·略例》中曰:“宋人解杜诗,一字一句,皆有比托。若伪苏注之解屋上三重茅,师古之解笋根稚子,尤为可笑者也。”[2]王夫之也有“宋人不知比赋,句句为之牵合”[3]的批评。

② 《钱注杜诗》卷首,第16页。

③ 王学太校点《唐诗评选》卷三,文化艺术出版社,1997年,第112页。

而仇兆鳌“若其比物托类,尤非泛然”“即一鸟兽草木之微,动皆切于忠孝大义”云云,是又要重新陷入了宋人曾经的泥淖中了,在今人对《详注》的研究里即多有关于此的指摘[①]。前辈们的批评言犹在耳,按理说仇氏不该这么快就重蹈覆辙。的确,仇氏在具体解诗时也并非完全的事事牵合,也有清醒的时候,如杜甫《野望》“清秋望不极”一诗,宋人即“见其有‘叶落’‘日沉’‘独鹤’‘昏鸦’之语,辄妄臆其有国削、君危、贤人隐、奸邪盛之意”[②],仇兆鳌则云:“旧以鹤喻君子,鸦喻小人,于诗意不合。”(卷八)既如此,仇兆鳌为什么在《序》中不遗余力地强调杜诗“即一鸟兽草木之微,动皆切于忠孝大义”呢?这仍得从仇注的“遵命”性中寻找答案。在为了餍服汉族士大夫而袭用传统儒学作为思想统制工具的皇帝面前,“臣仇兆鳌”有这样的表现是不足为奇的。明白了这一点,也就明白了仇氏接下来说的“亦据孔、孟之论诗者以解杜,而非敢凭臆见为揣测”的话的用意了。我们因此常想,像仇兆鳌这样果于趋时的一些人,更多地影响于其注杜的大概不在他过去有过什么,而在于“当下”趋向什么。也因为此,我们认为,研究仇兆鳌的《详注》,关注他在朝的事迹比关注他早期浙东学人的身份会更有意义一些。关于这一点,也可以从仇兆鳌舍弃其数年与黄宗羲游从所打下的学术根基一转而投向李光地、陈廷敬等人的事件中得到最好的证明[③]。

当然,对于每一个属于特定历史环境中的注家,我们没有理由苛求过多,应该予以关注的是仇兆鳌的思想动态对其注杜的影响。与统制者提倡程朱理学、抬出朱熹配享孔庙来落实其以传统儒学统制国家的做法同一机杼,仇兆鳌则以朱熹作《诗集传》的方法来落实他“亦据孔、孟之论诗者以解杜”的构想。

关于《详注》之仿《诗集传》,仇兆鳌在《杜诗凡例》里有很明白的交代,如“杜诗分章”条、“杜诗分段”条、“内注解意”条皆是(参看本章《绪说》所引),在具体诗篇的注解中,仇氏也还在提《诗集传》的解《诗》法(如卷七《捣衣》)。此外,在其他杜注中很少用的“叶

① 参看许永璋先生《略评〈杜诗详注〉》,载《社会科学研究》1984年第1期。又蒋寅也认为仇氏因为尊奉无一字无来历的宗旨而在引证旧籍的时候多有画蛇添足、附会典故的地方,见蒋寅《〈杜诗详注〉与古典诗歌注释学之得失》。

② 《唐诗评选》,第112—113页。

③ 李光地等人虽号称康熙朝“主持正学”的中坚人物,但大多不过是一些摭拾程朱唾余的假道学(参看梁启超《中国近三百年学术史·程朱学派及其依附者》,第119页),仇氏依附于他们,显然也算是别有用意。

音”法大量出现在《详注》里，而这正是来源于集此法之大成的《诗集传》，仇氏因而也与朱熹一样被后人指为不识古韵的门外汉[1]。由此可见，仇兆鳌《详注》对朱子《诗集传》的承接是多方位的。甚至在“集大成”一点上，仇氏似乎也没有忘了向朱子看齐：朱子《诗集传》集《诗》传之大成，仇氏《详注》则集杜注之大成[2]。

仇兆鳌之仿《诗集传》，与朱子说诗的基本立场紧密关联。《诗集传序》云：

> 诗者，人心之感物而形于言之余也。心之所感有邪正，故言之所形有是非。惟圣人在上，则其所感者无不正，而其言皆足以为教。……孔子生于其时，既不得位，无以行劝惩黜陟之政，于是特举其籍而讨论之，去其重复，正其纷乱，而其善之不足以为法，恶之不足以为戒者，则亦刊而去之，以从简约，示久远，使夫学者即是而有以考其得失，善者师之而恶者改焉。是以其政虽不足以行于一时，而其教实被于万世，是则诗之所以为教者然也。……惟《周南》《召南》亲被文王之化以成德，而人皆有以得其性情之正，故其发于言者，乐而不过于淫，哀而不及于伤，是以二篇独为风诗之正经。……若夫雅颂之篇，则皆成周之世，朝廷郊庙乐歌之辞，其语和而庄，其义宽而密，其作者往往圣人之徒，固所以为万世法程而不可易者也。至于雅之变者，亦皆一时贤人君子，闵时病俗之所为，而圣人取之，其忠厚恻怛之心，陈善闭邪之意，尤非后世能言之士所能及之。……于是乎章句以纲之，训诂以纪之，讽咏以昌之，涵濡以体之，察之情性隐微之间，审之言行枢机之始，则修身及家，平均天下之道，其亦不待他求而得之于此矣。[3]

细按前引仇兆鳌《详注·序》与朱子此序，尽管仇序并没有亦步亦趋地规模朱序，但可以说是“师其意而不师其辞”，倘用今人写论文的

① 参看黄玉顺《杜诗仇注“叶音”考辨》，载《杜甫研究学刊》1994年第1期。

② 关于《详注》之仿《诗集传》，专力攻仇的施鸿保曾特别就其中分段一点提出批评说：“分章画句，务仿朱子注诗经之例，裁配虽匀，而浑灏流转之气转致扞隔。”（见施氏《读杜诗说·自序》，中华书局1962年，第1页）。而全面注意仇氏这一做法的似乎不多，黄玉顺先生稍有谈及，认为仇氏是对《诗集传》推崇备至，全面仿效，甚至不无武断地说：“《杜诗详注》完全是以《诗集传》为范本的。”事实当然并非完全如此，仇氏在《进书表》中也说自己是“依欧氏之解《诗》”“仿江都之注《选》”的。而且由于黄玉顺先生的文章是专注于仇注之“叶音”问题，故并未对他遑一时之兴提出的看法展开分析。参看黄氏前引文。

③《诗集传·卷首》，上海古籍出版社1958年，第1页。

方法从二序中分别提取出一些关键词(如仇序有:诗教、温柔敦厚、性情伦纪、立言忠厚、垂教万世、切于忠孝大义;朱序有:诗教、性情之正、和而庄、宽而密、忠厚恻怛、陈善闭邪),不难看出二者是辞虽略异而调则全同,都在竭力维护、推扬儒家"温柔敦厚"的诗教。由此便不难理解仇氏在说诗方式上因何会以《诗集传》为范本,所谓"反覆沉潜,求其归宿所在,又从而句栉字比之""先挈领提纲,以疏其脉络,复广搜博征,以讨其典故"云云,不正如朱《序》中的"章句以纲之、训诂以纪之、讽咏以昌之、涵濡以体之、察之情性隐微之间、审之言行枢机之始"之谓吗? 所以仇兆鳌虽然没有对他注杜的思想系统与朱子的渊源留下像他在"杜诗分章""杜诗分段"中那样明白的说明,但毫无疑问,思想系统的切近才是仇氏仿朱的根源。

## 《杜诗详注》的取与舍

因而,就像《诗集传》把对儒家"温柔敦厚"诗教的维护寓于其"辑诗传"的过程中一样,相同的目的也在《详注》对历代评杜成果的把握中体现出来。

试看《洗兵行》(按:此诗多作《洗兵马》,仇据《杜臆》作《洗兵行》)一诗。仇兆鳌在诗后征引了朱鹤龄、沈寿民、王嗣奭、唐汝询、蔡绦、潘耒六家评论,其中朱、沈、潘三家的评论均包含了三家对持"杜甫借此诗讥刺唐肃宗不尽子道"一说者进行批驳的内容,尤其是引得最详的潘耒,乃专为此说发难。为更好地说明仇氏汇集前人成果的某些特征,兹将其详引的潘氏说亦详引如次:

> 吴江潘耒曰:《洗兵马》一诗,乃初闻恢复之报,不胜欣喜而作,宁有暗含讥刺之理。上皇初归,肃宗未失子道,岂得预探后事以责之。诗人以忠厚为本,少陵一饭不忘君,即贬谪后,终其身无一言怨怼。而钱氏乃谓其立朝之时,即多隐刺之

> 语，何浮薄至是。噫！此其所以为牧斋欤。又曰：天子之孝，在乎安国家，保宗社。明皇既失天下，肃宗起兵朔方，收复两京，再造唐室，其孝亦大矣。晚节牵于妇寺，省觐阔疏，子道诚有未尽。若谓其猜忌上皇，并忌其父之臣，有意剪锄，则深文矣。移宫仓卒，上皇不乐，容或有之。几为兵鬼之言，出自《力士传》稗官片语，乃据以实肃宗之罪，至比之商臣、杨广，论人当若是耶。房琯虽负重名，而鲜实效，丧师辱国，门客受赇，罢相亦不为过。子美论救，固是为过惜贤，虽蒙推问，旋即放免。踰年乃谪官，不知坐何事。今言其坐琯党，亦臆度之辞耳。子美大节，在自拔贼中归行在，不在救房琯也。钱氏直欲以此为杜一生气节，欲推高杜，则极赞房，因极赞房，遂痛贬帝。明末党人，多依傍一二大老，脱失路，辄言坐某人故牵连贬谪，怨诽其君，无所不至，此自门户习气。杜公心事，如青天白日，安有是哉。以此推之，牧斋而秉史笔，三百年人物枉抑必多，绛云一炬，有自来矣。（卷六）

钱谦益以《洗兵马》是杜甫专为讥刺肃宗而作，这当然是"深文"的表现[①]。潘耒对钱笺观点的批驳是有道理的，但问题是，潘氏的言语中包含了太多激切谩骂的成分，而仇兆鳌全部予以引入，是与潘耒"心有戚戚焉"！他们越出诗评本身对钱牧斋横加指斥时的心理，大概真可用朱熹《诗序辨说·柏舟》中的话来形容，"是其轻躁险薄，尤有害于温柔敦厚，故予不可以不辨"[②]了。又如《北征》一诗，仇氏所引诸家，或云"《北征》诗识君臣大体，忠义之气，与秋色争高"（苏东坡）【图32】，或云《北征》"与国风、雅、颂，相为表里"（范梈）、"《北征》固是雅调"（王嗣奭）、"经济莫备于《北征》"（唐汝询）（卷五），均着眼于其"言有伦脊，忠爱见矣"[③]的一面。这些绝说不上是在有意模仿《诗集传》的地方，却可以说是他与朱子《诗集传》之精神最切近处。而仇氏采辑前人成果的标准也就寓含在这当

① 关于《洗兵马》，现代学者的读解虽不尽相同，但基本都对钱氏说予以纠偏。可参看萧涤非《杜甫诗选注》、陈贻焮《杜甫评传》、莫砺锋《杜甫诗歌讲演录》中的相关评说。

② 转引自郭英德等《中国古典文学研究史》，第349页。

③《御选唐宋诗醇》卷一〇，《景印文渊阁四库全书》第1448册，第232页。

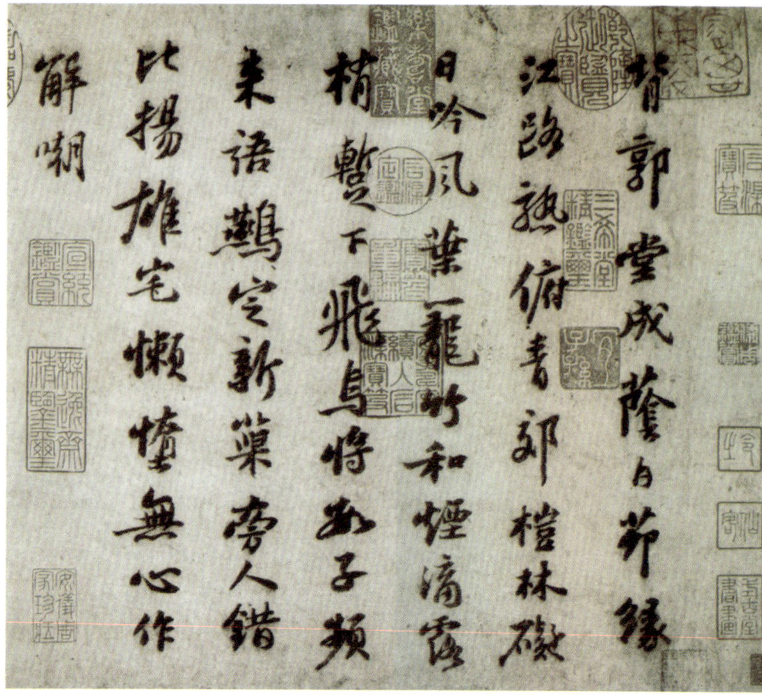

【图32】苏轼(1037—1101)《书杜工部桤木诗卷》,澄心堂纸本,行书,纵25.5cm,横79.5cm,台北"故宫博物院"藏。

桤木诗即《堂成》。苏轼此书卷后,乾隆有跋云:"杜甫草堂有数处,此诗云背郭缘江,则当属成都之浣花。山川风物之美惟久习者知之。……坡以蜀人而书古人故乡之诗,神采尤奕奕飞动,超越笔墨之外,不特寻常称诗字合璧而已。"(见《苏轼墨迹大观》)常被后人视如"书画一厄"的乾隆留题,于此倒是颇具只眼地道出苏轼所以书杜甫《堂成》诗以及所书所以"奕奕飞动"之因缘。

读杜有所思,挥毫如神助,东坡此书,千载而下,仍使人玩之不倦。

中。《详注·杜诗凡例》"杜诗褒贬"条有云:

凡与杜为敌者,概削不存。[1]

① 《杜诗详注》,第23页。

不惟如此,仅据《洗兵马》《北征》等诗来看,就应当再加一条:凡有害于温柔敦厚者,也是"概削不存"。尽管就算在他们戴着有色眼镜的眼里也并非每一首诗都像《洗兵马》那样直接关乎"君臣大体",仇兆鳌也充分地从文学的角度研究杜诗、吸纳前人的评注成果,但无论怎样,以上的标准,对于"遵命"的仇注,这却是一个最起码的思想层面的门槛。

当然，除了不能“与杜为敌”、不能“有害于温柔敦厚”外，仇注采辑前人的评注成果还有一些其他的准则。正如我们所知，明末清初的整体学风正逐步地趋于健实，就连提倡理学、独尊程朱的康熙皇帝也曾在康熙二十三年宣谕他的大学士们说：“凡所贵道学者，必在身体力行，见诸实事，非徒托之空言。”[1]因而《详注·杜诗凡例》又云：

> （刘须溪评语）不玩上下文神理……后来钟谭论诗，亦踵须溪之流派，全无精实见解，故集中所采甚稀。
>
> ——“杜诗谬评”条[2]
>
> 而王道俊之《博议》、郑侯升之《卮言》、杨德周之《类注》，俱有辩论证据，今备采编中。
>
> ——“历代注杜”条[3]

一因“无精实见解”而“所采甚稀”，一因“有辩论证据”而“备采编中”。这一“无”一“有”里，正当视作仇注采择旧说在学理层面之要领。

所以，在仇兆鳌“集大成”的《详注》里，决不是对诸家旧说的简单收集，作者既从思想层面对过去的旧说进行了一次“净化”，也从学理的层面对诸家旧说进行了遴选，因而《详注》虽然是集解形式的注本，但毫无疑问也融贯着仇氏自家的理念。《详注》的“集大成”为后来的注杜者提供了诸多方便，同时也留下了一些潜在的危机。关于仇注“集大成”的意义与影响，我们将在下文讨论浦起龙《读杜心解》中进一步见出。

① [清]蒋良骐撰《东华录》卷十三，齐鲁书社，2005年，第191页。

②《杜诗详注》，第24页。

③《杜诗详注》，第24页。

## 第三节　浦起龙《读杜心解》

· 《读杜心解》之缘起

· 举业、庠塾教师与《读杜心解》之编次

· “心解”诸端：

“心解”：传统渊源

由博返约：“心解”路向下的“宋人之注”“近世之解”

“结构苦心”：并非都是起承转合

· “心解”杜诗

### 《读杜心解》之缘起

浦起龙（1679—1762）[1]《读杜心解》【图33】（以下简称《心解》）开始撰述的时间是康熙六十年（1721），书成于雍正二年（1724）[2]。这是浦起龙人生最黯淡的一个时期。在写于雍正七年（1729）的《题己酉科蓝笔闱卷后》[3]，浦氏自言年五十一方为诸生，三十二年间历场屋十二科，这期间他一直在乡里坐馆[4]。到了雍正八年（1730），浦起龙才以第二甲第十六名中进士[5]。浦起龙撰述《心解》的时候，用他自己的话说正是“送穷不去”“久盼显擢之音，几为眼穿”[6]的时候，在《致同年王蓼原先生》一札中，浦起龙道：

> 弟自顾颠毛半白，曳尾泥中，偶借案头杜老一破牢愁，每有会心，书眉札记，不自意遂成一书也。[7]

又《启臯台凤巢族兄》曰：

① 浦起龙之生年，《史通通释·自叙》已言明，而其卒年则向无确说，严文郁《清儒传略》（台湾“商务印书馆”，1990年）以其卒于1761年（乾隆二十六年），不知何据。笔者阅读浦氏《酿蜜集》（光绪二十七年孟春工竣板藏静寄东轩家塾本），卷首有浦氏族侄浦霖所作《宗老山伧公传》，中曰“矧公殁之年为壬午”，“壬午”即乾隆二十七年（1762），据此可知浦起龙卒于1762年无疑。

② 见《读杜心解·发凡》，以下简称“《发凡》”，中华书局，1962年。又：本文所用《读杜心解》如未特别注明别本，则均采自中华书局本，不再另注。

③ 浦起龙《不是集》。

④ 《酿蜜集》费念慈序曰：“先生在康、雍间以文学教授乡里。”

⑤ 见《酿蜜集》。王志庚《读杜心解·点校说明》、周采泉《杜集书录》均以浦起龙为“雍正二年进士”，误。

⑥ 见《不是集·致陆龙冈》。

⑦ 《不是集》。

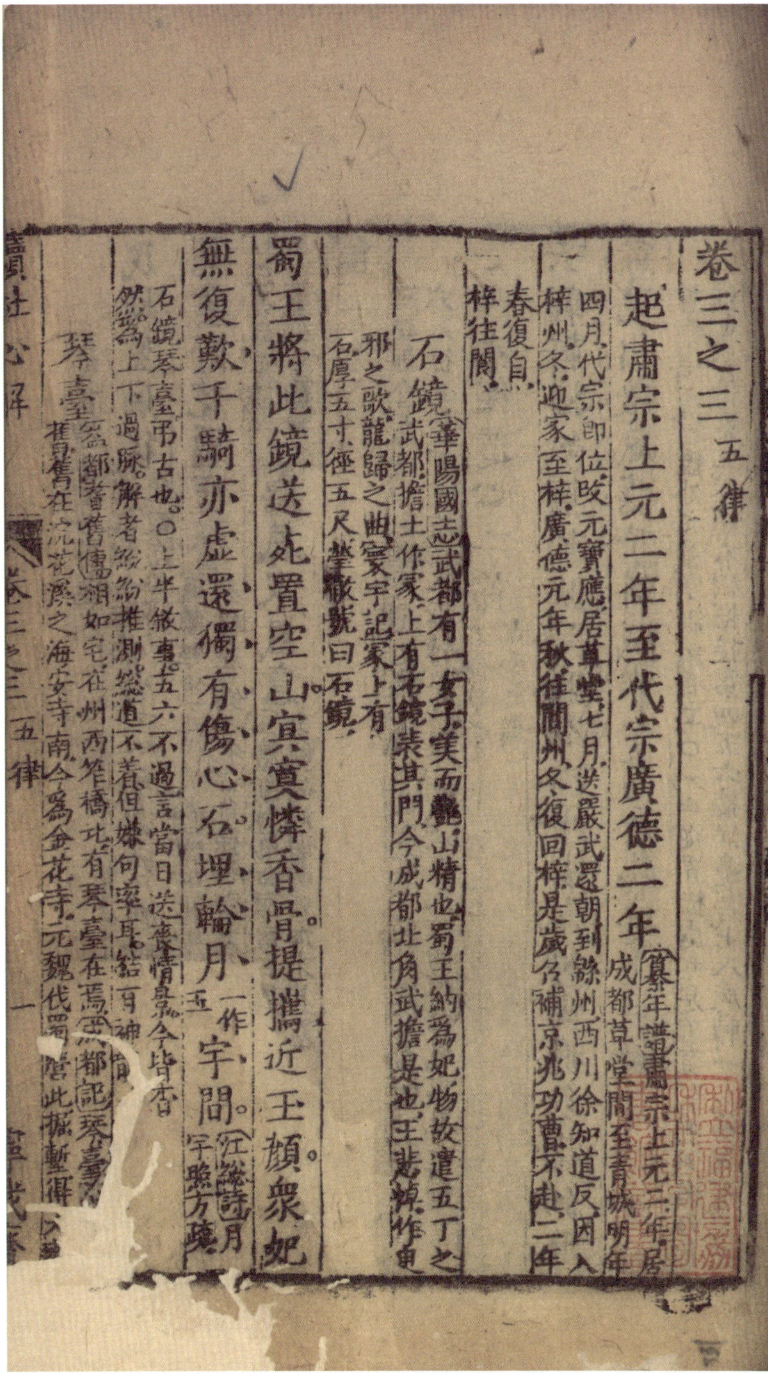

【图33】浦起龙（1679—1762）《读杜心解》，雍正乙巳年无锡浦氏静寄轩刊本，福建师范大学图书馆藏。

> 夫心思才力不专于当世之制举而惫于千年之老杜,计亦左矣!自惟十蹶场屋,进取已灰……惟少陵一书于古今世宙之故靡所不包,而自宋以还,笺疏百家罕有得其肯綮者,遂奋然援笔,举其廿年之学而托诸一家之书,开古人之生面、寄毕生之苦心,如是而已。[1]

自来意有所郁结而不能够通行其道者,多借著书立说发抒心中的抑郁和不平,浦起龙这里所袒露的正是"发愤著书"的精神传统。借助上面引述的几通短札,我们不仅清晰地把握了浦氏在《发凡》里"十蹶霜蹄,双凋鬓雪"等话语中的详细所指,更由此得以明白浦起龙在"进取已灰"之际借杜诗以为"送穷"之方正是《心解》撰述的最初起因。

但,过去我们只是注意到《心解》的撰述是浦起龙在时代学术课题感召下的一次应战,即所谓"杜之祸,一烈于宋人之注,再烈于近世之解,《心解》之所为,不得已于作也"(《读杜心解·发凡》),而对《心解》成稿前作者个人的生涯以及撰述《心解》的心理动因,或略而不述,或仅作肤泛之介绍,罕有认真加以检讨。这既对我们了解《心解》的某些取向不利,也对探寻《心解》作为清初杜诗学结穴时期所表现出的时代特征造成困难。故而,在讨论《心解》的种种表现之前,对于它的由来稍加追索,或许不算辞费。

### 举业、庠塾教师与《读杜心解》之编次

《心解》是浦起龙十蹶场屋之后撰述的第一部著作[2]。此书面世之初,颇遭讥弹,据咸丰时周有壬《梁溪文钞》所载,其时同乡华玉淳的驳论甚至让浦起龙难以接应:"浦起龙《读杜心解》成,玉淳致书多所辩驳,起龙无以难也。"[3]浦起龙自己也说是"一时评骘未窥子美藩篱"[4]。这"一时评骘",如《四库全书总目》云:

① 《不是集》。

② 《不是集·上同年淮扬盐道吴公》云:"某朴学寡侣,著有《读杜心解》二十四卷、《古文眉诠》八十卷,前后问世,……近又成《史通通释》一书……"另浦起龙有《酿蜜集》《不是集》,均为浦氏殁后,由其后人编辑刊刻而成。

③ 周有壬辑《梁溪文钞》卷三四,民国三年活字印本。

④ 《不是集·上云贵制军尹大人》。

> 自昔注杜诗者，或分体，或编年。起龙是编，则于分体之中，又各自编年，殊为繁碎。如《江头五咏》，以二首编入五言古诗，三首编入五言律诗，尤割裂失伦。……又诠释之中，每参以评语，近于点论时文，弥为杂糅。与所撰《史通通释》评与注释夹杂成文者，同一有乖体例。殆好学深思之士，而不善用所长者欤？[①]

《心解》在诠释方式（即"以文法律诗法"）上的问题，当时可谓深受訾议，在翁方纲【图34】《石洲诗话》、沈日霖《晋人麈》中都有与上引提要极为类似的论调。翁方纲《石洲诗话》曰：

> 近日有《读杜心解》一书……所解诚有意味，然苦于索摘文句，太头巾酸气，盖知文而不知诗也。[②]

又沈日霖《晋人麈》曰：

> 浦二田《读杜心解》，固足为注杜者屈一指，然屑屑焉于起承转合间求之，以文法律诗法，若老杜得力全从八股中来，正如紫阳叶《诗经》韵，必以沈约韵律古人也。[③]

翁方纲对浦氏解杜"索摘文句，太头巾酸气"的讥刺，至清末时也还有人在响应。[④]而浦氏既分体又编年的编次法，则迄今之论者仍觉其繁碎、紊乱。[⑤]

诸家的批驳自有其道理，这里暂不讨论。事实上对《心解》编撰的"有乖体例"处，浦起龙自己并非毫无所感，《心解·发凡》云：

> 书有圈点勾勒，始自前明中叶选刻时文陋习。然行间字里，触眼特为爽豁，故仿而用之。但钩勒只可施之长古、长排，

① 《四库全书总目》，中华书局，1965年，第1533—1534页。

② 《石洲诗话》卷一，《清诗话续编》，上海古籍出版社，1983年，第1382页。

③ 《杜集书录》，第223页。

④ 杨钟羲《雪桥诗话续集》曰："苏斋议其解杜索摘文句，太头巾酸气，亦切中其病。"引自《清诗纪事·雍正朝卷》，第4417页。

⑤ 如：廖仲安《杜诗学（下）——杜诗学发展的几个时期》，《首都师范大学学报》1994年第6期；莫砺锋《杜诗的清代注本》，《杜甫诗歌讲演录》，第133页。

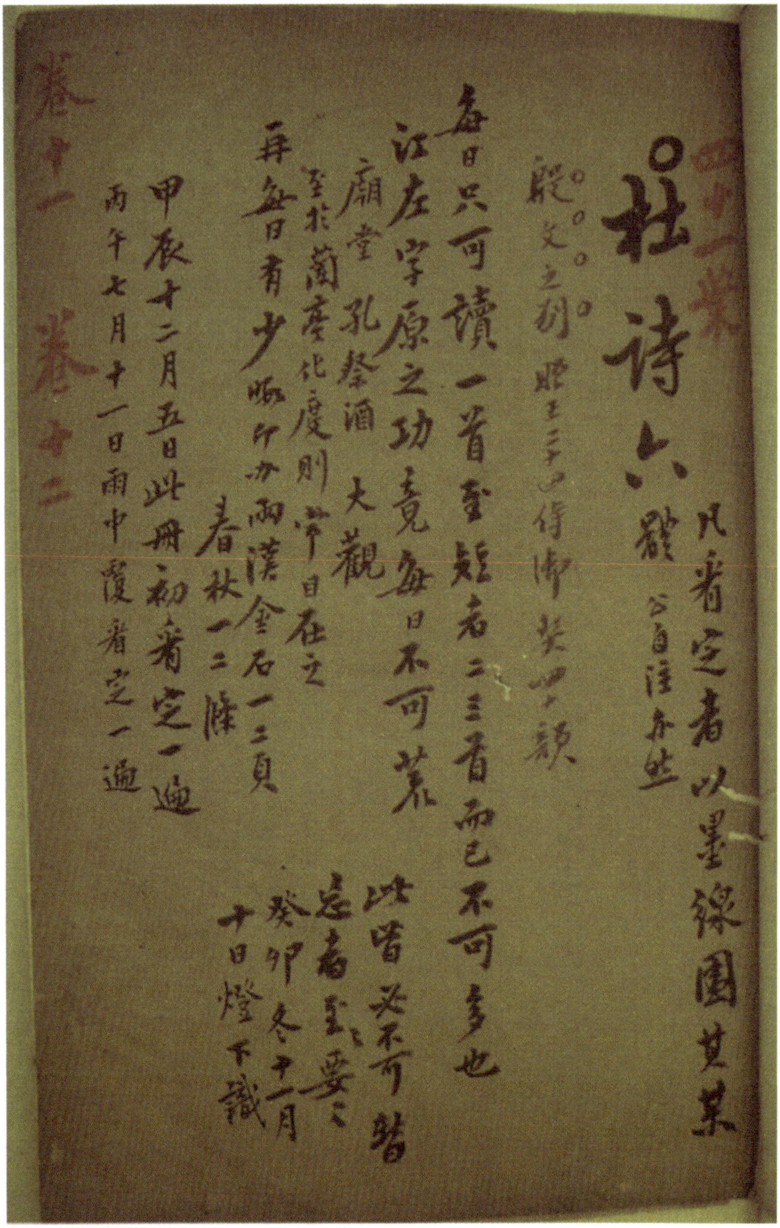


【图34】翁方纲(1733—1818)《翁批杜诗》“杜诗六”封面题记，台湾师范大学图书馆藏。

翁氏尝云：“人自各有境地与神气，岂必皆学杜哉？然却须于杜诗参透其所以然。笔笔中锋，笔笔浑圆者，惟右军之书足以当之尔。”（《翁批杜诗》卷三前题记）于杜诗爱而不执，翁方纲可谓通达，足以作为颠踬拘守、妄思攀援者的鉴诫。而他的借王羲之书论杜诗，与赵秉文的以杜诗评任询书（图2引），还有法若真的“卧看逸少草，贫读浣溪诗”（图29引）都算得同构——书家读杜论杜，自是别具只眼而别具一格。

彼八句亦截者，非法也。又如转韵古风，自宜依韵分截，节族天然，否则使读者缩脚停声，拦腰换调，多少不自在。

视圈点勾勒为陋习，足以见出浦氏的自知之明。对于分体编次所带来的割裂，浦氏乃于卷首另列编年诗目谱一册(也可参看《发凡》"诗虽编年，体各分见"条)，更显示了其补偏救弊的努力。问题在于，浦起龙既明知其中的弊端，何以仍要那么做呢？还是引浦氏在《心解·发凡》中的原话作证。在说明杜诗的诠释标准以及《心解》何以取分体编次法时，浦氏道：

其诗词明了，初学悉能通晓，则不赘一语。

忽古，忽近，忽五言，忽七言，初学观诗每苦之。今统分六卷：一，五古；二，七古；三，五律；四，七律；五，排律；六，绝句。

出发点均在便于"初学"。至于浦起龙之借用时文圈点勾勒法分析杜诗，其实也是为此计。众所周知，评点是明清时期一种极为流行的文学批评方式，清初王夫之批判评点"钩锁之法"时尝云："立此法者，自谓善诱童蒙，不知引童蒙入荆棘，正在于此。"[①]可见，评点与"蒙学"之关系[②]，而此际善用评点之法者，如金圣叹、徐增等人，他们的撰著，均明确表示了"务求有裨于初学"的宗旨义例[③]。正是预设的接受对象，潜在地影响了著者的研究思路。如上关于评点的言论与实例，所在多有，颇能帮助我们观察到浦起龙的用心所在。如果我们再纵览一下浦氏学术的整体脉络，其心思则更可昭然若揭。在武进费念慈为浦起龙《酿蜜集》所作序言中，有云：

先生在康、雍间以文学教授乡里，著书满家……兹编……殆为家熟(塾)读书之阶梯，开示学僮，道以径路。[④]

① 《姜斋诗话笺注》附录《夕堂永日绪论外编》，第205页。

② 二者的关系，张伯伟《中国古代文学批评方法研究》第六章"评点论"亦有论及，可参看。第557—558页。

③ 参看吴宏一《清代文学批评论集》，台北联经出版事业公司，1998年，第34—35页。

④ 《酿蜜集》，光绪二十七年孟春工竣板藏静寄东轩家塾本。

康、雍间,亦即浦氏撰述《心解》之际。这里,费念慈指出的正是浦氏著述对有裨初学的看重。雍正八年浦氏进士及第后,先后出任云南五华书院山长、苏州府学教授,所从事之业与其未第时之"教授乡里"实无甚差别。这期间,浦氏又有《古文眉诠》一编[①]。所谓"眉诠",也系用的评点钩锁之法"诠于简之额"[②],亦为生徒指示径路之作。这些在在表明,浦氏学术研究的某些取向,颇与其平生的志业——他的教授生涯相关。《读杜心解》的编次体例、以文法律诗法即生于此一脉络中。面对其"割裂""强缀"与"杂糅"诸端,倘不能由这个角度来观察,即或能发现《心解》别有所长,也还是要漫视其书的,前举翁方纲、沈日霖就是如此。今人洪业乃云:

> 起龙书中注解评论与钱、朱、卢、仇辈立异之处甚多,虽未必处处的确可依,要为熟于考证者心得之作,未可嫌其编次体例之怪,而遽轻其书也。[③]

洪业从诠释的新异这方面去推崇浦起龙,固然可以说是独具只眼,但他对浦氏《心解》的编次方式还是缺乏同情之了解,故只是示以宽容罢了。此后谈及《心解》,论者多取洪氏之说。这样一来,不但对其编次体例中所寄寓的苦心仍无法理会,亦已在无形中将编次体例的各个层面与他的"心解"模式完全隔阂分开,这不能不说是一种遗憾。事实上,无论是分体编年还是随诗附文,种种编次方式均统摄于浦氏的"心解"模式里,是"心解"杜诗的一种精心结撰。下文围绕《心解》的"心解"路向所展开的讨论,将就我们所知适时地对此进行相应的疏通。

① 《古文眉诠》完成于乾隆九年,而浦氏于乾隆十年由苏州府学教授、紫阳书院主讲任上去职。《古文眉诠》今存本尚多,笔者所见为福建师范大学图书馆所藏光绪戊戌年岭南良产书屋重校刊本。

② 见《古文眉诠·缘起》。

③ 《杜诗引得·序》,上海古籍出版社,1985年,第73—74页。

## “心解”诸端

### 一、“心解”:传统渊源

《读杜心解》开篇《题辞》云:

> 吾读杜十年,索杜于杜,弗得;索杜于百氏诠释之杜,愈亦弗得。即乃摄吾之心印杜之心,吾之心闷闷然而往,杜之心活活然而来,邂逅于无何有之乡,而吾之解出焉。合乎百氏之言十三,离乎百氏之言十七。合乎合,不合乎不合,有数存焉于期间。吾还杜以诗,吾还杜之诗以心,吾敢谓信心之非师心与,第悬吾解焉,请自今与天下万世之心乎杜者洁齐(斋)相见,命曰《读杜心解》,别为发凡以系之。[①]

这是《心解》流传最广的一段话,讨论中国古代文学批评方法乃至接受理论者颇多引及。他们往往从方法论的角度出发,将浦氏的“心解”方式径归于“以意逆志”的说诗体系里[②],固是。但这恰像我们问某某为哪里人,答曰“中国人”一般,不免是一种诉之太大、过于笼统的解释,忽略了“以意逆志”法的阶段性发展与个体性表现——体现在浦起龙这里的,是它处处可以寻出老庄、禅学思想的脉络。[③]

今人周裕锴评浦氏《心解·题辞》云:

> 说得非常玄乎,影响仿佛近乎评点者的口吻,很容易使人联想起钟惺、谭元春有关读者和作者之间的精神对接的论述。[④]

岂止钟惺、谭元春,即杜诗学畛域内那些白文本编选者“但存本义,不载群解,又可撤障耳目”“不从注脚盘旋,细为讽译,直寻本旨”

① 卷首《题辞》独具意义,中华书局1961年排印本将之阑入《发凡》中,与雍正乙巳年无锡浦氏静寄轩原刊本不符,当从原刊本为是。

② 如:谢思炜《杜诗解释史概述》,载《文学遗产》1991年第3期;刘月新《“出入”说——中国古代的接受理论》,载《名作欣赏》1997年第1期;邓新华《“以意逆志”论——中国传统文学释义方式的现代审视》,载《北京大学学报》2002年第4期。

③ 关于这一点,也有论者已经注意到,将之视为“顿悟式批评”的实例来看。见胡家祥、刘赞爱《艺术批评的性质、标准和基本模式——艺术批评学论纲》,载《湖北民族学院学报》1998年第5期。

④ 周裕锴《中国古代阐释学研究》,上海人民出版社,2003年,第372页。

(参看《杜臆》一节所引)种种之谓,都与浦氏《题辞》所主张的反悟自心、并不外索的阐释路向差近似之,而万历进士龚道立所撰的《杜诗心解》一书[1],其内容今天虽无从了解,但从命名上说,也算得上是浦起龙《读杜心解》的前身。周裕锴先生的评说实际上正是将浦氏"心解"说推源到了以心学、禅学言意观为背景的明代评点学。[2]从理论发展的时间脉络看,的确如此。但在浦起龙,其根源却可能还包括甚至主要是此前更早的宋代程朱理学的阐释态度。

以清学为宋明理学之反动的梁启超尝云:

> 王学反动,其第一步则返于程朱,自然之数也。因为几百年来好谈性理之学风,不可猝易,而王学末流之敝,又已为时代心理所厌,矫放纵之敝则尚持守,矫空疏之敝则尊博习,而程朱学派,比较的路数相近而毛病稍轻。[3]

这是从内在理路上说。而在外缘上,随着清政权的日渐巩固,一度归于沉寂的程朱之学得到了清政府的支持与倡扬,被视为官方之"正学",再度高踞于庙堂之上。[4]当此之际,始终盼望"显擢"、跻身庙堂的浦起龙,其为学之宗程朱是再自然不过的。康熙五十三年,浦氏即在崇祀朱子的紫阳书院读书[5],而为浦氏《酿蜜集》作序的费念慈亦在序中云:

> 先生之学无所不窥,而一以程朱为归,故虽泛滥百家,笃信谨守,粹然一出于正。[6]

《酿蜜集》为浦氏论学之合集,其中论经、史之文最多,如《通鉴纲目》《十三经异同》《复见天心解》《老孟论》等等,不一而足,读后便知浦氏之学确乎像费序所言是"一以程朱为归",费氏以"笃信谨守"概之,绝不虚妄。

① 此书清光绪《武进阳湖县志·艺文志》著录,《志》中谓此书尚存,见周采泉《杜集书录》,第706页。浦起龙与龚氏同为苏州人,浦氏极有可能听说甚至见到此书。此并未有直接可靠的证据,聊备一说而已。

② 参看周裕锴《中国古代阐释学研究》,第336页。

③ 梁启超《中国近三百年学术史》,第110页。

④ 关于程朱理学之为官方青睐,可参看陈居渊《清代朴学与中国文学》第一章的相关论述,第5—6页。

⑤ 浦起龙《旧游》诗自注云"书院崇祀朱子",自序又云:"甲午之夏,龙往赴檄征,读书其地,凡三越月。"见《清诗纪事·雍正朝卷》,第4419页。

⑥ 《酿蜜集》,光绪二十七年孟春工竣板藏静寄东轩家塾本。

我们知道，宋儒虽然辟佛甚力，但也颇得力于此，他们对经典的解释往往杂袭老、释之言，戴震就认为程朱学说是"借阶于老、庄、释氏"[①]"借阶"一说无疑深切理学与老、释关系之肯綮。我们不难想见，浦起龙《题辞》中借阶老、释的言述方式其远源实在于此。浦起龙这一言述方式在其解诗过程中仍时有表现，仅举数例以明其余：

① [清]戴震《孟子字义疏证》卷中，中华书局，1982年，第24页。

1. 卷二之一《送孔巢父谢病归游江东兼呈李白》："深山大泽龙蛇远。"

> 浦解："'山泽龙蛇'，虽用《左传》语，实暗用老子犹龙意，见此等人，定应远引也。"

2. 卷二之三《别李祕书始兴寺所居》："不见祕书心若失，及见祕书失心疾。"

> 浦解："提出'心'字，是禅定主脑。"

3. 卷四之一《和裴迪登蜀州东亭送客逢早梅相忆见寄》

> 浦解："咏物至此，乃如十地菩萨，未许声闻、辟支问径。"

4. 卷四之二《燕子来舟中作》【图35】："暂语船樯还起去，穿花贴水益霑巾。"

> 浦解："结联方专就燕子写其若舍若恋之情，而以十一字贴燕，旋以三字打入自心中。不知燕子之为子美欤？子美之为燕欤？吾将叩之漆园。"

当然，我们之所以要对浦氏的"心解"作如上一番溯源的努力，除了寻绎"心解"说的理论资源外，更为了掘发此理论资源背后潜藏着的"道问学"的学术背景，也就是上引梁启超所谓的"矫空疏之敝"的"尊博习"。清初儒学"道问学"之新动向的兴起，治学术史者着论已多，余英时《清代思想史的一个新解释》[②]颇可参读，这里不再赘录。我们只节引浦氏本人所作《朱陆异同》一文之大要以见浦氏当日也确曾预于此新动向中。其言曰：

② 此文收入余氏《中国思想传统的现代诠释》一书。

【图35】石涛(1642—约1707)《杜甫诗意八开图册·燕子来舟中作》,纸本设色,纵18cm,横10.5cm,广东省博物馆藏。

要之，朱、陆不同者，朱务于实，陆涉于虚。故陆……又云"'涵养'是主人翁，'省察'是奴婢"，其意但欲专务虚静完养精神，此象山之定论也。若朱子之学则主敬，涵养以立其本，读书穷理以致其知，身体力行以践其实，三者交羞并进，此朱子之定说也。虚实不同，议论自不得强合。说者乃谓陆子专务尊德性，而朱子专言道问学。岂知德性不本于问学则德性俱虚，而道问学正所以尊德性……宗朱而不及，犹不失拘谨之儒，宗陆而不及，弊将入于禅悟而不觉。[1]

① 《酿蜜集》卷一一，光绪二十七年孟春工竣板藏静寄东轩家塾本。

此番辨析可再次印证浦氏对朱子的尊崇，而由其中关于"尊德性""道问学"的意见推之，浦氏为学之走程、朱由"道问学"而入于"尊德性"的路也就无须怀疑了，诚如《酿蜜集》陈开骥序所云"（先生）于考据致精微，于谊理宗纯正……洵乎考据谊理兼而具之"。

回到《心解》上来说。若单就《题辞》看，浦起龙的"心解"还真是"入于禅悟"，但倘若深入到《心解》一书之本文，可知浦氏不但有得于"百氏诠释之杜"，亦且凭借对大唐安史之乱前后"三十余年的事势""公所至诸地面"以及"安孽之幽、蓟，肃宗之朔方，吐蕃之西域，洎其出没之松、维、邠、灵，藩镇之河北一带地形"烂熟于胸的知识优势，使自己对杜诗的理解"思过半矣"（见《发凡》），《心解》也因此在"考订年月、印证时事"上得到了四库馆臣的赞许[2]。显然，浦氏正是通过考证为其"心解"保驾护航，也就是用"道问学"的精神来从事杜诗之"心解"。

② 见《四库全书总目》，第1534页。

二、由博返约："心解"路向下的"宋人之注""近世之解"

（一）《心解》所用杜集文献来源考实

"道问学"方式下的"心解"其实并不唯"心"，毋宁说它的起点正是在对已被《题辞》"否定"了的"百氏诠释之杜"的泛观博览上。《心解》撰述之初，浦起龙曾多方裒搜诸家注本，《不是集·致丁纫庵》云：

弟进取已灰,长夏病目,两月未复。近来繙阅杜诗,独阙长孺笺本,颛力乞之宝笈中,想不靳也。[1]

① 《不是集》。

所谓"长孺笺本"即指朱鹤龄的《杜工部诗集辑注》。由此所引,我们虽然无从获知浦氏究竟萃集了多少杜诗注本,但"独阙"云云,数量恐亦不在少数。同时,凭借钱谦益、朱鹤龄等前辈杜诗学者的基业,尤其是仇兆鳌《杜诗详注》对唐宋以来所有注杜与诗话的搜罗汇集,提供给他以极为丰富的资料,浦起龙于杜诗自宋以还的笺疏百家亦可谓是"无所不窥"了。以见于《心解》笺释中的历代杜诗注解评论言,计有80种,兹罗列其名目如次:

王洙、苏黄门、黄鲁直、范元实、叶石林、鲍钦止、赵子栎、蔡兴宗《正异》、薛梦符、赵次公、陆游《入蜀记》、《诚斋诗话》、朱子、楼钥、鲁訔、伪苏注、吴若、王十朋、洪容斋、吴曾《漫录》、杜田、蔡绦、郭知达、师古、《诗说隽永》、黄希、黄鹤、蔡梦弼、真德秀、刘克庄、罗大经、王应麟、刘辰翁、方回、张綖、《演义》、张璁、周珽、杨慎、单复、王维桢、邵宝、赵滂、赵大纲、郝敬、陆时雍、唐汝询、钟惺、谭元春、胡应麟、胡震亨、胡夏客、杨德周、陶开虞、王嗣奭、顾炎武、申涵光、卢世㴶、潘柽章、潘鸿、刘逴、钱谦益、程嘉燧、朱鹤龄、俞玚、潘耒、顾宸、吴见思、卢元昌、黄生、洪仲、张溍、陈廷敬、张远、邵长蘅、朱瀚、毛奇龄、吴山民、仇兆鳌、沈德潜

基本涵括了宋以来杜集文本研究的主要成果。经过统计可知,《心解》引述如上所列杜诗文献累计达1650余条[2],其中引述在百条以上的有四种:黄鹤120条,钱谦益104条,朱鹤龄336条,仇兆鳌434条。引述在数十条的还有四种:赵次公66条,王嗣奭89条,黄生75条,顾宸49条。《心解》作为非集注本,对比于这个时期的同类杜集

② 这里的统计数据系据《心解》所引述有具体姓氏或书名者,另有不少通称"旧注""旧解""坊本"者未计入。

如卢元昌《杜诗阐》、黄生《杜诗说》、张远《杜诗会粹》等，就其涉猎释杜文献的丰富广博而言，毫无疑问是最为突出的。

下面，让我们先就浦起龙对历代杜诗注释、评解的征引、转述情况作一次具体考察。

从浦氏直接标举上列评、注家姓氏或他们的评、注本书名看，《心解》征引的似乎是第一手资料，实际情形如何呢？《心解·发凡》中有一条述及其征引文献的情况，曰：

> 凡注之例三：曰古事，曰古语，曰时事。古事、古语，自鲁訔、王洙、师氏、梦弼之徒，援据亦略备矣。其谬者，牧斋、长孺驳正较多。近时仇本搜罗更富，集中节采，大率本此三书。间有参易论著，十得二三耳。

明明白白告诉我们，其所注古事、古语，大抵由钱、朱、仇三家注中撷取，属于转录而得的第二手资料。此等注开卷即是，如卷一之一《望岳》“岱宗夫如何”，浦注：“《前汉·郊祀志》：岱宗，泰山也。”钱笺、朱注此条未注，浦注与仇注全同，当由仇注出；“决眦入归鸟”，浦注：“《广韵》：眦，目睫也。”钱笺：“《广韵》：决，破也。”朱注：“《广韵》：决，破也；眦，目睫也。”仇注：“决，开也；眦，目眶也。”此则承自朱注无疑。事实上，非但是古事、古语如此，即《心解》所引古、今所注杜诗时事以及评杜、论杜之言，也多与三家注重出[①]。兹不惮繁琐，逐一考察相关诸家于下。

1. 王洙

《心解》中征引王洙注18条，钱笺无一引及，与朱注重出者1条，18条均与仇注重出。如：

（1）卷一之二《西枝村寻置草堂地夜宿赞公土室二首》其二“从来支许游”句下，浦注：“洙注：讲《维摩诘经》，支遁为法师，许询为都讲。”同条仇注：“洙注：支遁字道林，讲《维摩经》，支遁为法师，

① 本文所谓“重出”，系指：1. 征引同一注家，称谓与注文相同或基本相同者；2. 征引同一注家，称谓不同，但注文相同或基本相同者；3. 浦氏仅述某评注家大意，未具引原文，而其意实与三家注所引该评注家相同者。如下情形，本文不计入“重出”范围内：1. 浦氏所引注文或所述大意多于三家注所引者；2. 虽然注文相同或基本相同，但浦氏所引有评注家姓氏，而三家注隐而未名者。鉴于本文意在探明浦起龙对于过去杜诗评、注文献的使用情况，因此，《心解》中作为一般情况出现的史书、字书、韵书、方志等具有工具性质的文献则不在具体考察之列。其实这类文献征引的情形，也是可以根据我们已察的情状加以隅反的。

许询为都讲。”(卷七)

(2)卷三之二《初月》,浦云:“王原叔谓为肃宗新自外入受蔽妇寺而作。”同诗仇注:“《山谷诗话》:王原叔说:此诗为肃宗而作。……升古塞,初即位于灵武也。隐暮云,旋受蔽于辅国、良娣也。”(卷七)此条朱注亦引,曰:“《山谷诗话》:王原叔说此诗为肃宗而作。按:肃宗即位灵武,旋为张后、李辅国所蔽……”(卷六)但据朱注体例,“按”字后所云,当为朱氏本人之言(尽管事实上不尽如此,朱氏仍沿旧说),若浦氏据朱注转录,则“受蔽妇寺”之说,当出自朱鹤龄而非王洙,因此,浦氏此条仍当从仇注中出。

按:重出18条中,有17条和《西枝村寻置草堂地夜宿赞公土室二首》一样作“洙注”(或“洙云”“洙曰”),只《初月》作“王原叔”,一如仇注所引,正可见浦氏所引王洙注殆由仇注抄撮无疑。

2. 苏黄门(辙)

《心解》征引苏辙2条,见于卷二之一《哀江头》,均作“苏黄门”。一云:“苏黄门论此诗,谓若百金战马,注坡蓦涧如履平地。”又一云:“苏黄门云:《哀江头》即《长恨歌》也。《长恨歌》费数百言而成,杜则不然。潘耒驳之曰:《长恨歌》本因《长恨传》而作,公则安得预知其事。”(同上)钱注、朱注,止引及后一条,仇注则两条均引。钱笺所引只“苏黄门曰:《哀江头》,即《长恨歌》也”一句(卷一),朱注最详:“《杜诗博议》:赵次公注引苏黄门,尝谓其侄在进云:《哀江头》即《长恨歌》也。《长恨歌》费数百言而后成,杜言太真被宠,只‘昭阳殿里第一人’足矣;言从幸,只‘白马嚼啮黄金勒’足矣;言马嵬之死,只‘血污游魂归不得’足矣。按黄门此论,止言诗法繁简不同,非谓‘清渭东流’以下皆寓意上皇、贵妃也。《长恨歌》本因《长恨传》而作,公安得预知其事而为之兴哀。”(卷二)仇注,一云:“苏辙曰:杜陷贼诗,有《哀江头》诗……若百金战马,注坡蓦涧,如履平地。”(卷四)另一条除在《杜诗博议》前冠“潘氏”二字外,与朱注大同小异(同上)。浦氏所谓“潘耒驳之”云云,可见其未见《杜诗博议》原书，不过是见仇注称"潘氏"而误以潘柽章为潘耒罢了。

3. 黄鲁直(庭坚)、范元实(温)

《心解》卷四之二《小寒食舟中作》驳斥黄鲁直、范元实，黄、范所论不见于钱笺、朱注，而见于仇注。浦氏曰："三、四，第七，与沈云卿诗偶相类，固非蹈袭，亦非有意损益也。黄鲁直、范元实辈，斤斤辩之。前人诗话，多著相处，勿为所惑。"仇注："黄鲁直曰：……老杜'春水船如天上坐'，乃祖述佺期语……盖触类而长之也。"(卷二三)又："林时对曰：……范元实谓老杜不免蹈袭，斯言过矣。"(同上)

4. 叶石林(梦得)

《心解》卷一之三《枯楠》，浦氏引述"叶石林"1条，钱笺、朱注未引，见于仇注同诗所引"叶石林"条(卷十)，惟仇引称房琯为"房次律"，浦引称"房相"。按叶梦得《石林诗话》原亦作"房次律"[①]，则浦氏当据仇注径改，非由原书出。

5. 鲍钦止(慎由)

《心解》中征引鲍慎由7条，或称"鲍曰"，或称"鲍钦止"，无一例外俱见于三家注，2条与钱笺重出，5条与朱注重出，5条与仇注重出：卷一之六《别李义》、卷二之二《去秋行》所引2条三家注俱引；卷三之一《奉赠严八阁老》、卷五之一《奉送郭中丞兼太仆卿充陇右节度使三十韵》所引2条与朱注重出，钱注、仇注未见；卷三之三《广州段功曹到得杨五长史谭书功曹却归聊寄此诗》1条与朱注、仇注重出；卷二之一《去矣行》、卷四之一《卜居》2条与仇注重出。如：

(1) 卷一之六《别李义》"神尧十八子，十七王其门"句下，浦注："鲍注：高祖二十二子，卫王、楚王皆先薨。太子建成、巢王元吉以事诛，除籍，故言十八子。太宗有天下，止十七子封王。"钱笺："鲍曰：高祖二十二子，卫怀王玄霸、楚哀王智云皆先薨。太子建成、巢王元吉，以事诛，诏除籍，故止言十八。太宗有天下，故言十七子王也。"(卷七)朱注："鲍曰：高祖二十二子，卫怀王玄霸、楚哀王智云皆

① 何文焕辑《历代诗话》，中华书局，1981年，第414页。

先薨。太子建成、巢王元吉,以事诛,诏除籍,故止言十八。太宗有天下,止十七子封王。”(卷一八)仇注:“鲍曰:高祖二十二子,卫怀王玄霸、楚哀王智云皆先薨。太子建成、巢王元吉以事诛,诏除籍,故止言十八子。太宗有天下,止十七子封王。”(卷二一)

(2)卷三之三《广州段功曹到得杨五长史谭书功曹却归聊寄此诗》题下,浦注:“鲍曰:前有《寄杨五桂州》诗,杨盖自桂徙广也。”朱注:“鲍曰:前有《寄杨五桂州》诗,杨盖自桂而徙广也。”(卷八)仇注与朱注全同(见卷一一)。

6. 赵子栎《谱》

《心解》引赵子栎1条,见于卷一之六《上水遣怀》题下,与钱、朱、仇三家同时重出。浦注:“赵子栎谱:自岳之潭之衡,为上水。”同诗钱笺:“赵子栎曰:自岳之潭之衡,为上水。自衡回潭,为下水。”(卷八)朱注作“赵子栎《谱》”(卷一九),仇注作“赵子栎《年谱》”(卷二二),注文并同于钱笺。按:钱笺仅作“赵子栎”,非浦氏所本,浦注从朱注或仇注。

7. 蔡兴宗《正异》

《心解》征引蔡兴宗3条,1条与钱、朱、仇三家同时重出,1条仅见朱注,1条与朱注、仇注所引各见异同。

(1)卷一之一《游龙门奉先寺》,“天阙”,浦云:“蔡兴宗正异作‘天闚’。”钱笺:“蔡兴宗考异作闚。”(卷一)朱注:“正异作闚。”(卷一)又曰:“蔡兴宗正异谓世传古本作天闚。”(同上)仇注:“蔡兴宗《正异》依古本作‘天闚’。”(卷一)按:钱笺作“考异”,朱、仇所引皆作“正异”,则浦注从朱注或仇注,不从钱笺。

(2)卷一之二《留花门》“北门天骄子”,“北门”,浦注:“正异作花门。”朱注:“一作北方,正异作花门。”(卷五)

(3)卷二之一《瘦马行》,浦曰:“兴宗云:乾元元年华州诗,公自伤贬官而作。”朱注:“蔡兴宗云是华州诗。”(卷四)仇注:“蔡兴宗以为乾元元年公自伤贬官而作。”(卷六)按:浦氏所引“兴宗”云云,当是综合朱、仇两家而成。

8. 薛梦符(苍舒)

《心解》征引薛梦符2条,见卷一之四《七月三日戏呈元二十一曹长》、卷三之二《秦州杂诗二十首》其三,钱笺未及,与朱注、仇注同时重出。如《七月三日戏呈元二十一曹长》"晚风爽乌匼"句下,浦注:"薛梦符曰:乌匼,乌巾也。"朱注:"薛梦符曰:乌匼,乌巾也。"(卷一三)仇注:"薛梦符曰:乌匼,乌巾也。"(卷一五)

9. 赵次公

《心解》征引赵次公注64条,与钱笺重出者3条,与朱注重出者35条,与仇注重出者59条。浦氏征引赵次公注,大抵依照仇注之例,或称"(赵)次公",或称"赵傁",或简称"赵云"(或"赵曰""赵注")。如卷一之一《述怀》"今已十月后"下,浦注:"次公云:自去年寄书,已经十月。"同条仇注:"赵次公曰:十月,谓自去年寄书已经十月。"(卷五)如此条浦氏作"次公",仇注作"赵次公"者,尚有卷一之三《过郭代公故宅》、卷三之三《城上》、卷六之下《少年行二首》3条;另卷三之六《舟中》所引,浦氏从仇注作"赵傁",而其余浦注与仇注重出的条目,多如仇注作"赵云"(或"赵曰""赵注")。据此可知,《心解》征引赵注,大抵从仇注中采录,即令是那些与两家甚至三家都重出的条目,也多是如此。如卷一之六《解忧》"向来云涛盘"下,浦注:"赵注:言云涛之间,盘转未出,方言所谓盘滩也。旧以为滩名,恐是附会。"朱注:"赵曰:云涛盘,言云涛之间盘转未出,乃方言所谓盘滩也。旧注:云涛盘,滩名,极为险阻。恐是附会。"(卷一九)仇注:"赵注:云涛盘,言云涛之间盘转未出,方言所谓盘滩也。旧注以云涛盘为滩名,恐是附会。"(卷二二)朱、仇之间,虽然朱注更为详尽,也更近于赵次公原注[①],但由文字间的异同看,浦注之从仇注,仍是不难判断的。而《心解》所引赵注中,4条仇注未引的条目,则又无一例外地见于朱注,如卷二之一《徒步归行》题下,浦注:"次公云:李嗣业也。"朱注:"赵次公云:李嗣业也。"(卷

① 原注作:"云涛盘,岂言云涛之间盘转未出,乃方言谓之盘滩者乎?旧注云:云涛盘,滩名,极为险阻。恐只是臆度而附会其说……"见林继中《杜诗赵次公先后解辑校》己帙卷之四,第1379页。

四）由此，倒益可证明浦氏采录赵注，实以仇注为首选，仇注无者，则采自朱注。[①]

10. 陆游《入蜀记》

《心解》卷三之六《云》引述陆游《入蜀记》1条，曰：“陆游《入蜀记》历举杜诗所言高斋，皆强实其处，总属附会。”钱、朱、仇三家所引陆游论杜诗高斋之语均见《自瀼西荆扉且移居东屯茅屋四首》，钱笺曰：“陆务观《高斋记》：少陵居夔三徙居，皆名高斋。其诗曰‘次水门’者，白帝城之高斋也；曰‘依药饵’者，瀼西之高斋也；曰‘见一川’者，东屯之高斋也。故又曰‘高斋非一处’。”（卷一四）朱注、仇注则作“陆游《少陵高斋记》”云云（见朱注卷一七，仇注卷二十）。按：陆游《渭南文集》卷十七有《东屯高斋记》云：“少陵先声晚游夔州，爱其山川，不忍去，三徙居皆名高斋。质于其诗，曰‘次水门’者，白帝城之高斋也；曰‘依药饵’者，瀼西之高斋也；曰‘见一川’者，东屯之高斋也。故其诗又曰‘高斋非一处’。”[②]正是浦氏所谓“历举杜诗所言高斋”者。浦氏常据以转录的朱注，在征引《少陵高斋记》之后，又引《入蜀记》一条，浦氏误将《高斋记》作《入蜀记》，当是他转录朱注时误植，这也正是其未翻检原书的明证。

11.《诚斋诗话》（杨万里）

《心解》征引《诚斋诗话》1条，见卷五之四《秋日荆南送石首薛明府辞满告别奉寄薛尚书颂德叙怀斐然之作三十韵》“战策两穰苴”句下，钱注、朱注未及，与仇注重出。浦注：“《诚斋诗话》：犹云三王不足四，五帝不足六。”同条仇注：“《诚斋诗话》：犹云三王不足四，五帝不足六。”（卷二一）按：《诚斋诗话》此条原作：“杜云‘侍臣双宋玉，战策两穰苴’，盖用如‘六五帝，四三王’。”[③]显然非浦氏所本。

12. 朱子（熹）

《心解》引朱子1条，见卷一之四《雨》。“风雨苍江树”一句之“树”字，浦注：“朱子改作‘去’。”钱注：“晦庵作‘去’。”（卷六）仇注：“朱子改作‘去’，董作‘澍’。”（卷一五）则浦注当据仇注采录。

① 也有例外的时候。卷二之一《秋雨叹三首》其二“阑风伏雨秋纷纷”一句，《九家注》及《分门类》本所引作“赵次公”注，《草堂诗笺》则作“赵子栎”注，而注文均同，未知孰是（参见周采泉《杜集书录》，第25页）。浦注从朱注作“赵云（曰）”，依朱氏、浦氏称引其他赵姓评注家（如赵子栎、赵滂）均具称其名的惯例，此“赵”自当指赵次公，而钱注、仇注均作“赵子栎”。

② 马亚中《渭南文集校注》（二），浙江古籍出版社，2015年，第213页。

③ 丁福保辑《历代诗话续编》，中华书局，2006年，第148页。

13. 楼钥

《心解》征引楼钥2条，见卷一之二《留花门》、卷二之二《阆水歌》。

（1）《留花门》“百里见积雪”句下，浦注：“楼钥曰：回纥之俗，衣冠皆白。”钱注：“楼大防云：回纥人衣冠皆白，故云。此无稽之言耳。”（卷二）朱注：“楼大防云：回纥人衣冠皆白，故云。此无稽之甚。”（卷五）仇注：“楼钥曰：读者谓积雪止言其多……惟知回纥之俗，衣冠皆白，然后少陵之意涣然。”（卷七）浦从仇出。

（2）《阆水歌》“阆州城南天下稀”句，钱、朱失引，浦氏从仇注作“楼钥曰”云云，注文亦悉据仇注采录（参见仇注卷一三）。

14. 鲁訔

《心解》引述鲁訔3条，卷二之二《相从行赠严二别驾》1条与朱注重出，卷二之二《引水》、卷五之一《桥陵诗三十韵因呈县内诸官》2条与朱注、仇注同时重出。如：

（1）卷二之二《相从行赠严二别驾》题下，浦注：“鲁訔诸本题下并注云：时方经崔旰之乱。”钱笺：“陈浩然本及草堂诸本题下并注云：时方经崔旰之乱。”（卷五）朱注：“鲁訔诸本题下并注云：时方经崔旰之乱。”（卷九）仇注：“诸本题下并注云：时方经崔旰之乱。”（卷一一）浦氏从朱注。

（2）《桥陵诗三十韵因呈县内诸官》题下，浦注：“鲁訔谱云：公在率府，其家先在奉先。”朱、仇注本诗未引，两家注卷首《杜工部年谱》“天宝十四载”条皆曰：“鲁曰：公在率府，其家先在奉先。”浦氏从此出。

15. 伪苏注

《心解》引述“伪苏注”2条，卷一之四《杜鹃》1条与钱注、朱注重出，卷二之二《乾元中寓居同谷县作歌七首》1条与朱注、仇注重出。如：《乾元中寓居同谷县作歌七首》其六，浦曰：“伪苏注以龙喻明皇在南内，《博议》非之，谓咏万丈潭之龙。”朱注：“郭知达本注引东坡云：……此诗‘南有龙’，喻玄宗在南内也。”又曰：“《杜诗博议》:……此盖咏万丈潭之龙也。……古人诗文取喻于龙者不一,未尝专指为九五之象,东坡必无是言也。"(卷七)仇注:"王道俊《博议》:……此盖咏万丈潭之龙也。……郭知达引苏注云:此诗'南有龙',喻明皇在南内。东坡必无是言。"(卷八)。自语意观之,朱、仇所引皆可为浦氏所本,但自文气以及用字言,浦氏显然更近于仇注。

16. 吴若

《心解》引及吴若2条。

(1) 卷一之四《七月三日戏呈元二十一曹长》"晚风爽乌匼"句下,浦注:"吴若注:匼当作峆,音恰,殆是今字。"钱笺:"吴若本注:匼……作峆,字书无匼字,音恰。"(卷六)朱注:"吴若注云:匼当作峆,音恰,殆是今字。"(卷一三)仇注:"吴若本注:……作峆,音恰,苦协切。字书无匼字。"(卷一五)则浦注从朱注出无疑。

(2) 卷三之六《九日五首》题下,浦云:"吴本(云)缺一首,赵本以《登高》【图36】【图37】一首足之。",朱注:"吴若本题下注云:缺一首,赵次公以'风急天高'一首足之。"(卷一七)仇注:"吴若本云缺一首,赵次公以《登高》一首足之。"(卷二十)浦氏或本仇注。

17. 王十朋

《心解》征引王十朋1条,钱笺、朱注未引,与仇注重出。见卷三之三《百舌》题下,浦注:"王十朋曰:百舌,反舌也,春哮夏止。"仇注:"王十朋曰:百舌者,反舌也,能反覆其舌,随百鸟之音,春哮夏止。"(卷一二)。

18. 洪容斋(迈)

《心解》引述洪容斋5条,与钱笺重出1条,与朱注重出3条,5条均与仇注重出。如:

(1) 卷三之三《野望因过常少仙》题下,浦注:"《容斋随笔》:蜀本注云:应是县尉。尉谓少府,而梅福为尉,有神仙之称也。"钱笺:"随笔载县尉为少公。予后得晏几道叔原一帖。与通叟少公者。

【图36】王时敏(1592—1680)《杜甫诗意图册·落木江帆》,1665年,纸本设色,纵39cm,横25.5cm,故宫博物院藏。

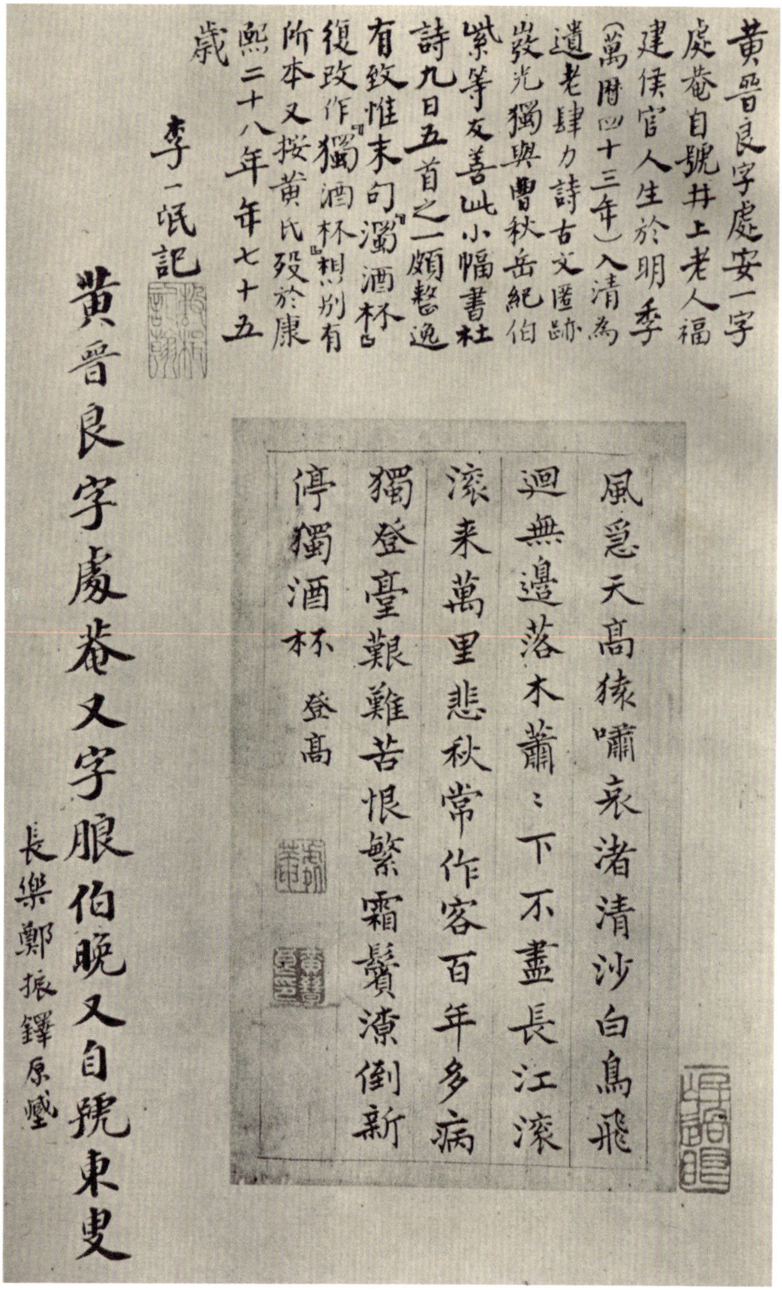


【图37】黄晋良(1615—1689)《楷书杜甫登高诗笺》,尺寸不详,成都杜甫草堂博物馆藏。

考诸家杜集,《登高》末句"潦倒新停浊酒杯"之"浊"似无作"独"者。但从书迹观察,黄氏又的确像是先书"浊"后又改作"独"的,李一氓跋记认为他"别有所本",也只是臆测之辞,并无根据。是否也属明人以私见改窜古书的陋习作祟所致,不得而知。

正用此也。杜诗过常少仙。蜀士注云。应是言县尉也。县尉谓之少府。而梅福为尉。有神仙之称。少仙二字,犹今俗呼仙尉也。”(卷一一)朱注:“《容斋随笔》:杜诗《过常少仙》,蜀本注云:应是言县尉也。县尉谓之少府,而梅福为尉,有神仙之称。少仙,犹今俗呼为仙尉也。”(卷八)仇注:“洪容斋《随笔》:杜诗《过常少仙》,蜀本注云:应是言县尉也。县尉谓之少府。昔梅福为尉,有神仙之称。少仙者,犹今俗呼为仙尉。”(卷十)按:钱、朱、仇三家所引,钱笺最近《容斋随笔》原文[①],然浦氏所引与钱笺相差最远,此不惟表明浦注不本钱笺,亦且可证浦氏并未检核洪氏原书。细绎各家注文,可知浦引此条盖从朱注出。

① 参看《容斋随笔·容斋四笔卷七》,中华书局,2005 年,第 708 页。

(2) 卷六之下《存殁口号二首》,浦云:“自容斋有每篇一存一殁之说,谓席、曹存,毕、郑殁。”钱笺未及,朱注:“《容斋续笔》:子美存殁绝句,每篇一存一殁,盖席谦、曹霸存,毕耀、郑虔殁也。”(卷一四)仇注同(卷一六)。

(3) 卷五之末《清明二首》其一“虚霑周举为寒食”句下,浦注:“《容斋随笔》:此乃冬中,非今二三月间也。《邺中记》:并州俗,冬至后一百五日,为子推断火。”钱笺、朱注未及,仇注:“洪容斋《随笔》:《邺中记》云:并州俗,冬至后一百五日,为子推断火,冷食三日。……然所谓寒食,乃是冬中,非今二三月间也。”(卷二二)。

19. 吴曾《漫录》

《心解》征引吴曾《漫录》2 条:卷一之四《杜鹃》1 条,三家注俱引;卷四之一《登楼》1 条,钱笺未及,与朱注、仇注重出。如《杜鹃》“云安有杜鹃”句下,浦注:“吴曾《漫录》:乐府《江南词》:‘鱼戏莲叶东,鱼戏莲叶西,鱼戏莲叶南,鱼戏莲叶北。’子美正用此格。”此引与朱注、仇注一无差异(朱注卷一二,仇注卷一四),而钱笺所引则于注文“乐府江南词”“江南”二字后多一“古”字,作“乐府江南古词”(见卷六),虽一字之差,即恐非浦氏所据也。

20. 杜田

《心解》征引杜田4条,或作“杜田”,或作“杜田《补遗》”,或作“杜田《正谬》”,与钱笺重出1条,与朱注、仇注全部重出。如:

(1) 卷二之二《最能行》“贫穷取给行艓子”句下,浦注:“杜田《补遗》:艓,小舟名。”钱笺“补遗”作“补注”(卷六)。朱注:“杜田《补遗》:艓,小舟名。”(卷一二)仇注:“朱注:杜田《补遗》:艓,小舟名。”(卷一五)

(2) 卷三之一《巳上人茅斋》“天棘蔓旧作梦青丝”句下,浦注:“纂朱注:杜田《正谬》:梦,当作蔓。《抱朴子》及《博物志》皆云……”同条钱注未引,朱注:“杜田《正谬》:梦,当作蔓。《抱朴子》及《博物志》皆云……”(卷一)仇注:“朱注:‘杜田《正谬》:梦,当作蔓。《抱朴子》及《博物志》皆云……’”(卷一)仇氏、浦氏转录前人注、评,都较少交代转录来源,浦氏尤其如此。如上一例,仇注、浦注同时标明所引资料出于朱注,正可说明浦氏所引其真正来源是仇注而非朱注。

21. 蔡绦

《心解》卷一之二《梦李白二首》“落月满屋梁,犹疑照颜色”句下,浦注:“杨慎曰:二句所谓梦中魂魄,犹言是觉后精神尚未回也。蔡绦传神之说非是。”(按:此句当作“梦中魂魄犹言是,觉后精神尚未回”为是)此条钱笺未及,朱注:“杨慎曰:落月二句言梦中见之而觉其犹在,即所谓‘梦中魂魄犹言是,觉后精神尚未回’也。蔡绦传神之说非是。”(卷五)仇注亦引杨慎云云,但无“蔡绦传神之说非是”一句(卷七)。

显然,这里所说的“蔡绦传神之说”云云,见于朱注所引杨慎语,而浦注又自朱注转录而得。

22. 郭知达

《心解》引述郭知达3条,钱笺未及,与朱注、仇注重出。如卷三之三《奉寄驿重送严公四韵》题下,浦注:“郭知达本注:驿去绵州三十里。”朱注:“郭知达本注:驿去绵州三十里。”(卷九)仇注:“郭知达本注:驿在绵州三十里。”(卷一一)朱注、仇注一字之差,或可证浦注此条从朱不从仇。

23. 师古

《心解》引述师古10条,9条与仇注重出,这9条,钱笺、朱注无一引及。惟卷二之一《饮中八仙歌》“苏晋长斋绣佛前,醉中往往爱逃禅”句下所引,其情形略显复杂,须稍加辨析。该条浦注:“师氏注:晋得胡僧慧澄绣弥勒佛一本,宝之,曰:‘是佛好饮米汁,愿事之。’按:师注,朱氏驳其为伪,然《虞山集》袭用之,存考可也。”同条朱注:“旧注:苏晋学浮屠术,尝得胡僧慧澄绣弥勒佛一本,宝之,曰:‘是佛好饮米汁,愿事之,他佛不爱也。’按:此事不知何本,米汁语未见佛书,疑是伪撰。”(卷一)仇注:“此条师氏谓晋得胡僧所绣弥勒佛事,亦属伪撰。”(卷二)浦氏所谓“《虞山集》袭用之”,钱笺、朱注、仇注均未及,不知浦氏所自出。

24.《诗说隽永》

《心解》引述胡宗汲《诗说隽永》1条,卷六之上《绝句三首》题下,浦云:“《诗说隽永》谓并前六绝为九也。”此条虽钱、朱、仇三家俱引,然浦注引《诗说隽永》前有“题依仇本”等语,可见浦注引此当据仇注转录而得。

25. 黄希

《心解》征引黄希8条,卷一之三《盐井》、卷三之三《西山三首》2条与朱注、仇注同时重出,卷一之一《送高三十五书记十五韵》《喜晴》等6条惟与仇注重出。如:

(1)《西山三首》“筑城依白帝”句下,浦注:“希云:白帝,西方之帝也。旧引夔州白帝城,非是。”朱注:“黄希曰:白帝,西方之帝也,旧引夔州白帝城,非是。”(卷十)仇注同(卷一二)。

(2)卷五之三《南极》题下,浦云:“黄希曰:此用《尔雅》四极中之南极,夔在长安南也。”钱笺、朱注未及,仇注:“黄希曰:此是用

《尔雅》四极中之南极。夔在长安极南也。"(卷一八)。

26. 黄鹤

《心解》引述黄鹤120条,俱见于三家注,其中有15条与钱笺重出,28条与朱注重出,117条与仇注重出。卷一之一《三川观水涨二十韵》、卷二之二《相从行赠严二别驾》等5条,钱、朱、仇三家注俱引;卷一之三《陈拾遗故宅》、卷二之一《高都护骢马行》、卷六之下《李司马桥了承高使君自成都回》3条与钱笺、朱注重出;卷一之一《奉赠韦左丞丈二十二韵》、卷一之五《遣怀》等7条与钱笺、仇注重出;卷一之四《赠李十五丈别》、卷一之六《白马》等20条与朱注、仇注重出;卷一之一《陪李北海宴历下亭》《同诸公登慈恩寺塔》等82条,钱笺、朱注未及,仅见于仇注。

27. 蔡梦弼

《心解》征引蔡梦弼31条,俱见于三家注,其中有7条与钱笺重出,17条与朱注重出,29条与仇注重出。卷一之五《昔游》《暇日小园散病将种秋菜督勒耕牛兼书触目》等5条,钱、朱、仇三家注俱引;卷一之六《解忧》、卷三之一《巳上人茅斋》2条与钱笺、朱注重出;卷一之一《送从弟亚赴河西判官》、卷三之一《登兖州城楼》等10条与朱注、仇注重出;卷一之五《阻雨不得归瀼西甘林》、卷三之一《送裴二虬尉永嘉》等14条,钱笺、朱注未及,仅见于仇注。在同时重出的条目中,究竟是采自钱笺、朱注还是仇注,虽多难于遽定,但仍有部分是有迹可按的。如卷二之一《洗兵马》"关中既留萧丞相"句下,浦注:"梦弼云:杜鸿渐。"同条朱注:"此诗萧丞相未详何指,梦弼注:一云杜鸿渐。"(卷五)仇注:"朱注:萧丞相未知何指。蔡梦弼谓杜鸿渐。"(卷六)此条仇注自是采录朱注,而浦注则大抵来自仇注;又卷四之二《秋兴八首》其二【图38】"每依北斗望京华"句下,浦注:"旧引长安城为北斗形者固非,赵、蔡等云秦城上直北斗,亦非。"同条朱注:"按:南斗不直夔城,公诗有'秦城北斗边',又云'秦城上斗杓',作北斗是,赵、蔡皆主此说。"(卷一三)仇注:"按:赵、蔡两注俱云，秦城上直北斗，长安在夔州之北，故瞻依北斗而望之。或引长安城北为北斗形者，非是。”（卷一七）此条浦注之从仇注，一目了然。

28. 真德秀

《心解》卷一之二《新婚别》征引真德秀1条，钱注、朱注未及，与仇注重出。浦云：“真德秀曰：先王之政，新有婚者，期不役政。此诗所怨，尽其常分，而能不忘乎礼义。”同诗仇注：“真德秀曰：先王之政，新有婚者，期不役政。此诗所怨，尽其常分，而能不忘礼义。”（卷七）。

29. 刘克庄

《心解》卷一之五《壮游》引述刘克庄1条，浦云：“刘克庄比之荆卿之歌，雍门之琴，信矣。”此条钱笺、朱注未及，见于仇注：“刘克庄曰：此诗……虽荆卿之歌，雍门之琴，高渐离之筑，音调节奏不如是之跌宕豪放也。”（卷一六）

30. 罗大经

《心解》引述罗大经2条，钱笺、朱注未及，与仇注重出。卷三之五《鸥》作“罗大经”，卷六之下《书堂饮既夜复邀李尚书下马月下赋绝句》作“《鹤林玉露》”，悉与仇注同。

31. 王应麟

《心解》卷一之二《石壕吏》题下征引王应麟1条，钱笺未及，与朱注、仇注同时重出。浦云：“王应麟曰：石壕，陕州陕县之石壕镇也。”朱注：“王应麟曰：石壕吏，盖陕州陕县之石壕镇也。”（卷五）仇注：“王应麟曰：石壕，陕州陕县之石壕镇也。”（卷七）朱、仇文字略异，浦从仇出。

32. 刘辰翁

《心解》引述刘辰翁3条，卷一之二《得舍弟消息》、卷二之二《最能行》所引两条，一作“刘须溪”，一作“刘会孟”，钱笺、朱注未及，俱与仇注重出；卷三之一《晚行口号》所引一条，浦氏云：“刘辰翁谓

【图38】王时敏(1592—1680)《杜甫诗意图册·藤月荻花》,1665年,纸本设色,纵39cm,横25.5cm,故宫博物院藏。

(江总)自梁入陈、入隋,乃著一'梁'字愧之。钱笺驳之是矣。……至《日知录》以陈天嘉四年征还,年四十五为解,亦不合。"钱笺:"刘会孟云:总自梁入陈,自陈入隋,归尚黑头。不知总入隋,年七十余矣。刘之不学可笑如此。"(卷十)朱注转录钱注,注文悉与钱注同(卷四)。仇注:"刘须溪谓著一'梁'字,不胜其愧,此谬说也。"(卷五)细绎钱、朱、仇所引,无论哪家皆与浦氏所引有所不同,非浦氏所本。顾炎武《杜子美诗注》"《晚行口号》"条云:"刘辰翁评曰:'人知江令自陈入隋,不知其自梁时已达官矣。自梁入陈,自陈入隋,归尚黑头,其人物心事可知。著一梁字而不胜其愧矣。'"[1]正是浦氏据以转录的来源。

33. 方回

《心解》卷三之一《与鄠县源大少府宴渼陂得寒字》引方回1条,钱笺、朱注未引,与仇注重出。浦云:"方回云:'无计回船'有投辖意。"全同于仇注(卷三)。

34. 张綖

《心解》引述张綖7条,钱注、朱注则无一引及,均与仇注重出。如:

(1) 卷一之二《新安吏》,浦云:"张綖曰:凡此等诗,不专是刺。……"仇注:"张綖曰:凡公此等诗,不专是刺。……"(卷七)

(2) 卷一之六《咏怀二首》其一"丈夫重天机"句下,浦注:"綖注:天机,谓天时之机会……"同条仇注:"綖注:天机,谓天时之机会……"(卷二二)

35.《演义》

《心解》引述《演义》3条,钱注、朱注未及,均见仇注:卷四之一《赠献纳使起居田舍人澄》《曲江二首》、卷四之二《返照》各1条。《演义》即元人张性的《杜律演义》,又称《七言律诗演义》,浦氏盖随仇注所引作简称。如《赠献纳使起居田舍人澄》题下,浦云:"《演义》:田必起居而兼献纳。"仇注:"《演义》:献纳使,掌封匦,起居舍人,掌

①《日知录集释》卷二七,2006年,第1559页。

起居注,田必起居而兼献纳。"(卷三)

36. 张璁

《心解》卷四之一《院中晚晴怀西郭茅舍》引张璁1条。浦云:"张璁曰:详此诗,见公不乐居幕府。"钱笺:"张璁曰。此公有不乐于幕府者也。"(卷一三)朱注:"张璁曰:详此诗,见公不乐居幕府。"(卷一一)仇注未及。浦从朱注中出。

37. 周珽

《心解》卷六之下《书堂饮既夜复邀李尚书下马月下赋绝句》引周珽1条,钱笺、朱注未及,与仇注重出。浦云:"周珽曰:风月既清,酒兴未阑。饮当垂白,达旦何妨? 钟情自道,气味宛然。"仇注:"周珽注:风月既清,酒兴未阑。饮当垂白,达旦何妨? 钟情自道,气味宛然。少陵七绝,老健奇瑰,别成盛唐一家。"(卷二一)

38. 杨慎

《心解》引述杨慎15条,钱笺无一引及,与朱注重出者4条,而悉与仇注重出。如:

(1) 卷一之一《送从弟亚赴河西判官》"芦酒多还醉"句下,浦注:"杨慎曰:芦酒,以芦为筒,吸而饮之,亦名钩藤酒。此见《溪蛮丛笑》。"仇注:"杨慎曰:芦酒以芦为筒,吸而饮之,今之咂酒也,亦名钩藤酒。此见《溪蛮丛笑》。"(卷五)

(2) 卷四之一《秋尽》"江上徒逢袁绍杯"句下,浦注:"杨慎曰:《郑玄传》:'袁绍总兵冀州,要玄大会,玄后至,乃延上座,饮一斛,容仪温伟。'旧指河朔饮,非是。"同条朱注:"杨慎曰:《郑玄传》:'袁绍总兵冀州,遣使要玄大会宾客。玄最后至,乃延升上座,身长八尺,饮酒一斛,秀眉明目,容仪温伟。'公以玄自况为儒而遭世难也。旧注引河朔饮,非是。"(卷九)仇注:"杨慎曰:《郑玄传》:'袁绍总兵冀州,遣使要玄大会宾客。玄最后至,乃延升上座。身长八尺,饮酒一斛,秀眉明目,容仪温伟。'旧指河朔之饮,非是。"(卷一一)细勘诸家所引文字间的差异,浦氏似乎自仇注采录为是。

39. 单复

《心解》卷二之一《兵车行》"武皇开边意未已"句下征引单复1条，钱笺、朱注未引，与仇注重出。浦注："单复曰：托汉武以讽。"仇注："单复曰：此为明皇用兵吐蕃而作，故托汉武以讽，其辞可哀也。……"（卷二）

40. 王维桢

《心解》卷四之二《奉送蜀州柏二别驾将中丞命赴江陵起居卫尚书太夫人因示从弟行军司马位》引述王维桢1条，钱笺、朱注未引，与仇注重出。浦云："七、八，王维桢谓鬓白苦吟，不能别寄一诗，非惜诗也。"仇注："王维桢曰：末言鬓今尽白，本以苦吟之故，不能别寄一诗，非惜诗也。"（卷一八）

41. 邵宝

《心解》征引邵宝24条，钱笺无一引及，与朱注重出者惟卷一之六《宿凿石浦》1条，而24条悉与仇注重出。如：

（1）《宿凿石浦》题下，浦注："邵注：在今长沙府湘潭县西。"朱注："邵宝曰：凿石浦，在今长沙府湘潭县西。"（卷十九），仇注同（卷二二）。

（2）卷三之一《刘九法曹郑瑕丘石门宴集》题下，浦注："邵注：瑕丘，兖州府治。郑是官于瑕丘者。"仇注："邵注：《唐志》：瑕丘，山东兖州府治也。石门，名山，在兖州府平阴县，与瑕丘相邻境。郑是官于瑕丘者。"（卷一）

42. 赵滂

《心解》引述赵滂12条，钱笺未引，与朱注重出者3条，而俱见于仇注。浦氏引述赵滂，颇多误植：卷五之三《哭王彭州抡》、卷六之下《绝句四首》两条浦注作"赵滂"者，朱注、仇注均作"赵曰"，而卷三之一《得舍弟消息二首》、卷三之六《北风》两条浦注作"赵云""赵注"者，仇注乃作"赵滂"（朱注未引）。浦氏引述前人注评，称谓多遵朱注、仇注之例，其简称"赵曰"（"赵云""赵注"）者，即为赵次公。则《哭王彭州抡》《绝句四首》两条,浦氏作"赵滂"者,实为赵次公注,而《得舍弟消息二首》《北风》两条本为赵滂所注者又误为赵次公注。翻检赵次公原注,《哭王彭州抡》《绝句四首》两条,俱见赵注,《得舍弟消息二首》《北风》两条,赵注则无[①],则其实际情形正复如此。

① 见《杜诗赵次公先后解辑校》,第819、656、306、1346页。

43. 赵大纲《测旨》

《心解》引述赵大纲3条,钱笺、朱注未及,俱见仇注。卷四之一《至日遣兴奉寄北省旧阁老两院故人二首》、卷四之二《十二月一日三首》作"赵大纲",卷四之一《腊日》作"赵大纲《测旨》",称谓一如仇注,显系从仇注中出。

44. 郝敬

《心解》卷三之二《所思》征引郝敬1条,与仇注重出,钱笺、朱注未引。

45. 陆时雍

《心解》卷二之一《丽人行》征引陆时雍1条,与仇注重出,钱笺、朱注未引。

46. 唐汝询

《心解》引述唐汝询3条,钱笺、朱注未及,有2条与仇注重出。

47. 钟惺、谭元春

《心解》引述钟、谭10条,钱笺未及,卷一之二《夏夜叹》1条与朱注重出,8条与仇注重出,其中卷三之二《铜瓶》1条,见于仇注《苦竹》一诗,卷三之二《天末怀李白》、卷四之二《咏怀古迹五首》2条,仇注未及。

48. 胡应麟

《心解》引述胡应麟2条,钱笺、朱注未引,见于仇注同诗所引。卷四之二《登高》浦引仅"胡应麟谓古今七言律第一"寥寥数字,仇注则详悉有加(卷二十);卷六之下《赠花卿》,浦云:"胡元瑞谓赠歌妓,《杜臆》谓非歌妓所能当。"仇注:"《杜臆》:胡元瑞因李群玉有赠歌妓相同,因以花卿为歌妓。窃谓:此诗非歌妓所能当,其为花惊定无疑。”(卷十)可见浦氏引胡应麟所自出。

49. 胡震亨

《心解》卷五之四《秋日荆南述怀三十韵》引述胡震亨3条,有2条与仇注重出。如“汉庭和异域”句下;浦注:“震亨云:回纥和亲。”又“晋史坼中台”句下,浦注:“震亨云:言房琯道卒。”同诗仇注:“胡震亨曰:和异域,言回纥和亲。坼中台,言房琯道卒。”(卷二一)又浦氏于诗后云:“胡震亨以此诗通身主房琯言。愚谓篇首只述已得罪一句,与房琯有关会。”此条盖引述胡氏语而批驳之,胡氏原评见同诗朱注所引何(当为“胡”)震亨条。

50. 胡夏客

《心解》引述胡夏客16条,均见于仇注,钱笺、朱注未引。卷一之一《送从弟亚赴河西判官》、卷一之二《无家别》、卷五之四《风疾舟中伏枕书怀三十六韵奉呈湖南亲友》所引各条,仇注同诗未见,别见于《送樊二十三侍御赴汉中判官》《垂老别》《聂耒阳以仆阻水书致酒肉疗饥荒江诗得代怀兴尽本韵至县呈聂令陆路去方田驿四十里舟行一日时属江涨泊于方田》三诗。重出诸条中,应当引起注意的是卷五之四《又示宗武》,浦氏云:“夏客疑此诗有誉儿癖。”同诗仇注:“胡夏客曰:诗云‘觅句新知律’,又云‘试吟青玉案’,或疑公有誉儿癖,非也。”(卷二一)“或疑”云云,盖指他人致疑,而非夏客本人,浦氏显是误读夏客所论。

51. 杨德周

《心解》征引杨德周3条,均与仇注重出,钱笺、朱注未引。卷一之三《成都府》,浦云:“杨德周曰:纪行诸篇,幽灵危险,直令气浮者沈,心浅者深。刻画之中,元气浑沦;窈冥之内,光怪迸发。”此条仇注同诗未见,别见于《万丈潭》一诗。

52. 陶开虞

《心解》卷三之三《舍弟占归草堂检校聊示此诗》征引陶开虞1

条,与仇注重出,钱注、朱注未引。[①]

53. 王嗣奭

《心解》引述王奭嗣90条,或称"《杜臆》",或称"王嗣奭",悉见于仇注。《杜臆》成书后,并无刊本流传,传世稿本见者又极稀[②],故各注家征引王嗣奭,大抵由仇注转录,《心解》正复如此。惟卷三之四《严郑公宅同咏竹得香字》、卷五之三《奉汉中王手札报韦侍御萧尊师亡》所引,同诗仇注未见,别见于《严郑公阶下新松》《奉汉中王手札》二诗。

54. 顾炎武

《心解》征引顾炎武7条,惟卷一之二《新安吏》1条与仇注重出,其余6条均未见引及,系直接征自顾氏《日知录》(参看刘辰翁条)。

55. 申涵光

《心解》引述申涵光6条,均见于仇注。如卷一之一《述怀》,浦云:"申涵光曰:'反畏消息'二句,非身经丧乱,不知此语之确。"同诗仇注:"申涵光曰:'麻鞋见天子,衣袖露两肘',一时君臣草草,狼藉在目。'反畏消息来,寸心亦何有',非身经丧乱,不知此语之真。此等诗,无一语空闲,只平平说去,有声有泪,真三百篇嫡派,人疑杜古铺叙太实,不知其淋漓慷慨耳。"(卷五)卷一之四《三韵三首》,浦云:"申涵光曰:《三韵》三篇甚古悍。"同诗仇注:"申涵光曰:三韵三篇,甚古悍。"(卷一四)

56. 卢世㴶

《心解》引述卢世㴶11条,钱笺、朱注无一引及,有10条与仇注重出。如卷一之六《客从》,浦云:"卢世㴶云:情酸味厚,歌短泣长,而一唱三叹,蕴藉优柔,《三百篇》《十九首》,上下同流。"同诗仇注:"卢世㴶曰:……二叹暨'客从南溟来''白马东北来',纡虑老谋,补偏救弊,其情酸味厚,歌短泣长,而一唱三叹,蕴藉优柔,三百篇、十九首、苏、李、曹植、陶潜,上下同流,先后一揆矣。"(卷二三)卷一之

① 按:陶开虞有《说杜》一卷。《心解》卷三之二《得舍弟消息》,浦云:"虽得消息,而仍不见,依旧作苦语。上四,屈曲作意,言故乡值乱难住,不如他乡好矣。然且不能已于忆者,直为此心以乱而厄,离而苦,存亡莫保,故久念不释也。'与'字内含存亡不可知之意。《说杜》不会一转一折看,便混。"此据王志庚校点本引。则浦注在《舍弟占归草堂检校聊示此诗》外,另有引陶开虞一条。不过,细绎浦氏此解,屈曲层深,其所谓"说杜不能一转一折看",盖泛言解杜者须体会入微,才能见其真,并非专指陶氏一家言,笔者翻检其他的杜注,同样未见有于此诗引《说杜》者,故这里的"说杜",不大可能是陶开虞的"《说杜》",恐是王氏校点之误。

② 参看顾廷龙《影印本〈杜臆〉前言》(《杜臆·附录》,第395—401页),周采泉《杜集书录》,第467—468页。

一《送从弟亚赴河西判官》，浦云："卢世㴶亦云：但俱不及长孙篇。"此条仇注未及。

57. 潘柽章

《心解》引述《杜诗博议》12条，或如卷五之一《送杨六判官使西蕃》作"《杜诗博议》"，或如卷二之二《乾元中寓居同谷县作歌七首》作"王道俊《博议》"，或如卷一之一《同诸公登慈恩寺塔》简称"《博议》"。浦氏引《杜诗博议》有从朱注中出者，如卷三之四《闻高常侍亡》"致君丹槛折"句下，浦注："《博议》云：史称适负气敢言，权贵侧目。"同诗朱注："《杜诗博议》：……史称适负气敢言，权贵侧目。"（卷一二）仇注："唐史称适负气敢言，权贵侧目。"（卷一四）仇注虽然也出注，但止言唐史，未提及《杜诗博议》，非浦氏所本，浦从朱出；又如卷三之五《骊山》"人间有赐金"句下所引，仇注未及，浦氏据朱注引出。而有些条目，浦氏则据仇注转录，如卷二之二《乾元中寓居同谷县作歌七首》"南有龙兮在山湫"句下，浦注："王道俊《博议》，同谷万丈潭有龙。"朱注无作"王道俊《博议》"者，"王道俊《博议》"之名，仅见于仇注。今人的考证已表明，所谓王道俊《杜诗博议》，其实是仇注据朱注引入时，将《杜诗博议》之作者误植为明人王道俊[1]，浦起龙征引有题"王道俊《博议》"者，则是承仇注之误，此益可证浦起龙未见潘氏原著也。

58. 潘鸿

《心解》卷五之四《太岁日》引潘鸿1条，与朱注、仇注重出。

59. 刘逴

《心解》卷三之三《又呈窦使君》引述刘逴1条，仅见于仇注。

60. 钱谦益

《心解》引述钱谦益104条，其中39条与朱注重出，81条与仇注重出，有卷一之二《垂老别》、卷一之四《赠李十五丈别》等18条，朱注、仇注均未引及，可判定是由钱氏原笺中出。重出的条目中，有10条可立判系据仇注转录。

① 参看蔡锦芳《〈杜诗博议〉质疑》，该文收入其论文集《杜诗版本及作品研究》，上海大学出版社，2007年，第75—81页。

61. 程孟阳(嘉燧)

《心解》引述程嘉燧2条,同见于钱注、仇注,朱注则未引。卷一之一《同诸公登慈恩寺塔》"日晏昆仑丘"句下,浦注:"程(嘉)燧曰:明皇游宴,皆贵妃从幸,故讽之。"同条钱注:"程嘉燧曰:玄宗游宴,贵妃皆从幸。"(卷一)仇注:"程嘉燧曰:明皇游宴骊山,皆贵妃从幸,故以日晏昆仑讽之。"(卷二)此条浦注显然是据仇注而采录。又卷二之三《寄韩谏议注》,浦云:"钱笺引申程孟阳之指,谓:'安刘、帷幄等语,非李泌莫当。'其言殊不孟浪。潘耒、黄生驳之……其言亦善求间。"同诗钱注:"程嘉燧曰:此诗盖为李泌而作。余考之是也。……安刘、帷幄,在玄肃之代,舍泌其谁。"(卷五)潘耒、黄生驳斥钱谦益之语则见同诗仇注所引,则此条实由钱注、仇注综合而出。

62. 朱鹤龄

《心解》引述朱鹤龄375条,与仇注重出177条,其余198条仇注未引,可判定是从朱氏原注中出。与仇注重出诸条中,有19条可立判系据仇注转录。

63. 俞玚

《心解》征引俞玚(《心解》均作"旅农")5条,钱、朱、仇三家以及吴见思、卢元昌、黄生等清初诸注家均未引及。浦起龙与俞玚同为无锡人,浦氏当得见俞玚原著而采录之。

64. 潘耒

《心解》引述潘耒3条,分别见于卷二之一《哀江头》《洗兵马》、卷二之三《寄韩谏议注》三诗中。《哀江头》一诗所引,其实当为潘柽章而非潘耒(参前文苏辙条)。其余二诗所引,浦氏则自仇注节录潘耒语,如《寄韩谏议注》,浦云:"钱笺引申程孟阳之指……潘耒、黄生驳之,一云题中不见邺侯姓氏,一攻笺中欲谏议贡泌于玉堂之说。"此"题中不见邺侯姓氏"云云,即由仇注同诗所引潘耒论杜之言中节录而得。

65. 顾宸

《心解》引述顾宸49条，与仇注重出者30条，其余19条仇注未引，当据原书直接引入。

66. 吴见思

《心解》征引吴见思11条，俱与仇注重出，亦如仇注全作“吴论”（吴见思《杜诗论文》之简称）。以卷六之上《复愁十二首》为例，其二，浦云：“吴论：上二章，皆言景。”仇注：“吴论：上二章，皆言景。”（卷二十）其四，浦云：“吴论：上二章，皆言情。”仇注：“吴论：上二章，皆言情。”（同上）其五，浦云：“吴论：此下五章，因乱后而作。”仇注：“吴论：此下五章，因乱后而作。”（同上）其十，浦云：“吴论：此下三章，仍说现前景事。”仇注：“吴论：此下三章，仍说现前景事。”从称谓到注文浦引与仇引一无差异，而与吴见思原注——其二“二首皆咏景”；其四“二首俱言情”；其五“此下五首俱乱后之事也”；其十“下三首仍挽归目前之事”[①]——文字上颇显不同。毋庸置疑，浦氏所引乃由仇注中转录而来。

① 《杜诗论文》卷四四，《四库全书存目丛书》影印清康熙十一年常州岱渊堂刻本，齐鲁书社，1997年，集部第7册，第422—423页。

67. 卢元昌、邵长蘅

《心解》引述卢元昌35条，其中29条与仇注重出，有6条仇注未及；征引邵长蘅3条，仇注无一引及。众所周知，邵长蘅尝手批《杜诗阐》，在浦氏直接征引的为数不多的几家文献里，卢、邵二家恰在其中，所以，如上仇注未及的诸条，浦氏当是根据邵长蘅所批《杜诗阐》直接引入。《后出塞五首》可证浦氏见卢元昌原本。

68. 黄生

《心解》引述黄生65条，有卷四之二《咏怀古迹五首》《七月一日题终明府水楼二首》【图39】等5条仇注未及，可以判定是据《杜诗说》直接采录，其余60条悉与仇注重出。与仇注重出诸条中，有23条可立判浦氏乃据仇注转录，如卷一之五《上后园山脚》“庶作梁父吟”句下，浦注：“黄生注：非窃比诸葛也。陆机、沈约各有《梁父吟》，皆伤时运易逝之意。”同条仇注：“黄生谓：《梁父吟》，非窃比诸葛

【图39】王时敏(1592—1680)《杜甫诗意图册·巫峡弈棋》,1665年,纸本设色,纵39cm,横25.5cm,故宫博物院藏。

也。陆机、沈约各有《梁父吟》,皆伤时运易逝之意。”(卷一九)黄氏《杜诗说》原作“按:诸葛《梁父吟》言二桃杀三士事……晋陆机、沈约皆有此咏,皆悲时运易逝之意。……公每好用‘梁父吟’字,解者徒谓其窃比诸葛”[①];其余重出条目,或因仇注所引黄生语与《杜诗说》所见差异甚微,或因浦氏仅简述黄生语意并未具引原文,故难以轻易判断其来源,以卷六之下《江南逢李龟年》为例,浦曰:“黄生曰:此与《剑器行》同意。今昔盛衰之感,言外黯然欲绝。见风韵于行间,寓感慨于字里。使龙标、供奉操笔,亦无以过。乃知公于此体,非不能为正声。”仇注所引(卷二三)与《杜诗说》(卷十)原文雷同,在“此与”之间多一“诗”字,“使龙标、供奉”作“即使龙标、供奉”。

69. 洪仲

《心解》征引洪仲3条,见于卷三之一《陪郑广文游何将军山林十首》、卷三之二《漫成二首》、卷三之六《发潭州》,俱见于仇注。洪仲为黄生友,其论杜之言,黄生《杜诗说》所在多有,然仇注所引文字与《杜诗说》所引略见差异。如《漫成二首》其一,黄生作:“洪方舟曰:荒荒白,不甚白;泯泯清,不甚清。”[②]仇注作:“洪注:荒荒,不甚白;泯泯,不甚清。”(卷十)浦注与仇注同;又《发潭州》,黄生作:“洪方舟云:三四说物见人,后半言人见己。”(卷七),仇注作:“洪仲曰:此诗三四托物见人,五六借人形己。”(卷二二)浦注:“三、四,发船之景,洪仲所谓托物见人者也。”仇、黄二家注文之异,浦氏之近仇,可证《心解》所引盖源自仇注。

70. 张溍

《心解》征引张溍2条,见卷一之四《课伐木》、卷二之二《韦讽录事宅观曹将军画马图》二诗,俱与仇注重出。如《韦讽录事宅观曹将军画马图》,浦云:“张溍曰:杜诗咏物,必及时事,故能淋漓顿挫。”同诗仇注:“张溍曰:杜诗咏一物,必及时事,故能淋漓顿挫。今人不过就事填写,宜其兴致索然耳。”(卷一三)而张溍原作:“杜诗咏一物,必及时事,感慨淋漓。今人不过就事填写,宜其兴致索

① 徐定祥点校《杜诗说》卷一一,第419页。

② 徐定祥点校《杜诗说》卷六,第218页。

然耳。”[1]据此可推见浦氏并未检索张氏原注,仅仅是根据仇注转录而得。

71. 陈廷敬

《心解》引述陈廷敬3条,见卷四之二《秋兴八首》【图40】、《宇文晁尚书之甥崔彧司业之孙尚书之子重泛郑监审前湖》、卷五之一《投赠歌舒开府翰二十韵》,俱与仇注重出。《投赠歌舒开府翰二十韵》所引一条,同诗仇注未及,别见于仇注《赠田九判官梁丘》一诗。

72. 张远

《心解》引述张远12条,悉与仇注重出,或称“远”或称“张远”,亦多与仇注雷同。如:

(1)卷一之一《大云寺赞公房四首》其四“执热烦何有”句下,浦注:“远注:公诗用‘执热’,俱作热不可解言。”同条仇注:“远注:公诗用执热,俱作热不可解,言一对赞公,则心地自凉,觉烦嚣尽释矣。”[2](卷四)张远原注则作:“按:‘执热’‘执’字,公诗俱作执持不解讲,言近赞公之清旷,令人心地自冷,尚何有烦嚣乎?”[3]

(2)卷五之四《远怀舍弟颖观等》,浦云:“张远云:亦元日所作。因前‘不见江东弟’句,故又有此。”同诗仇注:“张远注:此诗亦元日所作,因前诗‘不见江东弟’句,故又有此诗,观落句‘旧时元日会’可见。”(卷二一)张远原注作:“此诗亦元日所作,因前诗‘不见江东’句,又有此诗,故落句‘旧时元日会’云云。”[4]

则,浦氏之径据仇注转录,在在可见。

73. 朱瀚

《心解》引述朱瀚9条,俱与仇注重出。如卷四之一《崔氏东山草堂》,浦云:“朱瀚云:次联即‘衡门之下,可以栖迟’也。三联即‘泌之洋洋,可以乐饥’也。”同诗仇注:“朱瀚曰:草堂之静,延秋气之爽,故曰相鲜新。次联,即‘衡门之下,可以栖迟’也。三联,即‘泌之洋洋,可以乐饥’也。”(卷六)

① 《读书堂杜工部诗集注解》卷一一,《四库全书存目丛书》影印清康熙三十七年张氏读书堂刻本,集部第6册,第25页。

② 按:此注中“言”字浦注归于前句,中华书局标点本归于后句,似可两通。

③ 《杜诗会粹》卷四,《四库全书存目丛书》影印清康熙刻本,集部第6册,第340页。

④ 《杜诗会粹》卷二一,第640页。

【图40】项圣谟(1597—1658)《杜甫秋兴诗意图》,纸本设色,尺寸、藏地不详。

项圣谟,浙江嘉兴人,明亡隐居。项氏乃明末清初画坛以画为史之最著者,其画作写时世昏昏,写下民无告,写乾坤残日月,写影里汉衣冠,画螃蟹题曰“胡尘未扫,鱼肠鸣匣,公子无肠,亦具坚甲”,画萱草(忘忧草)则题“中庭日虚朗,写此欲何求。总见宜男色,难忘天下忧”,又曾作《依朱图》等,不一而足。此外,甲申、乙酉国变后,其绘画年款仅示以干支而绝不题朝代纪年,并时时钤以“江南在野臣”“皇明世胄之中嘉禾处士”等印,以彰志节,真可谓“画史董狐”。

此图写老杜《秋兴》诗意,江阔云低,萧森微茫,款题“日日江楼坐翠微”,正系着作者一片故园遥望之情。

74. 毛奇龄

《心解》卷四之二《奉送蜀州柏二别驾将中丞命赴江陵起居卫尚书太夫人因示从弟行军司马位》引述毛奇龄1条,与仇注重出。[①]浦云:"毛奇龄曰:此长题八句完点之法。"仇注:"毛奇龄曰:……此唐人长题,用八句完点之法。"(卷一八)

75. 吴山民

《心解》卷一之二《梦李白二首》征引吴山民1条,与仇注重出。(卷七)

76. 仇兆鳌

《心解》引述仇兆鳌434条。

77. 沈德潜

《心解》卷二之一《饮中八仙歌》征引沈德潜1条,未见仇注采录。浦云:"沈德潜曰:前不用起,后不用收,中间参差历落,似八章,仍是一章。格法古未曾有。"《唐诗别裁集》卷六《饮中八仙歌》诗后,沈氏评曰:"前不用起,后不用收,中间参差历落,似八章,仍是一章。格法古未曾有。"[②]浦氏所引与沈氏原评雷同,则浦氏当据《别裁集》直接采录。

通过如上一番实证性的考察,我们更可进一步说,浦氏所"节采"的三家注里,究其实主要是仇注。《心解》之成书颇依托于仇注,他所引述有宋以来的杜诗文献多自仇注转录而出,即令钱笺、朱注等案头就有的杜注,浦氏有时也没有翻检原书,而直接由仇注录入。[③]

(二)由博返约

经过上面的考释,可知"心解"确乎与"百氏诠释之杜"有着广泛的关联,紧接下来,我们要进一步追问的是,浦起龙是如何使用这些杜诗诠释文献的?

为了具体地了解这一点,我们不妨先看一下浦起龙的如下笺释:

① 今人周采泉尝云:"西河论杜,殊有卓见,仇注未引,殆由于门户之见使然。"(见《杜集书录》,第921页),今见仇氏于此引毛奇龄,周氏之说可不攻自破。

② 《唐诗别裁集》,第94页。

③ 王志庚先生点校《心解》时曾以为"作者参考了宋朝以至清朝各家的注本"(《读杜心解·点校说明》),现在看来,不过是一句颟顸之言,不能当真的。

小寒食……首点节，次贴身。三、四，俱承次句写出。朱瀚谓分承上二，非也。“娟娟蝶”，却似蒙花。“片片鸥”，却似蒙水。瀚又云：蝶鸥自在，而云山空望，所以对景生愁，首尾又暗相照应。此解却得。其曰首尾暗应者，“云白山青”应“佳辰”，“愁看直北”应“隐几”也。○三、四、第七，与沈云卿诗偶相类，固非蹈袭，亦非有意损益也。黄鲁直、范元实辈，斤斤辩之。前人诗话，多著相处，勿为所惑。（《小寒食舟中作》）

黄生云：写景如此阔大，自叙如此落寞，诗境阔狭顿异，结语凑泊极难，转出“戎马”五字，胸襟气象，一等相称。愚按：不阔则狭处不苦，能狭则阔境愈空。然玩三、四，亦已暗逗辽远漂流之象。○赵汸曰：公此诗，同时惟孟浩然足以相敌。孟诗云：“八月湖水平，涵虚混太清。气蒸云梦泽，波撼岳阳城。欲济无舟楫，端居耻圣明。坐看垂钓者，徒有羡鱼情。”愚按：孟诗结语似逊。（《登岳阳楼》）

以上随举二例所见朱瀚、黄鲁直、范元实、黄生、赵汸之说亦无一例外由仇注中出。然则，浦氏所引往往加以裁择删节，较仇氏已大为简略，如《小寒食舟中作》一笺所引朱瀚条，仇氏《详注》原作：

朱瀚曰：颔联分承上二。时逢寒食，故春水盈江。老景萧条，故看花目暗。须于了无蹊径处，寻其草蛇灰线之妙。腹联兴起下二。戏蝶轻鸥，往来自在，而云山万里空望长安，所以对景而生愁也。首尾又暗相照应，与“几年逢熟食，万里逼清明”参看。①

①《杜诗详注》，第2062页。

对比之下，浦起龙所引不但更为简约，还随其所需地将朱瀚的笺语一分为二。而黄鲁直、范元实“斤斤辩之”的原话，浦氏则全然略去。诸如此类与《详注》有着鲜明对比的例子在《心解》中触眼即是。《杜律启蒙》的作者边连宝曾认为仇氏《详注》"所取太博,时或短于抉择"[1],今人蒋寅也批评仇注"对繁富的追求,在某种程度上是以冗滥为代价的",且往往"不下按断,不加分析,令人不知注者何取"[2]。

仇注之失,正是浦起龙《心解》所长。我们从上面所引《小寒食舟中作》《登岳阳楼》两例中可以清楚地看出他对杜诗诠释文献的两种取向,或质辩旧说之反者,或采摭旧说之合者,要在借宾定主,在旧说中涵养自己的见解。浦起龙对"宋人之注""近世之解"的使用,与其所归依的朱子有异曲同工之处,朱熹读书法有云:

> 大凡看书,要看了又看,逐段、逐句、逐字理会,仍参诸解、传,说教通透,使道理与自家心相肯方得。[3]

在博参的基础上进行深思、明辨,进而由博返约,使其会归于自家的心灵。朱子讲这些,原是教人如何把知识学习与心性修养打通,我们以此来说浦起龙的"心解",未免浅乎用之,但那着实可以说是"心解"得力的地方,诚如他在《致同年王蓼原先生》一札中与王蓼原谈读杜诗时所云:"取旧本互勘,摄意静思,或当有赏奇析疑之叹焉!"[4]浦起龙正是凭借仇注博取繁富,在比勘抉择中重新熔铸"宋人之注""近世之解",从而折中去隙,会归己意。

从历史的角度看,《心解》的"由博返约"其实是对杜诗诠释"一烈于宋人之注,再烈于近世之解"的弥缝与反拨。然而也正是在《心解》的这种"折衷去取"里,已隐然包含了注杜式微的危机。洪业《杜诗引得·序》在介绍完《心解》之后即说道:"此后注杜之风杀矣!"[5]何以这么说?让我们借浦起龙谈十三经注疏之学走向没落的一段极具启发意义的话来对此试作回答:

① 见韩成武等点校《杜律启蒙·凡例》,第1页。

②《〈杜诗详注〉与古典诗歌注释学之得失》。

③[宋]黎靖德编,王星贤点校《朱子语类》卷一〇,中华书局,1983年,第162页。

④《不是集》。

⑤《杜诗引得》第74页。

自宋儒出而为注为传为章句，其于汉唐之注疏，博取而会其归，折衷而去其隙，学者便之，而古学亦因以荒矣。……要而论之，古注详核，各有师承，然多驳而未醇，宋儒刊落众家之烦芜，取便学者之诵读，而学者因其便易遂不复考其源流，由是经学日荒，求如汉儒之专门名家者无有也，亦可惜矣。有志之士宜博稽而详究之，即朱传所以折衷去取之故亦于是而可考焉。[①]

“学者便之”则注疏之学日荒，此真可谓是一语破的的解释。“刊落众家之烦芜”“博取而会其归，折衷而去其隙”都算得上是《心解》的特点（且不论这种“折衷”是否像梁启超说的那样，在“别人看来不过多一重聚讼的公案”），而它的取便学者也是客观的事实，清代杜诗批点本中以《心解》为底本者，算来就有十余家之多（见《杜集书录》）。事实上，《心解》自己便是取便于仇注的繁富，“遂不复考其源流”的，因而颇沿袭仇注之误。从这个角度上说，杜注衰杀的根苗，毋宁说在仇氏《详注》中就已经种下了。

三、“结构苦心”：并非都是起承转合

粗略地整理一下杜诗学史，即可发现，明末清初一部分杜诗诠释者对结构形式表现出的兴趣，现在看来不惟空前，亦且绝后。金圣叹的《杜诗解》以解数说诗，被视为“别出手眼”[②]；吴见思《杜诗论文》之“以文章之法，次第疏导之”[③]；黄生《杜诗说》则于起承转合之外，尤属力于杜诗之句法[④]。此外，朱瀚《杜诗解意七言律》、陈醇如《书巢笺注杜工部七言律诗》、吴瞻泰《杜诗提要》等，也都不同程度地周旋于当时已有的八股文章法理论，在杜诗的结构方式上花费心思，多方开掘着杜诗结构艺术的可能性。终整个杜诗学史，似乎再没有另一个时期，释杜者对于形式方面，这般的兴味盎然。

浦起龙以自己的方式展开他关于杜诗结构的探求，呼应着这个时期杜诗学群落的共同兴趣。

① 《酿蜜集·十三经异同》，光绪二十七年孟春工竣板藏静寄东轩家塾本。

② 廖燕《二十七松堂文集》卷一四《金圣叹先生传》，《杜诗解·附录》，第278页。

③ 吴兴祚《杜诗论文序》，《杜诗论文》，《四库全书存目丛书》集部第7册，第7页。

④ 据朱荆之摘抄所列，黄生对杜诗句法的总结达五十五种。见《杜诗说》附录一，第503—510页。

自然,当他以时文的诸种格式来衡定杜诗的时候,也与他的同好们一样,犯着“执今以范古”的毛病,显得生硬而破碎:

此篇起结各四句。起四,二句为纲,二句志客堂所在。结四,后联为应,前联为上下过文。

——卷一之四《客堂》

首、二原题也。三、四,递入正面。五、六,逗出春候。七、八,明点“重过”。

——卷三之一《重过何氏五首》其一

诸如此类。在这些解析中,浦氏所提取出来的杜诗结构,很难说是依着杜诗本身的情绪、节拍而来,所谓“纲”“过文”,所谓“原题”“递”“逗”“点”,用的是评点八股文的套子来分析杜诗,诚如前引沈日霖所云“若老杜得力全从八股中来”,这些也正是历来谈《心解》者斤斤不能放过的地方。如上所见浦起龙对杜诗结构的发明,我们把摸到的还仅仅是其中较为显而易见的层面,一些由当时流行的评点“术语”堆垛而成的机械陈述而已——既扎眼又易遭致反感。浦氏关于结构探索的精髓断不在这样一些简单肤廓的陈述中。

《心解》卷三之三《登牛头山亭子》【图41】一诗,浦氏笺云:

由“孤”字影出“身”字,由“远”字影出“信”字(引者按:该诗有“江城孤照日,春谷远含风。兵革身将老,关河信不通”之句)。要是由身孤信远,才于写景处,落得此两字下也。盖景情相生,篇法乃融。

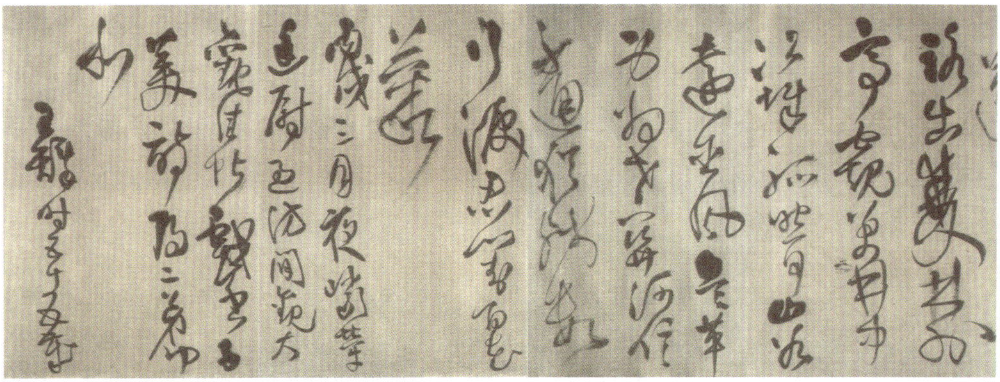

【图41】王铎(1592—1652)《草书杜律卷》(局部),1646年,素绫本,纵25.1cm,横220.2cm,辽宁省博物馆藏。

顺治二年(1645),王铎与钱谦益等南明弘光朝官员负志降清。贰臣的身份让入清后的王铎背负着沉重的精神枷锁,生意全无,颓然自放。也如钱谦益,这时候的王铎向杜诗投注了大量心力,创作了一批极为可观的杜诗书法,而其中绝大部分作于顺治三年(1646,王氏降清第二年)至顺治七年(1650)间。

浦氏此笺虽然谈不上是什么出神入化之解,但他能拈出"孤""远"二字,并从诗人的身心苦境("身孤信远")上推求此二字的布排安顿之妙,仍不能不承认其为会心之论。而笺语末云"景情相生,篇法乃融",更可谓是一语道破杜诗结构方式的奥秘。换言之,将篇法结构与诗人的情感(包括心理)因素结合起来考察,揭示外在形式与内在生命相应而生的律动关系,这才是浦起龙结构分析应该格外瞩目的地方。[①]新批评派批评家布鲁克斯曾有言曰:"我们对结构的关心,来自我们对意义结构的关心。"[②]倘若这里的"意义结构",是相对形式结构而言,那么,这句话也正可视为浦起龙的宣言。兹举卷三之一《对雪》一诗为例,诗云:

战哭多新鬼,愁吟独老翁。乱云低薄暮,急雪舞回风。
瓢弃樽无绿,炉存火似红。数州消息断,愁坐正书空。

通首在一"愁"字,乱云薄暮、急雪回风、空樽冷炉,一切景语无不由

① 继中师有《杜律:生命的形式》一文,(见《首都师范大学学报》1996年第4期)讨论杜甫律诗"形式之律动与人的内在生命之律动同步合拍"的"逻辑"与"秩序"。借助继中师所作的透彻论析,尤能领会二百余年前浦解之深切。

② 赵毅衡编选《"新批评"文集·引言》,百花文艺出版社,2001年,第19页。

"愁"濡染而出，进而别造一凄寒之境更以托显诗人之"愁"。《增订唐诗摘钞》尝就此诗之"格"作出评说："他诗多前写景，后写情，此独外虚中实，亦变格也。"[1]诚然也算是情实之论，但只知其"变"，却不如浦起龙之能知"融"，浦氏笺曰：

> 非泛咏雪也。上提伤时之意，递到雪景。下借对雪之景，兜回时事。虽似中间咏雪，隔断两头，实则中皆苦况，正足绾摄两头也。

一"递"一"兜"，浦起龙正是抓住了该诗以"情绪"（伤时之愁）为元素展开诗篇的结构脉络，所以面对中间两联的"对雪之景"，才能见出其运局中"笔断意连"的曲折之致，是"初看，语语若断；细玩，节节相通"（卷三之三《送司马入京》笺语）。在浦起龙看来，杜诗的"结构"是以诗人的情感表现为需要，使形式直接与内容谐调，用他自己的话说"都是情生文也"（卷三之三《戏题寄上汉中王三首》笺语）。故浦氏认为杜诗有时直是"脱口而成，要其中有性情在"（卷三之二《后游》笺语）【图42】，从而形成一种"自然之结构"（卷三之四《自阆州领妻子却赴蜀山行三首》笺语）。如七律《登楼》：

① 转引自陈伯海主编《唐诗汇评》，浙江教育出版社，1995年，第1091页。

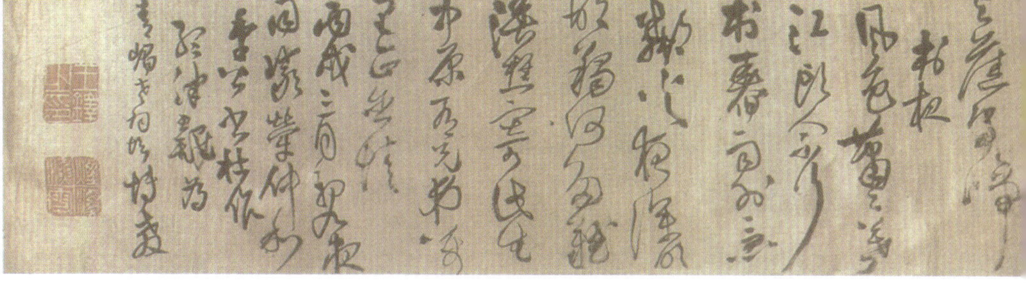

花近高楼伤客心，万方多难此登临。锦江春色来天地，玉垒浮云变古今。

北极朝廷终不改，西山寇盗莫相侵。可怜后主还祠庙，日暮聊为梁甫吟。

浦起龙笺曰：

声宏势阔，自然杰作。须得其一线贯串之法，盖为土蕃未靖而作也。“花近高楼”，春满眼前也。“伤客心”，寇警山外也。只七字，函盖通篇。次句申说醒亮，三从“花近楼”出，四从“伤客心”出，五从“春来天地”出，六从“云变古今”出。论眼内，则三、四实，五、六虚。论心事，则三、四影，五、六形也。而两联俱带侧注，为西戎开示，恰好接出后主祠庙来。“后主还祠”，见帝统为大居正，非么么得以妄干矣，是以“梁甫”长“吟”，“客心”虽“伤”，而不改其浩落也。于正伪久暂之间，勘透根源，彼狡焉启疆者，曾不能以一瞬，不亦太无谓哉！使顽犷有知，定当解体。

——卷四之一

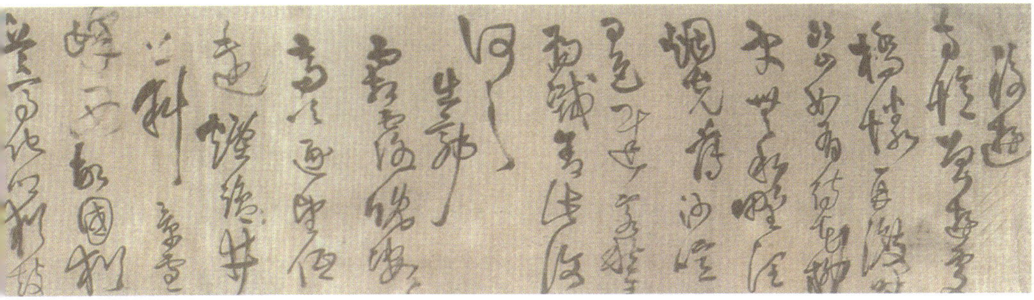

【图42】王铎（1592—1652）《杜甫诗草书卷》（局部），1646年，绫本，纵27cm，横202cm，藏地不详。

此笺烛照之微、所见之细，真可谓有茧丝牛毛之精，最能发露杜诗“景情相生，篇法乃融”之妙。“春满眼前”是丽景，而“寇警山外”的忧虑则属哀情，所云“得其一线贯串之法”，是旨在提示读者须沟通丽景、哀情这一对相反然而实则相生的矛盾体，领会其“函盖通篇”之用——既“对整首诗的内容进行界定”，又“用作全诗的基本结构框架”：句与句、联与联之间的交相关摄，心中事、眼前景的内外关鬲（“虚”与“实”、“形”与“影”），是“借写景影身世之思”（卷三之五《暮春题瀼西新赁草屋五首》笺语），而这些莫不源于首句即蕴蓄着的内在紧张，与之血脉相连，由此而形成一在形式上逐句递接、内容上交融互透的结构。由是，“老杜心事与实象之关系于此尽矣”。

可以看出，浦起龙对杜诗的读解已经不再像一般“顺文演意”者那样株守于表面形式的起承转合，而是能够触及甚至是深入到杜诗内在的生命构成。这一认识大似王夫之的结构观：“以情事为起合，诗有真脉理、真局法，则此是也。”[①]正因如此，浦起龙能注意到杜诗结构形态的复杂多样，很难作简单的归纳。《心解·发凡》说得好：

① 《姜斋诗话笺注》，第80页。

> 篇法变化，至杜律而极。后人执成法以绳杜，如欲惩中四排比之患，而为前解后解之说者，又欲矫两截判隔之失，而为七转八收之说者，概乎未有当也。夫杜一片神行而已，乌乎执！

这是一种全然不同于机械结构论的思路。提出“一片神行”（又见《所思》笺语），旨在破除“后人执成法以绳杜”之“执”。从根本上说，有这“一片神行”，“篇法”才得以融会贯通，它正是《登楼》诗里被浦起龙灵眼觑见的“一线贯串之法”中的“一线”。而这“一线”，并非只是《登楼》一诗才有的个别现象，前论《登牛头山亭子》《对雪》诸篇亦莫不有之。且看《发凡》又云：

法之变既不容以一律绳之，乃其连章诗又通各首为大片段，却极整齐，极完密。少陵此体，千古独严，要其融贯处在神理，在纪法，不在字句也。前人尝论及之。但标举几字为串插钩带，实无当于位置浑成之妙，故不免来世口实。

“神理”与上文之“神行”，其旨一也。浦起龙告诉我们，连章诗正是同样地以“一片神行”，因而各诗篇虽独立自足却仍是一个“极整齐，极完密”的“大片段”。如卷三之一《喜达行在所三首》【图43】，浦云：

题眼在一“喜”字。三章逐层下。一章，从未达前落到初达，是“喜”字根苗。〇起倒题奉翔，暗藏京师。四句一气下，是未达前一层也。五为窜去之路径，六为将至之情形，七、八，就已至倒点自京。妙在前说在京时，着“西忆”“眼穿”“心死”等字，精神已全注欲达矣。又妙在结联说至凤翔处，用贴身写，令“喜”字反迸而出。而自身老瘦，又从旁眼看出。笔笔跳脱也。

二章，写初达时之情事气象，是“喜”字正面。〇前首本从未达起也，却预忆行在。此则写初达之情矣。起反转忆贼中，笔情往复入妙。三、四，洗发“窜至”二字。而此四句正对“所亲惊老瘦”，作叹息声也。五、六，明写“达”，暗写“喜”，七、八，明言“喜”，反说“悲”。而喜弥深，笔弥幻矣。

三章，透出达后本怀，是“喜”字结穴。〇起以上句剔下句，勿如俗解硬寻上篇一句作顶也。“犹瞻”，从死去说来。死则不得瞻，今犹得瞻矣。来归而遇光天，喜可知矣。五、六才是面君，而以“心苏”对“影静”，仍不脱“窜至”神理也。七、八，结出本愿，乃为“喜”字真命脉。〇文章有对面敲击之法，如此三诗写“喜”字，反详言危苦情状是也。

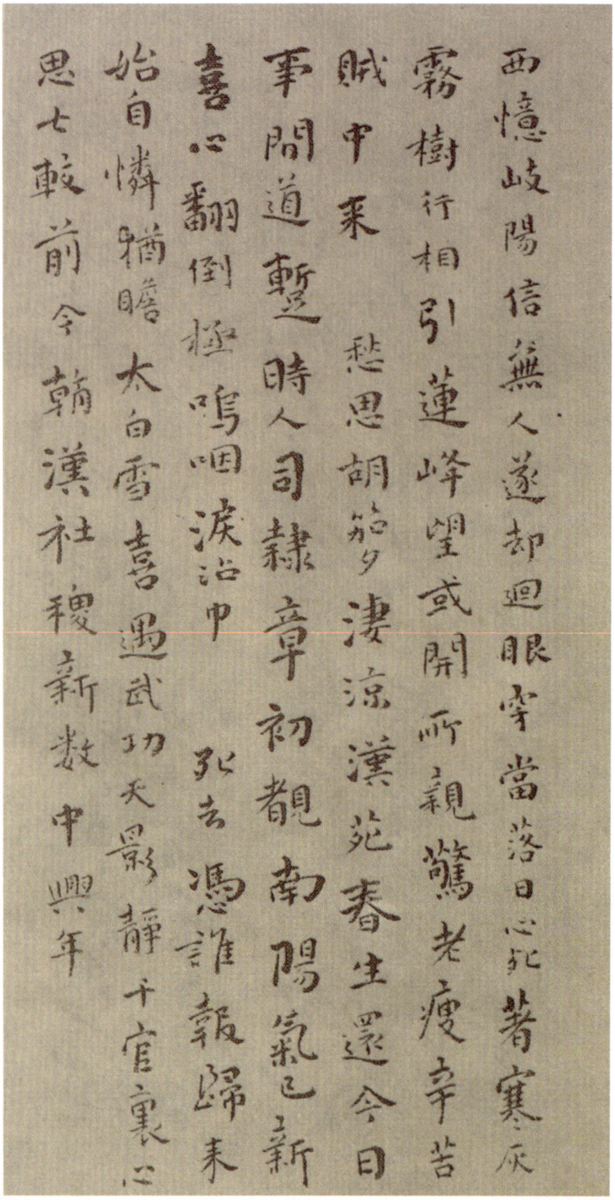

【图43】傅山（1607—1684）《小楷杜甫喜达行在所三首》，尺寸、藏地不详。

傅山有《读杜诗偶书》诗云：“杜老数太息，黎庶犹未康。此辈自刍狗，徒劳贤者忙。追忆甲申前，日夕盼鼙鞬。只今死不怨，熙熙宝庆杨。皮业自应尔，天地有大纲。小仁无所用，故林何必尝。所悲数奔窜，奔窜复何妨。宴安不可怀，仰屋无文章。有恨赋不尽，颇异江生肠。”（《霜红龛集》五言古卷一）读杜诗而后作的《偶书》诗，也如他所抄录的《喜达行在所三首》一样，“言言着痛”“欲歌欲哭”（浦起龙语），“艰难之情，忠爱之念，一一写出，读之恻恻动人”（张溍语）。

"窜至"二字为此诗通局之柱,其局法之"严",正在始终"不脱'窜至'神理也"。

浦起龙又一次使用了"神理"一词。其实尚远不止上引两处,他在《戏题寄上汉中王三首》《移居公安敬赠卫大郎钧》《闻官军收河南河北》等诗的笺释中,都曾一再地用到了它。在对浦笺《喜达行在所》展开更为具体的论析之前,应当先补充说的是,从阐明其笺释理念的《发凡》到具体的笺释实践,"神理"的使用,在浦起龙已不是偶然,而是他的整体构思。在上一章中,我们谈到了金圣叹对杜诗"神理"的着力追索。这里不妨说,金圣叹以来,虽有朱瀚、仇兆鳌等杜诗学者也间或在他们的杜著中提到"神理"一说,但多不过泛泛用之,无多深意(如《杜诗详注》卷一九《寄刘峡州伯华使君四十韵》,卷二〇《又呈吴郎》,卷二二《清明二首》),于"神理"关注最多、点醒最力,可与金圣叹相比的,大约只有浦起龙。但这并不意味着浦氏在步金圣叹之后尘。浦起龙笔下的"神理",是与其结构探索一体的,如前引"融贯处在神理""不脱'窜至'神理",又如"收局神理"(《戏题寄上汉中王三首》),凡此种种,"神理"俨然像是篇法结构的融合剂,而金圣叹笔下的"神理"则是其直接追索的对象,即所谓"追出当时神理来"(见前文)。换句话说,浦起龙着眼于"神理"之用,而金圣叹则意在寻绎"神理"本身。与此相应的是,金圣叹于"神理"好用"尽"字,而浦起龙则会用"一片",如我们在《移居公安敬赠卫大郎钧》里看到的"神理一片"。我们是从较为严格的意义上来看待二者的这种差别的,在浦氏如上表现的背后,更多的是蕴藏着他把握杜诗结构的方式。就眼下讨论的连章诗而言,浦氏既然视之为一谨严细密的"大片段",那么读解的办法亦只有"通长打片看去,才显真面目"(《发凡》)。通观《心解》全书,我们可以一再看到他对这一观点的申述:

汉魏以来诗,一题数首,无甚铨次。少陵出而章法一线。

如此九首,可作一大篇转韵诗读。

——卷一之一《前出塞》

一片看,乃得解。

——卷三之一《陪郑广文游何将军山林十首》【图44】

老杜连章片段,大率如此精密,如何鲁莽读得!

——卷三之五《暮春题瀼西新赁草屋五首》

如此等等。所谓“一片看”,是一种整体观照的方式,是像《对雪》《登楼》那样打破单联从而识取通篇的贯串之法,而对一题数首的组诗来说,便还需打破单篇之间的界隔,一窥其“通身结构之法”(卷四之二《秋兴八首》笺语)。

现在,让我们重回《喜达行在所三首》。不难看出,此笺的重点,正是“疏言其命意引脉,布局谋篇之大凡”(卷四之二《秋兴八首》笺语),将发露诗人自京城冒死逃归凤翔前前后后的心理起伏变化作为其笺释的核心,以此寻求三诗结构意脉的完整、一贯。“笔情往复”四个字道破了杜甫连章诗“连”的真精神所在,是“通体盘旋”(卷三之一《陪郑广文游何将军山林十首》笺语),而不是“如俗解硬寻上篇一句作顶”。

与“笔情往复”互为表里的是连章诗结构的“往复”,对此浦氏还有更具体而微的体认。卷四之一《曲江二首》:

一片花飞减却春,风飘万点正愁人。且看欲尽花经眼,莫厌伤多酒入唇。

江上小堂巢翡翠,苑边高冢卧麒麟。细推物理须行乐,何事浮荣绊此身?

……此章言物理推迁,且须遣之于酒。……

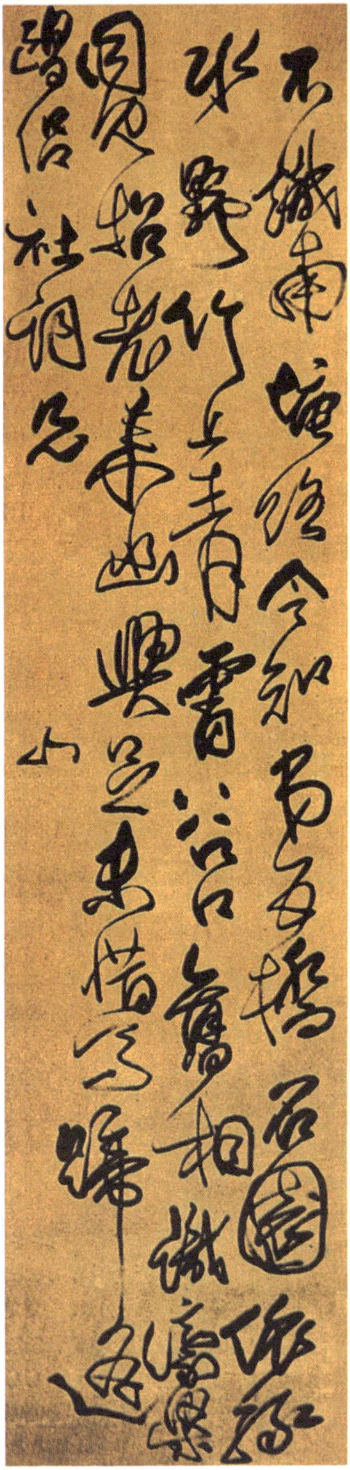

【图 44】傅山(1607—1684)《行草陪郑广文游何将军园林十首之一诗轴》,尺寸不详,成都杜甫草堂博物馆藏。

> 朝回日日典春衣,每日江头尽醉归。酒债寻常行处有,人生七十古来稀。
>
> 穿花蛱蝶深深见,点水蜻蜓款款飞。传语风光共流转,暂时相赏莫相违。
>
> 次章,言典衣尽醉,正因光景易流耳,与前章作往复罗文势。……

何为“往复罗文势”?《送韦书记赴安西》一笺可为此作答。浦云:“韦就辟而己将隐,送韦兼以别韦也。一、二,由韦合己。三、四,一己一韦。五、六,一韦一己。七、八,由己及韦。通首如罗文然。”(卷三之一)则此所谓“罗文”,正是今天钱锺书先生所说的“丫叉句法”:“先呼后应,有起必承,而应承之次序与起呼之次序适反。”[1]这种“丫叉法”,“并有扩而大之,不限于数句片段,而用以谋篇布局者”[2],如《散愁二首》之“以上半配前首下半,以下半配前首上半”(卷三之二)即是。从《曲江二首》两诗互拱,在物理、人事之间循环钩锁、错综流动的体势看,浦起龙所谓的“往复罗文势”,大抵亦属此等“扩而大之”的“丫叉法”。

在当时,没有哪个诠释者像浦起龙这样对杜甫连章诗之结构作如此深入的读解。但这还是次要的。最值得我们重视的是由其中体现出的浦氏感受杜诗的方式,那种撮散作整的融汇之精神,并将此精神推扩到连章诗之外。卷一之一《玉华宫》一诗,浦起龙笺曰:

> 单看本篇,不过伤心物化。合观前首(引者按:即《九成宫》),仍然陨涕时衰。

又卷四之一《严公仲夏枉驾草堂兼携酒馔得寒字》【图45】【图46】,浦氏云:

① 《管锥编》第一册,第66页。

② 《管锥编》第三册,第859页。

【图 45】王时敏(1592—1680)《杜甫诗意图册·山庄草阁》，纸本设色，纵 39cm，横 25.5cm，故宫博物院藏。

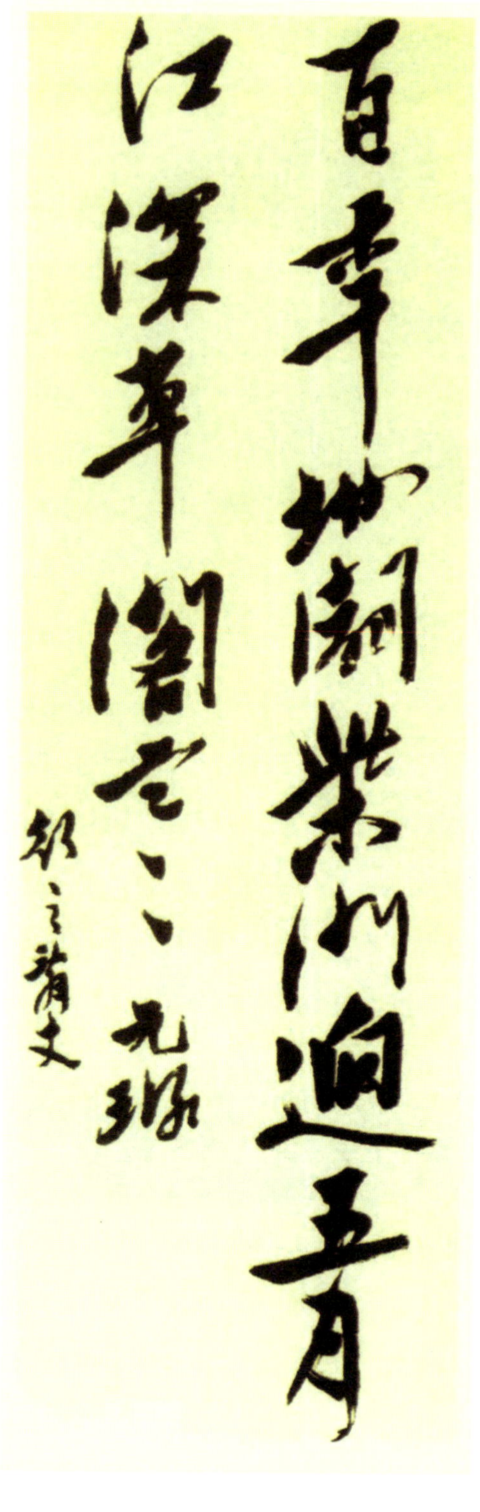

【图46】倪元璐(1594—1644)《赠行之杜甫诗句立轴》(百年地辟柴门迥,五月江深草阁寒),纸本,纵81cm,横26.1cm,上海博物馆藏。

与黄道周、王铎并称"明末书坛三株树"的倪元璐,书风超逸,下笔磊落,后人有"三奇"(笔奇、字奇、格奇),"三足"(势足、意足、韵足)之誉。崇祯十七年(1644),李自成攻陷京师,倪遂束带向阙,自缢殉节。有《题画》诗写道:"仙华学杜诗,其词拙而古。如我写兰竹,无媚有清苦。"(《倪文贞诗集》卷下)正算得上是他的自我写照。

要合从前严武投赠、亲造诸律,绝看,便得此诗神理。

诸如此类。读一诗而要联系前后的诗篇并观才得解,甚至要“疏观前后数册而创通其大致”(见《发凡》)、“通十数卷疏观其意境”(卷三之五《季秋苏五弟缨江楼夜宴崔十三评事韦少府侄三首》笺语)。这也就是说,单篇有时必须放置在一个更大的诗群中才能显示出它的真正意味。故其《读杜提纲》早就言之在先,曰:

读杜逐字句寻思了,须通首一气读。若一题几首,再连章一片读。还要判成片功夫,全部一齐读。全部诗竟是一索子贯。

“一索子贯”的理念不啻为一种大结构观,是对一部杜诗整体意味的综合体认。提出读杜要“通首一气读”“连章一片读”乃至“全部一齐读”,其用意即在使读者始终保有对杜诗的整体性感觉。我们由此想到浦起龙对杜诗编年的看重(见于《发凡》《目谱》),想到他将杜甫的赋与杂文(赞、表、状、策问等)随录在有“关会”的诗篇之后,其中不都包含着一种整体意识吗?尤其是随诗附文,虽然是“别立义例”(《发凡》),虽然四库馆臣讥之为“自有别集以来无此编次法”(前引),但在浦起龙,这却是他打破文体障蔽藉以对杜诗涵蕴进行横向“整合”的合理资源,与其“疏观前后”的纵向沟通,正好构成对“一片神行”的杜诗的“浑然一体”的读解方式。

“浑然一体”的读解,为的是读出一个“浑然一体”的人。《读杜提纲》曰:

说杜者动云每饭不忘君,固是。然只恁地说,篇法都坏。试思一首诗本是贴身话,无端在中腰夹插国事,或结尾拖带朝局,没头没脑,成甚结构?杜老即不然。譬如《恨别》诗,“闻道河阳近乘胜,司徒急为破幽燕”,是望其扫除祸本,为还乡作

> 计。《出峡》诗,“朝士兼戎服,君王按湛卢”“五云高太甲,六月旷抟扶”,是言国乱尚武,耻与甲卒同列,因而且向东南。以此推之,慨世还是慨身。太史公《屈平传》谓其“系心君国,不忘欲反,冀君之一寤,俗之一改也。然终无可奈何,故不可以反”数语,正踢着杜氏鼻孔。

可以看出,在浦起龙,对杜诗篇法结构完整性的维护,与维护诗人情志表现的“浑然性”是一体的。这一“浦氏特色”,在上文的实例分析中已在在可感。但略须分疏的是,结构分析在上文是作为其读解杜诗的“方法”加以讨论的,这里则欲转入“目的”的层面。虽然,读解方法本身也即融合、呈露着目的,但我们仍想通过如上《读杜提纲》的一番话对此作一点提醒,那就是,在浦氏结构探索的主题中实包含了对他而言更为重大的主题——看取“杜老”一生心迹的意图。不妨这么说,浦氏之杜诗学,既要让读杜诗者由此揣摩出作诗之法,更要从词气文势、篇章结构上看出“诗史”的大义,“诗圣”的用心。

### “心解”杜诗

在对浦起龙“心解”模式的种种表现做了一番梳理之后,现在我们想问的是:浦氏所持的究竟是怎样一颗“心”? 此“心”又是如何“印杜之心”的?

从上面的讨论中,我们得知浦起龙是在体味了科举的残酷竞争所带来的高度挫折感后发愤注杜的。诚如我们在本章“绪说”中所指出的,与易代之初的杜诗学者多通过笺杜来砥砺晚节、寄寓故国之思不同,作为“后起之秀”的浦起龙,则是以杜诗为修身的磨刀石。《心解》卷首《读杜提纲》压轴一条云:

> 杜诗合把做古书读。小年子弟拣取百篇，令熟复，性情自然诚悫，气志自然敦厚，胸襟自然阔绰，精神自然鼓舞。读杜不专是学作诗。

“后起之秀”所生长的时代不单是减轻了仇恨、淡化了冲突，同时还沐浴在“新朝”倡扬的程朱理学的“光辉”下，接受着日渐严厉的思想桎梏。自然，宋儒讲的“正心诚意”，便自觉不自觉地成了像浦起龙这样的“后起之秀”们立身的根本。说到这里，前引费念慈推崇浦氏之学的话里“粹然一出于正”几个字值得进一步分析。所谓“粹然一出于正”，并非泛泛之言。《新唐书·韩愈传》赞云：“当其所得，粹然一出于正……要之无抵捂圣人者。”[①]朱子《诗集传序》也说：“惟圣人在上，则其所感者无不正，而其言皆足以为教。……其言粹然无不出于正者。”[②]据此看来，“粹然一出于正”是有特指意义的，“无抵捂圣人”是重要一端。明白这一点，颇能帮助我们理解浦起龙笺释杜诗的一些表现。

《奉赠韦左丞丈二十二韵》一诗，浦起龙笺曰：

> 此应诏退下后，将归东都时作也。先是有《赠韦左丞丈》诗云：“君能微感激，亦足慰榛芜。”盖偿以推奖望之。是后韦必尝以公之才诵言于当轴而莫有应者，公遂决计远引，赠此致感，且以告别也。不作悻悻急去语，亦不作脂韦无骨语。本心之厚，立品之高，俱见。……起四句，愤激而有古趣。

陈贻焮先生指出，“这是沉沦挣扎时发自肺腑的呼号”[③]，可谓满腹牢骚愤激，故自来注家多强调此诗“感愤悲壮，缱绻踌躇”[④]的一面。浦氏虽然也看出诗中有“愤激”之语，但仔细分析此解前后所云，便知凸显杜甫“本心之厚，立品之高”才是浦解之主脑。对浦起龙而言，作为“诗圣”的杜甫，其本心忠厚是不容置疑的。浦起龙对

① 《新唐书》卷一七六，第5269页。

② 朱熹集注《诗集传》，上海古籍出版社，1980年，第1页。

③ 陈贻焮《杜甫评传》，北京大学出版社，2003年，第109页。

④ 《杜臆》，第11页。

钱谦益的批评最苛,除去因人废言的因素外,就在他认为钱氏抵牾了杜公本心,其言曰:

虞山轻薄人,每及明皇晚节、肃宗内蔽、广平居储诸事迹,率以私智结习,揣量周内,因之编次失伦,指斥过当。(《发凡》)

“指斥过当”,不惟是唐突了“诗圣”,而且还有后遗症,使后来的读杜者“总由钱笺流毒,传染而不能出”(卷三之一《收京三首》其二),这对于一个以杜诗为古书垂教后学的蔼然儒者而言,恐怕是更难以姑息的,故不能不加以辩驳,且驳之不能不力。《洗兵马》一首,浦氏解云:

钱笺此等,坏心术,堕诗教,不可以不辩。

直欲戕之而后可!此等苛责,如萧涤非先生《杜甫诗选注》所言,诚属唯心之论,但撇开其偏颇不谈,足见浦起龙对杜甫维护之力。在浦起龙眼里,杜诗“自玄宗失国后,但有哀痛语、感激语,并无一语涉刺讥”(卷一之一《后出塞五首》其五),最得风人忠厚之遗了。以是,他于杜诗也最服膺其伦理之笃,《发凡》特为拈出云:

老杜天资惇厚,伦理最笃。诗凡涉君臣、父子、兄弟、夫妇、朋友之间,都从一副血诚流出,而语及君臣者犹多。

在《发凡》中,这一段话尤为关键,以其不仅代表浦起龙对杜甫其人的整体认识,更因其道出了杜甫创作时“从一副血诚流出”的情感表达状态。“血诚”之态,用徐复观先生的话说,即“得性情之真”,而“得其真的感情,是个人在某一刹那间,因外部打击而向内沉潜的人生的真实化。在其真实化的一刹那间,性情之真也即是性情之正,于是个性当下即与社会相通。”因此，《心解·目谱》进一步指出云：

少陵之诗，一人之性情而三朝之事会寄焉者也。

从诗学理论的历史渊源上看，浦氏此说之意《毛诗正义》早已言之在先。让我们再重温一下孔颖达《毛诗正义》中那段大家已耳熟能详的话：

一人者，作诗之人。其作诗者道己一人之心耳。要所言一人心乃是一国之心。诗人览一国之意以为己心，故一国之事系此一人使言之也……言天下之事，亦谓一人言之。诗人总天下之心、四方风俗以为己意，而咏歌王政。[1]

[1]《十三经注疏》，中华书局，1979年，第272页。

《正义》这段话对我们理解浦起龙之说极有帮助。我们实可认为，《目谱》所言正是对《正义》最明确的呼应，非对杜诗深有体悟者不能道也！合上引《发凡》与《目谱》两则材料并览，继中师分析道：“‘一国之事’已通过‘伦理’这一带有普遍意义的道德理性，内化为杜甫的人格，是杜甫情感结构中起主导作用的要素，由此形成杜甫最鲜明的创作个性。”明乎此，我们会越发觉得浦氏“从一副血诚流出”一语真正探到了杜诗之个性与社会性融合会通之路，用浦起龙自己的话说便是：正蹋着杜氏鼻孔！试看《心解》中与“血诚”相近的几则评解：

1. 以下又捷转出一副血性语。心绪虽乱，终不以易吾誓死之志。（卷一之一《前出塞九首》之三）

2. 诗从一片至情流出。（卷一之一《述怀》）

3. 读《咏怀》，见杜子一生学识。读《北征》，见杜子一腔血性。（卷一之二《北征》）

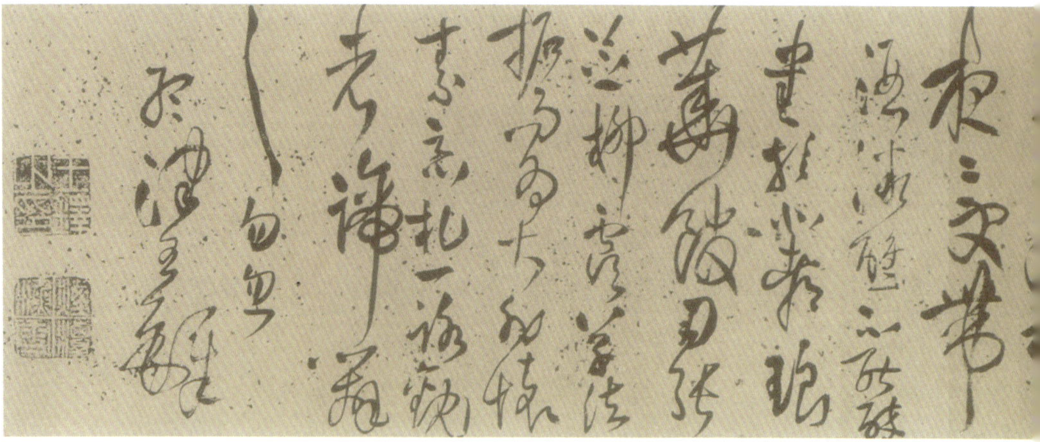

4. 是诗想入非非。要只是凤台本地风光,亦只是杜老平生血性。不惜此身颠沛,但期国运中兴。刳心沥血,兴会淋漓。(卷一之三《凤凰台》)

5. 前半先写其格力不凡,后半并显出一副血性,字字凌厉。(卷三之一《房兵曹胡马》)

6. 通观三首,时时流露道机,知此老天资高妙,从性分中来,非从道学中来也。带道学气则腐矣。(卷三之二《江亭》)

7. 肫然胞与襟怀,何有头巾气味,小中见大,不是将道学也。(卷四之一《题桃树》)

8. 四章,亦述时事……而自己一副血性,亦从此吐露。(卷五之二《伤春五首》其四)

此处“血性”“至情”“性分”“肫然”(恳诚貌),都可视作“血诚”的同义语,在这些评解中,浦起龙告诉我们正是杜甫的“一副血性”“一片至情”铸就了杜诗至大至伟的审美内涵,如上引文4所云,“刳心沥血”是诗人一副血性,“兴会淋漓”则就杜诗的表达效果而言,而“兴会淋漓”正由“刳心沥血”而来。与此相似,在《秦州杂诗二十首》其十九【图47】一解中,浦氏云:“外攘内宁,思一举以奠四国。

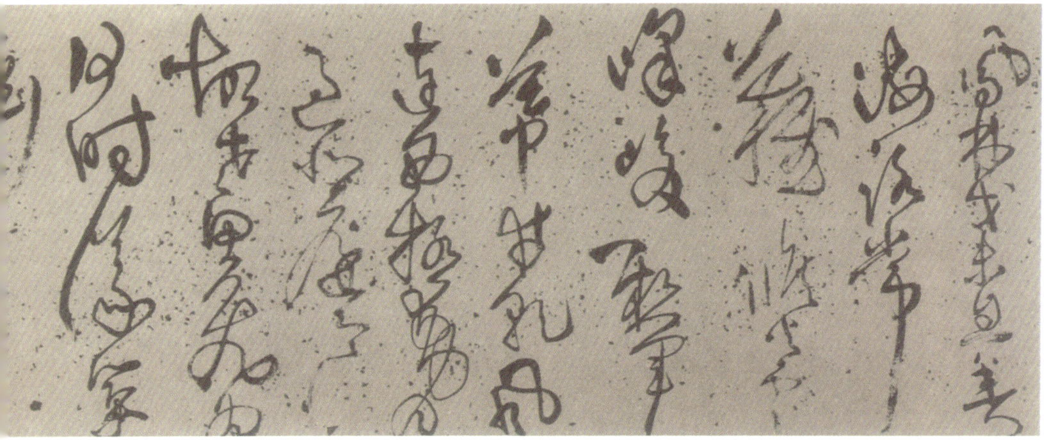

【图47】王铎(1592—1652)《杜甫秦州杂诗二十首之“凤林戈未息”诗卷》,1646年纸本,藏地不详。

此杜甫《秦州杂诗二十首》之十九,气格雄浑,语语深沉,王铎尝一再书之,今《王铎书法全集》中可见者便有三种。

忠诚蕴结,情文旁畅。至哉诗乎,观止矣!”对浦起龙来说,“忠诚蕴结”不惟是对诗人性情的一种体认,更重要的是,它还是诗歌臻于至善的保证。类似的体会也出现在金圣叹、黄生的杜诗评解中,金氏解《北征》一诗云“总是一片极厚心地中流出来,若无此一片极厚心地,并生不出如此大力曲势”,黄生解《四松》一诗亦云“此意……皆实从肝膈中流出”,浦说也许正是受了此二人的影响,即便如此,通《心解》一书观之,浦氏乃以此为读杜的贯索,贯穿其对一部杜诗的阅读与诠释,这无疑是他度越金、黄二人处。这一点看起来似乎并不要紧,但它却是浦起龙建基于自身的道德实践,从而对杜诗道德情感的一次整体发掘与彰显,浦氏云“以我之心印杜之心”,诚哉,斯言!浦氏与杜甫之间的这种遥契,与其说来自浦氏的诠释,不如说是两个“同心”之人越乎千载的心灵对话。

# 下　篇
# 杜诗书写：明末清初杜诗学的一种别样形态



钱锺书《诗可以怨》说道：

尼采曾把母鸡下蛋的啼叫和诗人的歌唱相提并论，说都是“痛苦使然”。这个家常而生动的比拟也恰恰符合中国文艺传统里一个流行的意见：苦痛比快乐更能产生诗歌，好诗主要是不愉快、烦恼或“穷愁”的表现和发泄。[①]

① 钱锺书《七缀集》，上海古籍出版社，1996年，第120页。

此“意见”之所以流行，固然不能排除一些视之为“写作实践套板”的人“不病而呻”的推波助澜，但究其根本，仍缘于在我华夏民族深广的忧患意识作用下，文学传统中确乎有着压倒多数的实实在在的愁苦之音、发愤之作。如“生命不谐,声颓身丧”的李陵,钟嵘谓“使陵不遭辛苦,其文亦何能至此”[1];又如“以贤而辱”、羁幽惨怆的柳宗元,韩愈认为若“子厚斥不久,穷不极,虽有出于人,其文学辞章,必不能自力以致必传于后如今无疑也”[2]。诸如此类,无不是真“愤”然后作、真“穷”而后工的表现。钱文将“诗可以怨”作为中国古代诗文评与写作实践中一个重要论题提示出来,详梳细绎,可谓独具慧眼。

然而,“诗可以怨”不但是写作实践里的常态,它还是阅读实践中的重要传统。众所周知,“诗可以怨”其初并非说的“作”诗以怨。《论语·阳货》曰:“小子何莫学夫诗? 诗可以兴,可以观,可以群,可以怨。”[3]孔子鼓励门弟子学《诗》,大抵与春秋时代社交场合“赋诗言志”的普遍流行有关。[4]因此,“诗可以怨”,在最初的语境里,正不妨说乃通过学《诗》之所怨进而赋诗以怨。在这里,既是诗人之“怨”,也是赋者之“怨”,“诗可以怨”这一命题原本就勾连着作者与读者两端,甚至毋宁更倾向从读诗者一面言说。也正因为此,钱氏所谓“苦痛比快乐更能产生好诗”的基本规律里,其实还关联着另一同样惯见熟闻然而也同样不太让人着意的基本规律:苦痛比快乐更能领会那些因苦痛而产生的好诗。可以说,这正是赋诗以怨的前提与基础。诚如杜甫《咏怀古迹五首》其二所感叹“摇落深知宋玉悲,风流儒雅亦吾师。怅望千秋一洒泪,萧条异代不同时”[5],同样的“萧条”让老杜深深地领受到宋玉“文藻”里的悲戚。诗虽说是因宋玉故宅而怀其人,实则在念其文采风流中而以其与自己“身世相类的一面引起共振”。继中师认为,诗的重点不在古迹与古人,而在指向诗人自己的身世之感。[6]

是的,指向自己的身世之感,而这也几乎是所有赋诗以怨者的本心所蕴,于杜尤然:“平时读之(杜诗),未见其工;迨亲更兵火丧乱之后,诵其诗如出乎其时,犁然有当于人心。”“余坐幽燕狱中,无所为,诵杜诗稍习……但觉为吾诗,忘其为子美诗也……子美于吾

① [南朝·梁]钟嵘撰,曹旭集注《诗品集注》,上海古籍出版社,1994年版,第88页。

② 刘真伦、岳珍校注《韩愈文集汇校笺注》卷二二,中华书局,2010年,第2409页。

③ 钱穆《论语新解》,三联书店,2002年版,第451页。

④ 关于“赋诗言志”,可参看张伯伟《中国古代文学批评方法研究》第一章《以意逆志论》的相关论述,第15—16页。

⑤ 萧涤非主编《杜甫全集校注》卷一三,人民文学出版社,2014年,第3845页。

⑥ 参看林继中《新译杜诗菁华》(下),三民书局,2015年,第816页。

隔数百年,而其言语为吾用,非情性同哉。”[①]李纲、文天祥的自诉明白无疑地告诉我们:在兵火丧乱中淬砺而出的杜诗,只待在亲更兵火丧乱之后读,方能真见其工;杜诗“犁然有当于人心”、读者与之“情性同”,虽“隔数百年”而言语仍能“为吾用”。“为吾用”三字,尤能道出杜诗在特定历史时期里最足资以为“怨”的强大功能,因而也正如继中师所揭示的那样“每当民族灾难降临之际,志士仁人总是要手书口吟杜诗,自抗金到反清,从深山隐士到海外游子,莫不如是,莫不如是”[②]。此寥寥数语虽不能涵括所有读杜的情境与人群,但却精准地提挈了杜诗接受传统里的一个要害所在,直指杜诗文化的根本。继中师在大家熟知的“口吟”杜诗之外还一并举出了“手书”杜诗。也就是说,托“杜”以怨的表出手段,与“口吟”相伴的往往还有“手书”。尽管杜诗书写作为后世呈现杜诗的一种方式,过去已经获得一些关注。[③]但如此明召大号地将之与书写者的道德情怀、政治关切之间的某种必然关联勾掘而出,仍不能不说是一种洞见。本文愿意尝试进一步解释这一洞见,我们将在“诗可以怨”的传统理论框架内,对明末清初这个杜诗书写的高峰期作相应的考察——以往讨论明末清初的杜诗学,大抵着力于这一时期的各类杜集,探究在新的历史情境中杜诗整理、注疏、诠解的具体展开,辨析其与旧传统之间的承转异同等等,这些固然是其中的荦荦大者。但“荦荦大者”所关注到的只是杜诗作为学术对象时的诸种状态。明末清初士人之契入杜诗,尚有“学术”之外的一些方式。而手书杜诗正是这“之外”中可与之争锋的一端。将目光由“注”杜、“解”杜那些大制作上转向“书”杜这样一种艺术的抒情方式,正可以让我们了解其时士人别样的杜诗情结。我们希望通过对各类书杜者书杜样态的分析,探询杜诗接受史中的一个特殊支脉是怎样在一些特定的历史情境中展开,他们的托“杜”以怨有着怎样的历史特征,进而藉此反观杜诗在其影响进程中的作用与功能,把握其中易为人忽略然而同样耐人寻味的那一部分文化蕴涵。

① 分别见“导言”所引李纲《重校正杜子美集序》、文天祥《集杜诗自序》。

② 《杜诗选评·前言》,第5页。

③ 例如《草堂》(1988年更名《杜甫研究学刊》)自创刊起,或以插页形式或是在封二、封三刊登历代杜诗书法作品,并偶有一些专注于书家艺术风格的杜诗书法赏析文章刊于其中;此外草堂还出版《杜甫草堂墨迹选》(上海书画出版社,1982年);又如胡可先《杜甫诗学引论》第七章《杜诗学通论》第七节《杜诗的文化》也专门谈到杜诗书法,是一次对历代书杜状貌的概览。

## 别样情怀:杜诗及其书写

以杜诗为题材入书,在唐就已有之,入宋以来更代不乏人。但此间的书写往往多凭一时兴致,如苏轼《书子美屏迹诗》《堂成》、米芾《书杜少陵画山水歌并绝句》,等等[①]。随着时势的迁变,两宋之际,上文所谓关联着道德情怀与政治关切一类的杜诗书写才开始出现于世。大约当李纲"沉痛迫衷肠"地吟诵着杜诗的时候,谏议陈瓘正以同样的心绪书写着杜诗。胡寅(1098—1156)《斐然集》有跋文记录其事,跋云:

> 谏议陈公所书(杜少陵哀江头诗)。公外亲临江萧君建功得而藏之,云:公之绝笔也。公学行文章,皆居第一流,而尤显白耸动于天下后世者,则以知蔡京奸慝祸国于未用之前也。此书信其绝笔,是乃忧思至痛之情,言不见用,身且窜逐,视国家将危而无可奈何!后之览者,犹欲痛哭流涕,而况其身亲之者乎?呜呼!悲乎![②]

于至德二载在长安沦陷区所作的《哀江头》诗,是杜甫借曲江之盛衰与杨贵妃的生死皇遽之变而兴破国心伤之情,其中还包含对统治集团骄奢招祸的历史反思[③]。陈瓘在杜诗里"照见"了"言不见用,身且窜逐,视国家将危而无可奈何"的自己,他的临绝书杜不但和李纲、文天祥诵读杜诗一样,实实在在呈现了他们当着国家(包括个人)命运日渐落入深重灾难时的"忧思至痛",而且还心电图式地刻录下那一时的悲剧性体验[④]。可见,陈氏的书杜既非为保存杜诗而作的机械誊录,也不是那类无所用心的漫写,从性质上讲,正属于借助笔与墨、线与形"将表现自身内在生命作为本质"[⑤]的书法的范畴。

那么,从书法的角度来观察,杜诗书写与杜诗之间究竟有着怎

① 即如苏轼在自书杜甫《屏迹》诗后所题:"子瞻云:'此东坡居士之诗也。'或者曰:'此杜子美《屏迹》诗也,居士安得窃之?'居士曰:'夫禾麻谷麦,起于神农、后稷,今家有仓廪。不予而取辄为盗,被盗者为失主。若必从其初,则农、稷之物也。今考其诗,字字皆居士实录,是则居士诗也,子美安得禁吾有哉!'"(《书子美屏迹诗》,见《苏轼文集》卷六七,中华书局,2004年,第2103页)言语中的戏谑欣悦,生动地传达了杜诗给予他的"亲切"乃至"亲身"感。正是在提供了先在经验的杜诗中欣喜地发现"自己"并希图藉以自我揭示的兴致,促使苏轼将杜诗形诸笔墨的。

② 《跋陈谏议书杜少陵哀江头诗》,《崇正辩 斐然集》卷二八,中华书局,1993年,第582页。

③ 参看《新译杜诗菁华》(上),第149页。

④ 当然,每一个书者,只要不是茫无所感的"书抄",就首先是一个读者。但反之则不然,此所以又必须分而言之。

⑤ [日]平山观月著,喻建十译《书法艺术学》,四川人民出版社,2008年,第129页。

样的关系?换言之,二者是如何互涵互动从而完成一件具有表现“自身内在生命”意义的书作的?回答上面的问题之前,请容先就中国书法本身的特色与诗的传统在最基本的层次有什么可能的关系以及书法创作的题材与笔墨形成之间的关联稍事分析。

从表面上看,书诗之间并没有什么必然的内在关联。它不比绘画,在摹景状物上与诗有着显而易见的一致。因此,总是有人说“诗中有画”“画中有诗”,却少有人说“诗中有书”“书中有诗”[①];总是有人说“诗即是画”,却少有人说“诗即是书”。但书画向来被认为同源,视作一体,如果我们并不否认诗画可以沟通交融,自然也应该肯定与画“异名而同体”[②]的书与诗之间交融沟通的可能性。盖古人恒言书画同源、书画一体,这不但是对二者起源的一种探求与认知,更是为“书画用笔同法”“画法即书法所在”[③]的实践层面提供学理上的铺垫与支撑。建基于此,古人乃进一步说“书画一体,为其有笔气也”[④]“笔墨间神与趣会,书画妙境也”[⑤],这些又可谓是经由形质的层级进入到神采的层级,由表及里,从气象境趣上把握书画的通同。可见,书画的同并不止于“源”上,更在所欲达至的抒情境界上。这后一层的同岂不与诗画的“异迹而同趣”[⑥]“皆士人陶写性情之事”[⑦]是一揆的吗?宗白华认为诗书画乃同属一个境层,真是一点不虚。他还说:“中国乐教失传,诗人不能弦歌,乃将心灵的情韵表现于书法、画法。”[⑧]由此可见,书画与诗同其可贵的是其中所包蕴着的抒情主体的心灵情韵,二者所以能位列一起与诗歌沟通对话也端在于此。

但位列一起的书画,它们与诗沟通对话的方式并不一致。诗与画在摹景状物上的显而易见的一致,这是二者得以结合的前提。诗画之间的沟通,无论在哪一个层级上,都必须以此为基础,舍此无他。因此,那些本无风景物态或不以此为主的诗(句),其为画所无能为力则是毋庸置疑的。试看明人张尔唯应友人之命为杜甫《秋兴》谱图后的自跋所云:

① 《宣和书谱》卷三有曰:“(元稹)其楷字盖自有风流酝藉,侠才子之气而动人眉睫也。要之诗中有笔、笔中有诗而心画使之然耳。”(中华书局,1985年,第97页)大约是最早而稀见的谈及诗书关联的地方。可见,古来也并非完全没有人注意及此,而我们重提这一话题之绝非妄言亦由此可见。

② 张彦远《历代名画记》卷一,浙江人民美术出版社,2012年,第2页。

③ 同上注,第26页。

④ 蒋骥《读画纪闻》,转引自周积寅《中国画论辑要》,江苏美术出版社,1993年,第587页。

⑤ 邵梅臣《画耕偶录》,转引自《中国画论辑要》,第588页。

⑥ 孔武仲《东坡居士画怪石赋》,转引自《中国画论辑要》,第542页。

⑦ 沈宗骞《芥舟学画编》,转引自《中国画论辑要》,第548页。

⑧ 《论中西画法的渊源与基础》,见《艺境》,北京大学出版社,1989年,第113页。

丁丑春日长安邸中，小有社兄命予以少陵《秋兴》谱图，无论拙腕不能仿佛万一，且其情事种种原非景物所能状。小有以为画取形似，邻于儿童，老坡已言之矣。强余卒业，然少陵有诗中画，正不必求予画中诗，观者暗中摸索可也。因并书八诗于左。[1]

这正是以画来与诗沟通的实例。但画家清楚地认识到，诗里的“情事种种”也让他难以措手。将原诗书于画后，既便于观者画、诗参观，更是对画所未逮的点醒补充。唐人张彦远曰：“无以传其意，故有书；无以见其形，故有画。”[2]北宋韩拙曰：“存形莫善于画，载言莫善于书。”[3]并皆着眼于书画的不同表现功能，二者各有胜场。明人宋濂干脆就说：“书者所以济画之不足者也。使画可尽，则无事乎书矣。”[4]张尔唯氏说的“非景物所能状”的“情事种种”，庶几就是可以由书来传其意或济其不足的地方。陈瓘书杜诗《哀江头》之所以使得“后之览者，犹欲痛哭流涕”，正是基于他在书迹中传递而出的“忧思至痛之情”。因此，如果说诗画的联结点在“景物”，那么诗书的联结点即在情境。我们若将以景物为纽带的诗画关系称为“象应”的话，以情境为纽带的诗书关系则可谓之“感应”，即对来自诗之所感的一种应和。书之于诗正可以补画之于诗的一些不能之处：虽然书法和绘画所使用的符号同是诉诸视觉的，但不同于绘画的是，书法所表现的却不是视觉的对象，而是感觉的对象，如前所谓“非景物所能状”的“情事种种”——这当然不是说写景诗（句）就不能成为书法表现的对象，只是其所表现的仍然只能是书家“触”景而生的情。诚如徐复观《从艺术的变看人生的态度》所谓：“艺术作品，固然是诉之于人的感官，但感官对作者而言，只是第二义的。第一义的却是作者未表现出来以前的生命的跃动。”[5]在这里，书法的内容表面上看起来是诗的文字，但事实上却更是书家由此文字所引发的内心情感活动，“这种内心活动根据其内在的振幅性

① 转引自饶宗颐《澄心论萃·明人以杜诗入画》，上海文艺出版社，1996年，第354页。

② 张彦远《历代名画记》卷一，第1页。

③ 韩拙《山水纯全集序》，转引自《中国画论辑要》，第568页。

④ 宋濂《画原》，转引自《中国画论辑要》，第567页。

⑤ 萧欣义编《徐复观文录选粹》，学生书局，1980年，第246页。

和柔软性而生成富于变化的无限的律动性,这种律动性以线条的形式表现在纸上,其结果表现为书法。"[①]书法就其基本特性而言,通常其中笔的运行轨迹就是书家心迹的自然流露,书法艺术之根源即"在于形与线的内层深处闪烁着作者的内心活动"[②]。韩愈《送高闲上人序》说张旭"窘穷忧悲、愉佚怨恨、思慕酣醉、无聊喜怒,不平有动于心,必于草书焉发之"[③],最是直截了当地指出了书法具有的抒情功能。就其构成状态而言,一件作品的笔墨形成里,虽然包含了以往习得的书写技巧、个性涵养,但不容忽视的是还融合着书家创作时的现时心境,毋宁说,书法创作正是在现时心境对以往潜存的全部教养的激活中展开的。王羲之《兰亭序》、颜真卿《祭侄文稿》、苏轼《黄州寒食诗帖》,从文字内容到笔墨表现,无不是在情来兴感中完成,书笔的抑扬一一呼应着文辞的节律,作为"心画"的"书"与作为"心声"的"言"的顺应契合,使每一个书写过程都不可重复[④],从而真正地成为书写者其时心境与整体人格的真实映现。孙过庭评王羲之"写《乐毅》则情多怫郁,书《画赞》则意涉瑰奇,《黄庭经》则怡怿虚无,《太师箴》则纵横争折"[⑤],也是道出了王羲之书法的笔墨形成随书写内容的不同变化着。由此我们得以明白,所谓书法表现人的内在生命,乃是书者随心境的动止,将笔墨的律动自觉与体现书者现时心境的文字载体——这既可能是书者自出胸臆的文辞,也可能是引发书者现时心境情感共鸣的内容——应和,构成一种相依相生、珠联璧合的状态,进而实现书法艺术的生命表现功能。

我们要讨论的杜诗书写与杜诗之间的关联正是建立在这情感共鸣的基础上。它们不同于一般意义的因喜爱而书写,也不是基于理性判断性质的理解后的选择,而是特定时间特定人群将个人生命体验投射其中彼此交流共感的产物。如前所言陈瓘之书《哀江头》,正是因其自身艰困处境的触发而在同样艰困的杜诗中激起强烈认同的一种现实反应。这种关系中,书写者对杜诗的体认、他那一时

① 参看《书法艺术学》,第69页。

② 《书法艺术学》,第40页。

③ 刘真伦、岳珍校注《韩愈文集汇校笺注》卷十一,中华书局,2010年,第1154页。

④ 赵构《翰墨志》引唐代何延年赞王羲之"择毫制序""如有神助""他日更书数百千本,终不及此"(见《历代书法论文选》,上海书画出版社,1996年,第370页);黄庭坚也认为《黄州寒食诗帖》,即令"试使东坡复为之,未必及此"(《黄州寒食诗跋》,见中国古代书画鉴定组编《中国法书全集》第6卷宋1,文物出版社,2011年,第243页)。

⑤ 朱剑心《孙过庭书谱笺证》,浙江人民美术出版社,2016年,第67页。李嗣真则称王羲之这类书写是"见义于成字"。见宋人沈作喆《寓简论书》,转引自《孙过庭书谱笺证》,第68页。

的生命经验都从中得到镜子般的反映,涵具着其自身最深沉的存在。石涛论诗画之关联尝有"真识相触,如镜写影"[1]一说,在现实境遇中(此可谓"真")将对杜诗的领受(此可谓"识")抒情化地加以表现的杜诗书写,不也就"如镜写影"吗? 当然这"影",并非"按实肖象",而毋宁是"凭虚构象"[2]——"一方面是艺术家抒情的意念,另一方面在表现上却以抽象的形式来体现,那么这个意与形的关系是什么呢? 这正是抒情主义的最基本的精神,即是象征(或'象意')。"[3]而"所谓象征,即是确有意义而又可以感觉到的印记;质言之,即是确定意义的直指本心的、不可分割的、尤其是一瞬即逝的印象。一个象征,便是一个现实存在的外观,在那些感觉敏锐而犀利的人眼中,它实具有直接的、内在的重要意味,这是不能经由推理的过程而获得的"[4]。正是书写之于杜诗有类似这种直接内在的象征作用才使书写的价值(实现诗书的沟通)有可能产生。

当然,将书杜作为一种舒愤懑的手段并不出自书法艺术本身的要求,而是源于陷于困境之中的人的需要。即如李纲,他就曾在金兵再度侵入汴京的当口书杜诗《魏将军歌》以砥砺士气:

> 余趣宁江谪所,取道湘潭,王周士出高丽纸求书。时金寇再犯阙,将半年未解。余闻诏命,将纠义旅以援王室,万一不捷,当遂以死报国矣。周士未果行,而许为之继。因书杜子美此篇遗之,以激其气云。[5]

杜诗书写,一如写其他文字一样,并没有任何特别的理论要遵循,只是杜诗特具的情感力量、文化意涵非但可以诱发书者的创作冲动,同时也陶染、导引着他的创作意态,甚至塑造着作品的风貌。王世贞《弇州山人题跋》卷六记南宋后期著名书法家张即之(1186—1263)书杜诗三则,其一曰:

① 见原济《大涤子题画诗跋》,《中国画论辑要》,第546—547页.

② 刘熙载《赋概》有:"赋以象物,按实肖象易,凭虚构象难。"这里也仅是用其语词。《艺概》,上海古籍出版社,1978年版,第99页。

③ 高友工《海外中国艺术家的抒情精神》,见《美典:中国文学研究论集》,三联书店,2008年,第177页。

④ 施本格勒《历史 文化 艺术》,见刘小枫主编《人类困境中的审美精神——哲人诗人论美文选》,东方出版中心,1996年,第400页。

⑤ 李纲《书杜子美魏将军歌赠王周士》,《李纲全集》,第1492页。

张温甫书如苏家木假山,秃节挺秀,槎牙四出,此卷更勃郁有生气。其所托旨于杜歌四章,盖愤羯胡之滔天,冀恢复之有日,然未久而黍离继之,良可慨也。[①]

又曰:

张温甫虽以世胄起家,然其痛中原之板荡,忧宗国之黍离,往往于翰墨发之,故特好书《孔明老柏行》,而所谓"根若青铜""霜皮溜雨"者,老笔槎牙,亦自相类。[②]

如果我们对张即之书法创作的整体情态作一番了解,就知道其书并不一贯"槎牙四出"。且不论其所作尺牍小行书的流利畅达(如《与殿元学士书》《台慈帖》)、中楷佛经的温润秀颖(如《度人经册》《佛遗教经卷》【图48】),即以与其书杜同属大字行楷的《书王禹偁待漏院记卷》而言,虽也宽博雄健,但绝不像其书《古柏行》的"峭骨成削,如画枯木丑石"[③]。所以,王氏所谓"托旨于杜歌四章""特好书《孔明老柏行》"云云,其实就在道出了张即之的"愤""痛""忧"与杜诗在道德情感上的同构性,唯有书杜,而不再是他一贯偏嗜的佛经,方能使其积久的悲慨得以释放,因而所书自然"更勃郁有生气",并且"老笔槎牙,亦自相类"。可见,是题材内容的性格在影响,诱发着张即之的创作意态,塑造了随其精神脉络与情感节奏之抑扬流溢而出的由形态、线条、墨气等形成的作品风貌。因而很可以说,正是作为题材内容的杜诗给予了作为书者内在生命外化的笔墨形态以骨格支撑的。这"艺术的杜诗"(见前【图1】),既是张即之的杰构,又何尝不是杜诗自身的玉成!而此类"艺术的杜诗"也如其他类型的杜诗文本,丰富了那一时期的杜诗学,成为这"学"中的一部分,吸引、感染着后来的阅读者。刘基《题鲜于伯机书杜工部书后》曰:

① 王世贞《弇州山人题跋》,浙江人民美术出版社,2012年版,第168页。

② 同上注,第169页。

③ 王世贞跋《张即之老柏行》的又一评语,同上注,第168页。

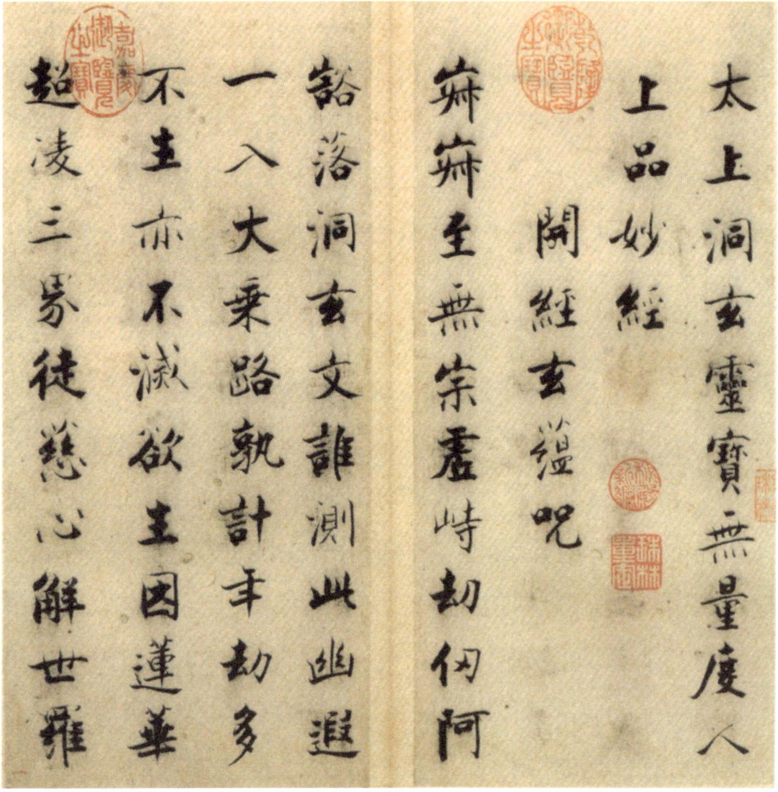

【图 48】张即之（1186—1263）《楷书度人经册》（局部），共 116 页，每页纵 30.7cm，横 14.1cm，故宫博物院藏。

> 少陵昔避乱，买屋西枝村。卜邻得赞公，聊可与晤言。四郭斗豺虎，烟尘塞乾坤。中宵望北辰，惨戚衰老魂。我今亦漂泊，不得归本根。感此一太息，欲语声复吞。[1]

这里关于时世人生的沉重太息，不正由包含着书杜者精神选择与精神创造的“艺术的杜诗”所触发吗？

文行至此，我们想说的是：自然我们不能指望直接从书写中看出书者对杜诗有何见解，那是不切实际的，但有经验的观赏者——借用贡布里希的描述，即“要有受过训练的反应，要能在心理重复艺术家的想象活动”[2]的人——又的确可以通过观摩玩味其中各式

① 刘基《太师诚意伯文成公集》卷十三，转引自冀勤编著《金元明人论杜甫》，商务印书馆，2014年，第132页。

② ［英］贡布里希著，范景中编选《艺术与人文科学》，浙江摄影出版社，1989年，第46页。

各样心态情绪反映出的种种笔形墨态，亦即在“文垂条而结繁”里体会“信情貌之不差”（陆机《文赋》语，这里暂时将“文”借指书法的形态）的书情并茂的表现，从而做出有道理的分析与评断。如果读者能够承认这种可能的存在，上面我们关于诗书关联的苦心勾索就不算白费，而下文关于明末清初杜诗书写的讨论也就有理由继续展开。

## 手笔常诉面目活：明末清初书杜数家

仅仅只从量上考量，明末清初就无愧为书杜的顶峰，更不用说这顶峰正由其时的大家巨匠所隆起：书坛的中心人物如董其昌、张瑞图、王铎、倪元璐、傅山等等，无不钟情书杜，而一般名家好手中之喜书者亦多不胜举，俨然可谓一群落，非比寻常！上文我们已用了足够的笔墨谈论书杜以怨的可能性问题，这里当然不是要将明末清初所有书杜尽归于此，那几乎不可能是真实存在的书史现象，于时另有用心或无所用心率尔而书者定自不乏，但杜诗书写又的的确确在这个时期更其复杂更其广阔也更其深刻地展开着，尤其在易代之际，在一些经历了丧乱劫难的书写者“痛切的自觉”后——我们一再强调所谈的只是由这一部分书写者所构成的一类书杜现象。谢国桢《方以智年谱序》曰：

> 明遗民深感家国之痛，佯狂垢污，不是逃禅，就是入道，或自称“垢道人”，或化名为“活死人”，处于荒江老屋之中，唉声叹气，慷慨悲歌，仿佛不知所云。有时则以杜康解忧，以字画寄趣。如八大山人，狂醉之后，挥笔泼墨，涂一帧残山剩水，间或勾一笔张翅冲天的鸟，染数毫怒目而视的鱼，表示睥睨社会尘垢的心境。[①]

① 任道斌编著《方以智年谱》，安徽教育出版社，1983年，第5页。

劫后余生的明遗民以种种方式表达着自己的“遗”态,“以字画寄趣”即成为他们对其所处时代的反应、反省乃至批判的一种借径[①],而这一借径常常正是不约而同地回向了杜甫及其一部杜诗的。据饶宗颐《澄心论萃》一四〇《明人以杜诗入画》篇所述可知,虽然以杜诗入画并非在易代之际才开始,但却在易代之际格外凸显起来。饶氏说:“自董氏(引者按即董其昌)以后,用杜句入画,继轨者大有人在,张尔唯之图《秋兴》、戴本孝之图《秦州山水》,皆其著者也。”[②]“皆其著”的张尔唯(生卒年不详)《秋兴诗册》、戴本孝(1621—1691)《秦州山水》,前者作于崇祯十年,后者虽未知具体作年,但由其生年考量,大要当在鼎革之后。此外更著者还有石涛(1642—1707)的《杜甫诗册》【图49】,当然还有“以画为史”的项圣谟、王时敏等人,皆尝以杜诗入画。清葛嗣浵《爱日吟庐书画续录》卷三有云:“石涛为明楚藩之后,国亡为僧,浪游天下。每有感慨,多寄之诗画。此幅写杜工部诗意,盖即自为写照。荒山老树,独步行吟,其凄凉寂寞之状,跃然纸上。”[③]张尔唯《秋兴诗册》萧森满眼,其友杨龙友跋曰:“尔唯《秋兴》八册,与工部同一寄托,要在笔墨以外,非寻章摘句者比。”[④]这不禁让我们想到明末抗清义士魏畊(1614—1662)在看到赵孟頫所画《少陵饮泣图》时所不禁唏嘘感喟者:“昨过卖浆薛公宅,请我观画满厅壁。后出少陵饮泣图,却是王孙真笔迹。王孙王孙尔何画斯图,令我见之生嗟吁。形容枯槁布袍垢,山坂蹩躠跨白驴。蒙面嚎啕身欲堕,紫髯之奴还相扶。想在峨眉入蜀天,未经灵武即位年。秦城桃李胡尘蔽,兴庆龙池秣马边。羌奴觱篥昼夜啸,天开地裂杀气连。两宫消息望眼穿,不然何由泪如泉。好语薛夫子,尔还收置匣笥里。清明上巳花满江,慎勿以此挂高堂。恐有天涯憔悴客,抚时慷慨霑衣裳。”[⑤]作画之人的苦心寄意与观画之人的会心发露(哪怕不无借题发挥处),两者无不隐含着特殊时代症候里士人们投射于杜诗(杜甫)中的现实意图。这个时候,画之于杜诗,诚如戴本孝《秦州山水》中的自题所谓,是

① 事实上,自晚明以来,随着思想及政治气候的改变,借书画以寄意就愈发成为士大夫现实反应的常用方式。拿这里提到的方以智来说,崇祯十年(1637),他为妹夫所临文天祥墨迹题跋曰:“文信公笔迹《书邳州哭母小祥》及《乱离歌六音寄妹》……克咸临抄以归,使智书其后。因叹曰,忠义本乎至性,亦以理明而触,气正而闻。或谓信公初次被羁,何乃沾沾,靓妆珺英,念忽游移,将若之何!不知蹈白刃易,蹈义难。报国,义也;临难,决矣。而达此恩情,亦义也。仁者之勇,达士之闻,不兼之能磨墨濡毫,书此诗乎!”(见《方以智年谱》第83页)无论临的人还是跋的人,都借着笔墨抒发了一时感激忠愤之情;方氏自己在国变后则是“既流离天南,窜身菁峒,终日行吟于巉岩怪壑、蛮烟瘴雨之间,意有所会,一寓诸笔墨”(钱澄之《田间文集》卷二十《题愚道人溪山册子》,见《方以智年谱》第168页)康熙九年十二月三十一日,他在青原山归云阁忆亡友瞿式耜,作墨石图数帧,“甲申冬初芝老人”题云:“磊落形奇,崚嶒傲骨。石耶?人耶?分明写照。因由天然,亦因笔妙。”(见《方以智年谱》第266页)也是看到了

方氏画中的抑塞不平之气。

② 《澄心论萃》,第354页。

③ [清]葛金烺、葛嗣浵撰《爱日吟庐书画丛录》(中),浙江人民美术出版社,2012年,第419页。

④ 转引自《澄心论萃》,第355页。

⑤ 《观赵翰林孟頫所画少陵饮泣图引》,[明]魏畊《雪翁诗集》卷五,浙江古籍出版社,1985年,第82—83页。

【图49】石涛(1642—约1707)《杜甫诗意八开图册·花枝照眼句还成》,纸本设色,纵18cm,横10.5cm,广东省博物馆藏。

"无声无字句之笺注"[①]——一种"六经注我"式的笺注。

明末清初士人的书杜亦多有应如是看去者。这也与其时书坛抒情精神的高张息息相关。正如许多论者所指出的那样,明代书坛自董其昌以后,许多书家一改文徵明平缓明了的书风,愈益借助率意书法的表现来求得抒情精神的恢复,到晚明更出现以张瑞图、王铎、傅山等人为中心的主张将激发的情趣如实地倾泻到书法作品中去的风潮,而这风潮一直要流行至清代初期。清人葛嗣浵论黄道周草书时曾说道:

① 见《澄心论萃》,第356页。

> 明季书皆奔放雄奇,尽力恣肆。自殿廷台阁至韦布山林,无不出于此途。故当易代时,上者殉国难,下者罹劫运,其洁身远引者,无复几人。此杀机已动而刚气乘之也。然就中揣摩,亦分数种,殆各本其性情学力,以赴此风尚欤?[②]

②《爱日吟庐书画续录》卷三,见《爱日吟庐书画丛录》(中),第398页。

这里将书风的体认与时运士风这一在当时而言更为严峻的命题相沟通而言,明季书风就是这个时代症候外发的一种生命现象,而明末清初的杜诗书写也就在这"生命现象"之中。惟其处在这样一个时期,其人的书杜也才更加值得关注:这一时并出的诸大书家,书杜的量虽有多有少,但皆各怀长技、各本其性情学力与境遇以赴之,所书也都各有寄意。我们就由前引所及的八大山人说起。

八大山人

八大山人(1626—1705)在易代之际的纷纷攘攘中,正属于葛嗣浵所谓"无复几人"的"洁身远引者"之一。其"睥睨社会尘垢的心境"不只是寄在画里,也还借由书法传递而出。原田家英小莽苍苍斋藏八大山人所作《行书杜甫苏大侍御访江浦赋八韵纪异诗轴》(约作于1700前后)[③]【图50】便是。苏大侍御涣,依杜诗原题所谓,是一"静者也,旅于江侧,凡是不交州府之客,人事都绝久矣"[④]在诗中,老杜更以庞德公比苏涣曰:

③ 对作品年代的判定是依据八大山人不同时期显著的书风演变做出的。参看《八大山人书法集》,北京工艺美术出版社,2005年,第410页。

④《杜甫全集校注》卷二十,第5855页。

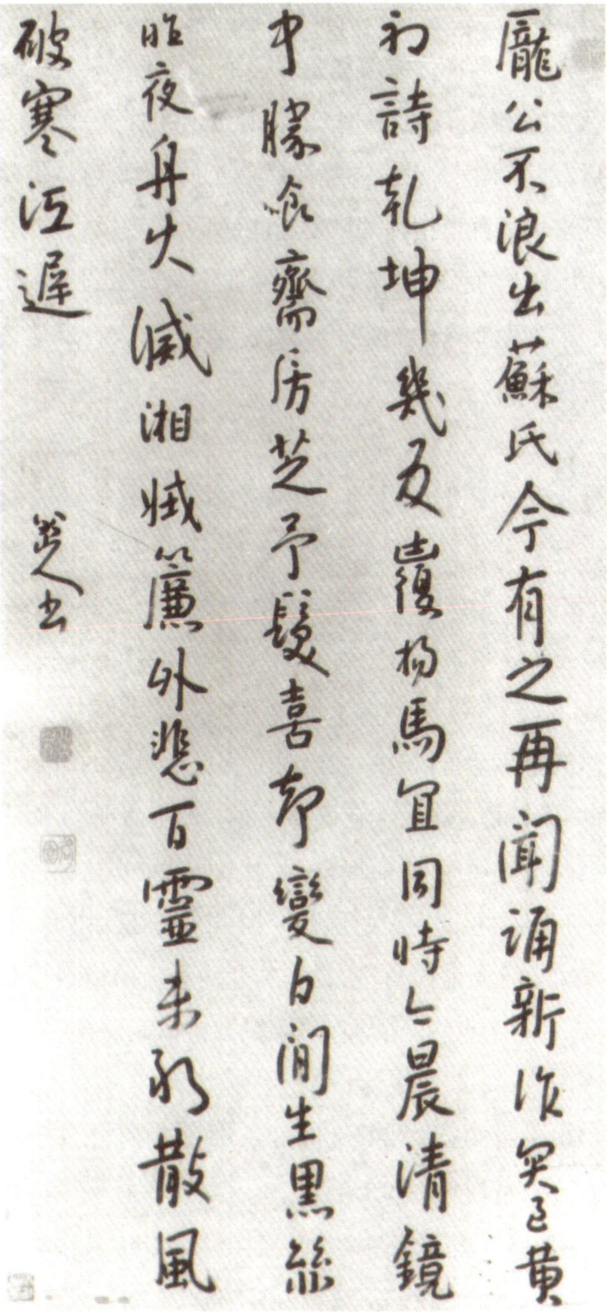

【图 50】朱耷(1626—1705)《行书杜甫苏大侍御访江浦赋八韵纪异诗轴》,纸本,纵125.4cm,横 59cm,小莽苍苍斋藏。

杜甫《苏大侍御访江浦赋八韵纪异》前有序云:"苏大侍御涣,静者也,旅居江侧,凡是不交州府之客,人事都绝久矣。"作为明宗室后裔的朱耷入清后装聋作哑,潜居山野,形迹与苏涣有似,书此诗是有所寄托的。

庞公不浪出,苏氏今有之。[1]

“不浪出”三字,即以庞公之不入城市言,这也是“不交州府之客”的苏涣有合于他的地方。这是两个对现世都“具冷眼”的人。由此很自然的,我们会想起八大山人身为明宗室遗民的种种行迹:为僧为道,遁迹隐居;后虽还俗,仍然只是幽居退守[2]。时人叶丹有《过八大山人》诗描述了八大的生活:“一室寤歌处,萧萧满席尘。蓬蒿藏户暗,诗画入禅真。遗世逃名老,残山剩水身。青门旧业在,零落种瓜人。”[3]今天,我们虽然不能完全了解八大书此诗时的情境,但至少可以相信,在这里,杜诗就像八大取用的故典,是他表达遗世独立情怀与隐秘情感的代言者:杜诗里“乾坤几反覆”的感叹,对于亲历朝代覆亡的八大又岂能是一句平常语!只不过,迭经辛苦的晚年八大,在表达不与新朝同列的志节及“兴悲禾黍”的家国之痛时,已经由之前尤其是自号“驴”“驴屋”时期的愤懑直露转而为更加隐晦而更重寄托,和平其度[4]。这或者也是为什么在那个时候,在一部杜集里,八大就选了这首《苏大侍御访江浦赋八韵纪异》的原因。这件行书诗轴,是晚年八大的典型风貌,一方面仍借由一些虽反常然而合道的字形结构处理方式呈示自己的傲岸不俗,另一方面却已是锋芒尽裹,深婉不迫;正是“脱略形骸,亦崛强,亦冲和”[5]的意态。在笔迹墨象与诗歌描述的交互辉映中,有八大的精神意志寄焉!

美国华裔汉学家孙康宜曾撰《重读八大山人诗——文字性与视觉性及诠释的限定》一文,指出八大的诗与画以晦义的手法,把隐秘的感情转成象征语言结构,二者皆深具奥妙的暗示性[6]。八大这里的书杜或许并不宜与其诗画一律而视同“晦义手法”,但寓怀其中,假杜之口有所暗示亦是毋庸怀疑的。

八大另书有杜诗《戏题王宰画山水图歌》,与所书张九龄《题画山水障》、孙逖《奉和李右相中书壁画山水》、韩愈《送李愿归盘谷

① 《杜甫全集校注》卷二十,第5856页。

② 康熙十八年(1679),八大山人(以“八大山人”名世事实上是自1684年始)为临川县令胡亦堂以修县志之名召入府中,意图诱使其为清廷效力。无奈之下,八大终以佯疯逃离。

③ 转引自朱良志《八大山人研究》,安徽教育出版社2013年版,第473页。

④ 参看朱良志《八大山人研究》,第156—166页。

⑤ 清人陆恢跋八大草书册语,见《爱日吟庐书画丛录·续录》,第417页。

⑥ 孙康宜《文学经典的挑战》,百花洲文艺出版社,2002年,第206—220页。

歌》(节录《送李愿归盘谷序》中歌的部分)、王羲之《临河集叙》、曾巩《山水屏》同为一册。很显然,册页里这些时代并不尽同、作者全然不一的诗文,它们定是八大游艺山水吟玩人生的用意之选。我们有理由相信,当"心累果不尽,犹为物外迁""尘事固已矣,秉意终不迁"(张九龄)、"欲写高深趣,还因藻绘成""自保千年遇,何论八载荣"(孙逖)、"饮且食兮寿而康,无不足兮其所望"(韩愈)、"远到无限极,穷升犯云族""图屏持自慰,寤寐心思逐"(曾巩)等等诗句自八大笔下流溢而出时,就中无不倾注着八大内心中那一腔抱独孤往卓然而澄然的情怀。诚如他认为曾巩作《山水屏》是"以此为图画中之远到"[1],八大自己书写这些诗则不啻是作"书迹中之远到"也!

只是,八大的孤冷高清与以热诚勃郁的情怀、波澜迭起的语言风格为主的杜诗似乎不甚贴合,因此,他的书写并未对一部杜诗格外垂青。这一点,倒是与同样洁身远引的傅山颇不相同。

## 傅　山

由《傅山全书》[2]所呈示,在往古来今的诗人里,傅山(1607—1684)用心最挚也最著者,毫无疑问是杜甫。他对杜诗的研讨,既见于《杜诗韵字归部》《重刊千家注杜诗批注》《杜诗通批注》《杜遇余论》这样的专门之作中,也在在见于他的读书笔记、诗训、题跋、书信里。至于傅山自己所作诗向杜甫致意处则尤不烦细举,仅从诗题上便有《偶因法字翻杜句答枫仲二章》【图51】《读杜诗偶书》《枯木堂读杜诗》《起用杜句戏作》《儿辈卖药城市俳谐杜工部诗五字起得十有三章》诸大篇[3]。于一部杜诗,傅山真可谓念兹在兹。《读杜诗偶书》诗云:

杜老数太息,黎庶犹未康。此辈自刍狗,徒劳贤者忙。追忆甲申前,日夕盼鞶�。只今死不怨,熙熙宝庆杨。皮业自应尔,天地有大纲。小仁无所用,故林何必尝?所悲数奔窜,奔

① 八大山人书曾巩《山水屏》款识,见《八大山人书法集》,第373页。

② 尹协理主编《傅山全书》,山西人民出版社,2016年。

③ 清末王晋荣《重刻霜红龛诗跋》尝云:"先生以前明逸老为后学遗型,性情识力迥异凡庸,置之杜陵集中,虽识者亦难辨。"(《傅山全书》附录五,第20册,第109页)此类以杜比傅的论调,并非无端的牵附。

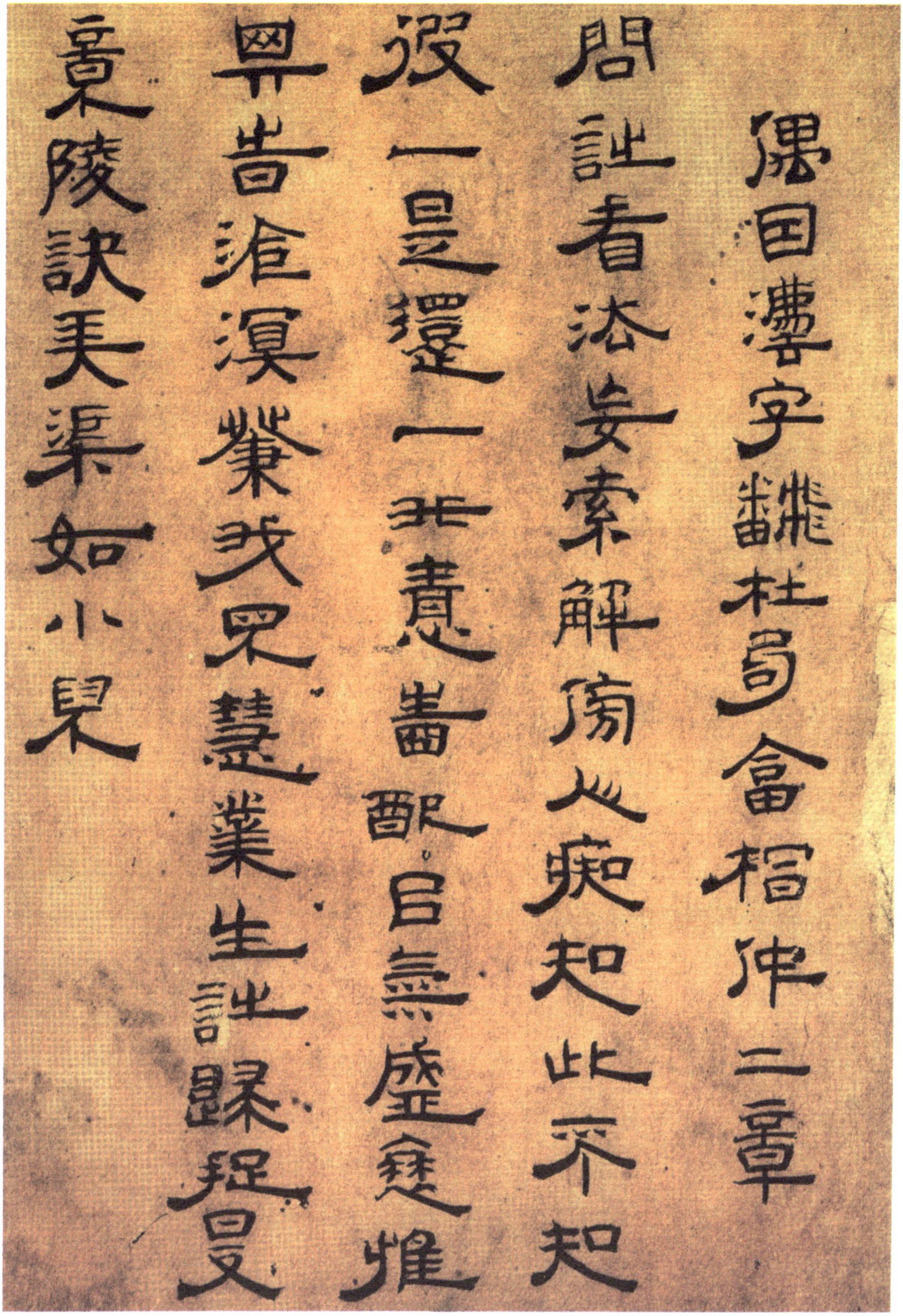

【图51】傅山(1607—1684)《隶书偶因法字诗册页》(一),纸本,共2页,每页纵27cm,横14.3cm,中国国家博物馆藏。

窜复何妨?宴安不可怀,仰屋无文章。有恨赋不尽,颇异江生肠。[1]

感慨激昂如此,这正是其时典型的遗民读杜式:慨杜更是慨身。傅山赞"大节若元气""清操耻与降臣比"的元好问是"雍容气象列贤行,杜陵诗史屹相向",他身当"世事如流水,所遇踵陈迹"之际,自言"我来添作一峰青,以对遗山秋月白"[2],亦无不是借顶礼杜陵诗史、遗山大节而"有意示人以遗民心事,展布血性男子抑郁磊落的情怀"[3]。他的《偶因法字翻杜句答枫仲二章》《赵氏山池》等诗篇之所以使人读之怆然,也都因其在"痛切的自觉"中洒下了千秋"少陵泪"。其与友人诗曰"江山动文藻,杜诗涌素胸"[4],岂妄言哉!

诚然,上示傅山之爱杜也在其时遗民群体借读(批、注)杜以反省"当下"的风气中。但傅氏读取杜诗,又绝不溺于"风气",其自出手眼别具心裁处尤可玩味,更当留意。限于题旨,本文于此尚不遑细论,只拟略作疏释,而着重就其与傅氏书杜在题材选择上的可能性关联进行沟通。

自来谈傅山读(批)杜者,颇为其以禅论诗所吸引[5],有的甚至认为傅氏在其时论杜以"诗史"为内核的儒家诗教外另辟了一种理路[6]。但傅氏的以禅论杜实则只是一种譬喻法,是欲以禅理向人晓示老杜作诗之法或杜诗所呈现之境界[7],且不说禅理禅境本身并非杜诗所普遍实有[8],单就方法层面而言,虽然老杜晚年亦曾于禅宗有所属意,但以禅法作诗法也绝难说便是老杜作诗之本然状态,那毋宁只是傅山自身在禅与杜诗之间所悟出的某种妙契。而这些都与"以史证诗"之实实在在将杜诗中包蕴的"诗史"内涵、"诗圣"用心开掘而出有本质的不同——尽管这一方法的使用也确曾出现过不少过当的情形。事实上,在傅氏关于杜诗的评说中,真正能与"诗史"说相颉颃的是其"以诗读杜诗"之说:"史之一字,掩却杜先

① 《傅山全书》卷四,第1册,第60页。
② 上引数句皆出傅氏《遗山怀古》一诗,见《傅山全书》卷七,第1册,第119页。
③ 赵园《我读傅山》,见《明清之际士大夫研究》附录,北京大学出版社,1999年,第512页。
④ 《与艮贞道人》,《傅山全书》卷十三,第1册,第274页。
⑤ 如八十年代周采泉作《杜集书录》,即谓"傅氏论杜诗,往往涉禅,初学者不易领悟"(第472页)。
⑥ 肖艳萍《以禅论杜——傅山文学批评实践举隅》,《中国文学研究》2017年第2期,第78—81页。
⑦ 傅氏在《杜遇余论》中曾明言:"一切诗文之妙,与求作佛者境界最相似。"(《傅山全书》卷三十三,第2册,第288页),具体如《枯木堂读杜诗》(《傅山全书》卷五,第1册,第76页)、《丹枫阁钞杜诗小叙》(《傅山全书》卷二十,第2册,第40页)、《杜遇余论》"譬如以杜为迦文佛"条(《傅山全书》卷三十三,第2册,第288页)皆是。
⑧ 傅山也仅在《游龙门奉先寺》《晓望》等极少数篇章中施以"杜公悟禅""禅"这样的评语(分别见《傅山全书》卷一百四十三、一百四十六,第10册,第239、380页)。

生，遂用记事之法读其诗。老夫不知史，仍以诗读其诗。”[①]“不知史”乃反激之言，在明末清初“以诗为史”观念激荡人心之际，傅氏能独立其外，可谓难得。当然，反对“诗史”说、倡扬“以诗读其诗”的并不是只有傅山，明代中期的杨慎以及同处明末清初的王夫之都表达过类似的意见，后二者所论甚至更为详密也早为人们所瞩目。因此，需要进一步探问的是“以诗读杜诗”，傅山读出了什么？

通观傅氏《重刊千家注杜诗批注》《杜诗通批注》[②]，除却批钞杜诗原句外，在其他一些言简意赅的批语中，其于爱者往往曰“奇”、曰“拙”、曰“真”、曰“朴”，反之则曰“俗”、曰“陋”、曰“酸”、曰“腐”。全祖望《阳曲傅先生事略》曾着意指出傅山之“嗜奇”[③]，今人赵园《我读傅山》则颇瞩目于傅氏的好拙好朴，津津玩味其人性情中率意任真、逃避媚俗的地方[④]。可见傅氏读杜所呈现的，乃在其人整体的人格境界与审美趣向中。他尝言：

> 杜先生五言，全不是锻炼，放手写去，粗朴萧散，极有令人不著意处，而却难尽见其义。[⑤]

又说：

> （钱先生文蔚）时时有诗，不屑屑抠心。所得佳句，率粗健淡率，极似老杜口占诸奇句。七十以后，益老益健，益率亦淡，绝不尔恤也。[⑥]

无论是对杜诗还是对时人诗中似杜处的爱赏，傅氏在这里表现出的趣尚，即一如顾炎武评断其人时说的“萧然物外，自得天机”[⑦]。可见傅山性情之所在，正分毫不差地映射于他对杜诗的读取中。试看如下批点：

① 《傅山全书》卷四十四，第3册，第311页。

② 见《傅山全书》卷一四三至一四六，第10册，第211—405页。

③ 《鲒埼亭集》卷第二十六，《全祖望集汇校集注》，上海古籍出版社，2000年，第482页。

④ 《明清之际士大夫研究》附录，第501—520页。

⑤ 《杜遇余论》，《傅山全书》，第2册，第288页。

⑥ 《太原三先生传》，《傅山全书》，第2册，第17页。

⑦ 顾炎武评傅山语，见顾氏《广师》一文，《顾亭林诗文集》卷六，中华书局，1983年，第134页。

《饮中八仙歌》又题下墨笔批:“奇作!奇作!”

《奉同郭给事汤东墨(笔者按:应作“灵”)湫作》题上墨笔眉批:“古诗定须夹杂乐府,乃得变幻奇瑰,然却不可用意妆点,沉郁之气贯于其中,自尔之也。”

《客从》:“客从南溟来,遗我泉客珠。珠中有隐字,欲辨不成书。缄之箧笥久,以俟公家须。开视化为血,哀今征敛无。”硃笔眉批:“俗。”

《往在》:“安得自西极,申命空山东?尽驱诣阙下,士庶塞关中”云云。硃笔眉批:“俗陋极矣!”

《雨三首》:“侍臣书王梦,赋有冠古才。”硃笔旁批:“俗想。”

《自京赴奉先咏怀五百字》:“杜陵有布衣,老大意转拙。许身一何愚?窃比稷与契。居然成濩落,白首甘契阔。”硃笔于“何愚”旁批:“真愚。”

“盖棺事则已,此志常觊豁。穷年忧黎元,叹息肠内热。取消同学翁,浩歌弥激烈。”硃笔于“取消”句旁批:“真可笑。”

《羌村三首》:“峥嵘赤云西,日脚下平地。柴门鸟雀噪,归客千里至。妻孥怪我在,惊定还拭泪。世乱遭飘荡,生还偶然遂。邻人满墙头,感叹亦歔欷!夜阑更秉烛,相对如梦寐。”硃笔眉批:“至性真文,纯乎五柳。”

《北征》:“靡靡逾阡陌,人烟渺萧瑟。所遇多被伤,呻吟更流血。回首凤翔县,旌旗晚明灭。”硃笔眉批:“愈拙愈老。”

《彭衙行》:“夜深彭衙道,月照白水山。尽室久徒步,逢人多厚颜。”“痴女饥咬我,啼畏猛虎闻。怀中掩其口,反侧声愈嗔。小儿强解事,故索苦李餐。”硃笔眉批:“极真极朴。”

《解忧》:“兹理庶可广,拳拳期勿替。”硃笔旁批:“腐。”

《客居》:“凤随其凰去,篱雀暮喧繁。览物想故园,十年别乡村。日暮归几翼,北林空自昏。安得覆八溟,为君洗乾坤。稷契易为力,犬戎何足吞。儒生老无成,臣子忧四藩。箧中有旧笔,情至时复援。”硃笔眉批:“俗冗之甚。”

《寄狄明府博济》:“梁公曾孙我姨弟,十年不见官济济”云云。硃笔眉批:“俗甚。”

《月夜忆舍弟》:“露从今夜白,月是故乡明。有弟皆分散,无家问死生! 寄书长不达,况乃未休兵。”硃笔眉批:“真朴。”又于“寄书长不达”旁硃笔批:“此为蕴藉。”

《又呈吴郎》:“无食无儿一妇人。”硃笔旁批:“真极朴极。”

——《重刊千家注杜诗批注》《杜诗通批注》[1]

以上不惮烦琐,条列了傅山评杜之各类典型。在诸如此类的批点中,傅山虽并未清晰道出他之所谓奇、拙、俗、腐等用语的具体内涵,但综观之后,仍不难觅得些许蛛丝马迹。评《奉同郭给事汤东灵湫作》时所谓的“不可用意妆点”,其意与《杜遇余论》《太原三先生传》里说的“全不是锻炼,放手写去”“不屑屑呕心”庶几一致,这些也都与他在《月夜》诗后所题的“亦何真妙不做至此”[2]无异,正可见傅氏于杜诗不取“用意”“锻炼”“呕心”“做”,这也就是他所谓的“真”。这“真”,乃“粗朴萧散”之“真”、“粗健淡率”之“真”;这“真”,尽管“堆墄做作之人”不免要“嫌其浅直”,但在傅山看来,唯有如此方能不失其“自然之妙”[3]。因之,在傅山这里,他所乐赏的好诗,又往往“真”与“朴”相依相成,上引《月夜忆舍弟》《彭衙行》《又呈吴郎》无不是如此。傅山爱它们在艰难困顿中敢于披豁无饰、不避直拙,爱它们直拙中诚挚的深情。对《北征》之“拙”的赏睐,视《羌村三首》为“至性真文,纯乎五柳”,也端缘乎此。诗到真处,何嫌其直,又何嫌其拙! 与对杜诗真朴拙直的情有独钟相通的,还有傅氏对杜甫其人当着自家奔走穷困之状却仍能洒落不拘而独立有神的推重。针对旧注杜诗《遣兴五首》其二中“子美尝困于三川,为不知者诟病,以为拙于生事”[4]一说,傅氏颇不以为然道:“生事何妨于拙,亦何妨诟病?”[5]正是一副不与人事、无惧人言的萧散简远之

① 《傅山全书》,第10册,第244—403页。

② 《傅山全书》卷四十四,第3册,第314页。

③ 傅山评杜甫《春日江村五首》,《傅山全书》卷四十四,第3册,第313页。

④ 《集千家注杜工部诗集》卷五《遣兴五首》其二诗后注,影《钦定四库全书荟要》本,吉林出版集团有限责任公司,2005年,第96页。

⑤ 《重刊千家注读诗批注》,《傅山全书》卷一百四十四,第10册,第287页。

态！由此，我们便不难理解，傅山何以爱极了老杜坦腹江亭时“水流心不竞，云在意俱迟”的悠然容与，盛赞其“何其闲远，如高僧妙悟”[①]！由此，我们也就不难理会，他何以总是对老杜“缄之箧笥久，以俟公家须”“侍臣书王梦，赋有冠古才”“尽驱诣阙下，士庶塞关中”“安得覆八溟，为君洗乾坤”一类充溢着稷契之想、恋阙之心的诗篇抱持偏见，视彼等为“俗想”“俗冗”“腐”“俗陋”，有时甚或目以“恶套”“恶道”，不稍掩其鄙薄厌弃之意。于此又可见傅山其人激切与严苛的一面。赵园曾指出，傅山是热烈与萧散、洒脱与自律兼有的，他的萧散、闲适，他对“拙”“朴”的喜好，既是审美境界，更是道德境界；既根柢于性情学识，更出于主动的选择——嫌恶“奴俗”，自觉地逃避媚俗的文化姿态，也即作为遗民而为自己设定的处世姿态，以此抵制失节，防止自我丧失——在他，媚俗之为失节与失节于夷狄同一根柢[②]。因此，傅山的读杜，读诗也即读人[③]，所取与所弃里处处透射着他个人的价值态度，乃至其作为遗民的政治立场。由此，我们又自然会想到傅山训子学书之法时说的那句著名的“宁拙毋巧，宁丑毋媚，宁支离毋轻滑，宁真率毋安排”[④]的话来，虽曰言书，又何尝不能说是他读杜所乐于发掘的。在《书傅莲苏书杜甫秋兴八首后》，傅山还说道：

> 字亦何与人事，政复恐其带奴俗气，若得无奴俗习，乃可与论风期日上耳。不唯字，不唯字！[⑤]

可以说，傅山倡扬“四宁四毋”的要旨即在避免这“奴俗气”，傅氏学书由年轻时的醉心赵孟頫到后来转向颜真卿也端在于此。“无奴俗习”“风期日上”云云，正是对人的俊迈之风的看重，一如其自书杜句“丈夫垂名动万年，记忆细故非高贤”时所提示的“君子胸襟不可不如(此)开豁”(见前【图13】)。读杜之“不得但以诗读”[⑥]，书杜之“不唯字”，要之都指向背后的人。于是，读杜、书杜便在这一点上

① 《傅山全书》卷四十四，第3册，第311页。

② 《我读傅山》，《明清之际士大夫研究》附录，第503—514页。

③ 傅氏自言：“杜诗不可测之才人，振古一老，亦不得但以诗读，其中气化精微，极文士心手之妙，常目在之。”《傅山全书》卷三十一，第2册，第245页。

④ 《作字示儿孙》后跋，《傅山全书》卷四，第1册，第50页。

⑤ 《傅山全书》卷二十一，第2册，第88页。

⑥ 《傅山全书》卷三十一，第2册，第245页。

汇归一处。换言之，傅山对杜诗的体认与其对书法的体认有着颇为相似的祈向，他乐赏的杜诗所涵具的气质内蕴与其书法所追求的气质内蕴是相通的。傅山作书所以极爱写杜诗恐怕也缘于二者间的这种融通吧！

依据近年所出《傅山书法全集》(2007年)以及其他一些主要的书画图录统计，傅山现存书杜作品三十余件，书杜诗三十余题五十余首(有时一首杜诗多次书写)，实际当然还要更多。这是傅山书其他古代诗人远不能及的一个数量。而这些作品均为明亡后作[①]。就像他对书法风格的选择与转向发生在清军入关以后一样，他的大量书杜似也缘于相同的启机。在其时书坛诸大家中，傅山大概是书杜最多的一个了。读杜、批杜、书杜，这一索子连贯下来，不难想象，傅氏之于杜诗的看重，绝非凭了一时的兴之所至，前文以"念兹在兹"目之，像是再合适不过了。

① 傅山现存书作，除却1641年所书《上兰五龙祠场圃记》(石刻拓本)外，多书于1644年之后，参看白谦慎《傅山的世界——十七世纪中国书法的嬗变》，第151页。

在《杜甫上韦左相二十韵书后》中，傅山道：

> 雨中灯下书工部《上韦相二十韵》，秃颖牵率，支离沓𩨠，排遣秋夜，苦就枕席，仅得成字，殊不足观也。[②]

② 《傅山全书》卷二十一，第2册，第84—85页。

秋雨潦潦之夜，傅氏借以排遣愁闷者正是书杜。择"杜"而书，无论出于有意还是无意，都恰可见出杜诗之于傅山的独特意义。这不禁让我们想起徐渭。徐渭《题自书杜拾遗诗后》云："余读书卧龙山之巅，每于风雨晦明时，辄呼杜甫。嗟乎！……为录其诗三首，见吾两人之遇，异世同轨，谁谓古今人不相及哉！"[③]由其人的亲述，我们足以再次确认书杜往往便在书杜者寻得与之感应的杜诗时展开。他们是那样倾心于这位诗人，援笔而书，宛然如与之对晤【图52】。这时候，书之好坏，并不在意，傅氏所谓"秃颖牵率，支离沓𩨠"云云，亦可见他所主张之"四宁四毋"，既是理性思索后的主动选择，也是性之所至时的自然流露。古人说"笔墨由于心境，心境

③ 《徐渭集·徐文长佚草》卷二，中华书局，1983年，第1098页。

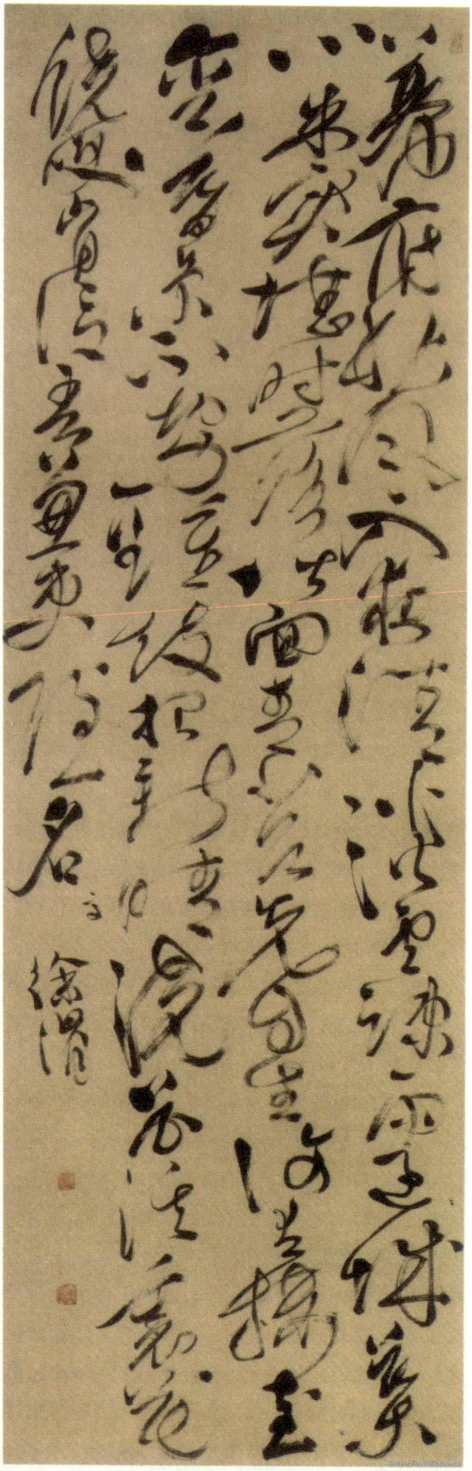

【图52】徐渭(1521—1593)《草书杜甫怀西郭茅舍诗轴》,纸本,纵189.5cm,横60.3cm,上海博物馆藏。

由于时世”[①]，即此可得证验。

像《杜甫上韦左相二十韵书后》这样使人多少得以了解其书写语境的文字，在傅山现存的书杜记录中实不多见。这就意味着，傅氏绝大多数的书杜之作，我们无从确知它们是在何种情境下产生的。也正因为此，他的那些看起来粗头乱服、支离牵率的行草杜诗——这也是现存傅山书杜的主体样态，有时便被视为质量粗糙的应酬之作，其抒情写意性受到质疑；亦且，其书以杜诗为内容，也被认为很有可能因受限于应酬的需求，并非自主选择[②]。这当然只是一个似是而非的判断，这里理应稍加分辨。傅山现存书杜之作，除了少数几件有上款者可确知为酬赠而作外（如《草书杜甫陪郑广文诗轴》之赠松翁先生，《行草杜甫春日江村诗轴》之赠松裔老人），其余多数并没有直接的或可供推知的可靠线索表明其应酬性质。退而言之，纵是应酬，应酬却非即应付，“为应酬而书写并不见得与自我表现扞格不入，许多为应酬而作的草书并不一定因为应酬的功能而削弱其表现力”[③]。至于文字内容的选择，固然傅山书杜诗确有因应酬而受限于求书者的地方，譬如他在自书章草杜诗《秋兴八首》册页后记到：

> 此八首，老夫不知写过几百过矣。又要写之，亦知《秋兴》也厌我抄誊矣。或曰：此八首人还多见之，省得若别写杜诗，则人或以不见四九、人心，不成山伯访洗凌侵也。[④]

《秋兴八首》自来备受推崇，中晚明以后尤然，次韵、仿作不绝如缕。影响及于普通知识阶层，大约亦颇以求得名家书《秋兴》为荣，傅山自云“写过几百过”，容或有所夸饰，而且就中也定有他自己因有所感而书者，但也足见其时求书《秋兴》者之众了。尽管如此，今所见傅山书杜里，仍然是以其“别写”之杜诗居多，且倾向性鲜明。兹据我们所辑得之傅山杜诗书法条目（见本书附录《历代杜诗书法

① 《爱日吟庐书画续录》卷四，葛金烺、葛嗣浵《爱日吟庐书画丛录》，第443页。

② 以白谦慎《傅山的交往与应酬》中关于傅山应酬书法及其性质的讨论为参照，傅山的许多书杜之作便在此列。白氏也确实在这部分内容中论及了傅山书杜。具体参看白氏此著下篇《从傅山和戴廷栻的交往论及中国书法中的应酬和修辞问题》，广西师范大学出版社，2016年，第73—168页。

③ 此又白谦慎在其另一部著作《傅山的世界》中所持的观点，可见论者自身的矛盾与问题本身的复杂性。参见该著第277页。

④ 转引自《傅山的交往与应酬》，第149—150页。末句“四九”“人心”之后的标点为转引时所加。

辑目》),拣选与此处讨论相关之信息列成下表,庶可一目了然矣。

① 此处杜诗分期均依谢思炜《杜甫集校注》,上海古籍出版社,2015年。

| 书作名称 | 所书杜诗诗题 | 杜诗所属时期① |
| --- | --- | --- |
| 《草书杜甫对雨书怀走邀许十一簿公诗》 | 《对雨书怀走邀许十一簿公》 | 天宝未乱(737) |
| 《草书杜甫龙门诗轴》 | 《龙门》 | 天宝未乱(742) |
| 《行草陪郑广文游何将军园林十首之一诗轴》 | 《陪郑广文游何将军山林十首》其一 | 天宝未乱(753) |
| 《草书杜甫陪郑广文诗轴》 | 《陪郑广文游何将军山林十首》其六 | 天宝未乱(753) |
| 《草书杜甫与鄠县源大少府宴渼陂诗轴》 | 《与鄠县源大少府宴渼陂》 | 天宝未乱(755) |
| 《小楷杜甫喜达行在所三首》 | 《喜达行在所》 | 避贼至凤翔及收复京师在谏省(757) |
| 《行书杜甫和贾舍人早朝诗贾舍人早朝大明宫诗》 | 《奉和贾至舍人早朝大明宫》 | 避贼至凤翔及收复京师在谏省(758) |
| 《草书杜甫春宿左省诗轴》 | 《春宿左省》 | 避贼至凤翔及收复京师在谏省(758) |
| 《草篆杜甫观安西兵诗轴》 | 《观安西兵过赴关中待命》其二 | 出华州转至秦州(759) |
| 《草书杜甫遣兴之一诗扇》 | 《遣兴五首》其四("蓬生非无根") | 寓秦州(759) |
| 《行草杜甫杂诗七首手卷》 | 《漫成二首》之一、《舟前小鹅儿》《月夜》《送裴二虬作尉永嘉》《雨晴》《初月》《路逢襄阳杨少府入城戏呈杨员外绾》 | 在成都(761)、在成都及绵汉梓州(762)、陷贼中(756)、天宝未乱(754)、出华州转至秦州(759)、出华州转至秦州(759)、出华州转至秦州(759) |
| 《草书杜甫李白孟浩然诗册页》 | 《奉陪郑驸马韦曲二首》其一、《雨晴》《春夜喜雨》《初月》 | 避贼至凤翔及收复京师在谏省(758)、出华州转至秦州(759)、在成都(761)、出华州转至秦州(759) |
| 《杜甫漫成二首之二行草诗轴》 | 《漫成二首》其二 | 在成都(761) |
| 《草书杜甫五律诗轴》 | 《徐步》 | 在成都(761) |
| 《草书杜甫江畔独步寻花诗轴》 | 《江畔独步寻花七绝句》其一 | 在成都(762) |
| 《草书杜甫江畔诗轴》 | 《江畔独步寻花七绝句》其二 | 在成都(762) |
| 《草书杜甫三绝句诗轴》 | 《三绝句》其一("楸树馨香倚钓矶") | 在成都(762) |
| 《草书杜甫归来诗轴》 | 《归来》 | 再至成都(764) |
| 《行草杜甫春日江村诗轴》 | 《春日江村五首》其一 | 再至成都(764) |
| 《草书杜甫绝句四首之一诗轴》 | 《绝句四首》其一 | 再至成都(764) |
| 《杜甫赤霄行诗句轴》 | 《赤霄行》节句("丈夫垂名动万年,记忆细故非高贤") | 居夔州(765) |
| 《草书杜甫船下夔州诗轴》 | 《船下夔州郭宿雨湿不得上岸别王十二判官》 | 居夔州(766) |

续表

| 书作名称 | 所书杜诗诗题 | 杜诗所属时期 |
| --- | --- | --- |
| 《行书杜甫秋兴八首手卷》 | 《秋兴八首》 | 居夔州(766) |
| 《草书杜甫秋野诗轴》 | 《秋野五首》其三 | 居夔州(766) |
| 《行楷古人诗文册页》 | 《瀼西寒望》《不离西阁》《入宅三首》其一、其二 | 居夔州(766) |
| 《草书杜甫月圆诗轴》 | 《月圆》 | 居夔州(766) |
| 《草书杜甫送李八诗句轴》 | 《送李八秘书赴杜相公幕》节句("石出倒听枫叶下,橹摇背指菊花开") | 居夔州(767) |
| 《草书杜甫夔州歌十绝句之四诗轴》 | 《夔州歌十绝句》其四 | 居夔州(767) |
| 《行草书杜甫夔州歌十绝句之四诗轴》(与上本本异、尺寸异) | 《夔州歌十绝句》其四 | 居夔州(767) |
| 《草书杜甫白帝城楼诗轴》 | 《白帝城楼》 | 居夔州(767) |

很显然,傅山书杜,不太及时事,不大写所谓"诗史"篇章,所取多以萧散闲远或亦拙亦趣者为归——这也正是上文所讨论傅氏读杜的旨趣所在,读杜之所称扬与书杜之所选,具体篇目虽不尽相同,但趣尚正复是一贯的。在这里,"书"正是"读"的自然延伸,是读诵之不足之后的舞之蹈之——书法不就是书家腕下笔端的一种舞蹈吗?如果说,像《对雨书怀走邀许十一簿公》《陪郑广文游何将军山林十首》等杜甫早年困守长安时期的山林宴游之作,尚且只是一般士人厌弃官场、向往林泉常有的普遍情怀,也往往为其他书家所爱书,尚不足以反映傅氏书杜的个人性,那么对由陷敌、避难、流寓一路而来的那些愈来愈超然避俗、惟在"兴趣"、拙直真率之作的选取,如豪纵跌荡富于幽趣的《奉陪郑驸马韦曲二首》,"如凌虚御风而来"(浦起龙评语)的《送裴二虬作尉永嘉》,平白如话、直而有文的《路逢襄阳杨少府入城戏呈杨员外绾》,通体高洁、清空一气的《雨晴》《初月》,便充分透露出了其人之所重与偏好。不妨说,傅山是径直将其价值取向与人生态度写进了书法的。而这尤其映现于他所书最多的杜甫成都、夔州诗中。继中师评老杜草堂诗时尝云:"如果我们将杜甫成都草堂时期的'闲适诗'如《江村》《漫兴》《遣

意》《漫成》等等成片读去,并与前期在两京忍辱负重、在朝廷无可奈何时所作诗相比较,就会发现此际的杜甫清狂与率真融为一体,人与人之间、人与自然之间,春水花径、田父野老,相处十分融洽。前期正如杜甫自己说的'驱驰丧我真';反之,草堂暂时的安定则有助于残损的身心得以修复,真性情得以提升,使其诗作更多地指向自己的内心世界,咀嚼人生经验,进行深刻的反思,'民胞物与'中'物我与也'的一面得以深化,而其人格也因之展现出一种自由之精神。"[①]清狂、率真,春水花径、田父野老,不即名士而兼遗民的傅山的生活状态吗?赵园《我读傅山》即敏锐地把握到傅山文字之"拙"而富于谐趣,她分析道:"傅山所好的,是古拙而有风致的一类。他本人的文字就一派朴茂,因古拙以致生涩示人以'人性力度',那'拙'于此是文境又是人性境界。其朴其拙,都经了打磨烧炼,类木石之精,精气内蕴,只待由文字间稍泄而已。他那种半口语化的非规范(不合文法)表达,故作唠叨,足以酿成一种趣味。……谐趣,乡野村俗气、狭邪趣味,诸种成分出诸傅山笔下,已难以离析。"[②]可谓体贴入微,刻画入微。这样的傅山,真是像极了"直取性情真"的老杜。而文字中的傅山,也确乎时时不忘关联杜甫,所谓"江山动文藻,杜诗涌素胸。干请伤直性,咏叹每自衷"(《与艮贞道人》),他的《太原三先生传》写钱先生"所得佳句,率粗健淡率,极似老杜口占诸奇句"(前引),评人之际,更是径直将他自己之所爱尚和盘托了出来。言至此,我们还会认为他书《漫成》《春日江村》《江畔独步寻花》《绝句四首》《赤霄行》《秋野》《夔州歌》等等老杜不受羁束不避直拙、返朴归真、漫兴而成的诗作,乃是枵然无感的应酬吗?至如《船下夔州郭宿》《秋兴》《遣兴》("蓬生非无根")、《不离西阁》《入宅》等,或迁流托迹、寻幽缀景,或怀乡恋阙、慨往伤今,这些不胜其悲而深婉哀伤者,不也即是"言及易代便不胜怆痛"的傅山对自己生存处境的相似经验与内心同有的深沉感喟吗?这与他的疏狂野逸正是一体两面,相依相成的。如其诗中

① 《新译杜诗菁华》,第460页。

② 《明清之际士大夫研究》,第503页。

自叹："毛锥不杀贼，吟情附双泪。男儿生何为，壮业雕虫蔽。悲壮浣花老，颠踬雍梁际。忠愤发金声，谁识此公志？"[1]毛锥不能杀贼，已然抱憾，用来写那悲壮之"浣花老"以抒怀，正是情不自已了。

以是，我们完全可以说，傅山书杜在"写什么"上是真正的随"性"而为者，无论他是否就此以应酬酢，都借这番书写传达了自我的格趣境界与现实感怀。其内在生命在为杜诗激荡的瞬间，所成之心象与他那奇气奡兀之笔结合，创造出一种恣意瑰玮、含情摇荡的笔墨意象，洒然而来，极富感染力。试看《草书江畔独步寻花诗轴》【图53】：

> 江上被花恼不彻，无处告诉只颠狂。走觅南邻爱酒伴，经旬出饮独空床。山。

傅山此作一如此诗之以"颠狂"为纲，用笔颓放不羁，舒卷侧正，有风雨驰骤之势，极酣畅之致。清人卢世㴶谓《江畔独步寻花七绝句》是"似放而实微，似顽丑而实纤丽"[2]，若把"纤丽"视作意蕴的委曲周密，则卢氏之评，傅氏此书亦可当之。如果我们也将《草书江畔诗轴（稠花乱蕊裹江滨）》《行草春日江村诗轴》《草书杜甫三绝句诗轴（"楸树馨香倚钓矶"）》《杜甫漫成二首之二行草诗轴》等成片看去，并与《草书陪郑广文诗轴》《草书春宿左省诗轴》等更其夷犹从容的笔调相比较，会发现前列傅山诸书作的野逸率真，就中那忘乎手忘乎法的样子，真是对老杜幽偏自怡、懒慢朴野形象的绝佳再现，这诗这书的背后，兀立的是两个活脱脱的放旷无拘检、蔑视世俗规矩的狂狷者形象。以此可知，那些诟病傅氏这类草书大轴质量粗糙者，实非同情之论。再如《草篆杜甫观安西兵诗轴》【图54】，则颇得一"奇"字，书体虽然为篆，但用笔却纵横争折，驰突穿插；又虽然带"草"，而节制却严，不乏精锐整肃气象，如同布阵。书之风调往往有合于诗之风调，谁说不是呢！

[1]《祠僧患风，不能礼客，既令其徒以笔砚请留题。贫道怪其意曰闻名能诗许再复之，因自叹有作》，《傅山全书》第1册，第80—81页。

[2] 转引自冀勤《金元明人论杜甫》，商务印书馆，2014年，第647页。

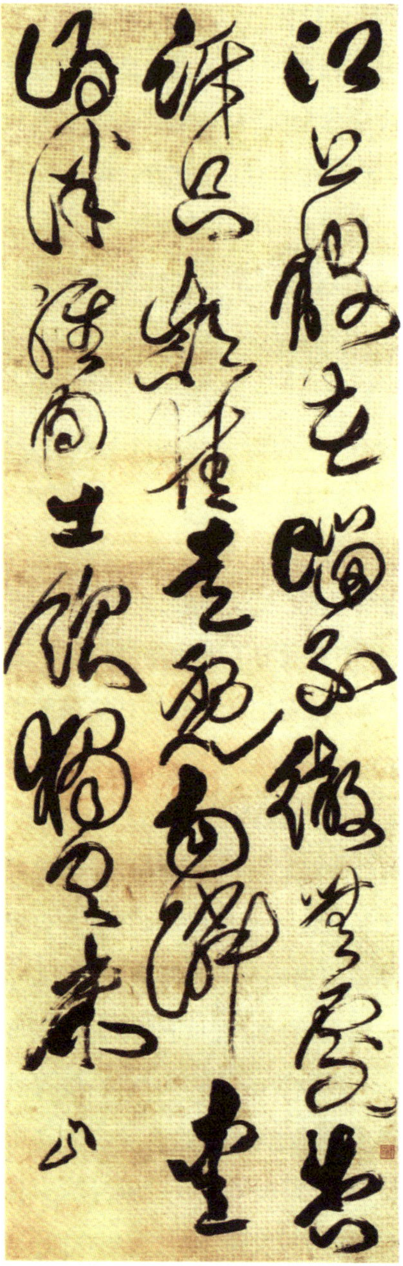

【图 53】傅山(1607—1684)《草书杜甫江畔独步寻花诗轴》,绫本,纵150.1cm,横48.4cm,首都博物馆藏。

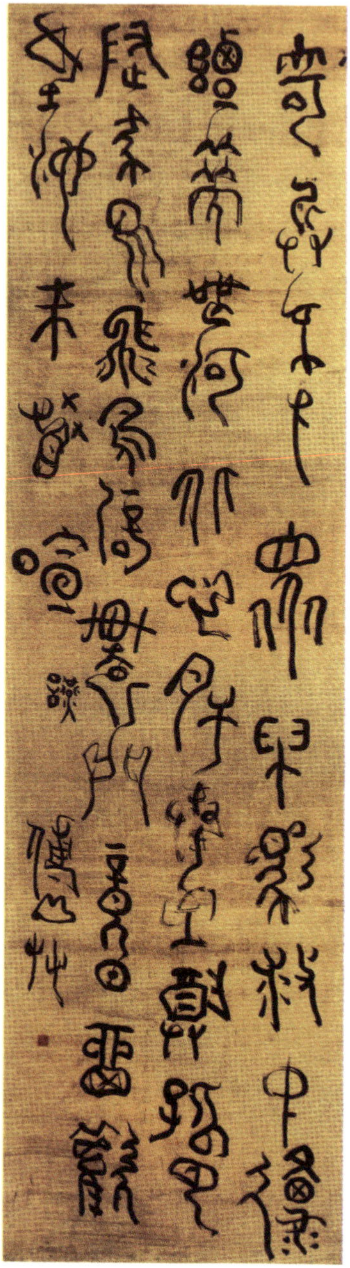

【图 54】傅山(1607—1684)《草篆杜甫观安西兵诗轴》,纸本,纵 183cm,横52cm,西安碑林博物馆藏。

这里，有必要就书风和文字内容之间的关系再做一点辨析。有一种观点认为，一个艺术家会根据书作的文本内容来选择一种书法风格以相匹配。而质疑者则表示这不过是一些未加深究而陈陈相因的成见，除非证明一个书家能够在某个特定的时期内同时掌握着两种或更多的已臻纯熟的书法风格以供其根据文字内容进行选择[1]。然而，在我看来，问题的根本并不在书家是否多能，从而具备“选择”的自主性上。文字内容之于书家的影响，毋宁主要在情绪，以及与此相连而来的书作的“情貌”。一个时期里，书家所书风格往往一致，但“情貌”却并不相同，以情绪不同故也。二者间的关系不是“选”，而在“激发”，即文字内容给予书写主体的情绪感染，从而任凭情绪的引导进行创作，运用他的书写技巧达到暗示某些印象的可能。这也才是我们认为抒情艺术的本质所在，二者融通，书法的抒情性才得以达成，也才避免堕入“殆同书抄”、千“书”同面的境地。

当然，必须承认，并非所有书法都具备如上所谓的抒情性，书法史上尽有不为内容所动的书写。这里的讨论，仅仅就傅氏之书写中确乎应通过与所书之内容相发明才得以深味的部分。上文我们就已说到，晚明以来率意书风得到了恢复，许多书家都主张将激发的情趣如实地倾泻到书法作品中去。有论者认为“这样，也就有了喜好行、草的字间连绵和长条幅样式的出现”[2]，不为无见。虽然相关的研究也早已表明，高堂大轴的风行与房屋建制、书写材料的变革相关，但不得不说心理动因也是内在地促成此风的一大要素所在。对于各体皆擅的傅山而言，除偶尔以楷出之外，绝大部分皆以行草（包括草篆）大轴的方式书杜[3]，既不务求妍美，也不故托丑拙，率意而为，正是最足以达成其抒情的个人性的。

1684年，七十八翁傅山以书代简，作《草书晋公千古一快四条屏》以贻友人，中云：“吾每见潜起兄弟之和，花朝月夕，百壶倾倒，

① 参看白谦慎《傅山的世界——十七世纪中国书法的嬗变》，第130—131页。

② 平山观月《书法艺术学》，第88页。

③ 参看附录中拙辑《历代杜诗书法辑目》。

不醉不已,敬而爱之。‘坚坐看君倾’五字,尝拟赠之。当其耳热呜呜,杂以讥嘲,戏而不虐,不知人世之所谓富贵尊崇者何事。”[①]【图55】面对友人饮酒以自乐,恣意的狎戏,傅山难掩心中爱赏之情,虽已不再能酒,却愿一效老杜“坚坐看君倾”(《季秋苏五弟缨江楼夜宴崔十三评事韦少府》句)——他又一次想起了杜甫,(想)借着书杜句向忘乎荣利、真纯而不受礼法拘束者致意。书非妄作,书岂妄作哉!

## 王　铎

在明末清初书杜诸大家中,颇使人起惑然而却又最引人深味的,大约当属王铎(1592—1652)。

明弘光元年亦即清顺治二年(1645)五月,忻城伯赵之龙叩首迎接豫亲王多铎进入南京,五十四岁的王铎与钱谦益等文武数百员出城降。九月,王铎、钱谦益随多铎赴北京,自此过着后世人眼中“人品颓丧”的生涯。与此同时,他却愈益系情于杜甫。以通常的眼光看,一个贰臣,反反复复言说着、书写着的却是那“忠义凛凛”的“诗圣”,这真有点“殆不可解”了——毕竟,在杜诗被书写的某一些瞬间,书者的身份、其为何等样人,确曾是一个被关注的问题。[②]今人刘正成即认为王铎晚年对杜诗的摹仿与书写,“显然是一种粉饰”“总有一些滑稽之处在”,是一个贰臣“在‘义’与‘不义’悲剧冲突中的可怜相”的流露[③]。“粉饰”“可怜相”云云,多少说得有些轻俗滑易而近乎嘲讪,未免失之厚,正可见后世未有身临其境者对当局中人进行体认之难。而一个“贰臣”的名目,则更是一个标签,看似清晰的归类背后,终不免轻忽了复杂性,掩盖了丰富性,片面化了王铎。基于此,后人对他入清后的频繁书杜自是难有同情之论。

在此,我们无意为王铎的降清之举辩白,就在降清前一年,王铎还在作《誓关帝文》向南明弘光皇帝表明心志,以谓“入阁受任,无论事之难易,一一衡诸道于心”(钱谦益为其所作墓志铭也称赞

①《傅山书法全集》,第2—3页。

② 此间最典型的便是南宋高宗赵构的书杜。赵构在书法上所得颇深,也爱书杜诗。徐𤊹《徐氏笔精》卷五载明人王泽《题宋高宗所书杜诗》,诗中有句曰:“江头宫殿日迟迟,朝退千官默坐时。春尽龙沙无雁度,素缣只写少陵诗。”又据《徐氏笔精》卷六“扇书杜诗”条所载,宋高宗绍兴元年赐经筵官扇皆亲书杜甫诗句与之,“赐学士王绹曰‘霖雨思贤佐,丹青忆老臣’,赐尚书胡直孺曰‘文物多师古,朝廷半老儒’,赐舍人胡交曰‘相门韦氏在,经术汉臣须’”(分别见《笔精》卷六、卷七,福建人民出版社,1997年,第201、246页)。然而,由“春尽龙沙无雁度,素缣只写少陵诗”一句,正可见醉心笔墨的高宗与朝退默坐的众官一样,于中兴谋略全无用心。虽然赵构常写的是杜甫的诗,但由内容看来,或与其光宠儒臣相关,或为一申其山林之想,如《书杜甫即事诗页》《书杜少陵山水障歌》,终不是一个处艰之主在河山破碎时所宜选。无怪乎四库馆臣有訾议:“高宗当卧薪尝胆之时,不能修炼戎韬为自强之计,尚耽心笔札,效太平治世之风,可谓舍本而

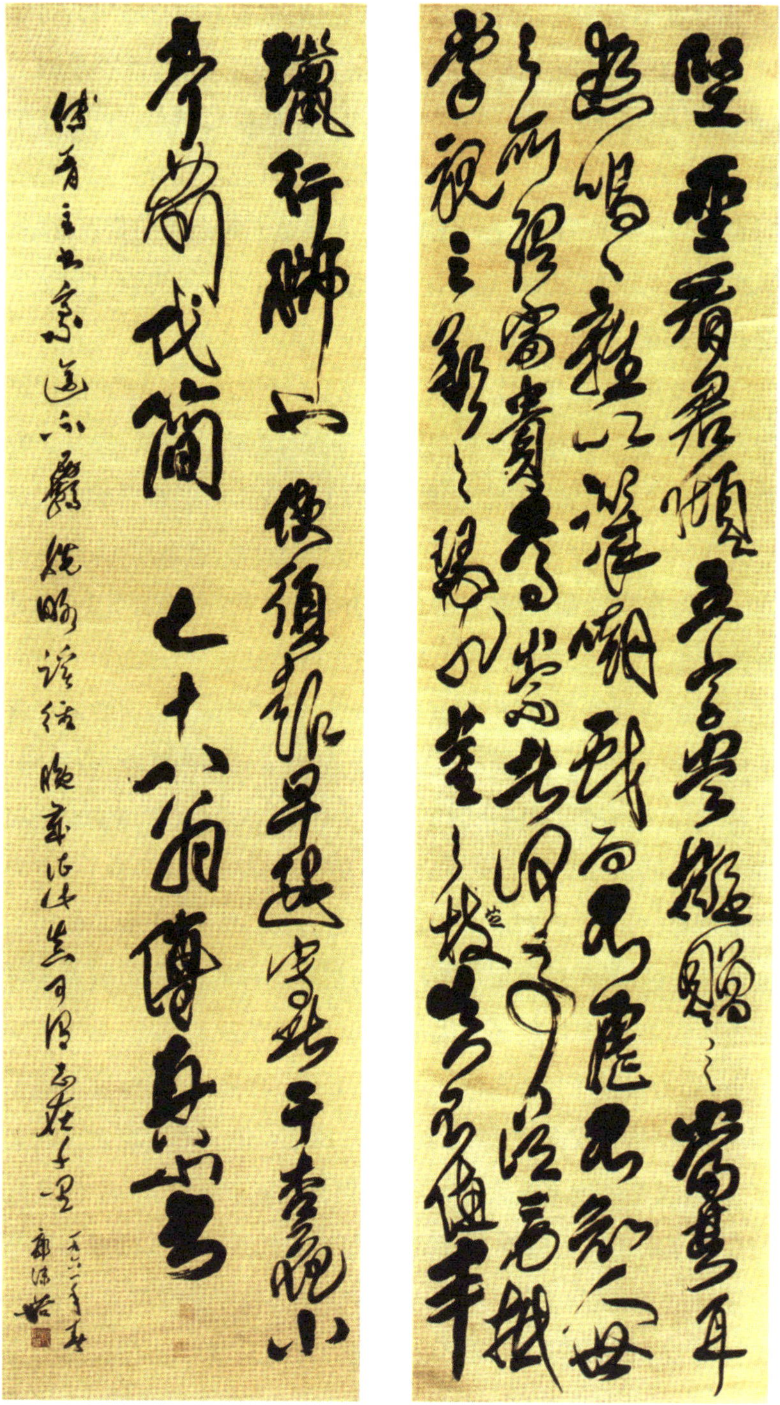

营末。"(《四库全书总目》卷一一二,中华书局,1965年,第955页)因而,即令这位皇帝所书为杜诗,甚至也是杜诗中寄慨遥深者,后世也不见得领情。元代吴师道跋《宋高宗书杜陵骢马行》诗道:"江沱燕息共恬熙,无复中原壮志驰。眼见麒麟死刀下,不须更写杜陵诗。"(《吴礼部文集》卷九,转引自冀勤《金元明人论杜甫》,第93页)杜甫的《骢马行》不独写马的雄姿逸态,而且还"别有寄感",用浦起龙的话说,是"眼光四射,一以激邓公乘时奋起之思,一以表此马有即日见功之会"。(《读杜心解》卷二之一,中华书局,1961年,第243页)而并不思奋起亦且枉顾抗金功臣无端冤死的宋高宗,他书写这样一首诗,岂不是徒尔作之吗?这当然不免要引人愤愤。可以说在吴师道的"不须"二字里,即包含着对其人书杜合宜性的质疑或者简直就是否定,吴氏深厚的儒者情怀使他难以潜心其书内单纯而无所挂碍地欣赏赵构在书艺上的表现。

③《王铎书法评传》,见《中国书法全集》第62卷,荣宝斋出版社,1993年,第6、16页。

【图55】傅山(1607—1684)《草书晋公千古一快四条屏》(局部),绫本,每条纵201cm,横51.7cm,晋祠博物馆藏。

他"事弘光皇帝于南,奖护忠直,疏解禁锢,侃侃有以自处"[①]);可转瞬之间便已换了旧主人,乃又为清军点诸降臣名;当清军执福王(弘光帝)到南京时,他又"直立戟手,数其罪恶"[②],似乎也已换尽了旧心肠。在严于道义的当口,这些都确是难以洗刷的污点。只是,不能不略加回护的是,王铎的反覆,固然系于其个人的难以自坚,实亦颇由于际遇之所推就。且让我们稍稍回溯一下三百七十多年前易代之际王铎那一段复杂而苦辛的生涯。

据张升《王铎年谱》[③]以及高文龙《王铎的政治生涯》[④]所述可知,王铎自步入仕途之日起,乃就追随东林党进步力量,置身于晚明政治斗争的漩涡之中。这期间,尝于天启六年辞修秉承魏忠贤意旨而作的《三朝要典》;入崇祯朝,则与倪元璐、黄道周、文震孟诸人一道对抗周延儒、温体仁等阉党余孽;在与清军的边事上,亦是坚决的主战派,也因此触忤了当权者而险遭廷杖。凡此,皆一再彰显了王铎的骨鲠与胆气。在《题王觉斯初集》中,黄道周尝云:"曩壬戌庶常之简,凡六六人,惟王觉斯、倪鸿宝与我最乳合,盟肝胆,孚意气,砥砺廉隅,又栖止同笔研为文章。"[⑤]亦可见,黄道周也是深许王铎为同道知交的。王铎之能与黄道周、倪元璐【图56】一道为时望所尊,号为"三株树",殊非一时之偶然。然而,于明王朝用心甚诚甚炽的王铎,却每每遭遇挫伤与折辱。言不获用外,其尤著者如上所云之险遭廷杖,还有因规谏朝廷围剿农民起义军,加派剿饷一事,而为崇祯帝所"切责"。此际,王铎已屡萌退意,两度上疏乞归,之后又恰逢父母之丧,未能履职,加之乡里一带连遭农民起义军之袭击,乃一度率家人南下避难,辗转流徙于河北、江苏、湖北之间。及至南明弘光时期,王铎虽因与福王的某种特殊因缘而位至次辅,但辅政期间,又为首辅马士英等异己多方忌恨攻击。于时,王铎更有《急求罢斥以谢浮议事》疏,自谓是"踽踽凉凉,困穷无告"[⑥],可想处境之难堪!而难堪之极则无过于因辨北来太子真伪事而遭都城百姓殴詈,"拔须捋发,极其殴打"[⑦],"铎须发尽秃,挟至

① 钱谦益《故宫保大学士孟津王公墓志铭》,《牧斋有学集》卷三十,上海古籍出版社,1996年,第1104页。

② 李天根《爝火录》卷十,浙江古籍出版社,1986年,第475页。

③ 张升《王铎年谱》,上海书画出版社,2007年。

④ 见《中国书法全集》第62卷,第23—30页。

⑤ 见王铎《拟山园选集》卷首,《北京图书馆古籍珍本丛刊》,第111册,书目文献出版社,1998年,第6页。

⑥ 见《拟山园选集》卷十一,第144页。

⑦ 台湾银行经济研究室编《江南闻见录》,中华书局,1967年,第2页。

【图 56】倪元璐(1593—1644)《行草书杜甫题李尊师松树障子歌句轴》,纸本,纵 135cm,横 27.5cm,广州艺术博物院藏。

之龙处,汹汹欲扑杀之……室内所蓄书画极多,与赀俱尽矣”[①]。所受诟辱摧残之惨厉,恐为明末诸大臣中所仅见,足使人心体为之震悸。数日之后,王铎便在惶惶惴惴中降了清。

王铎之降,诚然也属于“有所待而不死”者,譬如为了全躯保妻子[②],但未尝不是因了其所遭——在明而上为明之君、下为明之民所轻辱——由心灰意冷而忧愤所激成。惟其如此,你方能明白,何以王铎在崇祯朝时尚能甘冒廷杖殒命之险坚持直谏,反于大是大非前一改夙节;又何以在诸臣见故主皆伏地流涕之际,独他一人历数福王罪恶,“攘臂呼叱而去”[③]。赵园说得好,易代让士人具有了某种“解放意义”,“那种批判以及怨愤表达,也只有在明亡之后才能成为可能”[④]。由此论之,王铎的降清,于理可算失节埋尘,于情或并非全无可原之处。本来,身份确认便也“系于视角,系于论者所处的位置与论旨”[⑤]。身当其际的王铎本人,斤斤欲剖白的则是其处境之尴尬与艰险:

> 秣陵之蹶,崩沸抢卤,虎贲蛇飞,跿跔科头,啮人不择贤愚。弟挟带甲者薄兵城下,缓之一二日,我之大小室家如堕千钧之重于卵之上,其压也必无幸矣。……父母之死,五弟之死,妻女之死,吾数年肺腑如刺,形神不全,已自不堪。
>
> ——《祭四弟匡峦文》[⑥]

> 我自兵抢后火船,真忍饥啮冰以告人……衰老余生,遭际坎坷,殊无快意事,无快意时,无相对快意之人之物。……夫古今来侏儒何限,不侏儒亦何限,不知造化小儿何独妒于老我,摧残之,窘辱之,而拂乱之,生死不自为得。其留以告天下后世,天下后世读而怜其志者,只此数卷诗文耳。
>
> ——《诸同人尺牍·长兄觉斯家报》[⑦]

① 李清《三垣笔记·附识下》,中华书局,1982年,第240页。

② 王铎在《太平府知府匡峦四弟墓志铭》中即道:“予喜弟天降更生也。”见《拟山园选集》卷六十四,第724页。

③ 王应奎《柳南随笔》卷二,上海古籍出版社,2012年,第19页。

④《明清之际士大夫研究》,第6页。

⑤《明清之际士大夫研究》,第260页。

⑥《拟山园选集》卷七十五,第855—856页。

⑦ 王鑨《大愚集》卷首,见纪宝成主编:《清代诗文集汇编》第24册,上海古籍出版社,2010年,第460页。

虽以能全身保家为幸,但"生死不自为得"云云,亦可推见当时之情境必有不由己处,这已非局外人所得深知。不堪回首的乱世遭际,加之难获同情的抑郁苦闷,让王铎生意全无,"既入北廷,颓然自放"[①],开始过起"每与诗友酒徒招歌僮设果饵,酒酣歌吴骚,按节迭和,每至鸡鸣不寐,宾客潜散亦不顾"[②]的生活,正是"吾人甘作心似灰"(杜甫句)、"拟把疏狂图一醉"(柳永句)的做派。但这种劫后虚无[③]、心如死灰的状态,与当时的遗民逃禅一样,正不妨视作是王铎身处窘境、绝境的一种生存方式。在他宵旦不分的自放中,却常是"悲欢间作""自伤晼晚"[④],人之情无所寄,乃一意寄情诗文书画[⑤],并希冀由此上友于古人而见知于后世。

其实,鉴于晚明政局的颓败与凶险,自谓"数忤权奸,了无依傍"[⑥]"壮心无与说,每日只孤吟"[⑦]的王铎便颇思与古为徒,所谓"莫轻交择其友,莫结社缄其口,左马之徒杜陵叟,与古为交知己多"[⑧],正是这一祈向的明白宣言。而乱世飘荡之中的相同遭际,则让他更加以老杜为异代知音。在《答雪帆》一札中,王铎道:

> 仆一生拮据,所摛聊自娱,求合于古,不顾�人目,薄蓄寡见,畏嫉且诋。噫!杜、韩皆然,庸何怪乎?[⑨]

又其《跋杜诗虞赵注》有云:

> 学者读书著作,解悟少陵,地位必相去已近则真气通,真气不通,不如无附会也。[⑩]

显然,王铎是颇自以为与老杜在"地位"上"相去已近"的。生逢战乱,困顿拮据,此间父母死、五弟死、妻女死,"数年肺腑如刺,形神不全"(见前引),生涯之惨淡苦辛也的确与老杜颇有合,故他于诗"独推少陵,至一句一字无不诠发意兴"[⑪],自己作诗也每被认为与

① 钱谦益《故宫保大学士孟津王公墓志铭》,《牧斋有学集》卷三十,第1104页。
② 张缙彦《王觉斯先生传》,《依水园文集·后集》卷二,《清代诗文集汇编》,第13册,第178页。
③ 其弟王鑨《哭觉斯长兄》有"社稷存时曾恸哭,乾坤劫后已虚无"之句。见王鑨《红药坛》卷五,清顺治十年刻本。
④ 钱谦益《故宫保大学士孟津王公墓志铭》,《牧斋有学集》,第1104页。
⑤ 王铎《楷书题画款》有云:"字画诗文吾辈之寄耶!"见《王铎书法全集》,河南美术出版社2005年版,第1409页。
⑥《三辞成命以全恬退事》,《拟山园选集》卷十,第130页。
⑦《五律诗》轴,《王铎书法全集》,第335页。
⑧《临古帖》,《王铎书法全集》,第85页。
⑨《拟山园选集》卷五十八,第654页。
⑩《拟山园选集》卷三十八,第445页。
⑪ 张缙彦《阎审今变雅题辞》,《依水园文集·后集》卷二,《清代诗文集汇编》,第13册,第147页。

杜雁行[1]。其《答洪半石》曰:

> 见足下书,欲泪矣。仆踽凉长安中,安得如吾半石寤语乎?……前诗足下诩其近杜,杜如海如山,安敢相方也!……今六旬老人,日弄管城,是何生涯耶![2]

于此不难料见,王铎在与友人的日常(文字)往还中定常论及老杜。张缙彦《王觉斯先生传》记入清后王铎的行迹道:“(王铎)常称病,病辄杜门数十日,友人以酒肴谒,则剧谈达曙。坐久,食不过蔬豆鲁酒,取少陵诗或诸子为解说,客倦欲去,辄强行复坐。”[3]在顺治八年所作的《奉龚孝升书卷》中,王铎也记到:“辛卯二月,过龚公孝升斋,同北海、云生谈诗披少陵卷。”[4]读杜、说杜成了王铎入清后发抒愤懑的重要一途,是王铎摆脱窒息的圣地。而在他“日弄管城”的“无赖”生涯里,书杜也正是其赖以遣怀的重要一途。

王铎作书,极爱书帖。张芝、王羲之、王献之、王筠、褚遂良、徐峤之、柳公权、宋儋,等等,举凡《阁帖》《汝帖》中书家书作,多一一临写之。遇有索书者,王铎也常常就以临作应其求[5]。今有河南美术出版社裒集全国各地博物馆所庋藏王铎书作成《王铎书法全集》一部五大卷,收录所书三百四十八件,就中临帖之作便有近百二十件。在行书立轴《京北玄真庙作》中,王铎自云“吾恒书古帖不书诗”,何以故?只因“世尠好诗者”。而这里所以有《京北玄真庙作》,是因了“亲串好之,是以书之”[6]。他还曾感叹“世之好诋诗者,皆不知诗者,不知诗乃人哀乐饮食之事也”[7]。由此皆可知王铎于诗之看重,是不苟于以诗轻易示人的。顺治六年,王铎作《草书诗卷》,其后长款有曰:

> 己丑七月十三日过漆水老道契斋,子姜、一章二公至,同饮酒间,学古作草书一卷,书俚作。内一首为黄冈官文所深爱,贶

① 参看清人陈名夏《题王觉斯书卷后》,《石云居文集》卷十四,《清代诗文集汇编》,第16册,第139页。

② 《拟山园选集》卷五十八,第654页。

③ 张缙彦《王觉斯先生传》,《依水园文集·后集》卷二,《清代诗文集汇编》,第13册,第178页。

④ 《王铎书法全集》,第1548页。

⑤ 《草书册》,见《王铎书法全集》,第294页。顾复《平生壮观》:“孟津相国侨居吴下时,最喜与人作书,而人不知重。写扇甚多,皆临帖。……其书皆临摹古帖,工力精到,三百年一人也。”(上海古籍出版社,2011年,第176页)。

⑥ 《京北玄真庙作》,见《王铎书法全集》,第246页。当然,王氏作书好书帖,亦是其人于书不敢妄为,处处求合于古的表现。参见《王铎年谱》所引顺治八年王铎为张玉调亲家草书《琅华馆仿古帖》书款(第236页)。

⑦ 《孙北海诗序》,《拟山园选集》卷二十九,第344页。

棺及内子。偶书至此,不胜怆感,恨平生未有以报官友也!因为漆水公道之。吾诗有一人知之可以不憾,况外棺如麦舟之义乎!知因书怜诗,因诗怜吾好友官丈,是在漆水老父。[①]

惟当好友至交前,王铎乃率然"书俚作"以示。而"因书怜诗"一言,更是将他试图托书诗以获知于人,如前引《长兄觉斯家报》所谓"其留以告天下后世,天下后世读而怜其志"的那份渴盼展露无遗。用心之良苦,亦不禁使人恻恻动容。这里虽就其人的自作诗而言,但我们完全有理由相信,"全力惟求经史,批观诗文",深感"操斛求知己不易易"[②]的王铎,当其"延客囊空又典衣,醉后悲歌哭少陵"[③],继而奋笔疾书之际,他所哭所书所钟爱之少陵,乃正成了他自己的化身。[④]因书怜诗,因诗怜人之想,于其书杜,又何独不然呢!

由《王铎书法全集》《中国古代书画图目》等大型图录计,前人之诗如王维、高适、岑参、祖咏、綦毋潜、钱起、郑谷等人所作,于其笔下皆不过偶一见之,而杜诗则所见近二十件六十首,就中有三件书于天启、崇祯间,其余均为入清后作。此虽未为王氏书法之全豹,但已呈示一斑则是毋庸置疑的。书家刘正成说:"他(王铎)不仅摹仿杜诗,而且爱书写杜诗,特别是在晚年,他的得意之笔亦不少在书写杜诗中。"[⑤]诚是知书者言。晚年的王铎在他的书作里,一再写杜诗——自然是身在羁旅丧乱中,慨时伤世为主的杜诗。比如顺治三年三月初五日夜的草书《杜甫风林戈未息诗卷》(见前【图47】),王铎"带酒微醺不能醉,书于北都琅华馆"[⑥],又是一次酒后悲歌书少陵。兵火战乱戈未息的现实状况,对一个曾在兵戈倾危时命在刻漏的亲历者而言,实难为怀!王铎"嗟世之不肯捍兵戣,救旄倪"[⑦],深许四弟王镆于大兵入城时解救"苏人十之七不杀"的义举。正是兵戈扰乱的痛切经历使他尤不忍于生灵涂炭,"感时抚事增惋伤",下笔则激昂恣肆飞腾跳掷,即出于人心之不容已也。王铎曾自谓"每书当于谈兵说剑,时或不平感慨,十指下发出意气,辄

① 《王铎书法全集》,第1231页。

② 《行书轴》,见《王铎书法全集》,第689页。

③ 《拟山园选集》卷八十一,第927页。

④ 王铎于诗的独推老杜,为其身前身后世人之共识,前引张缙彦之说外,何吾驺、彭而述在为《拟山园选集》作序时也都有极为相同的体认。(参看《拟山园选集》卷首,第2、14页。)今天有论者以为,王铎就是将自己看成了杜甫之再世的(参看刘正成《王铎书法评传》,《中国书法全集》第62卷,第6页),不为无见。还有论者指出王铎向杜诗学习取法能遗貌取神,"其诗作结合自身经历,记录了明末清初的社会现实,可称乱世诗史;又能于诗中见出对国家前途和百姓疾苦的深切关怀,可称忧国忧民"(参看黄治国《书名遮蔽的诗豪:地域诗史视角下王铎的返观与评价》,《海南师范大学学报》2017年第1期)。

⑤ 《王铎书法评传》,《中国书法全集》第62卷,第6页。

⑥ 《王铎书法全集》,第868—869页。

⑦ 《祭四弟匡峦文》,《拟山园选集》卷七十五,第856页。

有椎晋鄙之快"[①],则我们于《凤林戈未息诗卷》所感到的,不也即一种欲使笔作剑肃清海宇而使天下归宁的抑塞磊落不平之气吗?"凤林戈未息"诗,王铎晚年数数书之,所书题旨相近的还有《出郭》(见前【图42】)、《观安西兵过赴关中待命二首》(其二),可知其深心所念!伤乱之外,王铎更写乱中艰辛备尝、飘零堪哀的老杜,如"兵革身将老,关河信不通。犹残数行泪,忍对百花丛"(《登牛头山亭子》,见前【图41】),如"亲朋无一字,老病有孤舟。戎马关山北,凭轩涕泗流"(《登岳阳楼》);写老杜对人情恶薄、世态炎凉的深沉慨叹,"生死论交地,何由见一人。悲君随燕雀,薄宦走风尘"(《赠别何邕》);写老杜的幽偏自怡、高隐之思(《独酌》《独酌成诗》《观李固请司马弟山水图三首》)以及对生活的抗争与倔强的性格(《空囊》《旅夜书怀》),等等,不必一一缕述。倘若你历览王铎所书杜诗,再联系王铎入清后的行迹与表现,定会深切感到,书杜出诸王铎,正像有着强烈的自我述说的意味,多少踽凉无助、悽怆失意,多少未可明言的郁郁孤怀,皆在放笔一刹那,随笔墨倾溢而出。而就中之尤婉曲深挚者,无疑是他作为贰臣满腔难以宣言的故国之思——不得不说,对于儒者阶层中一种士人人格讽刺最力,也最令王铎本人沮丧的,就是他的贰臣身份。无论如何,大节一亏,于整体做人上便再无境界可言。与王铎一同降清的钱谦益在其为王铎所撰墓志铭中以王铎为叔孙昭子、为魏公子无忌,以隐喻王铎降清实属权宜之计。我们自然不愿相信,那不过是钱氏对王铎实则也是对自己的回护宽假之言罢了。然则这些都恰恰透露出其人的一时失足带给他们绵绵不绝的愧疚与痛悔。而其人愧悔有多深,则他怀乡恋阙的故国之想便有多切:"搴旗空失算,磨墨甚凋颜。悔不栖耘斗,翘翘望故山。"[②]"日夜思乡信,乡书寇盗中。""孤身垂老鬓,掩袖立霜风。"[③]——王铎寂寥的故国之思,正是托诸一首首浸透着怀乡恋阙之情和慨往伤今之意的杜诗,若《赠别何邕》,若《客亭》,若《洞房》,若《骊山》《蕃剑》之属,借助这诗的精神血肉,他殷勤而凄楚地

① 刘正成《王铎书论选注》,见《中国书法全集》第63卷,第648页。

②《赠沈石友草书卷》,1650年作。见《王铎书法全集》,第1424页。

③《五言律诗轴》,1651年作。见《王铎书法全集》,第1424页。

构铸着自己失落的故国魂梦。

王铎晚年书杜,几乎全以大草出之,颇异于其他内容之常用行甚或楷隶者。以其沉郁的心理,深挚的情感,挥斥的笔势,雄肆的体调,王铎创造了笔墨中非凡的杜诗世界。在《跋陈公甫先生书秋兴卷》中,他赞道:

> 陈公甫书沉郁苍莽、古秀灵动、生气包举,摛张撅法足与杜作相敌。惟其风骨独往,不为衔橛苦,复如音节驰骤也。[1]

这也可以说是王铎对自己所书《杜陵秋兴诗卷》(1646年作)的夫子自道。他的《秋兴卷》书《秋兴八首》之六、三、四、八、二五首,长四米有余,是为王书集中大制作,三百余字一气完成,诚如音节之驰骤而郁勃浑沦,不可凑泊,非以全副性情入书,安能若是哉!【图57】晚年"踽凉长安中"的王铎尝言自己"他无可道,惟掘强犹昔"而不愿"征逐秽利,喘气低眉于人"[2]。人谓"觉斯字一味用力"[3],实为"掘强"者所必然,其书未能有傅山之萧散、八大之冲和,而沉郁苍莽、风骨蹭蹬皆有过之,正属"刻意伤春复伤别"的一类。张缙彦《王觉斯先生传》状觉斯入清后行迹曰:"饮醉,取大笔迅扫千尺绫素,不复知世间有是非荣辱事。"果真能如此吗?是非荣辱,王铎多么希望有人能理解,而这又是多么的不可期待:"世之揣摩古今人物,忠佞贤否",总是"轻为之评"[4],便只好以"善谑学藏身"[5],一如他大笔所"迅扫"的杜诗《戏作俳谐体遣闷》中的两句:"是非何处定,高枕笑浮生!"继中师分析杜甫此诗有云:"杜甫大半辈子处在进退维谷、无可奈何的境地,高入云天的理想抱负与寄人篱下的可悲现实是如此令人尴尬,老杜以俳谐、风趣、幽默直面之,'缘情慰飘荡',的确是其晚年诗一大特色。"[6]以此视王铎,不亦宜乎!在《杜陵秋兴》诗卷后,王铎题道:"杜诗千古绝调,每见有哂之者,姑不辩,遇求书则书之而已,万世自有定评,当不知道也。"这类出现

① 《拟山园选集》卷三十九,第461—462页。

② 《答洪半石》,《拟山园选集》卷五十八,第654页。

③ 倪涛《六艺之一录》卷三百三,《景印文渊阁四库全书》,第836册。

④ 《跋杜诗虞赵注》,《拟山园选集》卷三十八,第445页。

⑤ 《赠沈石友草书卷》,见《王铎书法全集》,第1424页。

⑥ 林继中《杜诗菁华》,第903页。

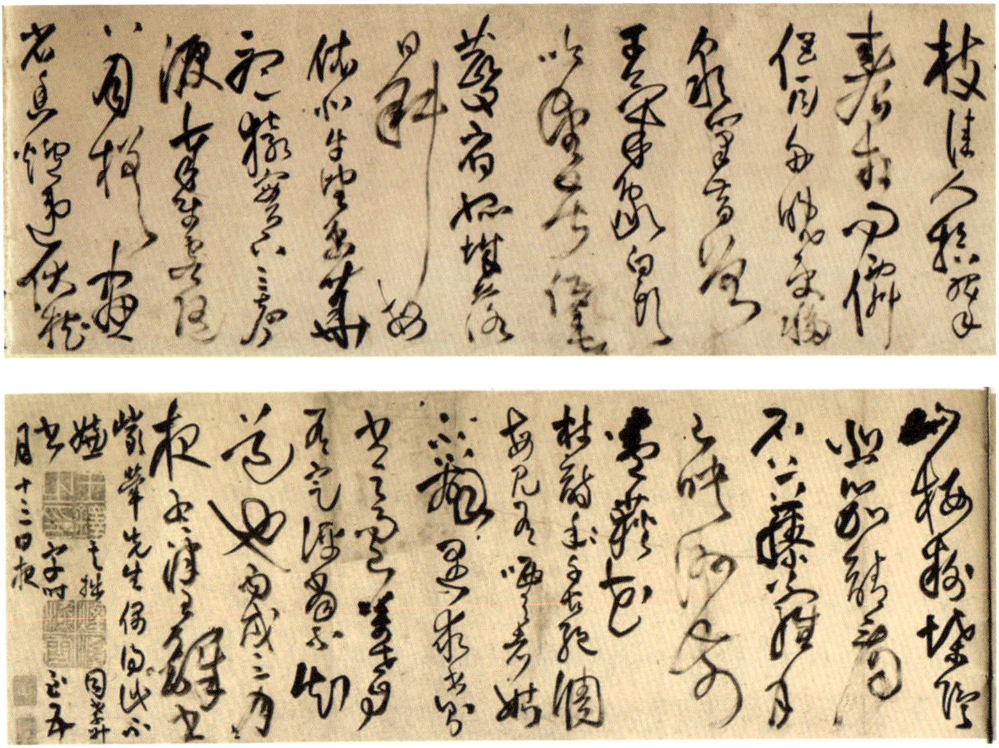

【图57】王铎《杜甫秋兴卷》(局部)，1646年，纸本，纵28cm，横420cm，广州美术馆藏。

书《杜甫秋兴卷》外，王铎别有步韵之作，今集中可见有《行书用杜甫韵秋兴七律诗扇叶》两种。

于其晚年书作中的题款文字，像是颇有语带双关的可能。“姑不辩”“万世自有定评”云云，你甚至不妨想象，那也是王铎审视自身身后处境的愿景。可以说，王铎以自己的方式，表达了对无可更改的事实的反应。

余英时在《方以智晚节考·增订版自序》里曾指出其考方以智晚节的困难在“隐语系统之破解”，认为“以隐语传心曲，其风莫盛于明末清初。盖易代之际极多可歌可泣之事，胜国遗民既不忍隐没其实，又不敢直道其事……于是隐语之系统出焉”[①]。岂止胜国遗民，变节降臣亦自有其隐语系统，而在他们心里，自己亦是胜国遗民，只不过非世所认可的罢了。与王铎一同降清的钱谦益，晚年

① 见余英时《历史人物考辨》，《余英时文集》第九卷，广西师范大学出版社，2006年，第93页。

"老归空门,拨弃世间文字",唯独对杜诗"护前鞭后,顾视而不舍",耗费巨大心力注杜,其"假借老杜诗史以映照己身之'遗民'处境之特色",彰彰甚明,学界也早有论定。[1]杜诗正是钱谦益最大的隐语系统——这不正可以作为我们观照王铎的最好借镜吗?王铎在入清后进行的书法创作,如果对照他在此际的心理状态来加以探究,则其中看似普通的书写,却也以一种隐曲的方式,透出其人在直接承受过渡时代的矛盾与痛苦时心底的波澜。因此,它们实在是推敲王铎在其人生历程中心情变动最激烈的情态下,是如何寄情艺术传其感怀的。

① 参见余英时《评关于钱谦益的"诗史"研究》一文,见《历史人物考辨》,第50页。

## 结语:作为"生命的形式"的杜诗

以上我们讨论了在晚明清初这个书法艺术抒情精神恢复与高涨的时期,杜诗的一些书写者在由现实关切向杜诗书法"转化"的过程中,他们所选择的杜诗,由那杜诗所引起的感发,是怎样在一定程度上"点燃"了他们的创作热情,帮助他们找到了最能寄寓他们现实感怀的抒情形式的。王铎、傅山、八大,当然也还有例子可以说【图58】,但又似乎不必再一一穷举。他们回向杜诗的种种情态,典型地呈示了明清鼎革之后,明遗各类人等的艺术是如何回应其时的政治情势、表写其个人的际遇与感怀的。在那个天崩地解而人伦衡鉴上又极为敏感严苛的年代,杜甫之于他们而言,"天资惇厚,伦理最笃,诗凡涉君臣、父子、兄弟、夫妇、朋友之间,都从一副血诚流出"[2],是道德情感与伦理意识以及个体情操的理想范式。这样一位诗人,以其"一人心"包蕴着"一国心",呼应了动荡时代中士人们关于家国主题的共同关切与思考;他的歌哭行吟,真实深刻地体现了痛苦岁月里知识者的某种共同命运与反应,从而显示出了强烈的"当代"感与"召唤"性。诗史上其他有分量的诗人,或某一些诗人的某一类诗作当然也可能引发类似的感受给以类似的经

② 浦起龙《读杜心解》卷首,第6页。

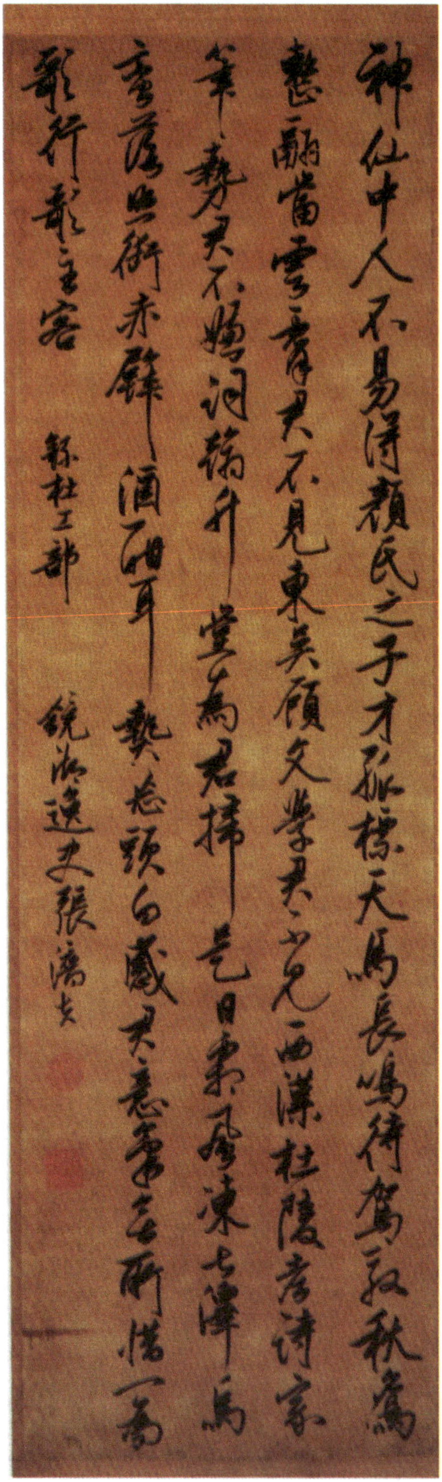

【图58】张潜夫(1608—1695)《行书杜甫醉歌行赠公安颜少府请顾八题壁》,纵173.5cm,横52.5cm,成都杜甫草堂博物馆藏。

张潜夫,字为龙,张瑞图之子,明崇祯十三年进士,选为庶常,授翰林院检讨。明亡,张氏隐居以经史自娱,不再出仕。

验,但杜诗的高、大、深[1],它的性情气骨却是其他诗人绝对难以企及的。杜甫的"古仁人"性质,让他无可争辩地成为对明末清初士人而言最富精神诱力也最具普遍共鸣的诗人,除王嗣奭明确号杜为"诗圣"外,上所论之傅山也说杜是"振古一老,亦不得但以诗读"(《诗训》,见前引);而在王铎"取古书一批""全力惟求经史、批观诗文"(《书画虽遣怀文语轴》,见前引)的言说中,亦不难觉察到他的"批观诗文"所以主要是杜诗韩文,其实在也即因杜诗韩文之早被"经史"化;至于浦起龙则更是直言"读杜不专是学作诗""杜诗合把做古书读"[2]。诸如此类看取杜诗的视角,都已越出文学畛域之外,是民族文化性格层面的感应与追寻。可以说,杜诗就是"至理""人情性中语",具有符号性;杜诗语言的直觉性及其对心理形象的创构,能道人心中事,言人所难言。于是乎,以杜诗"代言",口吟手写杜诗便成为塑造人心灵之重要手段。这也正是杜诗书写所以在明末清初蓬起的内在原因。无论是八大、傅山,还是王铎,他们都以各自的经验方式呼应着杜甫的某些诗篇。如山如海"包含广大"的杜诗,正是随他们所"自取"的。叶燮《原诗·内篇》曰:

> 千古诗人推杜甫。其诗随所遇之人之境之事之物,无处不发其思君王、忧祸乱、悲时日、念友朋、吊古人、怀远道,凡欢愉、幽愁、离合、今昔之感,一一触类而起,因遇得题,因题达情,因情敷句。[3]

这话正不妨用来说明易代之际诸多的书杜行为。"一一触类而起"的感遇,因遇而得题(杜诗),因题(杜诗)而达情,最终则因情以敷"书"。明末清初文人书杜的图景充满着强烈的"自我解释"的意味,由感发而宣写到最终视界的自我意义的体现,其中喻示的自我照察的用心,成就了书杜史上前此无可比拟的深广内涵。频繁的书写中常常隐藏着书写者对前朝记忆的忧思与隐痛,他们知道,窘

① 刘熙载云:"杜诗高、大、深俱不可及。吐弃到人所不能吐弃,为高;涵茹到人所不能涵茹,为大;曲折到人所不能曲折,为深。"《艺概·诗概》,上海古籍出版社,1978年,第59页。

② 《读杜心解》卷首,第63页。他们的"古书"之谓,当然绝不只是指时间上"古"的书,而更指包蕴"古道"者。

③ 《原诗　一瓢诗话　说诗晬语》,人民文学出版社,1979年,第17页。

抑孤闷的情绪可以在流连笔墨中得到倾泻释放,它能穿透具体生活的表层从而到达个体命运的深处。杜诗在这些明遗之人眼中已不可能仅仅是一般意义上怡情助诗兴的对象,它早已相沿成习地成了一个至为深入人心的"代言"系统,宋元以来文人即有的借书杜之酒杯浇自己之块垒的行为,到了这时,以更加扩展的规模和更其激昂多变的形态构筑出了更丰饶多样的感性空间——由心理形象和笔墨形象"化合"而成的这极具象征意义的空间意象,正是杜诗在新时期新的历史情境中融入的新的生命形式!"手笔常诉面目活,老杜原来未作鬼"[①],就在书者笔下的"活面目"中,杜甫及其一部杜诗也由此获得了最为充分的形象展现与文化读解。

① 李行志《杜诗胥钞》卷末《赠言》,转引自冀勤《金元明人论杜甫》,第659页。

最后,似乎还应当强调的是,本文讨论的杜诗书法是一种抒情性的表现形式,此一形式的重点在创作过程,即在书写者内心的某一部分感受是如何借由笔墨得以展现上。这里,最值得重视和玩味的是,杜诗所具有的抑扬顿挫波澜叠起的语言风格,与书法以点线运动取势的运作方式有着心理上的同构关系,杜诗的情韵在书作产生过程中是融入其结构的一个成分,借用美国艺术心理学家鲁·阿恩海姆的话,也可以说,"它作为一个'先于'作品而存在的因果动因创造了作品"[②]。这一层意思,上文业已薄有所言,不妨再借北宋郭若虚《图画见闻志》中所记载的一个著名事件作一点补充:

② 《艺术心理学新论》,商务印书馆,1996年,第372页。

唐开元中,将军裴旻居丧,诣吴道子,请于东都天宫寺画神鬼数壁,以资冥助。道子答曰:"吾画笔久废,若将军有意,为吾缠结,舞剑一曲,庶因猛厉,以通幽冥!"旻于是脱去缞服,若常时装束,走马如飞,左旋右转,掷剑入云,高数十丈,若电光下射。旻引手执鞘承之,剑透室而入。观者数千人,无不惊栗。道子于是援笔图壁,飒然风起,为天下之壮观。道子平生绘事,得意无出于此。[③]

③ 郭若虚、邓椿《图画见闻志 画继》,浙江人民美术出版社,2013年,第148页。

“通幽冥”实即通“感”,看似风马牛不相及的两种形式由于其中所投射之“感”——一种内在的心理律动——的可通,故能互为激荡。正是在裴旻舞剑的感发下,久废画笔的吴道子创造出了与裴氏舞剑同其壮观的生命律动境界。杜诗之于杜诗书法,也即这类艺术创造的酵母。所不同的是,吴道子以呈现画作为目的,而杜诗的书写者所重却在书写过程对自己那“不容已”的情绪进行泄导的书写行为本身。由于中国书法处于有形无形之间,不受羁束,其点之运行而成线的形式,更直观地逼近生命的律动,所以在某种程度上书法比绘画更能凸显诗中那难以形似的情绪变化。

前文已经反复申明,并非所有的杜诗书写都能够纳入如上框架进行讨论,但那些托书以“怨”者无疑是杜诗书写中最动人的所在,理应由它们的表面形式进而体会其内蕴,而绝非一些人所认为的仅仅是艺术地“写字”而已——这正是当下书坛热衷玩弄纯粹形式的表达而缺乏真诚情感动机的积弊使作如是观的。当然,我们也不得不承认,对这一部分杜诗书写中所蕴藏的内在心象进行绝对客观的分析并不可能,即便是对那些能够“在大脑中进行一种深刻的直觉过程”(苏珊·朗格语)从而有能力重新经验书写者的创作的读者而言也是如此。但正如高友工在《中国文化史中的抒情传统》一文中所说的,这样一条老的传统道路却仍然是很多人解释艺术作品的一条门径。高氏此文对抒情艺术根本质性的思考缜密而深切,可谓探骊得珠,令人钦服。就让我们借他的一段话来结束本章的讨论吧:

> 这不是已经知道绝对无法实现的梦吗?为什么有这么多人还要顽固地走这条导入绝境的路呢?我想这正如历史已经被很多哲学家认为一种虚妄的构想,既无法证明,亦不能否认,但我们一般的人却仍相信,而且愿意知道历史的真相。虽然连作者本身都不能使他的经验重现,但我们却依然愿意以为这才是真实的美感经验。[1]

① 高友工《美典:中国文学研究论集》,三联书店,2008年,第92页。

# 附　录

## 历代杜诗书法辑目

以杜诗入书，唐既有之。今人陈尚君《杜诗早期流传考》考北宋前杜诗之流布，记唐五代杜诗碑石可考见者十余处，作者中怀素、沈传师、裴休（一作裴度）等书家赫然在列[①]。然由陈文所述吾人亦可得知，所谓怀素书杜诗《秋兴八首》，其实据后人临仿而刻就，且不知蓝本所出，真赝莫辩[②]；裴休所作则于北宋既已几于消归无所；而其余诗碑亦大抵如义山笔下之“汤盘孔鼎”，乃“今无其器存其辞”之属——凡斯种种，皆可谓迹已茫昧，惜乎！自宋以还，杜诗始则兴于北宋诗文之革新，继则每每盛于岁月惊心、河山触目之际，以此，后人之好书杜，远甚于书王（维）、书李（白）、书韩（愈）、书白（居易），其他更勿论矣，故“千家注杜”之外，实别有“千家书杜”也！今所存既多，乃考诸图籍，采掇所见自宋至清之杜诗书法，笔其信息，依书者时代先后编次，辑成此目，俾好杜者览之，得见历来书杜之盛，亦或有取于万一也。然历代书法图籍浩繁而信难尽求，更有公、私收藏（包括目录）秘不示人者难已获知，此之所辑，盖存其大概以备查考耳，又何敢言具哉！

① 见陈氏《唐代文学丛考》，第318—319页。

② 怀素草书《秋兴八首》碑拓，纵153cm，横68cm，西泠印社出版社2009年出版《怀素书法全集》收入；另日本早稻田大学藏有《怀素秋兴八首》刻本古籍一种（延宝九年板），学者则疑为祝允明所书；又民国《壮陶阁续帖》丑册收入《怀素杜诗五律》（见容庚《丛帖目》，中华书局，2012年），恐亦伪帖之属。

**【1】李迪（971—1047）**

《杜少陵饮中八仙歌》，清人潘仕成撰集《海山仙馆藏真》

第十四卷收入(见容庚《丛帖目》,中华书局,2012年)。

**【2】宋绶(991—1040)**

《杜甫谒庙诗》,原宣和御府藏,清人卞永誉《式古堂书画汇考》书卷之四(浙江人民美术出版社,2012年)著录,未见。

**【3】苏舜元(1006—1054)**

《草圣少陵二首》,元人王恽《书画目录》(见《书画录》,台湾世界书局,2011年)著录,未见。

**【4】韩琦(1008—1075)**

《书杜少陵画鹘诗》,王恽《书画目录》著录,未见。

**【5】蔡襄(1012—1067)**

《行书杜子美二歌》一卷,清人吴其贞《书画记》卷五(辽宁教育出版社,2000年)著录,识曰:"右杜子美所作二歌,气雄意味深长,良可爱人,故以归周彦襄。"未见。

**【6】苏轼(1037—1101)**

1.《书杜工部桤木诗卷》(按:此所谓"桤木诗"即《堂成》),澄心堂纸本,行书,纵25.5cm,横79.5cm,《石渠宝笈续编》"宁寿宫藏一〇"(《续修四库全书》本)、卞永誉《式古堂书画汇考》书卷之十、安岐《墨缘汇观》法书卷上(江苏美术出版社,1992年)著录,原台北林氏兰千山馆藏,现寄藏台北"故宫博物院",图见《苏轼墨迹大观》(上海人民美术出版社,1990年)。又清人金轮撰集《宗鉴堂法书》、孔继涑摹勒《谷园摹古法帖》第八卷、民国《壮陶阁续帖》未册收入此书,均作"杜甫桤林诗"(见容庚《丛帖目》)。

2.《行书暮归》《行书奉观严郑公厅事岷山沲江画图十韵》,搨本,宋搨《成都西楼苏帖》收录,天津博物馆藏,图见成都杜甫草堂博物馆编《杜甫书法资料汇编》(2016年)。

3.《书杜诗》,宋赵与懃《赵兰坡所藏书画目录》(见《书画录》)、《式古堂书画汇考》书卷之四著录。此处杜诗不知是否即《书杜工部桤木诗卷》,未详其情。

**【7】黄庭坚(1045—1105)**

1.《草书杜甫寄贺兰铦诗页》,纸本,草书,纵34.7cm,横69.6cm,吴其贞《书画记》卷五、顾复《平生壮观》卷二(上海古籍出版社,2011年)著录,故宫博物院藏,图见《故宫博物院文物珍品大系·宋代书法》(上海科学技术出版社、香港商务印书馆,2001年)。

2.《草书饮中八仙歌卷》,绢本,纵26.6cm,横41.9cm,故宫博物院藏,图见《中国古代书画图目》第十九卷(文物出版社,2011年)。

按:孙承泽《庚子销夏记》卷八(浙江人民美术出版社,2012年)有"黄山谷草书杜诗"条,有山谷自跋,书于元祐八年(1093),未见,不知所书杜工部何诗,是否与上列《草书寄贺兰铦诗页》或《草书饮中八仙歌卷》重出,姑系此。

3.《书老杜律诗二首大真字》,明人都穆《寓意编》(见《书画录》)、卞永誉《式古堂书画汇考》书卷之四"相城沈启南家藏"著录,未见。

4.《别李义草书卷》(残),揭本,上海图书馆藏,图见成都杜甫草堂博物馆编《杜甫书法资料汇编》。

5.《草书秦州杂诗二十首之一》(残),上海图书馆藏,图见成都杜甫草堂博物馆编《杜甫书法资料汇编》。

6.《草书西郊诗》(残),上海图书馆藏,图见成都杜甫草堂博物馆编《杜甫书法资料汇编》。

**【8】蔡京(1047—1126)**

书杜诗《魏将军歌》《饮中八仙歌》《骢马行》《古柏行》《丹青引》《送孔巢父诗》《曹霸画马诗》《洗兵马诗》,原宣和御府藏,卞永誉《式古堂书画汇考》书卷之四著录,未见。

**【9】蔡卞(1048—1117)**

书杜诗《骢马行》,原宣和御府藏,卞永誉《式古堂书画汇考》书卷之四著录,未见。

**【10】米芾(1051—1108)**

1.《米南宫书杜少陵画山水歌并绝句》,明人张丑《清河书画舫》"点字号第九"(上海古籍出版社,2011年)、卞永誉《式古堂书画汇考》书卷之十一、吴荣光《辛丑销夏记》卷二(浙江人民美术出版社,2012年)著录,砑花笺,纸本,未见。又《懋勤殿法帖》第十六卷、《存介堂集帖》第一卷、《听雨楼帖》第四卷收入此书(见容庚《丛帖目》)。按:成都杜甫草堂博物馆编《杜甫书法资料汇编》收录纽约大都会博物馆藏米芾《戏题王宰画山水图歌行书卷》,未见书有绝句,附此待考。

2.《书杜甫贺阳城郡王诗》。按:《石渠宝笈三编》(《续修四库全书》本)著录康熙临米芾书《杜甫贺阳城郡王诗》一卷、一轴两种(参下文"爱新觉罗·玄烨"条),可知米芾原有此作,惜未见,兹据补。

3.《杜工部丹青引》,潘仕成撰集《海山仙馆藏真》第十四卷、《宋四大家墨宝》第五卷、王亶望撰集《清芬阁米帖十八卷》第四册收入(见容庚《丛帖目》)。

4.《杜甫寺下七律二首》,民国《壮陶阁帖》第十一册收入(见容庚《丛帖目》)。

5.《杜甫五律五首》,清王亶望撰集《清芬阁米帖十八卷》第四册收入(见容庚《丛帖目》)。

**【11】李纲(1083—1140)**

《书杜子美魏将军歌赠王周士》,《梁溪先生文集》卷一六二记载。

**【12】王升(羔羊居士)(宋宣和年间在世)**

《饮中八仙歌卷》,明人王世贞《弇州山人题跋》卷六(浙江人民美术出版社,2012年)著录,未见。

【13】赵楷(1101—?)

《五言杜甫诗联二帖》(“皂雕寒始急,天马老能行”“江动月移石,溪虚云傍花”),搨本,行书,高24.9cm,上海市图书馆藏,图见《中国书法全集》第三十九卷(荣宝斋出版社,2013年)。

【14】赵构(1107—1187)

1.《书杜甫即事诗页》,绢本,行楷书,纵27.1cm,横48.7cm,台北“故宫博物院”藏,图见《中国书法全集》第四十卷(荣宝斋出版社,2000年)。吴其贞《书画记》卷二著录“宋高宗《杜陵诗一首》”,记曰“书在笺纸上,气色如新。书法藻丽,盖效钟、王二家。识三字曰‘赐忆年’。后有赵松雪补其图”。按据原图,《书画记》所录“忆”当作“亿”。

2.《思陵书杜少陵山水障歌》,张丑《清河书画舫》“波字号第十”、卞永誉《式古堂书画汇考》书卷之十三著录,未见。又清人孔广陶撰集《岳雪楼鉴真法帖》丑册收入此书(见容庚《丛帖目》)。

吴其贞《书画记》卷四有“宋高宗《杜少陵诗》一首”,记曰“书法魁伟,丰姿藻丽,纸墨如新,后有朱仲毅题跋”。又据顾复《平生壮观》卷三载南宋高宗书翰曰:“少陵古诗,黄蜡笺,大正书。题‘奉先刘少府山水障歌’,绍兴小连玺,内府大方印,朱仲毅题古诗。”可知,《书画记》卷四所录宋高宗《杜少陵诗》一首正是上录《思陵书杜少陵山水障歌》。

又明人徐𤊹《笔精》(福建人民出版社,1997年)卷六“扇书杜诗”条记云:“宋高宗绍兴元年赐经筵官扇皆书杜甫诗句,亲书与之。赐学士王绹曰‘霖雨思贤佐,丹青忆老臣’,赐尚书胡直孺曰‘文物多师古,朝廷半老儒’,赐舍人胡交曰‘相门韦氏在,经术汉臣须’,高宗之光宠儒臣如此。”可知,赵构书杜未得见者尚有不少。

**【15】任询(1133—1204)**

《行书杜甫古柏行》,揭本,行草书,纵115cm,横118cm,金正隆五年(1160)作,北京破禅室藏,图见《中国书法全集》第三十九卷。

**【16】王庭筠(黄华老人)(1151—1202)**

《杜少陵五言律诗四首》(《胡马》《捣衣》《促织》《萤火》),白纸四幅,吴其贞《书画记》卷五、顾复《平生壮观》卷三著录,又清人谢希曾《契兰堂所见书画》卷一(《中国书画全书》,上海书画出版社,1993年)录"王黄华草书杜少陵诗,白宋纸本"一则,当即指此,未见。又清人吴公谨撰集《养云山馆法帖》第二卷收入此书(见容庚《丛帖目》)。

**【17】张即之(1186—1263)**

1.《行楷书杜甫诗卷》(《紫宸殿退朝口号》《赠献纳使起居田舍人》),纸本楷书,纵35.5cm,横1464.6cm,淳祐十年(1250)作,王世贞《弇州山人题跋》著录,辽宁省博物馆藏,图见《中国古代书画图目》第十五卷,又见《中国法书全集》第八卷(文物出版社,2011年)。

2.《行楷书杜甫乐游原诗残卷轴》,纸本,纵32.4cm,横76.5cm,美国大都会博物馆藏,图见上海博物馆《翰墨聚珍:中国日本美国藏中国古代书画艺术》(上海书画出版社,2012年)。

3.《楷书杜甫双松图歌卷》,纸本,楷书,纵33.8,cm,横1196cm,宝祐五年(1257)作,故宫博物院藏,图见"书法空间·书法资料库"(www.9610.com)。又吴其贞《书画记》卷四著录"张樗寮《楷书杜诗一首》",未云所书杜甫何诗,姑系此。

4.《老柏行》,王世贞《弇州山人题跋》卷三、卷六著录,卷三条云"张温甫好书少陵《古柏行》……余见凡数本",可知张氏曾多次书杜诗《古柏行》。卞永誉《式古堂书画汇考》书卷之四“王弇州尔雅楼藏法书”著录“张秘阁即之书老柏行”,则王氏曾庋藏之。《石渠宝笈》(《景印文渊阁四库全书》)卷五“贮乾清宫(五)”著录“宋张即之书古柏行一卷,素笺本,大楷书,款署即之。”又吴其贞《书画记》卷三录有“张樗寮《古柏行》一卷”,记云“书在绢上,卷后文衡山题跋”;陆时化《吴越所见书画录》卷三录《宋张樗寮古柏行册》,以上皆未见,相互关系如何,未明其详。

5.《书杜甫春日戏题诗一卷》(《春日戏题恼郝使君兄》),素笺本,行书,纵九寸七分,横二尺七寸七分,淳祐十一年(1251)作,《石渠宝笈续编》“重华宫藏五”著录,未见。

【18】**赵孟頫(1254—1332)**

1.《杜甫秋兴诗卷》(《秋兴八首》其一、二、三、六),行书,纵23.5cm,横261.5cm,《式古堂书画汇考》书卷之十六著录,上海博物馆藏,图见《中国古代书画图目》第二卷。

2.《为南谷书杜诗玄都坛歌》,大德十年(1306)作,故宫博物院藏,刘九庵编著《宋元明清书画家传世作品年表》(上海书画出版社,1997年)著录,图见成都杜甫草堂博物馆编《杜甫书法资料汇编》。

3.《行书舟中雪夜有怀卢十侍御弟轴》,新乡市博物馆藏,图见成都杜甫草堂博物馆编《杜甫书法资料汇编》。

4.《赵孟頫杜甫新画山水障歌》,清人张琦撰集《存介堂集帖》第二卷收入(见容庚《丛帖目》)。

5.《赵孟頫杜甫观打鱼歌并跋》,清人蒋陈锡集《敬一堂帖》第十二册收入(见容庚《丛帖目》)。

6.《赵孟頫杜甫客睡五律二首并跋》,清人蒋陈锡集《敬一堂帖》第十二册收入(见容庚《丛帖目》)。

7.《杜甫行书卷》(《长吟》《戏作俳谐体遣闷二首》《入乔

口》《发潭州》《双峰浦》《陪郑广文游何将军山林十首》《重过何氏五首》)，揭本，图见成都杜甫草堂博物馆编《杜甫书法资料汇编》。

**【19】鲜于枢(1256—1301)**

1.《草书杜少陵茅屋为秋风所破歌卷》，白宋纸本，高九寸二分(31.5cm)，长二长八尺余，草书，大德二年(1298)作，清孙承泽《庚子销夏记》卷一、安岐《墨缘汇观》法书卷下著录，日本京都藤井有邻馆藏，图见《中国法书全集》第十卷。又民国《壮陶阁续帖》申册收入此书(见容庚《丛帖目》)。

2.《杜工部行次昭陵诗卷》，纸本，行书，纵32cm，横342cm，《石渠宝笈》卷三十一著录，故宫博物院藏，图见《中国法书全集》第十卷，又见《故宫博物院藏文物珍品大系·元代书法》(上海科学技术出版社、香港商务印书馆，2001年)。

3.《草书杜工部魏将军歌卷》，纸本，行草书，纵48cm，横462cm，故宫博物院藏，图见《中国法书全集》第十卷，又见《故宫博物院藏文物珍品大系·元代书法》。

4.《行书杜甫秋兴诗帖》，故宫博物院藏，图见《中国古代书画图目》第十九卷。

5.《醉时歌等唐人杂诗册》，纸本，行草书，十五页，每页纵29.5cm，横17.2cm，台北"故宫博物院"藏，图见《中国书法全集》第四十五卷(荣宝斋出版社，2000年)。

**【20】吾衍(1268—1311)**

《吾竹房书杜诗诸帖》，《式古堂书画汇考》书卷之十七著录，未见。

**【21】虞集(1272—1348)**

《跋任仁发"饮中八仙图"》，隶书，纵26.7cm，横57.7cm，泰定二年(1325)作，台北"故宫博物院"藏，图见《中国书法全集》第四十七卷。

**【22】张雨(1283—1350)**

《杜子美醉时歌》,清人谢恭铭审定、陈如冈摹《望云楼集帖》第六册收入(见容庚《丛帖目》)。

**【23】康里巎巎(1295—1345)**

《书杜诗长卷》(《卜居》),成都杜甫草堂博物馆藏,卞永誉《式古堂书画汇考》书卷之四"韩宗伯存良家藏"著录,图见成都杜甫草堂博物馆编《杜甫书法资料汇编》。

**【24】王蒙(1308—1385)**

《行书杜工部诗帖》,元黄笺本,拾遗流落锦官城七言古诗一首,款署黄鹤山樵,清人安岐《墨缘汇观》法书卷下著录,故宫博物院藏,图见《中国古代书画图目》第十九卷。

**【25】赵肃(赵希远,生卒年不详,约与王蒙同时)**

《行书杜诗二首卷》,吴其贞《书画记》卷二著录,未见。

**【26】宋克(1327—1387)**

1.《杜甫壮游诗卷》,图见台北"故宫博物院"《中华文物五千年集刊·法书编》(台北"故宫博物院",1980年)。

2.《书杜工部楠木为秋风所拔叹卷》,白宋纸本,草书,安岐《墨缘汇观》法书卷下著录,未见。

3.《杜甫前出塞诗九首》,明人王佐《新增格古要论》卷三(浙江人民美术出版社,2011年)著录云:"宋克章草九诗,吴僧善启旧藏次本,摹刻于寺,其字绝佳。在松江府。"

**【27】卫靖(生卒年不详)**

《杜甫游何将军山林五律十一首》,明人茅一相撰集《宝翰斋国朝书法十六卷》第三卷收入(见容庚《丛帖目》)。

**【28】解缙(1369—1415)**

《杜诗绝句》("江碧鸟逾白"),黄笺,大字,清人顾复《平生壮观》卷五著录,未见。

【29】于谦(1398—1457)

《行书杜工部诗句轴》("蓝水远从千涧落,玉峰高并两峰寒"),纵121.6cm,横49cm,浙江省博物馆藏,图见《荣宝斋》2003年第2期。

【30】张弼(1425—1487)

1.《杜甫曲江诗轴》(二首之一),纸本,草书,纵149.3cm,横66.9cm,顾复《平生壮观》卷五著录,浙江省博物馆藏,图见《明清名家书法大成》第一卷(上海书画出版社,1994年)。

2.《草书杜甫赠卫八处士诗轴》,成都杜甫草堂博物馆藏,图见《杜甫草堂墨迹选》(上海书画出版社,1985年)。

【31】吴宽(1435—1504)

《杜甫秋兴四首》,清人潘正炜编次《听帆楼法帖》第五册"明人书扇及尺牍"收入(见容庚《丛帖目》)。

【32】金琮(1449—1501)

《为杜堇画古贤诗意卷行书书杜甫诗》(《饮中八仙歌》《陪王侍御同登东山最高顶宴姚通泉晚携酒泛江》《舟中夜雪有怀卢十四侍御弟》),弘治十三年(1500)作,故宫博物院藏,图见《故宫博物院藏品大系·绘画编》(故宫出版社,2011年)。

【33】祝允明(1460—1526)

1.《杜甫秋兴诗轴》(《秋兴八首》其七),纸本,草书,纵106.5 cm,横37 cm,辽宁博物馆藏,图见《中国古代书画图目》第十五卷,又见《中国书法全集》第四十九卷(荣宝斋出版社,1993年)。

2.《草书杜甫秋兴诗轴》(《秋兴八首》其一),成都杜甫草堂博物馆藏,图见《杜甫草堂墨迹选》。

3.《草书杜甫秋兴八首卷》,成都杜甫草堂博物馆藏,未见,贾兰编《杜诗书法集》收录据原作翻刻之揭本。

4.《杜甫雕赋并表册》(经训堂法帖),纸本,每片纵

29.8cm,横28.4cm,台北“故宫博物院”藏,图见《毫端万象:祝允明书法特展》(台北“故宫博物院”,2013年)。

5.《杜甫诸将诗五首卷》,纸本,草书,纵33.5cm,横468.2cm,石家庄市文物保管所藏(一说河北省博物馆藏),图见《中国书法全集》第四十九卷,又见《中国古代书画图目》第八卷。

6.《杜甫秋兴诗卷》,纸本,草书,纵22.8cm,横342cm,正德十一年(1516)作,故宫博物院藏,图见《中国古代书画图目》第二十卷,又见《中国书法全集》第四十九卷。

7.《草书杜甫山水障歌卷》,纸本,草书,纵30.9cm,横554.8cm,天津博物馆藏,图见《天津博物馆精品系列图集:天津博物馆藏书法》(文物出版社,2012年)。

8.《草书杜诗卷》(《咏怀古迹五首》),纸本,纵18.6cm,横450cm,天津市艺术博物馆,图见《中国古代书画图目》第九卷。

9.《草书杜诗卷》(《咏怀古迹五首》其一、三,《蜀相》《陪诸贵公子丈八沟携妓纳凉,晚际遇雨二首》其一,《客夜》),纸本,纵31.5cm,横748.4cm,上海博物馆,图见《中国古代书画图目》第二卷。

10.《草书杜诗轴》(《奉和贾至舍人早朝大明宫》),纸本,纵363.9cm,横111.1cm,上海博物馆,图见《中国古代书画图目》第二卷。

11.《草书饮中八仙歌轴》,传本,纸本,纵92.8cm,横26.7cm,四川省博物馆,图见《中国古代书画图目》第十七卷。

12.《草书杜甫秋兴八首诗卷》,纵37.5cm,横610cm,贵州省博物馆藏,图见《书法》1983年第5期。

13.《秋兴八首为王明辅题》,纸本,草书,明人王世贞《弇州山人题跋》卷五、清人韩泰华《玉雨堂书画记》著录,又据卞永誉《式古堂书画汇考》书卷之四“王弇州尔雅楼藏法书”著录

"秋兴八首为王明辅题",知此卷王氏曾庋藏之,未见。

14.《杜甫秋兴八首诗卷》,纸本,草书,图见"书法空间·书法资料库"。

15.《杜甫秋兴诗轴》(《秋兴八首》之三),图见"书法空间·书法资料库"。

按:卞永誉《式古堂书画汇考》书卷之四"严氏书纪"亦著录"祝允明秋兴八首一"一种,于祝氏诸多《秋兴》之书中,此作何属不明,系此。

16.《行草书杜甫诗轴》,绢本,山西博物院藏,《中国古代书画图目》第八卷著录,未见。按《书法丛刊》2001年第1期刊马静、刘照华《浅谈祝允明草书杜甫〈古柏行〉诗轴》一文,文后附图,绢本,纵73cm,横32cm,山西博物院藏。据此大体可推知,《中国古代书画图目》第八卷所著录者当即此《〈古柏行〉诗轴》。

17.《杜甫咏怀古迹七律五首》,民国《壮陶阁续帖》申册收入此书(见容庚《丛帖目》)。

**【34】徐霖(1462—1538)**

《行书少陵诗轴》,纸本,弘治十五年(1502)作,故宫博物院藏,《宋元明清书画家传世作品年表》、《中国古代书画图目》第二十卷著录,未见。

**【35】李东阳(1447—1516)**

《杜甫秋兴八首册页》(局部),草书,见于"书法空间·书法资料库"。

**【36】杨一清(1454—1530)**

《行书杜诗卷》,嘉靖三年(1524)作,故宫博物院藏,刘九庵编著《宋元明清书画家传世作品年表》著录,未见。

**【37】唐寅(1470—1524)**

《行书饮中八仙歌》,辽宁省博物馆藏,图见成都杜甫草堂博物馆编《杜甫书法资料汇编》。

【38】文徵明（1470—1559）

1.《小楷书杜诗扇页》(《题新津北桥楼得郊字》《酬高使君相赠》《王十五司马弟出郭相访兼遗营茅屋赀》《游修觉寺》《后游》《为农》《梅雨》《田舍》《野望因过常少仙》《北邻》《村夜》《奉简高三十五使君》《寄杨五桂州谭》《早起》《遣意二首》《春水》《寒食》《高楠》《朝雨》《晚晴》《草堂即事》《徐九少尹见过》《丁香》《丽春》《栀子》《花鸭》)，金笺，嘉靖三十四年(1555)作，纵16cm，横50.7cm，故宫博物院藏，图见《中国古代书画图目》第二十卷。

2.《隶书杜甫秋兴八首一卷》(与自画《吴山秋霁图》合卷)，书幅绢本，纵六寸一分(22cm)，横四尺四寸二分(190cm)，嘉靖三年(1524)作，《石渠宝笈三编》"静寄山庄藏一"著录，图见2010年12月北京保利拍卖"咀英澄华——清代宫廷典藏中国古代书画"专场图录。

3.《行书秋兴八首卷》(与自画《溪山高逸图》合卷)，书幅纸本，纵27.8cm，横234cm，款题"嘉靖乙卯八月十日书于停云馆，徵明时年八十有六"，嘉靖三十四年(1555)作，台北"故宫博物院"藏，图见(台北)《故宫书画录》第四卷。①

4.《文徵明杜甫秋兴八首》，明《停云馆真迹四卷》第四卷、清《红豆山斋法帖》第五册收入(见容庚《丛帖目》)，未知与上二种重否，系此。

【39】陆深（1477—1544）

《行书秋兴八首卷》，嘉靖二年(1523)作，上海博物馆藏，刘九庵《宋元明清书画家传世作品年表》著录，未见。

【40】陈淳（1483—1544）

1.《杜甫秋兴八首卷》，纸本，草书，纵34.9cm，横1056.2cm，嘉靖二十三年(1544)作，《石渠宝笈》卷三十一著录，台北"故

① 此笔者据友人陈其雄先生于台北"故宫博物院"观摩院藏展览"笔有千秋业"(2015年7月1日—9月25日)时所采集之信息并所拍照片录入。

宫博物院”藏，图见《故宫历代法书全集》（台北）第四卷（台北“故宫博物院”1973年编印），又见《中国法书全集》第十三卷。

2.《行书秋兴八首诗卷》，纸本，纵27.6cm，横356cm，天津市艺术博物馆，图见《中国古代书画图目》第九卷。

3.《行楷书杜诗卷》（《院中晚晴怀西郭茅舍》《堂成》《卜居》），纸本，纵36.5cm，横422cm，成都杜甫草堂博物馆藏，图见《中国古代书画图目》第十七卷。

4.《草书杜诗卷》（《咏怀古迹五首》其二至五），纸本，纵31cm，横276cm，南京市博物馆，图见《中国古代书画图目》第六卷。

5.《草书杜诗六首卷》（《陪郑广文游何将军山林十首》其一、五、二、六、九、十），纸本，纵52.3cm，横797cm，辽宁省博物馆，图见《中国古代书画图目》第十五卷。

6.《杜少陵渼陂行诗卷并小图》，纸本，高九寸七分，长二丈九尺九寸八分，拳大狂草，嘉靖二十三年（1544）作，陆时化《吴越所见书画录》卷二（上海古籍出版社，2015年）著录，录陈氏款云：“甲辰秋日余有荆溪之行，舟行道中偶阅杜集得此作，遂书成卷并制小图。”未见。

7.《小草书杜工部玉台观诗立轴》，宋纸，高一尺六寸八分，阔八寸，陆时化《吴越所见书画录》卷二著录，未见。

8.《草书戏题王宰画山水图歌》，台北“故宫博物院”藏，图见成都杜甫草堂博物馆编《杜甫书法资料汇编》。

## 【41】王宠（1494—1533）

1.《行书杜甫秋兴八首诗卷》，纸本，纵26.9cm，横257.4cm，嘉靖七年（1528）作，上海博物馆藏，图见《中国古代书画图目》第三卷。

2.《少陵廿五绝句》（《夔州歌十绝句》《江畔独步寻花七绝

句》《春水生二绝》《戏为三绝》《三绝句》),近墨堂藏,图见近墨堂书法研究基金会编“近墨堂法书丛刊”之《王宠少陵廿五绝句》(浙江大学出版社,2017年)。

**【42】文彭(1498—1573)**

《各体书杜甫七言律诗十二首七开册》(《咏怀古迹五首》、《秋兴八首》其二至七),纸本,每页纵23.8cm,横26.4cm,嘉靖三十九年(1560)作,武汉博物馆藏,图见《纸落云烟——武汉博物馆藏明代书画珍品录》(文物出版社,2014年)。

**【43】文嘉(1501—1583)**

《大行书杜诗卷》,嘉靖元年(1522)作,美国耶鲁大学美术馆藏,刘九庵《宋元明清书画家传世作品年表》著录,未见。

**【44】唐顺之(1507—1560)**

《行草书杜诗卷》(《见萤火》《宿府》《咏怀古迹五首之五》《咏怀古迹五首之四》《客至》《陪李七司马皂江上观造竹桥即日成往来之…简李公二首》《涪城县香积寺官阁》),纸本,行草书,纵31.1cm,横183cm,嘉靖二十三年(1544)作,上海博物馆藏,图见《中国古代书画图目》第三卷,又见《中国法书全集》第十四卷。

**【45】周天球(1514—1595)**

1.《行草杜甫饮中八仙歌卷》,成都杜甫草堂博物馆藏,图见《杜甫草堂墨迹选》。

2.《草书杜少陵诗四首》(《宣政殿退朝晚出左掖》《紫宸殿退朝口号》、《秋兴八首》之六、《玉台观》),纸本,六开,每开纵22.7cm左右,横14.7cm左右,万历七年(1579)作,台北“故宫博物院”藏,图见《故宫历代法书全集》(台北)第二十一卷。

3.《行书杜少陵诗卷》,绫质,南京博物院藏,《中国古代书画图目》第七卷著录,未见。按《中国古代书画图目》著录此条作“明□天球”,当即周天球,现系此。

**【46】陆士仁(生卒年不详,约活动于隆庆、万历年间)**

《楷书杜甫秋兴八首诗扇页》,金笺,楷书,万历二十八年(1600)作,故宫博物院藏,图见《中国古代书画图目》第二十一卷,又见《中国法书全集》第十四卷。

**【47】朱希贤(生卒年不详)**

《草书杜诗卷》(《陪郑广文游何将军山林十首》其九、十,《奉陪郑驸马韦曲二首》其二,《旅夜书怀》,《秦州杂诗二十首》其三,《捣衣》《客夜》《可惜》),纸本,纵19.7cm,横274.5cm,万历十四年(1586)作,安徽省博物馆,图见《中国古代书画图目》第十二卷,又见《书法丛刊》2003年第3期。

**【48】徐渭(1521—1593)**

1.《草书杜甫怀西郭茅舍诗草书轴》,纸本,纵189.5cm,横60.3cm,上海博物馆藏,图见《中国书法全集》第五十三卷。

2.《杜甫诗二首扇页》(《晚出左掖》、《重过何氏五首》之一),上海博物馆藏,图见《上海博物馆藏明清书画扇面名品百选》(日本书艺院出版)。

3.《行草书杜甫秋兴八首》册页,纸本,每开纵29.2cm,横35.9cm,台北"故宫博物院"藏,图见《故宫历代法书全集》(台北)第四卷。

4.《草书杜甫和贾舍人早朝诗轴》,成都杜甫草堂博物馆藏,图见《杜甫草堂墨迹选》。

5.《行草七绝杜甫诗轴》(《赠花卿》),纸本,纵130.8cm,横29.7cm,苏州博物馆,图见《中国古代书画图目》第六卷。

6.《杜甫后出塞五首行书札》,纸本,纵24.7cm,横24cm,故宫博物院藏,图见《中国书法全集》第五十三卷(荣宝斋出版社,2010年)。

7.《书李杜诗帖》,《式古堂书画汇考》书卷之二十七著录,未见。

【49】詹景凤(1532—1602)

1.《草书杜诗轴》(《闻官军收河南河北》),纸本,草书,纵165.2cm,横82.6cm,吉林省博物院藏,图见《中国古代书画图目》第十六卷、《中国法书全集》第十四卷。

2.《草书杜诗轴》(《奉和贾至舍人早朝大明宫》),纸本,纵315.5cm,横103.5cm,万历二十七年(1599)作,广东省博物馆,图见《中国古代书画图目》第十三卷。

【50】赵南星(1550—1627)

《草书杜诗》,纸质,上海博物馆藏,《中国古代书画图目》第三卷著录,未见。潘仕成撰集《海山仙馆藏真三刻》第三卷收《赵南星杜甫汉朝七律二首》,有刘墉、翁方纲跋(见容庚《丛帖目》),不知与《图目》所著录是否为同作,附此。

【51】娄坚(1554—1631)

1.《行书杜甫诗轴》(《严公枉驾草堂兼携酒馔》),绢本,纵199.3cm,横48cm,北京市文物商店藏,图见《中国古代书画图目》第一卷。

2.《大楷书杜诗册》,天启元年(1621)作,北京市文物商店藏,刘九庵《宋元明清书画家传世作品年表》著录,未见。

3.《行书杜甫诗轴》(《春日忆李白》),绢本,纵175cm,横50.3cm,首都博物馆藏,图见《中国古代书画图目》第一卷。

4.《行书杜诗十首册》(实为杜诗八首:《数陪李梓州泛江,有女乐在诸舫,戏为艳曲二首赠李》《客亭》《送翰林张司马南海勒碑》《后游》《宿昔》《吾宗》《十七夜对月》《春宿左省》,余二首为李白诗:《别储邕之剡中》《赠孟浩然》),洒金笺,十开,纵30.7cm,横47.6cm,上海博物馆藏,图见《中国古代书画图目》第三卷。

5.《草书杜诗卷》(《乾元中寓居同谷县作歌七首》),绢本,纵29cm,横358cm,万历三十八年(1610)作,上海朵云轩藏,见

《中国古代书画图目》第十二卷。

6.《行书杜诗册》，十开，纸本，天启七年（1627）作，上海朵云轩藏，《中国古代书画图目》第十二卷著录，未见。

**【52】邹元标（1555—1624）**

《行草杜甫饮中八仙歌诗句轴》（“李白斗酒诗百篇”四句），成都杜甫草堂博物馆藏，图见《杜甫草堂墨迹选》。

**【53】董其昌（1555—1636）**

1.《行草杜甫诗卷》（《宣政殿退朝晚出左掖》《紫宸殿退朝口号》《和贾舍人早朝》《至日遣兴奉寄两院故人》），图见《昆仑堂藏书画集》上（昆仑堂美术馆2008年编印），辅以《绛云楼题跋》“董玄宰书少陵书卷”条。

2.《行草杜甫高都护骢马行》，绢本，纵26.6cm，横269.3cm，《石渠宝笈》卷三十一著录，台北“故宫博物院”藏，图见《故宫历代法书全集》（台北）第八卷。

3.《楷书秋兴八首册》，纸本，册页，均纵22.3cm，横10.4cm，《石渠宝笈》卷四十三著录，台北“故宫博物院”藏，图见《故宫历代法书全集》（台北）第二十四卷。按：据刘九庵编著《宋元明清书画家传世作品年表》，台北“故宫博物院”藏有董其昌万历四十三年（1615）《为舜甫侄孙书杜甫诗册》，作品未见，不知所书杜诗是否即此《楷书秋兴八首册》。又明崇祯四年摹勒《研庐帖六卷》第五卷收董书《秋兴八首怀古一首并跋》、清人汤铭摹勒《如兰馆帖四卷》第三卷收董书《杜甫秋兴八首》（均见容庚《丛帖目》）。《爱日吟庐书画续录》卷二著录《明董其昌小楷书杜工部秋兴诗卷》，绫本，高八寸六分，长五尺三寸二分。附此。

4.《杜律册》（《曲江对酒》，《秋兴八首》其五、其四），行书，十五幅，均纵26.3cm，横14.7cm，台北“故宫博物院”藏，图见《故宫历代法书全集》（台北）第二十五卷。

5.《杜甫谒玄元皇帝庙诗轴》,纸本,楷书,纵181.5cm,横46.1cm,《石渠宝笈三编》"乾清宫藏一一"、《故宫书画录》著录,台北"故宫博物院"藏,图见《故宫历代法书全集》(台北)第三十卷。又明《延清堂帖六卷》第四卷收入此书(见容庚《丛帖目》)。

6.《行书杜甫秋兴诗轴》(《秋兴八首》其五),成都杜甫草堂博物馆藏,图见《杜甫草堂墨迹选》。

7.《行书韦讽录事宅观曹将军画马图歌册》,纸本,六对开,每开纵32.2cm,横15cm,成都杜甫草堂博物馆藏,未见。转录自贾兰《杜甫草堂馆藏精品评介》(《杜甫研究学刊》1998年第2期),又贾氏编《杜诗书法集》收录据原作翻刻之搨本。

8.《行书题李尊师松树障子歌卷》,绫本,纵23.7cm,横281.5cm,崇祯四年(1631)作,成都杜甫草堂博物馆藏。转录自贾兰《杜甫草堂馆藏精品评介》,图见成都杜甫草堂博物馆编《杜甫书法资料汇编》。

9.《行书杜诗古柏行册》,九开,纸本,天启七年(1627)作,天津市艺术博物馆藏,《中国古代书画图目》第九卷著录,未见。

10.《行书杜甫秦州八咏卷》,绢本,万历三十五年(1607)作,上海文物商店藏,《中国古代书画图目》第十二卷著录,未见。清王翚辑刻《清晖阁藏帖十卷》第十卷收董书《杜甫秦州杂诗》(见容庚《丛帖目》),附此。

11.《行书杜甫诗册》,二十三开,纸本,每开纵25cm,横13.5cm,万历四十三年(1615)作,广东省博物馆藏,《中国古代书画图目》第十三卷著录,未见。按:《石渠宝笈三编》"御书房藏二"著录《董其昌书杜律真迹一册》,纸本,行书,十二对幅,每幅纵八寸一分,横四寸五分,书杜甫《曲江对酒》,《秋兴八首》其五、其四三诗,或即此《行书杜甫诗册》,姑系此。

12.《行书戏为六绝句之五》,补《行书题晋帖》(按:此书原题未详,现题为笔者所加)卷后余纸,故宫博物院藏,图见成都杜甫草堂博物馆编《杜甫书法资料汇编》。

13.《行书杜诗五言律八首》,白绫,行书,二首仿苏,二首仿黄,二首仿米,二首仿蔡元长,清人顾复《平生壮观》卷五著录,未见。

14.《杜诗七言绝三首诗卷》,高丽纸,顾复《平生壮观》卷五著录,未见。

15.《行书杜甫饮中八仙歌卷》,纸本,纵40cm,横1360cm,图见《书法丛刊》1998年第3期。按明人朱之赤《朱卧庵藏书画目》(见《书画录》)著录《董宗伯仿李北海书饮中八仙歌卷》,不知是否即《丛刊》所载此卷。

16.《董其昌书饮中八仙歌一轴》,洒金粉笺本,《石渠宝笈》卷七著录,未见。又清张士范撰集《式好堂藏帖四卷》第三卷收董书《饮中八仙歌并跋》(见容庚《丛帖目》),附此。

17.《董其昌书杜甫三诗一卷》(《幽人》《宿凿石浦》《津口》),镜面宣德笺本,行书,纵八寸,横三尺八寸,天启六年(1626)作,《石渠宝笈续编》"养心殿藏四"著录,未见。

18.《董文敏书杜诗临颜帖卷》(《观薛稷少保书画壁》《题壁上韦偃画马歌》),绫本,方浚赜《梦园书画录》卷十三(《中国书画全书》本)著录,未见。

19.《行楷杜甫诗轴》,纸本,故宫博物院藏,《中国古代书画图目》第二十一卷著录,未见。

20.《草书杜诗卷》,纸本,上海博物馆藏,《中国古代书画图目》第三卷著录,未见。

21.《草书杜诗卷》,绫本,广东省博物馆藏,《中国古代书画图目》第十三卷著录,未见。按《石渠宝笈三编》"延春阁藏二六"著录《董其昌书杜甫诗一卷》,绫本,草书,纵七寸二分,横一丈四尺八寸五分,书杜甫《因许八奉寄江宁旻上人》《闻官军收河南河北》、《七月一日题终明府水楼二首》其二三诗,或即此《草书杜诗卷》,姑系此。

22.《行书杜甫醉歌行一卷》,绫本,纵八寸,横八尺,《石渠宝笈三编》"养性斋藏"著录,未见。按《书法》杂志1984年第4期刊董其昌《行书杜甫醉歌行卷》,崇祯四年(1631)作,或即《石渠宝笈三编》所著录者,姑系此。

23.《杜甫千秋节五律并跋》,张琦《存介堂集帖》第二卷收入(见容庚《丛帖目》)。

24.《董其昌杜甫韦偃双松图歌》,清《玉虹鉴真续帖》第十二卷收入(见容庚《丛帖目》)。

25.《董文敏书杜少陵诗》,黄宋纸本,沈树镛《书画心赏日录》(《中国书画全书》本)著录,未记所书杜甫何诗,姑系此。

**【54】米万钟(1570—1628)**

1.《书杜甫夜宴左氏庄句》("检书烧烛短,看剑引杯长"),纸本,行书,纵343cm,横97cm,上海朵云轩藏,图见《中国法书全集》第十五卷。

2.《行书杜诗轴》,纸本,重庆市博物馆藏,《中国古代书画图目》第十七卷著录,未见。

3.《草书杜甫诗句轴》("返照入江翻石壁,归云拥树失山村"),纸本,纵165cm,横47.5cm,济南市博物馆藏,图见《书法丛刊》2008年4期。

**【55】张　骏(生卒年不详)**

《草书杜甫贫交行诗轴》,纸本,纵153.4cm,横62.7cm,故宫博物院藏,图见《中国古代书画图录》第二十卷。

**【56】韩道亨(生卒年不详)**

《秋兴八首草书卷》,纸本,万历三十八年(1610)作,成都杜甫草堂博物馆藏,图见成都杜甫草堂博物馆编《杜甫书法资料汇编》。

【57】张瑞图(1570—1641)

1.《杜甫饮中八仙歌卷》,洒金纸本,天启七年(1627)作,孔尚任《享金簿》著录,图见《中国书法全集》第五十五卷(荣宝斋出版社,1992年)。

2.《草书杜甫渼陂行诗卷》,纸本,纵22cm,横170.3cm,万历二十四年(1569)作,辽宁省博物馆藏,图见《中国书法全集》第五十五卷。

3.《行书杜甫题玄武禅师屋壁五律诗轴》,纸本,纵193.3cm,横60.8cm,上海博物馆藏,图见《中国书法全集》第五十五卷。按《中国古代书画图目》第三卷著录张瑞图《行书杜甫五律诗轴》,纸质,上海博物馆藏,未见,不知是否即此《题玄武禅师屋壁五律诗轴》,系此待考。

4.《草书杜甫秋兴八首卷》,纸本,纵28cm,横620cm,台湾张伯谨氏私人藏,见于《中国书法全集》第五十五卷。

5.《草书杜甫饮中八仙歌等二首卷》(另一首《送孔巢父谢病归游江东兼呈李白》),纸本,纵29.8cm,横701cm,成都杜甫草堂博物馆藏,图见《中国书法全集》第五十五卷。按《中国古代书画图目》第十七卷著录张瑞图《行草书杜诗卷》,纸质,成都市杜甫草堂藏,未见,不知是否即此《饮中八仙歌等二首卷》,系此待考。

6.《草书杜甫江畔独步寻花七绝句之四诗轴》,图见《中国书法全集》第五十五卷。

7.《行书杜甫洗兵行诗句轴》,纵167.5cm,横40.2cm,图见《中国书法全集》第五十五卷。

8.《行书杜甫早起诗轴》,纵228cm,横52cm,图见《中国书法全集》第五十五卷。

9.《行书杜甫奉和贾至舍人早朝大明宫诗句轴》,纸本,纵

344.2cm,横96cm,首都博物馆藏,图见《中国书法全集》第五十五卷。

10.《行草杜甫陪郑广文游何将军山林诗轴》,纸本,纵165cm,横41cm,首都博物馆藏,图见《中国书法全集》第五十五卷。

11.《行书杜甫奉和贾至舍人早朝大明宫诗句轴》,纸本,温州博物馆藏,图见《中国书法全集》第五十五卷。

12.《草书杜甫夜宴左氏庄诗轴》,绢本,纵205.5cm,52.2cm,成都杜甫草堂博物馆藏,图见《杜甫草堂墨迹选》,又见《中国书法全集》第五十五卷。

13.《草书杜甫重过何氏五首其三轴》,绫本,草书,纵170cm,横46cm,成都杜甫草堂博物馆藏,见于《杜甫草堂墨迹选》。

14.《行书杜甫南邻诗轴》纸本,草书,纵347cm,横102.5cm,成都杜甫草堂博物馆藏,图见《草堂·杜甫研究学刊》1983年第2期封三。

15.《草书陪郑广文游何将军山林十首之九诗轴》,绢本,纵220cm,横45cm,成都杜甫草堂博物馆藏,图见《杜甫研究学刊》2019年第1期。

16.《草书大云寺赞公房四首其一》,绢本,成都杜甫草堂博物馆藏,图见成都杜甫草堂博物馆编《杜甫书法资料汇编》。

17.《草书杜甫五律畏人诗轴》,绢本,草书,纵163cm,横46cm,天津博物馆藏,图见《天津博物馆精品系列图集:天津博物馆藏书法》,又见《中国法书全集》第十五卷。

18.《草书杜甫高都护骢马行长卷》,纸本,纵25.8cm,横456cm,湖北省博物馆藏,图见《张瑞图墨迹大观》(上海人民美术出版社,1992年)。

19.《行书杜甫骢马行诗卷》,天启六年(1626)作,图见《张瑞图墨迹大观》。

20.《行书杜甫野望因过常少仙诗轴》,绢本,纵172cm,横44.9cm,图见《张瑞图墨迹大观》。

21.《草书杜甫西郊诗轴》,绢本,纵198.4cm,横38.4cm,四川博物院藏,图见《书法丛刊》2014年第2期。

22.《行书杜甫重过何氏五首其二轴》,纸本,行书,裱纵275cm,横62cm,四川博物院藏,见于福建省文化厅"闽籍书画名家抢救工程——张瑞图书法艺术展"(2018年6月16日—8月5日展于福建博物院积翠园艺术馆)。

23.《行书杜甫夜宴左氏庄诗轴》,绢本,行书,纵151.5cm,横41cm,广东省博物馆藏,见于福建省文化厅"闽籍书画名家抢救工程——张瑞图书法艺术展"。

24.《行书杜甫望岳诗轴》("岱宗夫如何"),绢本,行书,纵192cm横46cm,福建博物院藏,见于福建省文化厅"闽籍书画名家抢救工程——张瑞图书法艺术展"。

25.《草书杜甫两诗卷》(《高都护骢马行》《瘦马行》),纸本,草书,湖北省博物馆藏,见于福建省文化厅"闽籍书画名家抢救工程——张瑞图书法艺术展"。

26.《草书杜甫晚出左掖诗轴》,图见"书法空间·书法资料库"。

27.《行草书杜甫诗册》(《渼波西南台》《九日寄岑生》《夜听许十损诵诗爱而有作》《夏日李公见访》)天启四年(1624)作,上海朵云轩藏,图见"书法空间·书法资料库"。

28.《草书杜甫西郊诗轴》,绫本,草书,纵189.5cm,横55.5cm,江西省博物馆藏,图见"书法空间·书法资料库"。

29.《行书秋兴八首卷》,纸本,天启五年(1625)作,天津市艺术博物馆藏,《中国古代书画图目》第九卷著录,未见。

30.《行书秋兴八首卷》,纸本,崇祯九年(1636)作,中国美术馆藏,《宋元明清书画家传世作品年表》、《中国古代书画图目》第一卷著录,未见。

31.《草书陪郑广文游何将军山林十首之八》(“床上书连屋”),绢本,纵220cm,横45cm,成都杜甫草堂博物馆藏,图见《杜甫研究学刊》2019年第1期。

**【58】李流芳(1575—1629)**

1.《小楷杜子美诗扇页》(《示从孙济》、《后出塞五首》其二),金笺,纵14.5cm,横47.4cm,图见《书法丛刊》2000年第1期。

2.《行草书杜甫诗扇面》(《瀼西寒望》),洒金笺,纵17cm,横52cm,图见《书法丛刊》2003年第3期。

**【59】范凤仁(范梅隐)(生卒年不详)**

《范梅隐杜诗陶诗摘句四本》《集杜一本》,明朱之赤《朱卧庵藏书画目》(见《书画录》)著录,未见。

**【60】王铎(1592—1652)**

1.《草书杜诗卷》(实为杜诗二首:《登兖州城楼》、《课小竖鉏斫舍北果林……三首》其二;其余四首为:张均《岳阳晚景》,王维《过香积寺》《早朝》,处默《圣果寺》),纸本,纵36cm,横386cm,天启五年(1625)作,济南市文物商店藏,图见《中国古代书画图目》第十六卷。

2.《行书杜甫江上诗轴》,崇祯七年(1634)作,绫本,行书,纵160cm,横52cm,武汉市博物馆藏,见《中国古代书画图目》第十八卷,《王铎书法全集》。

3.《行书杜甫秋野诗轴》(“礼乐攻吾短”),崇祯十年(1637)作,绫本,行书,纵245cm,横50cm,广州美术馆藏,图见《王铎书法全集》(河南美术出版社,2001年)。

4.《草书杜律卷》(《和裴迪登新津寺寄王侍郎》《赠别何邕》《客亭》《登牛头山亭子》),素绫本,草书,顺治三年(1646)

作，纵25.1cm，横220.2cm，辽宁省博物馆藏，图见《王铎书法全集》。

5.《杜甫秋兴卷》，草书，纸本，纵28cm，横420cm，顺治三年(1646)作，广州美术馆藏，刘九庵《宋元明清书画家传世作品年表》著录，图见《王铎书法全集》。

6.《杜甫瞿塘两岸诗卷》，草书，纸本，顺治三年(1646)作，北京蓝氏藏，图见《王铎书法全集》。

7.《杜甫诗卷》(《题玄武禅师屋壁》《秦州杂诗之“凤林戈未息”》《送远》《玉台观》、《观李固请司马弟山水图三首》其二、《旅夜书怀》《登岳阳楼》，王湾《次北固山下》，祖咏《江南旅情》，綦毋潜《宿龙兴寺》)，纸本，草书，纵30.2cm，横698.5cm，顺治三年(1646)作，上海博物馆藏，刘九庵《宋元明清书画家传世作品年表》著录，图见《王铎书法全集》，又见《中国法书全集》第十六卷。

8.《杜甫诗草书卷》(《后游》《出郭》《村夜》)，草书，绫本，纵27cm，横202cm，顺治三年(1646)作，扬州文物商店藏，图见《王铎书法全集》。

9.《杜甫“凤林戈未息”诗卷》，纸本，草书，顺治三年(1646)作，图见《王铎书法全集》。

10.《杜子美赠陈补阙诗》，行书，绫本，纵203cm，横51cm，清顺治四年(1647)作，开封市博物馆藏，图见《王铎书法全集》。

11.《杜甫诗五律五首》(《晚出左掖》、《送贾阁老出汝州》《送翰林张司马南海勒碑》、《忆弟二首》之二、《观安西兵过赴关中待命二首》之二)，草书，顺治四年(1647)作，图见《王铎书法全集》。

12.《书杜甫路逢襄阳杨少府入城戏呈杨员外绾诗轴》行书，绫本，顺治四年(1647)作，烟台市博物馆藏，图见《王铎书法全集》。

13.《杜甫空囊诗轴》,行书,绫本,纵228cm,横53.5cm,顺治七年(1650)作,故宫博物院藏,见《中国古代书画图目》第二十二卷、《王铎书法全集》。

14.《赠子房公草书唐人诗五首诗卷》(其中杜甫三首:《陪郑广文游何将军山林十首》其一、《瞿塘两崖》、《春夜喜雨》),崇祯十四年(1641)作,图见《王铎书法全集》。

15.《草书唐人诗六首诗卷》(其中杜甫五首:《瞿塘两崖》、《瀼西寒望》、《观李固请司马弟山水图三首》其二、《登兖州城楼》、《洞房》),顺治四年(1647)作,古吴轩藏,图见《王铎书画编年图目》(文物出版社,2004年)。

16.《草书唐人五律五首诗卷》(其中杜甫两首:《戏作俳谐体遣闷二首》其二、《宿江边阁》),顺治五年(1648)作,草书,绫本,纵27cm,横231cm,烟台市博物馆藏,图见《王铎书法全集》。

17.《草书为葆光张老亲翁书唐人五律八首诗卷》(其中杜甫五首:《独酌》《独酌成诗》《寄高适》《闻惠二过东溪特一送》《路逢襄阳杨少府入城,戏呈杨员外绾》),顺治七年(1650)作,草书,纸本,纵30cm,横364.5cm,故宫博物院藏,刘九庵《宋元明清书画家传世作品年表》著录,图见《王铎书法全集》。

18.《草书唐人五律九首诗卷》(其中杜甫五首:《秦州杂诗二十首》之十九、《禹庙》、《春宿左省》、《洞房》、《骊山》),无署年,草书,纸本,纵34.5cm,横654cm,首都博物馆藏,图见《王铎书法全集》。

19.《为鲁光老行书杜诗》,顺治七年(1650)作,故宫博物院藏,刘九庵《宋元明清书画家传世作品年表》著录,未见。

20.《草书杜诗卷》(《游修觉寺》《后游》《蕃剑》),绫本,纵27.5cm,横196.5cm,舟斋周煦良藏,图见《书法丛刊》2005年第1期。

21.《临褚遂良书杜甫诗曲江对雨》，崇祯七年(1634)作，纸本扇叶，纵17.5cm，横52.5cm，天一阁博物馆藏，图见浙江美术馆编《健笔蟠龙：王铎作品集》(2017)。

22.《杜诗秋兴一首》，清王无咎集《拟山园帖十卷》第五卷收入(见容庚《丛帖目》)。

23.《为三弟子陶书杜甫五律七首》，《拟山园帖十卷》第十卷收入。

**【61】倪元璐(1594—1644)**

1.《赠行之杜甫诗句立轴》(《严公仲夏枉驾草堂》句："百年地辟柴门迥，五月江深草阁寒")，纸本，行楷书，纵81cm，横26.1cm，上海博物馆藏，图见《中国古代书画图目》第四卷。

2.《行草书杜甫题李尊师松树障子歌句轴》，纸本，行草书，纵135cm，横27.5cm，广州艺术博物院藏，图见"书法空间·书法资料库"。

**【62】许光祚(生卒年不详，1619年在世)**

1.《草书杜诗扇页》(《房兵曹胡马》)，金笺，重庆市博物馆藏，图见《中国古代书画图目》第十七卷。

2.《草书杜甫短歌行诗轴》，绢本，纵169cm，横48cm，成都杜甫草堂博物馆藏，图见《中国古代书画图目》第十七卷。

3.《杜甫秋兴八首卷》，行草书，万历十九年(1591)作，邓代昆私人藏，图见"书法空间·书法资料库"。

**【63】许初(生卒年不详)**

《杜甫秋兴八首篆书册》，纸本，篆书，凡十四开，每开字数不一，每开纵均27.4cm，首开横29.3cm，第二至十二开横28.9cm，隆庆三年(1569)作，《石渠宝笈三编》著录，今载《故宫书画录》，台北"故宫博物院"藏，图见《故宫历代法书全集》(台北)第十七卷。

【64】冯明玠(生卒年不详,天启二年进士)

《行书秋兴八首之五》,成都杜甫草堂博物馆藏,图见成都杜甫草堂博物馆编《杜甫书法资料汇编》。

【65】钱伯升(生卒年不详)

《草书杜甫诗卷》(《紫宸殿退朝口号》,《秋兴八首》其二、三、四),成都杜甫草堂博物馆藏,图见成都杜甫草堂博物馆编《杜甫书法资料汇编》。

【66】沈洸(生卒年不详)

《楷书饮中八仙歌册》,成都杜甫草堂博物馆藏,图见成都杜甫草堂博物馆编《杜甫书法资料汇编》。

【67】张辉(生卒年不详)

《行草秋兴八首卷》,崇祯二年(1629)作,成都杜甫草堂博物馆藏,图见成都杜甫草堂博物馆编《杜甫书法资料汇编》。

【68】涂逢辰(生卒年不详)

《草书节录饮中八仙歌诗轴》,成都杜甫草堂博物馆藏,图见成都杜甫草堂博物馆编《杜甫书法资料汇编》。

【69】佚名

《草书秋兴八首卷》(按:此卷后有未明作者于崇祯元年所作杂花册),成都杜甫草堂博物馆藏,图见成都杜甫草堂博物馆编《杜甫书法资料汇编》。

【70】朱之瑜(1600—1682)

1.《行草杜甫诗横幅》(《秋兴八首》其四),纵27cm,横60cm,图见《书法》2012年第7期。

2.《行草杜甫诗横幅》(《秋兴八首》其六),纵28.8cm,横59cm,图见《书法》2012年第7期。

【71】史可法(1601—1645)

《行草书陪郑广文游何将军山林十首之一诗轴》,绢本,成都杜甫草堂博物馆藏,图见成都杜甫草堂博物馆编《杜甫书法资料汇编》。

**【72】万寿祺(1603—1652)**

《楷书少陵五言诗轴》(《暮春陪李尚书李中丞过郑监湖亭泛舟得过字韵》《陪李金吾花下饮》《与任城许主簿游南池》《夜宴左氏庄》《题玄武禅师屋壁》《野望因过常少仙》),绫本,纵68.4cm,横23.2cm,顺治七年(1650)作,故宫博物院藏,刘九庵《宋元明清书画家传世作品年表》著录,图见《中国古代书画图目》第一卷。

**【73】邝露(1604—1650)**

《杜甫诗草书轴》(录《秋兴八首》前二首),纸本,纵93cm,横36cm,何创时书法艺术基金会藏,图见《中国书法全集》第六十卷(荣宝斋出版社,2007年)。

**【74】范之默(生卒年不详)**

《行书秋兴八首诗卷》,万历四十二年(1614)作,故宫博物院藏,《宋元明清书画家传世作品年表》、《中国古代书画图目》第二十一卷著录,未见。

**【75】杨嘉祚(生卒年不详)**

《草书杜甫丹青引卷》,纸本,万历四十七年(1619)作,无锡市博物馆藏,《宋元明清书画家传世作品年表》、《中国古代书画图目》第六卷著录,未见。

**【76】汪鲁(生卒年不详)**

《行草秋兴诗卷》,天启六年(1626)作,上海博物馆藏,《宋元明清书画家传世作品年表》著录,未见。

**【77】陈元素(生卒年不详)**

《李白等渭城少年行楷书卷》(书杜诗《少年行三首》之三),纸本,楷书,纵25.8cm,横232cm,天启七年(1627)作,故宫博物院藏,见《中国古代书画图目》第二十一卷、《中国书法全集》第六十卷。

**【78】傅山(1607—1684)**

1.《草书杜甫陪郑广文诗轴》(其六),绫本,草书,纵196.3cm,横50.9cm,故宫博物院藏,图见《傅山书法全集》(山西人民出版社,2007年)。

2.《草书杜甫船下夔州诗轴》,绢本,草书,纵170.5cm,横46.6cm,故宫博物院藏,图见《傅山书法全集》。

3.《行书杜甫秋兴八首手卷》,绫本,纵25.5cm,横148.7cm,故宫博物院藏,图见《傅山书法全集》。

4.《草书杜甫遣兴之一诗扇》("蓬生非无根"),金笺,纵16cm,横52.1cm,故宫博物院藏,图见《故宫博物院藏明清扇面(书法部分)》(人民美术出版社,2014年版)。

5.《草书杜甫江畔诗轴》,绫本,草书,纵152cm,横60cm,晋祠博物馆藏,图见《傅山书法全集》。

6.《草书杜甫归来诗轴》,绫本,草书,纵151.5cm,横46cm,晋祠博物馆藏,图见《傅山书法全集》。

7.《行草杜甫春日江村诗轴》("农务村村急"),绫本,行草,纵185cm,横52cm,晋祠博物馆藏,图见《傅山书法全集》。

8.《草书杜甫春宿左省诗轴》,绫本,草书,纵195.6cm,横48.5cm,晋祠博物馆藏,图见《傅山书法全集》。

9.《草书杜甫秋野诗轴》,纸本,草书,纵206cm,横54cm,上海博物馆藏,图见《傅山书法全集》。

10.《草篆杜甫观安西兵诗轴》,纸本,篆书,纵183cm,横52cm,西安碑林博物馆藏,图见《傅山书法全集》。樊增祥《跋傅青主白鹤观碑墨迹》云:"先生工草篆,尝书老杜'飞鸟避辕门'五律一首,神妙无匹,惜为他人所得。"(《傅山全书》附录五,山西人民出版社,2016年)所云当即此诗轴。

11.《草书杜甫龙门诗轴》,绫本,草书,纵172cm,横49cm,私人收藏,图见《傅山书法全集》。

12.《草书杜甫三绝句诗轴》(“楸树馨香倚钓矶”),绢本,纵166cm,横35cm,天津艺术博物馆藏,图见《傅山书法全集》。

13.《杜甫赤霄行诗句轴》(“丈夫垂名动万年,记忆细故非高贤”),绢本,草书,纵193cm,横47cm,山西博物院藏,图见《傅山书法全集》。

14.《草书杜甫与鄠县源大少府宴渼陂诗轴》,绫本,纵169cm,横51.5cm,山西博物院藏,图见《傅山书法全集》。

15.《草书杜甫绝句四首之一诗轴》(“堂西长笋别开门”),绢本,纵196cm,横47cm,山西博物院藏,图见《我来添尔一峰青:傅山书画精品集》(广西美术出版社,2016年)。

16.《杜甫漫成二首之二行草诗轴》,绢本,纵188cm,横43.5cm,山西博物院藏,图见《傅山书法全集》。

17.《草书杜甫送李八诗句轴》(“石出倒听枫叶下,橹摇背指菊花开”),绫本,纵146cm,横42cm,上海朵云轩藏,图见《傅山书法全集》。

18.《草书杜甫绝句四首之一诗轴》(“堂西长笋别开门”),绢本,纵196cm,横47.5cm,山西博物院藏,图见《傅山书法全集》。

19.《草书杜甫夔州歌十绝句之四诗轴》,绢本,纵180.5cm,横47.5cm,山西博物院藏,图见《傅山书法全集》。

20.《行草书杜甫夔州歌十绝句之四诗轴》,绫本,纵185cm,横56cm,山西博物院藏,图见《傅山书法全集》。

21.《草书杜甫李白孟浩然诗册页》(杜甫《奉陪郑驸马韦曲二首》其一、《雨晴》、《春夜喜雨》、《初月》,李白《秋登宣城谢朓北楼》,孟浩然《临洞庭》),纵23.5cm,横13.7cm,山西博物院藏,图见《傅山书法全集》。

22.《行楷古人诗文册页》(本册节录《史记游侠列传剧孟传》,杜甫《瀼西寒望》《不离西阁》《入宅二首》,陶渊明《庚戌岁九月中于西田获早稻》《有会而作》),纸本,每页纵27.7cm,横

15.3cm,山西博物院藏,图见《傅山书法全集》。

23.《草书杜甫白帝城楼诗轴》,绢本,纵168cm,横47cm,南京博物院藏,图见《傅山书法全集》。

24.《草书杜甫江畔独步寻花诗轴》("江上被花恼不彻"),绫本,纵150.1cm,横48.4cm,首都博物馆藏,图见《傅山书法全集》。

25.《行草杜甫杂诗七首手卷》(《漫成二首》之一、《舟前小鹅儿》《月夜》《送裴二虬作尉永嘉》《雨晴》《初月》《路逢襄阳杨少府入城戏呈杨员外绾》),纸本,行草书,纵27.7cm,横87.5cm,苏州市博物馆藏,图见《傅山书法全集》。

26.《草书杜甫对雨书怀走邀许十一簿公诗》,绢本,纵154cm,横51.6cm,天津博物馆藏,图见《天津博物馆精品系列图集:天津博物馆藏书法》,又见《中国法书全集》第十六卷。

27.《小楷杜甫喜达行在所三首》,图见《傅山书翰精选》(岭南美术出版社,1995年)。

28.《草书杜甫月圆诗轴》,绢本,纵215.5cm,横45cm,广东省博物馆藏,图见《书法丛刊》2011年第1期。

29.《行草陪郑广文游何将军园林十首之一诗轴》(其一),成都杜甫草堂博物馆藏,图见《杜甫研究学刊》1997年第2期封三。

30.《行书杜甫和贾舍人早朝诗贾舍人早朝大明宫诗》,绫本,纵24cm,横64.7cm,广州艺术博物院藏,曾于"风雨行间——广州艺术博物院藏明末清初书法展"(2013年8月13日—2014年1月8日于广州艺术博物院展出)。

31.《草书杜甫五律诗轴》(《徐步》),绫本,纵205cm,横51cm,图见北京匡时2009春季拍卖《毫端蕴秀——明清书法专场》。

32.《草书晚晴诗轴》,美国普林斯顿大学藏,图见成都杜甫草堂博物馆编《杜甫书法资料汇编》。

【79】戴明说(1608—1686)

《行书杜甫江亭诗轴》,绫本,纵177cm,横45.5cm,康熙十二年(1673)作,成都杜甫草堂博物馆藏,图见《中国古代书画图目》第十七卷,又见《杜甫研究学刊》2018年第2期。

【80】张潜夫(1608—1695)

《行书杜甫醉歌行赠公安颜少府请顾八题壁》,纵173.5cm,横52.5cm,成都杜甫草堂博物馆藏,图见《杜甫研究学刊》2018年第3期。

【81】归庄(1613—1673)

1.《杜甫秋兴诗句轴》(“香稻啄余鹦鹉粒,碧梧栖老凤凰枝”),刊于《中国书法史图录》(二)(上海人民美术出版社,2000年)。

2.《杜甫曲江对酒诗句轴》(“桃花细逐杨花落,黄鸟时兼白鸟飞”)纸本,行草书,纵117cm,横55cm,常熟博物馆藏,图见“书法空间·书法资料库”。

【82】法若真(1613—1696)

《杜甫陪郑广文游何将军山林之七诗轴》,绫本,行书,纵131cm,横45cm,天津博物馆藏,图见《中国法书全集》第十六卷。

【83】黄晋良(1615—1689)

《楷书杜甫登高诗笺》,成都杜甫草堂博物馆藏,图见《杜甫草堂墨迹选》。

【84】魏裔介(1616—1686)

《行草书杜甫诗卷》(《宣政殿退朝晚出左掖》《紫宸殿退朝口号》《曲江二首》),成都杜甫草堂博物馆藏,图见成都杜甫草堂博物馆编《杜甫书法资料汇编》。

【85】王朗(1617—1650)

《杜诗一首》,吴其贞《书画记》卷四著录,未见。

**【86】于成龙(1617—1684)**

《行书春宿左省诗轴》,纸本,纵207cm,横100cm,成都杜甫草堂博物馆藏,图见《杜甫研究学刊》2018年第1期。

**【87】宋曹(1620—1701)**

1.《行书秋兴八首卷》,康熙十年(1671)作,成都杜甫草堂博物馆藏,图见成都杜甫草堂博物馆编《杜甫书法资料汇编》。

2.《行草杜甫暮归诗轴》,纵175.5cm,横50.5cm,纽约苏富比2012年9月13日拍卖会“中国古代书画专场”拍品,图见《历代名家名帖全集》清代卷,http://blog.sina.com.cn/u/5440841599。

**【88】郑簠(1622—1693)**

1.《隶书杜工部将赴成都草堂途中有作先寄严郑公之一诗轴》(“得归茅屋赴成都”),成都杜甫草堂博物馆藏,图见《杜甫草堂墨迹选》。

2.《隶书杜工部短歌行赠王朗司直诗轴》,成都杜甫草堂博物馆藏,图见《杜甫草堂墨迹选》。

3.《隶书杜甫诗轴》(《正月三日归溪上有作简院内诸公》),纸本,纵167cm,横58cm,湖北省武汉市文物商店藏,图见《中国古代书画图目》第十八卷。

**【89】罗牧(1622—1708)**

《行草书杜甫诗卷》(《怀锦水居止二首》《移居夔州郭》、《入宅三首》其二),纸本,纵25.8cm,横201.5cm,江西省博物馆藏,图见《书法丛刊》2008年6期。

**【90】八大山人(朱耷,1626—1705)**

1.《行书杜甫苏大侍御访江浦赋八韵纪异诗轴》,纸本,行书,纵125.4cm,横59cm,小莽苍苍斋藏,图见《小莽苍苍斋藏清代学者法书选集》(文物出版社,2006年)。

2.《行楷戏题王宰画山水图歌》,为傅山所书《行楷书法册》(共七页)之一,每页纵26.2cm,横19.1cm,图见《八大山人书法集》(北京工艺美术出版社,2005年)。

【91】傅眉(1628—1684)

《草书杜甫进艇诗句轴》("俱飞蛱蝶原相逐,并蒂芙蓉本自双")纸本,纵117cm,横27cm,山西博物院藏,图见《傅山书画精品集》。原迹曾于2016年7月1日在"真山难老:傅山作品展"(浙江美术馆)展出。

【92】姜宸英(1628—1699)

1.《行草杜甫陪郑广文游何将军山林十首其一诗轴》,纵162cm,横47.5cm,成都杜甫草堂博物馆藏,图见《杜甫研究学刊》2015年第4期。按《中国古代书画图目》第十七卷著录《行书杜甫五律诗轴》,绫本,成都市杜甫草堂藏,未见,不知是否即此轴,系此待考。

2.《行书杜诗五律二首轴》,绢本,故宫博物院藏,《中国古代书画图目》第二十二卷著录,未见。

3.《杜甫茅屋为秋风所破歌》,行草书,成都杜甫草堂博物馆藏,清人叶元封撰集《湖海阁藏帖》第七卷收(见容庚《丛帖目》),图见《杜甫研究学刊》2018年第1期。

【93】朱彝尊(1629—1709)

1.《隶书五言杜甫赵嘏句联》("茅斋依橘柚,钓艇在烟波"),纸本,隶书,纵123.5cm,横29cm,贵州省博物馆藏,图见《中国法书全集》第十六卷。

2.《隶书高适杜甫句联》("散帙至栖乌,开林纳远山"),纸本,隶书,纵104.9cm,横27cm,台北"故宫博物院"藏,图见"书法空间·书法资料库"。

【94】爱新觉罗·福临(顺治,1638—1661)

《书杜甫诗一轴》(《春宿左省》),绫本,纵四尺三寸三分,横一尺五寸八分,《石渠宝笈三编》"乾清宫藏一"著录,未见。

**【95】道本宗传(生卒年不详,活动于明末清初)**

《行书杜甫诗句轴》(“涧道余寒历冰雪,石门斜日到林丘”),纵127cm,横24.5cm,图见《明末清初禅宗高僧墨迹展特集》(中国书店,2012年)。

**【96】范承勳(1641—1714)**

《行书杜甫五律诗轴》(《陪郑广文游何将军山林十首》其一),绫本,纵135cm,横46.3cm,成都杜甫草堂博物馆藏,《中国古代书画图目》第十七卷著录,图见《杜甫研究学刊》2015年第3期封三。

**【97】程京萼(1645—1715)**

1.《行书杜诗骢马行卷于掌纶堂》,康熙二十六年(1687)作,上海博物馆藏,刘九庵编著《宋元明清书画家传世作品年表》著录。

2.《杜甫丹青引》,清孙阜昌撰集《听雨楼法帖》第三卷收入(见容庚《丛帖目》)。

**【98】王鸿绪(1645—1723)**

《行书杜甫戏题画山水图歌轴》,纸本,纵95cm,横56cm,重庆市博物馆藏,图见《中国美术全集》书法篆刻编6清代书法(上海人民美术出版社,1989年)。

**【99】查昇(1650—1707)**

《行书杜少陵秋兴八首其二诗轴》,成都杜甫草堂博物馆藏,图见《杜甫草堂墨迹选》。

**【100】杨宾(1650—1720)**

《行书杜律三首》(《送路六侍御入朝》《涪城县香积寺官阁》《泛江送客》),成都杜甫草堂博物馆藏,图见成都杜甫草堂博物馆编《杜甫书法资料汇编》。

**【101】查嗣瑮(1652—1733)**

《行书杜诗轴》,纸本,浙江省博物馆藏,《中国古代书画图目》第十一卷著录，未见。

【102】陈元龙（1652—1736）

《楷书杜甫诗册》（《游龙门奉先寺》《望岳》《刘九法曹石门宴集》《登兖州城楼》《对雨书怀走邀许主簿》《房兵曹胡马》《冬日有怀李白》《龙门》《李监宅二首》《与任城许主簿游南池》《过宋员外之问旧庄》《陪郑广文游何将军山林十首》《玉台观》《晓望白帝城盐山》《奉寄李十五秘书》），成都杜甫草堂博物馆藏，图见成都杜甫草堂博物馆编《杜甫书法资料汇编》。

【103】爱新觉罗·玄烨（康熙，1654—1722）

1.《行草杜甫诗扇页》（《和贾至舍人早朝大明宫》），纸本，纵 18.8cm，横 56.6cm，天一阁藏，图见《明清名家书法大成》第三卷。

2.《行草杜甫早朝诗一卷》，纸本，纵六寸九分，横二尺九分，康熙十八年（1679）作，《石渠宝笈三编》"乾清宫藏一"著录，未见。

3.《行草杜甫早朝诗一卷》，纸本，纵八寸一分，横四尺三分，康熙三十二年（1693）作，《石渠宝笈三编》"乾清宫藏一"著录，未见。

4.《行书杜甫贺阳城郡王诗一卷》（《奉贺阳城郡王太夫人恩命加邓国太夫人》），绢本，纵一尺六分，横五尺四寸二分，《石渠宝笈三编》"乾清宫藏一"著录，未见。

5.《临米芾书杜甫诗一卷》（临米芾书杜甫贺阳城郡王诗），纸本，纵七寸四分，横七尺八寸，《石渠宝笈三编》"乾清宫藏一"著录，未见。

6.《临赵孟頫书杜甫游何将军山林诗一卷》，绫本，纵八寸一分，横六尺八寸，《石渠宝笈三编》"乾清宫藏一"著录，未见。

7.《行书杜甫绝句一轴》（《绝句·两个黄鹂鸣翠柳》），冷金笺本，纵一尺八寸，横九寸五分，《石渠宝笈三编》"乾清宫藏二”著录,未见。

8.《行书杜甫句一轴》(“雷声忽送千峰雨,花气浑如百和香”),洒金笺本,纵三尺九寸,横一尺七寸九分,《石渠宝笈三编》“乾清宫藏二”著录,未见。

9.《临米芾书杜甫诗一轴》(临米芾书杜甫贺阳城郡王诗),纸本,纵三尺五分,横一尺五分,《石渠宝笈三编》“乾清宫藏三”著录,未见。

**【104】徐用锡(1657—1736后)**

《行书杜诗轴》,纸本,南京博物院藏,《中国古代书画图目》第七卷著录,未见。

**【105】孙缵功(生卒年未详,康熙二十一年进士)**

《楷书丹青引赠曹将军霸》,纵192cm,横48.9cm,康熙三十五年(1696)作,成都杜甫草堂博物馆藏,图见《杜甫研究学刊》2019年第2期。

**【106】汪士鋐(1658—1723)**

1.《行书奉先刘少府新画山水障歌轴》,纵82cm,横30.5cm,成都杜甫草堂博物馆藏,图见《杜甫草堂墨迹选》,又见《杜甫研究学刊》2015年第3期。

2.《行书杜甫陪郑广文游何将军山林其九诗轴》,纵170.7cm,横44cm,南京博物院藏,见于南京博物院“雅规依旧:清代帖学书法特展(2015年12月—2016年2月展出)”。

**【107】何焯(1661—1722)**

《行书杜诗轴》,纸本,中国历史博物馆藏,《中国古代书画图目》第一卷著录,未见。

**【108】陈鹏年(1663—1723)**

《行书杜甫诗卷》(《奉观严郑公厅事岷山沱江画图十韵》《敝庐遣兴奉寄严公》),康熙五十七年(1718)作,成都杜甫草堂博物馆藏,图见成都杜甫草堂博物馆编《杜甫书法资料汇编》。

**【109】朱轼(1665—1763)**

《行书杜甫诗轴》(《秋兴八首》其五),纸本,纵181cm,横86cm,江西省博物馆藏,图见《书法丛刊》2008年第6期。

**【110】王澍(1668—1743)**

《篆书饮中八仙歌轴》,纸本,四川省博物馆藏,《中国古代书画图目》第十七卷著录,未见。

**【111】年羹尧(1679—1726)**

《行书杜诗册》(《客夜》《独酌成诗》《草堂即事》《旅夜书怀》《暮寒》《奉寄李十五秘书文嶷》《奉简高三十五使君》,《佐还山后寄三首》其一、三,《和裴迪登新津寺寄王侍郎》),四开,绢本,纵22.4cm,横12.7cm,康熙五十一年(1712)作,辽宁省博物馆藏,图见《中国古代书画图目》第十五卷。

**【112】高凤翰(1683—1749)**

1.《行书秋兴八首册》,七开,纸本,乾隆七年(1742)作,沈阳故宫博物院藏,《中国古代书画图目》第十五卷著录,未见。

2.《行书秋兴八首册》,七开,纸本,乾隆八年(1743)作,首都博物馆藏,《宋元明清书画家传世作品年表》、《中国古代书画图目》第一卷著录,未见。

**【113】傅莲甦(生卒年不详)**

1.《行书饮中八仙歌轴》,绢本,纵121cm,横48cm,山西博物院,图见《中国古代书画图目》第八卷,又见《书法丛刊》2001年第1期。

2. 据傅山《书傅莲甦书杜甫秋兴八首后》(《傅山全书》卷二十一)可知傅莲甦尝书杜甫《秋兴八首》,附此。

**【114】朱文震(生卒年不详)**

《隶书杜甫对雨书怀走邀许主簿诗轴》,横70cm,纵154.3cm,成都杜甫草堂博物馆藏,图见《杜甫研究学刊》2015年第2期。

【115】白汝霖(生卒年不详)

《行书杜诗轴》,纸本,河北省博物馆藏,《中国古代书画图目》第八卷著录,未见。

【116】张照(1691—1745)

1.《行书杜甫游何将军山林前后十五首》,成都杜甫草堂博物馆藏,图见《杜甫草堂墨迹选·张照、刘墉、何绍基三家合集》。

2.《行书秋兴八首其五诗轴》,纵134cm,横39.3cm,成都杜甫草堂博物馆藏,图见《杜甫研究学刊》2018年第1期。

【117】汪由敦(1692—1758)

《临苏轼书杜子美诗一轴》(《堂成》),素笺本,纵二尺四寸六分,横一尺一寸四分,《石渠宝笈三编》"延春阁藏三一"著录,未见。

【118】郑　燮(1693—1765)

1.《行书杜甫诗轴》(《春夜喜雨》、《屏迹三首》之二),纵80.5cm,横49cm,乾隆十二年(1747)作,成都杜甫草堂博物馆藏,图见《杜甫草堂墨迹选》,又见《中国古代书画图目》第十七卷。

2.《草书杜诗三首轴》,图见《书法丛刊》1993年第3期。

【119】陈　浩(1695—1772)

《行书古柏行卷》,乾隆八年(1743)作,私人藏,刘九庵编著《宋元明清书画家传世作品年表》著录,未见。

【120】曹秀先(1708—1784)

《行书杜甫、韩愈诗句成联》("凤凰麒麟在郊棷,珊瑚碧树交枝柯"),成都杜甫草堂博物馆藏,图见《杜甫草堂墨迹选》。

【121】爱新觉罗·弘历(乾隆,1711—1799)

1.《临董其昌书杜甫古柏行并图一册》,宣德笺本,行书,七对幅,每幅纵六寸一分,横三寸八分,乾隆十二年(1747)作,《石渠宝笈续编》"宁寿宫藏二"著录,未见。

2.《书杜甫观曹将军画马图诗轴》,金粟笺本,草书,纵一尺九寸,横八寸三分,乾隆二十一年(1756)作,《石渠宝笈续编》"乾清宫藏一"著录,未见。

3.《临苏轼书杜甫桤木诗一卷》,粉笺本,行书,纵四寸,横一尺五寸六分,乾隆二十三年(1758)作,《石渠宝笈续编》"圆明园等处藏一"之"九洲清晏"著录,未见。

4.《书杜甫南池诗一轴》(《与任城许主簿游南池作》),宋笺本,行书,纵五尺一寸五分,横二尺九寸五分,乾隆三十年(1765)作,《石渠宝笈续编》"重华宫藏二"著录,未见。

5.《行书杜甫饮中八仙歌一卷》,纸本,纵八寸二分,横二尺二寸,乾隆十一年(1746)作,《石渠宝笈三编》"乾清宫藏四"著录,未见。

6.《临赵孟頫书杜甫诗一轴》(《陪郑广文游何将军山林十首》其七),纵二尺八寸一分,横一尺一分,《石渠宝笈三编》"延春阁藏九"著录,未见。

7.《楷书杜甫诗一册》(《禹庙》《怀锦水居止》《晴》《晚晴》《谒真谛寺禅师》《鹦鹉》),仿金粟笺本,摺装四幅,每幅纵五寸二分,横五寸二分,乾隆八年(1743)作,《石渠宝笈三编》"静怡轩藏"著录,未见。

8.《楷书杜甫秋兴八首一册》,金粟笺本,摺装十幅,每幅纵二寸五分,横四寸九分,乾隆十二年(1747)作,《石渠宝笈三编》"圆明园保合太和藏"著录,未见。

9.《行书杜甫诗卷》(《春夜喜雨》《夜宴左氏庄》),成都杜甫草堂博物馆藏,图见成都杜甫草堂博物馆编《杜甫书法资料汇编》。

**【122】刘墉(1719—1805)**

1. 行书杜甫《沙苑行》《古柏行》《赤霄行》《戏为六绝句》,成都杜甫草堂博物馆藏,刊于《杜甫草堂墨迹选·张照、刘墉、何绍基三家合集》。

2.《行书杜甫诗句成联》("窃攀屈宋宜方驾,颇学阴何苦用心"),成都杜甫草堂博物馆藏,刊于《杜甫草堂墨迹选》。

3.《行书杜甫高楠诗轴》,图见《草堂·杜甫研究学刊》1986年第2期。

4.《行书杜诗卷》(《缚鸡行》《负薪行》《最能行》),纸本,纵18.5cm,横132cm,乾隆五十四年(1789)作,台北"故宫博物院"藏,图见"书法空间·书法资料库"。

5.《行楷书杜诗卷》,纸质,乾隆五十八年(1793)作,山东省博物馆藏,《中国古代书画图目》第十六卷著录,未见。

6.《行书杜甫诗卷》(《九月一日过孟十二仓曹十四主簿兄弟》《晚晴吴郎见过北舍》《孟氏》《从驿次草堂复至东屯二首》《竖子至》《酬韦韶州见寄》),成都杜甫草堂博物馆藏,图见成都杜甫草堂博物馆编《杜甫书法资料汇编》。按:谢恭铭审定、陈如冈摹《望云楼集帖》第六册收《书杜甫过孟仓曹主簿兄弟等诗四首》(见容庚《丛帖目》),或即此卷,姑附此。

7.《行书一百五十夜对月》,乾隆二十年(1755)作,成都杜甫草堂博物馆藏,图见成都杜甫草堂博物馆编《杜甫书法资料汇编》。

8.《行书解闷十二首之一至八诗卷》,乾隆五十五年(1790)作,成都杜甫草堂博物馆藏,图见成都杜甫草堂博物馆编《杜甫书法资料汇编》。

9.《行书杜甫诗卷》(《西郊》《为农》《秋野五首》《季秋江村》《竖子至》《祠南夕望》),成都杜甫草堂博物馆藏,图见成都杜甫草堂博物馆编《杜甫书法资料汇编》。

10.《行楷奉和严中丞西城晚眺十韵诗卷》,成都杜甫草堂博物馆藏,图见成都杜甫草堂博物馆编《杜甫书法资料汇编》。

11.《行楷杜甫诗扇页》(《江村》、《曲江二首》之二),成都杜甫草堂博物馆藏,图见成都杜甫草堂博物馆编《杜甫书法资料汇编》。

**【123】梁同书(1723—1815)**

《行书杜甫诗句成联》("欲知世掌丝纶美,肯信吾兼吏隐名"),成都杜甫草堂博物馆藏,图见《杜甫草堂墨迹选》。

**【124】王文治(1730—1802)**

《行书杜甫题张氏隐居二首其一》,成都杜甫草堂博物馆藏,图见《杜甫草堂墨迹选》。

**【125】翁方纲(1733—1818)**

《秋兴八首行书卷》,乾隆六十年(1795)作,成都杜甫草堂博物馆藏,图见成都杜甫草堂博物馆编《杜甫书法资料汇编》。

**【126】王灏(1736—1795)**

《行草杜甫诗轴》(《陪诸贵公子丈八沟携妓纳凉》之一),成都杜甫草堂博物馆藏,图见《杜甫草堂墨迹选》。

**【127】潘奕隽(1740—1830)**

《书杜甫秋兴八首》,清方云裳摹勒《三松堂墨刻十卷》第七卷收入(见容庚《丛帖目》)。

**【128】铁保(1752—1824)**

1.《行书杜工部赠李白诗》("秋来相顾尚飘蓬"),成都杜甫草堂博物馆藏,图见《杜甫草堂墨迹选》。

2.《行书杜甫七言绝句二首诗轴》(《凭韦少府班觅松树子栽》《凭何十一少府邕觅桤木栽》),洒金笺本,纵98.5cm,横31.5cm,成都杜甫草堂博物馆藏,图见《杜甫研究学刊》2018年第3期。

3.《行书杜甫诗扇页》(《游何将军山林十首》之一、二),成都杜甫草堂博物馆藏,图见成都杜甫草堂博物馆编《杜甫书法资料汇编》。

**【129】爱新觉罗·永瑆(成亲王,1752—1823)**

1.《行书杜甫诗卷》(《江畔独步寻花七绝句》《春水生二绝》《少年行二首》),成都杜甫草堂博物馆藏,图见《杜甫草堂墨迹选》。

2.《行草书杜诗卷》(《戏题画山水图歌》),纸本,纵37cm,横191.5cm,乾隆五十七年(1792)作,成都杜甫草堂博物馆藏,图见《中国古代书画图目》第十七卷。

3.《行书秋兴八首册》,二十四开,纸本,乾隆五十八年(1793)作,天津市艺术博物馆藏,《中国古代书画图目》第十卷著录,未见。又清钱泳摹勒《诒晋斋法书十六卷》第三卷收永瑆书《杜甫秋兴八首》(见容庚《丛帖目》),附此。

4.《行书杜诗册》(《前出塞九首》《后出塞五首》),嘉庆五年(1800)作,成都杜甫草堂博物馆藏,图见成都杜甫草堂博物馆编《杜甫书法资料汇编》。

5.《行书临米帖诗轴》(《赠花卿》),嘉庆十一年(1806),成都杜甫草堂博物馆藏,图见成都杜甫草堂博物馆编《杜甫书法资料汇编》。

6.《行书秋兴诗册》(《秋兴八首》其一、七、六、八),成都杜甫草堂博物馆藏,图见成都杜甫草堂博物馆编《杜甫书法资料汇编》。

**【130】陈廷庆(1754—1813)**

《行书陪郑广文游何将军山林十首之二》("百顷风潭上"),纸本,嘉庆三年(1798)作,纵113.5cm,横32.5cm,成都杜甫草堂博物馆藏,图见《杜甫研究学刊》2019年第1期。

**【131】伊秉绶(1754—1815)**

1.《行书集杜甫刘长卿句五言联》("道为诗书重,才兼识量通"),成都杜甫草堂博物馆藏,图见《杜甫草堂墨迹选》。

2.《隶书杜句五言联》("由来意气合,直取性情真"),纸本,嘉庆二十年(1815)作,每联纵131cm,横25.5cm,上海博物馆藏,图见《伊秉绶楹联名品》(中华书局,2017年)。

**【132】汪梅鼎(1754—1815)**

《为耀衢行书杜诗轴》,纸本,嘉庆十七年(1812)作,故宫博物院藏,《宋元明清书画家传世作品年表》、《中国古代书画图目》第二十三卷著录,未见。

**【133】蒋知节(1754—1813)**

《行书杜甫诗轴》(《夜》),纸本,纵128cm,横58cm,江西省博物馆藏,图见《书法丛刊》2008年第6期。

**【134】陈廷庆(1754—1813)**

《行书杜诗轴》(《陪郑广文游何将军山林十首》之二),纵113.5cm,横32.5cm,嘉庆三年(1798)作,成都杜甫草堂博物馆藏,图见《杜甫研究学刊》2019年第1期。

**【135】杨周冕(生卒年未详)**

《草书秋兴诗轴》(《秋兴八首》之二、五、六、七),成都杜甫草堂博物馆藏,图见成都杜甫草堂博物馆编《杜甫书法资料汇编》。

**【136】爱新觉罗·颙琰(嘉庆,1760—1820)**

1.《楷书杜甫陪郑广文游何将军山林诗一册》,金粟笺本,推蓬装六幅,每幅纵七寸四分,横六寸九分,嘉庆八年(1803)作,《石渠宝笈三编》"圆明园九洲清晏藏"著录,未见。

2.《楷书杜甫北征诗一册》,纸本,摺装八幅,每幅纵七寸三分,横一尺四分,嘉庆八年(1803)作,《石渠宝笈三编》"圆明园九洲清晏藏"著录,未见。

3.《楷书杜甫诗一册》(《登兖州城楼》《夜宴左氏庄》《春宿左省》《晚出左掖》《宿赞公房》《山寺》《天河》《初月》《捣衣》《野望》《过南邻朱山人水亭》),纸本,摺装四幅,每幅纵一尺一寸三分,横一尺四寸六分,嘉庆八年(1803)作,《石渠宝笈三编》"圆明园九洲清晏藏"著录,未见。

4.《楷书杜甫诗一册》(《夜宴左氏庄》《春宿左省》《送翰林张学士南海勒碑》《晚出左掖》《端午日赐衣》《雨晴》《天河》《初见》《萤火》《蕃剑》《野望》《为农》《西郊》《过南邻朱山人水亭》),纸本,摺装八幅,每幅纵五寸五分,横一尺四寸四分,嘉庆十年(1805)作,《石渠宝笈三编》"圆明园秀清村藏"著录,未见。

5.《楷书杜甫诗一册》(《春夜喜雨》《水槛遣心》《屏迹》《客夜》《游子》《喜雨》《咏竹》),蜡笺本,摺装四幅,每幅纵三寸四分,横一尺二寸三分,嘉庆九年(1804)作,《石渠宝笈三编》"圆明园乐安和藏"著录,未见。

6.《楷书杜甫奉先刘少府新画山水障歌一册》,素笺本,摺装八幅,每幅纵二寸二分,横五寸三分,嘉庆八年(1803)作,《石渠宝笈三编》"长春园淳化轩藏"著录,未见。

7.《楷书杜甫游何氏山林诗》(《陪郑广文游何将军山林十首》《重过何氏五首》),仿金粟笺本,摺装八幅,每幅纵三寸五分,横七寸,嘉庆十二年(1807)作,《石渠宝笈三编》"长春园淳化轩藏"著录,未见。

8.《楷书杜甫秋兴八首一卷》,素笺本,纵五寸九分,横二尺四寸,嘉庆十年(1805)作,《石渠宝笈三编》"绮春园涵秋馆藏"著录,未见。

**【137】陈希祖(1765—1820,一作1767—1820)**

《行书杜甫望岳诗轴》,纵97cm,横29.5cm,成都杜甫草堂博物馆藏,图见《杜甫研究学刊》2015年第1期。

**【138】张廷济(1768—1848)**

《行书杜诗轴》(《寒食》《奉酬李都督表丈早春作》《暮春陪李尚书李中丞过郑监湖亭泛舟》、《暮春题瀼西新赁草屋五首》其一),道光二十年(1840)作,成都杜甫草堂博物馆藏,纵90.3cm,横28.8cm,图见《杜甫研究学刊》2019年第2期。

**【139】沈道宽(1772—1853)**

1.《杜甫秋兴八首》,清沈敦兰撰集《话山草堂帖八卷》第六卷收入(见容庚《丛帖目》)。

2.《杜甫秦州杂诗二十首》,《话山草堂帖八卷》第七卷收入(见容庚《丛帖目》)。

**【140】董棨(1773—1843)**

《行书杜诗扇页》(《玄都坛歌寄元逸人》),成都杜甫草堂博物馆藏,图见成都杜甫草堂博物馆编《杜甫书法资料汇编》。

**【141】吴荣光(1773—1843)**

《行书杜甫即事诗轴》纸本,纵102.4cm,横33cm,道光十四年(1834)作,小莽苍苍斋藏,图见《小莽苍苍斋藏清代学者法书选集》。

**【142】沈岐(1773—1862)**

《行楷节录饮中八仙歌轴》,成都杜甫草堂博物馆藏,图见成都杜甫草堂博物馆编《杜甫书法资料汇编》。

**【143】朱文震(生卒年不详)**

《隶书对雨书怀走邀许主簿诗轴》,成都杜甫草堂博物馆藏,图见成都杜甫草堂博物馆编《杜甫书法资料汇编》。

**【144】许乃普(1787—1866)**

《楷书杜甫诗轴》(《游龙门奉先寺》《望岳》),纵118cm,横35cm,成都杜甫草堂博物馆藏,图见《杜甫草堂墨迹选》,又刊于《杜甫研究学刊》2015年第1期。

**【145】曾璧光(1795—1875)**

《楷书杜甫望岳诗》,成都杜甫草堂博物馆藏,图见成都杜甫草堂博物馆编《杜甫书法资料汇编》。

**【146】吴熙载(1799—1870)**

《篆书杜甫望岳四屏》,纸本,每屏纵93cm,横25cm,图见“书法空间·书法资料库”。

**【147】何绍基(1799—1873)**

1.《杜甫丹青引行书屏》,十四屏,成都杜甫草堂博物馆藏,图见《杜甫草堂墨迹选·张照刘墉何绍基三家合集》。

2.《行书杜甫句五言联》("石栏斜点笔,枫[桐]叶坐题诗"),成都杜甫草堂博物馆藏,图见《杜甫草堂墨迹选》。

3.《书杜句联》("窃攀屈宋宜方驾,恐与齐梁作后尘"),湖南省博物馆藏,图见《何绍基墨迹大观》(上海人民美术出版社1996年版)。

4.《杜甫秦州杂诗行书轴》("传道东柯谷"一首),纸本,纵138.3cm,横61.5cm,湖南省博物馆藏,见于湖南谭国斌当代艺术博物馆"还原大师——何绍基的书法世界"学术专题展览(2015年12月31日—2016年4月3日)。

5.《楷书集杜句七言联》("安得仙人九节杖,壮哉昆仑方丈[壶]图"),纸本,每幅纵337cm,横51.3cm,道光十五年(1835)作,湖南省博物馆藏,见于北京画院美术馆"佳墨名楮纷相随:何绍基书法与湖湘传脉"展(2017年11月24日—2018年1月21日),图见展览作品集《佳墨名楮纷相随:何绍基书法与湖湘传脉》。

6.《楷书杜甫诗三首横批》(《奉简高三十五使君》《草堂即事》《复愁十二首》之二),纸本,纵28.6cm,横118cm,湖南省博物馆藏,见于北京画院美术馆"佳墨名楮纷相随:何绍基书法与湖湘传脉"展,图见展览作品集《佳墨名楮纷相随:何绍基书法与湖湘传脉》。

7.《行书集杜句七言联》("乘兴遣画沧洲趣,济世宜引英俊人"),洒金蜡笺,每幅纵127cm,横28cm,湖南省博物馆藏,见于北京画院美术馆"佳墨名楮纷相随:何绍基书法与湖湘传脉"展,图见展览作品集《佳墨名楮纷相随:何绍基书法与湖湘传脉》。

8.《行书杜甫陪郑广文游何将军山林六屏》(其二、四、五、

六、七、八、九),纸本,每条纵169cm,横42cm,图见杨亚东编《何绍基书法精品集》(浙江大学出版社,2019年)。

**【148】顾复初(1800—1893)**

1.《行书杜甫诗四首》(《瞿塘两崖》《西阁口号呈元二十一》《怀灞上游》、《晴二首》之一),成都杜甫草堂博物馆藏,图见成都杜甫草堂博物馆编《杜甫书法资料汇编》。

2.《隶书杜甫苏轼句五言联》("萧疏外声利,刚健含阿那"),光绪十七年(1891)作,成都杜甫草堂博物馆藏,未见,贾兰《杜诗书法集》收录据原作翻刻之搨本。

**【149】释正诣(生卒年不详)**

《杜少陵游何将军山林等五律四十九首》,清人秦震钧撰集《寄畅园法帖》(1801)第五卷收入(见容庚《丛帖目》)。

**【150】胡德增(胡松门)(1805—1900)**

1.《行草杜甫题张氏隐居二首诗轴》,纵93cm,横29cm,成都杜甫草堂博物馆藏,图见《杜甫研究学刊》2015年第2期。

2.《草书野望诗轴》,纵92.2cm,横30cm,成都杜甫草堂博物馆藏,图见《杜甫研究学刊》2018年第4期。

**【151】沈锡华(1808—1878)**

《行书杜诗四屏》(《卜居》《野老》《和裴迪登蜀州东亭送客逢早梅相忆见寄》),成都杜甫草堂博物馆藏,图见成都杜甫草堂博物馆编《杜甫书法资料汇编》。

**【152】赵之谦(1829—1884)**

《行书杜少陵东西二川说屏》(四屏),咸丰九年(1859)作,故宫博物院藏,刘九庵编著《宋元明清书画家传世作品年表》、《中国古代书画图目》第二十三卷著录,未见。按:本条《宋元明清书画家传世作品年表》作者栏只标注"赵之谦"一人,而《中国古代书画图目》则作"赵之谦等",作者别有王云(生卒年不详)、王椿龄(生卒年不详)、周白山(?—1861)三人。因原作未见,未知孰是。

【153】崇绮(1829—1900)

《行楷杜诗册》(《登兖州城楼》、《题张氏隐居二首》其二、《刘九法曹郑瑕丘石门宴集》《与任城许主簿游南池》《对雨书怀走邀许主簿》《巳上人茅斋》《画鹰》《过宋员外之问旧庄》《天宝初南曹小司寇舅……而作是诗》《陪郑广文游何将军山林十首》《九日曲江》《赠陈二补阙》《送张十二参军赴蜀州因呈杨五侍御》《寄高三十五书记》《重过何氏五首》《送裴二虬作尉永嘉》《九日杨奉先会白水崔明府》《白水明府舅宅喜雨》《忆幼子》《月》《留别贾严二阁老两院补阙》《收京三首》《奉答岑参补阙见赠》《奉赠王中允维》《送贾阁老出汝州》《送翰林张司马南海勒碑》、《奉陪郑驸马韦曲二首》其二、《观兵》《独立》《重题郑氏东亭》《秦州杂诗二十首》《题玄武禅师屋壁》、《观李固请司马弟山水图三首》其二、《禹庙》《旅夜书怀》),成都杜甫草堂博物馆藏,图见成都杜甫草堂博物馆编《杜甫书法资料汇编》。

【154】王灏(咸丰二年进士)

《行书杜诗册》(《佳人》《前出塞九首》《遣兴五首》《玉华宫》《羌村》《成都府》《夏日李公见访》),成都杜甫草堂博物馆藏,图见成都杜甫草堂博物馆编《杜甫书法资料汇编》。

【155】翁同龢(1830—1904)

1.《行楷杜句集联》("天马长鸣待驾驭,赤鲤腾出如有神"),成都杜甫草堂博物馆藏,未见,贾兰《杜诗书法集》收录据原作翻刻之搨本。

2.《行书杜甫诗卷》(《秦州杂诗二十首》之十一、十二、十九、二十),同治十年(1871)作,成都杜甫草堂博物馆藏,图见成都杜甫草堂博物馆编《杜甫书法资料汇编》。

3.《行书杜老杂诗三首》(《秦州杂诗二十首》之十三、十四、十五),成都杜甫草堂博物馆藏,图见成都杜甫草堂博物馆编《杜甫书法资料汇编》。

**【156】王潆(生卒年不详)**

《草书杜甫客至诗轴》,绫本,纵206.5cm,横54cm,成都杜甫草堂博物馆藏,图见《中国古代书画图目》第十七卷[1]。

**【157】杨守敬(1839—1915)**

《行书杜诗秋兴卷》,图见《书法丛刊》1990年第1期。

**【158】梅调鼎(1839—1906)**

《行草书杜诗四屏》(《秋兴八首》之三、《奉和贾至舍人早朝大明宫》《野望》、《咏怀古迹五首》之三),成都杜甫草堂博物馆藏,图见成都杜甫草堂博物馆编《杜甫书法资料汇编》。

**【159】孙海(1840—1901)**

《行草陪郑广文游何将军山林十首其四诗轴》("旁舍连高竹"),光绪七年(1881)作,纵125.5cm,横32cm,成都杜甫草堂博物馆藏,图见《杜甫研究学刊》2018年第4期。

**【160】吴昌硕(1844—1927)**

1.《篆书集杜甫句七言联》("金钟大镛在东序,青海黄河卷塞云"),纸本,每幅纵177.1cm,横35.4cm,宣统三年(1911)作,浙江省博物馆藏,图见《与古为徒——吴昌硕逝世八十周年书画篆刻特集》上卷(民政总署辖下澳门艺术博物馆2007出版,下同)。

2.《行书集杜甫苏轼句七言联》("扁舟不独如张翰,后世谁能识子嗟"),纸本,每幅纵147.5cm,横32cm,西泠印社藏,图见《与古为徒——吴昌硕逝世八十周年书画篆刻特集》上卷。

3.《篆书集杜甫句七言联》("金钟大镛在东序,青海黄河卷塞云"),纸本,宣统三年(1911)作,成都杜甫草堂博物馆藏,图见《杜甫草堂墨迹选》。

4.《行书集杜甫句七言联》("独鹤不知何事舞,赤鲤腾出如有神"),尺寸不详,1926年作,成都杜甫草堂博物馆藏,图见

① 《中国古代书画图目》第十七卷有汤焕(隆庆四年(1570)举人)《行书杜集诗》,扇页,金笺,重庆市博物馆藏。今人殷春梅曾据此《图目》析出其中所录书杜、画杜之作而编成《现存有关杜甫的古代书画作品目录》(载《杜甫研究学刊》2006年第2期),其中亦收录汤氏此作。然视原作,汤氏所书"人日已过穀日来"云云,实非杜诗,款题"新正八日社集作",可知《图目》编者误将"社集"作"杜集",殷编《目录》则又沿其误。

《杜甫草堂墨迹选》。

5.《篆书杜甫句七言联》("玉京群帝集北斗,蓬莱织女回云车"),成都杜甫草堂博物馆藏,未见,贾兰编《杜诗书法集》收录据原作翻刻之揭本。

6.《篆书杜甫句七言联》("置酒张灯促华馔,投壶散帐有余情"),成都杜甫草堂博物馆藏,未见,贾兰编《杜诗书法集》收录据原作翻刻之揭本。

**【161】张祖翼(1849—1917)**

《隶书杜诗四屏》(《秋兴八首》之七),光绪二十四年(1898)作,成都杜甫草堂博物馆藏,图见成都杜甫草堂博物馆编《杜甫书法资料汇编》。

**【162】沈增植(1850—1922)**

1.《行草书杜甫草堂诗轴》(《江雨有怀郑典设》),纸本,纵132cm,横63.5cm,钱君匋藏,图见《明清名家书法大成》第六卷。

2.《行草杜甫草堂诗轴》(《返照》),纸本,纵143cm,横24cm,君匋艺术院藏,图见《明清名家书法大成》第六卷。

**【163】张謇(1853—1926)**

《行书杜甫为农诗轴》,成都杜甫草堂博物馆藏,图见于《杜甫草堂墨迹选》。

**【164】严复(1854—1921)**

1.《行书杜甫戏为六绝句之四诗轴》,图见卢美松主编《严复墨迹》(福建美术出版社,2004年)。

2.《行书集杜诗句七言联》("谢安舟楫风还起,庾信文章老更成"),图见《严复墨迹》。

3.《行书杜甫诗卷》(《戏为六绝句》《春水生二绝》《少年行三首》《赠花卿》《凭何十一少府邕觅桤木栽》《江畔独步寻花七绝句》其五),图见《严复墨迹》。

4.《行楷书杜甫羌村诗横幅》(其一、其二),图见《严复墨迹》。

**【165】顾印愚(1855—1913)**

1.《行楷集杜甫句七言联》(“窃攀屈宋宜方驾,直为文翁再剖符”),光绪二十九年(1903)作,成都杜甫草堂博物馆藏,图见《杜甫草堂墨迹选》。

2.《行书寄赞上人诗卷》,光绪二十六年(1900)作,成都杜甫草堂博物馆藏,图见成都杜甫草堂博物馆编《杜甫书法资料汇编》。

**【166】赵世骏(生卒年不详)**

《楷书江畔独步寻花其绝句诗堂》,成都杜甫草堂博物馆藏,图见成都杜甫草堂博物馆编《杜甫书法资料汇编》。

**【167】朱鼎正(生卒年不详)**

《行草严中丞枉驾见过扇页》,成都杜甫草堂博物馆藏,图见成都杜甫草堂博物馆编《杜甫书法资料汇编》。

**【168】王云(生卒年不详)**

《行书丹青引赠曹将军霸扇页》,成都杜甫草堂博物馆藏,图见成都杜甫草堂博物馆编《杜甫书法资料汇编》。

**【169】袁灿(生卒年不详)**

《隶书秋兴诗》(《秋兴八首》之一、二),成都杜甫草堂博物馆藏,图见成都杜甫草堂博物馆编《杜甫书法资料汇编》。

**【170】沈观成(生卒年不详)**

《草书杜诗轴》(《草阁》、《独坐二首》之二),成都杜甫草堂博物馆藏,图见成都杜甫草堂博物馆编《杜甫书法资料汇编》。

**【171】施虚然(生卒年不详)**

《行书宣政殿退朝晚出左掖扇页》(团扇),成都杜甫草堂博物馆藏,图见成都杜甫草堂博物馆编《杜甫书法资料汇编》。

**【172】吴谦牧(生卒年不详)**

《草书玄都坛歌寄元逸人扇页》,成都杜甫草堂博物馆藏,图见成都杜甫草堂博物馆编《杜甫书法资料汇编》。

**【173】宗章(生卒年不详)**

《行书杜甫复愁十二首卷》,成都杜甫草堂博物馆藏,图见成都杜甫草堂博物馆编《杜甫书法资料汇编》。

**【174】铁堂(生卒年不详)**

《行书草堂即事诗轴》,成都杜甫草堂博物馆藏,图见成都杜甫草堂博物馆编《杜甫书法资料汇编》。

**【175】孙海(生卒年不详)**

《行书杜诗轴》(《陪郑广文游何将军山林十首》之四),成都杜甫草堂博物馆藏,图见成都杜甫草堂博物馆编《杜甫书法资料汇编》。

**【176】伯问梅(生卒年不详)**

《行书杜诗四屏》(《登兖州城楼》《夜宴左氏庄》《春日忆李白》、《奉陪郑驸马韦曲二首》之二),成都杜甫草堂博物馆藏,图见成都杜甫草堂博物馆编《杜甫书法资料汇编》。

**【177】何宝林(生卒年不详)**

《行书丹青引赠曹将军霸扇页》,成都杜甫草堂博物馆藏,图见成都杜甫草堂博物馆编《杜甫书法资料汇编》。

**【178】王涧宾(生卒年不详)**

《楷书杜诗册》(《白小》《溪上》《竖子至》《孟氏》《柳边》《百舌》《柑园》《题玄武禅师屋壁》《水槛遣心》《恶树》《得广州张判官书》《客夜》),成都杜甫草堂博物馆藏,图见成都杜甫草堂博物馆编《杜甫书法资料汇编》。

**【179】镜虚(生卒年不详)**

《行书节录饮中八仙歌扇页》(团扇),成都杜甫草堂博物馆藏,图见成都杜甫草堂博物馆编《杜甫书法资料汇编》。

**【180】康有为(1858—1927)**

《行书杜甫诗句轴》(“用拙存吾道,幽居近物情”),成都杜甫草堂博物馆藏，图见《杜甫草堂墨迹选》。

【181】郑孝胥（1860—1938）

《行书杜甫李白句七言联》（“合沓高名动寥廓，纵横逸气走风雷”），成都杜甫草堂博物馆藏，未见，贾兰《杜诗书法集》收录据原作翻刻之搨本。

【182】赵 熙（1867—1948）

《行书丹青引赠曹将军霸诗句轴》（“先帝天马玉花骢”四句），成都杜甫草堂博物馆藏，未见，贾兰《杜诗书法集》收录据原作翻刻之搨本。

【183】邓邦述（1868—1939）

《行书临苏轼书杜甫堂成诗轴》，纸本，纵 184.5cm，横 47.3cm，成都杜甫草堂博物馆藏，图见《杜甫研究学刊》2018 年第 2 期。

【184】朱元树（1880—1946）

《行书杜甫严公仲夏枉驾草堂兼携酒馔得寒字诗轴》，成都杜甫草堂博物馆藏，未见，贾兰《杜诗书法集》收录据原作翻刻之搨本。

# 参考文献

[宋]鲁訔编次,蔡梦弼会笺《杜工部草堂诗笺》,《古逸丛书》之二十三,遵义黎氏校刊覆麻沙本
[宋]赵次公注,林继中辑校《杜诗赵次公先后解辑校》,上海古籍出版社,1994年
[宋]郭知达编注《九家集注杜诗》,《杜诗引得》,上海古籍出版社,1985年
[宋]黄希原本,黄鹤补注《补注杜诗》,《景印文渊阁四库全书》第1070册,台湾"商务印书馆",1983年
[明]许自昌校刻《集千家注杜工部诗集》,万历三十一年
[明]唐元竑撰《杜诗攟》,《景印文渊阁四库全书》第1070册
[明]王嗣奭撰《杜臆》,中华书局,1963年
[清]金圣叹著,钟来因整理《杜诗解》,上海古籍出版社,1984年
[清]钱谦益笺注《钱注杜诗》,中华书局,1958年
[清]朱鹤龄辑注《杜工部诗集辑注》,《四库禁毁书丛刊补编》第81册,北京出版社,2005年
[清]吴见思撰《杜诗论文》,《四库全书存目丛书》集部第7册,齐鲁书社,1997年
[清]卢元昌撰《杜诗阐》,《续修四库全书》第1308册,上海古籍出版社,1995年
[清]黄生撰,徐定祥点校《杜诗说》,黄山书社,1994年
[清]张溍注《读书堂杜工部诗集注解》,《四库全书存目丛书》集部第5册
[清]张远笺《杜诗会粹》,《四库全书存目丛书》集部第6册
[清]仇兆鳌注《杜诗详注》,中华书局,1979年
[清]浦起龙著《读杜心解》,稿本,南京图书馆藏
[清]浦起龙著《读杜心解》,雍正乙巳年无锡浦氏静寄轩刊本
[清]浦起龙著,王志庚点校《读杜心解》,中华书局,1962年
[清]边连宝著,韩成武、贺严等点校《杜律启蒙》,齐鲁书社,2005年
[清]梁运昌撰《杜园说杜》,书目文献出版社影印本,1995年
[清]施鸿保著,张慧剑校《读杜诗说》,中华书局,1962年
萧涤非主编《杜甫全集校注》,人民文学出版社,2014年
谢思炜校注《杜甫集校注》,上海古籍出版社,2016年
张忠纲编注《杜甫诗话六种校注》,齐鲁书社,2002年
华文轩编《古典文学研究资料汇编·杜甫卷》中华书局,1964年
冀勤编著《金元明人论杜诗》,商务印书馆,2014年

《杜甫研究论文集》1—3辑,中华书局,1962年
萧涤非选注《杜甫诗选注》,人民文学出版社,1979年
洪业等编纂《杜诗引得》,上海古籍出版社,1985年
周采泉著《杜集书录》,上海古籍出版社,1986年
叶嘉莹著《杜甫秋兴八首集说》,河北教育出版社,1997年
林继中注评《杜诗选评》,三秦出版社,2004年
林继中著《新译杜诗菁华》,三民书局,2015年
莫砺锋著《杜甫评传》,南京大学出版社,1993年

莫砺锋著《杜甫诗歌讲演录》,广西师范大学出版社,2007年
郑庆笃等编著《杜集书目提要》,齐鲁书社,1986年
简恩定著《清初杜诗学研究》,台湾文史哲出版社,1986年
许总著《杜诗学发微》,南京出版社,1989年
郝润华著《〈钱注杜诗〉与诗史互证方法》,黄山书社,2000年
陈贻焮著《杜甫评传》,北京大学出版社,2003年
胡可先著《杜甫诗学引论》,安徽大学出版社,2003年
张忠纲等著《山东杜诗学文献研究》,齐鲁书社,2004年
蔡锦芳著《杜诗版本及作品研究》,上海大学出版社,2007年
孙微著《清代杜诗学史》,齐鲁书社,2004年
孙微著《清代杜诗学文献考》,凤凰出版社,2007年

[宋]苏轼《苏轼文集》,中华书局,2004年
[宋]李纲《李纲全集》,岳麓书社,2004年
[宋]朱熹撰,朱杰人等主编《朱子全书·晦庵先生朱文公文集》,上海古籍出版社,2002年
[明]宋濂撰《文宪集》,《景印文渊阁四库全书》第1223册
[明]刘宗周著《刘蕺山集》,《景印文渊阁四库全书》第1294册
[明]袁中道著《珂雪斋集》,上海古籍出版社,1989年
[明]魏畊《雪翁诗集》,浙江古籍出版社,1985年
[明]王嗣奭撰《管天笔记外编》,《续修四库全书》第1307册
[清]顾炎武著《顾亭林诗文集》,中华书局,1983年
[清]黄宗羲著《黄宗羲全集》,浙江古籍出版社,1985年
[清]金圣叹著,曹方人、周锡山标点《金圣叹全集》,江苏古籍出版社,1983年
[清]钱谦益著,[清]钱曾笺注,钱仲联标校《牧斋初学集》,上海古籍出版社,1985年
[清]钱谦益著,[清]钱曾笺注,钱仲联标校《牧斋有学集》,上海古籍出版社,1996年
[清]王铎《拟山园选集》,《北京图书馆古籍珍本丛刊》第111册,书目文献出版社,1998年
[清]王鑨撰《大愚集》,《清代诗文集汇编》第24册,上海古籍出版社,2010年
[清]张缙彦撰《依水园文集》,《清代诗文集汇编》第13册
[清]陈名夏《石云居文集》,《清代诗文集汇编》第16册
[清]朱鹤龄撰《愚庵小集》,上海古籍出版社,1979年
[清]金圣叹著,艾舒仁编次、冉苒校点《金圣叹文集》,巴蜀书社,2003年
[清]归庄著《归庄集》,上海古籍出版社,1984年
[清]浦起龙著《酿蜜集》,光绪二十七年孟春工竣板藏静寄东轩家塾本
[清]浦起龙著《不是集》,燕京大学图书馆铅印本,民国二十五年
[清]全祖望撰,朱铸禹汇校集注《全祖望集汇校集注》,上海古籍出版社,2000年
[清]龚自珍著,王佩诤校《龚自珍全集》,上海古籍出版社,1975年
王国维著《王国维文集:观堂集林》,北京燕山出版社,1997年
梁启超著《饮冰室合集》,中华书局,1989年
尹协理主编《傅山全书》,山西人民出版社,2016年
《王铎书法全集》,河南美术出版社,2005年
《八大山人书法集》,北京工艺美术出版社,2005年
《傅山书法全集》,山西人民出版社,2007年

[宋]朱熹集注《诗集传》,上海古籍出版社,1958年
[清]戴震撰《孟子字义疏证》,中华书局,1982年
[清]金圣叹著《金圣叹选批唐诗》,浙江古籍出版社,1985年
[清]王夫之评选,王学太校点《唐诗评选》,文化艺术出版社,1997年
[清]沈德潜撰《唐诗别裁集》,中华书局,1975年
[清]浦起龙撰《古文眉诠》,光绪戊戌年岭南良产书屋重校刊本
《御选唐宋诗醇》,《景印文渊阁四库全书》第1448册
[清]顾光旭辑《梁溪诗钞》,嘉庆丙辰春镌双桥草堂藏板

[清]周有壬辑《梁溪文钞》,还读斋校本,咸丰甲寅年游艺斋聚珍版印
[清]卓尔堪选辑《明末四百家遗民诗》,沈云龙主编《明清史料汇编》八集,台北文海出版有限公司,1973年
[清]张维屏辑《国朝诗人征略》,《续修四库全书》第1712—1713册,上海
[清]胡文学编《甬上耆旧诗》,《景印文渊阁四库全书》第1474册
[清]全祖望辑《续甬上耆旧诗集》,国粹学报馆,国粹丛书本
高步瀛选注,胡俊林点校《先秦文举要》,中华书局,1991年

[南朝宋]范晔撰,[唐]李贤等注《后汉书》,中华书局,1965年
[唐]房玄龄等撰《晋书》,中华书局,1974年
[唐]刘知几撰,[清]浦起龙释《史通通释》,上海古籍出版社,1978年
[后晋]刘昫等撰《旧唐书》,中华书局,1975年
[宋]欧阳修、宋祁撰《新唐书》,中华书局,1975年
[清]张廷玉等撰《明史》,中华书局,1984年
[清]王鸣盛撰《十七史商榷》,中国书店,1987年
[清]黄宗羲撰《明儒学案》,中华书局,1985年
[清]顾炎武著,[清]黄汝成集释,秦克诚点校《日知录集释》,上海古籍出版社,2006年
[清]李垣编《国朝耆献类征初编》,光绪甲申雕湘李氏存板
[明]王绍徽撰《东林点将录》,《四库全书存目丛书》史部第107册
[清]不著撰者《东林籍贯》,《四库全书存目丛书》史部第107册
[清]不著撰者《东林同志录》,《四库全书存目丛书》史部第107册
[清]不著撰者《东林朋党录》,《四库全书存目丛书》史部第107册
[清]吴山嘉撰《复社姓氏传略》,中国书店,1990年
[清]陆世仪撰《复社纪略》,国粹丛书本
[清]不著撰人《无锡县志》,《景印文渊阁四库全书》第492册
赵尔巽撰《清史稿》,中华书局,1976年
不著撰者,王钟翰点校,《清史列传》,中华书局,1987年
杨向奎著《清儒学案新编》,齐鲁书社,1985年
严文郁编《清儒传略》,台湾商务印书馆,1990年

[唐]张彦远撰《历代名画记》,浙江人民美术出版社,2012年
[宋]不著撰者《宣和书谱》,中华书局,1985年
[宋]叶梦得撰《石林诗话》,[清]何文焕辑《历代诗话》,中华书局,1981年
[宋]杨万里撰《诚斋诗话》,丁福保辑《历代诗话续编》,中华书局,2006年
[宋]洪迈撰《容斋随笔》,中华书局,2005年
[明]杨慎著,王仲镛笺证《升庵诗话笺证》,上海古籍出版社,1987年
[明]胡震亨撰《唐音癸签》,古典文学出版社,1957年
[明]王世贞撰《弇州山人题跋》,浙江人民美术出版社,2012年
[明]徐𤊹撰《笔精》,福建人民出版社,1997年
[明]李清撰《三垣笔记》,中华书局,1982年
[清]王夫之著,戴鸿森笺注《姜斋诗话笺注》,人民文学出版社,1981年
[清]叶燮撰《原诗》,人民文学出版社,1979年
[清]徐增撰《而庵诗话》,《清诗话》,中华书局,1963年
[清]翁方纲撰,《石洲诗话》,郭绍虞编选、富寿荪校点《清诗话续编》,上海古籍出版社,1983年
[清]杨钟羲撰《雪桥诗话续集》,北京古籍出版社排印本,1991年
[清]李慈铭撰《越缦堂读书记》,辽宁教育出版社,2001年
[清]王应奎撰《柳南随笔》,上海古籍出版社,2012年
[清]何焯著,崔高维点校《义门读书记》,中华书局,1987年
[清]刘熙载撰《艺概》,上海古籍出版社,1978年
[清]葛金烺、葛嗣浵撰《爱日吟庐书画丛录》,浙江人民美术出版社,2012年

[清]倪涛撰《六艺之一录》,《景印文渊阁四库全书》第836册,台北,台湾商务印书馆,1983年
[清]李天根撰《爝火录》,浙江古籍出版社,1986年
[清]永瑢等撰《四库全书总目》,中华书局,1965年
[清]黄炳垕撰《黄宗羲年谱》,中华书局,1993年
[清]吴怀清撰《天生先生年谱》,《北京图书馆藏珍本年谱丛刊》(第81册)影印民国十七年刻本,北京图书馆出版社,1999年
[清]张穆撰《阎若璩年谱》,中华书局,1994年
[清]申涵煜、申涵盼编《申凫盟先生年谱略》,《北京图书馆藏珍本年谱丛刊》(第75册)影印畿辅丛书本
[清]王简可编,崔以学补辑《陆辛斋先生年谱拟稿》,《北京图书馆藏珍本年谱丛刊》(第75册)影印管廷芬校清稿本
赵经达编《汪尧峰先生年谱》,《北京图书馆藏珍本年谱丛刊》(第81册)影印民国十四年赵氏又满楼刊本
[清]陈敬璋著《查慎行年谱》(原名《查他山先生年谱》),北京,中华书局,1992年
[清]黄之隽编《冬录》,《痦堂集》附,四库全书存目丛书,济南,齐鲁书社,1997年
[清]宋荦撰《漫堂年谱》,《北京图书馆藏珍本年谱丛刊》(第82册)影印清康熙间稿本
[清]汪士沦编,王葆心拾补《杜茶村先生年谱》,《北京图书馆藏珍本年谱丛刊》(第70册)影印民国二十四年铅印本
[清]周廉编,周勉增订《草亭先生年谱》,《北京图书馆藏珍本年谱丛刊》(第86册)影印清嘉庆二十五年刻本
台湾银行经济研究室编《江南闻见录》,中华书局,1967年
钱仲联主编《清诗纪事》,江苏古籍出版社,1987年
胡玉缙、王欣夫辑《四库全书总目提要补正》,上海,上海书店出版社,1998年
张慧剑编著《明清江苏文人年表》,上海古籍出版社,1986年
江庆柏编著《清代人物生卒年表》,人民文学出版社,2005年
周积寅编《中国画论辑要》,江苏美术出版社,1993年
上海书画出版社编选《历代书法论文选》,上海书画出版社,1996年
方良著《钱谦益年谱》,中国书籍出版社,2013年
周可真著《顾炎武年谱》,苏州大学出版社,1998年
徐定宝主编《黄宗羲年谱》,华东师范大学出版社,1995年
任道斌编著《方以智年谱》,安徽教育出版社,1983年
张升著《王铎年谱》,上海书画出版社,2007年
侯文正《傅山年谱》,《傅山传》附,山西古籍出版社,2007年
邬庆时著《屈大均年谱》,广东人民出版社,2006年
卞僧慧《吕留良年谱长编》,中华书局,2003年
顾平著《(萧云从)年表简编》,《中国名画家全集·萧云从》附,河北教育出版社,2006年
蒋寅著《王渔洋事迹征略》,人民文学出版社,2001年
张宗友著《朱彝尊年谱》,凤凰出版社,2014年

梁启超著《清代学术概论》,上海古籍出版社,1998年
梁启超著《中国近三百年学术史》,天津古籍出版社,2003年
刘师培著《清儒得失论——刘师培论学杂稿》,中国人民大学出版社,2004年
谢国桢著《明清之际党社运动考》,上海书店出版社,2004年
谢国桢著《明末清初的学风》,上海书店出版社,2004年
谢国桢著《江浙访书记》,上海书店出版社,2004年
鲁迅著《南腔北调集》,人民文学出版社,1978年
钱基博著《中国文学史》,中华书局,1993年
钱锺书著《谈艺录》,中华书局,1984年
钱锺书著《管锥编》,中华书局,1979年
钱锺书著《七缀集》,上海古籍出版社,1996年
周作人著《苦竹杂记》,东方出版社,1994年

周作人著《中国新文学的源流》,华东师范大学出版社,1995年
刘若愚著《中国文学理论》,江苏教育出版社,2006年
朱自清著《朱自清说诗》,上海古籍出版社,1998年
张舜徽著《清人文集别录》,华中师范大学出版社,2004年
陈登原著《金圣叹传》,商务印书馆国学小丛书本
陈寅恪著《柳如是别传》,上海古籍出版社,1980年
朱东润撰《中国文学批评史大纲》,上海古籍出版社,2005年
唐圭璋著《宋词四考》,江苏古籍出版社,1985年
[日]青木正儿著,陈淑女译《清代文学评论史》,台湾开明书店,1969年
严迪昌著《清诗史》,浙江古籍出版社,2002年
伍蠡甫、蒋孔阳等主编《西方文论选》,上海译文出版社,1979年
陈正祥著《中国文化地理》,生活·读书·新知三联书店,1983年
宗白华著《艺境》,北京大学出版社,1989年
萧欣义编《徐复观文录选粹》,学生书局,1980年
叶朗著《中国美学史大纲》,上海人民出版社,1985年
李泽厚著《美的历程》,文物出版社,1989年
李泽厚著《中国古代思想史论》,天津社会科学院出版社,2004年
林继中著《文化建构文学史纲(中唐—北宋)》,三秦出版社,1994年
林继中著《文学史新视野》,北京大学出版社,2000年
莫砺锋著《古典诗学的文化观照》,中华书局,2005年
赵园著《明清之际士大夫研究》,北京大学出版社,1999年
赵园著《制度·言论·心态——〈明清之际士大夫研究〉续编》,北京大学出版社,2006年
赵园著《易堂寻踪——关于明清之际一个士人群体的叙述》,江西教育出版社,2001年
高友工著《美典:中国文学研究论集》,三联书店,2008年
袁震宇、刘明今著《明代文学批评史》,上海古籍出版社,1991年
谭帆著《金圣叹与中国戏曲批评》,华东师范大学出版社,1992年
[英]克莱夫—贝尔著,周金环、马钟元译《艺术》,中国文艺联合出版公司,1984年
[美]艾尔曼著,赵刚译《从理学到朴学——中华帝国晚期思想与社会变化面面观》,江苏人民出版社,1995年版
[美]魏斐德著,陈苏镇、薄小莹等译《洪业——清朝开国史》,江苏人民出版社,1998年
[美]王靖宇著,谈蓓芳译《金圣叹的生平及其文学批评》,上海古籍出版社,2004年
郭英德、谢思炜、尚学锋、于翠玲著《中国古典文学研究史》,中华书局,1995年
邬国平、王镇远著《清代文学批评史》,上海古籍出版社,1995年
饶宗颐著《澄心论萃》,上海文艺出版社,1996年
陈尚君著《唐代文学丛考》,中国社会科学出版社,1997年
余英时著《中国思想传统的现代诠释》,江苏人民出版社,1998年
吴宏一著《清代文学批评论集》,台北联经出版事业公司,1998年
陈居渊著《清代朴学与中国文学》,百花洲文艺出版社,2000年
赵毅衡编选《"新批评"文集》,百花文艺出版社,2001年
张伯伟著《中国古代文学批评方法研究》,中华书局,2002年
章培恒等主编《中国文学评点研究论集》,上海古籍出版社,2002年
陈庆元著《文学:地域的观照》,上海三联书店,2003年
周裕锴著《中国古代阐释学研究》,上海人民出版社,2003年
谢思炜著《唐宋诗学论集》,商务印书馆,2003年
刘小枫、陈少明主编《经典与解释的张力》,上海三联书店,2003年
何宗美著《明末清初文人结社研究》,南开大学出版社,2003年
蒋寅著《古典诗学的现代阐释》,中华书局,2003年
王汎森著《晚明清初思想十论》,复旦大学出版社2004年
刘真伦著《韩愈集宋元传本研究》,中国社会科学出版社2004年
陈伯海主编《唐诗学史稿》,河北人民出版社,2004年
熊月之、熊秉真主编《明清以来江南社会与文化论集》,上海社会科学院出版社,2004年

龚鹏程著《晚明思潮》，商务印书馆，2005年
[日]平山观月著，喻建十译《书法艺术学》，四川人民出版社，2008年
刘小枫主编《人类困境中的审美精神——哲人诗人论美文选》，东方出版中心，1996年
[英]贡布里希著，范景中编选《艺术与人文科学》，浙江摄影出版社，1989年
朱良志著《八大山人研究》，安徽教育出版社，2013年
孙康宜著《文学经典的挑战》，百花洲文艺出版社，2002年
白谦慎著《傅山的世界——十七世纪中国书法的嬗变》，三联书店，2006年
白谦慎著《傅山的交往与应酬》，广西师范大学出版社，2016年

# 后　记

本书是在我博士论文的基础上增订而成的。

从二〇〇九年完成学位论文写作，算而今已有整十年。“流水十年间”，始则因进艺术学博士后流动站而转向了一个书法史论题的研讨，继而又先后接手了几种古籍整理的任务，当然更缘于个人素无捷才，组织论文艰难如苦吟，以及性情里不时冒出作祟的懒慢颓唐，书稿的修订便只是或停或续续续停停地迁延着。也就在那些为之支离补缀的时日里，竟而萌生了要在书中插图的念头。图文并茂在眼下学术著作的出版中益见流行。我自然不徒为赶这时髦，因为一点爱好，杜诗书画平日寓目既多，它们作为一种图像文本，原就有可供读解的内涵，我确也希望能借着其时的杜诗书法、绘画与文字文本一道构建一个更加丰富多元的阐释空间。

至于落实到书中的叙述勾画与明末清初杜诗学的真实情境切近与否，自己则全无把握——那于我实在也并非一件轻易的事。李太白《上阳台帖》不有云乎：“山高水长，物象万千，非有老笔，清壮何穷！”杜诗的高、大、深，杜诗学的绵长历史，它在明末清初的万千气象，怕也需是一支“老笔”才得以穷其形尽其相的吧。显然，我并不具有那样的条件。于古典之学，我发蒙既迟，受教也晚，既短于天资、乏于学识，对生活的理解又极肤泛。“储备”如斯，却要来讨论历尽苦难的杜甫，讨论在风云激荡的情境中产生的杜学种种，其势必如以醯鸡之智测量沧海，如井底之蛙而作“天论”，浅狭疏漏是不待言的。

然而我并不打算过多的检讨自己。不慕在天，不羡人有，随分而为，雕不成龙雕虫又何妨！对个人而言，重要的或许更在保有涵养文心的兴味，在找寻属于自己的那种与现实人生沟通的方式。

但只要一转念想到继中师付出的心力，便又有不能卒业的深深愧疚。我之所习，一无家学可言，悉本乎师承。老师善于在谈说中“授业”，信意的讲论一如万斛泉源，就中发兴之自在，联类之无端，真令人有“纵横雄杰，倒注不穷”之感。“学问本闳博，言谈不谬悠”，我以为正是老师的写照。二十余年的杖履相从，老师所赐予的教诲，曷可缕陈！我之选择明末清初杜诗学为论题，本即赖有老师的深厚学殖与只眼洞见所引领。关于杜诗，关于杜诗学，老师曾一再提示其广大曲深，指示探问的途辙，可我只是在极有限的程度上领会到老师的微言妙旨，多数时候把握的却已走样甚至走漏，因而体现于文中也就难免跑偏。言及于此，我不能不又一次为自己的质鲁心拙而懊丧——老大无成，何以称贤人君子之门人呢！

书稿的进展，并不曾上过几年学的父亲多次关切地追问过，大有“有子贤与愚，何其挂怀抱”的忧虑。倒是母亲，她在的时候，除了我的身体与生活，向来不就世所谓之“成就和事业”抱以明确的期待。或许只是不忍再施压于我吧。母亲心思明敏，对文字一类的事有与她作为那个年代的农妇似乎并不相谐的兴致与认知。当着整理她遗物之机，我们还发现她借助一本残破的《新华字典》自编的繁简字对照表，手抄的《金刚经》、京剧词谱等等，让她的弟弟们讶异不已。我曾想过，书印出来，老家的家人族亲里，最有可能平静而欣悦地翻翻它的人就是母亲，如果她还在的话。

在书稿惕惕然付梓之际，应当感谢莫砺锋教授、葛景春研究员、尚永亮教授、陈庆元师、李小荣教授当年对我博士论文做出评议，给予我宝贵的修改意见；尤其莫砺锋教授，因与继中师有“通家”之谊，其时还欣然应师之邀枉驾来榕参加了我们的论文答辩。感谢庆元师、郑家建教授、王国良教授、吴国豪博士、林滨先生、林彰先生、萧鹏君为我提供帮助,感谢永新兄为扉页绘制杜工部像、文斌兄为封底篆刻杜工部句(“披豁对吾真”),感谢凤凰出版社樊昕先生、孟清女史辛苦付出。我还应当感谢妻子郑薇的无限支持,感谢她对我劳而少功的包容,经年累月的,又何尝容易做到!

小书出来,是我个人一段生活的纪念,未尝不欣欣自慰。倘这萤烛末光,还能稍稍增辉于日月,则幸甚至哉!

张家壮

庚子新正于饮真室